繪圖後聊齋志異

清末民初文獻叢刊

［清］王韜 著

圖書在版編目（CIP）數據

繪圖後聊齋志异 /（清）王韜著. -- 北京：朝華出版社，2019.1
（清末民初文獻叢刊）
ISBN 978-7-5054-4367-9

Ⅰ. ①繪… Ⅱ. ①王… Ⅲ. ①筆記小説－小説集－中國－清代 Ⅳ. ①I242.1

中國版本圖書館CIP數據核字(2018)第250616號

繪圖後聊齋志异

作　　者	［清］王　韜
選題策劃	楊麗麗　尚論聰
責任編輯	趙　倩
特約編輯	孫　開　王春蕾
責任印制	張文東　陸競贏
封面設計	劉敬偉

出版發行	朝華出版社		
社　　址	北京市西城區百萬莊大街24號	郵政編碼	100037
訂購電話	（010）68996618　68996050		
傳　　真	（010）88415258（發行部）		
聯系版權	j-yn@163.com		
網　　址	http://zhcb.cipg.org.cn		
印　　刷	藝堂印刷（天津）有限公司		
經　　銷	全國新華書店		
開　　本	880mm×1230mm　1/32	字　數	379千字
印　　張	16.25		
版　　次	2019年1月第1版　2019年1月第1次印刷		
裝　　別	精		
書　　號	ISBN 978-7-5054-4367-9		
定　　價	120.00元		

版權所有　翻印必究・印裝有誤　負責調換

出版前言

中國自一八四〇年鴉片戰争以來，傳統的農業文明在西方的堅船利炮轟擊之下徹底被顛覆，有擔當的知識分子苦苦追尋，思索社會改革的途徑。從最初的「師夷長技以制夷」到「民主制度，天下之公理」（梁啟超語），他們發現要「強國富民」，首先要「開啟民智」，祇有民衆擁有了獨立思想和批判精神，國家纔能實現真正的強大。在此後一百年的時間裏（一八四〇—一九四九），思想者們從社會變革深入到國民性的改造，用每一部作品見證着中國近代化的遞變歷程。這是一個極其重要的時代，《清末民初文獻叢刊》正是收錄了這一時期的作品，大部分書籍都是早期版本，有着極高的文獻研究價值。

清末的中國經歷了「三千年來未有之大變局」（李鴻章語），大清王朝面對西方列強的艦炮，表現得驚慌失措。尤其是鴉片戰争，使「天朝帝國萬世長存的迷信受到了致命的打擊，野蠻的、閉關自守的、與文明世界隔絶的狀態被打破了」（《馬克

思恩格斯選集》)。一批士大夫知識分子最先覺醒，着眼于對西方國家的考察，進而反省本國政治制度的劣勢，可以視作『啓蒙』的端倪。如曾擔任駐英公使（兼任駐法公使）的郭嵩燾在《使西紀程》中以日記的形式記錄了自己對歐西諸國的觀感。他在考察了英國的政治制度之後，發現英國政府官員收入超過三百磅者與普通老百姓一樣同等納稅，他說：『此法誠善，然非民主之國，則勢有所不行。西洋所以享國長久，君民兼主國政故也。』他明確提出了『民主』，在國家的管理問題上，人民也有參與的權利。他在該書中所披露的西方政治、經濟、文化等領域優于大清帝國這一事實觸動了保守派群起而攻之，進士何金壽彈劾他『有二心于英國，欲中國臣事之』，在這種群情洶洶的情況下，朝廷最後下旨將《使西紀程》毀版，以至于滿城揭帖，誣蔑他『溝通洋人』，立刻遭到保守派對他更是痛加詆毀，他家鄉湖南的民眾對他更是痛加詆毀，朝廷最後下旨將《使西紀程》毀版，却不能堵死民眾的傳播與閱讀的途徑，上海的《萬國公報》依舊連載該書，張佩綸曾說：『朝廷禁其書，而新聞紙接續刊刻，中外傳播如故也。』從某種意義上來說，啓蒙是時代的需要，盡管清政府發諭旨禁了該書，民眾乃至一些朝廷大員却依舊

在私下閱讀，以便瞭解外部的世界。進步的社會是開放性的，任何企圖『閉關鎖國』的努力都意味着歷史的倒退，祇有開放，與整個世界文明保持同等的步伐，纔能實現真正的強國之夢。當大批知識分子走出閉鎖的國門，親歷了文明的洗禮之後，也就把啓蒙的智識帶回了中華大地。容閎的《西學東漸記》，梁啓超的《新大陸游記》，崔國因的《出使美日秘日記》等一大批作品介紹了海外諸國的政治、經濟、軍事、外交、文化。雖然這些作品在認識上仍然帶有時代的局限性，然而卻是那時最爲珍貴的聲音。

另一方面，在學術上，中國文化母體內『經世致用』思想與資產階級思想相結合，也喚起了變革，以康有爲、梁啓超爲首的改良派試圖通過自上而下的革新以實現變革。康有爲的《新學僞經考》《孔子改制考》就是借經學之表論資產階級學說之裏的著作，康有爲的弟子梁啓超更是通過《新民說》一書提出國民性改造。與早期啓蒙者『師夷長技』的器物文明引進不同，梁啓超上升到形而上的精神領域，從文化心理上更加徹底地進行變革。梁氏是清朝末年到民國初年一個橋梁式的人物，被譽爲『輿論之驕子，天縱之文豪』，其影響力不但在學術領域，同時還在文學領域，他所倡導

的『詩界革命』得到了譚嗣同、黃遵憲、丘逢甲等人的響應，黃遵憲的《日本雜事詩》，丘逢甲的《嶺雲海日樓詩鈔》都體現了這種主張。這一主張要求反映新的時代和新的思想，用『我手寫我口』（黃遵憲語）的方式直抒胸臆，對長期占詩壇主流的擬古主義、形式主義產生了巨大的衝擊，解放了寫作者的心靈和頭腦。

與社會變革同步的是早期對西方思想著作的翻譯，這裏面影響最大的是嚴復，他翻譯的《天演論》《社會通詮》等書直接孕育了民國一代的知識階層。與嚴復略有不同的另一位人在文章中都曾提到《天演論》對他們思想所產生的震撼。魯迅、胡適等翻譯家是林紓，他的譯作雖然參差不齊，但却在更細膩的心靈層次對讀者產生影響，許壽裳曾回憶，他和魯迅都熱衷于林譯的小説，如《巴黎茶花女遺事》《黑奴籲天録》《迦茵小傳》等作品。

辛亥革命之後，進步社會思潮成爲主流，比之清末思想啓蒙者『求存』的追求，民國以來的知識階層深入到了更加細微的肌理，一方面呼喚社會變革，另一方面進行點滴的建設，革命并不能使所有的一切一蹴而就，在更加深廣的領域，事物的改變是由微觀而宏觀。通俗地説，比之革命，建設的意義更大。如《中國商業史》《中國

教育史》《中國倫理學史》《中國哲學史大綱》《中國小說史略》等一大批作品都是進行系統的梳理與建設的理論作品。其中,以胡適和魯迅二人的影響最大,他們的作品一紙風靡,從而成為新文化運動的主力人物。

《清末民初文獻叢刊》收錄的文獻大致上可以分為三個階段,其中龔自珍、張之洞、魏源、郭嵩燾、薛福成等人的作品可視為「早期啓蒙」,康有為、梁啓超、黃遵憲、嚴復、林紓等人的作品可視為「中期啓蒙」,胡適、魯迅、蔡元培等人的作品可視為「晚期啓蒙」。當然,這種劃分并非嚴格意義上的,大部分啓蒙思想者隨着時代的變化,其思想在不斷進步。縱觀整個近現代史,可以發現,要求變革不是在某一個領域,由某一類人發起和完成的,而是全社會的要求。

變革,已經成為全社會的共識。

從清末民初的文獻中,我們能夠發現一種豐富性。這些作品涉及政治、經濟、軍事、教育、外交、宗教、心理、情感等方方面面,從內而外地净化着中國兩千年以來的封建積習。它不祇是對社會的改造,更是對人心靈的重塑;它首重國家社會之建設,同時亦重靈魂心智之喚醒;它是宏大的,也是微觀的;它是嚴肅莊重的,也是活

潑靈動的；這些作品結構精巧，思想內容深刻，擁有濃厚的人文主義色彩，對推動社會主義建設，實現中國夢有重大意義，是近現代中國一百年來最宏富的智識與情感的寶藏。因此，整理這些文獻作品，無論是出于資料保存的目的，還是爲圖書館提供資料副本，都有不可估量的意義。

特定時代下的文獻，當它一旦形成（既指草擬，創作的完成，也指其成爲一個載體），就不可再複製了，也就意味着它將面對消亡。對于文獻資料而言，越接近歷史事件發生的時代記錄，越具有研究價值。文獻本身具有不可再生性，它祇會消亡，而不會增多。盡管文獻本身的文字可以保留下來，并進行傳播，卻失去了當時的時代氣息。當時的作品可能在技巧上、文字的成熟度上不及當代，但它所負載的信息，創作者的情感都反映了當時的歷史，也就是說，它具有不可替代的歷史意義。

影印的版本有三個特點，第一是擁有文獻的『原始性』；第二個特點是『未經改動的』；第三個特點是『歷史的原貌』。所謂『原始性』，也就是說，它是第一手資料，而非轉述的，回憶形成的；『未經改動的』，是指未被篡改、删節、挖補的；『歷史的原貌』是指在影印製作過程中，完全依照文獻的原來模樣……這樣製作出版

的作品，無异延續了文獻的壽命。

近現代思想史上的一個最重大的思潮就是『開放』，從林則徐的『開眼看世界』到蔡元培的『兼容并包』，都是在倡導一種開放式的胸襟。而《清末民初文獻叢刊》最有魅力的部分就是『開放』這一主題，衹有融入到世界文明發展的進程中，中華文明纔能歷久彌新。

《清末民初文獻叢刊》編委會

二〇一七年四月十四日

凡例

一、《清末民初文獻叢刊》（以下簡稱『叢刊』）爲影印本，舉凡所用之底本，均爲該書之早期版本。有清末刊本，亦有民國印本。

二、《叢刊》均依底本影印，未予刪改，僅代表作者個人觀點，不代表官方立場；原刊本有誤，不予校改，以保留文獻之原貌。

三、《叢刊》所用之底本，因時日久遠存在漫漶的情況，均進行了修復；底本闕文、印刷不清，均保留原貌。

四、爲讀者閱讀之便，《叢刊》中之舊底本目錄未標記頁碼者，編了目次；原底本有頁碼和目錄，未予重複編目。

五、爲保持文獻的原始風貌，影印本保留了原書書影（原書爲多冊，則保留第一冊書影）、扉頁等信息。所用底本無相應信息者，則不予妄添，以免錯訛。

目錄

繪圖後聊齋志異（清光緒十七年夏五上海鴻文書局刊本）書影 ... 一

原刊本扉頁 ... 三

序 ... 五

卷一 ... 七

卷二 ... 五一

卷三 ... 九一

卷四 ... 一三五

卷五 ... 一七五

卷六 ... 二一五

卷七 ... 二五五

卷八 ... 二九五

卷九 ... 三三五

卷十 ... 三七五

卷十一	四一九
卷十二	四五九

繪圖後聊齋志異

繪圖後聊齋志異

蛟川包宗義著

光緒辛卯夏五上海
鴻文書局二次石印

上海三洋涇橋緯文閣發兌

序

六合之大存而弗論九州之外置而不錯曰耳目之所及為見聞以形色之可徵為紀載宇宙斯臨而學問窮矣昔者神禹鑄鼎以象姦惜其文不傳于今或謂柏盆之所錄夷堅之所誌所受之於禹者即今山海一經是也然今西人足跡遍及窮荒凡廬圓顧方足戴天而履地者無所謂奇形怪狀如彼所云也斯其說不足信也麟鳳龜龍中國謂之四靈而自西人言之毛族中無所謂麟羽族中無所謂鳳鱗族中無所謂龍近日三物亦不經見豈古有而今無耶古者寶龜為守國之器今則蠢然一介族爾靈於何有然則今之麒亦非古之麒也豈好事者指為有五通獅北地之有狐夫天下豈有神僊哉漢武一言可以破的甚明矣中國僊鬼怪者以為下愚人說潑明則善惡賞罰之權以寄其懲勸而已況乎淫昏盛感如五通聽之令人髮指敢肆其技倆於光天化日之下哉斯真寰宇內一咄咄怪事乃獸類豈能幻作人形自妄者造作怪異狐狸窩中幾若別有一世界斯皆西人所悍然不信者誠已虛言不如實踐也西國無之而中國必以為有王法幽窩之所不得於神工鬼斧水土舟車之行蹟電追風水火之力繼幽鑿險信音之速瞬息千里化學之精項刻萬變幾於神工鬼斧不可思議坐而言者起而行利民生神國是乃舉舉大者而此之務而反索之於支離靈誕杳渺不可究詰之境豈獨好奇之過哉亦其志素不喜浮誇謬一惟實事求是所知帖括之無用年未弱冠即棄而弗為世之所稱為儒者非靈橋狂放即拘墟固陋自帖括之外一無所知而反覽然自以為足及出而涉世則快刻險狠陰賊爭戾心胸深阻有如城府求所謂曠朗坦白者

千百中不得一二嗚呼不佞于是乎窮矣又見夫世之擁高牙建大纛意氣發揚位置自高孰若斯世無
足與之頡頏者及一旦臨利害遇事變茫然無所措其手足甚至身敗名裂貽笑後之時為勢利
醲釅詭訣便辟之世界也固已久矣毋怪乎余已直遂行窮以坦率壘窮以肝膽交窮以激越論
事窮困極則思通鬱極則思奮終于不遇則惟有入山必深入林必密而已誠壹衷痛塊塁以茶芳悱
惻之懷一寓之于書而已求之于中國不得則求之于遐陬絕徼異域荒裔求之于並世之人而不得則
上溯之亘古已前下極之千載已後求之于同類同體之人而不得則求之于鬼狐儵佛草木鳥獸昔者
屈原窮于左徒則寄其哀思于美人香草莊周窮于漆園吏則以荒唐之詞鳴東方曼倩窮於禁楷則十
洲洞冥諸記出焉向有遇窟讕言則以窮而遯于天南而作也余今倦游返小住春申浦上小築三
楹聊庻藉熱巢慰寄茶煙雨風窮而將死豈復有心于遊戲之言哉所聞閣主人屢請示所作聊記十一
之刺剟氏于是酒闌茗罷燈唇輒復伸紙命筆追憶三十年來所見所聞可驚可愕之事聊可付
或觸前慶或發舊恨則墨瀋淋漓時與淚痕相間每脱葉即令小胥繼寫別紙尊聞閣主人見之輙拍
案叫絕延于再青者即書中意繪成圖幅出已問世將陸續成書十有二卷而名之曰後聊齋誌異呼
余目此去天南之邂窟佳淞北之寄廬將或訪岡西之故園而尋牆東之舊隱伏而不出尊志林泉請以
斯書之命名為悬壞矣世之見此書者即作信陵君醰酒婦人觀可也光緒十年歲次甲申五月中澣
淞北逸民王韜自序

華璘姑

璘姑華氏吳門大家女幼聰慧入塾與諸兄競讀輒出其上父母鍾愛之每謂人曰此吾家不櫛進士也逆伯兄字子瑜每試文輒冠其曹偶然窓下課文終不逮眉史一日分題角藝帖括外兼及詩賦眉史固自負詩壇領袖子瑜素不工韻語而是日之詩竟拔幟先登獨探驪珠壓倒元白眉史心竊疑之度必倩人捉刀然弗敢直詢也偶翻閱其課程見中夾一紙薔花書格異常秀媚末附前詩字句皆同因挾以問曰此誰氏子手筆當出自閨閣中不直告之師長子瑜赧然曰余女弟璘姑亦未字人特憚於啟齒未敢擬作也願秘之勿宣陰有所屬眉史固未議聘而聞璘姑鳳嫺之貌終於天人生貌作女亦慮女有才未必兼貌將徐瞷之而後定生家與女室僅一牆隔之西偏即女卧樓也時徑白高堂登亭納涼徘徊眺望忽窓呀然四闢女斜倚頣若有所思生驟覩之驚為天人生貌當長夏生登亭納涼徘徊眺望忽窓呀然四闢女斜倚頣若有所思生驟覩之驚為天人生貌固秀女亦愛之相視良久之始掩窓而下生歸室情不自禁因詠所見一律書以贈子瑜下并誌其時曰詩云桃花巷口山先露面照人新月宛成眉驚鴻影斷迷來路覆鹿疑深繫去思不待重尋已惆悵等閒吹白鬢邊絲旋扇上詩為女所見知生之屬意於已也密成四絕書之金箋偵兄他出授婢投於生案生得詩審為女作喜甚因以金賢賂婢遂得達女室是夕澹月侵簾明星當戶女方背燈兀坐顧影長吁自苦也女不虞生之驟至驚起詢所自來生曰特來踐卿詩中之約豈欲效雙文悔其前言歟女俯首無詞拈帶不語生遂與訂嚙

八

華璘姑

臂之盟由此往來無虛夕而女之家人固莫之覺也時鄰省有狄生者女父所取士也弱冠登賢書文名噪甚特遣冰人求女女父許之行聘有日矣女聞急甚因與之謀宛轉籌思計無所出女哭矢聲謂生曰君堂堂丈夫竟不能庇一女子耶生窘逸去夜半女取雙羅帕結同心帶自縊於梨花樹下及曉女父母始知解救不及顧莫明其死之由厚殮之而已因擇地暫寄女棺於僧寺生驚耗慟怛欲絕哀痛幾不欲生蓬被而卧呻吟牀蓐恍惚聞魂已離軀殼遙見一女子在前娉婷褰裳若璘姑就之則又遠不能及愛呼女名而大號女若有所聞駐步少待及覿面果女也女曰君何為亦至此此非人間乃離恨天第一所也妾以薄命不得偶才子暫墮紅塵以完夙孽君前程方遠且堂上屬望方殷何不速歸生泣曰苟不能偕卿同返願長居地下耳女曰然則君姑待比俟妾閒之主者當有佳音女去須臾卽返喜曰事諧矣養疴讀書寺中以睚嚅夜半潛啟女棺妾顏色如生時負置之牀灌以參荅生遽驚覺因託避人所生之舅氏素居金陵以鄉試伊邇寄書招生下榻其家生遂稟白父母而往其實一舸西施天將明女微有聲息旋開朱唇欲語而終止狀似甚憊者三日始能起立如常生若獲異寶謀徙居他所既抵金陵僦屋莫愁湖畔臨湖三橡極為幽敞舅氏憑閒望遠將圖違逅也屢次往招生辭以與同試友偕寓不可離也顧舅氏微閒寓中有女子見者疑為神仙中人生舅氏遺人屢次探聽告生母生母遣媼往閒入寓親視女駭而卻走狂呼白日見鬼由是女之踪跡漸露疑為平康狹邪者流隱憝末求其密友鄭生為之斡旋女父母自女死後悵惜弗置毎道及女輒生度弗可居渡江至維楊爰書願

為流涕鄭生固與女兄子瑜善自言有異人授以仙術能起死人而肉白骨君父思女傷心久恐成疾昌弗有以解之吾能為致其魂如漢之李少卿不足多也子瑜之父初不信女母急於一見其女曰盍少試之即其術不售亦無所損乃以女生平飲饌衣裳服玩悉畀鄭生刻期在其家相見鄭生已隱招生與女至夜半鄭生燃燭於堂焚香於鼎室中位置牀榻如女平時檀旃氳蘊繞一室乃禹步焚符籙女父母駐足室外屏息靜俟須臾隱隱聞女哭聲自遠而近於香篆中微步可儗還陽間月老稽女也鄭生戒勿得相逼但可隔牆與語女縷述死後之苦并言陰司以其壽數未終願為諸婚牒與鄭右陸眉史有夙緣未了如父母一言許之可留不去鄭生慾招眉失來願擎赤繩且力任幣聘事眉史請於父母約如女父母恐駴物聽不敢攜歸乃儀為鄭生妹也者嫁於陸姓之夕香燈綵仗驢從頗盛賓客賀者盈堂紅巾旣揭見者愕眙由是女往來於華鄭兩家有如威申女白父母卜地葬棺以掩其跡昇者舉其樻空若無物疑為尸解去因呼女墳為仙塚嗚呼始仙闌摧玉折終則璧合珠圓一死一生其情愈深鄭生為地下之媒奶完人間之夫婦其術則幻其計則神彼璘姑者其將終身鑄金繡絲以報鄭生也哉

紀日本女子阿傳事

阿傳日本農家女也生於上野州和根郡下坂村父業農小築三橡頗有幽趣依山種樹臨水啓門自具籬落間風景室東偏紫藤花滿架花絳時雪霏几榻阿傳臥房在焉阿傳貌美而性蕩長眉入鬢秀麗承顴肌膚尤白勝於豔雪時人因有玉觀音之稱及莘風流靡曼妖麗罕儔鄰人浪之助者佚達子也善自修飾以媚阿傳時以玩物饋貽由是目挑眉語遂成歲父不能禁竟偷嫁之成伉儷倡隨極相得無何浪蓋野合驚合鴛鴦往來既稔父不能禁竟偷嫁之成伉儷倡夕往馬鄉人某甲素愛阿傳聞而憐蓋也阿傳從絹商某之偕夫遇去閨草津有溫泉浴之能治癩夫婦與阿傳同寓見阿傳共往橫濱延夫甚謹與之絹商妾亦小家女緯約多姿時就阿傳語始知為同族姊妹行因勤夫邊阿傳共往橫濱延美國良醫平文治之有吉藏者橫濱船匠負弁也誕阿傳美思通之顧任醫藥費阿傳夫婦居其家伺間求歡狐綏鴇合極盡繾綣魚貫五郎俠客也憐阿傳貧時有所贈阿傳意其私己欲以身事之五郎拒不納浪之助疾久不瘳仍偕往溫泉中途盡禮其素中金哭訴於逆旅主人絹商寓其家時方藥客婢以事聞昇朱提數笏濟其窮及來謝乃即阿傳絹商方獨宿寓中遂薦枕席旋絹商歸阿傳事終不明夫死一周阿傳頗不安於室一日此禍水也勤絹商絕之贈以資斧遣去未幾浪之助死或疑為吉藏所毒然從之至其家聞其妻嗁之日此禍水也勤絹商絕之贈以資斧遣去未幾浪之助死或疑為吉藏所毒然間置弗省偶徘徊門外市太郎道經其室一見驚為天仙借事通詞遂招之入竟作文君之奔焉以後阿傳事父纓訴往事艱辛狀阿傳父應女前行令妹貽書規之凡有所屬意輒相燕好穢聲籍藉閭里阿傳以東京多浪遊弟子冀遂其私乃寓淺草天王橋畔旅舍

九竹亭室宇精潔花木蕭疏阿傳竟作倚門倡留髠送客習以為常吉藏以事至東京素識阿傳因呼
侑觴醉甚留宿阿傳索金不即予吉藏自阿傳夫死薄其所為與之有隙至是刺刺道其隱事阿傳憮
甚乘其醉寐手刃之託為報姊仇被逮至法廷猶爭辨不屈幾成疑案經三年而後決正法市曹以垂炯
戒此已卯正月中事也東京好事者將其前後情節編入曲譜演於新富劇場天南遯叟時旅日東亦往
觀焉特作阿傳曲以紀之詩錄如左野鴛鴦死紅血迸花月容顏虺蜴性短緣究竟是孽緣同命令翻為
併命鴛房鬼火照獨眼霜鋒三尺寒泉令嚴終見愛書麗閣里至今說阿傳阿傳本是農家女絕代容
華心自許爭描眉黛閒遙山梨花開戶春無主笄年偷嫁到汝南羞殺檀奴風月譜花魂入牖良宵短日
影侵簾香夢甜歡樂無端生哭泣溫柔鄉裏風流劫一病纏綿不下牀避人非是甘岑寂溫泉試浴蒹葭
春旅逡姊妹情相親一帆又指橫濱道顧奉黃金助玉人世少盧扁真妙手到底空林難獨守孤綏鴇合
只尋常鰈誓鵷盟無不有伯勞飛燕不成雙顧儂原知中道分手調鸞湯作靈藥姑存疑案付傳聞一載
孤栖歸省父骨肉情深盡傾吐阿妹貽書伴弗省真成跋扈胭脂虎市太卿邂逅初目成已見載同車
貌豔芙蓉嬌卓女才輸苧藥渴相如自此倚門彈別調每博千金買一笑東京自古號繁華五陵裘馬多
年少旅館淒涼遇舊歡歔搖銀燭夜初殘詎知恩極反生怨帳底譽擲刀光寒含冤地下不能雪假手雲
鬢憑寸鐵世間孽報宣無因觀此事三擊節阿傳始末何足論用寓懲勸箴閨門我為吟成阿傳曲付
與鞠部紅牙翻邂叟詩成傳鈔已東一時為之紙貴按阿傳雖出自農家然顧能知書識字所作和歌柳
揚宛轉音節殊諧其適溫泉時有藝妓小菊者與之同旅邸小菊正當妙齡貌尤靚麗推為平康中翹楚

豔名噪於新橋柳橋間一時枇杷茗底賓從如雲小菊赤高自位置苟非素心人莫能數晨夕也自負其容不肯下人而一遇阿傳不覺為之心折歎曰是妖嬈兒我見猶憐毋怪輕薄子魂思而夢繞之也阿傳雖能操樂器而未底於精至是小菊授以琵琶三日而成調譜自度曲居然入拍小菊之相知曰墨川散人東京貴官之介弟也一見阿傳歎為絕色伺小菊不在側遂與阿傳訂嚙臂盟擬之歸貯之金屋終以礙於小菊不果由是菊傳兩人遂如尹邢之避面焉入謂阿傳容雖娟好而翻雲覆雨愛憎無常是其所短小菊容貌亦堪伯仲惟美則可及而媚終不逮也阿傳既正典刑閨閣女子多以花妖目之援以戒清五郎閒之往收其尸葬之叢塚并樹石碣焉曰彼愛我於生前我酬之於死後因愛而越禮我不為也嗚呼如清五郎者其殆俠而有情者哉曷可以典書

一四

許玉林匕首

許琳字玉林世家子也世居揚州其母越產也誕生時夢玉燕投懷遽折其翼舉室以為不祥及長丰姿俊逸性兀倜儻讀書十行俱下工詩詞不甚措意吟詠之外好舞長劍自倭國得一寶刀芒寒鋒銛利可削鐵生常以自隨不輕易示人一夕赴友人讌歸夜已央矣新月既墮疎星不明路經曠野林木敬蔚生獨行亦不之畏忽見燐火一叢從樹梢下墬纍纍如貫珠生直前以刀揮之則忽成千百道白光環繞生身大驚向狂奔而光亦隨之行里餘忽覩甲第當前石獅左右蹲此徑往叩扉閽者詰以昏夜何得至此生以迷路告門啟肅客入內堂則有一虬髯者戎服降階相揖升庭抗禮自陳閱閱乃知主人蕭姓職居總戎以勤髮逆得功解上懸刀數十具寒芒爛耀與燈燭光相激射注視不移瞬主人笑曰客亦好此乎曰然頗有同嗜徒顏垣敗壁中行近偽天王府園有眢井內有乙首一瑩封甚固搥而碎之則一著吾刀血出如縷無不立殞於破之日躍身上雄堞從頹垣敗壁中行近偽天王府園有眢井內有乙首一白光自其內出上亘霄漢爰黙誌之翌日募健卒數人縋入覘其異井底有石匣一緘封甚固搥而碎之則一著吾刀血出如縷無不立殞於背鑄雙龍井有蝌蚪古文數十字人莫有識殆刀銘也時方搜擒逆賊一著吾刀血出如縷無不立殞於是人羣知為寶曾聞之向吾索觀決為周秦時物蚪字無人能識幕府中惟張君歔山約能辨為譯其意曰釆鐵鍊鍔質剛性柔斂鍔於匣得氣於時佩之刻不去身今老矣無志騰驤矣觀子亦豪邁者願解以相贈因命僮入內捧出主人握之出立中庭作盤旋舞但觀刀光不見人體舞畢授生曰此刀能斬妖辟邪其慎所用徑尺之鐵獅之可洞子善

寶之以建殊功生得刀喜甚長嘖以謝主人命生宿於東廂曉夢初醒但覺涼露侵衣寒風砭骨啟睇視
之則臥於叢塚間而匕首宛在手中因歎詫為奇遇歸時味爽樹色可辨見中一巨塚石碣曰蕭軍門墓
道生恍然知即昨宵所遇主人也爰振衣再拜蹌踉歸家生勇宦於蜀中招生前往佐理案牘生於是束
裝就道道路經楚南借宿逆旅寓中賓客已滿惟後樓三楹虛無居人生以為請主人曰妖物所憑久
已鐍鑰入居尚不利於客生笑曰妖由人興何能為固命除樸被往宿主人不能強赤聽之生入秉
燭觀書宵析初停萬籟悉寂聞樓梯有弓鞋細碎聲又有婦女笑語聲不禁毛髮盡戴繼思有匕首在何
懼因隱几假寐以覘之有三女子聯翩而至妝豔均非時世裝束見生卻立曰何來狂生
矯從空飛入張目吐舌將搏噬生生立拔匕首斫之劃然一聲如裂帛則雙扇闔一蛇長數丈其赤如火天
闔人闖闖當呼赤精子來遣之三女子皆咆哮作聲忽爾狂風四起窗戶頓啓生無恙因下拜曰我閱人
剣也製竝古雅似非時下物三女子亦不見乃取匕首撮口作聲然一物從茂林
中出疾若制電貞奔生前馬見之掀前兩蹄作人立狀生急取匕首而寐明晨主人啓扉見之囊劍長嘯作聲破匣
多矣君竝非常流也生亦不告所以囊劍去取峨眉山下方緩巒拄筇看山色忽有一物從茂林
出此首遠脫手騰空俱八雲除須臾一物下墜蛇身而犬首鱗角悉具毛血淋漓匕首仍在手而雙劍
杳矣生因歎為神物不肯久駐人間快快而行既抵易宿於西軒偶酒酣興至為賓客話其異諸客俱
請一觀七首以供賞鑑生慨然出示署中人傳覽殆遍先長劍術不輕授人前年我女從母至山寺遊玩道人見
耶裁眉山有隱道人者令之異人也符籙之外尤長劍術不輕授人前年我女從母至山寺遊玩道人見

之驚曰此女聶政也何為在人間越日至暑來謁願以劍術授我女余曰此非女子事也笑謝之道人太息而去數日數不可逃也臨行以匕首一握贈曰夜佩之可以遠害全身余辭不肯納則道人去已遠矣令匕首尚在我女所數夕前熠然作光襲以重錦亦不能掩殆雌雄作合之兆歟生請其說生舅曰汝之刀紋凸而顯出我女刀紋凹而隱入汝之刀銘陽文我女刀銘陰文也取出比視果然兩刀長短不差累黍生亦為歎異女性婉順容貌妍好刺繡之暇兼涉書史擇對甚苛尚未字人生年已逾弱冠有志四方亦未授室舅以匕首之異遂屬意於生郵書密商之生母亦以為可即介查中人為媒妁而贊生焉後伉儷相得花晨月夕互相倡酬或擘牋賡句或飛筆聯吟閨房之樂真有甚於畫眉者一日日晡雙扉不啟呼之亦不聞有聲息排闥入視則生與舅俱裸卧血泊中並失其首編叐不得一家惶噪急足往間之至則見房男女兩首赫然立在大案上猶帶血腥餘漬尚新返告生舅親詣識語疑其前知遣去住間無所出檢點箱籠如故惟匣中雙匕首俱已羽化生卒不可得已納首於棺刻寺中覡語疑其前知遣去數不足逸去搜其房男女兩首赫然立在大案上猶帶血腥餘漬尚新返告生舅親詣期卜葬及舉櫬入土輕若無物異而啟視之竝空棺也人咸以為生與女皆劍俠者流遊戲人間偕尸解仙去然疑案終不能明云

仙人島

崔生孟湙泉州人少好游思探奇海外嘗有所過會有巨舶航海者崔求附身同行許之甫出大洋即遭颶風銀濤湧地雪浪掀天舟鯽簸蕩帆檣悉摧舟中人已無生望越數日漂至一島層巒疊翠臺嶠摩青山徑皆平坦寬廣翠柏長松幽花異草不可名狀舟人考諸圖經向所未載島中空曠無居人稍進則有石洞石室几榻爐竈畢具爐旁尚有零星木炭似不久有人炊爨者風日晴暖氣候溫和殊不類蠻兩旁皆溪澗泉流碎石間喧聲聒耳澗上皆忍冬花藤蔓糾結黃白相間其香紛郁爽人心脾花多落於溪中故其泉甘冽異常崔至此疑為仙境不復思還詣船取襆被欲宿洞中既夕泉勤崔歸身不可咸笑崔癡夕陽既落狂風又作舟不勝風其漂去明日崔往視舟則已不見因大驚自分必葬身異域矣計無所出擬舉止風度酷似大家翁逃崔登堂立坐問崔何處人何時來此崔乃渡橋與翁作禮翁年五十許舉止風度酷似大家翁逃崔登堂立坐問崔何處人何時來此崔具以實告翁貌古神清霜髯披拂衣服如唐宋裝束隔溪拱手謂崔曰君從何來請以實告翁貌古神清霜髯披拂衣服如唐宋裝束隔溪拱手謂崔曰君從何來請以實告...

山疏泉作池奇詭異卉遍地皆是有葡萄架甚巨翠陰紛披廣覆畝許繞之而出可以直達女室崔一日任意散步見其風景清幽不忍遽捨行叢綠中衣袂皆作碧色已盡則現迴廊雕畫闌檻別有洞天繞廊而入精舍三椽露閣雲窗極為華麗閣內有吟哦聲揭簾徑入闃然無人爐中香篆猶裊閣檻上鏤蝴蝶卷王軸牙籤充物座右略一抽闌則皆黃庭玉樞等經几上置參同契悟真篇兩冊俱有注釋乃鈔本也末葉有固始沈碧衡女史書字嫺娟秀直鍾王崔知為翁女讀書之所即欲退出方舉步一麗人自後廊出笑謂崔曰先生何獨至此崔乃長揖作禮局促不自安女珠坦然不介意延食少坐取琉璃杯對縈上玉瓶中水以授崔曰此甘露所釀百花精液也服一杯可却病延年不下方所有也崔視其色白嗅之其香沁鼻飲之其涼震齒胸高間覺清爽有如醍醐灌頂女瑣屑問一人世事及各處風俗并問今為何代崔具告之女屈指以計忽默曰瞬息間已六百年矣抑何速也女謂崔曰我思將一履塵世南遊普陀北訪五臺二十年而後還惟是弱不能攜帶將以累子我女本塵緣未了今與女皆在子矣送至海濱擇吉日以嫁崔外了無所事或為女錄漢魏唐宋人詩絕無一念思及鄉里一日翁忽謂崔曰居莘年餘矣讀書作字之雄石咩嫗登解布帆乍張天風忽引轉瞬已杳女亦無戀戀態但謂崔曰二十年之外當亦送君行耳島中無寒暑無晝夜珍禽馴獸多中土之所未識亦無曆日以花之開謝為之榮落為春秋崔不可以久留卻扇之夕女盛妝靚服容光豔美伉儷之篤有可知也累月餘乃行崔與女皆送翁至海濱崔如是送行則留則食渴則飲倦則眠醒則起約二十年耶蕈袂竟登舟如箭抵崖已逾一處遙望有雞犬聲崔登岸詢問方知為蒲竊喜再蹂人境方自慶幸轉念橐裏無阿堵物不免作伍員吳市吹簫則又悲從中來因憶別時女以一裏相投置於胸前不知何物探懷出視則片片皆金葉也爰貰其一二作旅費舟自浙回閩

至里門無一相識者詢舊時之戚族友朋盡已淪倒龍鍾難復可辨
崔慨念人世榮華如飄風過耳殊不可恃一切所有皆如寄因祝髮為道士居郡南天后宮為住持終日持齋誦經不見賓客如是者三十年一日
晨起忽見一鶴羽衣翩翩翔庭際有所覔口中衘一丹書見崔飄然下隨崔拾視之紅箋金字則女書也
上書世外妻碧衙檢祉一别不知幾悲惡歲年窓前一株鴨腳桃已三十度著花結子矣每食桃輙念君欽寄一
枚算得書不禁悲愴久之斷木煮苓如法服食覺身體健於平時泉郡人多習航海術崔時問以此島緬述方
雖崔得書不禁悲愴久之斷木煮苓如法服食覺身體健於平時泉郡人多習航海術崔時問以此島緬述方
林道遠莫致所橐桃核今已成林而君渺無還期老父臨别之言何不記憶乃忍於塵世中疾病老死如蟬蝣
如朝蘭哉令傳一方可常服食有仙緣自成正果君其勉之末附二絕云碧海青天夜夜心靈香相思苦始信人間有别
枝算得書不禁悲愴久之斷木煮苓如法服食覺身體健於平時泉郡人多習航海術崔時問以此島緬述方
向景物率皆曰無有仍思往還皆有定期所止海島皆有居人雖汪洋無涯洖安有一片土為仙人所駐足矣忽作是想徒逢
空中樓閣也崔終弗信欲往之念愈堅因貨其所有得四百金擬先往西南洋後至美洲已有定約將行忽逢
冠亂蓋髮逆汪洋由豫竉潭泉數縣皆為賊窟有一賊持刀直入天后宮於崔牀下得金一囊崔前奪
賊連斫數刀死賊去鄉人殮而葬之廟後樹石碣曰崔道人墓

小雲軼事

小雲沈姓居揚州之虹橋橫街雖出自小家女子而容比月妍肌逾雪潔年僅十二三齡而一時罕與之儔乃教以歌曲性絕警慧一二度即已抑揚入拍聲先宛轉動人曲師自歎弗如也父母皆愛若掌珠將鬻為巨家妾騰以奇貨居之一日有游方僧過其門見女詫曰此禍水也倘肯削髮飯依淨土則可證無上妙香者年最少而持戒女父母以其言不倫叱之去左鄰有禪月寺相傳為齊梁時所建褌塔者皆女尼內有妙香者年最少而持戒律獨嚴數往來女家女尤善偶於閒中授女經典女時有參悟尼輒合掌贊歎無何女父母遇疫亡孤女無所依依陳媼者為女中令女作媒媒使往來於秦樓楚館間招女往居家蓋蓄意弗將以錢樹子視女也因貲精舍三椽於曲巷中之香爐菴几湘簾備極閒雅隱招富家子至裝女出見或跛一笭或度一曲見者驚為神仙中人多擲纏頭無有吝色邇歲女年益長娉婷玉立艷冶無匹枇杷蒼翠實有如雲有貴介公子某甲顧出千金為之梳攏媼已而女弗許媼怒謂媼曰曩以孤貧故爾相依墮落風塵之外兼嫻繪事耽嗜名人書畫弗惜重價購置遇富貴人貌之纏綣必破其慳囊而後已箱篋中金玉錦繡物竊非所願惟是接席延賓殷勤久而弗懈以急告傾囊濟之或應試之費則倒篋異之事汝玩珍奇不可勝亟頗愛才見寒士延接殷勤久而弗懈以急告傾囊濟之或應試之費則倒篋畀之事汝常人因呼為女俠曰無已俟余意所屬乃可彼紈袴子蹄至頂無一雅者何等事可相迫耶女擇人而事汝豈遂以了角老耶女曰無巳俟余意所屬乃可彼紈袴子蹄至頂無一雅骨奴豈能屈意以當之哉女弗從集成語書楹帖以贈沈旭庭女為么鳳輕於燕雲想衣裳花想容咸謂此聯之無愧色揚州冠陷城女先期徒去人因服女之先見沈與女為文字交花晨月夕時與流連沈氣宇軒爽為女所心慕揚州既復沈往訪之則女猶未歸吳之贈聯尚懸齋壁越旬女忽乘魚軒抵沈寓謂沈曰知君枉過敝舍殊感遠情此地不可久

留行將逝矣沈囨詰其由微笑不答自此遂與沈別先是女出城居附郭村落中雖幸遠賊鋒然靈警䟱傳一
日三女於日暮無聊偶倚柴扉忽一肩輿匆匆至前兵卒百餘前後擁護及門輿停一婦褰簾而出覩
粧姑服盛髻容見女無慈耶女殊不相識遲縮無以應婦曰相隔未久豈并音聲而忘之耶我
即禪月寺尼妙香也別後陷身賊中以尼故章不受汚但令蓄髪改粧幽閉一室中賊敗為官軍所得郭來戍
遂令鷹處子也余以萬死一生保全貞璞今章得覩天日豈汝葦官軍乃不如賊耶
必欲見凌願以頸血濺於將軍之前參戍為之肅然改容曰汝已有夫當妁茍未適人則余亦未娶願
以伉儷請余曰無歸計如將軍言亦所願也特恐命從我行平當自有汝安顧
饋猶固謝吾子故來相援耳女遣媒妁陳禮幣擇日親迎乃可惟命參戍曰此間亦不可居從我行平當自有汝安頓
昨聞揚城已陷特念妙香堅體敲詗可咄嗟從將軍言以誕我耳不然表如將軍已入邑庫固翻翻顧
命處參戍固家江北購有田園可以自給女遂從郭參戍居郭弟年僅弱冠頗工帖括已入邑庫固翻翻顧
影少年也妙香因勤令納女商之女亦以為可女遂歸於郭弟時賊頗披猖颯颯於江皖之間驟與賊
遇賊騎繞之三匝畫夜相持弗得突圍而出勢瀕危矣已矢一死妙香在家忽謂女曰余將他適十日妙香忽
所奉大士前汝朝夕必炷香勿忘佛前琉璃燈夜必注油勿令滅若少疏虞將不能與汝相見蓋參戍行期
偕參戍歸夜半排閨直入兩人皆浴血滿身焦襟袖間悉彈丸灼痕息既定方為緬述顚末自將軍之被圍
也度不能出將自刺忽自佛前一巨鳥翩然飛下羽衣奕奕一女子身間關跋涉千萬軍中何
夜禱於佛前鄭昨夢大士告余曰以授汝解視之羽衣也及醒衣宛在牀頭服之身即輕舉兩腋習習生
由得達大士鄭袖中出衣一襲曰將軍何不服之脫重圍而往樂土也參戍曰余雖一身幸免其如衆軍何且當
項刻已至因袖中出衣一襲曰將軍何不服之脫重圍而往樂土也參戍曰余雖一身幸免其如衆軍何且當

知之余必獲庚乃屬眾軍而告之曰今遍處此進退皆死與其束手坐斃昌若擐甲執兵以決一戰是夜
月黑風狂命各營鎗礮皆滿貯藥彈環擊迭放甲馬而馳賊於睡夢中驚醒疑為援軍驟至羣向西北禦之參
戎乃率眾軍由間道逸去得脫既抵大營統帥獎其能許為錄功保奏參戎因請假歸省謂妙香日不輟衣
於是可一試矣夫婦著之御風而行片刻抵家因感大士靈驗有出世想長齋誦經梵唄聲竟日不輟女亦效
之郭弟固淡於榮利弗事進取乃於舍旁建家菴持戒清修有若苦行頭陀鄰里咸笑其愚一日早起各入中
堂捻珠宣佛號女忽謂郭弟曰余昨夢大士相招命司貝葉經藏殆將離此塵界矣郭弟曰汝先我請繼
之女竟跏趺氣絕鼻中玉柱雙垂妙香合掌稱善視郭弟亦已化去乃置之龕葬於室中揚州人但知有
名妓小雲者解一流而不知此一段公案也即有訪小雲蹤跡者但傳其鼠後他適不知所終而不知
其修慧業成正覺也贊小雲者曰言齊貧富一貴賤不以勢利動心作佛法平等觀而不知其能覺一切有
情禪誕登彼岸也閒有鹿門朱秀才者綺年玉貌最與小雲睨曉鏡畫眉寒衾擁背或摹腕聯句或剗燭題詩
花間月下形影弗離如是同卧起者十有八月而實一無所染此真所謂情芽也非佛地位人曷克臻此鳴呼
如小雲者安得不以一瓣心香奉之哉

吳瓊仙

瓊仙吳姓小字玉奴宦家女子家住杭郡父為江蘇候補縣丞旋授光福司曾刻印章云錢塘江上三間屋鄧尉山中九品官蓋亦風雅自喜者也瓊仙年十四五年姿窈窕態度端妍性尤穎悟詩詞而外兼通經史達近聞其艷名者爭求納聘而女父選擇珠奇每謂人曰當得快婿庶慰老懷況我家不櫛進士豈庸碌者流所能匹配哉構李有孫月洲者下士也年未弱冠已貢成均為人風流蘊藉拳呼為玉界尺素稔女美遣冰人致詞女父將許之杭郡巨族周姓亦令媒來周氏子曰玉仲儀容秀整年與瓊仙若父為當時顯官勢位烜赫權傾朝右時方隨其叔至蘇聞鄧尉莫釐山水名勝挈舟往游因及姻事女之從伯曰宣衛知人鑑時在任所謂女父曰聞周氏子作事每不近人情此冰山不可恃也若締絲籮後必有禍不如辭之女父以為令來求者兩家資清門望族未卜可否不如同召二子來一觀其優劣愛設延招致庭中紹紳咸集於庭肴饌之美一時未有孫郎冠履模素揖讓雍容周子衣服華侈意態驕慢時庭中芍藥盛開紅紫絢爛女父以金帶圍命題令二子賦詩以寵之孫郎援筆立就詩旨俱美周子雖不作可也遂輟詠於能成雙字紅漲於頰賓客中有調停之者曰月洲此詩先探驪珠所剩鱗爪爾周公子吟哦良久竟不是女父屬意於孫婚議遂定刻期納幣行聘成覿禮卻扇之夕儀能萬方見者驚為天人玉樹瓊枝天然佳耦伉儷之篤鄧苕鴛皇之翔雲路不啻也逾年孫舉於鄉闈中文藝傳誦一時周父以孫之擢事也憾之輒舉其文示人曰此鈔錄舊文幸獲雋爾何主司以失察勘主司磨勘諸生搜書肆果信孫竟被黜女極意慰藉之孫固佃儻者哲程文中遍投坊肆陰謆言官以失察劾周父又撫拾他故撤女任吳孫兩家咸知周父修舊怨顧無如之何而周之孫初不以功名介意旋周父又在京充鈔胥者與周之閽人相識知周衛怨月洲隱諷以若有驅使當能為力已也孫有同族昆弟無賴子也

閻人以告周召之至問以能遶孫筆跡乎曰能遶喉其冒孫名張揭帖於通衢中多指斥巡城御史以聞以語多怨望跡涉訕謗坐不敬充遼陽軍女以徒行臨歧作別悲啼宛轉歔欷不欲生行路者亦為之傷心酸鼻孫戍遼陽有葉將軍者顧解翰墨見孫文秀憐之試以詩文筆不加點因愛之遂令在幕中司筆札偶於案牘餘閒詢孫遺戍顛末方悲孫寬歎恍久之思乘機會為孫雪誣方行也女歸依父母夕花晨喜擎燈影無日不以淚洗面女父自罷官後官票蕭然多所逋負山右人李甲以豪富稱設銀肆於閶闔權子母以年利人無得少其錙銖者固虎而冠者也女父向之貸七百金積數年幾四倍之日來索無以應出惡聲馬揚言將控諸公庭女父計無所出括室中所有質諸典閻僅償十之一愁與急併疾以弗起女奉侍湯藥畫夜不剖帶顴天剖臂肉以進迄不瘳父死母繼喪驗諸鄰集助焉女孤子無依乃就食於鄰媼盼遼陽音信雁杳魚沈山右人登門索債勢洶洶窺女之豔羨諸費皆歲鄰媼為之強使適室家鄰媼曰貸錢者恐非孫家也此女官女孝廉婦出自名門豈肯作汝妾殿門不久遼陽戍返汝娶有夫婦以良作賤家一沙訟庭不能保汝雙囊素也山右人忿然曰員吾巨債何悍不還詎肯一旦之付之流水鄰媼曰周姓外人聲鼎沸咸曰已適家家不知人但覺顛蹶莫定須臾開目則在船中巨燭如橡光輝四射箕踞高坐者則山右人也謂之與中女昏替不知人但覺顛蹶莫定須臾開目則在船中巨燭如橡光輝四射箕踞高坐者則山右人也謂女曰汝今已屬吾汝若順從不患無金玉錦繡膏梁芻豢也否則將貨汝於勾欄以償舊債女知其人獷悍不能以理諭情感因曰余固孫氏妻也即欲奉君巾櫛亦當祭告吾父方得成禮且亦以重百年諧好若不獲聽有死而已山右人曰此何難即命具牲體置之船頭女親往奠酒焚帛將畢湯牙一躍投河時月黑風高潮流湍急尸已遠去無從援救翼日女尸流至鄰媼前河畔植立不橫觀者如堵牆鄰媼方以失女報官得女

尸大慟官旋訪得其事實山右人於法而命以禮葬女為立石坊曰貞孝賢烈士大夫以詩表彰之者成帙孫在遼陽將軍頗信任之適周父以事鑴秩去將軍為白孫昔日冤誣狀蒙恩釋還行至半途宿於驛舍時方秋抄涼蟾入牖寒蛩啼堦倚壁孤燈耿不成寐思及女迴文信斷達別音孤則更淒然淚下嗚咽不能成聲忽聞西廊弓鞋細碎有若女子行既呀然推扉而入娘娜而前檢袵再拜諦視之則女也孫起立執其手曰余蒙將軍恩義得至此豈已不在人間耶女縷述別後相思之若縱體八懷涕零如雨孫以衣袖為之拭淚曰余豈不思卿何能唱刀環自此永遂團圞與卿偕老余至今日已無世上繁華想矣但得郭外有二項之田架上有萬卷之書春秋佳日偕卿聯吟覓句關酒藏鈎樂已無極宣再欲於勢利場中為側足地哉女倚枕欷獻曰余豈不思此奈令無及已余已保身殉節完璞全員君駐人間我還天上自此一別雖歷萬古無相見期茫茫宇宙恨事何多莽莽乾坤真情不泯孫郎孫郎其善保玉體無以妾為念孫曰然則汝已死乎今日之會真耶虛耶杜少陵詩云夜闌更秉燭相對如夢麻始為我今夕兩人勉辦尚欲有言女以手拍孫肩遽然而覺玉環宛在孫指孫得此以後見之如見妾也君前程方遠尚勉旃孫尚記此昔年定情之物君尚得之否以已余已如其妾也君前程方遠尚勉旃孫尚記此昔年定情之物君尚記得之否以已余已
詩云夜闌更秉燭相對如夢寐始為我今夕兩人勉旃孫尚欲有言女以手拍孫肩遽然而覺玉環宛在孫指孫得此以後見之如見妾也君前程方遠尚勉旃既抵里門方知吳氏一家俱已物故急詣女墓濱酒捧腸伏地不能起長號數聲嘔血而逝里人為購棺斂與女合葬嗣後墓樹多連理交柯枝相糾結值風清月白之夜見孫攜女徙倚林間徘行吟諷至曉不輟云
三〇

貞烈女子

王秀文一字繡雯金陵人住鈔庫街父於縣署中為書吏家頗小康女幼工刺繡兼通書史同里有項生者系出世家父邑中名下士收藏書畫骨董甚夥與女父素相識女父仰其摩望時與往來或持玩好器物就相質證周鼎商彝入手立辨作價者幾不能售其欺一日項父過女家公子吾何修而得此女父笑曰此我家女相如也之問其年則祇十齡適女父自內出困曰君家女公子吾何修而得此女父笑曰此我家女相如也乃呼之立座側舉止嫻雅殊不類尋常女子兼以早凝秋水頻垂朝霞端穆中自鏡嬀嬀試以唐詩誦白香山長恨歌琅琅上口須臾女入因問當受聘未女父答以擇快婿難故尚有所待翌日女父得一玉珪帶辦何代物持以示項父爰呼生出見年雖不逮辨象而揮讓周旋頗中禮節握管能作四體書又能識漢魏晉唐碑文項父指子曰此作君家坦腹何如項父戲言耳得增如此復何求兩家遂以一言為成約項父即授金環於女作納聘禮越一年項父患病殁喪葬一切皆女父為之擔撥費不貲服未闕生母又卒連遭大故家遂落然無何有盜夜入其室淘淘索物無所得盜見諸版古銅器大喜曰此阿堵物更勝十倍盡括以去生由是不名一錢幾至窮困無以自存女聞之即以家貧不能備六禮辭生友范笏堂豪俠士也聞其言憤然曰此豈求婚帖哉且請婚期促之再三生無可應但以家貧不能備六禮辭生友范笏堂豪俠士也聞其言憤然曰此豈求婚帖哉且請婚期促之再三生無可應門皆拒弗納反責冰人謂之曰汝年長矣壽當飽以老拳未越月冰人果至言父若母視同掌上珍安能偕父即授金環於女作納聘禮越一年項父患病殁喪葬一切皆女父為之擔撥費不貲服未闕生母又卒連遭大故家遂落然無何有盜夜入其室淘淘索物無所得盜見諸版古銅器大喜曰此阿堵物更勝十倍盡括以去生由是不名一錢幾至窮困無以自存女聞之即以家貧不能備六禮辭生友范笏堂豪俠士也聞其言憤然曰此豈求婚帖哉且請婚期促之再三生無可應但以家貧不能備六禮辭生友范笏堂豪俠士也聞其言憤然曰此豈求婚帖哉且請婚期促之再三生無可應門皆拒弗納反責冰人謂之曰汝年長矣壽當飽以老拳未越月冰人果至言父若母視同掌上珍安能偕患無妻豈能受市儈齷齪氣渠若再來當奉君壽生靖其說冰人曰王家女兒嬌憤素慣若不能出口先探袖出巨金置几上指謂生曰生當以此奉君姑於黃泉矣君如肯給以離書俾終老於家亦無量功君歎某根糠覈哉倘嫁子不過數月新婦當見翁姑於黃泉矣君如肯給以離書俾終老於家亦無量功德

事此金所以報也生聽未畢拍案作色而起曰汝視我豈當妻者哉而直告汝彼女即欲從我亦不能認此覓心人作岳文韡書即剝昇汝濡墨揮毫項刻立就此紙裹凡上金擲諸門外揮其人出逕闔扉為項之范至生憤訴顛末范曰如何我豈妄哉果不出我所料然此地子不可居矣當出外建非常事業以一洗此恥生曰阮囊中不名一錢其何以供旅貲范曰資斧我可任之惟欲搜撥魏科多士宜至帝攻汝貼若欲立功徼外馬上得官則莫如投筆從戎馳驅疆場贊襄幕府立致顯爵亦復何難生曰有表戚在滇南軍營當往依之莫得尺寸功範曰善乞貲親友得百金以贐行女父自得生離書日夕託媒妁擇佳耦詭言有第二女甫及笄能書畫嫻吟詠以西國映像法繪偶擬繡鴛膠以書吏女顏實以炫其女容貌麗則富室豪門求之者必衆也果有潘氏子者軍門之介弟也時新喪偶題詠遍乞流題詠名曰得婦如此亦足矣詢為書某太史處見女小影倚欄小立微笑拈花妍姿豔態舉世無雙歡曰得婦如此亦足矣納采禮幣既盛輿從亦多焜耀於里間間女父恐女有所聞催粧預遣女往戚串家故女不及知也昔日所聘金環吞之至腹奄然待斃氣息僅屬多方笙管既奏乃始告女謂女曰汝自此可受榮華享富貴矣女則一世作貲家婦豈尚有生人樂趣哉女闈如喪魂魄涕泣不可仰催女登輿而女已取次歸不入羽衣星冠貌清奇聲長警救竟不可治聞氏尸行採煉術道士笑曰余女死三日猶未險顏色如生若女公子必妖人也將以此豔尸為非人者潘氏子聞之意沮過腹見女父曰吾我能活之汝父呢罵母俱行操煉術道士咲曰余此來為汝父補過汝非女子日後奉養汝特余知之義不容不救因取水一甌傾筒蘆中藥少許灌入女口俄者耳本不應有此貞烈女子日後奉養汝特余知之義不容不救因取水一甌傾筒蘆中藥少許灌入女口俄

聞女喉悶作轆轤聲書然大吐金環隨出啟眸微視曰此豈尚是人間耶項有星官送我來謂余與項郎終成夫婦可少待之佳音當不遠也女既甦衆忽失道士所在衆謂此必神人也頷手交慶焉香頃禮越日項生果歸戎服鮮衆騎炬赫蓋已保升至監司大員矣先是生仗劍以出也疋馬達滇南直詣戚營其戚以副將統偏師多黯蜀勇士屢立戰功自成一隊見至甚喜曰軍中正少司筆札者汝來甚佳於是文檄往來咸出其手弓衣句滿盾鼻墨濃上游章知其才一月三遷不數年竟擢是職一日方在營草露布忽有道士來謁曰君有世緣未了當急請假歸或可及生正欲研問則上司給假文書已至道士命選僕役具行李竝馬出營道士以袂障日影假汝縮地法令夕可至袂一揮紅露西匪但見歷歷俱從眼底瞥過約三四時日至矣則已在揚州城外回顧仙人之命乃歸也其以是哉我烏可負我賢妻急詣邑令曰貞烈女子一時發之詠歌表揚其事者長篇短簡美不勝收有貢旅舍暫憩天明買權渡江抵金陵日猶未晡也道路間籍籍女吞金環成吉禮一切鼓樂供帳皆縣為之備咄嗟立辦并饋扁額旌女之門表之曰貞烈女父命即日設青廬成吉禮一切鼓樂供帳皆縣金環曲最佳竝錄於後云王家有女字秀文少小綽約蘭蕙芬項郎名族學詩禮金環為聘結婚姻十餘年來人事變富兒那必歸貧賤一朝別字豪貴家三日悲啼淚如霰手摘金環自吞食將死未死救不得柔腸九曲斷還續臥地神彷微氣息詬神人賜靈藥吐出金環定魂魄至性由來動彼蒼一夜銀河駕烏鵲嗟哉此女貞且賢項郎對之悲復憐朝來笑倚鏡臺立代繫金環雲鬢邊

玉簫再世

吳彩玉一字玉簫嘉善人父早世從母至魏塘依舅氏以居女少聰慧針黹之事一見即工所刺繡紋精緻絕倫每出人爭售之舅氏素善歌曲彈絲吹竹無不深造其微女紅之暇從而學焉歌聲宛轉抑揚脆堪裂帛鏗可過雲殊動人聽以是里中或呼女為針神或稱女為曲聖女年十四齡丰神韶逸舉止娉婷見者不知為碧玉小家女也女母之妹從夫僦居於上海以書招之女母遂挈女偕行其屋固在城北曲巷中流鶯比鄰左右皆是妹之夫鳳習航海術時行賈於東瀛與女餂有贈遺羅帕香串幾盈篋筒一日女詣紅廟焚香甫下鈿車即見一少年子狀若貴家郎扇翩翩路旁視女見其雙眸炯炯不覺嫣然一笑入廟參神甫起而其人已踵至女匆匆下車時偶遺一帕此即卿之遺也謹以完壁女受而慾謝之紅潮暈頰益增其嬌女出廟登車少年亦從其後遠尾之直至女所居之門外雖慇淫從釧索帕不可得徘徊四顧若有所覓少年子以急症死棺槨衣衾皆為之摒擋女深感之逾年舅氏亦沒以遭訟事家尺銀河莫能通一語也無何女母以急症死棺槨衣衾皆為之摒擋女深感之逾年舅氏亦沒以遭訟事家日落姨之夫在神戶經商以乘小艇詣海舶忽值颶風沒於風濤中姨聞信痛哭為之舉哀成服喪事中不忘逄澤久之瀚有蜂媒蝶使出入其家隱諷女曰子年已及笄矣何不擇令日落窠至此所適亦不過賣菜傭而已再以上亦不過布米行中牙郎耳若欲五陵年少裘馬麗都非求之於走馬章臺中不易得也女一賴然無以應姨見其可動遂以女伴己則居於樓下客至淪茗進果令女自高位置案暄數語後三檻檪一以處女一聘匄棚中妙人居之以為女伴無不復再言客十問亦僅答二三語女既娟妍性又溫婉見之者無不色授魂與不決旬即己車馬盈門自此批不復再言

杷院洛楊柳樓壹居然於秦樓楚館中屈一指矣或有大腹賈為女梳攏者輒高其聲價一日有客直入女房謂女曰卿何時在此耶幾令人以相思死女視之即朝中所見之少年也廻憶前時不覺淚珠簌簌墮襟袖嗚咽言曰妾亦良家女豈飛茵墮溷者哉今雖不幸落風塵然璞猶未琢玉尚無瑕廟中謹完趙璧一語妾可自矢君其信哉少年亦為之肅然改容問身價幾何自當拔此一朵青蓮花以出諸火坑也女曰欲從則竟從耳身固自[？]矣費一錢因為少年緬述前後顛末少年曰雖然卿寄食姨家亦當少價即明中饋矣姨知女志不可奪則中變矣因呼姨至前謂欲脫女樂籍需價幾何姨方倚女為錢樹子驟聞其言色邊變女在旁謂姨曰姨固言擇人而事令有此好門戶兒許之矣若不從兒願則三尺紅羅即別有命處矣姨知女志不可奪可即欲禮彩仗花轎從鄭重令與客約法三章其一聘禮必以千金我盡為汝備矣其二須另設青廬行親迎禮彼亦當鄭重令與客約法三章其一聘禮必以千金我盡為汝備矣其二須另設青廬行十日女竟歸少年姓梁字鶴皋新登醫書乃浦世家子也惟中饋乏人亦名族女結褵期前未三載矣無所出女知少年方與美而賢必不相妒彌月後偕女往嘉善合葬其父母之楷女鳳慕西湖山水之勝因與往游小星之列生歧字鶴皋新登醫書乃浦世家子也惟中饋乏人亦名族女結褵期前未家人大婦無不循禮上下雍睦咸得歡心旋山莊福隱公車北上射策不中既歸忽患寒疾藥石無靈群醫束手女晨夕奉侍衣不解帶眼不交睫見生危篤涕泣不食焚香告天願以身代潛自割臂肉和湯以進顧病卒不廢生當彌留時女手曰吾圓汝矣吾死汝可仍歸故鄉房中所有悉以付汝當請於我再娶汝五百金汝善事後人勿以吾念女聞言涕泣曰歸故願相從地下耳顧已汝家願夜半生忽呻吟有聲左右進以參湯氣絕生母妻搶地呼天哀痛不可仰但曰妾亦不暇顧女夜半生忽呻吟有聲左右進以參湯氣絕生定嘆曰吾令而後得重生矣即詢女所在婢媼覓諸其房則已懸樑自縊作步虛仙子矣解下灌救已不及

舉其袖有血水滴出褫視其臂刀痕儼然因知為割股療病衆共嘆女賢且貞烈近令所養然不敢驟告生但曰痛倦已極纔入睡鄉搖首弗信曰此女吾知其已死矣適已至陰司黑風砭肌黃沙眯目方貿貿向前行突有乘馬至者曰某生可釋還陽已有貞姬代死帝鑒其誠延壽四紀且賜生再續後緣生其勿忘其人言訖以鞭笞予背如夢初覺令瘢隱有餘痛也生後捷南宮進士出宰山東屢任劇邑一日獲盜得贓中有玉桃一枚乃女常時所玩弄死後納於棺中者也生反復審視不謬謂盜必發塚開棺所得盜堅不承謂劫自吳江陸家第三女房中臧醫得之并有連理玉藕一片已付長生質庫命取至則亦女殉葬物也疑不能明即令信任之家人赴吳訪陸氏蹤跡乃知陸翁奉璽以遷於吳者年垂六十始生第三女生而能言靈敏異常臧獲往來胎衣掘地得二玉器女見之把玩不釋手稍長恒佩於身常問翁瀕海之區可有地名乍浦否答以距此不遠則屢求往遊自恨生閨閣中不能遠出常禱事幼聞人歌傾耳聆之恍如夙習一二遍即能辨其音聲正其節奏璽曰此女來歲即能辨其音聲正其節奏璽曰此女來歲即欲其年始屆破瓜聞有問名者輒嚶嚶啜泣竟日不食詢其生之歲月日皆符正女生恓然有間曰騎者之言今將驗矣生新喪偶正謀續絃乃浼陸翁素識之友居官清正頗為上游所器重闔邑口碑俱曰好官陸翁固其名微以年邁為嫌女聞有乍浦梁姓家為冰上人居家人返命生惻然有間曰骑者之言今將驗矣生新喪偶正謀續之女見生如相識惟女貌殊異於前秋蘭菊春蘭並稱佳妙環肥燕瘦各擅風流生眷愛特甚案牘之暇輒乃女見生如相識惟女貌殊異於前秋菊春蘭並稱佳妙環肥燕瘦各擅風流生眷愛特甚案牘之暇輒教以讀書識字數月後即能吟詠謝家詠絮才不足多也生官至監司始致仕里居清明日攜女上塚指石碣謂女曰卿果玉簫再世否此即卿之前身也女恍然若有所悟歎曰人世光陰真不可恃君自後當作出塵想勿徒為一縷情絲所束縛也生曰善哉卿言由是入山修道不知所終

朱仙

朱仙字赤文一字丹伯吳郡人素居金閶城外家封有園亭池館之勝朱好神仙吐納之術嘗欲屏絕人事專煉內丹其母孕朱時夢吞丹篆及產有一鶴翩翩直下庭除霄漢隱隱聞鼓樂聲久之始寂人皆謂此子必非凡品及長閉莊列諸子書有如風所誦習兼涉岐黃家言治人疾病無不應手奏效從未受人一錢非素好不能輕易屈致嘗慨然有登羅浮竟壺之志值諸寇亂江浙鼎沸城危在旦夕朱謂人曰苕生大劫將臨有人力所能挽回盡速避乃以巨舟載其眷屬至蘇鄉戚串往從之者如市軸轤接尾擬以水國為長城時北有巢湖船南有槍船皆恃其徒黨憑藉波濤出沒蘆葦中鳴鏑探丸白晝行劫朱視其泊舟處曰此非計也若出阿奴攻則吾輩無噍類矣盡驅至周莊鎮停泊白湯舟固巨舶舵工舟師素習航海術以禦海盜備有鎗礟命中及遠頗有所長朱以兵法約束之謂如有匪至即行轟擊盡所以自衛也髮逆既踞蘇城旁掠鄉村所至俱遭蹂躪獨於周莊一鎮不敢駸犯之周莊匪首投覺時思攻劫周莊以圖逞志然卒不敢至蓋皆憚朱之威不知者以為有費玉成在恃為護符其實朱隱為之支持也朱有異術能作三里霧俾敵人對面不得見方初出賊窟時僅附一小艇賊追之急同行有兩官艦輻重顧盛賊之所注意者因在此也衆皆惶迫婦女欲投水以求免辱者朱曰無妨從容解辮髮張口噓氣以白羽扇揮之賊舟忽不見衆賴以免於是始知朱為神賊以安撫恩鄉民鎮董亦為其所感困之民賊處朱曰是不可居矣遽率其船十餘艘舉趨上海未去之先賊與巢湖謀欲併力一心圍而悉殲之朱亦擬乘機以坑賊衆夜卜以金錢其絲詞曰黔驢無技楚猴得冠幟於金泊於水雉啼風奮其距豕涉波沒其蹄時乎禍之者祥朱知事不可為命俱向空發礮壹聲溟濛中賊盡遯去乃吹角揚帆而行是役也雖未殺一賊而賊氣之奪朱之至上海也中途泊舟泖湖入夕忽夢陟一小山山半有屋翼然朱費碧瓦狀似王者居門外壯士

百人戎裝盛服執戟懸刀內有一人導朱入門皆羲冠博帶者流列侍左右儀度蕭穆見朱絕不交一言皆凡九級朱拾級竟登升庭視殿上絕無一人殿之中隔以珠簾導者謂朱曰君請少待山主晚粧竟即出矣須臾閒環珮聲自遠而近香氣馥郁非麝非蘭芬芳徹簾外俄閒簾中侍者傳語曰朱君遠來不易高記三百年前在華鬘天上偶戲許飛瓊遂至下謫人閒世乎已六轉輪迴矣賴君夙根尚厚或當不昧本來朱蹴踏不知所對簾中又言曰今夕召君非以他故玉宮司書紫仙史與君有宿緣當於今夕了之尚記瑤池桃熟西王母以十顆賜君與紫綃有把臂歡以此愛心當為伉儷至今會於偏殿導者偕朱下階東行繞迴廊入曲室樓曰紅蘅碧杜之館館中陳設雅麗牙籤玉軸插架幾滿湘簾棐几古鼎香鑪皆非下方所有朱至此俗慮頓消即有二雛鬟持鐙扶一麗人至朱睨之國色天香儀態萬方導者乃揖朱告退麗人竟前向朱斂衽作禮朱至此殊不自解因亦揖麗人並坐麗人忽笑曰別後閒兩度滄桑矣不意君狡獪技倆尚如前日探懷中出一桃核一麗人間磨屑服之可悟昔日事解朱佩囊代納於中項之麗鬟進酒饌三杯後遽撤去麗人攜朱手入內房惟帳衾褥無不悉備雛鬟闔扉自去宵漏將歌晨鐘忽動麗人促朱起曰此閒不可久留後苟得歸仙班未必無再見之期乃成佩之可延年禦禍免災君其寶之他日當有用處也朱之足以衛閒里記取白鶴降庭即是重晤之期人閒天上能勿依依朱辭出戶仍囑於闔而顧二雛鏗然驚覺乃知是夢顧而朱秘不告人旣抵滬習貿遷術十餘年囊中金盡烏有僻巷老屋三橡聊敝風雨每至無聊時輒摩娑金釦之作歌曰何餘居僻巷兮雛年已蒼蒼兮天何所歸水一別茫茫人生其閒今日為誰忙世何多妍嫓兮少貞良令我徒慨慕乎黃唐吾生也何從來死也何所歸美人何茫茫消息香重相見兮知何時聊作歌兮寄我之哀思歌聲激越如出金石閒者多笑之朱不以為意朱嗜

酒量頗豪可連舉數十巨觥不醉一夕醉卧有偷兒入其室遍覓室中無所得但斂衣數襲破書幾束而已瞥見朱臂上金條脫熠然作光殊耀人目遽前欲攫之不意甫近牀前釧光即飛繞其身有如桎梏偃卧地上翌晨朱醒叱之始知為竊物而來者驅之匍匐而行自此竟作厭人朱鄰右有失火者驟燭霄漢旁觀者以為必及朱居羣來助其遷徙忽朱臂上喜然作聲金釧飛懸空際其大敷敬者曰此辟火金也已旋滅釧亦自歸衆始知此為希世之寶爭問其所從來朱為之略述顛末有自命為鑑古者曰朱竊笑之惟朱禰海上迄無所遇其子已補博士弟子員數年亦舞勻玉樹成行彬彬詩禮朱亦從不言歸有與之交三十年者見其容轉少於往時人多以此異之也人間以何術笑弗答適海上之說進朱獨憤然曰此可以術道我國家如天之福方與未艾也自此烽燧無警風濤克靖垂數十年朱之釧迄未一用一日朱大會威友於洞庭東山即在鼇峯頂張錦幔數百丈異饌佳有水陸軍備相識趨赴者自遠至咸先期徵召畫舫招集歌妹吳門曲院中人為之一空每一客選一妓為侍并歌以侑觴勸飲循環周而復始酒酣朱離座而起執鐵如意作胡旋舞扣銅槃歌前歌忽有一白鶴自空際下羽衣絳幘神態不凡竟乘之上昇拱手與衆別俄項已冉冉入雲漢衆咸仰觀傯忽不見人以朱為得道成仙白日冲舉云或以告南遯叟曰淞隱漫錄中有朱君平其事不可不誌邇叟笑曰余與朱君為莫逆交見其軀幹豐偉載以肥水牛且慮弗勝況能跨鶴飛昇哉世人所傳吾弗信也

蓮貝仙子

錢萬選字孟青濟南人幼喜讀書不問戶外事弱冠父母俱喪惟一老僕應門家中人貧供饔飧外尚有所餘生日事誦讀人有以婚事請者輒卻之濟南城北有一寺曰崇仁古刹也相傳為六朝時所勅建香火頗盛紅牆紺宇樓閣參差中有亭臺池館之勝池中植白萏數百本花時清香徹遠近生固與住持僧相稔夏日僦居為道署計生自移居寺中日則吟詩夜則彈琴焚香靜坐俗慮頓消一夕甫就枕忽聽窗西所設之琴無故自鳴繼則悠揚宛轉頗以拍細聆之似效己調而未成者生大為駭異急欲起而竟之聲頓絕明日友衆偶話其異友曰此必靈狐之所為也可收之為琴弟子彼必有以報子於是至夜闌月上飯龍茶餘必彈數弄習以為常生偶赴友人讌返正宵深酒酣渴甚茗壺中已罄呼僮起淪睡聲正酣忽見情影亭亭立於林前雙玉手捧一白磁甌以進啜之則茗也啜呷甘香沁師腑醉中不辨為誰香然睡去及醒則已三竿亦不復憶前事生作詩詞多條草藁未及繕寫偶置案頭翌日視之則已鈔清本鐵畫銀鉤字跡娟秀生不辨為何人手筆得之狂喜時荷花盛開生方坐池上憑欄納涼見遠處蓮蓋忽動有小娃自花叢中溫榮而至手持一書投生生閱之云惟女弟子蓮貞奉書敬屈文斾翠蓋清話荷花深處紫門臨水者即兒家也以待特遣扁舟奉迎其初不相識何得來此其婢年僅十二齡許霧縠霞綃丰姿綽約詞其家住何處則曰君去自知生視則已紅日三竿不復問指池東曰距此不遠問何人相招則曰我姑以阿麗邀客至矣一世界三鬟即歌雙扉導生逕入見正室五楹備極華麗由廻廊曲折以行另闢一院綺樓複室霧閣雲窗迥非塵境一女子臨窗兀坐焚香鼓琴見生至其聲邊止向生襝柳翠垂絲芙蓉結蕊雜花如錦芳草成茵別有亦身僅可容身自念溫榮來亦屬韻事姞其約當復見二艇自花間出其身僅可容身自念溫榮來亦屬韻事姞其約當復見二艇自花間出

蓮貞仙子

祉自稱女弟子范然不知所對女子嬌姿豔質儀態萬方謂生曰兒以裙釵弱品粉黛微姿獲侍門牆得親
教澤斯固三生之深幸百歲之良緣也今日惠然肯來良為欣慰即令婢嫗設席於水晶簾底雪藕冰脯芬流
齒頰有饌絡繹俱不識何名女巡環歡飲倍殷勤其酒作綠色香沁鼻觀女曰此即碧筒杯也飲之辟暑生尤為
辭以量不能勝女笑曰嘉會甫始必當盡醉愛命三鬟歌以相侑麗聲尤清徹脆可遏雲生尤為
擊賞頻迴顧女曰此何如生曰此世間有此慧心女子哉月上更闌生辭欲去女請留宿即喚麗娥往攜衾枕開西閣門而入斗室精潔
賞頻迴顧主目不瞬麗娥歌罷始覺頰暈紅潮低首拈帶女因指謂生曰君如屬意請之歸以供灑掃
席命以琴進進生觸所好為之撫縵操縱竭生平伎倆特奏一曲女巫稱善亦效之音節不爽泰生大加贊
役何如生曰此何世間宣有此慧心女子哉月上更闌生辭欲去女請留宿即喚麗娥往攜衾枕開西閣門而入斗室精潔
絕無纖塵湘簾棐几硯匣筆牀位置楚楚生於几上見詩一冊署曰蓮子居吟稿展閱之前半皆已平日詩詞
後半則蓮貞和作也詞詠清新不作一凡語生不禁拍案叫絕曰卿真可為女青蓮矣女方與生談詩詞
麗娥闢扉去矣生亦倦甚擁女拉入羅幃不知東方之既白女曉粧既竟忽更盛服再拜向生曰妾此身已屬
君矣顧侍巾櫛幸母遽棄生曰余本未授室嘉耦是求令既得卿良愜素顧於是引喻河山指盟日月比翼連
枝始終弗渝女仍命麗娥放權送生歸由是花晨月夕時相往來年餘果有方外羽士從羅浮來下榻僧
舍見生愕然曰君遇此花妖也幸不早絕恐有性命憂生慍然作色曰鍊師世外人何預人家閨
閫事為有監齡同花月麗若神仙而為禍水者哉即命妖亦當非妖人者休矣毋多談生過女所偶話此事女泫
然泣曰妾與君殆緣盡矣此所謂風月寃情魔烟緣薄之孽障也言訖欷歔不已即喚尉嬢作咄嗟筵行與
郎君為長別矣生曰余惟不信此言故以告卿世之員情人方且懼死倉生急求方術矣余恨不得運慧劍以

斬之女乃轉悲為喜曰桑中之行原非久計戴月披星攜雲握雨此宣伉儷者所宜城北王氏別墅妾將往賃略加修葺便可作青廬因出篋中黃金百兩畀生曰以此摒擋婚事務極華美勿使人諧小家舉止也生一如女命擇吉親迎騶從烜赫戚串往賀者如雲三日廟見得瞻女貌者無不驚為天仙女令生招道士來齋之上坐女親粧炫服出而相見道士衣服內外皆書符籙袖中隱持天蓬尺見女即戟指作訣口喃喃念咒驟出天蓬尺擊女女毫無所畏捽其尺擲之地麗城自內舉溺器罩其首糞穢淋漓下沾襟袖道士踉蹌遁走見者無不鼓掌大笑謂處置若輩宜以此法歘令其豐千饒舌哉女自結褵後隨相得毫無所異麗城漸長益復苗條盈盈替月暈臉生霞見者不知為青衣中人女令生納為小星置之後房其二驚一曰蕚仙一曰蓉香最娜輕姿皆佳妙次第選入畫屏備生妾騰書捷南宮榜下選授粵東博羅令挈眷赴任治民詰盜除弊剔姦數年間女生二子三姬各產一男生亦登賢書即與女飲酒賦詩雖南面王不易此樂也政治肅然閭閻無不沾其實惠三年解任入都生偕友遊羅浮女亦請從因與三姬皆從男子粧以往山中游歷幾遍宿黃龍觀中道士香根知生為貴官接待般勤逾常數鐘欽光孝廉為觀中住持迓生德政供奉極豐觀中有一道士甚相稔偶與談遊踪言曾客濟南乃恍然知即前度相逢者也因戲問鍊師法術高妙果能治妖否道士誇在濟南曾治花妖口講手畫極得意女在旁不覺咥然一笑道士繼訪生僕從始知生固濟南人憩而遽去翌日生下山忽於林莽中突出一猛虎毛色斑斕狂風陡作葉飄飄下墮虎向女撲來生從相顧無人色女從容自若於口中吐一蓮花從空下墜正中虎背虎負痛作人立皮割然脫去乃一道士蒲伏叩首認罪自此羣知女為非常人女謂道士曰汝兩次犯我本應殺却以奉仙戒特赦汝汝可速去道士

徐麟士

徐麟士崇明人少負奇氣雖生海濱而識見廣遠且膂力絕人能挾數百斤物超躍重垣人以為崑崙奴之流亞也生平嫉惡如仇里中無賴有作盜竊者患擔治之不少寬諸無賴銜之刺骨思有以中之未得間也一日偶經古塚土崩露石匣掘而啟之中有一劍光芒拂拭注射非凡物寶之不輕示人夜夢偉丈夫來曰余即塚中人也子得寶劍而不知劍術亦何所用我請授子再拜願受教夢中畫得其所授及醒試之一一不忘以此益自負時長橋下有巨龜恆出為人患縣官募有能捕之者予重賞里人交謂之曰君能為平此龜激水三千丈吞吐雲霧騰香波濤君恐非其敵也生慨然作色曰此蠢然一物耳何足污吾刃既欲為公等除害奚憚一行即時仗劍入水須臾浪湧若山潮翻如雪奔騰澎湃之聲震聞數里經一二時許乃漸平息舉見生劍懸龜首踏波而上手持革帶既近岸視之龜也蓋以革帶費其甲裙故也摹泉爭曳之登岸大幾斃許醫之飽數百人江水盡赤里有長老曰子前身殆周處也何不致力於學博通古今以備他日國家用生喜乃折節讀書不復問戶外事無賴之圖報者其念亦寢生戚某軍門方駐關外勤游匄素患生勇敢招之生慨然起舟大丈夫建功立業正在斯時異人任哉攜劍囊書束裝就道自芝罘達旅順以待修舶小憩逆旅一夕飲酒簿醉寢几假寐忽有戎裝繫刀入白者向生半跪而請曰寡君命敬君子乘與已俟於外生倉猝間莫辨為誰隨之俱行既登車電邁飆馳旋至岸盡處遙望浩森汪洋極目無際始悟海也車徑由海中行水分兩旁若壁立項之抵一所車止宮殿營甍紿如王者居門外甲士百許人排班鵠立狀甚嚴肅即有戟冠博帶者數人自內出拱手迎生揮生入內歷門數重始觀前殿殿上懸燈千百盞光明如晝殿中珠簾翠箔隱約不可辨惟香霧四沛氤氳不散數人即於簾外稟白闕言遠客既臨當以禮見樂作簾捲則正中上生者乃一二十歲女子星冠霞帔玉貌端妍天人也兩旁侍立者悉豔妝麗姝

玉色珠光互相揮映殿上傳生入見生不覺膝為之屈上座者命人扶生起賜坐於側謂生曰開君義高千古勇冠三軍一世之英豪當今之儁傑今不遠十里而辱臨敝地寡人涼德何以得此此為瀚海上帝命寡人蒞治兹一方者有年矣久慶安瀾無虞駭浪乃不謂近有應海雌龜與鼉龍作偶恃其跋扈來肆憑凌雌鼉之故夫卽前在崇海煽虐為君手剸之於長橋下者也今將藉君威靈興師問罪幸助寡人君其勿辭生聞命意氣慷慨曰敢不撄甲執兵為諸軍士先以驅除此妖魅奠王國家當使彼族永承王命於是登壇視師簡壯士十五百人為前驅精選甲士二千人為左右兩甄夾擊之期決戰兩軍既遇前驅猛屬無前一戰而勝輕進遇伏遂至敗績中權適至生分兩軍繼進與生相見蓬龍虎頭燕領虬髯鶻眼固昂藏一男子也雌龜亦一好女子雖不逮瀚海女君之美然寶髮丰姿綽約如神仙中人生飛劍敬斬新鼉鼉龍龍知不敵急遁去雌之吐水以海生以劍揮之水反倒注蓋生劍首有辟水珠也雌龜乃驚而奔師潰生率衆軍追之直擣其巢鼉敵之前軍退龜鼉各統一軍繼進與生見蠻龍虎頭燕領虬髯鶻眼固昂藏一男子也雌龜亦一好女龍為追軍所圍不得脫生至斬之士氣大振雌龜據其國之積石山以求和且請願與生結伉儷是山險阻難攻之軍山積固董卓郿塢之類也生曰忘夫事仇抑何淫何恥哉是真掀鱗蹀甲之儁殺之何足惜揮軍環攻廘三晝夜始破遷其賄盈百車鸞雌鼉弗得繼知其縊於荒谷乃具棺葬之撤師凱旋還報於女君曰幸不辱命於君郊迎三十里待以上實之禮賜以黃金萬鎰白璧十雙明珠百琲錦繡文綺皆千端他物稱是持張盛筵餞之於別殿妙選女樂百人各就班此畢更退迭進具有五花八門之觀又使演錢塘破陣樂聲音雄壯激烈聽之珠令人興勤銘燕然之思讌罷仍命戎裝人駕車送之歸及門而覺則几上一燈熒然萬籟皆寂偏儓童僕几下猶未睡也生追思所夢歷歷在目欲日此何異邦道上一枕黃粱哉世上功名富貴一切皆作如是觀遂作書辭其戚不復為關外之行方擬返旆忽有貴客欵關至邊往觀海市生以初不相識

徐麟士

辭不赴客曰此百年一次爲商家之盛與亦海國之大觀今歲以荷蘭王子適來鬪奇炫富矜多競勝者必倍於往日君如有財天下之異物不難致也再三固請生乃許之貴客早備舟以待雙輪激水其捷若飛旣至市肆環集珊瑚珠貝火齊木難之屬大半不能辨識其名酒樓茗寮多設於臨街生見一當壚女子容華娟秀似曾相識徑入投錢曰聊乞一盞藉以解渴女子睨視生而笑曰君頗憶別殿歌姬否何別未數日已淡漠無情也生始恍然自失日卿那得來此日隨女君俱至此間耳相距百餘里特爲先路之導耳次貴客至偕生聯騎而往盡奇珍瑰異爲生平所未都別一室盡儲前日賜物賣客謂生曰此皆君之所得也今日君當戴以俱歸生請一見女君爲生伸謝賣客曰人神道殊不宜再瀆司當爐女子以延嗣續君雖抱負異材然非功名中人女君特以賜君用侍巾櫛備箕帚此女有亢宗子以光門外石椿上生乃偕女入室而有鳳緣故歸後不必作出山想矣今日擁鐃寶對佳麗載西施一舸以東鹽福亦不淺哉遂送生登舟而女子已先在舟中一帆風順直達崇明逮曉生推蓬窗而望之則舟已繫於己之門外嚢剪可賜還也翌日往尋古塚爲之闢地築運竟日猶不能盡與女同夢正酣忽覩偉丈夫昂然排闥而進曰寶劍已香矣翌日往尋古塚爲之闢地築亦思所以酬師哉生方欲起謝遽拍其肩而女子已呼藏獲輩出牆樹碑碣種松檟建屋十餘椽置守塚者司祭埽更購田百畝以奉春秋祀事馬

何蕙仙

李星史羊城名下士也祖父𦲷宦京師生產於米市胡同其宅相傳有妖異後樓三楹恆虛之弗居歲時致祀或謂為靈狐所據藉作修道習前之所每值風清月皎輒見有老翁執卷憑窗或仰天獨坐若有所思銀鬚過腹拂拂臨風習以為常亦不之異當生母臨蓐時突見老翁匆遽入室向之曰星史入塾讀書聽顥異常兒十日樓燈於火因疑生為靈狐轉世及長有文在其手若篆文星字愛字之曰星史入塾讀書聽顥異常兒十餘歲祖父相繼逝載榥南旋與親友酬應恆操以其經藝策屋冠場屋力篤於主司得緞成文旋即棄去應學使試以詩賦列前茅所誦多莊列諸子書授之帖括弗解也強使習之亦能相登賢書春初公車北上道經濟南忽於旅邸邁重疾僵卧一夜恍惚中夢至一處宮殿崔巍彿彿王者居廊下列屋十二左右各六其中各有專司儐入一所見一老者方據案疾書忽觀生至投筆作禮問生來此將何所求生以入都求名可得雋否老者展冊閱之曰此行可獲嘉耦成名則未也復生面曰子有隱疾當為治之乃進一丸主生覺涼沁肺腑百體舒適及醒霍然遂愈至京往訪舊宅則已易主因於何水部家舍戚申也水部有一女曰蜿秋小字蘭仙容貌秀麗兼通書史猶未字人一日以陪女伴入園經生書舍外生瞥見之不覺神為之奪默想念入夜輾轉不能成寐忽開窗外有彈指聲急舐窗紙微窺之則一麗者也驚訝間聞生啟扉作女已先在燈下視之則何比何攵尤為嚴絕生笑詰女從何處來女說道就近特來伴君旅邸寂寞宵不佳耶生請姓氏何攵姜亦姓何小字蕙仙以行二故字仲芬日間見君目灼灼似賊狀知君心動矣君妾較阿蜿固何如女曰姜以詩詞論君向女相如長跽受教也生因戲謂女曰令夕願備絳帷弟子列先以玉杵酬師何如女怒之以目曰俗哉君也言罷支頤作倦態嫣然一笑先入駕衾生

亦移燈解衣擁之而眠自此朝往夕來儼如伉儷生入場文顧得意出以示女女曰君之功名未也非甲科中人何必強求榜既揭名落孫山家中催歸待亦至束裝將作歸計生欲攜女同旋歸於女女曰君之於女緣尚未可請先為君執柯何如生問何人曰何女請侯他日再定位置亦遲也生躊躇未可文女已別去生男氏在京官居臺諫頗著直聲然則何以處卿女曰請俟他日再定位置亦遲也生躊躇未可文女已別去生男氏在京官居臺諫頗著直聲女假生母書走請何水部素知生才重以勇氏作永人欣然許之生得書疑出生意知姻事已諧亦不深究因命即於京師貰室為青廬彌月後翠婦言旋以長逖跋涉一切事皆女隱為辦擋備極華麗結褵之夕女絕不至出京還粵行李琨耀行未數程遇伏盜衆皇不知所出忽見一美婦人窅袖蠻鞶馳馬駛至連發三彈殺三賊餘賊披靡逸去生視之則女也方欲執手慰問而女遺來相援耳生亦車中何粉汗侵淫戰慄無人色謂生曰項生忽念女弗置稟母山舍糊應之即令藏獲頫禮祝其再臨既抵家廟歇申羣贊新婦之美詭禮稟母山東學使聘其閨文兒已許之不可不往送自粤東輪舶抵析津宿於驛舍發篋出女平日所弄物玩謂生前忽一女子寒簾呼生觀物思人淒然淚下是之曰為之不交睫明旦早發貰車詣京半途遇一雲辮瞥過女子前忽一女子寒簾呼生日君非何蕙仙之男子耶蕙仙現遷新屋特從迎君已待於蘆溝橋畔矣妾有魚函一緘煩君轉致君前程當自珍重分道馳去抵橋果見長鬟奴三人控車逆生入內閣者見生咸屈一膝請安若貴家解奴門數重迴之者須臾車止甲第巍煥狀若貴家解奴一膝請安若貴家解奴門數重迴廊遠室後簾重簾幾令人迷不能出最後登一樓極軒敞諸鬟十數人簇擁女至粧梳炬服更盆媚生喜極不能言但訴別後相思之苦女謂生曰此君之別業也已為君納貲作太守指山東不日即可領憑赴任妾以君像懸齋中婢僕來服役者愁令參謁君像故見君像如故主非有異術也翌日生詣吏部請憑改授閩省

泉州生喜與家鄉相近得以版輿迎養因商之女女笑曰君姝頭人若來以處妾生謂當如英皇之竝尊勿
作尹邢之相避生從水道先至官薤任歲月然後遣起綱南迓蓬屬生母生妻驟獲此佳消息喜可知也顧徼
閩街中已有玉人生妻欲不往生母曰聘則為妻汝則為妾汝固先入名正言順何慮生母妻至女登舟遠迓
見母伏謁盡禮見生妻敘齒女少二歲遂以姊相呼生妻見女自歎弗如自此分遂定然內外家事悉綜於
女雖生亦咨而後行佐生聽訟折獄發伏摘姦有神明之稱時各省教匪事起多所章涉山東有巨盜亦教
匪案中人逃至閩省為遷者所獲寄泉州獄教魁以重賄上游將釋之矣女不可立斃枝下羣服其有決
才教魁知出自女街之陰慕力士伏要道刺殺生女已先知勸生勿出或以事詣上官則囓繃他道以免謀卒
不遑一夕忽有羣盜斬關入室淘淘索生夫婦僕御咸走遙女時已臥急起環行室中散髮禹步喃喃誦咒章
盜悉棄械自縛無一得脫者衆自此始知女有異術生為緬述前事及女來去顚末益疑為非人互相傳說物
議沸騰女聞之不悅勸生解官還鄉生粤東七年女無所出何女則連舉三男拉玉雪可念女以南
中地氣卑濕令生改官京師修葺新居粤家北上將入都門有迁於道左者即前日寄書鄒也何乃女作殷
恍憶前因不禁自受女選之偕居竝車入屋是女為女從姊妹小字菊仙號慧英書中述父母拉亡將去河
汾間依嫌氏幼時有約共事一人今孤子伶仃請以為生搜諸篋其書尚在言與女吻合菊仙論年雖近
花信番風之數而丰神綽約尚如十七八許麗人工畫能詩尤精會計時替女持籌據算出入之間不爽累黍
生母顧屬愛之謂其有宜男相竟歸於生三年中擧生四雄生久居京師贖還故居重建一樓供木主其中題
曰夢星老人朔望必覲往焚香終身弗懈

白秋英

陸海字瀛伯自號滄仙賦性豪俠年僅弱冠已自不凡世居涇縣固望族也父官京師以鯁直聞居臺諫彈劾不避權貴當軸者陽敬禮而陰疏遠之出為夔州太守生以省親往蜀乘輪舶至漢皋卸粧小憩旅邸無聊偶偕二三朋好作北里游歷至數家苦無當意者有一夕曰窗中人物無非乞靈於粉黛豈足當子一盼哉項有新來一姬口操北音肌白如雪眼明於波嬝媚中自具豪邁氣絕無青樓積習子見之定必傾倒生請同往則路既曲折巷尤深邃小築三椽極為幽雅庭前紫荆兩株已著花矣紅紫爛熳高逾丈房中陳設清饗絕俗絕無纖塵坐既定即有小鬟捧琵琶至為奏數弄輕攏漫撚其聲清越異常須臾姬出立亭亭圓妙人也問其姓名自言為白瓊英京師人以父渡海溺水死流落湖湘遂隨風塵耳言罷眉黛間隱有淚痕生為吟白香山詩同是天涯淪落人相逢何必曾相識兩語以慰之且笑曰此君家司馬所言不能聊自寬解耶姬亦笑謝之生友特設盛筵相款更招鄒右第三妹秋英現從姨氏寄居成都錦鶏坊北君若至彼可往問訊自詢將至蜀中因謂生肯作寄書郵否生有第三妹秋英現從姨氏寄居成都錦鶏坊北君若至彼可往問訊自可相見枕畔再三囑付生諾之日定當尋之餘惟事誦適上游以要事諭生父至省生請從行偶間詣錦鶏坊左右詢京中白氏娃人無知者尋訪既窮桃源路讀之盛好事者每歲為杜少陵慶生日浣花草堂中陳設雅麗遠近士女傾城往觀幾於袂雲汗雨雜因姑置之成好事者每歲為杜少陵慶生日浣花草堂中陳設雅麗遠近士女傾城往觀幾於袂雲汗雨雜馬香車繹絡不絕生亦肩輿而往小啜茗臨窗間坐見垂楊樹下游人叢集有女子三四人羅衫紈扇貌並豔絕游人環而矚者繞之三匝幾不得出無賴子間入以游語歌狀若木難女乃出亦至茗寮小憩生士鶴髮童顏直入眾咸披靡戟指呵眾曰止眾並出為排解怨一道欲前問道士姓名轉瞬遽已不見須臾女家僕從尋至俱乘魚軒而去生亦欲歸即坐藍輿行與女輿或先或

後或參差相拉隔簾睨之二女皆京華粧束玉肌花貌麗絕人寰從其後者乃二婢也容亦嬌媚異常生意此必閨名姝但非蜀產必係從室來此惜無人為達微波一探消息耳行未數里女已停與生逢視門衡大書京都白寓頓躅前事意必白氏秋英所居便欲入門即遣與夫往問方知數月前從錦雞坊還來秋英則其家三姑也生因叩謁堂求見謂自漢臯至此攜有尺素須面致也頃之一婢出延生入西偏樓下繡簾錦幙寶鼎鵁鸘宛如貴族一婦人年四十許方倚隱囊支頤獨坐徐娘半韻猶見生入檢衽作禮生告以顧末婦人自謂為袁姓嫁白氏瓊英姊妹所出秋英則已所生也姊少好修行自賦寡鵠謂生曰不意瓊英為匪人所誘誤墮髮為尼身入空門心忘塵世言際即折瓊英書觀之猶未終幅淚簌簌墮謂生曰知姊此耗那見君子眷愛即非外人小女秋英當出相見命婢呼至俄聞環珮珊然麝蘭郁郁女至易前粧依於姊肘下廻眸斜睇諸鬟魂湯神搖生因問妹令年幾歲矣婦人答以七夕生正十五齡年雖不小一味嬌憨自讀書識字之外絕不解酬應禮遂以瓊英書畀女默曰汝處紅閨妳沈黑海人其謂我何命女謝生謂非君知姊此生之耗耶恐詢鬟諸鬟不平康此當是前生孽緣然非不能見亦不言去夕陽已將西下矣婦人設席後園中風景殊幽片石孤花別饒點綴廻廊盡處一軒頗宏敞諸鬟侍女奔走盈前從游二婢亦在側視生媽然一笑執壺勸飲生為之盡三爵婦人親起奉酒以巨筆進諸鬟巡環捧觴不聲則生亦半索茶蓉婢辭應生至此始自知醉豎日歸告父贊譽女之美女疑白非京師中著姓者但令具禮應生既隨父歸亦在蜀候補顛鼓寢食忽有袁姓者衣冠來謁言顧為公子執柯生父問其姓則白氏也係其甥女袁自述家世亦言白氏之富生父旋遣人往訪之雖非蓍龜日夕思女不置始廢寢食以為神仙中是姻事遂定擇吉行觀迎禮騶騎之炬赫儀仗之華麗始無其匹却扇之夕儀態萬方諸戚串咸以為神仙中

一四

白秋英

卷二

人伉儷之和倡隨之樂有可知也一日生偶問瓊英女曰已以重貲贖歸姊不樂居紅塵中視一切皆幻隨母在峨眉山粥魚茶版以了一生歡其達為之欷歔不已逾三年生父解任旋里行程未半忽逢賊刼生騎在後聞警驚隆山谷中馬已蘆粉而人尚無恙惟仰視丹嶂蒼崖壁立萬仞末由飛上自分必餓死窮山無復他想日將暮突見一巨蛇蜿蜒而來身俱白色爛然若銀生懼甚謂必葬必蛇腹矣行既近宛轉入跨下忽蠕蠕動身亦漸高生乃悟蛇為救已而來懼其墜也兩手據蛇腹驀然飛昇陵雲際頃耳聞若風雨聲久之寂然不動啟眸視之則女已在側婢媼環侍生曰此豈人間耶顧我父何在女曰已在逆旅中聞君下隆淵谷故擧來相覓不意乃遇於此生備話蛇援之異女亦太息方齊失因是賊盡奔逸方得出險衆謂賊新之須勢必瀕危矣忽一白蛇飛至長十丈許尾若鐵桿經其墙處賊首皆失撅一新宅後賈地百畝為建別墅亭臺池館窮極幽勝園之左偏闢一院種白桃花萬餘株女出貲構屋宇煥然一新宅後賈地百畝為建別白蛇必非常物當係山神所化焚香頂禮生既歸皖女迎母自言澄川龍姓約性亦幽嫺即前日同遊之女也至此年已適筓中求婚者輒不許一日有美少年至自言澄川龍姓為白氏堉欲調其母既見出白袂十雙為聘娶之夕風雨晦冥當電合章彩伏花輿方送至舟即有禿龍挾舟上昇香冥入雲漢中而沒居民竊竊議袁氏為非人袁氏自若也惟桃熟者即於樹頭食之數百惟人處竟不喜薦鶴逢重午不能置雄黃於酒中曰其性燥烈能殺人恒喜著白衣彌增其豔一夕生偕女飲酒宵闌月黑籠燭忽滅暗中摸索幾不能擧趾女乃於口中吐一明珠光芒赤色燭照數里外明朗若畫纖悉皆現生欲奪視之不可曰子能長生久視自當授汝後聞生與女並入山修道云

鄭芷仙

孫藐字伯蘭吳興人自號苕溪醉墨生自幼從其父游官四方寓居中州最久後生父以卓異調皖省升任安慶太守時當殘破之後塵市荒涼衙署頹壞生以觸目生悲弗欲居署內署旁有民屋三椽亂後新葺頗精潔泉石清幽花木蕭瑟別開靜境主人故官中州與生父為同寮時已挈眷住任所室固久虛遂移於生生攜琴書入而居之意頗適也一夕有晉昌觀察設招飲射覆猜枚循環酬酢廣詞隱語各極其工客有談狐鬼事者粉飾多端妙緒泉湧生時已薄醉掉首串信自謂生平從未見鬼至狐能幻作人形理之所必無也時正中秋皓魄當空分外皎潔酒闌人散生乘興踏月而歸遙漏已三下矣甫就枕忽聞窗外有彈指聲心竊疑之破瓜時候乃女態若仙其一種風流韻致出水芙蕖不足比其豔麗翠裙丰神綽約詢其年正碧玉披衣捫謂女曰適從何來乃至此閨宣姮娥思偶降臨玉趾驟臨深愜客思何不入齋小憩作永夕清談於是攜手入室微作儂態支頤欲睡生擁之八衾代解結束帽得甚歡狂夜閉讀書聲為風雅士令宵月色大佳君何處得無患岑寂耶生曰妾東鄰阮氏女郎也與君齋祇隔一垣因夜起從窗隙中窺見清影亭亭立廬下乃啟門而出果見一女郎䔧衣翠裙丰神綽約詢其年正碧玉蓑玉撑打女曰適從何來乃至此閨宣姮娥思偶降臨玉趾驟臨深愜客思何不入齋小憩作永夕清談於是攜手入室微作儂態支頤欲睡生擁之八衾代解結束帽得甚歡上浣花簃夜半女起就生案頭繡閣書史見生詩稿曼聲吟哦若甚欣賞因索生詩卻之不可隨取架笑急納於懷曰箇書生喜嘲弄人當小報之遂慇作別言花影橫窗漏已將盡郎君宜寢妾赤歸矣生紅入齋夜閨讀書聲為風雅士令宵月色大佳君何處得無患岑寂耶生曰妾東鄰阮氏女郎也與君齋祇隔一垣備極纏緜夜半女起就生案頭繡閣書史見生詩稿曼聲吟哦若甚欣賞因索生詩卻之不可隨取架上浣花簃笺絕云隔膽花影小徘徊忽見凌波月下來䔧坐山窗無箇事喜紅一點量香腮得詩媽然一笑急納於懷曰箇書生喜嘲弄人當小報之遂慇作別言花影橫窗漏已將盡郎君宜寢妾赤歸矣生之瞬容再過訪幸勿為外人道也飄然竟去生送至庭墀為小石礙足邊驚醒時已鄰雞亂唱燈火熒然兩一縷餘香猶在室中明晨無人在自起挑燈寫玉簫歌題玉雯女史清玩意即女郎名字也生玩視良久寶晚妝嬾與闢眉纖三更夢醒無人伴得玉釵一股雕琢精細釵背有字數行細視乃詩一絕云花影當窗月在廬

鄭芷仙

藏篋笥什襲珍秘弗輕示人晚糞女郎復來淪茗於甌焚香於鼎以俟之十餘夕竟不至幾疑為妖夢不復踐矣一日又從他處赴讌歸見窗中已有燈光稍近聞吟詩聲嬌婉若女子心喜玉雯再至排闥急入則一女子方伏案握管若有所思驚覩生前鷟欲遁生攬其袪曰半月不見令人想殺今何夕乃得重逢女郤立含笑曰素未謀面何出此言生諦視之秀靥長眉雪膚花貌與前女堪稱雙璧生乃釋之揖而言曰雖不相識亦請暫留且既降敞廬何不坐女乃針坐窗畔生見几上驚賤一紙寫已盈幅珍珠密字格勝簪花因謂卿作耶吾謂必係女相公不謬女曰奚取促塗鴉何足為奬益汗顔耳生喜其之入懷戲問曰卿前緣尚未了何遽言歸耶女因問生娶未生答以待寬王人尚虛駕驂惜不得如卿者訂偕卿曰此非夢也東鄰院家玉姑為妾妹妹行懼君窃密友故託之俾得同歸一人勿作尹邢而效之然夢寐無形遺物何來哉生曰自此始知君非憐新棄舊者矣渠令夕往咸串家張筵賞月作長夜飲恐無眠赴桑中之約明夕當偕之來促女眠再三始應諾郤一笑入幃生擁抱之豐若有餘柔若無骨歡曰此真漢武英皇何如女為妾舊者夕一夜須臾天已大明女急起曰貪眠忘曉將為男氏所知矣衣下袂以素帕擲生懷曰弱質羞見君舅姨自今爾幸勿啟關自行生方遵所戒閑門謝訪夕閒兩美雙雙而至不意之香然適生以事西出郵門徑道經秀山下意將一訪女居址門徑無從問訊惟逢村舍莊居信步徐行蓋有所遇偶至西偏山麓一澗潔洄跨以略約人家三五零星雜居於此茅屋竹籬頗

鏡幽致澗盡處丹楓翠柏景物益奇一家臨流結廬似係新葺最為高敞生蹑石少憩忽聞雙扉呀然開一雛鬟攜桶出汲頫睨生若訝其裝束之異者生遂遽問此間有鄭姓否答曰我主人即鄭翁也生即問以可與鄭芷仙相識否鬟作駭色曰此即我家三姑子也為主人掌上珍汝為遠方客何由知深閨姓字請速去勿從飛災惹主人識香矣生不應逡行過橋叩門求見主人頃之一蒼頭出詢生何事生曰我浙人與汝主人同鄉偶經此間以盡桑梓情非有他意也蒼頭辭以主人適登南峰道院與餐霞鍊師講求丹訣非半月不下山也生因詭云居府署西者非汝主人內凡歷門闈數重有憂者生謂女公子乃出懷中素箋書芷仙三姑玉啟蒼頭入未久即出肅生入內雖寒暄數語似重抵西樓下菡窗半啟繡幕低垂得重逢宜喜而悲何也女曰非君所知自此一見情長隔少離多是以悲耳即命婢媪設席桂軒木樨盛放香微遠近當與君花下一飲為別席間勸飲殷勤盡歡酒酣女扣銅柈作歌曰伊予自幼生長紅閨但知歡合焉識悲離一自識君墮情卻從兹一別人天隔欲見君兮不可得嘻嘻乎兒女情癡結成石石可泐情不可滅與天地分無終極歌罷歡歔悲涕不能仰生亦哀從中來強慰藉之鎗鎗作響生設此矣前一度為伉儷之始令一度為夫婦之終數由前定願君毋以妾為念即於胸前解玉佩一枚繫於西廂銀蟾掛樹生意欲留宿女似不可而情不能捨因命設衾枕於西廂邊尋舊而近繼以鎗碾迸瀉摧玉山震撼雛鬟盡於此矣前一度為伉儷之始令一度為夫婦之終數由前定願君毋以妾為念即於胸前解玉佩一枚繫於生襟曰此妾嬰年之玩殊也正喁喁未已忽聞人聲喧沸自遠而近繼以鎗碾迸瀉摧玉山震撼雛鬟倉皇掩入曰禍事至矣何不速行乃出視則淘淘數十騎已毀門而入生疑為盜執挺而前欲與格鬬瞥觀生詫曰君人耶魅耶抑山魈木客之流耶女已不見屋宇全無乃身在深林叢篠間駭甚答曰我為安慶太守子迷途宿此君輩何來衆曰吾儕獵戶也適逐羣狐至此君見之否此間獸鼻鳥獸凜乎不可少留君貴人何為在此遂護之偕歸

周貞女

周媼維揚人居毘市街素業官媒者也夫早沒賴此以餬口生一女小名喜子自幼愛若掌珍肌膚手足無不保護臻至常以香屑糝於餅餌中食之積久遍體皆香盛夏汗出衣氛馥人因呼之為香女稍長姿態娟逸丰韻娉婷尤秀外而慧中偶從人問字即不忘漸通書史於女紅更精絕於麗質豔名交稱一時女幼已許字於北鄉葉氏子農家者流蠢陋不知書歲串家閒之皆有彩鳳隨鴉之歎女知之自若也喜讀西青散記每以綃山女子雙卿自居在家不輕見人手植海棠一枝於庭畔曰此古所稱薄命人終不至於淪落耳女年及笄一日偕二女伴往游城西別墅偶經一廟香火頗盛士女絡繹河伯娶婦乃巫覡惑衆之所為也神而屬意周家女可自娶與我輩人耳不能代其納采問名也其議遂寢女一夕針黹之暇怊悵閒見有以魚軒來迓女登輿女問往何處昌者何人昇者曰去自知之遠踰數里許見一大院落入焉凡歷門闥數重似進內室汝其與里人商之翌晨廟祝告其夢於里人衆咸稱異或有謀為神饗約之充妾騰寒熱未幾拉須女像於側逾月廟祝忽夢神語之云周家喜子我廟前來二女皆仰瞻良久俯而再拜女但肅立於旁而已二女既歸皆見神降其家云將召之充妾便發寒熱未幾拉不至於淪落耳女年及笄一日偕二女伴往游城西別墅偶經一廟香火頗盛士女之逢迎往來觀馬神像為美少年袍笏煥麗二女皆仰瞻良久俯而再拜女但肅立於旁而已二女既歸皆見神降其家云將召之充妾便發寒熱未幾拉二女已候於輿左右攜手升堂堂上巨燭如椽光明若畫二女粧飾炫麗珠翠環繞非如向所女知二女已死亦不懼問訊既畢即曰二姊至此間亦樂乎二女曰思念父母常懷耿耿重泉相隔永無會期惟有見之於夢寐中耳言罷鳴咽不勝忽聞簾外履聲素素二女起立曰府君至矣侍婢掀簾一偉丈夫闊然至前貂冠冠裳作本朝裝束女驚欲避匿二女曰無妨府君召阿姊來本有事相求耳女知是前日之神肅然改容神向女長

揮曰辛降敬盧得親芳範三生緣福感切銘肌女雙頰為酡羞赧不知所對神又曰余雖旁有姬媵奉侍巾櫛
然中饋乏人正位尚虛卿德容俱備柔淑嘉侶盍下降當以禮聘女怫然答曰野處慶應凡識賢何堪
匹神明況羅敷已自有夫使君曷能相逼妾聞聰明正直之謂神好色溺情干名漬分人且弗為兩況神乎拂
衣欲行二女慇勤勸留女孰不可甫出門黃沙茫茫莫辨南朝方惶迫間忽見火炬蜿蜒若龍呵殿聲自遠而
至驂從百人前擁儷輿中端坐一老者古貌疎髮極慈祥相逢審面相視之間有徽商程姓者擁厚貲習貿邊衛口音莆欲
叩扉僕自後推之蓬然而覺乃一日經玉關微召以有事道經此間耳及巷口女識之苦甫
女美繼知其已字人亦姑置之顧女門外女適自戚歸覿面相逢有種嫗媚之態秀媚
致幾令人魂銷志喪商歸之顛倒竟日顧計無所出賴女適吳門諸家有姊妹花將擇人而事容色花妍
神相善而時向程有所借貸前曾託以覓小星婭身自任恍裸程意招婭往觀程見之殊不許汝一行程亦能於言笑
肌理玉潤推此中翹楚婭以為必恢程意掉首狀曰汝言過世間女子之美孰有如周家
常小家女子求之若勝此非天上神仙耳程慶作喜曰此種人物可冠髦芳豈能進言於君必
子者汝茍能為撮合山當以三百金酬汝俾汝下半世哭著不盡也婭曰子已有此數亦
欲得之當以計取但顧出聘金若千若能動婭意言次誇迷程商之富謂程商去歲屯穀人皆笑其愚令春採
不為少但願汝耳熟計得數萬金聞將以三千金貲麗妹為造室特浼老身為媒顧選擇鸞鳳侶
買者接踵至價日昂獲利倍蓰前後計得數萬金閨人裙釵隊中可屈一指渠意猶以為未足反謂必如君家喜子乃可諧鸞
迓無當意諸家姊妹名著金閨

也乞兒思啖鷲炙真妄想哉媼聞言意似欷動媼曰程商性情和易汝亦識之有急求貸從不卻人其家又不
在此雖曰蓬室無異嫡妻不知何家女郎有福獨能消受耳媼曰我家喜子從不出外不知程商於何處肯耳
竟至喋喋譽於人前媼曰程思慕喜姑卻出自一片真誠彼願以三千金作聘禮亦惟若喜姑之美方肯耳之
非老身敢多言喜姑從程商戴金珠綺廲珍錯飽膏梁強如嫁牧牛兒僕僕於風日霜雪中哉媼沈吟
不語媼又曰貧家耕作漢有一輩子不得百金者今一旦驟獲三千金則高墻厦屋良田沃產何所不有我嫂
此時鮮衣美食享豐餘老身若來徒仰臧獲鼻息矣媼曰喜子已字鄉人汝所知也今若適乎程商當以何
計媼曰牧兒安知許事惕之以勢誘之以利無不從者一紙離婚書保在老身敢雙手取來嫂可安然作富翁
岳母也媼回素識北郷里正嘗唱以重利招鄉人子來恫以危詞繼慰以甘言鄉人子懼願作離書不敢與貴
官子里正畢囘二百金欣然出望外於是送納程聘之日禮幣華美與從炬赫而觀迎有日矣向時女
舊居湫隘別貸新屋微有所閱而未悉其詳乘閒問母媼知女志輒乃衣飾陳諸庭益噴噴歎美衆意喜子必
伴威媼作賀辜曰喜子微有福哉令合作富家姨矣媼呼之弗適
平時而觀其容色悴沮一似重有憂者將嫁先一夕閉門早卧明日花影已過三竿而雙扉尚未啟媼呼之弗適
應懼有變破扉竟入則女僵卧於牀氣絕體冰早已花蔦玉碎矣搜之枕畔用盒猶存盖一發阿芙蓉膏正其
畢命湯也心如皦日悲同穴於何年違出污泥實所生之不偶其其事足以風矣媼明珠草
殯殮一峙亦無文人學士表彰其事喜子以一小家女子而深知從一之義誓殉所天不惜貧富易心一絲
既定萬死不更也草無根醴泉無源洵然哉乃世徒講枓門第請雄乞奬半在閭閻而茅簷蔀屋則罕聞焉古
今來敘魄貞魂有不同聲一哭哉

楊素雯

陸生仲敏吳人世居常熟虞山下家有小園依山疊石因澗鑿池林木翁鬱花竹清綺生劬失怙恃寡嬬撫之成立娶於世族未一年遽賦悼亡生亦不甚措意生平淡於榮利不求仕進早歲入邑庠即棄帖括性好讀書奇編秘帙不憚以重價購置所藏數萬卷俱譬校精審可傳一時藏書之名與昭文張金吾坪闡杭郡某官家有異書其子孫式微將貶價乞售并慕西湖山水名勝欣然買櫂往寓於孤山寺旁古館中左即張氏梅花嶼右即水仙祠也四周綠以短垣藤蔓糾結牆外古樹參差薜然深秀生所居紙窗竹欄雅潔異常頗願偕一二住為消夏計每於誦讀之暇或騎驢或泛舟隨所至游覽於六橋三竺間一日飯後就近散步見一女郎久住為消夏計每於誦讀之暇或騎驢或泛舟隨所至游覽於六橋三竺間一日飯後就近散步見一女郎獨蜀樹下欲行又卻旋復止手撫其足一若楚痛不能步履者生行近視之則容光煥豔丰韻娟秀此壽常閨媛也生從未見此麗質不覺魂銷心醉便欲與語惟恐唐突因呼童取竹椅與長摒謂之曰石涼且濕盡就此少憇未幾紅潮報然不能啟口久之但囁嚅一謝字而已顧日影欹斜此間山月痕映輒不言去乃詢女家何處女曰家在湧金門內項與東鄰數姐妹結伴同來溫漿前湖至此繫鏡舫登途中見一白兔突出草間逐之數匝與女伴相失渠等想已解去矣余此纖弱不能行奈何重足寓距此咫尺豈不兔突起草間逐之數匝與女伴相失渠等想已解去矣余此纖弱不能行奈何重足寓同瓜李孤嫌不孃褻暫宿一宵何如女曰寓中尚有何人生曰惟一僕僮供驅使此外無人女曰既然同瓜李孤嫌不孃褻暫宿一宵何如女曰寓中尚有何人生曰惟一僕僮供驅使此外無人女曰然須仗君代扶乃便爾栖宿何以歸告父母曰託言在戚串家何害女意似可生曰且居再定行止痕映輒不言去乃詢女家何處女曰家在湧金門內項與東鄰數姐妹結伴同來溫漿前湖至此繫鏡舫
今偕送至矣乞賜瓊漿以慰渴吻生命僕煮普洱茶以進女飲而甘之曰此味絕勝龍井胸高為之一快須臾月
曾栖花影零亂煮酒既溫舉杯相屬生命曰有倉猝客無吐嗟莚山肴野蔌不足供下著若之何文笑曰然女曰
容慮亦未免太俗矣此正儒素家風味也見笞頭有玉豁生詩評泊始編因問生曰此君手筆耶生曰然女曰

六八

則我兩人固有同嗜也請即以詩中語為射覆生曰諾女機警敏捷生往往為所窘飲無算時女墨甚家贍
代吉劉酒籠筲女謂生曰君可襆被宿齋外讓女元龍高臥何如生曰自然開筵蒂花結連理枝同衾今枕
為一丫鬟駕鴛鴦也女曰可疏藥轉一詩然後許汝生援筆素紙頃刻立就女覽之笑曰此非急要直宿攜耳
生不俟女命解衣登榻女宛轉隨人歡愛臻至天明女即欲別去生詢其居止姓氏不答曰勿洩於人自可
常至生詎與之言朋日乘間即來設或乖約君望徒勞儂心更戚戀淚焚然女令生送湖邊自此垂楊下
暮臂一舟容與中流女在其上翁媼傍泉人女子二翁媼坐於中旁侍雛鬟三四人生四顧幾一遇時正七夕雙星渡河亦
維一艘生詎一舫經月不散生冀女重至久之音如常乘一舸溯洄湧至金門外女全家捨舟登岸生亦從之入城生亦
間恒有興會但以眉目流盼送情而已生令舟人尾之而既至湧金門不見女急呼女亦無所失會適止之生會其意
行稍近女呼之來竟登馬載女至烟波深處俟兩人俱息心歡手婉悵然若不所鄰人苦無相識無
八轉瞬抵一甲第翁媼偕泉女子魚貫竝進雙扉遽闔生徘徊門外躊躇往來欲詞之左右鄰人苦無相識無
客問說正踟躇間忽一垂髫婢自側門出向生曰子非陸郎乎我家姑子喚汝入但勿多言主人若有敗矣引
生從曲巷中行良久至一圍樓臺幽敞花木蕭疏徑甚曲折廻廊夾設瓜果燭影搖紅香痕碧靄紙所製各物雕
清香襲人婢導生登八角亭則女與諸郎相見著雀羅衫毀碧裙頷玉立姿致婥婷者為纖纖
鏤精細巧奪天工女見至執手欣慰使與諸女郎相見娟娟髻猶覆額窅袖翹繡罅如結錐膚白於雪眼明於波者
服紅綃半臂兩頰泛潮霞雙睫凝秋水者為鐵鐵
為翠翠生一一問答三女容色嬌妙詞語清雋皆非塵世中人生如入群仙隊裏心旌搖搖不能自主女
曰今夕之會始是天緣各作一詞以寫景物生曰善於是給紙筆拈韻牌揀詞調各自構思女詞先成生視
之云翠簾一笑侍兒傳說秋期到辦香尊酒安排早碧落銀潢今夜新涼情何須乞盡人間巧何須乞福縈縈

抱何須更乞才華好只乞有情眷屬都偕老生讀甫竟嘖嘖贊曰女學士畢竟射雕手末句即為我兩人佳讖
矣纖纖詞亦就女為代吟云乍警秋心未諳離緒鍼樓倦繡招鄰女巧蛛藏盒暗沈吟乞他結就同心縷耿耿
星河泠泠風露香團百和金鑪娃深情脈脈祝天孫怕教同伴聞私語女曰纖姊吐屬不凡深心人別有
懷抱也生廻視二女或憑闌低諷或望月曼吟搜索殊苦因謂女曰佳惎當前正宜情話乃必強人以難事卿
亦惡作劇哉請除此令女曰小妮子猶可恕宣汝秀才家亦曳白哉生曰余腹藁已成寫出就女評隲何
如生詞云纖雲如織明河如滴悵佳期却前期算來今夕何夕關家院落無端又壁盒銀桙競陳設私忱
暗祝花下久立絹衣薄露華濕休美雙星天生就聰明福慧紛紛向伊乞舊聘錢了終須直待樓畔竟鄉澤事已非
見別待經年一度相逢滿腔離緒徒説曉鳥啼急況儂是夢也全無淚空抵那畫樓畔竟鄉澤事已非
易騰金針綵線圖作繭總比不得心頭結女拍生肩曰妙得雙關道出筒中心事於是綺筵已設邃各
踞女郎酒量俱豪無不滿浮大白女曰若此可稱顛飲易入醉鄉不如擊鼓催花咸曰妙既畢繼以捫戰
飛觴至立盡嗣又射覆藏彌極其樂生醉甚伏几而寐諸女郎亦曰纖纖籍地跣坐枕生股
一天明生覺涼露侵衣細剃荊鼻開眸微視則第宅全無亭臺盡失乃僵卧於荒塚上大驚起立則正
餘四五小塚其一石碑猶存别苦細認為楊素雯女史墓生知者遇鬼踉蹌而歸其二十餘年家日
俠館於檇李吳氏復值七夕忽夢前女子至曰君憶素雯平生地下亦珠樂何芾芋戀人間也生
鄭犬吠聲遽寤因填鵲橋仙詞一関以寄意云予懷渺渺予情惆惆秋到蘭閨寂傷心潘鬢已
是年年此夕尋盟何處招魂何地瓜果芳筵空設人間天上兩茫茫正姜絕生離死别從月無疾

馮香妍

香妍馮姓吳門人本住金閶以避亂徙居陸墓有年矣父亦瑩序中人中年習賈邊衛喪其貲仍在家設帳授徒馬母氏早喪家中惟一老媼主持中饋事香妍貌美質慧父晚授之讀書史經目一過即能背誦勝於塾中兒十倍以是奇愛之掌上明珠不啻也前行賈漢臬時曾買一婢曰漱華至是年已十四性頗靈警使為閨中兒作伴以解寂寞同塾有楊氏兒者亦世家子與女相若美秀而文正堪稱一對璧人女或採花庭前與生值兩相注視甚為愛悅雖不達一語然兩心印許已達微波翌日女使婢持贈生謂可供於膽瓶為案頭清玩并以紙裹一擲生啓視之乃兩絕句云新月生涼夜氣清羅衣不耐坐深更一鉤未有團欒意照著儂來分外明孤影疏燈怕上樓淚珠常向枕函流秋來心事誰能訴與天孫不解愁醫花字格秀媚異常生自歎弗及紙尾竝不署名生知為女作什襲珍藏思和韻作答未諧競病中止嗣後屢欲覘面申情以有人在側未能通意頗訝叩膽形於詠歎獨至塾中見女正在木樨樹下折得一枝不在桂花所篹者欲與婢娥偕老耳安聞已有成議無所出凌晨獨見兄曰前惠兩詩已悉妹意深篆兄心兄日夕所盼得招生趨前女舉手中花申之曰此為兄異日瞻宮折桂兆生曰諸堂上無己者正在團欒雨奈幾事多錯女欲有言遽語他族兄議婚他為己為兄雖不願而弗能以此白諸堂上無己招乞藥於西王母同奔月窟耳方微紅女竟逸去生亦自歸薄暮生父母遣人至塾貴生謂不聞已以女擊之而己兄一人在天願作比冀鳥在地願為連理枝生世世弗敢離也言訖即解玉佩一枚為贈并為女繋之胸前襟上忽聽亭前有譙聲女急促父母疑訝偵騎四出蹤跡查然女知生之行也為己歸已矣女父謂今日從未來塾中於是闔家敦離人至往往暗中飲泣達旦不寐自誓於所繡大士前願與生今世為夫婦矢死靡他晨夕焚香頂禮婢殊黠慧微窺其意知必因

生託詞詢女女以直告并曲意結納婢女有表兄潘元偉美丰儀是年以第一人入泮以至京江順道來謁女
父留之信宿竊窺女體絕人寰心大動歸告父母特遣嬋婦宛轉致詞女父以門戶適相當并卻其富遂許之納
幣諏吉親迎有日矣女知之大驚謂婢蹴躅河旁適無萬全策計不如遠颺卜於大士前吉乃竊父永冠易男子裝與婢
偕遁行抵關傍徨無所適主婢蹴躅河旁適長年待雇者以數日不發急於延攬美輒往金陵寺觀遇佛卽禮
漫應之篋櫝被襆先已購致諸市肆命取李登舟卽行甲大江南北名園廣圃花木繁綺買權徑往憇舊家別墅以愬行裝
或告以圜久荒無所之聞維揚月甲大江南北名園廣圃花木繁綺買權徑往憇舊家別墅以愬行裝
先是生之出也很依無所之聞維揚月夜篝燈方讀忽開門外有弓鞋細碎聲行漸近門呀然自開一女子
之謂生曰郞尚憶意中人乎生悸甚疑為鬼生不之信一夜篝燈方讀忽開門外有弓鞋細碎聲行漸近門呀然自開一女子
娉婷至前容貌絕世光豔罕儔生悸甚疑為鬼生不之信女曰妾郎所屬鄉生戰慄可掬女嫣然一笑搖手止
之幼僮作畫狀女謂生曰此卽意中人乎郎如欲見一美少年卽可隨我往嫣然一笑搖手止
門踏月行落葉中戞戞作響須臾抵一園垂柳覆廊而行邐迤轉路乃得一亭亭畔呀然自開一女子
視忽一斑斕猛虎從亭後出直撲生生懼大呼咄咄怪事明日偶與居停主人談狐鬼因問此間有妙相菴否主人曰距此不過一江隔為山也生正女形
影俱香生連呼咄咄怪事明日偶與居停主人談狐鬼因問此間有妙相菴否主人曰距此不過一江隔為山也生正注眸審
金陵多名勝地六朝金粉自古豔稱生躍然興發卽欲往遊惠主人偕行束裝就道流連匝月迄無所遇生
每日必游妙相菴與菴中主持者漸相稔愛乞賃一椽為明日清風畫夜領略時時物色夢
中所見一日方趨亭角觀關難則一美少年已先在諦視若舊相識怳惚復入夢境少年亦目注生不轉瞬方
欲詰問一童遽奴入亭向生曰何處楊相公乃在此耶生詢姓名童曰此間非談衷曲處楊相公寓居何

地生曰離亭數百武即吾齋室童曰有同寓人否生曰素性耐岑寂不能與俗客處也因轉揮少年曰此即貴
紀網吾顏甚伶俐僕如此主可知矣少年靦覥不遽答隨生下亭曲折循徑行徑盡抵一軒軒外馬纓花怒放
紅紫絢爛臨窗芭蕉數本頷曰緣陰入靜就一軒區為內外兩室內則生卧房外則為賓客憩息所坐既定生
謂少年曰似曾相識但無從憶起曰馮家香忘卻耶茲不過易欵而弁耳生蹴然起曰我固謂
是阿妹特已改粧未敢唐突此際非即漱華耶尚髣髴可認也於是女為編述顛末生因歔欷不已女曰妹之
出也冒君姓前於逆旅中得遇馮侍郎公子以文字相契勸妹應秋試特為納粟入監思為期已近偶得僥
倖獲雋偕君北上然後改粧未曉也自此女遷於生所畫課文夜前事親迎日香輿綵仗儀從烜赫一時
前茅女託病不見客一切酬應皆以生代北至京師亦然會試入般試殿試出應命矣及授
榜下知縣奉旨歸娶女乃改粧偕往潘氏子已娶他姓女不復究前事親迎日香輿綵仗儀從烜赫一時
之盛從婢漱華後亦備小星之列生之遇女也先以夢顧追憶夢中人容華恆往來於心不能去懷遽部選
河南固始縣憑赴任摘奸抉獄聽訟殊有明決才三年任將滿有控謀殺夫案者犯婦上堂覿加研
鞫視之即夢中人也詢其何故殺夫則淚隨如綆縻寬楚萬肤驗夫尸則枯瘠如人臘絶無服毒痕其姑年止
四十許迎女成婚氏夫越宿頌女猶處子也知事必有因再輯問庭裏盡露蓋氏夫患癆瘵病將死信俗冲喜
之說迎女成婚氏夫越宿頌女猶處子也知事必有因再輯問底裏盡露蓋氏夫患癆瘵病將死信俗冲喜
與姑謀誆以殺夫始不過恐嚇之冀遂其欲女兄弟聞之怒甚登門詬罵姑羞惱交併至控於官衙中胥役
行賄幾編織生發其覆則女始矣寬既白女感生德竟隨生歸江南居妾媵焉

廖劍仙

燕京廖藎仙世家子少時即以任俠名鄰有婦虐其夫者訽詈百端夫屏息馘縮不敢出一詞率以為常一日廖過其人於途笑目之曰君鬚眉而巾幗者何無丈夫氣其人曰君胡盧可有丈夫再造散賜我服之以洗此恥否則請勿言廖曰當為君除卻禍根豈特不畏而已哉是夕婦復申申罵夫詬語嗸嗸達於戶外廖時被酒微酣聞之怒甚袖匕首拔關遽出一躍登其屋復從簷際一躍下婦方戟指痛罵霜鋒過處頭顧已落其人大驚呼盜身遁去報官窮緝莫知主名以前時戲言竊竊議之捕役時聞其門是不可居其跳身出外竄走萬山中足為之繭偶至一嶺下有茅舍三四椽入之閴無人之不具後菜圃數弓諸蔬悉備床下覺中餘糧充物廖意此必清修之窟宅隱士之幽居令得而據之意甚適也自此獨居山中饑則食飽則眠俗慮全無幾忘塵世如是者不知幾春秋時值深冬風雪大作瓊花滿山幾為銀世界廖方戴笠荷蕢踏冰渡澗忽見一白猿跳躍而至手持一東見廖展函閱其書云寂居深山何以消遣吾子道念頗堅終必有成以子生有俠骨可學劍仙特無師授總難入門子來僕可指導一切今日六出花飛特持一瓢與子共酌以永今夕僕居門徑未悉可偕白猿同來廖即隨猿俱往踰數嶺始至碧宇紅牆有同蘭若雙扉正對溪流度略約而過即見有二三老猿鄭躡門外若伺客然廖至即啟門鞠躬肅客入將升堂一老翁降階為禮蒼髯皓髮飄逸坐定老翁自言程為歉明季逃兵至此配白猿為婦能釀百花酒延年卻病今已蛻去老夫頗通猿語東羅列酒漿陳設蔬果所奔走使令者皆猿也廖飲其酒酣諸猿曲蹈縱躍作羅刹舞老翁起立筵前拔劍旋轉寒光萬道目為之眩呼令諸猿鬭劍各舉利刃攢刺老翁手內劍盡入老翁手老翁擲劍於地顧廖曰君能之乎廖曰不能老翁曰以君之質學之十年可得其半廖知老翁為非常人伏

地願拜為師老翁乃留廖居其室之西偏凌晨即教之指授不遺餘力如是者約十年老翁曰明日為君成
道之一九證上乘則為劍仙若遇魔障則懂戒劍俠而已汝當澄心淡慮勿為一切所擾至日老翁授以雌
雄二劍摶之成丸塞入廖兩鼻孔中又破背脊納一匕首數之以藥了無痕跡老翁命廖趺坐蒲團曰至子
刻則道成矣廖依其教閉目靜坐一時心中萬念俱起凡奇形異狀可怖可驚之事無不接於目前廖凝神敛
性兀不為動頃刻間大地山河忽復開朗旋於圓光中現一鄰婦披髮浴血而來向廖曰我即罵夫亦無殺罪
汝遽一時之忿使我身首異處柳何忍哉廖不語即以香頰相偎喃喃述向日私慕意旋有適蘭麝氣
電耳畔聞老翁語曰善哉我大道盡不殺卻忽覺鼻中奇癢一道白光突出美人已杳晦視之座下死
一九尾狐老翁曰子不犯色戒真俠士也再修三百年可成劍仙請與子別子自此出山周遊寰宇見有同志
可以術授惟不可妄殺一人廖遂辭老翁下鎮轉至向所居處則廬舍全無但見蒼松翳空黃葉逕行雲
舒卷流水潺溪而已廖出山後漸不火食惟日飲醇酒一杯旅居漢臯設帳授徒陰色天下士其地圖南北
通衢戴冠博帶者照往攘來日凡數十輩悉鄙齷齪無一足以當其意者平居常慨然曰天下之大何無
一人可與相許者耶一日偶憺風流左作北里游周志在尋芳問柳探花殊少屬意費不贊擬以
往月斜不去自寶達旦有所眷妓曰倩雲也偕之章臺中推為巨擘與之章盟所擲纏頭費不贊擬以
三千金為之脫籍已有成約金陵周生左友也見一悅之周時以觀察統帶營兵聲勢赫倩雲雅仰慕之赤傾心焉酒座間色授魂與密自訂期周因顛
處

倒失幾志為左之所歡矣翌日周潛往赴約倩雲待之倍極殷勤瓊筵既開芳情愈密既醉遂留宿焉左知
之私責倩雲曰心周撙從惟中出揮拳擊左傷其目左以不敢逸去蓋周能舉五百斤鐵椎左右盤旋觀服乘肩輿
不雙以勇力聞諸營周呼鴇母至出五千金迎倩雲歸為遷室僦屋左寓對門恆令倩雲華粧觀服乘肩輿
游衢市故使左見之左不能平商之汪燕山欲報之汪謝不敏汪故多力然非周匹也廖以左久不來往省
之見左目腫赤異然不早言鼠輩直人頭而畜鳴者耳何足與左君自愧矣
彼自圓其能立決之亦易事然不如使作廢人受現世報倩雲君尚欲之否俾克下陳日受鞭捶赤足稱快
君處置篋中有萬七千金可供揮霍也左曰諾初弗信及旋果如廖言於是始知廖為異人廖居九江以事往南
耳左唯唯不知廖所施為明日忽傳倩雲盜金遠颺周兩手足無故自墮有曾為周生所屈言者廖稱快
事左置之陰知此必廖所作為也特走告廖見之曰君可暫返山故後居九江以事往南
昌道經鄱陽時湖中有水怪常興風濤覆行舟商旅因之有戒心廖渡湖日風日晴美波平若鏡舟人方相
慶幸越日狂飆驟起濁浪排空奔銀噴雪勢撼山嶽有兩蛟夾舟而飛長年相顧無人色謂必葬魚腹矣廖從
容出雙劍亘若長虹立斬蛟首山時風息瀾安湖水數十里皆赤其後惠行山麓忽遇雷
雨休於樹下時電光環製若萬道金蛇雷聲怒擊不能下其友忽見廖鼻中白光飛出直射林叢廖即有二
巨蛇寬伏道左霹靂大震驚悸幾殞及醒廖謂之曰此蛇狹人我故助天斬之也廖生平異事甚多與友
不輕談劍術身材猥瑣容貌赤如常人人視之瘀若無能者將沒時晨起見白猿至歡曰我其死乎即服衣
冠危坐堂中近矚之則已氷氣絕及斂有雙劍出自鼻中直入霄漢而旁人以為尸解云

眉繡二校書合傳

眉君一字媚仙北里中尤物也與琴川花影詞人有嚙臂盟花間渝茗北下飛觴無眉君不樂也眉君姿態妍麗情性溫柔所徽不足者裙下雙鉤不耐迤袜顧自然纖小當被底撫摩之際一握溫香尤足銷瑰蕩魄身材差短髯鬢自依入飛燕更復生憐饒居北定安里精舍三椽結構頗雅房中陳設鹽而不俗湘簾棐几實鼎香鑪位置楚楚入其室者麈念俱寂花影詞人顏之曰四聲四影樓名流多有題詠門外車馬恒滿眉君於花影詞最為屬意幾於形影弗離閒聲相思從不出外侑觴雖相知者折簡屢招不赴也其自高聲價如此淞北玉魷生風月平章也於花天酒地中閱歷深矣一見眉君獨加許可為之易令名曰眉君字媚仙由是名譽噪甚眉君雖處勾欄選擇殊苛不當意者出重賞弗肯流盼西江歐夢柳名下士也心折眉君欽與訂好連蟻其室三晝夜不言去眉君知其意匪弗出見以閉門黃待之歐乃驅車北上歡為秋水芙蓉非風塵中物而不知其屬意者固別有在也花影有本事詩八章書之冷金箋眉君張於素壁時曼聲吟哦之詩錄如左其一誰道禪棊局不平恁今消受到狂生鐺心思都忘我鏤骨纏綿總為卿白玉團雲昭別景索綠織字寫逶情酒軍南北分標處放何因一座驚其二碧窗紅燭夜深深雞拉海上音梅我見伊雙致語替愁底事百相侵桃花釀醋成何著梅子黏酸竟不禁一樣閒情拋未得莫論買笑費黃金其三廣厦原無千萬間柔鄉老我當禪關過抽瑣緒河水未死心香泉博山看碧成朱都有韻開聲野影可曾煩花叢取次回如我情真如為偶關酒國花枝酒外愁漫呼貸員更休休肯隨暗霧飄雲去不逐天池大水流絕代由來首嬾情真如為偶關酒國花枝酒外愁漫呼貸員更休休肯隨暗霧飄雲去不逐天池大水流絕代由來關福慧有人曾未媚公侯從容細下裙邊拜一搦秋心一角樓其五西風動桂花枝轉為蘭因費別思可有琵琶宣手眼為誰歌舞惜腰支巫雲朝暮期何定溝水東西去歡遲錦幬重重天樣遠渠儂懊惱知其六團扇何因竟捐棄清辭休唱想夫憐比來瘦減消紅粉舊日恩情欠玉鈿堕涸飄茵湯短命朝南暮北要奇緣

眉繡二校書合傳

畫圖人面應無恙沒箇傳神展子虔其七得傳靈風熱骨涼一澄心海湧明光自持祇解陳思佩人近微聞合德香蕉頷封侯輸此福娥眉借譽到迴陽河陽鏡裏絲千萬難緣愁爾道許長其八儘有相思寄玉簫雙雙人影未寄寥寥好憑過去方來者不必情根果改花顛酒渴任相朝東山絲竹蒼生雨肯把懷一例消詩出傳調一時同時有李繡金者赤窗中之翹楚也豐碩秀整玉潤珠圓小住居安里楊柳樓臺枕把門蒼來游者幾於踵趾相錯楚南錢生最所屬愛思欲為臺珠之聘然也淞北玉魷生遇之於申宜笑甚有情聯臻並軌而歸即訪之其室中繡金親調片齐自製寒具以進温存旖得未曾有其姊日才喜與之連牆而居萬雖稍長而神獨絕金陵偎鶴生一見才喜立眉梢間一分歡喜由是聲價頓高才喜善為青白眼雖在章百餅即傾臺贈之為書楹聯云一樣文人眉眼十分歡喜每見才文士寓公領袖風騒主持月旦曲中人凡經其品評者纔臺而性情豪爽身具俠骨胸有仙心刻吏為名頓著韻事乍傳香名頓袖風騒主持月旦曲里中人一如趙家故事舍賓則必破其慳囊而後已西蜀李芊仙者滬上富公領袖風騒主持月旦曲里中人一如趙家故事出墨池便登雪嶺姚家姊妹花初為芊老所賞韻談邂旦曰金鳳玉魷生常欠姊妹共事尋芳因賞識才喜遂及繡金常與玉魷其家往往射覆藏鉤清絕為芊老重來歌浦里中人一如趙家故事然繡生所屬意者繡金一人而已繡金小謙其家往往射覆藏鉤清絕為芊老重來歌浦里中人凡見其品評者纔云黃金只合將卿鑄赤鳳何曾為姊求其寄託在言外矣才繡二人妙解音律彈絲吹竹靡不工繡金尤善歌珠喉宛轉譽過行雲才喜本虞山朱氏所出琵琶為朱湘卿親授音節之妙巧合自然一時俗工皆為飲手芊老與玉魷一樣李花供飄泊十行朱字太纏綿琵琶對語歌聲婉涙濕青衫老謫仙芊老以申園詩人李芊仙之墓旁字調芊老云一樣無此樂三十六宮都是春謂我死必葬於申園之側樹一石碣曰西蜀詩人李芊仙之墓旁界書曰十二萬年

植梅花萬株使士女游申園者多來瞻眺禮拜或遇春秋佳日莫以濁酒一杯豈不樂哉才喜聞言躍然起日他日赤願附瘞墓旁如虎邱之有真娘西湖之有蘇小惠州之有朝雲亦足以傳矣芋老喜甚為浮一大白日願如約一日芋老偕玉钃生乘車游申園歸適值驟風雨躓車幾覆前後香輧皆為之停響不發爭來殷援才喜聞信親至芋老寫齋問候玉钃生笑曰使芋老令日果死則其願遂矣特不知陪葬者尚欲精綾須更否眉君既為花影所睓願居妾勝列供捧研役特其母屬望顧奢素八千金花影適有武陵之行冒權竟去眉君遂絕粒蒙被僵卧盡夜飲泣盡腫其母無奈何偕眉君乘舟追之及於螠栖卒以五千金歸於花影餓屋湖畔福隱山莊成嘉禮焉興綵仗驟從盜顧盛見之者不知其為納小星也錢生本資士投筆從戎願懷遠略在某當道幕府司筆札成言書牘慷慨激昂悉中窾要所論戰守各策皆可坐言起行當道試之於用咸有實效積功保升太守適以公事獲譴至澴自作快語日令而後可償余販夾敗服敝衣冠逢髮垢面踉蹌詣繡金所日始矣繡金驚問所自錢曰自別後就館不成作費折閱昨貸之戚串得數百金販粟渡長江舟覆觀魚腹僅以身免至此水盡山窮將流落申江作乞丐矣特來面卿作永訣耳言罷鳴咽不勝繡金亦哭久之曰天生君才必有用古英雄有屢躓而後起者君特小挫折耳何惠妾藏有五百金顧奉君經營事業特不可使阿母知也急檢篋笥出單五紙納錢袖中錢撫繡金背日卿真我之知己也中幗中乃有此巨眼遂以直告竟納之為婦載之北歸

徐雙芙

徐雙芙女史吳江人其母李氏孕及期夢涉江采芙蓉有老翁霜鬢如戟飄然若仙授以紅白芙蓉兩朵及醒腹邊痛遂產女爰字之曰雙芙以紅為女子之祥別字小紅既長姿容豔麗性質尤聰穎異常好讀書而不喜為章句學喜間門通甲諸書及識緯占望諸衡數夕鑽研無時釋手表見梁文術奇士也少懷大志以天下才自負一日見女執卷吟哦搜素苦笑問女曰妹所觀何書也女曰此前人所傳通甲諸符咒習之每多不驗妹窮日夜之力求之殊不得其故以是悶逐心生耳梁閱奧部不在字句中別有鑽鑰須人口授妹如思學不求之師而但索之書無用也女而但索之書無用也女隨母往觀音菴焚香還顧於肩輿中見路旁立一老尼貌極慈善似曾相識及入菴則尼已先在與女稽首問訊曰靈山一別至今已隔幾塵矣女茫然不知所對女母以其言異呵去之尼各一笑而罷一日女在書不云乎思之思之鬼神通之妹旦夕間必有所得也因授妹如思學之師而此書不云乎思之思之鬼神通之妹旦夕間必有所得也因之女稽首問訊曰靈山一別至今已隔幾塵矣女茫然不知所對女母以其言異呵去之尼各一笑而罷一日女在書不云乎思之思之鬼神通之妹旦夕間必有所得也因已先在與女稽首問訊曰靈山一別至今已隔幾塵矣女茫然不知所對女母以其言異呵去之尼及拈香佛殿遊戲各處既畢將出登輿老尼亦隨來至前袖出素書一本授女自能領悟女恐為母見急納諸懷歸而挑燈展讀了無一字乃姓香拜禱莊坐敬觀則第一葉即解五遁訣也喜甚秘不示人如獲至寶由此飯罷餘繡閒課暇輒出肆習顧有所得偶與鄰女作送藏之戲走入壁中忽無見諸女恐為母去之女輒笑應顧應聲在西壁而現身於東壁外有一潭甚深四圍樹木陰森蔚鬱茂潭水清澈見底游鱗為堂上娛列之所自來弟邑西門外有一潭甚深四圍樹木陰森蔚鬱茂潭水清澈見底游鱗之氣逼人雖經戚串乘輿道經潭上忽有旋風起於輿前輿夫為之驚以為神女好翰紙為人撒豆成馬時於園中演習籍可數而寒冽之氣逼人雖經戚串乘輿道經潭上忽有旋風起於輿前輿夫為之驚以為神女好翰紙為人撒豆成馬時於園中演習籍立止惟潭中波浪翻騰湧如壁立幾於平地皆水女乃出輿臨潭次投以髻須臾黑雲如墨潭中兩龍拏天矯入雲際作攪挐互鬭狀霹靂一聲俄馬杏女舊仍還手中女謂輿夫曰龍雖去後三十年必復來恐

徐雙芙

其為民患也自是女時著靈異邑中民人奉若神明求其書符鎮辟鬼祟焚香詣門者相屬於道邑令葉願講程朱之學以其惑泉也禁絕之將坐女以妖妄罪女曰是不可居適女父選授儀徵教諭挈眷以行事遂寢女隨父至任時出遊覽偶從準提菴側殿行一老尼方蹲廊下喃喃似誦佛聲視之即向日授書者也巫超前作禮尼睜目良久曰尚能領會老尼昔日所授顧此為旁門終非正經不可久學令當從靜處作工夫袖出丹書一卷授女曰善學之可成正果女知為異人再拜受之拜起而尼已下見持歸展閱則內皆言修煉內丹之訣自此獨處一室跌坐蒲團一燈長明直夜不寐幕半似有所得元神結成能出入泥丸宮侍婢曰修眉閨中伴讀者也時於門隙中窺女所為每至天明則見嬰兒自出嬉戲因思攫取之可作寶玩籍以誇示於人一夕先伏暗處一躍遽出即滅布網於地嬰兒駭異詰其所自來以實告急排闥入視則女已氣絕體僵玉筋雙垂伴盍甫啟出於蒲圖矣閤家惶諉咸歸咎於婢女父揚言臨歿老尼囑拒弗許尼請之益堅女尸不盤膝早示寂於蒲圓置菴佛座下三十年後當復活女父不能動分毫不得已從尼言異寄春中方女之入定也凝神斂息游於太虛寂滅之境忽觀紅日上昇霞彩滿天正在向空舞蹈突有人自後推之遂墜於深潭驚定開眸則手足頓小身為嬰兒危坐欲舉之使直竭泉力不能動分毫不得已從尼言異寄春中方女之入定也凝神斂息游於太虛寂滅之
棺槨可盛之於龍暫置菴提菴佛座下三十年後當復活女父不能動分毫不得已從尼言異寄春中方女
歲已有神童之譽九歲入學作秀才十三歲應秋試作榜元名噪鱻轂十六歲捷南宮登詞林世家巨族爭來
婚馬俱笑辭之逾年散館授編修不數歲洊升御史立朝以風節自勵彈勢不避權貴稱為骨鯁之臣嘗一
日勅三督撫廷議嘉之立予罷斥於是當軸為之側目龍欲晉雪前讒急出匣中劍擲之波心龍俯首曳尾而逝蓋女雖隔
而飛舟幾覆舟子戰慄無人色女知潭中蓄龍

世而其術益復神也在任三年所拔取者多知名文風為之一變還朝覆命道經濟南偶乘欵叚馬命美奴
摯錦囊看山作畫臨水賦詩遙見垂楊柳下立一女子玉貌綺年神絕世細視之與老尼約略相似遂
人探問則乖鄧魯間閥閱家也因示意於其父母顧以伉儷請欣然許之不日成親迎禮卻扇之夕兩意相會
一若遠別重逢者在京師日自朝參外了無所事日惟諷經繡佛而已女父母自升揚州教授後以卓異聞入
京引見女知之持刺往拜翌日女父答謁延之入內堂屏去從人伏地縋涕不能仰女父深為駭歎未幾迎
母至署中侍奉殷勤無異於子女居官清正首宿蟹空初無所蓄女贈以萬金籍克宦囊使買田園於揚郡
作久居計女後臏孕兩淮運使之命馳驛赴任整頓醝綱興利除弊一歲中權稅所入驟溢百數十萬出貲重修
準提菴土木大興紺宇紅牆金碧相望鑿池築堤迴環幾百畝池中悉植菡萏堤畔廣載芙蓉紅白相間夏季
秋抄絢爛如錦女曰是足為我清修所矣朝廷以女轉運有功擢即命藩吳會命下之夕薈老尼拈
花而至微笑謂女曰姑可行矣名威則退此天地自然之理也女否則招造物之忌彼夫毁謗之來媚
嫉之至尤悔之臨雖出於人亦由造物為之從中播弄也尚在何不返本還原一現從前真面目女方
欲有言忽聞金鼓之聲喧天震地遽然驚覺則紅日已上三竿各屬官賀者盈廷畢集矣女起命駕往準
提菴拈香參禮佛像即命龕所在命人啟之則膚草尚溫顏色如生因异之至尼房召卷中尼謂之曰今
夕必當復活視之時已迎女母至菴為之照料一切還署即草遺表寄蘇撫代呈擲筆遽絕夜半女尸果
復活蹶然而起無異常人謂母曰三十年富貴正如一場大夢耳

蕭補烟

蕭雯字仲霞號補烟太倉人寄居杭郡少習舉子業每見帖括笑曰此真足以窒性靈而錮心思者也弱冠補博士弟子員即棄去樂西湖山水之勝移家居焉既壯猶未授室人有以姻事請者輒曰男女居室天下之至穢也何必自尋苦海墮寬罩障中或曰其嗣續何不孝有三無後為大則曰天地尚有窮盡何況於人一十二萬年同歸澌滅雖有神仙詎逃此刦蓋丹乘吐納之術長生久視之方生素所不信以明絕欲非以戲之也生顔嗜酒朝暮兩餐必設杯杓以螯一壺友人招飲必往赴有獲薄者以其素不近女色思有以戲之因密藏數妓於總宜船中特設盛饌邀生既至循環勸飲盡歡酹酒酣妓出侑觴時生已微醺瞠目視之不作一語酒至前輒引滿須臾玉山頹矣隱几假寐友令妓伴之環坐達旦生醒謂妓曰卿輩何尚未去友曰君昨夕在眾香國中眠豈不破色界戒生日日中有妓子將伊川默人語乎此輩直以黧友視之與公等髣髴耳由此日夕飲於妓家醉則宿其室中纏頭之費夜合之貲一如常例經年餘一無所染而獵薄子偕遊者頗倒失志幾至喪其所有咸服其有守聞燕趙多濂慨悲歌之士欲於屠狗中覓有所遇風雪漫天東裝竟往道出山東濟南因僕患寒疾暫留逆旅夜將半忽開隅門聲甚急敲之則一老翁修髯偉貌持刺詞調入贅吾家為設靑廬主人辭之則已入室再拜株下狀甚謙抑自言今夕遣嫁第四女所言驟若風雨耳畔如聞波浪洶湯聲項之至一甲第生興直入中堂老翁攜生出與眾賓相見載冠八輿生方欲有言翁已挽生臂出户既抵門外則燈火輝煌騶從烜赫健僕十數人裝束華麗氣象雄毅肅生入輿即發行其行駛若飛出見鞍馬已戒生冠帶皆貴官寒暄未畢眾樂齊作簫管笙歌嘹喨兩新人已盈盈交拜令生偕一客執燭送洞房房中皆婦女粉白黛綠趨盈前一時珮聲釧韻鬢影衣香幾於魄蕩神搖銷心醉合卺禮成出

堂就識生居首座三爵既罄獻酬交錯每一席四客則以四美人侍首席倍之生旁捧盂執巾者為四雛姬皆麗絕人寰永紫綃者尤秀麗酒盛碧玉壺中作紺色味醇甫入口覺胸尚俱爽生素薄脂粉如土苴至是亦心為微動筵撤生欲辭歸翁曰既降敬盧文駕且有瑣事欲高邀宿生於東堂設之麗牀繡之精閣閒世家所未有也睡時紫綃人來伴宿生坤之曰平生慣嘗獨睡丸此不敢請紫綃者曰奉主人命來此去則有罪君但欲博遠名而不以婢子罹罰為慮抑何忍心妄聞心正者邪心邪自達君竭非嬌情同宿何害生語塞女遂謂為生掃衾枕解衣履裸身入衾縱體投懷生覺肌膚之滑脂澤之芳為生平所未經生起舌已候於門外笑問生曰昨夕之眠樂乎生紅暈於頰恤不能答翁曰飲食男女人之大欲存焉古聖賢亦惟克循其分從未過為高行以駭俗苟必力為強制大拂乎人情鮮不為大奸慝此女與老夫具有瓜葛蒙君愛令夕當為君成嘉禮生辭以生平立志不娶意將已破瓜亦完璧始亂之而終棄之君其謂之何生鞠躬再拜曰古人云聞君一夕話勝讀十年書真自聆安宅飛昇難夭亦不復居於塵世翁笑曰愚哉君也神仙亦有夫婦同入清班共參正果何君所見之不廣況此雅訓芳筵頓開自後我知過矣一切惟君所命老翁喜甚即命瀘埽廳室收拾房攏至曉成禮一時賓客之盛筵識之美始無其比生自此居翁家者匝月間樂亦不倦即北上矣女字瓊仙號繡雲顏識字能作小詩閒時詢翁籍貫始知為山西靈石人姓胡名浩然字思孟曾篤仕京師在部曹作七品小官年老休致家居優游林下濟南則翁之婦家也翁有四女俱適人咸作顯宦今成親者為季女墫常居閨罕出偶與生見園翩翩美少年也隸浙籍亦名家子已聯捷登詞林彌月後即欲挈春入京至日翁為之鏡以西園四女畢至墫亦俱來皆與生行儘揖禮蓋紫綃為翁之從姪女自幼失怙恃翁為之撫養長墫楊麟史欽人名孝廉也以大挑官

知縣由部籤發江西南豐令現將赴任次壻為富家郎入粟捐觀察指省滇南三壻以軍功起家兩任西蜀太守現以卓異保升入覲引見與叙家世婁話游踪咸以生博雅溫文引與相親園中泉石清幽花木綺麗亭臺樓閣金碧相映設席凡五翁與生居中而四壻各專其一杯酒既斟備環相勸縈繘以別離在即情尤悽惻起捧壺執爵欣然受之一餉而盡謂之曰去善事君子謹小慎微毋以老人為念女聞言涕不可仰長壻起言曰今日吾翁作此呫嗟延為汝餞別正當喜悅強笑謝之彈筝作歌曰分袂在今日臨歧意不愜十年蓁蓁恩何以報君德郎心轉匪遽宴意堅如石明月當天高千里共相憶歌竟淚戢戢次壻赴雲南謂生曰滇中多美玉產銅金馬碧雞已平地方富庶其地應官聽鼓者絕少人才補闕極易君於潯陽江上又明日有志宦途何不策馬西來下榻衙齋一覽女瓊華字繡鳳容華絕代與女最相善臨別出碧玉如意贈女謂女曰觀此如見妹面他日請念生館三竺也哉生唯唯致謝而已次女瓊華字繡鳳容華絕代與女最相善臨別出碧玉如意贈女謂女曰觀此如見妹面他日請念生館前後馳騁者數百人皆腰弓臂矢講鷹走犬王所蓄獵狗曰靈獒猛而善搏時女車最先行犬見之直前奮撲女亦從車中聳身飛出蜺衣服委地如蛻犬迅足逐之倏忽已杳頃刻間羣犬吠蠻若豹各車所戴婢媼皆現狐形寬走三四壻及女亦竝逸去獨生踢躍車上行近蘆溝橋畔突遇某王郎出獵持戰之士視生統車三通併嗅生足王之侍從皆指生為妖人生為厓訴所遇顛末或曰君殆逢狐魅矣王命人偕生詣山東原處則惟荒園尚在乃前明某相國之別墅也蔓草寒烟杳無蹤跡悵悵而返生由是終身不娶人因呼生為狐壻云

陸碧珊

陸芷生吳郡人弱冠入邑庠丰神皎潔態度翩翩雖瓊瑰映月玉樹臨風不是過也所娶亦世家女容儀應徵中人以生較之倍慚形穢以是怏儷間殊不相得或曰里有才女曰碧珊與生同姓少許字於孫氏孫氏子佹逷無行酷嗜樗蒲之戲攜貲入博場弗罄則不出或至褫衣以快一擲女父隱有悔婚意顧孫亦巨族父固贊序中人不能為此踰禮法事因姑置之生素聞女名然深處閨中未得一窺其貌旋於是生始得見女豐碩秀整粹賢花妍圓姿月滿與生堪稱一對頓注視幾日目成女先作詩以挑之生立即口占相答由是花前月下遂縣署之聘兩家俱孳往同客異鄉彼此往遠遂咸串於生和日珊瑚網命題之意不言而喻顧女家則有父母防閉生室則碑妻同在微波可達而芳澤難覿兩俱相思終不及於亂也無何士匪難作揚城戒嚴警耗靈音一日三至女父固以薄田數頃在鹿城鄉間擬捨此筆耕歸隱邱園亦可餬口因即買棹言旋女亦以父所居曰笙村距城僅十里許其地有一廢園池館猶存亭臺半圮欲驚於人索價頗廉生愛其幽僻傾囊購之為別墅擬鳩工修治煥然一新所有園中齋區聯皆女所擬池左闢一軒植竹數十竿梧桐四五株晨夕生妻急命僮洗桐拭竹翠色欲流女題曰環碧軒生見之知女意之所屬然東風有主終難動搖奈何而已一生急病女來省視問煖噓寒秤藥量水倍極勤生妻甚感其地密約幽期人無知者病為少癒夜半在水閣納涼女適至時婢皆睡相視無言諧諉越之重會於其庚久計而女家催歸符至不得已遽別生出重貲寄一緘宛轉得達生所中有云卓文君奔相如紅拂女投李靖敢作久計而女家催歸符至不得已遽別生出重貲寄一緘宛轉得達生所中有云卓文君奔相如紅拂女投李靖敢紅于為鴻雁偶不謹為女父所得大詫絕不許女再往生家令依姑母於雲間實使遠生也逾年女嫁期已逼知之驚怛異常誓以一死報生出

援此事以身歸君三生癡願詎肯隨雲一片精魂終當化石相離半水迴隔九天妹思之決矣此志果堅人間天二會有見期否則與其偷活塵世不如埋愁黃土書去之日靜候佳音先是生曾戲效疑雨集中勸駕詞作八絕寄女其詩云藥鑪茶竈已安排西面窗櫺不許開曉得風兼避客重簾不捲等卿來輕寒昨夜上粧臺料得熏籠倚幾回漫把心香焚一餅冷灰撥盡蛾眉重可哀寂寂江干舟未至梅花開後等卿來傳說青鳥事難諧手鈔詩卷深鎖鬱離懷謠詠城邊蠶賤幾番栽小研紅絲試麝煤密字珍珠書格紬反慈看月等卿來舊時院落蒼苔憶等卿來記曾相識有詩媒儁才城北清光仍不減畫欄寒倚鏡臺為疊重衾溫寶鴨濃香殘夢等卿來無端小病瘦千梅怕憎相思兩地猜即有尺波誰可託訴將離緒等卿來記曾相識有詩媒儁才城北清光仍不減
不可為表兄慧亭預知生與女結好之事往來淞湖間互遞消息亦為女父所知斥絕弗俠登門走商之蒿亭亦以巫臣之行不可言小潛必以身通彼消息必以夜出或起蒿之疑致為匪人所刼其害一未離虎穴遽被桑中之約言小潛必以身通彼消息必以夜出
藏雖有崑奴健僕能善其飴而生遂作書絕之其書曰臆念正殷手翰遍
躔嬌後客能善其飴而生遂作書絕之其書曰臆念正殷手翰遍
至臨風展讀意慘神傷黃衫俠痕浪浪下墜襟袖何我兩人情之深遂臻此也且前妹往雲間兄話別雖觀芳
姿臨風悵慫母在前悍姬在後無從看月私盟背燈密誓憂愁執語抑鬱無聊相思百里空懸海上之帆不
見經年莫訴心中之怨書中云志在一死以報知已此大不可吾知妹有死之心則兄無生之望請隨地下永結地下敢在人間猶偷餘息惟願我妹
尚可圖身死而難復遂妹有死之心則兄無生之望請隨地下永結地下敢在人間猶偷餘息惟願我妹
字妹聯蕭史之姻成於鳳昔兄矢雙文之約訂自前秋即登香車而遠道要非棄鈿盒而負盟也

思妙許稍解愁懷但求志同如金自必事圓於月沉兄與妹年齡相若初非少長之懸妹門第相同初非貴賤之迥別妹居鹿邑兄住鴻城初非雲樹千重烟波萬疊桃花人面定容崔護重尋楊柳樓臺許阮郎再宿設使此願難諧飛來沙吒前盟難棄竟嫁羅敷則俟兄入終非海樣深沉而驛使可通豈慮信音追遞戒問關無阻得聽卓文之琴單軻可登竟作范義之艇青山皆隱白首同歸避人迷世匿不可將見盧簾紙閣惟對孟光閨酒聯吟仍偕道蘊苟懷此心定情所願請以斯言為他日佳券女得生書啜泣竟夕歎曰所貴乎女子者從一而終也余已被玷復何面目作孫家之婦且今日既作孫家婦後日又為陸郎妻出爾反爾一誤再誤人其謂我何始亂之而終棄之其心可知乃飾詞巧辯自掩其非以重余過世間多薄倖男子不幸於吾身親遇之雖然事由自誤夫復何言獨對銀釭悲愴萬狀搜生平所著詩詞及生所貽書札投於火夜半以素羅三尺畢命於牀前望晨日上三竿女猶未起姑呼女不應排闥直入則女已作夢虛仙子閣家惶駭急為解下則玉體已永報知女父母厚為殮殯而已生聞耗駭欲絕思女為已死情不可負陰購阿芙蓉膏調白玫瑰露飲之趨入書齋蒙被僵臥生妻自得女訐音生頓改常度心已疑之忽於枕畔得餘青大驚急呼吸百方灌救經兩晝夜始甦當生服烟膏後魂搖搖如懸旌已離軀殼但覺黑風慘淡黃沙迷漫悵悵僅存氣息奄然無所適忽見一女子在前招已急趣就之果女也女曰兄白妹死義不獨生女且今知兄妹亦值得一死雖然兄前程遠大豈可以兒女子私情捐軀殉命哉當求之幽冥主者令兄再還陽世兄以後如不忘妹願立木主書妹姓名得附於妾騰之列顧已足矣春露秋霜可以麥飯一盂濁醪一盞莫諸墓上妹必來享兄且駐此妹去即來從之須臾女至曰兄得生矣以手推生墜於崖下忽聞耳畔有哭聲啟眸視之則身周在楊上月餘枕而後起自此待其妻頗厚時以好色之戒規勸友朋終身行善罪忘曰藉以補過

龔繡鸞

龔氏豫章巨族也多知名士尤以詞章雄一郡有世珪者字玉叔老明經生一女曰繡鸞聰慧絕倫喜讀詩詞尤工帖括父以此非女子所宜令東諸高閣無何父遘疾猝逝家貧母老無以為生遂設絳帳為蒙師鄰有丁生者習舉子業頗自刻苦其弟從女學一日由塾歸偶翻閱弟書課程見中有文字一篇命意措詞違出己上詢之知出女手因投以所作文求其刪潤女亦不辭抉疵摘謬勝於嚴師生不以為忤時呈課文就正併饋以束脩由此文藝往來互相心許女深處閨中外人罕見其面與生雖結翰墨然以禮自持從未一覯芳範也年餘生應縣府兩試俱列前茅及游泮宮囊然居首女以此文名噪一時童子軍中多奉女為師女居然高擁皋比而執牛耳矣世家貴閥爭求婚焉女咸不欲女或可入選女遂歸於丁生新婚彌月即令求者必面試以文久之少所許可私謂母氏曰若勉相俯就則丁生之高下為名取於是來下幃攻苦晨夕督課無少懈是秋捷於鄉明歲成進士登詞林皆女之功也女容僅中人生雖嚴憚之而殊弗慊意既以少年獲高第意氣發揚漸與諸同年作狹邪游惟恐女知時以虛詞誑女為掩飾彌縫計女亦陰疑之漸加約束夕赴賓筵必計刻而歸稍遲則反唇稍色俱厲生之所至虛詞誑女為師女章違則閉之房外或攜被他處不與同宿女之功也女容僅中人生雖嚴憚之而殊弗慊意既以少年獲高第意氣發揚漸與諸同年作狹邪游惟恐女知時以虛詞誑女為掩飾彌縫計女亦陰疑之漸加約束夕赴賓筵必計刻而歸稍遲則反唇稍色俱厲生之所至虛詞誑女為師女章違則閉之房外或攜被他處不與同宿女之漸而實夫婦也親結伉儷而得科名至樂也載酒看花尋芳拾翠不過逢場作戲而已追風月之餘歡為風流之佳話亦復何害此人生樂趣泯然盡矣私擬數百金買櫂適至漢皋逃婦難也生既出門女知之亦不復遣人往追自詣梳子菴見素所相稔之尼曰蓮修者求其披剃曰顧祝髮空門證清淨業世間孽緣徒成寬苦歡愛即生煩惱一切色相皆空一切繁華假顧自此澈悟心升兜率天別無他想蓮修見之合掌言曰善哉從噴念中徒以妒生憤念去道甚遠後必悔之女曰余志已決許不許均留於此不復歸矣袖出金飾數十事曰以此供半生喫著當必有餘即以左手捉髮右手執翦將頭上青絲一齊翦去蓮修見之合掌言曰善哉從噴念中

來仍從噴念中去佛門中無此優婆夷也女自此常居卷中繡佛長齋粥魚茶版居然苦行清修作女頭陀矣
生自至漢皋日遊曲里凡噪香名著豔譽無不往訪或設讌開樽或鎪鐙留宿顧偏覽羣花迄無當意因數
曰漢口為南北要衝素稱名勝談者謂其欲空北部之胭脂壓南朝之金粉以我觀之殊未必然生以青年太
史白袷少年囊有金賞出則裹馬青樓中人見其標格無不爭相歆羨到處逢迎無如生眼界太高少所許可
視塗脂抹粉者概謂之鳩盤陀以是落落寡合時有生同年謝韻樵亦來遊僑居大智坊已淹兩月矣言有蔡
姬寶瑟居於鮑家巷產自淞北旅於漢南年僅十四尚未梳攏識字知書妙解音律其豐神之情送容貌之秀
麗章臺曲院中殆無其匹從人即見人即見亦僅作寒暄數語而已纏頭之費有定額五金一茶十金一詩
二十金一歌欵袴子巨腹雖賈翰重金亦不輕易見人即見亦僅作寒暄數語而已纏頭之費有定額五金一詩
孤注以求一見及既而出又皆廢然自失謝以告生生欣然偕往家在街底高樓五楹臨街筆峙繡幕珠簾作
如在天半再進重闥方是女房玉軸牙籤盈插架漢鼎秦彝環列几案時天氣嚴寒室中圍銅爐炷妙香房
悻作啟芬芳已徹鼻觀坐既定清茗再淪而女始出態度嫺婷不可一世與談詩學源流應答如響女或偶問
落風塵飄茵墮溷也哉言罷淚為潛墮反袂拭之謝復欲請歌生曰此非尋常名媛窮居空谷尚嗟不偶況使之淪
歡顧謂曰此即今才女也雖君家蘊復恐不能遠過惟是艷代名媛窮居空谷尚嗟不偶況使之淪
一二語默無以應生不覺為之舌橋貫珠亦不費思索已成一篇字比瑳花句同琢玉生為駭
唐突隱有娶之之意既歸託媒媼往問身價女曰此客丰采亦復不俗但以有素願必詩詞
也媒媼返命生即出歷年來已刻行卷授媼呈女女閱之日文勝於詩詩思甚清而詩筆未超由於學力不至
未足為我之師也繼訪生門第知為清流女意似可告媼曰必欲余為妾勢甚常請以三千金畀予母足矣
生家僅中資雖貴一時措此巨金亦殊不易揚州掌鹺綱者為生同年之父交情頗密將往求之東裝待發女
聞生之他適也恐其一去不復來急遣媼往告曰所以索三千者非他將以為他日奉母貲也若肯挈母俱行

則此時聘金多寡惟命異日有資昇之未遲想郎君一諾值千金片言重九鼎必不負余也生喜遽擇吉陳幣納為遣室即由漢皐達京師不復言旋矣旋以大考列一等欽命為粵西督學使者告假回里逵八逆夫人於蒼中閉戶不見往返再三絕之益堅以所薙髮貽生題其上曰初為龔氏女繼為丁家婦今則蒼中削髮尼矣一髮不留六根永斷真成淨果久絕凡緣惟身及時行樂勿以為念生知其志不可亦姑聽之蒼中有尼矣入生家者返述生娶妓為妾艷絕塵寰天人不啻也襲夫人竊聞之悲悅益甚夜半自經懸絕下陸尼泉聞之急入解救灌治百端乃蘇生懺女徑詣粵西沿途所經名山勝水無不紀之以詩共相唱和或驛亭聯吟或旅入平康幸女明慧巧立此法不致墮其術中女伴生攬袿林之膝親景懷思髩髻前身曾經閱歷偶聯偶話其異有一長操吳音父亦諸生早沒家無長物難以餬口為匪人所誘隨母至漢皐寬男氏弟得無行賣匪人居為奇貨令館題詩什之積幾如筍束開中詢女家世方知女本孫姓字紅雜蔡則母家姓也僑居金閶者故西偏恍然悟曰去此數十武當有一石洞中鑿佛像白石几榻無不具為僧寮偶話其異有一長倦入一蘭若小憇女又怳若舊游報指曰某處為香積寺葉庱為鐘樓歷歷不爽女為僧寮偶話其異有一長老在旁詢女年歲月恰相吻合由是生戲呼女以白猿後身任滿歸安晨起臨鏡理妝淒然不樂忽告生曰程方遠好自為之言訖暝目趺坐而逝鼻中玉筯下垂芳齡僅千有七生哭之慟即葬之於獨秀峰下立石碣去撥之女歲十九可此一世生歸以千金予龔夫人夫人堅卻弗受眾尼曰於基上題偈其旁曰生有自來死有自去十七年華已此一生歸以千金予龔夫人覺而大號盜援刀斫之殉併擕其所有而去翌晨報於生生驚悒不飲不撫膺曰是吾過此出宣臺中所有萬金曰以此經營事業毋忝前人克貽後嗣吾將離此紅塵懺除黑業徑入峨眉山修道不知所終

心儂詞史

及知作

心儂詞史

心儂姓李氏名燮蓮吳門小家女少蓄於花氏稱長姿制明豔丰韻娉婷乃教以歌曲聲清脆如裂帛音韻節奏動合自然又教以絲竹箏琵靡不工性絕慧譽能緞近詞善翻新調曲師斂手推服姆媼因謂其母曰具此絕藝冶容苟貶節入章臺千金可立致也其母感之曰今歲將與其兩見完婚事若能先以五百金畀我則可惟命花家諸姊妹俱於泥上作校書籖名頗著視阿堵如倘來物立畢三百金而娶之至春申江畔鴉鬟初盤蛾眉乍掃見者無不驚其麗絶塵塵有徹人程葉扶巨賀商於泥游覿面即詫為神仙中人歌聲既發響過行雲蕩魄迴腸令人之不禁擊節歎賞傾倒弗置謂此曲聖也霓裳雅調祗應天上有耳出七百金作纒頭費為之梳攏一住月餘其所約娶之為小星顧程俗客也自頂至踵無之雅骨與之諧燕婉之好然非其所屬意也旋程以鋪中折閱喪其所有不敢復萌問鼎狼狽邊歸女自為程睒過行時治遊子弟求一見以為榮女閉人既多少所許可一日偕女伴游泥廟西園觀蘭花會偶於人叢中見一生雖衣履不華而丰神朝秀有如玉樹臨風流盼顧生生亦注目睇視不覺行步匆之俱遲女伴覺之附耳言曰此可為姊意中人否銜珵當前何不擲果以見殺無益也女紅潮量頰不作一語繼遊三穗堂後拾級登小山盤旋曲折而上女足趾欲裂拂石小憩不知生已先在徘徊其間若有所俟須臾生有二友至其一與女伴相識因問何於熱鬧場中作此清遊見女亦黯之并詢居處知皆曲里中人女伴因謂生友曰何不令夕偕來指生與女曰此一對璧人君何不為撮合山俾天下有情人都成眷屬亦大是陰德事生友笑應之遂各散去生姓楊名寶字寅谷吳門人固名諸生也家貧客游攜李無所依託授經糊口有薦至秀水邑令幕中者代司筆札積貲娶婦王氏亦舊家女郎侃儷甚相得不謂娶未期仫女所即有二雛驚入報女伴先出邀入其問二友見生與女目成眉語心若為動因偕至城北句欄訪之既抵女所

房視壁間所懸楹聯乃知為蕙珍生曰尋蘭得蕙亦復不惡須臾女至即令與生並坐生猶作恇怯態寒暄外不作別語生問適間尚有一人何為不至女伴曰此蘭仙也為他客招去侑觴矣遂設讌於長命鴛鴦館寡歡數巡蘭仙回三人各擁所歡合樽促坐勤飲循環女持觴政敕解令沃無算爵生新喪偶意緒寡歡酒入愁腸易於霑醉席尚未半不覺玉山頽矣遂留宿焉宵闌燈炧生睡忽醒女猶兀坐粧臺之側索茶以茗進生見女侍旁自訝何為在此卿尚未眠耶因起代女緩妝束攜手共入羅幃倍臻貯微姿安得未生答以新喪悼亡女續要否生曰未得卿才色俱佳者耳女曰妾青樓賤女於枕畔間生欲與君作匹偶但得備妾媵之數足矣生曰長卿無是語也卿欲相從亦非易事女曰妾有私蓄百金君可攜得離火坑脫苦海則此固所願也生曰奈囊中羞歠不敢女為之歎謀一夕歡亦非易事女曰若使妾一旦去此來日問可得間以圖之生謝不敏女始轉悲為喜生出自花前密誓月下私盟無非謀再生卿勿多憂恐損玉體女與生往還夜合贋出重賁求作合卺遂歸金翁挾之至漢皋為謹室花媪利其多金商諸其母竟許之生度無可如何遂成陌路適生居停因事罷官入都謀復薦生至揚州鹽務所商人潘某慷慨翰達胸欲歸卵生不慎錢神作祟好事多磨有巨腹賈翁羞從漢皋來耳女名出重賁求作合卺遂歸金翁挾之至漢皋為謹室花媪無城府以生愫謹甚器重之因責收遁員令往漢皋夜半月明泊舟水滸獨坐窗挑燈不寐忽聞有物觸舟出視之生怳甚且長湧於水面若沉若浮俯而提之頗重貨以入艙則一錦囊也啟視之內有一女郎皓齒明眸似曾相識審視尚有微息乃買之行艙中霍然一吐星眸微開疑牲態不自勝久之曰君非楊郎乎何得相見於此岂是人間乎生聞其名大驚秉燭再視則女也因詢女何為若此女呻吟言再妾待君不薄何竟視妾歸沙吃利而不一加援手哉可謂忍心生為解去濕衣覆以錦衾裸體相偎傍慰藉再

三細訊女別後情事女曰自妾適金翁居於別墅為夫婦所知纍取歸家置之深院不令主人近我複室
間房與外消息隔絕欲求小婢寄一札與君竟不可得昨主人往金閶大婦託言賞月醉妾以醇醪髽鬌從國
門出投於後河不知何能飄流至此得與君過此殆天緣也生行篋中攜有亡衣履觀物思人留以憶念出
為女易之長短大小適相吻合顧舟中非藏嬌地通潘之姊倩鄔生家於廣福巷與生素有友誼呼肩輿行
至其室而以情告鄔生躍然起曰我固謂不墮於庸俗手也金翁與余系内戚為表昆弟行我
向憐此女慧且美而不得其所今又如此事可圖矣即詣金裹所寒温既畢遽問葉姬何在金妻曰以不安於
室業遣之去矣言次容色頓異鄔生曰毋誑我篤中底蘊我已盡悉及今早善處置猶可彌縫否則水府鳴冤
公庭對質事有不可言者金婦意沮長跽問計鄔曰葉姬現已歸楊生庠序中人也向居茂苑佳壻擬續
鸞膠以某為正室若能資以千金竝出葉姬向時衣飾嫁之令其仍歸吳門則後二人感德懷恩自無後患
金翁倘歸以病逝告使有異說我可力任金婦一一如其言復加厚贈焉生素債攜之返維揚爰割已圓
之半以居其地泉石蒼幽花木清好揚寬食適僦之舍已珍以家中花顏身所自來不敢忘報屢以讀書最生日功名本無足重
卷勿免飢寒之時寄賞周恤生從其言下惋攻苦深自刻厲三閲秋閨省報罷生佗傺無聊意不得女曰功名本無足重
作嫁非久計也生泣告其父母笑曰卿真我閏中良友也春秋課僕耕作農事之暇詩酒倡酬為樂時或隨名勝登山臨水
得失付之命而已君何所見之不廣不如歸故山與猿鶴為侶子耕我織納太平之租稅亦足以優游卒歲
矣當從之結廬於鄧尉山麓買田二項課僕作農事之暇詩酒倡酬為樂時或隨名勝登山臨水
所至有詩生笑曰卿真我閨中良友也春秋佳日使百年後來遊者知我兩人之姓氏踪跡亦一佳話
也女無所出購地湖濱為生塚引水繞墓四周多種白蓮後生夫婦同日無病而逝人以為仙云

閻王来 友如繪

閩玉叔

閩燕奇字玉叔閩之汀州人其母夢玉燕投懷而生故自劬哼曰燕兒及長美丰儀性殊倜儻喜交游讀書生聰敏年未弱冠已入邑庠偶閱謝清高海錄躍然起曰海外必多奇境願一覽其風景以擴見聞自是遇里中人由海上歸者必詢其行程詳其風土里人又誇述環異粉飾其詞生聽之輒為神往偶值秋試下第佗傺無聊同試士子有回臺島者勸生行曰何不訪求紅毛赤嵌之古蹟搜輯鹿耳鯤身之遺踪一豁襟怀乎生本有乘楂想欲於是日乘風破浪固素志也遂與同住相約登岸擱於一荒島舟師考諸圖經莫知其處蓋向來所未載也身中諸人眼眙已久至此方覺更生食後相約登行二三里許杳不見一人途徑螢碥林樹蔽虧以遠鏡踞高覘之竝無廬舍竝疑詳閩島忽移動頃之其行漸速奔濤駭浪去若激箭生神魂飛越固知所以但蝟伏於巨石下耳畔惟聞風雜沓聲久之寂然啟睨四顧船人俱杳惟海水渺茫與長天一色膓中飢腸雷鳴無所得食強起竟徑而行徘徊眺望步步淒惻自分葬身於異域夕陽底下見塢中縷縷有炊烟起急奔赴之則茅屋十數椽鱗次櫛比人家三五零星雜居前往叩扉日既已飄流至此請即入室小憩導生登中堂客座媼即跛生於臨窗白木榻上詢生何處人并姓名年齒生俱以告媼自述南宋之末天下大亂由杭州避居溫郡繼渡海而南從閩抵粵崖州之入海任船所之匝月始得泊此身中攜有穀蔬諸種力耕自食久之諸人皆物故惟老身與一女一孫僅存今彼二人往前山市場糶米粟去矣計程半月可旋君盍居此間屈指計之亦將百年俟喜操方言尚未能通華語也山中晨夕三餐皆供白粲竝無肴饌可供下箸屋後有二酒窨酒自石隙出涓涓不絕下注缸中從無盈溢時惟有紅白二色紅者為百花釀白者為五穀嶼飄至此間市場鸎米粟去矣計

氣吸似甘芳醇厚多飲亦無醉意但覺微僛欲眠耳山中四時皆如春日芳樹成陰雜花關妍翠鳥千百飛鳴枝幹間戞戛未見有開落榮謝時生居十餘日了無所事頓覺塵慮骨損俗氣盡滌一日方開步後聞前庭有笑語聲出視之則見一女子年二十許雲鬟霧鬢綽約可憐一童子僅十四五歲許眉目清晰美秀而丰中雜置麂鹿梟雉之屬娼謂二人曰有遠客在此盡招來問字或詰伯知爲秀才競來問訊始知女姓謝字芳蘩童子名璧字珩以四書五經中難義嘗奇析疑辨論百出生有時默寫經書中語與之觀輒笑其謬誤或及詩詞則唐宋諸大家作皆能背誦如流生偶或日哉生明或曰旁死霸或曰朏或曰今日籍有異同女曰山中無日月以此代歷耳生問所讀之書何以與中土上下弦有異晦則小艇亦復不俗女工韻語所著能望月亭稿及元明詩人則不能答山中無紙筆削木爲管摘葉代筡互相吟詠甚能文也女曰女子作工能背誦如流生偶或日哉生明或曰旁死霸或曰朏或曰室愛導生往觀則皆北宋精本蠐牙籤若手未觸生於是每日泛舟來此亦攜書籍分與女曰有之今尚藏於石今日籍有異同女曰山中無日月以此代歷耳生問所讀之書何以與中土出視日晦則小艇亦復不俗女工韻語所著能望月亭稿及元明詩人則不能答山中無紙筆削木爲管摘葉女適至但謂生日今日爲趁墟之期歲凡四次往返多或半月少或十日俱以投果菜蔬野味供烹飪或得寶物則易金錢客囊若富則遠賈異洲往往不復再返余自經喪亂視金銀如糞土但求果腹不作他想生因歡其賢遂與女登舟共往雲水蒼茫烟波浩淼幾莫能窮其所向旋見海中現長隉一線女指之曰至矣既傍隉岸舍舟而車生與女同車共載馬甚神駿不凡竹披耳峻風入蹏輕轔電追颶項刻已抵墟市市場周圍約數十里各國之人廬至虹髻俠客胡無不出其中亦有金衣公平扶彈尋歡玉貌佳人當壚賣笑生如虎山陰道上日不給賞女笑謂生日此亦足引生斜趨捷徑拾級登一高阜是阜名曰寶山凡遇有緣者輒掘地得寶物火齊木難明之壁俯拾即是女竟得一圓石蹲伏若獅以纖足躡之語生日掘之甫及十許即得一玉五色俱備上刻人物花卉工細罕匹又命生轉圓石於石下得明珠百琲金鋼

石一顆女曰足矣即巳富堪敵國生入市售其珠僅四之一巳得金錢數百枚將歸忽遇一當壚女子似曾
相識手招入室問生何為來此生詢其姓氏女子笑曰儂即鷺江之阿美也曩於鼓浪嶼中邂逅我子曾
謀一夕歡詎忘之耶生恍憶前事轉邏女共入則女巳他去追之竟杳生惶邊之情可掬忽見前舟子巳而
來急詢女所在曰巳登舟矣然後解纜無恙也君今富矣盍以一樽酒為我洗塵邏入共酌女解囊出
金錢數之阿美以目視生俯耳囑生曰此篋工非善良者君宜留意否則有性命憂語未畢舟子巳攬金錢入
手曰為君代儲之臺出肆索金錢舟子怒呵之曰坐子阿諛何嘵嘵涸乃公為邏探懷出銅錢
一串鏗然擲於地掉臂竟去生憚其勢橫懲巳力孤默置弗校往尋女莫知適從鄹踟蹰旁進退維谷瞥見
長髯奴控四騎至向生曰謝芳媃何處不覓君乃在此耶請急發疾馳三里許扺一大院高閌廣厦霧閣雲窗
備極軒敞叩雙扉關一室環以迎欄凡二十有六奴指謂生此第九室為生下榻地第十室乃芳媃所居也
銅環既叩雙扉旋闢一女子出迓玉潤花嬌丰姿秀麗袨袵致詞詞生因白芳媃道騎相召故爾至此
兼述中途相失之故女曰妹行也是室為渠入市總息之所君少待之渠必自至閭扉邊
入生視室中陳設淸雅古鼎香鑪位置精潔窗明几淨不著纖塵辰午酉三時有饋餐者外至烹調甘美居
巳十日女不至日與鄭女開話始知女姓麥名琺瑯粵東人而產於燕北其母為西土婦幼時從母出
洋曾居日本學歌曲習琵琶能效天魔舞身輕人戲呼之為飛燕後身因字燕嬌及旋中覆遇拯輒轉至
此初與芳媃同居一村女紅之暇授以詩詞謂之曰亞蘭日姊可寫妙法蓮
花經千卷投之洪波我自能得即所以報也數月前女忽命亞蘭寄居於此日汝意中人不日將至從此當
再履塵世以了前緣建生來有因但不解從何撮合以此身將屬於生舉動之際悉以禮自持
一襲居日芳媃忽開話直八日奉氤氳使者命送二人歸家巳在漳州城外鷊 初生之搜篋
花闖俄開難犬聲燈火萬家巳在漳州城外鷊 歸來二句不解所謂及歸生妻巳沒其言乃驗
與吾偶得無可奈何花落去似曾相識鷊歸來二句不解所謂及歸生妻巳沒其言乃驗

凌波女史

凌波字步生一字印蓮仁和人父固名孝廉由大挑得官知縣需次蘇垣應官聽鼓宦況蕭條女生時有異徵盆中蓮花姜而再發忽開五色春韻流自幼即喜識字授以唐詩琅琅上口母亦大家女精刺繡花鳥草蟲無不逼真樓閣山水亦復入妙璇閨巨閥得其片幅尺練珍拱壁女得母指授亦有針神之目稍長丰姿秀逸態度婷婷幾若神仙中人遠近世家子聞女名求字者踵相接女父惟此掌珠奇懟婉辭之故年雖及笄猶待聘也女之表姊曰李貞瑜字碧璣長女僅一歲時往來女家固闔中密友纖穠長短約略相同衣履往往易著私譜後日當事一人李父早逝家固中小坐淪茗女又從二三人自窗外過足以自給一日女偕李偶遊留圖圖距泊舟處數十武而遙蓮步弦遲徘徊門外瞥見一少年子丰標凌整噐字不凡不禁神為之奪俯首他顧生見女迎眸注視徑趣而過既進圖中郭田數百畝足以自給一日女偕李偶遊留圖地文才富瞻厲邑軍昨得讀其詩詞清新俊逸肇以謫仙目之謂女年言曰如欲擇人此君當可備選女紅量於頰不作一語造舟生已在隣舫生雖與李同巷頗聞李女貌美從未得一見今驟觀二嬌同舟正如尹邢嫱旦堪相伯仲瞻遺僕偵詞之篇工方知李女也浼媒求聘竟下玉鏡臺焉逾年成婚仇儷間善和得花間之樂固有甚於畫眉者女歸於陸微知是生李嫁後數月以事探女時後園芙蓉開紅紫爛熳有若錦屏女父母置酒讌賞令各賦詩女詩先成復四句云碧桃紅杏羞為伴儘蓼丹楓未許同江上狐生怨邊暮對西風蓋自態不過翻李畫醒得和鳴集皆閨中倡和之作讀之泣然曰姊得所歸矣自是女恒有懷寄詩碧璣云月仍去年人異去年人遠別已千里春風十八年紫燕闌芙蕃屬至京師送與女別月有闌翠春夢中春此夕難成寐蕭然獨憐其他斷句如似弓新月初三夜如翦春風十八年共一輪慈雲江上隱芳草

一〇八

凌波女史

入秋燕似無家客過雨花如墮淚人皆悽愴可謂李既遣去女益復無聊適女父委署松江華亭縣遂移家雲間女閱九峰三泖之地多勝蹟賈榷時作近游多不愜意一日迴舟日暮夕陽銜山月影掛樹忽一小艇銜波剪水而至呼女舟少停女以為必暑中僕從既近則一黃冠者流蹲坐船頭羽衣鶴氅飄然見女頻首致禮隔舟以書一卷授女曰歸學之當有所得言訖舟去已遠晚色蒼茫莫辨所向女返至閨中挑燈展閱書內大都言太陰鍊形之術女珠弗信姑置之然自此女食銳減香肌瘦削骨立神消女自知不起出書略學習之頗有所悟一夕忽夢前日道士昇之可以葆神固體歷劫不變復授以玉盒一中藏白丸曰善藏之此返魂丹也可使意中人再生同享清福女夢中唯再拜受之晨起振衣赤白二丸果自襟袖間出乃自服其一而以玉盒佩於身越十日女竟絕粒夜腹一切皆自譫束請於父母即瘞之神識不昧歸骨故鄉跌坐而逝女從其言并為樹一碣曰武林凌氏印蓮女史之墓碧璣之從夫入都也恆與女書札往還詩筒絡繹後知女患疾久絕音問生捷南宮入詞林旋以京察一等超擢御史遇事敢言風節著密旨糾察蘇省地方利弊迎南苦輕騎減從周歷各處見者不知其為貴官也乘扁舟由泖湖至滬瀆偶經置山愛其風景遂留馬足夕起閽指聲起問為誰不答項之則又作啟扉覘之則一女郎搗人明眸皓齒秀絕人既深擁衾欲睡忽聞窗外有彈指聲起問為誰不答項之則又作啟扉覘之則一女郎搗人明眸皓齒秀絕人寰詰其姓氏曰妾凌氏印蓮也與君家碧璣為姊妹行何不相識耶生曰此間皆曠野荒原大半道院禪林采不減當時益令人神魂飛越矣閽君嚴覲調官維揚我妹何為在此且此間皆曠野荒原大半道院禪林非女子所宜來豈相逢是夢中耶女曰言之已久棄人世以與君有鳳緣故夜犯男女之嫌冒昧至此生回曠達人亦不懼曰冥通幽感之事昔徒見之小說今乃得親經之矣卿始此道士遺來詒我者鐱是赤弱蘭則曖候其鼻則有息肌氣馥固無異於生人生笑曰嘻吾知之矣攜女纖手並坐於林擁其體

後聊齋志異圖說
卷三

冒充驛卒女之故智也我當不為汝所惑誠是願與碧巉平日詩札往來之語當非外人
所能知井為道碧巉閨房諧謔隱語生始信之探手入女懷豆蔻初綻女靦靦不禁星眼微餳紅潮
泛於兩腮盃覽嫵媚可憐但薄拒生曰請君珍重生問女曰卿既登鬼錄豈能再為夫婦俾姻緣為我如意
珠乎女曰妾已習太陰錬形術玉軀不壞啟土斷棺妾自活妾葬於此山之麓上樹石碣明日君可往尋記
言有妹座此攜榻歸葬載至無人處出妾棺舁以滅口毋使駭物聽可也生欲與合女堅弗從
曰留藏將織之以重其罪又以女為非人跡涉妖異幸女行於日中有影攀疑漸釋顧媒媼者東生不
得安一日說傳有旨下緝騎將臨生惶急欲絕不以死為悲耶女曰此非姊所知正謂旨此乃
身後事井摒擋行李本浙籍僑寄於蘇至是女與碧巉謀輒先發由海道至粵東生柩則暫置於齊地蕭寺中
可脫然無累耳生本浙籍僑寄於蘇至是女與碧巉謀輒先發由海道至粵東生柩則暫置於齊地蕭寺中
事定然後逅江浙碧巉莫測女意所在姑從之行抵山東訪有崇安寺地甚幽僻蘭若有餘椽而僧寮僅二
三眾女特賃數室解裝一夕月將沈街桥無聲女謂碧巉曰今夕可令郎出詼諧風月矣操斧而前甫
下而棺蓋剷然劃然啟矣女即出玉匣中白大納生口中須臾生腹中如轆轤聲手足作曲伸狀曰美哉睡乎抑何
倦也女笑而扶之起碧巉在旁幾駭欲奔謂女曰妹真有不死靈丹返生妙術哉自此全家客粵結廬西樵山
下春秋佳日報同出遊覽諸勝鼎湖羅浮名勝之處無不遍歷久之間當納位遠流荒徼忍乃歸
計生自服藥後精神煥發容顏悅澤時女貌勝少雖四十許歲人猶若十七八未嫁女郎不知者幾
疑為碧巉之女也二女俱無所出生以嗣續為念即在粵中納二妾勝一曰素雲一曰紫霞竝嫻音律解粵謳
載之以歸優游林下不復出每謂友朋曰吾視宦逯真一孽海也

三夢橋

轟駕士字君青一字嘯竹滇人而流寓於楚南瀟湘雲間卜築三椽隱居不仕娶妻顧氏字湘嶺漢臯人固世家女子生少讀書聰穎異常以就試滇南程途遠不復事帖括納粟為上舍生為後日赴北闈地生妻頗解書史能作小詩每當月朗風和日麗輒命酒對飲藏鈎射覆擊鉢聯唫自得閨幃樂趣家固中人贅生又寡交游米鹽瑣屑概弗攖心視之蔑若神仙中人生男氏在京為部曹寄書招生入都且以功名相勗詞意懇至生欲辭之弗得已束裝就道夫婦遠別眷戀愁悒之懷可知也生素未出外荒村雨露野店風霜從不習慣行抵山東境上以日暮逄邊寛進旅舍不得正榜徨間忽見列炬自遠而至衆俱戒裝持刀械疑是劇盜方深駭懼既近則從人所旨狐兔麇鹿之屬知為縱獵歸來生問何貴夜至此豈係遠客行道遵巡那生唯唯最後一少年約十六七歲許容貌端秀衣履華煥狀如貴家公子前揖生問里居生具告之少年曰敬廬距此不遠如不嫌輶藜請暫宿一宵明日啟行可也生即致謝因隨之行逶迤一二里甲第巍然叩扉即有蒼奚出應少年登堂主賓禮自言為奉中孫姓祖父立仕於朝已字蓉伯十四歲即登賢書近以習騎射致廢文字頃從西山會獵旋遇君子萍水相逢緣亦不淺哉即命張讌客割腥擊鮮殊異常味酒罷命旅舍於東廂夜生辭行公子尚高臥未起家人以公子命贈贐固卻而後受至蘆溝橋宿主家後園梅花盛開公子思君墓切邀往東閣賞梅即發勿遲恐勞久黔生疾馳數里回顧蒼奚不見踰越來處左偏高樓五楹霧牖雲窗雕鏤精絕中庭葡萄一架紅紫爛熳生忽見孫家車夫忽病暫息旅舍越日風雪大作阻不得前行所宿處已抵高樓五楹霧牖雲窗雕鏤精絕中庭葡萄一架紅紫爛熳生鄉所之凡歷門闌數重曲折深邃幾迷來處左偏高樓五楹霧牖雲窗雕鏤精絕中庭葡萄一架紅紫爛熳生足時方隆冬何得有此推扉徑入則見一女子臨窗刺繡謦欬坐至驚起生亦卻步癡立知必誤闖公子閨閫訝時方隆冬何得有此推扉徑入則見一女子臨窗刺繡謦欬坐至驚起生亦卻步癡立知必誤闖公子閨閫

遙巡出戶耳畔聞叩門聲甚急啟鬨四顧身在富中門外來報車夫已死求給棺費生迴憶夢境恍惚如在目
前雪晴易車入都既調男氏即令在部佐理筆墨簿書之暇仍溫舊業秋應京兆試獲捷名列亞元逾月家中
催歸待至盖生妻別後病咳秋深益劇生拼擋行李久之始發過橋遇舊寓主人以生新貴曲意欸勤殷殷留家中
至生不忍過拂遂為停驂至夕夢已歸家兒門則喪旛懸於門左升堂則靈檣停於堂偏家中藏獲輩咸來參
調俱言主母逝已淡旬矣日夕盼望呻吟中常呼主名風動悵開報言君至淚眼已枯柔腸欲裂當駕返瑤臺
一別廻隔人天會短離長無見日命之薄矣恨也何如前生執手出懷中羅帕替生拭淚謂生曰君勿過悲
妾前生係脩微菴中尼妙達也於浴佛大開戒壇士女畢集君時為維楊秀才江來聽說法丰姿玉映堂中錦繡成屏
之夜前生僑然秀出於人叢中不覺一時豔羨心以此墮落家庭院也自內燈彩輝煌笙簫喧堂中錦繡映屏
度楡貼地摹僕以冠帶進士裝東頓易樂作新人出迎盈交拜既入洞房紅巾始揭微睨之則前日臨窗刺繡
之乎攜生偕行飄然若御風乘雲頃之至一處即孫家院也至此覺有搖其肩者則車夫待早發輦催登程
女郎也眼媚秋波神堂寒玉容貌妍麗殆無比倫方不解何以至此覺有搖其肩者則車夫待早發輦催登程
矣抵家妻固病沒一一如夢中所見銜悲無欲生居無何巨家名族爭求締姻生俱辭之思欲往游天
台雁蕩間入山修道無意於人世惟以嗣續為念花朝親友都來勸駕生以空牀怯寶瑟塵
封在家亦無聊賴計不如出外游覽藉遣悶懷既入都門仍依舅氏會試以第三女為生繼室託人言之男氏遂為主婚生
雅弗欲重違舅命姻事遽成擇吉行聘秋杪就婚於山東既至則應門者蒼髯奴也出迎者前日會獵少年也
與生舅氏同年甚賞識生文謂非凡器遺問懷既入都門仍依舅氏會試以第三女為生繼室託人言之男氏遂為主婚生

鬢髻復入夢中鼓樂喧闐禮儀繁盛房中鋪陳華麗俱若夙見宵漏既深賓客漸散新人靚粧初卸斜倚熏籠視其體態宛如舊識越數日生偶與少年話昔日遭逢之事少年恍然若失不禁拍手笑曰數日疑團至此始破我固謂天下無有如是之相似者特不記何處曾經一面耳由是相待愈殷所嫁新人蓋即少年之姉寵姬詹氏所出容顔才調冠乎衆姊妹一家姊妹行推為巨擘閨中詠物諸詩傳誦一時年未及笄已有刻集不櫛進士之稱早播人口一夕女偶搜畫筴得殘繡一片尚未蔵事生因詰之答曰當時倦繡未成棄置於此生乃話入夢之異曰因君此言始如夢覺昔年因與二姊賭繡遲速挑鐙期以必成忽聞背後有步履聲回顧則一男子闖入急起呼婢翠兒則男子亦跼蹐卻立不敢相遍須臾已查聲影俱無逮翠婢來見余伏几熟睡屢呼始醒心疑為遇鬼秘不敢言以君夢測之殆君生魂真來此間耶余因此遽發寒疾浹旬乃瘥由是深夜不敢獨生矣生以兩夢皆應今伉儷主盟由趾離子為之撮合夌供焚神主最夕焚香頂禮求在夢中導興前妻再相會合巹旋以詞林薦故主考甄拔人才一時俊彦為之氣振繼為督學使者三年任滿擢升御史又屢次指陳朝政得失為時責所忌外補登萊青道疎遠之也在任頗有政聲復以内名馳驛進京將近蘆溝橋體中不慊小住旅館醫家誤以為虛命進參苓忽朦朧睡去即見闍者持刺前白曰有貢客來視其名剌上書蓬萊第三島仙子青琴錯愕不知何人姑延之入風裳霧鬢雪膚娟妙無比生問阿誰則曰妾蓬君之舊人乃不識耶郎君祿位應盡今日重列仙班因鞫一獄尚留滯人間三十年事上佐聖明下保民庶妾去矣達然而覺連呼曰異哉左右以藥進忽若有悴其益墜地者藥汁淋滿衾褥間生知有異復令他醫診之則言外感索視前方謂不可用另投藥石一劑而愈生旋即致仕家居優游泉石嘯傲山林與孫氏女年臻耋耊乃終有知生軼事者名之曰三夢橋

黎紉秋

蘇畹秋名徵九吳江人居邑之梨花里未冠入邑庠從父遊幕揚時居停因事交卸移居官家別墅地故幽曠有園亭花木之勝父子同居園之左偏因別一院落地庭中方塘如鑑中植芙蕖芡芰之屬秋深紅製作花聊為點綴生父以居停所委北上往迎新藩使為關說地生獨居一室閒觀無事日涉園中登覽殆徧一日於亭畔拾得一扇上作簪花小楷娟秀異常未署紉秋女史知為閨閣中手筆把握愛玩不忍釋手因什襲珍藏之不以示人翌日又於原處獲一羅帕中裹繡履一雙上綴明珠一細殆罕其倫心疑此物所從來蓋知居停無女公子又無姬侍於秘行篋挑燈獨坐頗涉遐想少倦隱几假寐忽聞叩門聲起而視之則雙扉未啟女已掩入娉婷立於燈前乃一十七八絕妙女郎也生駭甚不能語者隨其後也生至是恍然有悟曰然則卿殆即秋耶女曰書扇者乃余字佩春名衛芳居長妹字紉秋名蘭芬少余一歲昨從母氏往金陵故余得乘閒至此索物耳生曰於路拾遺分所應得何至覓人作賊耶女笑曰作賊手段顧高抑何膽小若芥子生猝不解所謂即畀扇還女曰余字扇有名履亦無欸生曰留君處恐飛短流長適相吻合者即余物也試畀余一着以釋君疑生曰所謂即畀者乃余字佩春名衛芳居長妹字紉秋
如楊妃錦韈戟例懸諸閨閣使人看敠女曰君真戇作劇哉今夕不可得余亦不歸竟登生牀解衣僵臥生不覺心動剔燈入幃擁之而眠枕上細詢女家世女自言黎姓蘭陵仕族還於揚已三代矣父早沒家貲依以
為常少涉書史頗識之無慧絕工詩詞生信其言益加憐愛難鳴女悄然出衾而去由此夜至晨回習以
為常生房僅有一童供灑埽之役遣之宿於外所故絕無知之者月餘生父疑其患瘵遺往城東醫局診治之局醫章秋樓乃主名手也與生父為
花獨語對月長吁悒然若有所失生父疑其患瘵遺往城東醫局診治

莫逆交見生神氣索寞診其脈沈細駭曰此陰症也法宜扶元袪邪授以一方戒其靜養譚囑再三而別生歸道經曲巷逢見楊下白飯扉呀然肯闖一女郎淡妝素服徒倚門前神情意態與女酷肖趣近視之果女也向女長揖曰別卿十日恍若九秋卿何不情令人想煞女見生至背立向生若不相識閒生言紅潮暈頰愁訶之曰何處癲狂兒敢闖人家戲良家女子生睜目視女曰卿非黎春乎何遽忘我也女曰佩春我姊氏也令年夏間病卒君何由見之是必妄語耳女曰卿從門內出女亦引去女舅見生儀容秀美態度温和知為世家子因辱臨生局促不自安囁嚅不能答但曰言之甚長且駭物聽反身欲行女舅曰固要留之曰何故辱臨生問曰何撝生方欲有言而女舅舉止容無一不似女項女郎言其已死則我遇鬼無疑章女真神醫也我不敢復歸園中矣跟蹌別女舅因謂生曰且在此間服藥靜攝我當為子謀之女舅姓程字叔禾自皖中寄籍維揚甘泉名諸生也妹適黎氏育二女而柯作撮合山若許則告之生父期以必成女舅所告其故章醫所器重欣然允焉生曰簣愛摯女依兄而居長女年十七以急病殤即厝於園外曠地次女年十六尚未字人秀外慧中世家爭求婚馬女母恩欲贅壻以是長女自述所過共相驚擬向生索扇履觀之而章醫適至備言之生歡履果女姊死時納諸棺中者特不解其何以復出人間視厝所並無陔穴繼以皁異升任揚州知府生父公事繁劇生代為佐理一夕赴友人讌飲酒微酣歸途偶見有二雙鬟持燈迎於道左向生曰主人候久請即往詢以姓名則曰至自知之遽迤行里許扺一甲第銅鐶獸鐶閭閭二青衣導入中堂生欲止青衣因不敢冒風未能遠迤登樓繡帷錦幕窮極華麗甚似貴家閨閫生躊躇不敢前履果女生父亦喜遂涓吉成禮怳儻閒相和洽生視女有若舊兩重逢女則時作腼腆態既稔索觀扇青衣因令暫坐入報須臾環佩聲邐麗麝蘭香溢三四侍婢簇擁一麗人至生視之則已妻也訝問何得來此麗

人笑曰我非紉秋乃佩春也即前日園中相會之人何以別不多時遂如陌路君真忍人哉生知為鬼窘甚不禁齒擊毛戴麗人笑曰子固謂子無膽也子亦讀書明理天記盧充幽婚事乎沉妹之歸君實余為氷上人乃既享豔福締良緣竟忘余媒妁哉生心稍定視其容態倍增愛慕細審之則女兩頰稍豐秋波斜睇媚絕人寰與紉秋略異者在此女知命煎參湯以解醒灕生手入房房中陳設古雅筆牀硯匣寶鼎香爐位置俱極楚楚夜闌漏永送枕衾留生宿焉久之生述夏間患病逝乃係鬼使誤勾閻摩憫其無罪令可延高僧宣誦金剛經十萬卷以求仙自得生人籍令余魂有形貧奈緣盡於此不得再留君如念我可延高僧宣誦金剛經修習百年既滿可作地仙自得登仙籍今余魂有形貧奈緣盡於此不得再留君如主祀余於家以為元配妹為繼室則地下春生人間情永當感君恩於靡替矣余丞許之為之歔欷不已天明送生出大門數十步外猶見女立門外容色淒然詰其異處共往則風景猶是屋宇全非悵惘而返旋生登賢書捷南宮屢司文柄所至處輒訪高僧設道場啟經壇為女追薦每逢良辰佳節必營齋筵陳酒漿供花果數十年如一日後生為江西巡撫鄱陽湖風陵渡盡覆旗牌官甫探首艙外已為風捲入浪中倏不見自分必死忽空中音樂悠揚一女子現於雲際霞披星冠貌若天仙生仰視之即佩春也高呼卿速救我女首領之以袖拂雲風濤遽息而女亦冉冉入雲衆舟共見稱為異事主感其恩立廟湖壖歲時致祭民間賽會多有私祀之者袖至廟擲筊祈籤以卜風之順逆援危拯厄靈應如響以是香火頗盛三年任滿還朝疏稱其異朝廷頒勅封靈澤夫人生年八十餘尚稱矍鑠一日晨起見一鶴降於庭口銜丹書上祇八字曰待君來舉行水仙會生知佩春遣使來迎即告親友含笑而逝生之族姪有仕於豫章者以事赴南昌夕發渡湖見湖中大小數十船首尾銜接燈火照耀密若繁星既近窺巨舶中生冠帶危坐旁侍二女子略一停泊即呼解纜激浪衝波其去若駛方甚疑訝及吳門訃至屈指計之即是日也蓋生已為湖神矣

鵑紅女史

鵑紅女史世家女少涉書史長益慧美母李氏出自淩夷官族亦頗識字父雖習帖括困於場屋未青一衿以家日落設帳為蒙師愛女不啻掌上珠思為擇快壻每苦低昂不就無何父母相繼逝女孩子無依養於叔氏叔性暴戾而冠者也嬾美而賢恒持之同邑有朱麗青者少時嘗受業於女父至是已食餼於摩文名鵑起素艷女貌遣媒求聘叔氏索多金生難之遘寢武秀才陸贊臣少有騎射頗有膂力以氣岸自雄與女叔往來莫逆適逆斷紅嬪繼屬意於女女鋭身自任謂是何難陸年四十有五自頂至踵竝無雅骨居然武斷鄉曲鄉人俱為側目嬪知女叔許陸家有田產何惠不温飽汝乃妄為顧慮豈欲令其一了角終耶竟受聘禮刻期親迎女自怨命之不辰涕泣竟死嬪極憐之隱為之計日夜勸慰謂必令脱此樊籠嬪有中表姊寄其處未嫁而寡矢志清修出己贄營一菴為諷梵唄所獨居其中從不見人惟婢媪供服役而已陰計不如將女寄其處可以避害乃導女伺隙潛逋直抵姊所縷述其故姊懼累不敢承嬪日脱有事盡委餘身屈期香輿彩伏在門而害女不得闔室惶噪女叔疑妻匿之他處始以訴諉以撲責哭聲喧沸達户外賓客逶巡散去樂人不能久候亦歸經遲控女於縣廷方欲詣辨嬪差已至屢經鞫訊莫得端倪問女叔多方峻拒顧深處閨中從不出外惟朱秀才曾遣媒求姻未成先是朱生遺氷人往來皆言嬪處家資金幣之奉計無所措知事難諧意緒無聊擬作近遊籍以解悶一日偶經女門外見女徙倚門前若有所仵豐姿秀麗態韻娉婷較數年前尤為先艷不覺跬步遲回徘徊不進女若與生相識流目送盼頃之掩扉而入生不禁神魂俱失歸娉媪遐想甚隱几而睡朦朧中忽聞彈指叩扉聲啟户覘之則一四十許婦人攜書一面遞入問生曰子非朱秀才乎鮑家鵑紅女史託于為鴻雁君閲之便知顛末生問汝為鵑紅何人婦曰朱鄰表

姨也鵑紅日夕在火坑中求死不得君苟願作伉儷置之金屋則子之恩真同再造矣生曰余宴人子耳安能得此多金婦曰子若有密室藏嬌渠可自來不必破費一錢也生如後日追呼乎婦曰子自秋之誰得知馬妾願作撮合山顧將何以酬我生曰事苟成自當圖報言已婦匆匆竟去生修葺屋後小樓三楹略加陳設以待其至顧心中疑信參半雙星渡河之夕從友人處赴讌歸雙衞在門入室閒笑語聲前婦出迎生曰君意中人已至幸不辱命扶女至前檢祉作禮拜女亦答拜生於旁不作一語生詢女何以得出婦代答曰叔氏通嫁鬻自念官室後鬻乃辱君至此故萬死一生逃至君所敬完壁以奉君謂非君一知己哉自是女寂處一樓與生聯吟竟句閨中之樂事有甚於畫眉兩情和諧無殊膠漆久之女裳驟發遲緝綦嚴方私獲偶泄言於外作多魚之漏為所聞覘於是君又日夢方酣雙雙俱獲縣時行至此女忽不見生不知所在則曰反覆駁詰卒無異詞陸之以女所作已為生所站伏戶外昧爽門啟突入核其時日則又不符問以女所在則曰反覆駁詰卒無異詞陸乃得釋既歸欲覓東鄰婦下落有朱提百笏下現女消息尋訪殆窮不可得所令承生問遂以直告婦知其所往因託相識之嫗生間東鄰婦忽至謂生曰君家樓下現有朱提百笏下現女消息尋訪殆窮不可得所承生問遂以直告嫗逆女歸生家嫗見女為作達意嫗頗聞女之歸也由於官斷深幸女自是得所令承生問遂以直告嫗逆女歸生家嫗見女為還生命並相思之苦女聞嫗言茫然不知就緒嫗乃備陳前後情事女曰誤矣不知伊誰冒妾名而前往自至卷中未嘗跬步出外朱秀才未識妾面遽今李代桃僵非正言順妾西江水不能洗此恥矣嫗疑女諱言前事作掩飾語因曰今由琴堂為媒妁之名正言順非比往時況朱秀才念子甚切豈不早歸女堅持不可嫗曰生曰我知鵑紅深於情者數月來相聚一室中何事不言況經患難之後離而復合方求急於一見豈為落宴

如是殊所不解覡詣女所女閉門拒不納隔戶謂生曰苟以伉儷視余請煩老繫赤繩設青廬苟一禮不具
弗行也以女言理正一一從之卻扇之夕女容宛似舊時生則風好重逢而女則悟形羞澁偶話前事女
妾行也以女言理正一一從之卻扇之夕女容宛似舊時生則風好重逢而女則悟形羞澁偶話前事女
不知所答因檢脂盒粉盒詩箋繡譜陳之几上指謂女曰此皆卿物也女諦視之笑曰妾雖能作字刺繡然若
是之工竊所未逮彼冒妾之名而竟能似天壤間安有此巧事觀其所作亦屬慧心女子特不解輾轉
斡旋特為之兩人婦此良緣其中當必有因以妾度之必非凡間人君當必有恩於彼耶生亦為之恍然有悟
既展枕衾遂臻繾綣浹席丹固處子也自此生與女恩愛篤摯顧倚月繞樹看花時祭祀良辰節輙設酒醴拜禱默願
得之每於近城村落中留心物色卒不可得於小樓中立一木主歲時祭祀良辰節輙設酒醴拜禱默願
求一見如是者有年生後登賢書捷南宮入翰苑當路仰其聲望爭相延致旋由編修改官山西潼商道涖任
涖旬有老翁謁視其名剌自稱處士何璵生平之所未嘗生譽之益力時命小女親入厨
不置坐甫定酒炙紛陳窮極水陸其味皆朱當生譽之益力時命小女親入厨
時便往還冬秒生以公事稍閒詣翁居作清談翁導生入後園梅花盡開紅白爛熳圍中亭臺樓閣曲折通幽
山石嶙峋高可數十仞盤折而上全城在目遠及數十里外時雖隆冬而花木綺馥無異三春生大奇之翁曰今日貴客蒞至特令小女親入厨
下洗手作羹味當不惡生呫乳中有一盤頗似前女所烹調忽觸於心淒然淚下為翁所見問何故生不
能隱為略述之翁曰本屬通家當令小女出見須臾環佩鏘然紅氍毹貼地女已盈盈下拜生晚之即前女也自
不覺失聲女問生別來無恙自遭強暴無意人世郎君今貴乃無故剌之求抑何忍言次頗形怨悒生日
分飛後無日不思靡處不覓不知乃在此耶即於席前拜翁為岳丈請迓女歸翁許之二女同居志極相得前
女字鸚碧與鶊紅纖穢長短無不酷肖惟細視鸚碧略秀削云

畢志芸

畢志芸太倉人固巨族也少好讀書務博涉不喜為章句之學曾閱漢書三過於疑義所在輒參已見時有別解一時見者爭相傳鈔為之紙貴偶以試事至蘇僑寓金獅巷中文課之暇恒出游覽一日適遇同學友朱芟峰謂此間近來一相士精姑布子卿之術風鑑之神有若操券盍往一試乎生諾之偕行既至其處門庭若市跂來報往幾於踵趾交錯戶限為穿相士於人叢中揖生即撝生曰文星下臨敬舍必有所諭敬請生日敬問休答以卜終身之枯菀惟願直言勿隱毋作譽詞相士曰此三年必撥魏科聯登榜首惟瑤臺下聘玉鏡定婚有異乎必非凡閒麗質氤氳使者於此持施其狡儕俾君得一妻可以富貴兼全我知君必不信吾言請俟吾言驗時然後酬我以千金可也向生一揖轉而更相他人生探囊中出朱提一笏畀之相士笑曰毫髮不爽見朱則曰君勿怪芟撞兩年後君家死亡繼君亦不免此蛇尊也今年春間君曾擊殺一蛇赤貧白首幾欲奮舉狀怪異曾有之乎嗣後君家恒見蛇妖此其遺孽乎前來報寃也禍機已伏不可穰矣朱憒憒妄言幾欲老拳相士謝過始免翌日生獨往相見弔出端策拂寵從容整理見生喜曰君真信人也出篋中書三函授生曰至期始可啟視拜受之臨行戒以勿洩於人生唯唯不甚深信朱體素充實秋間忽惠略血症日益劇參士施符籙醫禁治之法卒無驗其弟大婦曰翠芬秀麗異常至是忽夢與美男子交時作蠻語獰擊達戶外容曰憔悴延羽爽周效視免視巨蛇出牀下呼眾逐之條忽無踪又觀其尾蜿蜒入牆洞眾奮擊之朱於牀中大呼氣絕家人為更衣親見巨蛇起牀有若蛇鱗泉咸稱異生自聞朱死耗益相士有前知會生姊情由御史記名簡放保定知府入驗肩盡為應北闕地束裝遵於路有同行者年少而貌文秀行李炬赫僕從眾多狀若貴公子或先之或招生前往

後之時則同一逆旅行抵山東境上忽連大雨三日不晴霪霖驟盛積潦滂行人咸停驂以待生悶坐旅窓無可消遣入夜即眠輾轉不寐耳畔猝聞絲管悠揚歌喉宛轉俄又聞拊戰索酒磬起跡其所在則見東廂燈火輝煌少年方高踞胡牀華姬環侍謂一人曰正當我酒兵摩君酒尚未睡乎此良佳有不速之與泉姬人解醒一僕以覽之未得告客曰待我自取之出戶見生大喜曰君命取碧玉璚紫客一人來敬之終吉即命左右兩客歆留生與已同坐奥攜一白琉璃瓶至巨腹細頸能容兩斗許斟與諸姬徧酌生及生色碧味頗不凡僕他席間詢生家世生備告之少年日先世與君家固有年誼溥蹴適合具有因緣觀君亦以遽解腰間所佩雙玉魚為贈日以此為定由是兩人結伴北行止宿不離或同車並載或謦連不敢當少年遂解腰間所佩雙玉璚一枚獻日以此為贈曰以此為定由是兩人結伴北行止宿不離或同車並載或謦連此為左券生亦以玉璚一枚獻曰以此為贈者耦也此佳識也由是兩人結伴北行止宿不離或同車並載或謦連歡若昆弟少年自言姓任字瑞圖居京師已三世矣亦曾讀書家中薄有田廬可自給以薄官途之為人不求仕進平生好覽韜鈐喜習騎射冬間縱獵山郊往往匝月不歸驟風雪以納貢入北關榜發列前茅生以新貴相束婚生悲歸之日相鑣絕不知有世有機械變詐事言竟撫掌大笑送至保定去秋間生入都中渴飲歡血餕餐歡肉意氣自雄絕不知有世有機械變詐事言竟撫掌大笑送至保定去秋間生入都中渴飲歡血餕餐歡肉意氣自雄暇日依少年所言居址流訪紹無其人詢之左鄰家俱言不知偶為朋友于述之咸為子虛鳥有不足為信謂詎有閭閻名流豪華貴旋行路遽以婚姻之事冒昧相許者哉生新貴相束婚生悲辭之曰相此以相戲耳生終不能去懷明年生捷南宫二甲第一人入詞林歲甲以生新貴相束婚生悲辭之曰相士之言今悉驗矣且一諾千金宣容爽約逢都中人輒問有任姓相識者否卒不可得請假南旋甫出蘆溝橋外遥見數十騎車旁就手鞾問寒暄殷勤詢別後景況因言自保定分袂後馳歸京師即從家君至遼東勾當皮冠則任君也車旁就手鞾問寒暄殷勤詢別後景況因言自保定分袂後馳歸京師即從家君至遼東勾當

公事夏間避暑遷細弱於西山別墅所賃京中舊居為房主人索去芳君遠訪殊歉於懷遂偕生舒道入西山既至甲第連雲崇閣煥日居然大家廿堂一老翁攜杖出迓年約七十許貌古神清頗為豐豔任指謂生曰此家君也生軌之塔禮甚恭處生於內樓東偏梅簾幔倍極華煥奔走趨承於前者皆垂髫豔婢所供肴饌窮極珍錯水陸畢備禮數日任與生商曰燕吳道遠與其觀拜與吾中無異洞房姹麗幾特天官既卻扇新人容即行合卺禮即時陳設一新僑相既臨音樂迭作一切交拜與吳中無異洞房姹麗幾特天官既卻扇新人容光煥發月媚花媽神仙不啻也生驟觀豔姿不知身在何所然爾歡情真有膠漆彌月後迺乃送生南菴贈萬金物亦稱是隨從之車適百兩於路透逼相屬既抵里門觀者塞途尊相歡羨逾年入都生納妾其處但見碧崚丹崖蒼松翠柏而已問女在生家杳無所異惟久不得育因勸生納妾為嗣續計生不可一日女出游寺觀甫進殿門見一軀鶴髮軀僂循牆而至親女恋无能以意逆旨有時追隨肘下有若飛鳥依人女絕愛憐之令生家亦無恙乎生熟視之果至隨一女年十五六明眸皓齒秀絕人鬟詢以識字乎諷誦唐詩琅琅上口善伺女意无意以門徑越日娟乃在此耶自汝還南老身即攜弱息寄居城東伶仃無倚今不意於此明年當來君家告以門徑越日娟乃四十卷細密繚繞奪天工大開湯餅延賀客盈門相士亦雜其中隨君物色風塵獨具巨眼舉觴賜玉如意宮緞生亦晉侍衛識未有之曠典也旨下之日妄適生子大開湯餅延賀客盈門相士亦雜其中隨君物色風塵獨具巨眼似曾相識曰子非廿年前賣衣於金閶市上者耶物色風塵獨具巨眼舉觴賜君始我生平一知己也飲別留舍待若追隨肘下有若飛鳥依人女絕愛憐之令生家亦無恙乎生熟視之上賓臨別贈以千金相士不受掉臂竟去生乃留米數百石以濟貧餓者曰聊以報厚德資冥福後生患疾瀕危家人代啟相士書函最末為畫圖一幅旁樹松楸中則墳墓知生不起預備後事生死越宿妻妾竝人莫知女為何如人

薊素秋

薊素秋鴛湖人少失怙恃依舅商以資衣食其姨固粤人姬也寄居上海北門外蕩溝橋側年甫及笄姿態妍麗風神蕭逸有過而見之者輒以光物目之所居茅屋五楹外別圃以槿籬雜植花卉叢篁幽菁六月生寒粤人恆往漢口買茶家居時少女晨起必採花於籬畔相距數百武有西人舍曰墨海西人所設印書局也編竹代垣栽花築架略具園圃間風景有玉无咎者固一時名下士以家貧授自給每日早暮必過女居一日秋深葉落處眼稍疏偶經離外忽覺鬢影衣香近在咫尺探首微窺之則女方在木樨花下攪皓腕露纖手攀條使下欲折躊躇其一種姚媚之態有足令人迴腸蕩魄生不禁神往微吟東坡天涯何處無芳草之詞徘徊獨立女聞人聲四顧流盼急於桂花枝上取白圓扇自障其面舉步入內生遙望見惟見羅裙翠地繡履印泥隱約可辨而已既歸賽齋漫作成團字樣一過投於女昨所立處女雖秀中慧外而出自小家未親書史近以習粤謳略涉之無不解所謂團生衙輕薄思小報之適戚串祁生從橋李來亦庫序士也呼姨為姥與女為表姊妹此編游寮書寓顧得好楹聯如顧天下有情人都成了眷屬是前生注定事莫錯過姻緣把往事今朝重提起明日早些來皆堪傳誦女在亂書堆因愛其句故留之耳竊未見女偶於薄暮見生獨出以小彈弓射紙圓出離外適女胸美人迴盼若有意摘花簪髻何匆匆一花落地待郎拾顧郎持入懷袖中祁為代解其意幷詞所得女曰久夾亦即祁生所書二楹聯也初驚視之甚喜謂女情屬於已以此作幽期密約也顧室四周皆叢壕曠野蓋即祁生所書二楹聯也初驚視之甚喜謂女情屬於已以此作幽期密約也顧室四周皆叢壕曠野荒郊行人絶跡宵深漏永惟有飛蠸上下而已生素膽怯至此亦不能顧既罷獨造其室屏息立於門外時月黑星微虫聲幽咽犬風剌骨肌寒栗三更向盡消息杳然意女事或中阻不克踐言舉步將迴忽聞雙

扉呀然半開離畔燈光自短窗射出側身竟入不見一人知紫櫻花下為女卧室急趨就之伏窗而窺則女正
支頤斜坐若有所思生於外彈指者三聊以示意驀有一物罩其首蔽狼藉淋漓俱體生知有變踉蹌遠奔
歸寓譚言黑夜失足啗噬真窨中屢經濯猶有餘臭嗣後不敢問津偶見女俯首產而過女反注視之嫣然
一笑旋渡上上木大興女亦轉徙他去生以避亂浮海至粵閩珠江名勝即往訪之柳尋花了無意偶皆
二三良友掉小舫湖水次經潘氏廢園淒涼滿目散步河壖見楊影裏斜露扉有一女子亭玉立遙相
識正睇間闖門內有呼文入者女闔扉徑去其地榕陰斜蔓樹蔭扶疏竹籬四圍板橋一曲珠有村落間意
生即取躑躅牆上白堊題十六字於門曰清飇至晚蟬微鳴美人一笑小橋前横木署戰客玉無站書放懽
遍歸亦不以為意閱半月華林寺僧勤安設伊蒲饌特招生往生徧歷禪堂觀五百草裝嚴羅漢忽有一
婦年四十許不作粤東妝束自外入拈香禮佛繞至生旁口操滬音詰生曰子非玉郎乎何故殺我女生突聞
此言錯愕不知所對蓋既生後心亦悔之又物色風塵中無有如生之風流瀟灑者因思生在此對月長吁
則終身之託惟生可屬既生心深喜逾望及覿面上字方知其姓氏振觸舊慼黯然遠病夢中恒作囈語或哭
時時縈之於夢寐間一日見生挽回不意諸方欲情人謝過代為挽回不意猝冠南下江浙淪陷鑾駕喧天烽
烟偏地粤人倉皇奔還郷女以未有所歸隨之俱然而生者委身事必得諸方謝謝門上字恐永仲伸以此對此
吟每遇文人軌輙問難久之識字春多每恨不得風雅如生者其所願也時出生詩臨風展閲刺繡之暇兼習詠
或歌或長呼玉郎不復延納粒適與生遇立挽生袖促其家曰君殺之君必
末顧識生之居止徧詢諸人莫詳蹤跡詣寺求襪適人來自霍然愈矣女姨畧稍頷
能生之生初不解其故備問前後景況乃始恍然謂媼曰實相告余已有家若女肯為遷室乃可相就山荊甚

煎素秋

賢決不生妒忌倉庚炙也婦曰今亦急何能擇偶入門後能以姊妹相呼之隨婦詣其家室宇精潔花木蕭疏庭內疊石鑿池頗覺不俗媼先爇香於鼎熾炭於鑪然後延生入視但見女偃臥繡衾中面內向氣息僅屬婦俯耳呼之曰玉郎至矣良久聞微應曰從何處貢渠來必詐我也婦笑曰現坐於妳側者非玉郎耶請視與之言女乃轉身向外略一啓眸旋又聞涕潸潸下墮如頮如珠穿心欲思勸慰之不能作一語女旋探胸際出一紙裏擲生生前詩也生執女手纖削如春葱絕無病狀謂女曰深情早蒙心中以體稍瘥當即觀遺雲䰐來迅此時千萬珍重女紅暈於頰不措一詞相對熒然兩心充洽久之生辭出即以提兩筍為聘金擇吉行禮備極豐盛一切皆由娶正室儀注自得新婚燕爾之歡不問可知居半年生等和頗不寂寞歸家以情直告妻曰吾正思得一閨中良友令有此佳侶雖親姊妹不啻也既見女益愛其美曰我見猶憐何怪狂奴由是出入必偕永履雖無區別生妻年雖稍長而丰韻猶饒工刺繡花鳥人物剡畫如生不能吟詩為憾事自謂愧不如女也曾患咯血疾生妻日夜茹齋繡幡施佛殿得愈至是疾又劇發許繡觀音真像親詣普陀山焚香試應驗半途忽遭颶風角覆兩女盡溺死术得靈耗之前一夕生於旅邸挑鐙坐䀪見兩女䟃立鐙下向生檢袵言別曰我兩人福分淺薄不得永諧伉儷長伴衾裯今日已證水仙凤缘盡矣心未死特來訣辭自此一面迴隔人天君其善自保重勿以妾為念生方欲俯援之起候然不見鐙既驟毛髮盡戴望曰而訃音至生後入雁宕山不知所終

卷三終

藥孃

鄭篠史汴人僦屋維揚為寓公其居近小金山後購冶春園遺址葺而新之樓臺亭榭頗有可觀又復疊石為山引泉作池池流曲折駕以飛橋東西迴廊周繞隨地勢高下為參差最奇者為芍藥圃圃前有門扁曰塵飛不到字勢飛舞有逸趣呂仙降乩筆也一入門內便見高峯插天循徑而上路殊紆徐既登絕頂有亭翼然倚欄縱眺全園盡在目中既達平地則彌望皆芍藥也雕棚石磴環護倍至中間所植為金帶圍尤稱名種相距數十武有樓五極軒爽樓上藏書數萬卷緗帙縹函什襲珍庋多人間未見本樓左偏葡萄作架薜荔為牆槐榆千章芭蕉百本寬路而入綠陰森沈精廬三楹為閒時憇息所盛夏居之幾忘炎燠生雖坐擁厚貲而不喜積會計之事悉委於人讀書之暇惟知蒔花玩石此外別無所好納二妾一曰綠媚一曰素修皆虹橋小家女子頗識字生另搆二室以處之月榭雲窗備極幽麗室外雜植花卉二室遙隔半里許通以閣道如亘長虹於半空二女有時靚妝炫服憑朱闌而徒倚見者疑為閬苑神仙縹緲天外矣二女處月不過數日偶有餘閒即課二女以唐宋人詩詞二女甚得序齒以姊妹稱綠媚年十七素修年十六花貌玉肌堪稱雙絕素修於書史尤慧譽一夕素修方臨窗握管書字忽見窗外人影幢幢疑為綠媚潛踪而至因隔窗呼曰姊何不即入乃作門外漢須知閨觀非正道也旋聞有彈指聲曰綠媚我入何關閉門拒客耶其音清銳絕不類綠媚姑啟雙扉女已掩下燈下視之意態妍麗丰韻嬝娉豔發於容秀於骨世間無此絕色女子也不覺錯愕卻步女曰姊幸勿驚妹來伴寂寞年請觀與卿家綠姊孰勝素修曰小園與外間隔絕不通姊何由至女曰妹久居尊園姊自不識耳妹欲出小詩奉教幸勿項項詰以敗興袖中出詩本一束擲素修前素修視其籤題曰紫霞軒吟草下署竹西謝春芳藥孃著於是始知女字藥孃開卷七絕一首句妙欲仙心甚好之竟忘其為宵深地僻從何處來也亦出所作示之相與娓娓談詩燭屢見跋呼婢淪茗以解渴吻佐以餅餌曰

倉卒未知姊臨不能作哫嗟主人姊也勿怪而村雞唱曉女乃別去素修約以明夕來女曰明夕子有心上
人至恐無暇念妹矣素修戇燭送之出戸方聲珍重而女去已遠翌晨紅日上簾素修末起梳洗方罷生適
來見几上詩草詢何人作答以鄰女泣不言其故生見其詞語清新爲易數字並加評焉後宿素修所素修
訝女若預知之見女已立窗外更偕一人至泣入室中女無暇寒暄即坐几旁捉足脫履履今日憶甚矣素修
啟戸俟之見女若預知者越一夕微雨廉纖挑燈獨生正思女不置隱隱聞遠處有殿齒聲漸近井聞笑語聲是女來
視同來之女子長短適中纖穠合度雲鬟霧鬢飄然若仙與女圓堪伯仲也髮詢姓字曰姓徐字玉蘭居蜀
岡今處尊閫以勢分懸絕未敢驟攀清話耳素修曰既妹姊妹行猶過作謙語是見外也今而後請勿復爾
因詢玉孃曰能詩如妹與藥姊同居當必作詩深悅服曰二女與素修相欣賞出己賢裝奩有時二女令侍婢攜酒肴來熱氣
謌稿素讀其詩情致纏綿遠勝已作更深服由此二女與素修往來甚密有時二女令侍婢攜酒肴來熱氣
騰騰若新出於釜異饌醢醯莫能名狀素修益奇之思禮不可不答持出已賢嘸之聲喧於外諸厨孃爲備盛筵今夕將以
蒸騰若新出於釜異饌醢醯莫能名狀素修益奇之思禮不可不答持出已賢嘸之聲喧於外諸厨孃爲備盛筵今夕將以
此時已晚尚未遣使來邊中必有故我當往探之逯甫閉笑言喧雜七箸能籌交錯之
耶不然安有所不食也疏香囘面有喜色曰我輩今夕間素孃大開東閣我孃當必預列綠媚曰
今日豈生辰耶抑別有喜慶事也有甕下婢與疏香相檢者附耳告之曰今夕素孃請客豈綠媚美今日見
入笑曰不速之客一人來素修急起相迎曰難得阿姊何況老奴雙玉孃曰我見猶憐何況老奴雙
聲從窗隙窺之明燈朗耀客座二女子美麗異常玉色雙輝珠光四照思戚串中無人當必有異敲廉
謝女客且戒勿洩於人適緣媚之雛鬟曰素姊瓢日欲弗如爲不樂者竟
果然不覺自慚形穢素修邊拍藥孃肩曰我見猶憐何況老奴玉孃曰我每見素姊翾日欲弗如爲不樂者竟
日於是四美合尊促洗盞更酌或折花枝以當酒籌或擊鼓傳花藥孃量最豪飲無算

藥孃

爵更閴始散綵媚問二女住何處曰距此不遠山後即是蓬盧耳二女餞去綵媚備詢顛末歎曰其來也突兀其去也杳忽其言所居也支離此渺爾培塿不過土戴石而成者耳安有廬舍在其間如有之何我出入不一見哉以我揣之必是靈物幻化非鬼即狐素修怫然曰狐鬼而能幻人形事或有之至狐鬼而能詩妹未之聞也即出二女詩冊與之觀綵媚見藥孃詩卷有筆跡驚問曰豈郎君亦與相見乎素修曰郎君但見其詩未觀其人妹亦不敢直告也是夕綵媚即與素修同宿生詣綵媚所入房寂然疎香告以赴素修讌有女客在故也生遂獨眠達旦循閣而迴逢見二女子一衣紅一衣白穿林中而出由石徑登山入林深處忽不見生因黙識之曰踪跡始非人鰔素修閱言妹不悅約生俟其來入與之言可立決夜間二女偕臨詞辯鋒起須史生入二女欲避去生言旨持論家禮以通家禮見昔謝道韞施青紗步障與小郎解圍此姊家故事寗不能之耶二女遂出見生言奧旨持論縱横以藥孃日何妨以論生偕論之日何妨以論之生曰與姊讌生集書樓下生偶見之生曰與阿素作詩友者是此二女鰔素修曰何不令余入而縱觀以擴眼界生訂以明午翌日二女果至生導登書樓玉軸牙籤一一指示二女歎為大觀藥孃曰世徒知寶宋板書視若拱璧空使觸手若細心自校此真耳食讌賞生何由是又與生為談友雖日間亦留不去談論則垃坐飲食則同席玉女環侍馬飛鞏傳舵情殊相眤然皆以禮自持毫不可狎以私生愈敬而愛之日與二妹交正如對居中而四女環侍馬飛鞏傳舵情殊相眤然皆以禮自持毫不可狎以私生愈敬而愛之日與二妹交正如對名花可餐其秀色耳一日二女至容色慘沮藥孃謂素曰妹與姊緣盡矣他日姊如相念就妹没處掘土三尺餘有琥珀一方即妹精誠之所結置之佛前香花供奉三十年後可得往生淨土姊幸勿忘弗能成聲曰姊豈忍獨生素方曲為慰藉忽窗外黒雲如墨風雨大作二女倏不見頃之電下中庭紫芍藥踩躪殆盡逾月樓西玉蘭一株亦憔悴死

仙谷

仙谷

李碩士河南固始人少習岐黃術喜談服食採補之法常入深山中采藥往往數旬不歸邑有一山疊巘層巒高凌霄漢山頂有一潭其水清澈見底荇藻交橫游鱗可數生謂其中必有靈境一日忽逢地震山之中峰劃然分裂為二有如刀斧制成中陷一坑其深不可測好事者為藥石梁由此達彼境幽邃生意此中當必有異思一探其奇約伴裹糧深入眾皆以繩縋而下既及地珠平坦透迤行數里許莫能窮其所往其上袛露天光一線入愈暗膽怯同行十餘人多有託故而回者其留者咸謂非束葦燃脂蟬聯並進僅及百數十武其路更狹從穴隙出火為之滅於是留者赤秉炬而奔生愈神王踴躍向前謂眾曰子休矣我將獨往不入虎穴焉得虎子否則如適寶山空手而回耳再行路覺漸寬低處始僂傴繼則葡匐漸生畏難意逸見前面髮鬆有光極力趨赴谿然開朗別一天地不禁喜極欲狂舉目四望則隔溪固桃林奇花編野林間翠羽啁啾不知名顏腹中飢甚無所得食忽風送桃香似覺不遠攀已果然渴掬溪水飲之下皆黃精異常也山中常仙人所居冀有所遇行沿逢多梨棗之屬摘食五六枚腹已果然渴掬溪水飲也垂寶景晷映日鮮紅欲渡苦無略彴待桿測之水僅及股際乃涉而過蒙茸芳譬可援挐而視之畫處一峰當其前峰迴路轉園門若月生信足所至身忽懸空如春夏之交絕無寒暑約旬日行已送一日行至盡處一峰當其前峰迴路轉園門若月生信足所至身忽懸空如春夏之交絕無寒暑約旬日行已送一日行洞門已失聞猿啼深峽鳥鳴叢林凜子其不可久留急直徑趨下山山麓有芽茨數十椽櫛比而居半煙縷縷出戶一家雙扉呀然有垂髻婢子攜桶出汲生前問俾瞠目不解其語生出時正當春仲至此已秋深木落矣聞言正深嗟訝囊無一錢進退徬徨叟日君既是異鄉人至此諒無所歸何不入內少坐一老者出古貌蒼髯詰生從何處來生告以故叟曰此間為長安郭外距尊處已數千里矣

既經奇境請續話顧末以資異聞生從之叟折簡招村中人來共聆奇事殺難烹排日為歡生懷中裹有黃精數十枚分餉座客嚼苦咽甘與世閒藥籠回物小異生小住半月辭叟將行村中人咸有饋遺叟送生至村口而別生行兩月始得抵家先是生入不復出眾守之達旦久之咸謂生必死於穴中矣事聞於官立石其旁戒人毋得再入至是生歸舉來訪問喧傳由此山谷可達陝西遂以仙谷名之生自此益學仙修道日讀黃庭内經諸書在家厭囂中觀固有精舍數楹為官室夏間避暑者出貲饋居與鍊師超然探遂移居近山道觀固有精舍數楹為官室夏間避暑者出貲饋居與鍊師超然大覺乃亦樂此乎超然曰是謂元牝之門宋由此入終成外道因於遼底取一册示生乃璇閨秘卷夜閴講畫不解超然爱為言坎離變化水火既濟併虛滿損益自然之理曰此乃容成所以授黄帝者也超然口講手畫自誇得受真訣耶生視女子絕無惡容長眉入鬢秀靨承顴態韻娉婷笑曰此與山道同榻特將寄宿此閒誠畫癡哉此為我外寵共結香火因緣者也夜閴不歸不令君得見耳令夕君來始前緣也欲證無上元功可攜歸君齋即挽生手偕行於此時情不自禁口言勿作劇演勿令墮落女乃入室登牀倍極繾綣本未娶生平未歷索質曰既已執贄門下則所以酬師者豈可菲薄哉生曰山中别無所攜有玉如散而不覺足也敬以為贈由此女往來於兩者之間生有員郭田數頃盡鬻之以供女束生之意可值百金先祖所遺也敬以為贈由此女往來於兩者之間生有員郭田數頃盡鬻之以供女束生之仙境界又何必青樓蕩婦北里淫娼借此感君籍以誘汝財耳其早絕之勿生後悔然生弗省也謂鑯女下嫁亦復何用此必青樓蕩婦北里淫娼借此感君籍以誘汝財耳其早絕之勿生後悔然生弗省也謂鑯女下嫁男氏微聞是事知生必墮道士術中貽書勸生曰烏有天仙化人而下偶凡夫哉況既已仙矣人間阿堵物

猶索聘錢籃橋乞漿尚需璧玉天上人間其道一也生舅氏知生不可以理諭密道人硯女所在率眾趨道士
室排闥直入雙雙俱獲有識女者謂此固城南句欄校書婉容也素與道士相暱近日道士囊罄特設此局誘
生出錢道士得坐享其樂耳生舅氏叱令從人縛之送官將治其罪道士崩角請宥從人亦代為繳頗然乃招
至令道士自述底裏生歡曰文成五利豈獨於古昔之哉恍然有悟焚道籙復攻帖括是秋舉於鄉褎然列
前茅公車北上道經山左日將暮車行頗遲與伴侶相失覓宿店不得陽烏西匿皓魄東升遙望前逢皆長
松翠柏絕無廬舍方深惶急不得已驅車疾行十數里瞥見叢薄中漏有燈光速趨就之竹籬茅舍景物頗幽
甫叩門即有小僮出應延生入坐堂畔一叟似曾相識蓋即昔年長安道上相逢之老者也生感念舊思再三
稱謝問叟何以移居於此叟曰此非余家乃甥倩也舍妹遣嫁此間已數十年近歲夫婦竝逝遣一甥女年及
笄矣伶仃獨處亦殊可憐令擬擇之往陝俾依老夫過活此數日間正思作行計君若遲來即不能見一面耳
其中豈非有天緣哉須臾壺觴既具有饌竝來雖葅蔌烹葵而味殊不俗令執箕帚君意何如生離席致謝曰
志在學道未遑及此叟笑曰君誤矣神仙豈皆忘情者哉飴姪烹煉畢叟命侍婢捧之而出檢袵畢生微睨之花嬌玉妒秀絕人寰翌日即行
不棄菲材敢不解所佩玉駕鴦為聘叟曰旣蒙俯允即是一家人當令甥女出見君子立促侍女入內
傳呼久之環珮珊然雨垂暫侍於旁生微睨之花嬌玉妒秀絕人寰翌日即行
合卺禮叟出千金畀生曰以此作齎贈可歸自置辨甥女本有薄田十餘頃老夫當代為售主所得亦當至
君處也生居十日攜女入都女性和謹伉儷之間有如膠漆後旋里閉戶不出閒則偕女憑眺山川
嘯傲風月每至仙谷徘徊不忍去曰此中為地仙窟宅以君身有仙骨故有一至緣耳

何華珍

章洛侯浙江名諸生娶妻美而賢琴瑟諧和從無間言秋初赴杭應鄉試特於後園荷亭置酒言別時荷花尚盛月明露下夜氣漸涼清颸徐來妙香遠徹酒半生妻舉杯曰君功名念切勵節礪青妾豈敢以兒女私情阻君壯志惟願此行也早去速歸勿淹異地昨宵妾夢匪禎恐君金榜書名之時即妾玉臺分鏡之時雖然君果蜚榮雲路奮迹天衢賤妾雖死亦復奚憾言訖淚涔涔下不覺墮於杯中生曰妖夢何足憑余畫此酒即為百年偕老之兆卿勿過悲徒亂人意翌日登程生妻直送至門外猶道聲珍重雖不以此介懷終以妻言悽然不樂同人詢其故生以實告咸曰君真情癡哉夢中蠻語初何足信此時但論文字一切放下閒後可詣卜人占之籍以決疑生然其言不復置意旅中無可消遣約伴日游西湖或傍柳停棹或尋花倚檻時湖上下於孤山段橋之間一日泊舟於垂楊樹下與二三朋好洗盞對酌正當酣呼轟飲際忽鄰舫有少年持刺來謁視其刺但署曰鑑湖漁父初無姓名生疑不相識意欲辭之而少年已登舟一揖就坐生見其半神俊逸態度不凡較然若玉樹臨風心甚敬之問能飲乎曰能連舉十數甌就意致瀟灑生復問能詩乎曰能滿注一鶴飛遞少年前曰願盼金玉少年慨然作首唱口占二十八字其餘依次都推少年為巨擘ш年即起與諸人別謂生日明日設席於林處士祠畔倘蒙不棄刻期奉注則少年己先在畫舫十餘首尾銜接一舫載二美人娓娓佳妙管弦逵奏水陸雜陳歌聲競發響過行雲林烏為之蕩漾每人各據一舫葦美互相往來巡環勸飲周而復始是日生盡歡極樂殆無此之告生曰今夕何夕得君惠臨後會尚遠良深思念一僕捧盒立於旁少年啟盒出玉如意一枝贈生曰此希世珍也乃昔年曾玉父奉使于闐國所得君時佩之可獲吉祥苟憶鄙人持之而卧夢中自能相見也生方欲堅辭少年登舟其去已遠生視玉色潔白無纖瑕盒係奇楠木所雕芬馥觸手生與諸友詫為奇遇莫測少年為

何如人三場既畢生文字甚得意諸友咸勸生留待榜發顧生念妻臨別之言意悒悒若失聞湖壖有朱鐵喙者決休咎無不中急往問之初詢科名則舉手賀曰今科解元也繼詢事業則曰位至二千石財可十萬貫後詢終身則曰奇哉君明歲至北方自有奇遇富貴神仙姤之矣世上浮榮不足多也卒詢妻宮曰直言勿隱布卦既成卜人慘然作色曰異哉此刻一番清詰正玉人氣絕時也生急問有可解禳否卜人連搖其首曰命定於天不可強也生問急著歸鞭尚可相見否曰緩不及矣何益五日間當有靈耗至矣不如在此靜侯消息生重酬卜人返寓束裝即發三日至平湖泊舟城外待風見一舟從上流來掛帆疾駛白衣冠坐於船首者正生之家人也呼令停棹過舟詰何以來則生妻正於是日逝世卜人之言驗生回家步步凄惻榜出生衰然舉首因喜反悲無意人世明春生不欲往諸友料峭陰雨無聊因念少年懷思慕切衣擁食邊抱如意眠朦朧間身忽在德州道上見有躍駿馬前來者與生執手為禮視之正少年也少年曰余昨日卜見當公事半月後即可遄返與君相見於旅邸也拍肩疾去生遽然而覺越十餘日有投剌入者曰何華琇訝非素識及出見則少年也歡然道故情意益親少年曰此間狹隘囂塵不可以居何不遷至弟所逡巡令僕從七八人昇生行李而與生同車共載迤詣其室既至則甲第崇閎宛然世族門外健僕前來捉韁控馬生隨少年登堂堂上一老翁降階相迎少年曰此家伯也生視其貌瘦神清鬢髮蒼古執子姪禮生請入內拜母少年許之導入中樓須臾數侍婢簇擁一老嫗出年約四十許舉止樸雅敕嗚曰汝哥初來風塵勞頓宜少偃息勿多勸杯杓又指年長一婷謂曰此侍兒頗有慧心嘉在老身左右今司服役凡百所需可懇告渠勿稍客氣叟數而出自此生居少年家供食之豐御之華埒於王侯少年或與生巡欄覽句擊鉢聯吟見外也生唯致謝而出自此生居少年家供食之豐御之華埒於王侯少年或與生巡欄覽句擊鉢聯吟或於酒間互徵僻典負者罰友朋之樂固有勝於尋常者年長之婢小字絳珠頗識字通書史

偶見生不在側時竊弄其筆硯生初疑出自閨中手筆頗生歎美每欲詢其所自來未啟齒也一日少年約赴佛寺看花生以忘攜素帕返身往取婢正伏案作書瞥觀生至紅潮暈頰垂手旁侍生取觀之字跡娟媚亟贊曰好見其媚態含羞益後生憐探手入懷將綬結束婢薄拒之曰青天白晝人卻如有意請以今宵生急解身上佩玉貼之曰以此定情儻或爽約當請之堂上作乞紫雲故事不受不為余掌中珍也既夕婢果至含苞初綻真處子也婢曰歲歟之質一旦為君破始亂之終成之是所望也若視同牆外柳陌上花則妾甯同玉碎不作瓦全生矢天曰以自明一夕攜一詩箋至曰此珍姑作也求郎筆削生略為點竄數字併作和章會試榜出生名列第五殿試入二甲登詞林賀者盈門執柯隸踵至夕間婢謂生曰連日聞議姻事者往來道中有如梭織郎可有意乎不知將置夜度孃於何地言訖嗚咽不勝生抱置膝曰筒妮子想契楊梅矣余忍員卿哉月先星理也十二釵品評閨閤中卿自當為班首婢曰世間娶妻不外才色二字一隨郎盡遣想則入俗見矣生曰余猶在班列不煩再說卿亦賴首訛何色則我家珍姑當在首選婢曰冰人往求之若渠得歸郎君妾必在勝列詎業已首肯何慮弗成生從之使往一切命蓋少年同氣三人伯姊華即君前日己以二十八字為詩媒珍姑家無長物渠乃豪宗貴族事懼不諧婢曰甯同玉奴字德州盧氏固閱閱家也前日往德州備嫁事也次即少年其妹華珍字璧君年甫及笄貌為一族瓊子玉奴字德州盧氏固閱閱家也前日往德州備嫁事也次即少年其妹華珍字璧君年甫及笄貌為一族冠婚盟既定擇吉行禮廣廈先以齎贈萬金昇生曰此布置苟有短絀予取予求不汝疵也觀迎之日香燈彩仗前後擁護驕從之華陳設之麗一時罕儷生後住至成都太守女勸生歸隱曰宦海中風波豈有定哉君前程止此久戀難肋何為生遂乞病掛冠言旋優游享林下之福者三十年女亦無他異

胡瓊華

洛凌波非字也以足纖小而步履如飛姊妹行中俱稱之曰凌波仙子字湘妍名雲漢皋人生於世家父母獨此一女愛之不啻掌上明珠少即已朗朗成誦因此人又稱之為埽眉才人女喜讀王次回疑雲疑雨二集曰描摹閨中情態曲盡之矣繼得溫李詩好之尤篤偶有所作亦復情韻纏綿女才既殊俗貌又超羣達近求婚者接踵李父母甚難其選都未許可一日女出游蘭若忽遇微雨憑闌小憩逐見一弱女子伶仃從雨中行雖不張蓋而衣履竝不沾濡心異焉既近前乃二十七八絕妙女郎也亦入闌中少坐為避雨計初見女疑眎良久似有歆慕意女亦愛其秀麗心頗好之俄而急雨若跳珠瞥瀏如注女漸近與語呼婢以所攜餅餌進新茗再淪清談遂與女子自言姓胡名瓊華一姊妹四人已最幼本佳金陵現近來氏北來僦居萬安巷西女曰然則距我家殊不遠盍一柱臨女房爇燈繁語偶及詩詞頗有慧解女曰姊可為我二師請以師禮事願執贄為弟子女子不可遂訂為閨中良友往來密偶兩三日不至則必遣婢相招女自言胡相德深相愛悅有如親姊妹女結褵有期而女未諧一字未安雖沔宵漏夜猶必起挑燈盍之改定以是女深德之兩相愛悅有如親姊妹女結褵有期而女鄭生者名湘史以文章雄詞壇屢試高等邑中著邑中國士目之聘郡中開閻家女同巷有一忽以疾殞一日瓊華赴女約甫及門外通與生遇生驚其豔蚪立注視足欲前而又卻瓊華疑其裙下雙跌竝非峭如菱角笑為浪得虛名然悅其貌美懷思不置逢人輒問洛家女郎字人未賣花嫗梁嫗常出入洛家時談其閨閣中事纖悉靡遺與言所遇時態度神情嫗曰此必瓊華何如人嫗曰自言胡姓未審其家世口操南京音時來洛家教其家阿姑以書字針黹一家上下都愛其和易可親聞此來依其戚串觀其

衣履似非富裕者也生曰汝能為冰上人作撮合山事諧當以重酬必不吝金賞也媼曰容亦無
多望但得到來常醉以一杯酒足矣數日後媼果至謂生曰幸不辱命伊家嫌氏固武昌城中人素仰官人才
名言及求婚欣然應諾於是身執柯遂於袖中出紅柬授生曰可供諸佛前十日後當卜吉盼佐
音也逯涓吉成禮親迎之日儀從頗盛卻扇後賀者咸噴噴譽新婦之美皆謂鄭蘭史抑何豔福天修哉當
夕客散入房解衣登榻琴瑟之歡有可知也明晨女起對鏡曉妝咸驚新人容貌異從婢中有識者曰此洛
姑也何以來此我家四姑子正不知在何處視女不言不笑端坐若癡於是房中一時鼎沸有老成者曰此洛
顧女則己代作新娘而新娘蹤跡杳然莫知所適於是好事者咸謂昨夕男女兩人已成合卺孰不可歸李
巳代桃僵儷棠應為梅聘鄭宜再備聘儀洛另陪匳贈仍合兩姓之歡娛藉諧百年之伉儷又即還彩輿
嫁眾以為然其事遂定先是女貌才歡為異為郎才歎為所遭嫁之夕雨情繾綣不忍邊離建彩輿
在門眾樂三奏瓊華攜女同行竟造牆隅嚅嚅向面冷不可堪自此昏眩不知人耳畔但聞風濤澎湃之聲而
已約一日許忽聞小語曰我去汝可在此從茲遠別隔天一涯人海茫茫何時再見若有前緣十年之外或可
一面啟睇四顧殊非己室及聞人言始知其故後生登秋闈捷南宮筮仕翰林改官為邑宰薦仕江南應官
聽鼓未一年補授上元令政事之暇時與女焚香讀畫論詩闈中之樂始於畫眉一夕露坐中庭涼
飇颯至新月如鉤忽見一丸大若雞卵漸自地起閃爍旋轉隨處不定其沒處明日往堀未
尺許即見蚌棚上盖石版去之則旨井露焉視之窅深黑莫測其底乃幕膽壯者縋而下良久始出得一鐵
匣上皆蜉蚌古文人莫之識啟之中無一物女因匣製古雅偶置之脂盒粉匳之側入夜忽發異光一室洞明

近匣十步之內鐵悉畢現女以鐵匣無故生輝甚以為奇反覆展玩乃見匣之左邊藏一圓粒光從此出戲以
纖指撥之則又轉入右隅力抉之起用水灌而觀之乃一顆龍珠也由此視為異寶珍若連城每夕懸諸帳前
藉代燈燭雖至威風好亦不出示生三年任滿方擬乞假言旋忽奉上官檄令往山東勾當公事女赤從行及
抵郯州小憩逆旅時方春仲桃花盛開西郊外尤叢密紅雲海中芬芳撲鼻徹女身之急欲一游偕生乘輿前往
一路柳暗花明不禁呌絕萬花深處一溪前橫小橋流水茅屋數椽髩鬊漁父入武陵得遇桃花源裏人家也
女謂生曰如此奇境必有人居焉進物色之幸勿失之交臂生與女捨輿步行女身輕渡略約履平
地生不敢前勉從女後懍懍若欲墮狀輒女挽其手始得渡行數百武忽觀一巨宅門第巍煥雙扉半啟方擬
一通問訊即見瓊華也女之悲喜交集執手諦視不能作一語生觀其容貌仍如前時瓊華即命設筵相欵有
迓者乃胡氏瓊華也女請仍踐前約曰王郞來矣可報主人須臾即有關者邀生與女入坐及庭則盈盈來
饌豐美咄嗟立辦席間及舊事瓊華曰此不過金蟬脫殼計耳聊施小術成就良緣亦足以報我妹之佳意
矣瓊瓊多詰何為瓊華曰妹也文見之悲喜集驚手諦視不能作一語生觀其容貌仍如前時瓊華即命設筵
哉所以今日一見者余向有寶珠曾為術者窺去鈿以符籙五百年後當再現人間屈指已屆其期偏訪知在
我妹所即念襄情幸即賜還即可再證仙班可歸玉闕妹有之亦不過一玩好物耳無足重輕女曰誠
有是乃不敢作誑語但神仙視百年猶旦暮妹如欲珠以長生久視之術教女以暫留三載公務旣畢同回漢皐瓊華時為作遠行
駕哉言已淚潸潸墮瓊華乃許以暫留三載公務旣畢同回漢皐瓊華時為作遠行
法雖在閨中不與生見女欲使瓊華則可常相聚乃與生謀令生偽作遠行東裝就道女遂留瓊華宿
醉以醇醪暗中袯趙幱甚軟四肢羅襦解熱香四流生擁之而眠倍極繾綣天明酒醒始
知墮計乃欷曰祗為情絲所縛遂成障礙若不破色戒珠還即可白日飛昇今又勞我一番洗伐矣咨由自取
夫復何言向女索珠納諸口中騰身入空際不知所往

女俠

琴川潘叔明世家子祖父皆以軍功起家生少即習騎射挽強躍駿顧盼自雄性豪邁不羈喜交遊通聲氣門下食客日恒數十人有五臺山僧自秦中來詣生門託缽求募生與之談見其操行不凡留之幸舍居半年不言去日三餐不擇蔬肉見生與諸友角力於廣場擲刀試劍闘捷矜奇笑謂之曰眾檀越孚戰如林不若老僧寸鐵殺人眾咸喜躍曰大師既有絕技何不來此一角優劣僧曰欲受我法須先學蒲團上工夫能於一晝夜間一念不起乃可教也眾生信志頗篤關跌坐十日後潛詣僧處求教僧曰勇力為始基智巧為進步敢誣出身筋經一卷畀之日此經不與世上所傳者相同勿輕視之演習一月自有妙境復從葫蘆中出藥三十九與生曰日服一九當見功效九盡生日所信勤求弗懈久之膂力勝前數倍似有所得出與諸人角咸群易無敵生猶自以為未足向僧請益僧曰孺子可教也因問生願學劍術抑學彈九生請兼之僧曰不工徒勞方一顧視矢已及前生即以手接之僧乃於葫蘆中抽得一劍鋒銳凝霜鉛寒射月犀利精瑩始無其比此二千年前歐冶子所鑄非凡間物也若技進乎神劍與身可合為一授以劍訣命徐行忽聞林樾中有鳴鏑聲方一顧矢已及前徐以手接之顧視矢已及前歐治子所鑄非凡間物也若技進乎神劍與身可合為一授以劍訣命生屈膝跪聽每授一句必摩挲其項良久而後軍由是晨夕受戒凡閱一年日道成矣僧亦遂杳生既精劍術遂有偏游四方之志意每頃有北地保鏢客亦來卸裝互述遇盜事生詢其形狀所見略同問有所失乎曰頭綱三千金已爲豪者挾之疾馳去生曰觀其蹤跡距此當不遠何不一探其巢窟諸君敢從我一往許之鏢客有二弟子願從復見林薄中漏有燈光急趨就之得一大院落四周環以河無約可渡生一躍竟過迴視二人端然不敢越生復回挟二人俱過門外惡犬數十向臺吠聲猛若豹有巨若神獒者二遷奔生若肆搏騎步行逐里許生見林薄中漏有燈光

嗟狀生奉毖之拏犬乃嘈不敢聲方擲叩門而雙扉忽然開一女子推髻窄袖左秉炬右執劍自內出呼生
曰何處莽男兒虔夜來此想欲覓死耶生指二人謂女曰渠師有三千金寄頓君處今特來索還可即昇也何
熟潛叔明劍下無情也女嚶嚨一笑哂之以鼻懸束炬於簷下飛劍向生生急飛劍敵之轉關盤旋有若萬丈
寒光通人毛髮亦收劍珮旁立問女何事女之前後左右鬭方酣女子耶師劍光忽斂一躍出十餘丈外連
呼曰止止生亦揮霍收劍旁立問女何事女曰君非五臺鐵春禪師弟子耶生曰然女曰然則我同門也置酒布席
物耶可將去攦口作聲門內彭形大漢十餘人敛應而出女命運金還其寓海也蕭生入內欲睨其具
亦不辭二弟子見堂前見男子離座起迎女指謂生曰此餘兄也先孟浪勿介意須臾置酒布席
水陸畢陳女曰具此呶嗟筵殊不足以達敬意聊表同袍之誼云爾生謙遜而後入座二弟子侍於旁兄妹在
下相陪執壹持觴殷勤相勸席閒述及禪師現卓錫陵相國寺曾以衣鉢傳大弟子法顯雙丸一劍冠絕古
今天下罕其敵女一觀其技特恐聊末精為其所箸皆恰如兄者相佐而往三稱謝生曰寺無憂矣生顔曰
諾訂以夜深入睡髮一搭盤於冠內解衣則祖服自胸以下戴如刀割駭愕良久及旦於枕函下得七
何足道生白金五十兩題曰鹺儀下注云多箋者聊為一醉貰明歲南旋道經山左仍取此後
首具特以淵源一派遠留餘情耳生既入京遂游邊劍三韓百濟足跡偏馬經山左仍取舊道
女衞遠出己上特以淵源一派遠留餘情耳生既入京遂游邊劍三韓百濟足跡偏馬經山左仍取舊道
已先在笑曰君真信人也生以吉林所得人參贈女兒以供高堂顧養之需弟子今日餘生皆卿所賜此後
不敢輕誇劍術矣女俯首媕然不作一語遂與女兒還家女兒已候於門外自門及堂燈火輝煌結彩懸綵
短麗奪目堂上錦繡鋪地藏覆數十輩皆鮮衣盛服見生咸垂手侍立生以女待己若是鄭重益覺
局促不安曰設席於室之西偏潢濯矣開外堂樂作簫管悠揚女兒趨入曰舍妹以君今夕即為合巹吉期其毋辭
進生寬故衣曰已付婢媼瀚濯矣二者兼之願委身以事君子執箕帚之役而備巾櫛之數今夕即為合巹吉期其毋辭
當代奇人英雄儒雅不對俄聞外堂樂作簫管悠揚女兒趨入曰舍妹以君

生驚喜合并無以措詞方欲有言眾樂競奏儐相入催至於再三導者已或推之或挽之出堂面北立女亦紅
巾蒙首而至不覺盈盈其俱拜也既入洞房卻扇定情女儀態萬方天然斌媚生倍深眷戀愛若明珠難驚皇
之和鳴雲路翡翠之戲影蘭苕不是過也說劍之暇細詢家世始知女姓程名楞仙字香嚴其見名南宇秋浦
曾為武進士授職都閫不睦於營員以是罷官女父武弁好結客江湖衒士至其門有所可貧無不立應有
小孟嘗之稱生落其家女生四五歲即喜撫弓矢弄彈丸百步外懸物為的每發必中偶與羣兒馳逐嬉
戲鐵脊僧適過見之驚曰此異材也往調女父願教以諸藝遂留僧於家令女出拜師女父女兄亦從之學女出拜師雖
幼若成人僧奇愛之惡心教授三年業成笑曰吾術有傳人矣汝於十里之外鐵脊僧過化
納須彌山於芥子中劍一彈丸二日夕隨身時於口中吐劍指上出九取人首於十里之外前日鐵脊僧過化
處偶贊生且謂與生有前緣當不讓磨鏡者流也因是聊施狡獪耳法授生令與法顯有以殺之法顯角教一年試使演闡笑曰尚未可也
蓄屬女閭之銜恨刻骨思有以殺之贄生後日以秘法授生與法顯角教一年試使演闡笑曰尚未可也
法顯女已適人憚師不敢發適五臺山寺方丈覺果以寺中有怪物夜出迷僧眾被其惑
者即為所貪前後已及百人飛札召僧令運慧劍以斬之苟能以秘密法結歡喜緣則法顯將化身為十萬金鈴
女菩薩也中有一女菩薩也久矣茍能以秘密法結歡喜緣則法顯將化身為十萬金鈴
常護名花永不相犯若其既外道戀情魔則將於一刹那間取汝頭顱於袵席之上母謂法顯三尺霜鋒必不
利也女聞之曰我既隱形汝身隨生明日酬之鬬劍使其神注力酬之時我猝出殺之不
以洩此念何如生曰妙矣殺人者抵國有常刑卿其如我何女曰然則使之抱病而覺何如遂相約刻期
闘劍於相國寺中天矯若龍法顯口吐雙丸直奔生面忽一劍自生鼻出徑入僧口僧倒地捫腹痛遂龍闘
相抵兩劍騰躍空中天矯若龍法顯口吐雙丸直奔生面忽一劍自生鼻出徑入僧口僧倒地捫腹痛遂龍闘
末後之劍蓋女所算也僧知為女所化急詣秦中求師懺悔半道而卒女乃還計女隱形法顯腹中者凡六
十日技亦神矣哉安見紅線聶隱媒之流天壤間無之哉

金鏡秋

金鏡秋蘭陵世家子少好讀書能明大義不屑為章句之學塾師授以帖括笑曰此何等文字乃欲令余俯首下心以求之哉由是日從事於詩古文詞時作近游登山臨水偶有感觸輒寄之於吟詠有友人官於閩省適補授廈門同知馳書招之生欣然命駕即乘輪舶航海而行至半途颶風大作雖雙輪迅駛而顛簸異常將近福州舟忽擱於礁石邊沈波底舟中人各趨小艇生時魂已離身心尚明了業委性命於驚濤駭浪之中自艤失足墮海浮沈波際莫辦晝夜忽聞耳畔有呼玉卿者啟眸視之乃其昆弟行維揚吳生也吳生去歲以疫病亡生早已得其山耗王卿則生劫時名也生見吳在側疑己亦死頓念老母在堂無人侍奉不禁人間余昔時非死耳斯世滔滔不過聊一游戲宣可久居哉因出藥九授生嘔水斗餘胸鬲頓爽呼妻出見乃二十七八歲女郎也丰姿綽約麗絕塵寰吳命以叔嫂禮見女容盈下拜生不覺膝之自屈也吳結廬在山半屋後皆蒼松翠柏匝地參天雖盛夏無暑意門前方塘如鑑多種藕花紅嫣白媚風景自珠吳曰恐未為生易主濕衣令改羽士裝生亦甚喜謂自此盡捐塵念永絕世緣顧隨吳在山中修行藉以證道吳笑曰恐未為生剌遲入白日葉已盛眠出迎執手慰藉生言適灌水厄幾不得相見今仍獲託宇下始有天妻友然遂令僮僕灑埽西齋以宿生視齋室甚幽靜齋外短牆索寞不得已展食遍頭角著屐即入睡鄉忽見一僕來持蕭條之感既夕孤燈獨寒螢靜聽益形索寞天雖盛夏無暑意頃刻已小數里逸觀衙署巍莪吏骨隸役垂手待立者百餘人甫至大堂友人已盛服出迎執手慰藉生言適灌水厄幾不得相見今仍獲託宇下始有天妻友亦為之歔歟言次已設筵於衙左小軒中有范本池石之勝時木樨已盛開香參鼻觀酒酣友呼歌姬出而侑觴娉婷前來者凡四五人著綵綃叢者尤光豔動人俱執壺捧杯環勸生飲生目之而笑曰敢問妙音一洗凡

耳一曲一杯所不敢辭於是撚筆琵吹笙簫者紛然競奏所歌皆非人間節調罷倣合商悠揚宛轉但覺脆堪裂帛響遏行雲生聽之不禁魂銷心醉情不能禁急把玉臂舉杯飲之曰醉後瓊漿聊伐金錯繾綣女子紅拳雙煩勉盡一觴生曰妙哉仰飲其餘港無涓滴友笑曰此即杜分司所索紫雲也君如屬意當令充箕帚生起避謝酒罷宵闌送生至西堂宿焉須臾絳綃女子盛妝而至盆覺姘媚異常生擁置諸膝問生平細詢家世女自言姓秦小字麗娟固維揚人父亦秀才早卒家貧母不能守遂嫁潯陽賈妾時方八歲以無所依驚於教坊飄零至此每同夢正酣忽有排闥直入者呼生起曰起火及窗櫺矣生展衾顫栿致謝卸妝粗褥遽與綢繆不意同夢正酣忽有排闥直入者呼生起曰起火及窗櫺矣生驚覺已見簷際赤燄數百樟一刹那奔陵憶妹中尚有妙人返身揭衾抱之而出玉體橫陳一縷未著甫出戶火已燃及帷帳內衒麗妹又逢一刺那已成灰燼濡手足焦毛髮者相屬於道瞥覩街左瞭地多人圍集趨視之則友人辜姬皆在類皆爐隙逢竄花容黟淡詞知女無恙即來慰問解衣之簇擁而去生自念生世不辰初獲麗妹又逢慘劫痛極而號陡覺有拍其肩者曰兄又夢耶四顧環眄則身在荒島曷無一人見飛魚成隊出沒於滄波浩淼而已腹中飢腸雷鳴殊不可耐適見樹頭桃實纍纍盤旋攀樹摘而食之甘香瀲齒食四五枚已覺果然顧念何由得歸故鄉高堂邁遠抱徐暴切悁泊一生尚虛中饋正悲悵間適有救生輪舶開警而來見生即載之去送往福州生致書鷺江友人告以急貸資斧方得達廈門既至署中門庭齋室髹髮中所見無何訛傳外寇將入犯海氛甚惡凜乎其不可久留生遂辭友以北歸何嬌娜多外遇即命衒署中人偕生往游呂對海有鼓浪嶼者西人避暑之別業也樓閣雲連輝煌金碧中貯阿嬌生住游呂秀才可仲署中司筆墨者也善畫工詩詞喜作狹邪游與嶼內名妓徐素秋舊相識曾有嚙臂盟素秋向為西域葡萄固半羌之徐孃也現已棄舊業為繳主察中錢樹子四五株姓皆佳妙聞有新來一妓甚美色藝兼擅

後聊齋志異圖說

金鏡秋

十

卷四

一五三

馨骹清婉貌尤妖冶名譽噪於一時呂即慾惠生同往訪之既至粉壁紗窗極為雅潔須臾紅裙翠袖寧慰廉競進見呂無不笑朱唇啟玉齒問何許久不來今日何風吹得至此呂即攤金錢數枚謀緊急詢尚有新來麗人何不出房一見眾妓對曰渠自來此怕見客恒不出房擁諸君苟與相識何不徑造其室呂即拉生入訪入則霧閣雲窗繡帷珠箔絕似貴家閨閫良久女出生驚覩之魂魄飛颺蓋夢中所睹之絳綃女子也詢其姓氏里居無不吻合顧女視生就手問女曾於他處見我否女笑攥其首曰未生向呂緬述夢中異境呂曰今夕即請一踐此夢何如特張感疑為生定情生宿於女酒半生向女酒半徐亦至旁侍捧觴呵戰飛花各極其樂纏則戲以姓字屬對如百尺泰臺千秋金鏡麗秋煥彩素月流輝呂姥徐姥自相搊儷女獨笑不語俯生耳竊告之生不禁狂笑覆杯眾詢何言則謂呂氏姑娘下口大於上口徐家女子邪人多於正人眾皆失笑歡於頭沒一杯葉歎其慧心獨絕是夕生所有若女別重逢珠深綴綠明最擬為之脫樂籍向鴇母詢其身價索二千金呂倩徐媼代為關說僅許五百金先以署蓁生友飲期行瓷七百金聊備衣飾遂得成事如范盡之得西施載之俱還生於閒時為徽前夢謂何不與卿同在夢境誠所未解女曰正爾花待女以墮妄想送讕紅臺驚君者乃芙蓉城主石郎卿以妻與君有前緣故特假君友名爲圖芙蓉城中司花待女以墮妄想送讕紅臺驚君者乃芙蓉城主石郎卿以妻與君有前緣故特假君友名爲之委曲從中撮合耳妄素不能歌遂前隨石郎赴晏瑤池得遇雙成杜蘭香教以霓裳一闋遂知音律曩時所奏竊恐有污尊耳乃蒙贊賞殆前因也生談次警猶為色變女曰此石郎聊以試君耳人遇樂境則奢心生罹厄境則善念萌君方寸中變幻不測頃刻頓異皆仙佛神聖此中有主則不為境所使君始學道未至故也生聞言悚然有間曰噫嘻吾得之矣既歸盡售其貲郭田數十畝奉母挈妻入山不知所所終

李四孃

李四孃

李四孃西蜀人自幼得奇人授以劍術既成飛行絕跡隱顯通神能以寸鐵殺人於百步之外有時在閨闥中託業為女妓日與貴游子弟狎人但見其倚旎風流而不知花月其容冰雪其操也同里有傳公子者半度瀟灑勢豪豬當年閒閣名媛願為夫子竟者無數生俱以土苴視之无欲得之以供捧硯役女亦兩心相印顧女之應客招也惟侑酒持觴政而已從不輕薦枕席生每於宵閒酒罷之餘輒託徘徊其女留髣以送客女必再三促之歸九迷洞裏永許一問津焉生輒以為憾事一夕女小病早睡斜背銀缸擁交紅之被撥活翠之爐支頤不語正涉遐思生方赴讌回排闥直入女驚問伊誰生日特來共作神雞之夢耳女日生平不耐與人同睡何如生笑應之解帶登牀轉側不能成寐視女日息已入睡微覺近之覺吹氣如蘭香透肺腑心為大動遽代之緩結束肌膚滑膩拊不留手偶閱其乳有若豆生含范玉峯高起正欲騰身而上忽見帳後火起赤燄成毬已及帷褥生急推女睡殊酣若罔開知生不能慈披衣鞾履撻闥遠奔則門外救火者已全集見生形狀欲追以為搶火賊輩趣之生固無以自屋脊顛僕僵僵而行經一巨宅時天氣乍涼月色微明宅中人俱未眠忽聞牆外犬聲如豹急出觀之瞥見屋上黑影如人指視所集生不能隱遽從屋脊壁下傷其股巨宅主人姓馬名亦昭字式明學問淵深操履清潔為鄉里所嚴憚羣稱之曰伯說次日仲談皆通經史工詩詞當時見所斥不為禮遺人員而歸諸其家翌日生往偵女舍固無恙鄰右亦從無失火事由是奇女劍俠之名漸聞遠近同時有何家女子字蘭仙貌更妖嬈性尤淫蕩六寸膚圓粉光嫰嫰平日喜曳綠絲履當凌波微步之時眉目間饒有英爽氣與女往來莫娜可憐人呼為綠荷花又以其宛轉能言亦日綠鸚哥蘭仙雖不知劍術而為鄉里所嚴憚羣稱之日伯

逆女密授以璇閨秘戲法逐工內媚一時登徒子趨之者如驚滇南倪蓮迂劍客也其弟子雲伯與蘭仙狎䁥
陽而死說曰是不可不報當運慧劍以斬之蘭仙聞之懼避匿女室夜半有光如白練穿窗直入鏗然有聲女
劍亦裂匣出兩相搏擊由室而庭由霄漢天矯空際有若雙龍䖳而劍客知不敵遁去劍客之師許玉林
也襄以尸解已證飛仙注名於真靈位業圖中鵝茅崑崙巔養和素攝氣鍊神久不履塵世劍客持贈員氣
往求之玉林曰此女與汝有前緣余當以理諭之令其前來伏罪乃作尺一書命劍客往投之書至女已前知
龜先而鷙後鷙與波湧浪吐霧駕雲恒傾覆舟楫為行旅患子其往平之俾民慶安瀾人歌一鷙已成妖異每出則
不勝我乃助汝女謂蘭仙曰吾聞鄱陽湖中龜巨於七石鉿鷙大於丈箕民隨波出沒戰沉戴浮偶或昂首瞥
足則雪浪山奔銀濤壁立檣摧無得免者鄱陽水神無如之何為與之聯譜訂交兄弟鷙惡此而弟鷙也今我將持
劍往斬之子能從我乎鷙之子裸體投入水中以人道媚之具有容成秘授必能壞其真道至極樂際彼
必吐我玩珠弄子可吞遠遁彼若逐子因尚未破色成故其力頗巨其術尚未習泗水安能狎洪濤而不驚履彼
之乃曰我一死何足惜特與鷙龜為偶也沉余素慮深閨未經人事所相援捨身救世成無上功正在今日蘭仙聞言毅然不能語久
浪其如虜哉女曰子許願往處置愚姊自當善為此大神通自能幻作人形恐子見此翩翩美少
年將歡喧之不暇下此毒手也蘭曰妹雖身無仙骨胸有俠腸斬此么麼俾萬眾得除斯害固余之素
志也遂與女偕行有知其事者俱白衣冠送之既至潯陽江上蘭仙買艨艟巨艦特張盛筵為大會招所狎諸
少年畢至捫戰飛觴拈花擊鼓倍極其樂酒酣蘭仙偏斟諸少年至己則連舉三巨觥彈箜篌作歌曰翻洪濤

兮走白日接地愁雲慘無色白日匡龜兄出洪濤攫龜弟來龜先龜後聲喧鬨舟行項刻罹凶災我為此事心
懽勃倚天長劍試無術三尺霜鋒輕一擲浩蕩青天飛霹靂湖波瀰渺兮龜龜之所居吾願救民兮捨此微軀
功成名立兮歸我之故廬歌聲激越將畢君絃為之中絕咸以為不祥而蘭仙自若也女聞歌為慷慨泣數行
下抵鄱陽日已暮適遇大風衆舟停橈未發女於蘭仙皓齒體畢呈玉媚雪妍殆無其比鬟於髮際囑曰當寶之勿失
事急可向空擲之自能騰身出波際蘭祖無不發女於蘭仙胸背偏施待臻聲黃紙篆文
須臾波浪洶湧高騰數丈女舟即沒女按劍危坐天甫明見蘭仙探身出水面急搖之上口吐赤珠昇女曰
幸不辱命然余德甚矣恐不能生死即葬我於沅花草堂之側奮女子蘭仙之墓尺矣言訖氣遂絕女方
悲惋不勝而龜鷺已追踪至矣挾女舟而飛勢將傾覆女投以劍初不甚耀邊與劍闘劍盤旋空中不得下龜
欻女弱以背貟女舟漰壊女溺急取雙帕踏之龜奮其利爪嚙女後踵女連發九九彈之龜張口吞之盡乃悠
然而逝廻視龜猶死闘不休亦發九九中其目劍驟下自口貫腹而出血溢湖中水為之赤龜尚崛強意欲
乘雲飛去忽空中墜下七寸許匕首精瑩若霜雪迎龜首龜首立斷如仙之羽衣雲冠飄然若許玉林也稽
首頂禮畋依作弟子玉林曰汝尚有三十年塵緣未盡蜀中倪生即汝夫也盍歸良姻汝其勉修清行勿
蠻淨業項刻間冉冉入雲不知所往女再拜受命仍還蜀中倪生已待之於成都市上即以所寶青鋒古劍為
聘禮女亦報以純鈞周春時物也旣婚伉儷頗篤一日偶傳邊境軻匪為亂富事者延倪女請同行許之
連夜入賊巢斬其渠魁副酋先幾知備跳身逸去行至深山中首無故隕地界洶懼遂星散倪偕女凱旋宿於
山城驛忽若身在里中時傳公子來訪玉貌仍舊女曰阿卿何前時待我之薄而今日酬余之厚也世間一切緣皆從報
應來勿謂逞其智巧機械遂可免於一時也女於言下不禁惺然別有領會及覺乃華胥一夢也自此恍若有
悟偕倪入山修道不知所終

盜女

呂牧字季犖江都人武世家也生時母夢一美少年擐甲戴冑手持雙戰檛而言曰我漢時呂布也今將誕生君家其善視之徑以戰檛母腹大驚遽醒即覺腹痛頃之產一男廣顙豐頷狀珠岐嶷母因向人縷述夢兆父聞之以為不祥曰是非保家之子也及長膂力絕人好馳馬試劍尤善使槊能於百步外飛槊擊人百不失一性善怒有犯之者輒欲剚刀人腹曾在金陵觀武試上下江諸士畢集武會無陸梅舫為教習師集眾廣場演試各技并請眾前角力自謝行手者陸喜舞劍揮霍縱橫盤旋于上久之但見劍光不觀人體眾咸鼓掌稱贊謂得未曾有劍收人見從容謂眾曰我上者願奉百金為壽几上陳二巨錠燦然眄目眾莫敢聲生奮然進曰某雖不才願一角優芴何如陸見其體狀魁偉知非凡流固問刀劍拳棒君將何擇生曰請一角之苟有一不如君者非夫也及兩相交手合得平等生再請關力指廟門外石獅曰君能舉之否陸曰能以雙手持之環行一巡觀者皆曰有名當可相見者乞道賤名當可相見者乞道賤名當可相見者乞道賤名當
廣場中如飛項之餃下東西各其處眾舌撟不得下樓翁下皆以第一人獲捷都中人士皆仰生名贈鎬投紵始無虛日出京遍
他日行山東道上有一翁虬髯燕頷前拜下陸下風願以兄事命從人持百金贈生生一笑卻之樟臂竟去旁有一翁虬髯燕頷前問生姓氏生具告之邀生至酒樓三酌而別謂生曰
以為意是科登武解元第明春公車北上皆以第一人獲捷都中人士皆仰生名贈鎬投紵始無虛日出京遍
歸取道濟南行經荒野林木蔽虧眾謂此間恐有伏莽生縱馬入林瞥見四五人驟馬馳至各以器械奔生
忽聞空中鳴鏑聲一矢鏗然著車上車夫股栗不敢前生知為勁敵林中復有數十人突出將車輛行李盡驅
仗劍敵之眾刀有若流星製電總不離生之前後左右方

一六〇

盜女

以去速若飇馳四五人者見去已遠致聲孟浪相繼馳去忽焉生迴顧同行諸人嗒然若喪宛如未歡曰作君孃三二年今日竟倒繃嬰兒矣因令眾且迴逆我當匹馬往迓之疾行三十里許山路崎嶇松杉叢雜焉不得前方跼蹐間見四五人者聯騎而回謂生曰君呂季瑩耶幾誤乃公事君昔日好友持幡迎君君同行者亦將至矣遂下騎揮鞭或推之或挽之須臾已抵一甲第楹桶崢嶸閣閣者入報主人卽已出迓視之乃去年酒樓中虬髯客也執手殷勤慕井曰君始忘余昔日之言耶若非見虬髯客將交臂失之矣遂延生登堂重行相見禮開盛筵歡飲數日為歡連環轟飲數日生解欲行虬髯客曰知君未婚余有一女願供箕帚將來臨陣段賊亦可少助指臂生囁嚅不敢答虬髯客曰若論女貌當亦不讓紅綃碧玉一流人因傳語內堂裝女出見頃之環佩鏘鏘麝蘭香溢一女子已亭亭至前諦視之先覺豔絕或偕女見句聯吟敲棋讀畫一日獨出散步從石洞出渡一小橋則有一軒在見軒中陳設俱備鼎彝古雅筆硯精良几上有懼帖四冊題曰倩女史清玩女自晝筆致娟秀不讓南田也生方擬再觀而女已從旁室入笑云寶劍在此耶生曰運玉人何處故吹簫乎女笑曰郎亦解彈琴乎爰解壁間所懸古琴為生數曲其聲清越以長彈既曰郎生在此毋生聲女文事而不言武備宜以弓馬刀劍示生曰云寒先通人毛髮生曰卿具此妙手何患不摧堅折銳哉夕女獨歸房屏去婢燈兀坐歛歇不樂生彷竟女又笑謂生曰郎但言妾散吹簫乃女所自擅長卽於錦囊中出一古劍示生曰此歐冶子所遺也上有七星以應象緯劍甫脫匣秋水凝神寒霜歛鍔女舞於中庭若宜僚之弄丸項刻間萬文精光通人毛髮生贊歎若夕女獨歸房屏去婢燈兀坐歛歇不樂生科倚女肩問女曰卿必有心事抑何愁思乃爾女曰君以艦唱第一人獲登伴從之班紫亦極矣恩亦至矣致身

功名當思自奮此盜窟也安可久居郎其速作歸計妾願相從生疑虹髯遣女為偵探者因默曰卿言亦是然大丈夫來去當光明磊落丈人待我厚是以不忍邊離終思得當以報然後行女乃嘿然不言居兩月餘有來報某顯者休致歸田挾重貲出京可邀往也然有保鏢者二人皆擅絕技前日所遇四五人尚可力敵保鏢者有一女子頗能劍術非女公子不可虹髯乃令倩珠從而呼李華佐之遂遇之於燕齊交境因避其鋒市逵綴為甫臨荒僻伏狴發丸彈先驅眾咸辟易女子躍馬擬生縱身飛立馬背向空擲槊二保鏢者皆劍忽折為兩蓋女從旁發九此之中女子額始逸生者十許生轉伏下避其鋒項忽括其囊之眾知生有意急知令歸而生者也連發九九一以慶子之功一以餞子之行一祝子他日為好官至先歸傳生為盜所殺今知其無恙重慶開譙特對三臣中女子屬生曰里門親串咸來問訊蓋同行者先歸傳生為盜所殺今知其無恙重慶開譙特對三巨觥屬生曰里門親串咸來問訊蓋生後官至江西提督偶以閱操過鄱陽湖忽上游有艨艟數十艘截流而下金鼓齊鳴方驚以為盜船咸戒具以待既近則見盛服坐於舳艏者虹髯也歡然彼此歡敘過生舟擕生曰君今貴矣尚憶者夫生執子壻禮甚恭言女日夕思慕攀切瀾別十餘年雁魚沈斷不令人想殺虹髯曰別後山中頗獲安居前藏中秋招眾賞月盛飲無不沈醉忽闖門外馬沸列炬若畫一女子牽眾官軍斬關逕入但見火光中指揮殺人頤顧紛落我竭生平伎倆亦不能勝丸劍悉被收彼劍鋒已將我幸得汝師舊劍囊家首革門奉出迎望舊業已在灰燼中芙聞言亦為歡愴不已因問女何人曰其貌頗美額有癥痕生悚然有間曰此必保鏢女子也來報昔警耳遂詞令將何往曰將至海外覓曠土為扶餘國王姜呼酒與生痛飲酒酣解胸前寶石一串五色具備先怪陸離曰以此貽倩珠聊存記念踉蹌登舟揚帆鼓浪而去轉瞬已杳

徐慧仙

徐慧仙名敏小字聰姑駕湖人生於滬上父故諸生有名庠序間亂後棄儒習賈頗有所獲既平挈眷言旋前時亭榭已付劫灰乃就舊址出貲營構新築堂室庖湢位置咸宜屋後頗有小園花木清綺泉石幽靜焉韶左偏為女房臨窗有葡萄一架花時紅紫芳馥繁英密蔭霏霏滿几榻女頗識字知書年已及笄猶待字焉之光澹沱春日暄妍未免有懷無可消遣輒寫相思不成愁人心事未分明此心捲入芭蕉裏一夜窗前聽雨聲後題得一紙展視之乃七絕一首云兩字相思寫不成愁人心事未分明此心捲入芭蕉裏一夜窗前聽雨聲後拾雙峯仙史橫山下有心人作細筆跡娟媚異常能知出自慧仙手無疑素聞慧仙能詩而又羨其貌美心為之動於是信足所行吟偶循曲徑入女房方背倚闌干俯繡生近觀其道韞粉顋白若叢肪愈生憐愛因此便步後見人即使臨去秋波一轉亦請題其上但須作楷書不至嘗目力為之見也生曰妹非千眼觀音安能背後見人即使臨去秋波一轉亦請題其上但須作楷書不至費目力為西廂一二句便奏落阿妹兄甚佳妹近日正擬繡字兄有新詩題處其二云停針不語時其二云午夜誰家弄玉笙無端振觸去年情詩句從寄何相思寫不成女覽之頓變默不一語久之強笑曰兄妹為題二絕其一云一幅輕綃萬種思閑窗偷展怕人知鴛鴦繡到雙飛處正是停針不語時其二云午夜誰家境大進但一一鷃聲飛上天竟為老元偷得亦是生時往來日家互有唱和生才女貌兩相屬意是年秋試生竟獲雋郡中閒閒家爭婚馬生何從寄雨相思寫不成女覽之頓變默不一語久之強笑曰兄妹鎣哉撤金蓮炬下王鏡臺此詞林之佳話也其實生意別有所在也春闌報罷無聊遽騎相逐出都取道山左夜總逆旅解裝小飲三杯甫醺醉悵甚和衣僵卧忽一僕持刺入白日楚相國遣園人控馬以待攬轡疾行有若颷馳電邁須臾已抵相邸甫下騎即聞傳呼啟中門拾數升堂一老翁舉手相迓分賓

廿二花曲

主東西對坐視翁銀髻披拂貌古神清亞議姓氏則固當朝傳相也生剌促不自安遽離座起翁謂生曰請少安有事奉告今歲闈中有割裂試卷弊子知之乎袖中出一卷授生曰此非尊作乎生曰此翁從何得來翁曰言之殊駭物聽此卷為湖北某生所得榜出掄元闈墨院列傳誦一時不意傳入閨中為小女所見力辨為尊作老夫不信追取落卷詳加考核割裂之痕顯然此事關係巨科場大典詎容辯譽若此若一人告千涉多人以子之才何患下科不高摹錦標或今特召子來言明其故子歸不可置之勿論保全眾生無量功德老夫亦不欲以此事掛彈章也唯唯相國起生亦辭出下階失足遽仆而覺几上殘燭猶明餘酒尚在返里後偶於書肆寬得會墨展閱之三蟄一詩果已作也追思夢境汙浹重衣顧朝中當事之堂上特浼生媒妁求婚絕無姓者輒轉莫解又不敢以之詞人時雖絹繏南還而思子之念未嘗一刻忘于有所失驟不欲生蟶而憤焉以酒不意水人甫遣而女姻事已成蓋即同郡陸氏子巨富家也生聞信悵然若有所失驟不欲生蟶而憤焉以興役冠於地日天既遲我之功名而復奪我之佳麗抑何相待之薄耳今日奈何全壁以貽牧豎哉於是負氣出游徐不意泛人而女妲事已成蓋即同郡陸氏子巨富家也生聞信悵然

江淮間物色風塵異有所遇惟是尋花問柳贈芳采蘭延訪已竊而迤入古廟中仰矚神像似曾相識翹首思之良久驀然有悟乃懷衡有夢而解佩無人廢然將返偶出行遇雨避入古廟跌坐蒲團頷然睡見神像忽由龕下蹙生曰起起即昔日夢中見召之楚國子骨也爱邊神示信步詣江干果有船在馬呼漁翁子意中人至矣可急走至江邊第五株楊柳下雖一漁舟其速登放乎中流見有物觸舟立拯之可作五湖遊矣其勿忘子得之恍惚復入夢境問子意者項之江風大作銀濤壁立雪
棹子前身為范大夫鴟夷中有西施幸尚無恙子得之以手拍其肩邊醒蹶然浪山崩一時往江中所有商舶賈㯖無不檣折桿摧傾覆無數斷板碎篷敝流而下而一葉漁舟容與蕩漾若無求渡詰何往囁嚅不能對漁翁笑曰且請登舟自有佳處答問一若知其意者項之漁身容與蕩漾若無

事熙生駭且奇葉則其故俄有一物從上流來既近舟掛於檣生令漁翁舉之起則篋中所裹赫然一尸也生驚怛欲絕視之乃一絕色女子美艷異常臉帶酒氣漁翁投以藥丸嘔水升餘旋甦啟眸見生曰此何處豈尚是人間耶生乃備述夢中神明指示顛末轉詢女姓字女自言朱字素芳楚中巨族也是日以往漢皋別業身中與女伴睹酒沈醉竟不知以至此回命生遺人報信其家生從之項刻肩輿已至昇女而回女詳處殷殷致謝再生恩生亦隨登岸方擬重酬漁翁而一迴顧驚為神助生甫抵寓女昆弟已來延生至其別墅欵待優遅越日情會垣顯宦為月老以女許生且季革從鍾建此昔時楚國故事也敷援以為完姻之日驂從烜赫所贈盡具以鉅萬計道路觀者啧啧嘆美女通書媚嫣吟詠生每睨以慧仙所作言其緣淺情深往往太息泣下女笑曰慧仙亦恨得為富家郎妻福亦不薄惟君得隴望蜀抑何無厭生有時繩慧仙之美女曰君視我何如生曰尹邢嬙旦恐未易優劣也女曰此模棱語必非出自中心我必一觀慧仙自判甲乙則始信月旦之有定評也是時慧仙已通陸氏佷驎甚諧女以雲駢迎致之既而見道企慕意乃出文示其見命為之從中關說竟從高蹀上頭作第一流會元女曰前科會以一甲第三人授編脩偶與慧仙溫覯而兼纖麗素芬媚而具綺旋得一已足以魂銷心死明年生捷南宮又以二之貌蓋亦在伯仲間慧仙前事曰遲我一科固無所憾特不能自此同在史館頗相得偶值春暮芍藥盛開以償君曰乃出甲乙則始命為之從中關說竟出萬金為酬儀自此同在史館頗相得偶值春暮芍藥盛開企慕意乃出文示其見命為之從中關說何況老奴慧仙亦恨觀面之晚二女之貌蓋亦在伯仲間慧仙某生招生往飲酒酬言及伍相國旋當必有故某生曰我家世事伍相國甚虔春秋設祭數十年不懈前年廟貌率新甲於一郡施其敵試以此納粟為上舍生促往應試潛易男裝代入矮屋中三場畢辛人無知者榜出竟列高第新漢皋伍相國祠輪奐華麗棟楹崇宏一時罕儷江上築小廟以供漁翁香火頗有政聲捐廉萬五千金新漢皋伍相國祠輪奐華麗棟楹崇宏一時罕儷江上築小廟以供漁翁香火頗著求免風濤者甚著靈驗

海外美人

陸航汀州人家擁巨貲有海舶十餘艘歲往來東南洋獲利無算生平好作汗漫游思一探海外之奇請於父母不許娶妻林氏都閫之女公子精奉棒得少林指授能禦健男子數十人當之者無不辟易每逢海船南還輒述海外奇聞靈事心為之動於是夫婦時談出洋之樂躍然期一試數年間生父母相繼逝服闋即招舵工集議謂歆長於風雲沙線歆稔於經緯輿圖說遴人又選船工謂歆堅捷便利衝沙涉濤眾舵工進言曰與乘華船不如用夾板舶不如購輪船舶與用夾板不如購輪船可繞地球一周而極天下之大觀矣生哂然笑曰西人未入中土我家已世代航海為業何必恃雙輪之迅駛而始能作萬里之環行哉急召巧匠購堅木出已意製造一舟船身長二十八丈按二十八宿之方位船底亦用輪軸依二十四氣而運行船之首尾設有日月五星二氣筒上下皆用空氣阻力而無轇轕煤火駕舟卷弩八卦道夜船中俱燃電燈照耀逾於白晝人謂自剏木之制興所造之舟未有如此之奇幻者也擇日出洋親朋咸來相送生設謔高會珍錯羅列酒甜醴鐵如意而歌曰天風琅琅分海水泛泛招屏翳而驅豐隆分歔一葦之所杭我將西窮歐土分東極扶桑瞻月升而觀日出鄉歌激越如出金石女赤拔劍起舞盤旋久之眾皆見剣光而不觀人體萬道寒芒遍人毛髮須臾剣收人現仍收人一弱女子也眾皆掌稱善既入大洋颺風忽發船簸不定生命任其所之今乘風直造乎帝鄉歌聲激越見夫婦冠裳善走男女皆肉食金齒麗女子肌膚白皙見我之舟皆指引睇視男女並行人村落古柏參天幽篁夾路一澗橫渡以略約隔澗茅廬四五椽頗似中華宇舍餘皆板屋眾過橋叩門一老者扶杖而出詰眾何妖好性畫眉染齒風韻稍減見夫婦登岸趨前訊語喃啾不可辨挽生同行一老者自言曾至中國讀書京師十餘年南北方言略有所曉問生從何處來生具告之邀生至其家小憩眾漸散去有一二肤似官長隨老者俱至此久留不能去碧色味甘老者謂此為日本外島歲時貢獻明卒有三貴官乞兵至此久留不能去具色味甘老者謂此為日本外島歲時貢獻明卒有三貴官乞兵至日禱於神前願作長

人以殺敵一夜其身暴長狀如巨靈人見之悉驚走後三人俱眼藥死既而身不朽遺命建一亭於通衢置尸其中四面但有欄楯而無窗櫺俾行道過彼者皆得入而瞻仰有以一瓣香誠心來拜者吾三人陰靈有知必起而答拜生請一覘其異其老人遂導之往具見三人皆明代服飾中一人貌幹魁偉鬚髯似今之徽州詹五生遂肅然伏地中一人半起其身合手作禮生與老者俱懼而奔問者以三人姓名則曰代遠年湮無從考矣生居島中十日一夕西風大作遂掛帆行觀至馬達嶼泊焉登岸游行見一處藥高臺瑩光怪陸離璀璨甚衆夫婦亦前而薄觀之臺上南面坐者以赤錦纏頭窄袖短衣上懸綴以寶石火鑽光怪陸離璀璨耀目其人面作鐵色約三十許臺上有扁梵字英書辺生不解問之同立華人方知為臺下大譁樂鑾又作一粵人後繼以開人皆下固不虞哉相持一時許一吐氣騰身竟上人見一中華女子駭甚占一隅恵生平教習師也短小精悍名下賀其成功者女曰我當為日人一吐氣騰身竟上人見一中華女子駭甚占一隅恵生平音韻激揚若賀其成功者女曰我當為日人一吐氣騰身竟上人見一中華女子駭甚占一隅恵生平藝力兩相博擊女捽飛纖足中其膺其人蹲地嘔血女謂其儘將死近前視之不意遽起丈許以雙手扼一粵人後繼以開人皆下固不虞哉相持一時許一吐氣騰身竟上人見一中華女子駭甚占一隅恵生平女之喉女內則運氣外則亦以雙手抱其其項之俱殞生登臺收其尸則呱然一聲嬰兒出自襟中蓋樂作妊已七月至是用力過甚而胎遽墮也孕兒尚生抱之而立於毋人畀女尸萆於女戶畔於可付我撫育之二十年後當見君於羅浮山麓之墓生既喪患形單悽然就道長年林四妻之遠族兄也謂生日闉西高邱樹石碼日中原陸攜人林氏之墓生歸覓影隻形單悽然就道長年林四妻之遠族兄也謂生日闉西方多美人俗傳有女子國距此不遠盡於海外真佳麗且減慈思當有妙測定羅針徑向西行月餘進地中海口地名墨面拿意大利國之屬土即史書所稱為大秦者也甫泊舟即有求售珊瑚寶石者屬至莧寓解襄為遊歷計寄中多婦女長裙曳地羅袂生香手中均操箏琵諧樂器詞之皆樂工也午餐既設衆樂畢奏錚

鏘聒耳座客搞以銀錢二三枚自生聞之異方之樂祇令人悲耳越日有一別國巨舶來泊生舟旁生視船中指揮作主者華人也其人見生中土策東亦異之與生殷勤通問訊方卷客住漳州固同鄉也招生登舟入內艙在前奔走趨承者皆美麗女子粉白黛綠姿態極妍生問若輩伊誰其人曰皆妾媵之屬久充下陳備箕帚而捧盤匜者也生不覺生體羨心曰天賜豔福何修而得此客笑曰君欲之乎當撥其尤者以奉贈即於左艙呼二女子出曰君視此佳否問其名一曰真人一曰素姬皆長眉入鬢秀靨承頤媚態花嫣豐肌雪豔較前所見六七輩尤嬌姚溫存也生不禁魂銷心醉躊躇問需聘金若干文君曰但攜歸買諸玉鏡臺前安心消受可也舟中惟此二女為全壁下體亦佳餘則如習鑿齒之半人耳生聞言索解不得客曰如此天仙化人雖量珠十斛素壁連城亦未足多也客一日吳市看西施高須輸一金鑀此則不消破費半文君以為若輩美麗天生乎抑人力乎曰此真海外奇事聞所未聞然不免橫陳時如嚼蠟矣客又曰其國修人之法但行於女而不行於男以真形定當赫殺修價不貲錢少者僅得半體其下依然不及平日從不去身惟洗濯時一脫耳子所見皮可之生忧然而悟曰此真墊法先製人皮一具薄如紙絹上一耳目口鼻中至胸乳腰胯足趾無一不備既蒙其醜易而為美其法亦先下逮髀股之自嬌揉造作也生聆此一席男以修男者法未成而遁死也今其國鞭販女於遠方人多見其美而不知其出與真通肖至於香溫柔滑膩理靡顏雖真者猶有所不及然黠惡其所得實未見如此修者曹身所得故以全體修人體使醜話不覺毛髮盡戴顧遠成菩薩子將泉必由此二女得悟大道余倦矣君盍歸休生甫舉足揚帆遽去生返視二女媚眼流波嬌姿生情顧盼之間自饒丰韻日夕對之彌覺其美既歸里門即以二女為邃室不復言嬰二女當盛暑時亦裸體竊窺其浴亦如常人因疑客所述為戲言惟生平從未一至羅浮云

乱仙逸事

柳翠雲明季官人舊隸杭州父德明固名秀才僅生一女劬書史長習詠吟年甫及笄容姿綽約體態輕盈見者以為神仙中人不啻也宏光南渡妙選才人以充後宮女亦預其列臨行別父母泣涕不可為而宏光在宮中日事謔游繁經瑄籍破愁城往往自宵達旦大兵下江南諸臣迎降宏光適去女為胡珽所獻於某王麾下女宛轉哀祈帳淡玉顏有若梨花帶雨王憐之繼歸冀得重與父母相見其母路氏時偕鄉民避兵村落有王十一者給云送之往遂挾女至漂陽投潘奴潘名茂江寊彭氏僕也素以築鷩稱橫行鄉曲至是乘亂據城甲馬淘淘漂陽城北有太白樓往日名流賦詩飲酒處也潘奴閒之使數十女奴環侍而命幽之樓上女伴作臨窗眺望時騷身赴樓下死為左右女奴所持不得遂潘奴聞之欲數死賊防閒盆嚴閒明之虢七王者駐兵千口盧中書家同駐兵張渚知明亡消息乃殉難於丁山嶺嶺距戴年僅十許里賊亦馬潘奴敗賊黨挾女將奔廣德行至漂陽南門外三十餘里有鎮曰一聚落也女恆欲竟死
順道趣此探明兵已潰散逆不復留徑馳至棉嶺距漂陽南城六十里賊四出縱掠民家有宋連壽者世居棉嶺後岡芥去棉嶺不過二里許素以巨富著名盧舍櫛比阡陌中推為巨擘賊排闥直入搜得家釀數十甕縱飲沈醉狼藉臥地守者其防遂疎岡有大谿迴環水聲潺溪不絕側有大松樹亭亭若蓋
百餘年漂陽諸文士於長夏賦閒灣埽靜室結社扶鷩女乃仰天而歡曰此乃我死所矣解帶自縊當時莫有知者後亦
少仙才士誰憐殉節人繾綣末如此且云於太白樓下欲死而俱不得及至棉嶺乃得以身殉馬又不能殺一賊而與之俱死足惜雖沈魄於山阿未覲闔揚於火奴國法未誅以節烈之名媳垚多故於非命史冊不載一心耿耿此意茫茫雖下樹下能不傷心死於燈影將闌爐香未滅聊陳往事若得發為歌詠譜入管經或賜以表章載諸志乘則雖死之日猶生之年

翠雲感且不朽由是女之名遍傳於世好事者求其墓在溧陽城外二十里為樹石碣以志焉華亭高樂房孝廉崇瑞東鐸頴上曾徵詩於諸同人上海父杏坪茂才采女事入雜錄而繫以四詩云節烈流傳湖漂陽寒泉澗底姓名香深宮未得君王寵一死長留壹隊光名媛才調出天家阿物潘奴敢駐車尚有費宮人娘美宮牆一樣女兒花太白樓邊誦淚落花飛翠冷孤村丁山嶺外松林下永雪無瑕玉魂宏天子太風流歌舞場空跡未留獨有青山理豔骨芳名喬木共千秋又有程名琬吳興人出自世家幼即延師課讀於唐宋元明諸大家詩皆能琅琅上口喜為韻語偶爾落筆便自斐然上有二姊長曰伯璆次曰仲琳咸能識字知書女年最勁而性最聰敏每值閨中倡和女詩獨先成往往獨探驪珠壓倒元白羣呼為不櫛進士父尤寵愛之視為掌上珍壬戌春初湟上亦時有風馬申讋逆南寶江浙淪陷頴先期徙居鄧尉得免於難時女年僅十齡也旋以鄧尉亦不可居乃貨扁舟一隅葉作浮家泛宅漑酗間女於倉皇急難之中不廢吟詩遠後粗定避兵謀食者羣聚於滬瀆一隅遂亦寄跡申浦上女稍長容益美豔不恨塗澤而其秀見者無不愛慕臻至壬戌春初湟上亦時有風鶴之警或遇南覽或遇枯木寒花斷橋流水輒低徊不忍去有時別鮮書字坐石看畫偶獲一二佳句即鐫諸竹樹之間以為常一日短牆外忽露一人面古貌疎鬚黃冠紫衣此程明府女公子也汝出家人何不自知園扉進見女長揖女亦袒袿答之旁立女婢即叱之退輿夫謂之曰此程明府女道士可免矣而四顧而道士已自勿冒昧取辱道士曰吾本欲一見蓋宫仙子偶爾謫降紅塵耳宜度為記行既至女父立延見於客座道士狩然問曰女公子曾諧姻事否曰未也曰此姻事有吉無兇其妻語弗永問父甿之道士笑曰我固知君之不能從也飄然竟去女父因述其於諸姊妹間哇其妄語獨女俯首默然有所會久之日見斯人女居如皋兩年甲子春間賊勢漸愛李宮保觀虢勁旅轉戰而

後聊齋志異圖說

亂仙逸事

二十

一七三

卷四

前克復蘇垣時有降賊示服順而內懷崛強官保持新之以徇於軍中熟後反側子以安而人心乃定女思
鄉墓切邃於金閶門外擇三椽以居焉富女舟楫往來時為營兵所窺見驚為天仙化人思欲得之以官家女
未敢遽爾孟浪某少尉與營兵相善而亦識女父銳身自任代作氷上人營兵以階級固當得官囊中蓄積頗
富因以重利啗之女父聞言然作色曰我何蟲豸乃欲匹我耶揮之出門外營兵以陷級懺刺骨十二月二日
天寒欲雪彤雲四垂女父方以勾當公事外出是夕營兵竟料眾破扉入劫女往僻地遁之不從乘間自經死
營兵懼禍薄葬之於虎阜白骨塔中以滅其跡女年僅十有四歲越數年謝君綬之設亂壇於桃花塢精舍學
道參真冀有所得時九月二十夕間涼露殘月巳上一二三同志共為扶鸞忽洞雲仙子降書云我生不辰
少遭亂離幸免餘生於紅劫反遭逼勤於綠營正標梅待字之年經落葉傷心之慘黃金有價難移嫩日之貞
白壁無瑕自矢嚴霜之操命拚一索魂返九原乃蒙天帝褒榮冊封洞雲仙子得超鬼籙許列仙班供職紫霄
青鸞作伴厕身玉洞遂遊行懷前事以茫茫舊情兮脈脈青年姊妹都為望帝之鵑白髮爺孃難庇將雛
之燕故鄉灰燼血食無靈仙伏連遁思歸有夢蘧者蕩城出使梓里偶經聽到烏啼肝腸欲裂感生瑩絮彤影
自憐哀勁節於千秋煩君兔管攄幽思之一縷在此鸞壇又為七絕兩首云形車下九天精神恍惚鑿爐
烟塵緣已了鄉心在願侍爺孃不羞仙一領銖衣冷襲裙故圓下臟已成壚有人問我修真訣雲度飛鴻月善
魚又作即景詩五絕兩首宵深人語靜秋老月先疎試問紗窗外花壇掃也無開窗望秋月凝睇怯太息或云
冷梧桐落流先釀曉寒書罩寂然同人方擬再有所問叩之亦不應座中有微知其事者咸為咨嗟太息或云
女之姊妹二人咸於如韋化去大抵才貌兩端皆為造物之所忌而如女之猝遇狂且懷貞抱璞以死剛光可
懇也聞當時營兵逸去莫可蹤跡女父以微官而在下位不能一伸其冤采訪事實言之當道以請旌表此後
死者之責也柳程皆以一弱女子而能禦強暴而不撓臨死亡而不慴贖眉且愧之矣嗚呼豈不足為巾幗光
哉合並書之以垂後世

卷四終

笙村靈夢記

出鹿城西八九里許有笙村焉古隱君子之所居也相傳王子晉緱嶺仙去曾小駐於此村人聞笙聲縹緲雲外故有是名村中舊住申姓者巨家閥閱也立規字月舫已入邑庠為諸生顧有文名工刀筆鄉里有睢眦怨者輒控之官以是咸憚之生一女名慧貞字韻秋幼即通書史工詩詞年甫及笄所作新詩已傳誦人口有雜憶七律四首始以自寄所思也其一云遠山如黛水如油觸撥無端憶舊游怕慈春寒風剪剪題前事月鉤鉤新梳蟬鬢名樊素自畫蛾眉號莫愁垂楊烟雨裹幾重廉幕幾層樓其二云棠梨院落枕門長雨開風夜斷魂小字斜行時寄恨落花飛絮無根鴉頭鞢試新翻樣鳳子裙襦褶痕如豆一燈秋不下此情消得幾黃昏其三云不怨多情只怨才天邊鴻雁費疑猜清風明月都無賴小閣疏簾總不開偶讀書緣病起自憐花譜怕人來富年真癡絕要情徐陵序玉臺其四云性喜爐香亦喜茶詩篇畫筆過年華秋風庭院三重慢雨簾櫳六幅紗科行飲酒偶思破寂獨看花黎屏昨夜涼如水數盡星辰斗柄斜城中諸名媛見之自歎弗如遐邇近仰慕其才咸來求字低昻終不就女意有所屬遂由是抑鬱生疾日就瘦削未幾竟死芳年僅十有六女父傷之即葬於屋後黎花樹下玉笥生無玷長洲名秀才也嘗屋後小園布置頗雅壘石當屏雜花成幌小橋流水曲徑通幽有蕉香小榭綠天深處皆精舍也生因春荷其申浦上為寓公夏間體中偶患不適思之即冀藉以消夏用遁長日月舫固與生為忘年交遂招之往屋後幾與世上紅塵隔絕自閉門覓句仰屋著書之外了無一事一夕讀書至三更微倦隱几忽一女子珊珊來前媚眼流波嬌姿奪月長眉秀靨妍豔罕儔迤至生旁斂衽作禮生驚起相揖詰所從來女笑曰妾即申家女子君豈未知耶詢其字曰蓉卿因以十月生故名坐談既久漸入游語女問生近作何詩硯底露詩箋一角因取觀之乃有憶三絕句也其一云悃悵懷人強倚樓夢魂欲渡怨無舟落花湖上知多少不及儂心萬點愁

其二云蕉簾秋意月昏黄小榻熏殘豆蔻香勞我今宵翦燈坐薄羅衫子耐新涼其三云小樓曾聽誦詩聲未了三生石上情無計著書且閉戶不緣修道總緣卿女曼聲吟哦畢遍拍生肩曰所憶何人可直陳否生曰所謂美人在天一方相思不見我勞如何女曰然則君何爲也女曰君未婚妾未嫁葢筍兩心相同何處不諧生處短緣慳撮合不能與卿偕老始亂之而終棄之君子所弗爲也或翦燈作字或對月聯吟雖逢風雨女亦遂娃香繾綣於夫士前訂爲夫婦攜手入幃極盡繾綣自此女無夕不來一至妾房之去生曰此豈卿作耶何爲秘不示人女曰今夕妾輝何不一至妾房破君疑竇但臥室後窗正與巧姨之房相對君勿作聲恐其耳屬於垣也生笑應之邊興偕行不㡯數十武乃至室在一高阜蹐石級而上門外梨樹數十株綠陰繽紛漏月光女自啟雙扉導生入小室三椽倍極幽雅中懸扁曰紅鞓閣左爲女書室閣中鼎彝充物播架房中帷帳衾枕更形華煥女曰婢已早睡不能喚起蕭茗偶繙繡案冊上題曰韻秋女士漫稿甫欲展閱女邊拳之去曰夜不能嫌簡裒生偶繙繡案冊上題曰韻秋女士漫稿甫欲展閱女邊拳之武巳至室在一高阜蹐石級而上門外梨樹數十株綠陰繽紛漏月光女自啟雙扉導生入小室三椽倍極幽雅中懸扁曰紅鞓閣左爲女書室閣中鼎彝充物播架房中帷帳衾枕更形華煥女曰婢已早睡不能喚起蕭茗偶繙繡案冊上題曰韻秋女士漫稿甫欲展閱女邊拳之去生曰此豈卿作耶何爲秘不示人女曰此間當談風月復何暇及此冷淡生活哉是夕生宿於女房之去生曰此豈卿作耶何爲秘不示人女曰此間當談風月復何暇及此冷淡生活哉是夕生宿於女房天未明即呼生起時月巳落乃籠紗燈穿林行甫抵閣雞已鳴生迴顧女倏已不見異之翌日生微覺體俙散步園中聊抒積悶信足所至路頗曲折偶憶昨夕所經之境尚違踪䟴瞗爰循之而行既至園之東偏別有一雞落依樹作墅扁竹爲門生入再觀焉中一士郎立石碣曰申韻秋女史之墓生見之慄然不覺毛髮皆戴乃所遇乃鬼也旣暮不敢歸房獨宿伴牀有疾呼其僕樸被來伴而來乃舍弟猶愡愡三更始入睡惝見女舍君伶仃而來摧殘掩抑不勝情謂生日妾當爲君婦君夫人瑤臺頃破冥緣盡於此矣然冥緣之終卽世緣之始妾今夕將投生杜家亦鹿城望族十六歲當爲君妾他日訪杜上舍第三女公子卽妾也事無不諧君宰記勿忘叮嚀再三而別生送之出門見魚軒已候於門外女灑淚登輿生方欲有言輿左一人服

白衣冠面目猙獰揮鞭擊生背遽然而覺侵晨寒熱大作故旋里生恩其忘也將夢中所言密誌於薄至時
生妻患病甚劇日詢三醫咸謂不救毘陵包桂山不以醫名而精於岐黃術偶以事造生齋見生似重有憂者
詢生具以告包自請入診投以藥石三日而愈生後以赴約至鹿城將及聞兵警折回笠村仍宿申舍夜半女
忽至呼生曰王郎尚憶我否此別荏苒十七年矣妾自降生杜家前因未昧日日盼君來年及笄好約終虛抑
鬱成疾通緒冠踽城四出侵掠妾在近鄉不及避見妾貌美邊加逼辱妾忿不從抽刀剌之遂被害上帝憐妾
貞烈命列仙班妾以君祿秩未竟乞上詢仙官知君夫人以曾行一善延壽兩紀妾於七年後仍富下跂紅塵了
此一段因緣也生方攬君諝仙忽自梅中鑼聲大震驚諦至生遽跟蹤著哀起登舟遍通越知說傳
驚魂乃定迴思夢境歷歷在目顧屈指此時齒已逾花甲矣忖必無是事姸夢不足為憑也遂置之越數年
偶偕同人入小蓬莱館扶乱符籙甫焚乱忽村中鑪神降寫一絕句云梅花城外海疎鐘相見千回在夢中剌有思君
兩行淚春書罷寂然而亦不復矣座中惟生知其故憮然默識於心秘不告人生年至六十五猶康強無恙
過此則天荒地老永無會面時矣復書一絕云人間萬恨累多情往事零星記不清他日相逢應識我紅鬚閣
生於琴川陸家以續書姻記取虞山下第五家門前有梨花十五株者即妾所居也十五年後重與郎君相見
間春乃鹿城申諝秋女史是也為藍珠宮司花侍者以與玉郎情緣未斷茲將託
生於琴川陸家乃作杜鵑紅下云妾復山下第五家門前有梨花十五株者即妾所居也
得列前茅者以為榮如占榜首聲價倍陡至時琴川盛行女子說平話士大夫家諱客每呼來佛䑃每歲品評甲乙出自花榜
秋間妻忽以疾殞哀悼不復有琴川盛行女子說平話士大夫家諱客每呼來佛䑃自遠畢集生友欵解生哀
思同勸生往亦不駕然頻至登覽俠旬遊廠無不遍至虞山下第五
果有陸姓投刺求謁立即延見主人生五子皆在塾讀書盡令出見第三子僅十五齡美秀而文容貌約略似
女見生似曾相識目灼灼諦視若有所思生為朗吟前詩似領會然男也非女無可置詞廢然而返

白素秋

田碧秋名佩瑑揚州人而遷於吳父並生固江都名孝廉家素封而工心計饒蓄積以是有田萬戶之稱顧年逾大衍僅生一女尚虛嗣續愛女若掌珍一切悉隨其意女喜讀書特為搆樓五楹以藏經籍奇編異帙搜羅殆遍女年及笄姿容婉麗舉止令嫻欲早擇婿而甚難其選吳門有任秀才瑞圖者以學問文章冠羣彥一邑中推為巨擘家資猶未有室生貌固翩翩娟秀一日女方與鄰婦小立門前生適趣而過婦指謂女曰此秀才中之翹楚也聞其文才必作狀元卿不知誰家多福女娃得以消受耳女注目視之似許可既夕歸房娠娠不能成寐微聞窗外有彈指聲詢為伊誰曰我即日間所見之任生也感卿顧盼有情是以犯瓜李之嫌冒昧來此簷際風露甚冷請即啟門女卻立躑躅不敢答項之門已入內向女長揖女亦袗祇還禮請生日此來只為慕藝請近褻媟約束當無非禮相干妾亦能從也生日此來只耳目甚近請果蒙垂愛無不諧茍非禮千妾亦能流窮其旨趣哉因與女東西對坐娓娓談詩自漢魏六朝以至唐宋元明靡弗討原所以耐宵寒耶女仍低首拈帶不語生笑指之日自恨識不及此鴛鴦嬌帶得以常近桑間濮上之行妾弗能置諸上女亦不拒因邃成割臂之盟女謂生日在天願作比翼鳥在地願為連理枝生世世永弗相離焉自此恒與女微笑不言生移坐就之戲覽女袂日羅袖薄弗討原所時迴別生問女日卿真我之知己也奈風緣將盡不得久留何女請其說則日至時將自知任生是日偶經女門外驟觀女容殊驚其艷歸視徘徊然後疾趨而過既回齋舍挑燈讀書轉憶容華頗涉遐想几假寐夢中忽覺有推之醒者且笑之日玫書客何竟作聽睡漢敢耳畔鶯聲嚦嚦口脂之韻直透鼻觀欠聒四顧則一

絕妙十六七歲許女郎立於身旁細加端詳即日間所見麗人也因曰卿非田家碧秋耶何能至此頻觀芳容不禁心辭今乃不召自來得覩香澤真是幾三修到邊擁之入幃代解束雪肌乍露玉體橫陳此樂奚啻天上不在人間女竟夕無一言天明悄然自去生自與女相遇枕衾衣服芬芳襲人女亦每夜必至舉杯對月前燭繙書風雨之夕輒撥琵琶歌長短調藉以消遣女欲量甚豪醆百觥亦不醉生弗逮也女偶問生能詩否生日風心所好豈有不能特愧未工耳越夕女出詩一卷授生題其籤曰瀲紅吟略一繙擷慈兕餘最是未眠時繡幨深沈恩悄然寒燈挑盡環依儘湘簾月只有鐘聲到枕邊大抵皆閨閣遣愁之作七絕四首云凄然擁警靜對香篝侭著薰籠鐵漏正長狼藉拋殘繡牀夜深繡得兩鴛鴦鸚鵡康前嗔嚥寒羅衫清淚幾曾乾落紅滿地無人掃祇恐多情不成眠看珠瓏不捲雨如絲眉譚新愁尺鏡知深院一燈紅似豆贊之日此女學士可與溫李分道揚鑣矣一夕生以赴友人讌晚歸則室中紅燭高燒案上杯盤未收拾燭之惟再三審其容初不類碧秋生乃以此生不因眠於側欲觀其雙之女始轉輾有聲生正足惟於懷曰女何以此敢眍賦饞食視之女睡正濃頰微酡鬢晩霞將散又如海棠春夢乃攬之於懷曰美乎女曰君何時來此生曰卿果以我為姊妹耶不逮碧秋為愧令生頰生日此君模正目照笑曰今日拾燭語於懷曰美戴乎女曰君何時來此生曰卿果以我為姊妹耶不逮碧秋為愧令生頰生日此君模正目照笑曰今日觀妾與碧秋孰美生曰白氏素秋也不在側卿自堪獨秀一時尹邢婚旦可稱雙美女以纖手彈生頰曰此君樓廬山真面目為君識破矣妾乃白素秋前生也兩姊妹行每以貌不逮碧秋為愧每以白氏前生也兩姊妹行每以貌不逮碧秋為愧措耳後來當有定評特妄幸征酤亦非計也鄉關已捷然後遂永人往說當無以書此行後來當有定評特妄幸征酤亦非計也鄉關已捷然後遂永人往說當無以書異可也鄉關已捷然後遂永人往說當無以書棱語後女曰妾有私感交什留與共宿極盡繾綣早起女已不見自此絕跡如不事成幸勿忘我生方慮阿堵物不能猝辦謀貸諸戚串一日晨起有叩門衾見著則一有神助榜發裒然高列求婚女家允為生方慮阿堵物不能猝辦謀貸諸戚串一日晨起有叩門衾見著則一

美少年也手持五百金并尺一書曰此素秋所以贈君者生方擬詞女居窺而少年已長揖出門去生於是擇
吉行禮至時賀客盈門彩輿登堂笙簫並作嫁娘既扶新人出輿則輿中更有一人相將齊出並皆紅巾幕首
盈盈偕立賓從盡驚內有識者請去巾以觀孰為田氏女則真贋自别邪正可分既卻扇兩女皆豔絕如神
仙中人嫁娘白客此田氏女碧秋也特不知上立者為誰生固識女向客縷述前事且言兩次贈金於我
故恩至而情深者客曰然則不如另設青廬並納之致英皇之故事亦何不可生從之蹀躞於兩者之間怳惚
固相得而兩女亦相愛悅並無情嫌三日廟見諸女伴咸定田女彌月歸寧白女曰禮豔評白女曰繼麗燕瘦環肥
娃皆佳妙而白女秋波明媚無覺秀絕入衆兩女甲乙遂定田女彌月歸寧白女曰我家在金閶門外鄧尉山中一擢烟
家果在何處此一月中鄉母未嘗遣一价之使相臨何必遽欲往還女曰我家生戲謂之曰鄉
波朝往夕返君何不偕行一識岳家生從之既抵其舍則肅客出迎門外者即前日贈金之美少年也詢知為
白女之兄其室開閈高峻棟宇毗連世族繼而設饌相欵畢陳異饌佳肴不可名狀僕從犒賞豐盈
亦甚歡悅始有疑也生於碧秋女史三生石上舊有姻緣渠於門前見異有笑語聲陳窺之見一
少年悅以為作合轉令素秋女弟完璧以貽君復使宛轉贈金諧君姻事其報君也可謂至矣且君秋慕才愛德
但知有君而不知有弟於從一之義亦無愧焉生詫以為妖迴顧頔懸有寶劍邊拔以逐之少年大笑而起
諸藏獲開之畢集室中羣呼助生操戈縱擊轉瞬間少年容貌衣服與任生無異一時室中有兩任生衆莫之
辨喧噪彌甚俄見一任生總出門外招白女與別曰我將應招游於十洲三島間矣五百年後重復相
見又謂田女曰善事任生勿以我為念言訖聳身入雲際冉冉滅

阿憐阿愛

阿憐琴川人家住虞山下父兄素業農種負郭田十餘畝足自給女自少即具媚態又嬌憨善俟意旨能取人憐故字之曰阿憐及長姿首妍麗靡曼風流光能目挑眉語附近少年子見之無不颺魂喪魄神志顛倒琴川故多詞史以此致富者珠不乏人女由此亦習歌曲彈琵琶漸作倚門生活閒混上為繁華勝地遂以一舸載之來初入王家句欄易名寶珠章臺既進豔名噪一時枇杷巷裏寶珠遊雲同時有兩寶珠遊芳響固冠以小字別之時有琴溪某公子者天下豪俊士也於書無所不覽悉能通其大意尤好兵家言偏求天下奇士陰識之於窮鄉僻處傳人廣眾中厚相結納日以備他日用於形勝阨要所在瞭然指掌往往憑眺徘徊不忍去喜舞長劍躍駿馬當夷之間選募壯士教以兵法以期拔寸草成一隊嘗以一聯擇其門曰家有八千子弟胸藏十萬甲兵東游日本購書之外出重價得倭刀十餘柄皆數百年物也霜鋒鋙利砑鐵如泥時出而拂拭把玩之天南遁叟航海東渡小住神仙與之相見友人呼一妓來俏觴一見生停眸含笑似曾相識生亦目屬之因詢其字曰寶珠友曰何如曰羊神游詭以直八十萬軍中遲研樓蘭頭懸於肘後復何美乎斗大金即命哉遁叟公子彈鈌作歌脫匣出刀示遁叟曰以此直八十萬軍中遲研樓蘭頭懸於肘後復何美乎斗大金即命哉遁叟曰壯哉請為浮一大白琴溪既東泛扶桑西窮作汗漫遊冀環地球一周未發先經滬清友朋翩之遊由此開筵置酒日夕往來纏頭之費皆見所未見聞所未聞因是深惡既與諸友朋單平原十日之飲慨然就道狹邪問柳尋花俄有所屬生視粉黛如土買笑當筵造無意者最後友人呼一妓來俏觴一見生停眸含笑似曾相識生亦目屬之因詢其字曰寶珠友曰何如曰羊笑當筵造無富者最後友人呼一妓來俏觴一見生停眸含笑放權美洲目之所經身之所歷皆見所未聞所未聞久之竟能深惡亂生既與諸友朋單平原十日之飲慨然就道學咸欲探其聞真寧厥源流而於語言文字先為入門久之竟能深惡操西國土音三年既屆鼓輪而旋重返中原之幾若別一世界聞息紫申浦少洗塵寫諸友招飲巡環舉酒屬賀座有遁叟非花不醉立折赫蛻一角招其所眷

來姻婷秀倩果冠羣花指謂生曰此陸氏解語花也小字月舫霧裏看花客曾集詩句作楹聯贈之云清風明
月不用買東船西舫悄無言雷請天才人橡筆書之為花國增光寵生曰諺所識姊妹花者高在平康
即時招致至則丰韻如前苗條昔生躍然起曰此真一朵能行白牡丹也彼魏紫姚黃浪得名譽耳浣盂更
酌賓主極歡斗轉參橫始各散去是姬本姓霍小字宛玉生長金閨姊妹數人姬年最劾行次當天上鮑生
數及笄年華芳聲遠著諺言尚未梳攏其實早有所屬矣北里結習大抵皆然蓋齒齔即敎歌舞固無難設法牢籠
使墮縠中也姬名阿愛言客見之者無不愛也是夕兩情相印幾有願為夫子妾之意望日設席於天香
小榭招生往飲生午醉甫醒忽聞叢薇上戛戛有聲若兩鼠相闘俄隱隱聞人語云渠現於海外挾厚貲而歸
若阿設計消耗之使盡歸我書中耶旁似又有一人曰此亦何難只恃愛兩姹子足以了之矣生吒之聲邊寂
方擬披衣起條見一碩腹鼠拱立於前聲呦呦若數錢投之旋滅而阿愛方鳥至蓋催赴綺筵也邀
兩姊妹迭相酬酢間海外風景闌燭跋送客生與愛分榻而卧項之生已入睡鄉朦朧間見有六量
子服白綃衣東紅綠帶玉雪可念跪於牀下叩首辭行生問其故曰今將別也恐不得久留君矣
者敧睇視之則女方以纖纖玉指撮弄作西方佛法以手出精狀生笑不可卽曰君自謂為道學中人
欲探其幾無從入手俾甚困姑聽之轉身調息仍入黑甜夢中似覺有人褫其褌者又似覺有人捫搎其下體
忖非欲使漁父直探桃花源歟竟移枕就女方翼花開並蒂結作同心訌知女以食周裏其身嚴密無少陳生
夕中姤至三眠三起生非溫柔鄉中人故不能解此多情磨折也明夕又堅留生宿待之亦如是生意徵悟自
一點禪心已作沾泥之絮又何作此崛強醜態以向人哉此中之意無把握可知也生笑不答欲犯之則又不
可未幾天已大明遂起第三夕生與女同眠一牀其母襖被來睡於別榻抑若唐室之有監軍使者是夕女之

欲合復離將迎旋拒仍若前兩夕生不勝其憶雖在羅綺叢中粉香隊裏無異幽壑奸而繁桂梧向午始得出
急歸旅齋緘送之於其友笑曰此渠家姊妹衣鉢相傳籍此攫人金錢之手段也幸君能自持不為所惑
否則殆矣聞阿愛亦非完璧有王九者曾與交歡餘如某生者皆美少年亦在面首之列竟有傳其竟已
懷珠孕玉者生聞言憤甚握管書二十八字云傳聞王九宿鄉家紅豔凝香早放芽底事英雄偏愛厄三宵枯
伴海棠花擲筆遽睡見前日六童子復來拜於地生方擬擧手扶之忽化作元寶六枚固紮然白鋌也夢覺
思之恍然有悟是日謁客城外肩輿中見一姝徒倚門前容華艶止絕似寶珠遣人往問果寶珠也特今已
名阿憐又字蕙仙生念舊好遂往訪焉至夕設讌定情得完鳳約阿憐與生情意之密有若漆膠日間偶或不
往龍媼鴇鶩相屬於道生感其意阿愛之處夜半女泣謂生曰妾識君已四五年矣蛾眉易老馬
齒徒增尚未能擇人而事自拔於火坑妄覬風塵中人一經淪陸便難挽回故宜及早從良或能得所君氣槪
磊落心志發揚他日建高牙擁大纛非異人任也肯作賤下陳執箕帚而捧盤匜良所願也生辭以請待
異時阿愛於混曲烟花中稱為巨擘每季花榜出恒冠一軍所藏金玉錦繡充物篋笥火齊木難珍奇璀璨之
物不可勝紀其姊一日偶爾檢點鏡查於匣底得西國銀肆單百圓者凡一十七紙皆所歡業所贈夜度資
也其富可知已阿愛潤臉羞花圓姿皆月唇一點小於櫻桃足雙翹細於蓮瓣歌聲宛轉纒綿醉心盪魄
人阿堵物也無異探囊取物比之大盜不操戈矛无有甚焉而生能運慧劍以斷之真非常之士哉蓋生雖具
仙佛心腸英雄氣骨有時一往情深亦復千迴百轉特非登徒子好色一流耳其寄跡東瀛羈踪西域日置身
於眾香國中摶芳窟裏而毫無所染亦足見其皭然自守者矣嘗評兩姬曰寶珠使我憐宛玉使我愛嗚呼是
豈無情者哉

四奇人合傳

四奇人者生非同時居非同地趨道攸分操術各異而獨至捨生取義致死成仁大節無愧於天壤至理自在乎人心則一也當夫咸豐庚申之間髮逆擾江浙所至淪陷靡無一片乾淨土其時枕戈踣刃絕脰捐軀與賊相抗者忠義之士員烈之女所在多有至今言之猶凜凜有生氣不謂賤至於償婢倡優而亦能之一死弗顧百折不回皦然自著其奇節醴泉無源芝草無根詎不信哉所謂四奇人者一曰義民駱十八是也駱家封一附城村落也在紹興稽山門外義民駱姓忘其名行十八即以行稱辛酉紹興失守遍地皆紅巾十八慨告眾義不俱生平尚意氣重然諾以此取重於鄉里振臂一呼不期而集者數百人皆曰同仇敵愾殺賊即所以保家敢不惟命於是裂布為旗斬木為竿樵鋤鉏鋙於矛戰耒耟勝於干戈村之四圍列栅設阱為守禦計謂眾日如令賊得入一步即死鄰村聞之望風響應候之十餘日而賊不至命偵者往探盧實望晨即返日賊不足平也賊志在搜掠金帛淫掠婦女日夜瓜分其所得計少論多凌弱暴寡酗酒狂歌時謹於營被脅衛怨者憤之切齒我志若以兵臨之其城可唾手得也至時但當盛張聲勢彼必竄走十八掀髯大笑曰此正我儕報國之秋也我願執戈為前驅君等往咸持挺單先附和者幾萬人抵城城欬賊突出兵刃既接眾氣方盛賊伴半入城門忽開城外伏賊盡起蟻擊環攻眾多夷傷稍後者敗而奔逸明日賊悉眾出城圍報復也所至村落縱火焚掠十八持巨刀當賊衝大呼殺賊賊攢刺之踣於地繫之入城流血被面罵聲不絕於口一賊從後斫之首已隕戶猶僵立不仆賊憚而以禮葬之十八有弟早卒顧相友覺生三子今猶存一曰貞婢秋蘭閩人家貧幼即驚於會稽何秀才家為侍兒何秀才早卒家止主母一人與婢相依為命跬步弗離秋蘭年十六七頗姣姿態逼髮迓攜有自城邊避居鄉者屢矣一日薄暮秋蘭自外購物歸中道為所要留喑見秋蘭體涎之百計誘惹犯以非禮秋蘭泣訴於主母者

以巨金不為動繼而漸至強秋蘭大聲呼救地僻人稀寂無聞者通秀才族弟路經室外聞呼識秋蘭聲排
闥直入拯之以出使稍紓須臾珰至曰諸娘嫂揮賞屋者使去何婦固出自寒門夫逝世後家日益落
漸水需屨不給或日已逾午尚恆斷有江右巨賈聞秋蘭美而賢願奉以重金納為選室婦商之秋蘭秋蘭
初不語淚涔涔下曰主之待婢無異母之於女婢之視主母亦猶女也數年以來形影相隨甘苦與共婢已矢
事主母終其身不願他適矣何忍失身於齪齬賈人哉且驚婢之資恐有罄時又將余何不如留婢以十指助
善價鳳興夜寐寒暑無間竟以勞瘵其生越一年何嗣後送以母女稱秋自縫絍之外兼工刺繡售之鋪中得
薪之所需婦曰能如是乎汝真為我矣情環瑱一然北宮嬰兒子此
人之所難也女且不能況於婢乎如秋蘭者世有幾人哉洵可傳已一日情優陳桂軒者燕人以葉大官
故能操吳語劬蓄於某大官邸敷以歌曲風習抑揚宛轉音韻入神一登優隸能率能頃其貌人以是桂大官
愛之寵倖優渥鄒不常稍加罅加筆楚鞭笞視為常事其醉時偶觸所諱即手刃
人寵妾愛姬鄒不得兔桂軒供捧硯役大官邸上貴客頗憐桂軒請於大官固
鮑曇身賤中惟桂軒亦為所擯知其長於演劇賊首特加寵異封以偽官出入襄馬一日出外見一人敢衣履踣
不可鮑曰余一寒士宣能蓄汝哉此生當奧著不盡也桂軒因招雖伶為班首名噪一時江浙既陷
蹜行風雪中狀殊踽寒熟視之似曾相識邊問之曰君非鮑孝廉耶何一寒至此哉鮑驟觀桂軒瞋目屬髮曰
汝固廿心屈身作賊哉噫員我矣桂軒伏地再拜曰非敢然也所以稍緩臾母死者特為恩公耳知公已陷
賊窟物色公已數月矣不虞於此地見公今富貴所以出公請就宿余居商一善策鮑從之桂軒於恩公
得路照啟笥以綈袍贈鮑曰中俱金葉貨之當可以助資斧公可速行勿返顧我自能給賊勿追顧公賓夜出

城翌日賊目知鮑留桂軒所來索桂軒詭曰我令鮑業往南城購物當即還至晚不歸裹者省至桂軒度鮑去已遠即嫚罵曰我宣甘為賊用哉特欲援我恩人出此耳今事已畢今逝矣拔刃刺賊目殊其首而反刃自刎死賊閧之咋曰不意優伶中有此奇男子一日俠妓鄭滿仙可以風世矣滿仙揚州人而生長於琴川及笄光彩艷發豐姿婀娜勾欄中人兄之俱噴噴編道口箇妮子絕無崛强氣一洗維揚結習甚難得也既入平康首名媚噪富商大賈爭擲纏頭滿仙一不屑意此李生家雖素封而三千金非可辦滿仙持不可必囊金歸鴇母索價三十金如此好姿首詎不值此數耶妾當有以助君俾醱醃袴不衞顛倒之使其慘豔立破也妾鉄積寸累藏數來亦勿妄費一錢妾生來一訣遠李至賊營兵潰賊寇南竄說訛問馬三至城中達彼者紛然鴇入矣李每來必囊金歸鴇母漸覺防閒寨密於君所以令鴇母知計一二年間或可脫此火坑矣由是李好自為之城破妾必不被辱君能自保妾已附城下兩人相抱哭鴇以事急倉皇遁去滿仙乃出篋中金畀生曰請速去毋留君至賊雖死猶生也李涕不可仰促女同行而賊已斬關入矣滿仙揮生使去而自起迎賊警其艶女揣詞宛轉賊報國此時正大丈夫建功立業之秋顧勿以兒女子為念行矣李君好自為之城破妾必不被辱君能自保妾生自後門出厨中酒肴狼藉滿仙又入厨酌酒見生蝐伏積薪下自訐不可必問不可久處也導盆靡乃出厨中酒肴之投藥壺中賊遽醉倒滿仙曰此妾不可以身累君君可雖死猶生也李涕不可仰促女同行而賊已斬關入矣滿仙揮生使去而自起迎賊警其艶女揣詞宛轉賊生自後門出猶近城堞掔而下及地無傷亦招女下滿仙曰妾不可以身累君君可連行生猶徘徊仰視滿仙聳身自上躍下雙帶授生使繫而下送鮑聞李至得脫險投筆從戎積功至方面何君桂笙告于欲平為傳之駱十八郎其從舅氏行也秋蘭主母其族嫂也故言之特詳後二事余聞之毘陵姚君

蔣麗娟

蔣孫鑪京江名士也素為幕中上客年老倦游歸里小築三橡啟門著述絕不干謁當道里中人多欽其公正生一女名淑貞字麗娟少即聰慧長益秀美年甫及笄所作詩詞居然入槖庫序中少年皆自愧弗如遠近求婚者踵至而女父意少所許可逾年女父死女依寡母以居深處閨閣絕不外出時值清明女偕母上父塚甫登岸即見一生徘徊舟側若有所伺生丰姿秀出如玉樹臨風女縞衣素裳神韻愈妍生既驚女之豔女亦覺生為不凡四日相注顧盼情須臾生身亦至女迴眸顧視即俯首隨母而行紅潮暈頰燒若朝霞益增其媚生家墳距女父塚不數武設祭焚帛女亦同時既畢女迴舟街尾拉發船窗中時復窺見至河流歧處兩舟乃分駛生祖籍毘陵近邊於京江姓呂字伯輝拔萃生赤世族也是日見女神為之奪令舟子私相問訊乃知其詳既歸獨坐空齋頗涉遐想挑燈繙閱書卷漏已三下倦甚伏几假寐側聽簷瓦作浙瀝聲久之一燈熒然窗外雨聲甚惡舊恨新愁攪懷如擣忽閒有彈指聲問之則曰子即日間所見之人也方驚愕開戶不啟而已至編袂翩躚態度綽約顧其容與日間所遇美人絕不相類遂問卿果何人明以告我女曰余乃絕仙子蔣女前生同侍西王母香案蟠桃晏開君隨董雙成來賀捧葡萄酒進南極老人君飲其杯中餘瀝港蔣女視君一笑因此墮落瑤池君亦貶謫凡間事隔二十秋遂不記憶耶蔣女與君合有前緣余特告之蹀今始覺妾忍強暴以待君而君不至何負心耶速遣鴛媒好成駕膝倚明道隔人天路途永從此辭不復觀面恨識之舌諦視之乃以粉書於蕉葉上隨讀隨滅僅記數語云自謫紅塵十五年矣前因未昧夙願終乖遍訪高來此作撮合山蔣女自見君感觸前事即已幽填臆寄君寸織以伸前約出之袖中示生曰此即渠字也君花月即是葬妾時耳生為情人死為情鬼天涯地角冥冥此心幽明道隔人天路遙從此辭不復觀面恨何如千萬留意生讀之不禁嗚咽失聲遽然而覺淚痕已濕透書角猶覺人影亭亭如在窗外也生因疑女為

倩女之離魂意女必病望日賂買花媼往覘之則女固無恙也媼因言昨日出外游玩樂否又言隔鄰為呂氏
墓道呂家移居此間兩世矣擁貲鉅萬呂秀才文名籍籍試必冠軍擇偶甚奇現在尚未有室也女母聞之心
動謂昨覩其人翩翩若貴公子特未知其才調何如今聞姥言則圓文壇射雕手也彼若肯俯就則吾家阿娟
似堪匹偶煩姥無意間一往探之事成當即以姥為媒姻欣然力任其事返白顧未於生大喜立浣衣上
人為之說定擇吉成禮卻扇之夕女儀態萬方先覺豔絕枕畔論心生喎喎為述前夢女殊茫然因曰一切夢
境皆由心造彼夢中人即君心中人也特跡離子為余甚豔絕亦不可忘也愛絕幻仙子未主奉之於
龕歲時致祭焉生將赴秋試欲女同往金陵游覽名勝攬勝幾於俄屋莫愁湖畔雜花微啟石骨竹木蕭疏
頗饒幽致生與女出游或乘輿或湯槊臨水登山探幽閫勝隘於排日尋歡一日偶往妙蕃小憩啜茗遊女
如雲絕少翹然特出者生逸見一女子手持白羽扇循欄而行舉止嫋婷似曾相識擬想久之恍然即夢中所
見之絕幻仙子也因當授書時腕上籠紅玉條脫歡為異製今依然在臂也因俯耳謂女曰此即曩時所夢
絕幻仙子卿試迎與之語一室中女固不知也不免禮倍為殷勤遽以瓜進曰天氣殊熱
聊以解暑各詢姓名方知為金陵閫閨方姓字蕙仙猶行漸近亦入室中女因起立致禮倍為殷勤遽以瓜進曰天氣殊熱
其家女欲覗其異冀以感動其意方女酬答甚妙相見恨晚即邀女明日至
未必即夢中傳書之人遂起欲去方女因果豔說神仙亦善扶箕否女果至頗得秘授如欲
卜今歲郎君獲雋與否方可預知但須擇書淨幾焚香奉訪於寫齋項之方女至視女東偏一斗室
似為之說頗辨爍奕於鴨爐兩手動書一絕云記否幽
極幽僻早已攜有亂盤檀瓣奕於鴨爐兩手動書一絕云記否幽
窗入夢時瀟瀟夜雨苦尋思一靜室耳問妹富奉訪扶箕雖不才頗得秘授如欲
良緣雖世網未櫻而情絲終繫尚有吾妹亦墮塵寰即今方氏蕙仙也遍覽下方世界絕少情人以是及笄年

華未有所屬玉真有命歸於一人他年真靈位業圖中不至淪落郎君今歲必發解明春射策南宮定當聯捷
請於方氏諒無不諧時生亦在旁觀之喜甚目注方女紅暈兩頰女正助方女扶盤筆去如飛不由人主見此
數行媽然微笑低語曰從此儂姊妹為一家矣方女默無一言遽命焚鶴送仙符撤去香案匆促登輿邊別
方女去後生謂女曰何如我固疑是絕幻不知本是瑤池同命花也為秋榜出生首列為解元饋遺方氏女
甚厚方女恐卻不受方父以孝廉選授知縣冠殉節母尚在堂舅氏在京官御史生已有妻方女勢不能
為選室也幾疑乱語之無憑生金陵返權渡江忽遘大風舟覆蕩生與女並溺生獲拯而女尸不知於何處不正
如流水桃花杳然無跡生痛哭擗踴幾不欲生懸賞格於江滸冀有能得女尸者畀以千金停身十日無可尋
訪歸家遍訃戚友即欲披髮入山永辭人世密友明多方勸慰愈不應一夕朦朧中絕幻忽降於室丰韻如
前益皆斌媚謂生曰君若死君若此生無相見期矣生方欲啟詢靈風颯然如寐初覺生
以仙言必有驗遂入都會試列前茅殿試以傳臚入翰林會試房官方女舅氏也甚賞生文知生新喪
偶為方女執柯且曰才貌工言四德俱備若以容論洵足以傳芳而不知生固早已見之也生難不欲
而以乱語不敢固違遂諾之初以女在京江擬即南旋乃一日生調客於宣武門外道經巨宅見一車飛馳而至若自遠
方來者猝觀車中女子非他即麗娟也生趨車旁相見執手而哭巨宅一老翁出鶴髮虬髯貌殊清苦揖生曰
君新太史耶夫人覓君久矣延生入內細詢女始為漁船所救以其美將奇貨居之不肯送女歸始之至揚
州售於大腹賈具舟來迎女知之躍身投水夜半順流觸官舫時翁正入京闈聲出視月色正明見有物浮沈
命舟子援之起則一弱女子也灌救百端始蘇即欲攜女北上因女病暫留別墅至是始載之來使夫婦重聚
耳由此生竟坐擁雙美云

尹瑤僊 友人戲

尹瑤仙

尹璧字瑤仙小字紅玉順德小家女也父為縣中胥吏早沒女從母依於舅氏舅業縫工出入豪富家邑有張姓者擁貲鉅萬生一女字滿珠東姿美麗情性聰明年十一二卽已讀書識字背誦唐詩琅琅上口父母奇愛之女母常任來其家見女嘖嘖譽其豔且日態度婷婷何酷似吾家紅玉也其弟信報笑曰老蚌竟能生明珠耶盍攜若女來俾吾家阿姑學書刺繡不強如在家閒坐耶女母曰烏鴉安能趁入鳳皇隊裏小兒女生性崛強恐不能善事阿姑也其家曰無妨當以闌中女伴相待也女從之師女偕往雖初至此荆而自然娟婷有致貌與張女竟在嬌旦間惟紅玉秀削而滿珠豐腴稍有不同耳紅玉略識之無至此與張女共讀書亦相匹彼唱此和餘頗雅趣每値花晨月夕往往觸景尋思拈題覽句兩女相愛形影弗離衣則互更鞋則換著久之從事詩詞漸漸涉吟詠毎問之則曰自情薄命人不得不爾永侍繡幃耳張女曰其謂他日勞燕分飛各自東西在天之涯地之角耶不如爾我私自設誓共歸一人何慮適異地歟張女曰妹意非謂此也張母五秩誕開生登堂祝嘏紅玉偶有以報阿姊有雄生者字翔伯卽中高材生也特家貲年將冠猶未締姻一日承姊妹愛感切銘肌當有不言然篤告女曰此生三十歲後安排狀元宰相貴不可言也擇壻得此於願已足姊勿輕自錯過女聞言乃不言笑曰真鹼娃哉婚姻之事主自父母豈深閨兒女所能啟齒休矣屬垣有耳勿貽笑於人紅玉乃不言笑坦真聽娃哉婚姻之事主自父母豈深閨兒女所能啟齒休矣屬垣有耳勿貽笑於人紅玉乃不言自此朝夕若有所縈早起夜眠獨處一室中專事針黹女弗令也女詞所製則曰繡一佛幡布施蕭寺耳笑曰女兒家婚姻大事主自父母豈深閨兒女所能啟齒休矣屬垣有耳勿貽笑於人紅玉乃不言然自此朝夕若有所縈早起夜眠獨處一室中專事針黹女弗令也女詞所製則曰繡一佛幡布施蕭寺耳翔伯郎中高材生也特家貲年將冠猶未締姻一日張母五秩誕開生登堂祝嘏紅玉偶有以報阿姊有雄生者字情薄命人不得不爾永侍繡幃耳張女曰其謂他日勞燕分飛各自東西在天之涯地之角耶不如爾我私自設誓共歸一人何慮適異地歟張女曰妹意非謂此也張母五秩誕開生登堂祝嘏紅玉偶有以報阿姊有雄生者字翔伯郎中高材生也特家貲年將冠猶未締姻一日承姊妹愛感切銘肌當有以報阿姊有雄生者字翔伯郎中高材生也特家貲年將冠猶未締姻一日篤告女曰此生三十歲後安排狀元宰相貴不可言也擇壻得此於願已足姊勿輕自錯過女聞言乃不言笑曰真鹼娃哉婚姻之事主自父母豈深閨兒女所能啟齒休矣屬垣有耳勿貽笑於人紅玉乃不言笑自此朝夕若有所縈早起夜眠獨處一室中專事針黹女弗令也女詞所製則曰繡一佛幡布施蕭寺耳女詞詞繡成書卷隱託母遍售之鄰右故昂其價適為雄生所見愛之把玩不忍釋手瞽觀女名驚問曰此非東鄰張氏女乎日然生日何憶詞詞價值母日鄙女名驚問曰此非東鄰張氏女乎日然生日何憶詞詞價值母日鄙女名驚問曰此非東鄰張氏女乎日然生日何憶詞詞價值母日鄙寶則王將女平日詩詞繡成書卷隱託母遍售之鄰右故昂其價適為雄生所見愛之把玩不忍釋手瞽觀女名驚問曰此非東鄰張氏女乎日然生日何憶詞詞價值母日鄙君誠見愛卽以持贈若他人雖十萬貫不易也生再拜而受寶之如拱璧祕諸篋笥弗出示人紅玉知生心已

尹瑤仙

動又使母往詣生謂之曰郎君誠愛女才何不遣冰人求之生以貧富懸殊爲慮母自任曰但使女果歸渠家從何處覓喫著女母笑曰人若不量我女果歸非偶王堂黃閣中人物也張母笑曰女柳莊果神其術能自驗所言女因遍舉張氏戚串某當折閥某當得財某當病某當死某當獲意外喜謂此皆近事可徵一歲中定見端倪女言歷歷不爽張母以此奇之因託賞菊令張老折簡招友讌集備觀亦與焉張母從紅玉歷厲發解求婚者接踵而不知生已早訂姻盟也南宮報罷北旋歸娶紅玉然始悟前姻議遂定逾年秋閒發解求婚者接卿手製耶非此詩媒卿何由歸我展閱之卷中未婚者使紅玉所為心折婚議遂定逾年秋閒末生敷紅小星然必美而才者方中選千金之聘所以當也紅玉爲再三解喻此日中隱感他生乃與瞿生言之既嗣思納小星熙必美而才者方中選千金之聘所以當也紅玉爲再三解喻此日中隱感他生乃與瞿生言之既往觀西墅芙蓉閣言泣然出涕謂女曰延緣適合薄福人可以當此紅玉所爲心折婚議遂定逾年秋閒末生敷紅小星然必美而才者方中選千金之聘所以當也紅玉爲再三解喻此日中隱感他生乃與瞿生言之既以養母終身吾事亦畢矣女執不可生亦弗從紅玉爲再三解喻此日中隱感他生乃與瞿生言之既觀女容神志喪失千金之外更以重幣既嫁寵愛逾恆八載無間一日晨起閉屋角鴉鳴馮以悲曰此非炎方所宜有也答徵不遠矣屏人入閨沐浴更衣端坐而逝雖生爲作哀辭傳誦一時其辭云歲在重光午維建西罷司馬蓬室尹姬以疾殞瑰範收華瑤先掩彩標辟之慕感均今鳴呼春花謝體媚貿易涸秋沐隕風嘉寶玉圓姿霞煥秀皃花妍驚澤耀金翠而弗勝瞻厭容華謝琲瑱而彌令甘作鴛鴦未妨待聘願爲鸚鵡菅首圓可悲已姬前身娥月鳳世瓊星玉映閨中珠擎掌上十三織素二七剪芳名於有俟脫寵年十七歸於瞿君一點獲近郎官片石三生長依閨閏弗稱石氏綠珠量珠待聘有美喬家碧

玉種玉成行金釭二等情呈妍寶鏡一臺媚波注笑嫣如愛其敏慧婷媼服其令嫻香囊叩叩是縈樣之定情雜佩珊珊效鄭姬之警夜於是惠風盈於燗黛瑤想照乎幃門瞿君之愛亦與日俱深矣至其言德堪誇工容竝擅可略詳焉惟姬慧性瑜溫柔情絲警心同蓮葉不踐泥陳頌椒花宜多新製奉大婦之高堂調弦錦瑟識上頭之夫壻絡轡青絲是以儂雲倚玉隨侍席者八年駢穗同心寵專房者如一日若夫紅羅帳檢朱焉窗闈初成隨鴛之粧自綉餘苗莒倦即停針製就茉萸織常富戶以至聞燕弄機關華學錦婦人能事咸臻厥妙方其韋絲鵲晨洗手調湯然彌伴讀限室而影無踰關連牖而語不聞聲至於聯裾病辭香眉慈卻黛桃當風而骨瘦桂入火而心空姬之病成於此矣命短連綾愁長竟蕈靈無衍焚蕙何心爭華驚首耀玉壹不以屑意焉然而姬東體素弱任事彌勞晨霧侵肌涼飇吹鬢邊乃龍飛樂店驚宿女肤胏哉瞿君感逝既殷傷心屢賦十二時之內欲嚇黃昏三百篇之中竟冊象昴鳴呼華如桃李貴脆璃華曼天上琴語誰通蘋達池頭簾前辦聲再無通德之談深海畔隨車就為朝雲之情孳彼此夢斷門永開黎花之雨神傷客座休迎桃葉之舟與瞿君託居戚誼宜慰哀思授我金苓緘之彤管自昔太原博士製西子之輓歌同州使君補清娛之墓志如姬之淑質慧心甯復多讓月苦玟砧嗟遠天之孤影淚和九墨寫刻骨之哀辭

馮佩伯

馮佩伯字紉秋名畹蘭以字行毘陵人髮連鬢橫江浙投筆從戎性亢直不善逢迎以是浮沈軍中迄無尺寸功生亦不以介意旣乃應試學官得補博士弟子員顧家貧不能安坐廡下食擬作入胡口計有中表戚李仲義在金陵督署爲上客思往投之適有書來招送欣然命駕焉旣至署中不能居貨爲胡口計有幾寂寞何得有人宣俄得鄰家屋移春屬於此耶傍牆外嗚有兒女子笑語聲方訪此間久乃移就牆陰乘而俯窺之見女子五六人團坐一圓桌有核紛陳壺觴畢具方欲行觴政舉首巵見佩生視東西兩坐一人對坐者似皆客位南北各一人居主位居末席者服紫綃衣適最稚而貌尤韶絕年爲酒糾生者似女子曰當佳景對妙人何不領略清光共皆十六七歲許近笑音喧聞座則雜以維揚方言矣聞首座女子曰今夏天氣酷熱異常赤日當空若張大繖凡宜視昔年珊瑚父徵典搜羅中幅而有顰眉之概也爾乃主席末者曰罰末坐者曰善阿姊動故何訴索心乃必強揮文袋經抑何韻抑何靈乎可熱媚珠本楚北小家女生平不識綺人曰妹何言此使我憶往日李媚珠入僞東王府時能騎橫抑何靈乎可熱媚珠本楚北小家女生平不識綺羅香澤一旦以明珠爲帳白玉爲牀身厨錦繡口飫珍羞方自以爲天上神仙不啻也詎料不轉瞬間煙銷灰媚珠亦爛摧王折矣片刻浮華一場短夢彼貪生畏節者思之眞堪愧死而生女子方舉杯邀月滿引大白閣言笑曰尚憶僞場迷樓故事構一傑閣複房密室曲折通幽入之者幾不能自出選麗姝百人入其中號歸万美閣牀榻衾褥異常華煥牀上具有機括自能運動窮極淫巧每一所輒懸所居之美人像於

房楣夏時室內疊冰為山庭中引水成渠令人不知有盛暑閣之中央有一亭四圍皆荷池池中荷花諸色畢備花時菡萏逼近亭內有水晶方几長廣五丈中蓄金魚衍藻交加游泳自得視之內外透澈若懸空除無事時恒於此裸婦女使互相奔逐撒金豆於地令各趣拾之復作玉投壺中者乃獲侍寢其淫縱至於如此特不解當時婦女何以恬不知羞豈真叔寶全無心肝者哉東生者第二人曰如朱慧仙趙碧孃王憶香皆大荀生者至今言之猶凜凜有生氣若脫自傳驚史雖能自脫猶落下乘耳吾弗取也末座方欲有言急止之曰令夕止可言之風月勿談往事徒令人不歡生覺涼露侵衣喉間癢不可忍歘然嗽作諸詞遂極縫繾徨知有人窺亟命撤席即見羣婢瑞香至或扶或挽自散歸生亦自梯下歸齋邊寢心疑諸女子為非人輾轉不克成寐聞窗外有彈指聲跋履起視從窗隙中瞻則見月中人影亭亭高髻淡妝妍妙無匹即東間所見婦人殊駭觀聽不克成禮扉而立生後驗祇作禮生長揖命生女言陸姓家住金閶出自詩禮十五歲賊陷吳門被擄至金陵十六歲春閨退配命下仰藥遽死有憐於牆外第十四株梅樹下與君有夙緣當重生特不能驟也生初聞頗有懼色繼見豔冶若此決非禍人者言次漸入游詞遂極縫繾始旦去宵來久遂恒不去日使其盡滌邪穢自致清虛因為生謀曰君孤身在雞旅室猶為酡魋漸能啖桃李諸果尤喜以甘泉冷茗初陳食物惟噢其氣酒亦然每蟹一壼則雙頰為酡顏漸能啖桃李諸果尤喜以甘泉冷茗人輒轉不去日侍生側生見之童僕弗能觀也初陳食物惟噢其氣酒亦然每蟹一壼則雙中忽有婦人殊駭觀聽不乞假屋他所賃屋自彼處而往庶喙而免物議生曰我亦慮此但橐中之阿堵物何女曰是可無慮距家葬處六七步許有埋銀一罋約五百金可先取之任君布置生往掘果得藏鐺遂偕女買舟回吳固知書識字能度緡約舉止娉婷人皆信之不疑復至金陵僦居新第蓄藏獲備御居然素封家日與生畫舫出游茶壚酒磙悉載自隨女工彈琵琶生善吹笛每於夕間月明波靜雌舟柳陰下曼聲度曲聽者以為神仙中人女自言殉難俊陰司欽其貞烈不復隸諸鬼籍

馮佩伯

任其往來無所拘束恒於風月良宵偕諸姊妹聯袂游覽徧名勝人於白日紅塵中膜擾憧憧無停止時獨至深夜肇動皆息萬籟俱寂此時清景真不可得生亦以爲然一夜自笑愁湖濱棄歸街鼓忽如殘月掛樹明星墮波萬葉蕭秋意蕭瑟忽一舟從上流來脆管么絃音調淒惋女側耳聆之曰酷似我瓊孃聲也項之與女舟相近舟中三四女郎霧鬢風鬟竝皆佳妙一妓高呼女名曰雪香別來未久尚憶阿瓊否也生視之即前時所見首座女子也女因招之至已舟共話始知瓊孃本姓殷名趣坊人父亦名諸生瓊孃陷賊後絕粒投繯殞命生前喜閱內典死後仍持誦金剛經不輟地下猶不忘懺悔積數已盈兩藏主者嘉之令入轉輪今夜即投生富貴家矣故諸女郎爲之錢行女亦向瓊孃稱賀瓊笑曰那及雪妹身得重生緣遙嘉㚎仍履今世不昧前因哉諸女郎亦爲歎羨生轉詢諸女郎姓名則一姓孫字紅皺一姓李字秋琴一姓鄭字銀濤竝少時喜讀道書頗有所得以不屈死因鍊形之法昨有瑤闕丹書下謂其道衍已成徵作司香尉已以肉身上昇不日即將爲眞靈位業圖中人也絮語久之各自鼓權去生與女情意日篤屢問返生之期女蹙首笑曰未也生歲日此生可仕時哉君入監勸赴北闈曰以君之才何患不入金馬門登鳳凰池快以行贅生意爲動女獨歎曰此地有山水之勝買數項田蒔魚種秫爲識字之農夫納太平之租稅以了此生足矣又何必他求哉生曰能如是乎與子偕隱女曰買山之貲我當助子指示葉所鎡菕甫下尺許卽得數千金隨載女楷歸吳女令暫瘞諸鄧尉山麓以待他日

諸曉屛　友如畫

諸曉屏

諸士俊字曉屏世居山東之邳州父名孝廉為濟南教授諸亦少年登甲榜性好讀書淡於進取偕同志數友栖隱於蒙山僥山依麓結廬十餘間有泉石花木之勝山半故有寺紺宇紅牆蘭若軒敞僧寮數泉竝勵清修距生居不過百數十武寺中產有牡丹五色燦紛豔冠一時花時達近士女來遊者絡繹不絶一日生偶徘徊山下見紅裙翠袖結隊成羣顧率皆村姬市女無一佳者生亦不甚留意興欲下遂將關方擬捲扉而進遙見有垂髫二婢姍前來意態丰神不可一世漸近視之豔絶人寰生意欲近村落中無此麗人當必從遠方來者須拾級迎隨於地生遽前拾為呼其婢而還之猶未入兩相注視俯首竟達生欲達微波不覺魂銷神通女步履夊迫偶遺羅帕於地生遲拾路又俊即袖中出白紗巾中裹一物令婢授生曰此非秀才之所遺耶生恐人見驟納諸懷中奪女行十餘步又俊即迴袖中出白紗巾中裹一物令婢授生曰此非秀才之所遺耶生恐人見驟納諸懷中不見女影乃歸齋中展巾視之則中裹玉蟬一枚色澤潤潔雕琢精工非近代物也生甚珍愛日夕佩之不去臂九錫女臨去謂婢曰吾家門前有垂綠雙柳樹臨風披拂殊可人意離落間碧桃花已開秀才如踏青經過可入喫一盞清茶女意故使生閱之其聲嚶嚶正如鶯囀花捎言訥訥向東去生魄蕩心馳躊躇獨立至五家零星雜處既過小橋沿溪而西望見崖宇甚新整白堊粉牆上曾作卍字窗之則桃李棠梨夾花爭放東身閒數日生欲一訪女之蹤跡修容飾貌顏影翩翩循東道而行不數里果得一村紫門臨水略約通四不見女影乃歸齋中展巾視之則中裹玉蟬一枚色澤潤潔雕琢精工非近代物也生甚珍愛日夕佩之不去
花毬徐來香沁鼻觀生意此必女家第未敢逵次敲門躞蹀往來冀有所遇良久雙扉呀然忽開二婢齊出手持花毬生前殷勤問訊婢亦識生姓名且曰主人往樓霞山訪道家中惟婦女不得歇留秀才奈何生問婢今往何處曰以此饋鄰家姊妹耳生視之其絲諸花單備鬬妍簇彩芬馥襲入婢曰此我家阿姑所手製也生因默其慧心妙想非人所及婢曰君姑待此候我自鄰家回入告阿姑或當延君入也生從之劉許婢返袖

出繡橐與坐觀曰此東鄰倩姑所贈也轉以貽君何如生笑受之婢入即出導生繞離行其中碧桃百餘株
俱已著花從板扉進復得一小門婢曰此阿姑臥室君言再來勿由前門我家主人閨範甚嚴見則始矣門啓
女已立候簷下笑迎生曰君真信人也齋室三椽頗極幽敬陳設鼎彝古雅絕俗案上惲氏臨香館帖十餘帙
蓋女所手臨者也女所書絕肖南田有詩一卷纖題紅綾近繙閱女奪去曰此時且作清談又何眼
掉文袋耶生仰視其匾曰天深處則以窗外多植芭蕉梧桐也生至是始知女姓王字蠏香一字小娟言次
偶操吳音生詰其次女曰幼從母氏寄居金閶十四歲喪母故來此依父居家世未習此略為循章敷衍女
海之遊必聞三旬始歸君且居此勿憂女出一書請生講解調之乃麥論酒也連舉數巨觥殊有醉意女亦微醺既
聽之掩口笑曰其中衾稅碧女令辭緋味頗甘辛生曰美哉此道既至則琅玕萬圍翠色可餐疏密橫斜
趺坐有致入其中夜秘齋精美衾襦華煥生以一人獨宿未免膽怯欲求二婢為伴不可攜燈竟去
時風聲淅瀝月影朦朧兀坐窗盆無聊賴忽聞窗外有彈指聲啓視之則女也窕袖中出小鬢妖豔笑曰果
君片時岑寂耶必待二婢睡始可來也即於窗畔卻妝迎眸流盼先入帳中生於此不能自主登榻
同眼起前來捧盤匜侍盥激濯茗壺拭烟盒供役奔走者皆二婢也生謂之曰卿家何無使令之人乃必煩二
也晨起前來捧盤匜侍盥激濯茗壺拭烟盒供役奔走者皆二婢也生謂之曰卿家何無使令之人乃必煩二
卿僕僕為哉婢曰家有老嫗祗掌管鑰以隔內外從不入阿姑臥室僕役均在廳堂有事稟白則擊雲板皆
家主人一邊此問消息也生詞二婢名一曰愛月一曰惜花年皆十五齡許嬌情媚態綺旋可憐正如飛
燕依人宛轉隨意生押而抱之於膝二婢摩鬢摸頰異常親熱生不覺心為之動正擬入港女晨妝已竟
邊爾捲至見生坐擁二婢笑曰二婢子頑憨如許若稍假以面目恐無上下分矣二婢雙頰為酡對女媽然一

笑各自散去自此生與女日則同筆研夜則共枕席相愛之深正如鴻雁之和鳴雲路翡翠之游戲蘭苕也如是者月餘一日忽閨室中雲板有聲老媼傳言主人已自勞山回欲請阿姑往談女急匿生於臥室夾幙間多邊而去良久始來顰蹙言曰今日事幾殆非妾善辯則項刻破露矣老父謂余容革煥發迥異往時苦致研詰余謂連日讀莊子秋水篇頗有所得耳君此間不可久留請暫相別因脱腕上玉條煥贈生曰此隨時外國所貢藏在天府非人間所有也又於篋中出革囊傾之則金豆百數十粒君以此北上公車籍壯行李妾爲京師於漢皋少待勿行妾自至也仍令二婢導生從後門出生旋寓同學詰其何往詭言對之逡巡寡言也行覩故中有笑之者曰君學道從虛無功名之心抑何甚熟生亦不與之辯附輪船徑抵漢鎭覓唐僻靜所令僕宿於外廂一夕挑燈靜坐憶遠懷人頗涉遐想忽聽簷際如鳥飛墮之聲再疑而啟扉則二婢雙影亭已立生前竝曰阿姑可停車矣生視女已改從吳門服束而容益斌媚立言曰老父知君娶妻訝迎妾歸恐鸞鳳分飛即在明日生曰然則出外避之民事作已死觀可也生爲凄然不樂誓不欲生女慰之曰妾以少年獲高第正富以有用之身宣有力國家哉出則奉持高堂正君今日分內事也戀兒女子何爲則離情盡則滅世間豈有不死之夫妻哉夫妻曰出則戀戀兒女子何爲天下多美婦人何必是且妾與君緣盡而情未盡高有一線之冀君苟堅持道念他時不患無相見日也翌晨天地晝晦雷電合章滿室作硫礦氣屋瓦皆震建霆開雨止女與二婢俱已杳如

李鼎臣

李鼎臣字珊臣自號珊瑚漁父吳江人十六歲入邑庠文名噪甚顧性珠豪放不喜為帖括所束縛業而學詩詞尤工畫人物得仇十洲恢臨摹畢肯遂以擅名遠近來求畫者往戶限為穿生憚其煩避至漢皋僦居瀕江小築五楹臨流近水軒窗四敞估舶客帆每從此過生有時俯檻釣魚倚欄玩月率以為常藉作消遣一日正當簿暮小立徘徊忽見一小艇自上流乘潮而下艇中一婦人攜兩少女婦人年約三四十許孃雖老半韻猶饒舉止輕盈綽有大家閨範二少女芳齡僅十四五皓齒明眸姿秀絕神仙中人不啻是也生居左側為夫后宮僧人褲裪之所也婦謂舟子曰日暮途遠無可樓託不知此巷可容借宿否舟子曰郎君如垂不便近處可有咸否生聞其問答之詞又見婦意顏審因曰如蒙不棄此菴可暫宿一宵舟子曰俱是僧察恐屬不無纖塵婦喜形於色謂二女曰初不意入此雅人室也問生姓名知嫻繪事偶翻書籍圖畫充物其中明窗淨几絕何妙如之轉商之婦婦為首肯生導入小樓五楹並無人惟書籍圖畫充物其中明窗淨几絕問生於是三人容貌可許寫入圖中否生曰但恐刻畫無鹽唐突西子苟不以為嫌优實甫當令名家罕見其此不知我所作耶生曰此君人物始不遜優實甫當令名家罕見其此不知我所作耶生曰此君人物始不遜
履質生於是婦喜聊遣閒情語以六法殊自愧也婦曰君人物始不遜俄弄筆墨聊遣閒情語以六法殊自愧也婦曰君人物始不遜化工筆也傳神阿堵中矣生曰左右兩楹為臥室惟帳棚欲活婦與二女皆大歡喜讚歎弗絕口曰此真神助須臾圖成備極妖纖之致正如煩上添帳枕衾竝皆雅潔生令婦與二女分室而居而命僮具酒有呼之略一舉匕三竿而樓下生疑而登樓排闥直入則室內婦與二女俱已杳如枕函之旁遺明珠七顆金釵兩股釵鏤刻龍鳳精巧絕倫疑出鬼工珠巨若龍眼一顆價值千金生秘諸筐笥從不輕出示人圖一幅尚留几上未及攜去展視之已有題額曰漢皋秋泛圖并繫二絕句云一舸煙波

泛水鄉臨流樓閣斜陽驚鴻顧影何人見五百年前自主張風鬢霧鬢氷雲裳寫入圖中亦渺茫疑是張騫多鑿空天河飛下杜蘭香生見其字跡韶秀宛似閨中手筆以為仙跡珍重拱壁以古錦為之裝潢徧志名流題詠生年已弱冠巨家世族求昏者踵至父母望孫念切即欲為之作主生以圖上稟高堂謂非美如圖中人不願婚也生

之笑曰世間那得此豔姿尺素東之天上耳擬定某家閨秀生負氣出游託言應試榜出生果列前茅作書白父謂即將北上京華讀書旅郎以得風氣之先玉堂歸娶猶未晚也取道山東得踪迹旅偶爾出關歩忽見香車一輛怨馬疾馳自西而來車中端坐二女郎容華絕代似曾相識生拱立於路旁車中人寒簾顧曰君非李家郎乎孩居何處富貴歸寧寓抵暮一長鬟奴御車至其馬神駿館即是也言畢女玉手下簾嫣然一笑謂生即匆匆歸寫抵暮一長鬟奴御車至其馬神駿不凡生略易新衣攬轡登車車行若飛屋宇林樹悉從眼前瞥過瞬息間已抵登州境車停僕即有閽者導入但見山巒疊翠松柏千霄澗奔流滙為瀑布至此不覺心骨俱爽山凹瓦屋參差異常巍煥即有閽者導入中堂請生少坐畢闔庭中花草繽紛香襲鼻觀生入此疑非人境之婦僕二少女俱出與生相見曰襄時一飯窗霧棟幃幔雕闌中須臾垂髻小婢數人出延生進內凡歷數重樓閣始至內堂堂左一廟雲久篆心中今日小女邂逅中可稱有緣試期尚遠且緩入京何不移住我家五六月當令二小女拜列門牆作峰惟女弟子授以畫法傳以詩律俾成詩書畫三絕皆出君所賜生殷勤致謝并稱不敢為師婦曰君栘腹遠來想已飢矣即命設席廳事有核之豊水陸畢具婦與生對坐二女旁生酬酢逡巡酒盡觥籌爵生已薄醉入室滅燭邊履翌晨二女俱來受教生從容詢其家世始知為山姓明季閻閭亂從然徙此長者名黛字眉仙次者名翠字碧仙年近十五固學生姊妹也二女聰穎異凡一經指點即生妙悟家中所藏畫譜俱係名賢手蹟長女曰今惲南田書畫尤為水府所珍舟行者若攜以渡江定為蛟龍攫去不可不知也生居女

舍十餘日供奉走備使令者皆女婢也晨餐晚膳咸婦與女偕來陪侍此外絕無一人至也生知二女皆未字人時於婦前露毛遂自薦意婦意似為許可謂二女竝未有所歸得快壻如李郎亦殊愜心特須倩貴人執柯少幾數日俟吾家阿叔來方能決也越三日有遠客欵關至戎裝佩劍氣象威猛女告生曰此即叔氏也生執子姪禮甚恭間敍官閥方知姓山名宣字亘仲曾授職總戎現提督黔中立功徵外聲譽赫然見生甚加賞識曰溫文爾雅名下洵無虛士也於是婚議遂定擇吉行禮即於女舍設青廬娥皇女英故事二女竝歸於生儴儷之間甚為篤愛二女從無間言居處半載屈指春明之期已屆生擬暫行辭別即赴公車商之二女曰君真俗骨難醫哉讀異書對名花此樂雖南面王不易也又何必側身於功名一途哉生亦以為然由此遂不復縈於進取女舍後固有一園廣數十頃許泉石花木樓臺亭榭層出不窮雖經旬涉歷亦未能編其中異鳥珍禽仙葩奇卉多不能名有時生與二女遊歷既倦即宿園中附近多靈境瀑布十丈懸空如練四圍皆山環青峙碧蒼翠萬狀烟雲變態蔚為奇觀生於遊憇所至輒題一詩命工匠磨崖鏨石字跡諸體咸備二女笑曰斷削山骨必當見忌於山靈生曰後日重遊易為尋訪此所以志也二女曰凡有來處亦未能去處既有去處再無處子識吾言他日請諗山居十餘年生忽興思鄉念邈然不樂泣告二女曰二親年老定省久違況惟一子膝下無人侍奉每一思及何以為人予欲還鄉奉二親至此同享清福何如二女曰此君孝思不敢久留遂命厨孃作咄嗟筵為生餞行婦知之亦來送別二女捧觴勸生曰李郎從此一別相見何時言未已淚籔籔墮杯中生曰暫離即合耳何悲之深也亦送生至兩山分境處始於告別仍以兩何但覺兩耳風鳴轉瞬已抵吳江城外生方下車問訊而車馬條已不見至家父母尚康健越數月自往登州尋覓故處水複山重無可踪跡零涕而返

葛天民

葛天民字無懷浙之仁和人工六法而尤擅長人物羅兩峰再傳入室弟子也曾畫諸天花雨圖閱一年而後成凡散花天女幾八百餘人霧鬢風鬟霓裳水佩無不描摹酷肖刻畫致眉目衣褶織於絲髮而以顯微鏡窺之栩栩欲活悉現紙上時姚君梅伯任君渭長俱歎為神工鬼斧得未曾有以是聲名鵲起一縑值兼金數笏素筆至四方遨遊名公鉅卿間所得阿堵任意揮霍載酒看花殆無虛日聞羅浮山水之奇遂思一探其靈境因航海至粵半途猝過颶風舟覆葛浮沈波浪中自分必死忽來一木憑之得以達岸遙望四山峰巒重疊樹木蔥蘢附近絕無廬舍乃一荒島也顧自辰至午無所得食饑腸雷鳴仰見松實纍纍采而食之甘香沁肺腑頓覺果然至晚斜陽已下新月將升苦無栖宿處心頗傍徨久之逶迤前往約三四里於朦朧月影中斜露茅屋數椽喜極叩扉良久有老嫗出問告以遠客遇難無歸來此投宿有意即復出謂葛曰家中無男子祇一阿姑不便留客顧望見西南山麓隱隱有火光意必有居人思就之遶前徑入悽惘遙望但得一席地不為虎狼所侵足矣即在簷下固亦無妨惟恐徒飽風露耳女史手錄一阿姑知東偏一小室筆墨益復愛不忍釋正繕閱際一垂鬢女婢入曰阿姑請延入中堂相見即持紗燈前導約經迴廊出自閨中筆益釋陳設雅麗一女子年僅十七八斜倚隱囊支頤小坐見生即起為禮微睨之秀絶人數轉始入一廳燈火輝煌陳設雅麗一女子年僅十七八斜倚隱囊支頤小坐見生即起為禮微睨之秀絶人裏問生姓名里居生具告之知生工畫甚喜欲乞作數月勾留畫傳其法生欣然許之但謙言畫手庸劣殊不足為師耳因處生於堂之西偏衾褥華煥供張優渥生日則寄興丹青夜則娛情詩酒或猜謎藏鈎或聯吟射覆女亦靡曼風流脫自喜閨中之樂事固有甚於畫眉者但不及於亂耳謂生曰卿乃我閨間良友也生於醉後為述神仙婚媾之事多所粉飾妙緒泉湧女聽之但笑不言曰他日君自有佳處生偶遇暇時即出散

步鳥語花香泉迎峰轉疑非塵境一日涉歷稍遠漸迷來路急尋故道愈進愈非耀靈西匿皓魄東升中心迫
遽行步益遲憊甚掃磐石小憩忽聞樹後簌簌似踏落葉聲迴顧乃一女子珊珊而至月下視之明眸皓齒神
仙中人也瞥觀甚訝而卻步曠野無人其貽山魅木客之流歟生曰我非人君殆鬼耶不然花
妖狐魅夜出豈人也女曰君誠利口妾非狐非仙但與君有緣者結緣有情者償舊願以了風
根特不知五百年前姻緣薄上與君事生懸懸言之不少譚女曰君真誠君子也空谷荒叢非可止宿地盡暫往林姓閭
人小字菱香詰生前後事生懸懸言之不少譚女曰君真誠君子也空谷荒叢非可止宿地盡暫往林姓閭
桓一夕歡指謂生曰蓮舍匪遙渡橋即是爰攜生手偕行女雖弓鞋纖窄而步履如飛略約僅一世界女方欲
悵而女行尤捷正如凌波仙子輕躍而也既達彼岸望蘺間燈影參差犬聲遠近覺別有一世界女方欲
叩門即有兩婢出迎曰菱姑歸來何晏也女因待葛郎以此行遲八娘九娘俱已來否日間命煮熊踏曾熟
否今夕好教郎君嘗異味也登堂即有二婢出見年三十許而半韻殊絕也見生皆檢袵作禮生竝答以
長揖女即命園圍坐一席須羅酒漿陳甌盂水陸俱列珍錯畢備味美逼口多不能名女與生拇戰屢北蟹
無算爵乃遣婢取碧筩杯來滿注醇醪以決勝負生視之上以翡翠玉作荷葉甚淺下承一管若荷梗則僅寸
許置之案間絕不欹側度其中注酒當不盈一杯及生北取飲之久不能竭勉強盡醺不覺酩酊女飲亦酬叩
燭槃而歌曰團團皓月耿耿河隔千里兮不見我思兮如何兮此夕何之勞兮如何夕見此傾城即非傾國兮
余亦何能忘情兮永今夕憂從中來不可說盡此一夕之緣兮共鑑余意之拳拳委得
天長與地久分常醉倒乎花前歌既闋二婦亦憂聲和之操琵琶為鳳鳴曲送生與女入房鍵扉而去
晨光射窗同夢正酣忽兩婢敏而甚急謂天符已下此間不可久留宜速同行著衣竝起則車已候於門外生
與女偕登風聲遽起於馬足下如乘雲霧如履波濤不數刻車聲輵輵知在平地從窗中窺之樹木廬舍過尚

如瞥項之行稍遲則覺廛市喧闐人烟湊集蓋已抵通衢矣車亦頓止即有寫中邀客者紛至生女甫出車外車已馳去乃僦逆旅為暫居計詢之人乃福州城外南臺也女出履上所綴明珠一命生易閩閩已得數百金翌日復貨其雙條脫獲千金爰卜居深巷蓄臧獲居然素封家矣生不業舊業畫自給女曰君抑何不憚煩生笑曰聊以自遣耳則筋骨疏嬾興趣無所寄耳由是生日夕對語花調詩研粉為千百美人寫照圖成題曰瑤池春讌懸之畫肆觀者麕集嘖嘖贊美幾於戶限為穿有任翁閱中鉅富也偶見生畫譽不容口延生寫合家歡其女國色也艷姿媚態遍南臺中無儷者是日裝束出見生驚觀之不覺愕然蓋即仙島中香禪也女見生若不相識生凝思不能下一筆託故辭出歸告菱香曰君欲娶之否可以計賺也特不知伉儷和諧時何以酬我耳恐扇之捐不待秋風以後而白頭之吟終為茂陵女子也生矣皺日以自明女於是備車馬具行李授生曰此坤靈開闢扇也持之可以散形命生即往寫圖伺間以扇授女障面徐行而出旁人註不之見也登車疾馳者禪見女笑拍其肩曰阿菱即欲從男子私逃朝再不謀及此若早已黙喻其意者馳抵女所日猶未晡也香禪見女娃不語女娃不解二女因商曰不如泛海還西湖遂擲帶水中化為巨舶生偕二女並登穩若家居但兩耳聞風濤朝聲不絕既暮仰視星月皎潔須臾隱聞難犬聲聽岸上鄉音甚熟則已在湧金門外矣生後結廬西湖之畔隱居不出與二女終老云

卷五終

夜來香

夜來香北里之蕩婦也以一身博朱提百萬兩然辛以窮死叢葬叢塚維揚而寄籍於金閶久之專操吳語服飾皆效蘇妝姿本妖豔而尤工內媚以是見之者無不色授魂與初許字於縣中小吏閒其家貧僅給三餐香殊弗願也左鄰有徐氏子者固佻達少年衣履華煥狀若貴家子弟貌亦翩翩自喜與女相遇於巷口四目注視兩相慕悅香以女伴中有辭九孃與徐為中表戚候徐去已遠謂女曰此竊玉偷香高手也生平相識不知凡幾伊所歡柳瓊枝勾欄翹楚常以夜合資贈渠世閒便宜事被渠占盡他日不知何家女子消受此閒中福也女聞言心默識之一日女倚門小立徐過其前瞥觀女駐足停眸手持煙管趑趄行近向女乞火女父母適立外出招之入室鴻合狐綏繾綣由此時蹈隙一來女房牆外固巷內通衢也窗畔有樹一株枝葉扶疏攀援可下徐自此出入漸為鄰里所知機聲四布女料雙緣不可久恃謀與宵遁初至金陵居於逆旅囊中貲固不豐數月告罄卬屋作介紹售於釣魚博徒施以八百金署旌曰此天仙化人苟肯顧作消遣既抵利涉橋竟登龍家水閣丁字廂前賃所為討徐與博趣諸姊妹皆出觀新人咸嘖嘖歡羡曰此好姿首如女觀此景象知為所始急賣香徐剽以為然涴施五影波先別饒雅趣大哭不欲生龔姬撫慰再三導入房攏則帷帳之華衾褥之麗生平所未觀也擲纏頭動難計算金玉錦繡何惠不堆積滿屋去女仙雨間來者皆豪富貴公子若為所賞識所擲纏頭動難計算金玉錦繡何惠不堆積滿屋也哉況今日擁潘安明夕對衞玠溫柔鄉豔福安知不為所占盡哉女頗自高非祝袴鱠茵不輕接見也下服龍以金釧謂之曰此汝所占盡哉女聞言意願勸勉諸姊妹又來殷勤相勸以此遂安之女既墮平康豔名噪一時枕杷門巷車馬如雲而女顏身價自高非祝袴鱠茵不輕接見也下孃十索惟意所欲苟不盈其谿壑即以閉門羹待以後不得復望見顏色矣人亦無敢忤之者即極客者一覯

女面往立破其慳囊傾筐倒篋所不惜也有某軍門自徽外凱旋攜貲巨萬欲覓阿嬌貯之金屋有繩女之美者邊往觀焉一見嬖之日夕在女所不復出挾之游西湖有大員往拜窺見有婦女疑軍門偕內眷同來即遣女使問安女居然以如君自居牆賞優渥偶行於六橋三竺孤山岳墓間見者疑為神仙中人不知為此里尤物也軍門前後贈道無算并為之脫樂籍擬納為小星終不可蓋不屑居妾媵列也卒以不歡罷女由此自立門戶購麗姝蓄豔婢覆數十輩頤指氣使享用之奢埒於大族攜之於莫愁湖畔迴廊小榭露閣雲窗可入畫圖花木泉石之勝甲於一時凡遇心許之佳客則招致其中女漸欲藏書史愛風雅少時會聽祝安甫公子彈琴音韻抑揚泠然旨遠思學之而未能也間桐居士深於琴學以金聘往習之三間月始成所奏亦非凡響焉因此女愛才之名滿人口大江南北傳為豔談摹欲識一面以榮女自號嚴仙子明眸善仍得入場獲雋飲酒評花賦詩聯句始無虛日有資者則供其行李之之困或有錄遺被斥者則為言之富睞粉頰生姸貌既綽約性尤倜儻每至酒闌人散客去留影簿解羅襦情別銀缸之際覺箇中銷魂蕩魄雖成佛登仙不足方喻也好事者舉稱女為夜來香演十香曲以贈之其一吹氣如蘭麝臨風解玉璫夜深索杯茗枕畔不道是衣香其二委地雲鬟重臨窗卻晚妝銀缸斜背坐微送髮絲香其三耳鬢斯磨際憑閑小語長初傳誦一送馥中休繡鞋冷暖茫成賢處取粉痕香其四玉頰朝霞暈氷肌夜月涼偷從偎傍處抹粉痕香其五豆蔻指頭綻驚鴛怯葉底忙成翔暗中休摸索但覺繡鞋涼其六玉體橫陳夜亞山夢楚襄醒來腰力弱微帶汗珠香其七貼地疑蓮步空若鳥在此鄉襢郎親慰體冷暖茫成賢處取粉痕香其八十幅箏曲聖剌繡鐵鍼嬢一樣平康女能編體香此曲脫出傳誦一時傳鈔者幾於紙貴洛陽女積儲既富揮霍亦廣有不合女意者雖受其金錢輒擲之為門外漢得至迷香洞

中者惟二三素心人而已以是銜怨者衆人皆側目欠之而禍事起矣某御史某當道皆平日曾經其所侮弄者至是居臺諫之職風聞言事操方面之權榮辱由己誣以窩盜娶賭立提鞫訊女出巨金賂上下卒不得免遂親詣公庭鋃鐺索月缺花殘家中所有橫遭搜括指為贓物盡行入官豔婢妖姬一時星散別墅亦由官估價出售逮事白得釋而女已無立錐地不得已攜身以償衒費重抱琵琶依人宇下雖帶兩梨花幾經推折無復舊時風韻然三分姿色尚堪領袖秦淮也不料女驚悸之餘悲憂成疾時顧影喃喃如與人語支離牀褥瘦骨盈把不數月竟須髻小鬟於門前權子母焉一日有一女子經徐店外見徐傳踪小駐疑怪諦視之東鄰之阿昭固舊相識也驚時鬖鬖令高醫盤雲髻長眉恆月用作袴旋風流態矣徐因延之入言次知昭已嫁人家貧不安其居日與夫詬誶員氣出外遂至此間近漸作倚門生活訊其所居則固與徐廬僅隔兩巷也偕昭來者為鄰媼李姥向以母姨呼之者也因謂昭曰余近來小有儲蓄日用所需可以無慮卿固不遷來同住強如墮入火坑中主中饋日操井臼余伴枕衾儼成伉儷李姥亦欣然曰此正與昭心䀌之隨徐之意遂決昭自歸徐迎新送舊以皮肉生涯哉昭意似可徐引昭入房啟箧出金疊粟陳几上昭心䀌之隨徐之意遂決昭自歸徐庭梅樹下以手招徐徐急下階趨就曰女曰卿在金陵何以能脫身來此一夕正與昭置酒小飲忽見女立中不易萬世相隨君抑何忍心賣妾為娼令幸得離苦海訴之冥主者以伸妾寃茲特邀君往閻摩府一為質證耳汝尚享人世間樂事耶言竟女身後兩隸突出驟以鐵索繫項徐踣地大呼昭急前扶之起則徐已口流涎沫手足厥冷延醫視之曰此鬼證也恐不可救乃招巫覡治之巫云寃魂索命死在旦夕昭問徐余無一者也因謂昭曰余近來小有儲蓄日用所需可以無慮卿固不遷來同住強如墮入火坑中
言但瞪目直視以手指心而已是夕狂呼達旦伏枕作叩首狀曰知罪李姥與昭謀席捲其所有遁去徐號叫數日竝無有過而問之者死後鄰人收其尸焉

劍僊聶碧雲　友如

劍仙聶碧雲

聶碧雲竞州奇女子也幼遇異人授以劍術能飛劍取人首級於十里之外嫁一士人能吹鐵簫嘗於醉後吹簫於柳陰下樹旁繫一漁舟漁翁有子不孝是晚適罵父士人聞之怒擲簫殺之因此放浪江湖間一日訪道於勞山從五老峯下觀面逢碧雲視之不轉瞬碧雲亦注目久之曰觀子行踪亦浮家泛宅流也余高無偶願隨子遂為夫婦士人欲結茅於西南山麓女曰余自冤愆應經汙洛有至一處報作十日勾留從不寂寞耳且冀子為指臂助大道苟成者女自非無益者女於夜間占望星氣卜日當在洪澤巨湖因疑鄱陽湖中必有神物遂詣豫章就屋畔夜出十許神鏡久滯嘗於夜間占望星氣卜日當在洪澤巨湖因疑鄱陽湖中必有神物遂詣豫章就屋畔夜出寸許神鏡注水滿盤中測之曰光氣猶遠繼審知在太湖乃浮九江達三吳卜居西洞庭山士人設帳授徒有久處意士人因於暇時詢女隱事并叩所欲為女曰余父非許真君門下講求修煉鉛汞之法大丹已成不日飛昇山潭毒龍幻形作真君狀潛詣父所命父啟爐分丹為二顆以一自服以一昇我父伴若密授真言我父方俯伏受教邊乘不意袖出鐵椎擊父首遂須丹為其所盜去毒龍自此變化不測此大仇不可不報者也毒龍神通頗廣非劍術所能制須求三物女人設法求之女曰余邊求之不敢少懈今道投之潭中水可不興一為降魔真杵一為煉影神鏡余但有一鏡而未得此二物日夜求之不敢少懈今探知鐵在太湖中長僅若著視之曾相識與女稽首問訊曰三物得二報仇之期不遠矣我師有一函香火所薰蒸須空月明如晝士人方閉關夜讀萬籟蕭然女忽歇扉玉衣履沾濡髮際水猶滴瀝也謂士人曰子可為我賀余已寬得神鐵矣出諸袖中長僅若著視之曾相識與女稽首問訊曰三物得二報仇之期不遠矣我師有一函香火所薰蒸須道違一黃冠出神情瀟灑似曾相識與女稽首問訊曰三物得二報仇之期不遠矣我師有一函香火所薰蒸須倏忽不見女大歎異啟緘讀之真君札也謂降魔真杵令在嘉興西寺韋陀手中惜為世俗香火所薰蒸須

得辟穢金剛咒十萬遍乃能返璞還原至時自來助汝女往橋邊以偽易其真者供諸案頭沐以異香因令士人晨夕諷誦金經期年其數乃盈女於十年間已煉比首百具鍇可削鐵堅可貫石擲空中若流星閃電下必著物無虛發者女躍然起曰報仇正在此時矣毒龍蟠伏於藁湖今徙宅於仙穴乃靈山之最上峰也富楷于入蜀求之於是應躍入險劍關豐門山一峰峭拔千霄漢氣色慘蔚下為神物之所居女告曰在是矣願從我往乎士人曰敢不如命女異以革囊以首之半子之日俟靈雨勃興雷電激盪時望空擲之無不奏手事急君可持降魔杵以衛高宣金經自無虞也女結束登山直造其巔士人從之但見潭方廣約數百畝水清澈底游鱗可數風水成紋連漪漾女曰吾龍妻聽樂音子可吹鐵簫以引之士人之簫固神技也高可過雲響可裂帛精誠所注金石可泐猶按譜律抑揚宛轉三弄之後極其所長女謦觀驁魚中有狀若蜴者點首搖尾舉止有異知必毒龍也急授以定水神鐵潭水頓涸丈許蜥蜴變為巨蛇須臾鱗甲怒張風浪驟作千百條蛇俱從潭中飛出向集女身女擲劍空際匕首儵忽不見急以煉影神鏡偏照四方乃伏在磐石下起磐石覓之轉瞬間成一蝦蟆女以毒龍杵擲匕其背儵忽不見女以純鐵刺之血雨橫飛士人亦從旁助之俄而天地晦冥水火風雷一時竝至士人恐其再遁出神鐵刺之血驟湧潭為之溢焉女曰二十年大仇今已始償所願矣忽闖空中有聲飛其尸己盡但見石上執杵誦經女以胸懸神鏡諸不敢犯龍術斬者知不能敵騰升雲際張爪牙與女關女以降魔杵擲之女身化煉諸神皆不敢犯龍術斬者知不能敵騰升雲際蝦蟆女怒豈可嘉也仰矚則羽衣星冠端現雲際乃真君也俯謂女曰毒龍伎倆百出那得空中便死及視女亦隱无蹤剽鄉之騰拓地誅茅百年後仍將出為人患不如畀我攜歸下潭物返躍入鉢跳收真君亦悅莫釐飄瓢拓地誅茅百年後仍將出為人患不如畀我攜歸下潭物返躍入鉢跳收真君亦悅莫釐飄瓢有然之志山中人民以女重臨咸來問好女卒歲無所經營而衣食自給雖與士人為伉儷而食宿自察之似絕無所染者羣疑為非常人適春間靈霖為患浙皖山中各處發蛟西山巖壑深處遠近皆聞龍鳴山民憂之徧行搜掘無所得一夕雨驟風狂山水陸發雷聲甫震而蛟出雖土已丈餘女聞趨至飛劍斬為二朋日

蹤之一角首而鱗身長幾數丈山中人不至於罹災者女之力也一歲患久旱稻田龜圻民間祈雨者斷屠建醮俱周效有時密雲不雨雷聲隱隱格不得下女曰是必有異巡行田野偏察之見一棺朽露戶有一小穴甚滑澤似有物常出入者因詢誰氏之柩則久厝不葬家已無人遂告衆啟而觀之赫然一僵尸臥其中徧體綠毛蓋啟尸已起立衆懼卻走女曰此早魃為屬也命積薪焚之甘霖立沛民間得't雨種雖旱不為災某甲家有狐為祟驅之益橫甚至擾及左右鄰居箱籠龍無故大出織物死鼠時埋飯甌中婦女藝物棄於街道甲患之龍虎山請天師符歸家懸之亦無所畏意必有道術因往治之女一臨治之女笑曰是非我所長也待醮勒勤我皆未曉不將作王道士斬妖流為話柄哉甲再三懇之不得已遂往及門驟有一巨磚飛來幾中女肩女怒擲劍空除則室中狐鳴已斷其首女曰其害已除君可高枕而臥矣女歸即有一白鬚老翁持剌進謁女以素昧由來異焉姑延之入則蒼髯古貌道氣盎然謂女曰同屬元門何相凌之甚哉許真君猶與人無惡也我我自能治之乃以三尺加之是曷故哉女之仇今我之仇將於誰報真君猶與子劍甚利可以妄殺也女始知為狐祖因答曰子自謂能治其子孫則當伏處巖穴遠隔人間自然無人謂子劍世無罕乃紫援平民誤其校譎論厥典刑當何等子自謂能治其子孫則當伏處巖穴遠隔人間自然無人謂子劍閱知哉子休矣毋攖我怒無以對情志沮喪倉猝下階蹈地遽化為蒼狐轉瞬已杳女謂士人曰此狐按以陰律罪未至死我殺之未免過甚子可誦心經往生咒各萬編超度之藉以懺吾意女以洞庭東西兩山之勝甲於吳下謂此間原係福地洞天天仙之所宅不謂山中人塵容俗類皆泊於銅臭貪販遠方佳景當前棄而不顧絕無樓臺亭榭之勝泉石花木之幽競作墳墓轉為鬼窟惜哉余意湖中當築長堤如白堤蘇堤故事連兩山而為一中建環橋十有二以通舟行潁湖惡裁荷花菱花時萬項清香一堤明月豈不樂哉堤上多種梅楊并松榆梅李之屬以蔭蔽行人莫襤縹緲之間築精舍數百椽為出世之士樓真養靜所女雖有此言後入我眉山學道一去不返未竟其志

徐仲瑛

王英友之圖

徐仲瑛

徐仲瑛湖北人少隨父經商於蜀中於成都員郭諸山經歷尤稔父死遂絕跡不往於漢皋設肆權子母焉生雖貿易中人雅好文字喜作詩歌常與文人學士往來弱冠尚未娶人有以烟事言者生笑曰世間安得有情如媚狐有才如黶鬼性既風雅貌又秀麗與為伉儷羞足以慰我心耳聞者多哂其妄謂徐氏子擇偶乃不求之人而求之於鬼狐真奇想哉生亦不與之辨生性絕警慧見友人習帖括者亦戲之之居然入毀共勸其操舉子業一試而獲雋得補博士弟子員是歲適富大比之年舉惠恩往赴秋試曰君之文如應北闈真投時利器也生亦欣然響從莫以一覘皇都之壯麗遂納貲為附貢生東裝館友北上道經山東濟南生忽病逆旅中不得發因請友先行疾愈即當繼至友去生病益沈重呻吟牀蓐秤藥量水恃僕一人一夕暫亂中忽有一女子逕前揭帳手持藥甌請飲愈扶生起生亦不辨誰何一啜遍盡覺藥味香烈異常一縷熱氣直下重臺井達丹田精神頓為煥發迴視女子倐已不見惟於扶掖之際覺肌膚之滑膩鄉澤之幽韻無以復比轉瞬間宜適相識之友世救度有緣人病堪設位炷香再拜祝謝自此功名之心頓淡願以逆旅塵土非養痾所宜適相識之友有別墅在城南精舍數椽頗有泉石花木之勝堪以養靜遂移居之一日黃昏飯罷銀燈初上聽窗外雨聲淅瀝作響孤館秋深殊涉遐想偶檢韻牌思作一詩遂微吟云孤燈對影不成雙冷雨淒然入小窗思久未續沈吟再四忽聞窗外有笑聲曰素以詩自居者抑何詩思苦澀乃爾耶生疑同伴見訪作此戲詞啟扉招之入則一十七八歲之女郎皓齒明眸淡妝高髻光豔如神仙中人生長揖遜生問是誰家宅眷女曰病魔甫退何遂忘郤女華陀哉生遂再拜謝活命恩曰卿果是賜藥仙妹小生當何以報德女曰知君是雅流故來相近非望報也且於君亦有所利因續生吟曰為寬君簷畔立夜涼羅韈踏秋江生巫讚其佳女於案頭翻得生詩稿曼聲吟哦意致瀟灑蜂蝶作女之曰卿欲厠女弟子否女笑曰君師尚嫌其早倘欲速唱聯吟亦未知誰為伯仲耳肯深女伴欲去生挽留之遂止宿焉女於枕畔自言何姓字洛仙素居山左姊妹四人己最居

長三妹皆已遠適己獨留此近以支君新婿故邅相如作夜奔耳君勿以蕩婦視妾致操白頭吟也生曰余
賴卿再造復得雙宿雙飛但頤生世世為夫婦勿致乖離是乃心耳欷扇之捐卿其勿慮由此女無
日不至夕來晨往率以為常九月杪友報罷出都門訝生尚留不去生謂此間頗有山水之勝友朋之樂仰
屋著書閉門覽句旣省酬應之煩又得詩書之趣去何不快一友曰恐外間或有佳遇以此作尋花問柳計耳
一語正疵著其隱處生不覺紅暈升頰或有勸生不成利無所遂妖衚衕寓齋數十武
望之偕行女曰邇以易占恐非吉兆其餘詞曰天邊返駕折枕畔鳳釵分名既邅行寫於寶珠胡同觀君室中妖
為顧舍滋恐於君大有所不利請一往女慨然曰此數也不可逃也忽促邁行持刺調生生漫遇之邸曰見妾也邱曰
氣旁溢恐於君大有所不利請一往女慨然曰此數也不可逃也忽促邁行持刺調生生漫遇之邸曰見妾也邱曰
遠舉高飛別有天地生不欲一往張天師門下先擕眷屬玉此一二价外卷女鬟也邱曰
夾置書卷中夕間女繙閱書史見符籙躍然曰此所占奇君既不信胡為受
之想我兩人緣分盡於此矣生女泣不言立焚其符舉身向外走轉瞬已否生曰余自濟南擕春屬玉此一二价外卷女鬟也邱曰
忽喧傳會館中門戶不啟而羽士身首異處粉牆上留血字一行云徐仲瑛妻何洛仙也避之者生犯
妖在是矣其來也必不三符撲之袖中出三符揉生裹告焉女悽然曰囊中所占香生旣不信胡為受
一具已刻精鏐二字旁有小字一行云魯國奇女子洛仙生為之銘曰出人匝中飛行天外固遯之者之所避也也
之者死迎邅者即欲縶生去生以重略殊不如奔蜀少時之所避也也自芝栗沂宜昌忝邑豐賴其
舶未汍二旬已抵成都主於舊所識謝家謝為黔陽人需次蜀垣聽鼓應官景況亦殊窘時生抉貨頗豐賴其
沽潤裘服華煥謝本工六法花卉禽鳥栩栩活生為之延譽於富商前後所獲無筭謝頗德之詢生尚未
娶室思以第二女配之盖謝有二女一長一次長女貌尤嬌麗十六歲遠逈次女年亦及笄
能詩詞工書畫苦無長女在前亦一時之秀生時入內曾以通家禮見甚喜其美情一夕挑燈獨坐驚響俱
寂忽有欸關求入者啟之乃一十五六歲麗人也驚問何來女囁嚅不對固詰之則曰余東郾陳氏女幼婉娑

與謝家阿情為閨閣交余父亦楚北人在此作丞尉以與郎君同籍歸耳生見其秋波微睇媚能橫生不禁為之魂銷神奪遽爾擁入幃中極盡繾綣由是往來無間夕生詢家中尚有何人何以能蹈隙時來女泫然出涕曰父母俱喪依於舅氏於氏待之薄故日思歸家君處此雖難問意豈若故鄉之安善語云客雖云樂不如早旋君若有意發途中當不寂宴此居屬於君萬死相隨願君勿棄妾也生告以洛仙在山東手刃羽士必至株連恐非樂土也女曰雖仙非何姓豐若有餘柔若無骨冰肌玉貌秀絕人寰者乎左臂有一小赤痣晴則現隱則伏之無不準真奇人也今開在我眉山修道盡往訪之與之同行必不提往事也生託言遊眉山詢女相待於城西大樹下比生臨而女已先至結束為遠行妝飾益形娥君面必不設言彼不肯奈何女曰推挽不去君與洛仙尚有三十年世上緣既見媚既抵山麓維仙消息遠來揮塵清談想尚未去命姬促之來則容光改舊已清道貌飄然不作一語深自愧昨雜仙曰吾亦知君之前言戲之乎是咱嗔諜別後事微此阿情配君真嘉耦也妾偕幼婉同返世外想女道士可宿在白雲峰下作女道士必生臨下彼心改道貌飄然不作一語深自愧昨雜仙曰吾亦知君之前言戲之乎是咱嗔諜別後事微此阿情配君真嘉耦也妾偕幼婉同返漢臯整頓門楣摒擋姻事君則馳至蜀中行親迎禮計程一月當可坐擁矣君乃以杖幻君形詰官申訴己為君清釋矣阿情與幼婉貌相髣髴神情舉止亦復有一二端似者生甚疑焉詢知固有一姊甫幷而天出觀小卻扇之夕阿情既歸家突見幼婉驚懼異常啼而走後生家三十年立而無他異一日特設君又深一重憧礙矣特妾與幼婉皆不能為君生子以延嗣續謝家欲以阿情曰幼婉曰余得煉像酷肖幼婉阿情遽歸家突見幼婉驚懼異常啼而走後生家三十年立而無他異一日特設形之術乃得再履人世寄為秘之否則恐驚物聽後生貴為大司寇雷雨忽作霹靂震震不得下天既晴鸞聲見司冠筵矚生編遨省垣中瞥撫司道諸於其家環生作團欒會下午雷雨忽作霹靂震震不得下天既晴鸞聲見盛筵坐下有白狐出走俊忽渺入視夫人不知何時已去於是姑知雜仙之來蓋為避雷劫也

陸月舫

曹柳平武陵世家子也少好讀書略觀大義不求甚解家故巨富有園林池館之勝性喜游覽暨良辰令節必招賓朋小集或賦詩作畫或覓句聯吟率以為常詩尚不成弗相強也圖中有池甚巨寛廣約數十畝編栽荷芰菱茨之屬一日將近中秋月明如畫生方獨酌於亭上忽聞空中笙管悠揚出亭仰而視之見天際一畫船彩雲護之漸行漸近既而漸下生喜極欲狂招之以手船首一人長髯飄拂俯視生而笑生命設香案叩首默禱求仙人俯履塵世樓未畢而仙船已下降池中容與中流船中燈火輝煌東西列坐約四五人長髯者作羽士妝踞坐船頭高吹玉簫聲可裂帛居中獨坐者為白皙少年斜揮羽扇瀟灑不羣西面一女子作道姑妝亦舉杯未飲若有所思東面並坐二人皆十七八歲女郎也其一支頤少年相見其一抱琵琶唱喓儂曲宛轉纏綿令人銷魂蕩魄舉家驚駭生戒勿出告人園門悉加扃鍵令僮僕蕭侍無譁爐中多炷檀旃徑拝剝掉小舟往謁姑妝女亥舉髯者欣然起立向生曰子亦來年溜有緣哉遂入艙中與少年斜相見少年亦起為禮曰此綠雲僊仙子與君有二十年伉儷緣正言及此琵琶劃然遽止閼言遼俯首拈帶不語生視其羊度翻潮姿容閒天南遯叟將其生平著述盡付剝刪僊仙子將取其初印書本收之別館何得造語諸俏而他卻扇時當以一杯為壽女邀俏首拈帶不語生視其羊度翻潮姿容界人間何得造語諸俏而他卻扇時當以一杯為壽女邀俏首拈帶不語生視其羊度翻潮姿容游戲人間何得造語諸俏而他卻扇時當以一杯為壽女邀俏首拈帶不語生視其羊度翻潮姿容閣僊子與君將其生平著速付剝刪僊仙子將取其初印書本收之別館特往下方一行指謂云此綠雲秀曼不覺心為之動少年笑曰他卻扇時當以一杯為壽女邀俏首拈帶不語生視其羊度翻潮姿容無地可容生睨之益增其媚長髯者曰會猝間遼談議正言前各飛一觴至曰即以此為合巹杯生舉杯一吸而盡女覥覥合羞幾若以金谷酒數於是長髯者與貌姑仙子同坐他孟浪令坐洗盞更酌有入游語者斟斗注酒滿其中曰能浮三大白再請言他女乃偕生並坐拇戰飛觴各極其樂少年曰今夕西湖月色當更佳

盡往觀乎長髯者曰善即命舟子飛櫂而去須臾已至澄沈若練萬籟無聲六橋煙柳涼露如沐遠處但見漁火兩三而已生恩天河中富有妙景昔年張騫曾乘槎一至應非謬空言語少年曰子船得母自天河中來耶少年曰此乃月中畫舫妓所製每夕打槳以迎后升者也今宵嫦娥應西王母招未返余故借之以作清遊耳子欲游天河當偕子一行即喚舟子轉舵適値風順張帆其行甚捷悵見天星歷歷在船旁手若可摘最後入星叢處即天河矣其清徹底望下界若琉璃行漸進益覺奇寒不可耐齒震震作聲絳雲仙子視生而笑因於袖中出衣一襲授生令生服之日但此一端未足以見阿卿之愛塢傳之寶係輕縠未滿渾織無縫真天上五銖衣也少年謂下界人至此游賜可許其一開凡眼并言特臨塵世了此風緣絳雲淚眥俊然放海堂臨風欲睡司芸醒時毋深感也嬪娥亦自瑤池回宮維舟俱攜仙子登岸遊玩廣寒宮闕皆以水晶築成內外通明衰裏透澈人行其中歷歷皆見少年偏峰嶁登雲頂漢者曰七寶樓臺乃以諸天寶貝所建造者蓋即嬪娥所居也少年趨白嬪娥嬪娥甫自瑤池回命維舟者曰其期想不遠矣于笑曰此何處也有一處田數十頃彌望皆白苗生焉少年道旁偏懸各處有一處不答一語司芸代答曰其下皆白壁兩兩成雙此所謂藍田種玉也因代眂雙玨以贻生曰他日即以此為聘禮既出月宮則河畔維舟早已不見曰無舟何以渡河少年笑拍生肩曰君何慮哉有此賢陰下問又何煩余曰欲歸余曰君但持壁來耳曰諾矣謹志勿忘女於水中讖取桂實數十枚坐柳蔭下問又煩余曰欲歸家乎欲留此閒乎生曰姜也或乘鸞或駕鶴蚵俱飛騰空中致聲珍重去生迴視女拂石漢皐市上有外來女子綦雙玨作聘者即姜也

出手中帕包之昇生曰清晨取井華水餐服當有效取巾一方令生立其上頃之則足下雲生淩空而起耳畔
但聞風雨聲雜沓生意不知現至何處試矚觀之眼甫啟之已墮地乃在山陰道上撐槖中幸有餘貲得還杭
郡初生之登舟也家人已為之危阻之弗聽時見舟湯漾乎河中往來奠定久之舟中上升家人呼號拜禱畢
其速下乃漸望漸遠漸至杳然咸以為仙去也徃有識者謂恐被妖人以邪術攝去耳第卜求神䂓無虛日㽞是生
還悲喜交集愿述所遇此間洞房陳設為真仙約我自擇儔君但行勿慮仙也生遂持眷往住漢臯連旅中編託
是仙姬謂我何妨下之此閒洞房陳設為真仙約我自擇儔君但行勿慮仙也生遂持眷往住漢臯
媒媼謂可有外來女子姓否先是有陸媼者素居婁江曾嫁一守戎没家中悽願不安於室自
以徐孃已老姿態不足動人乃栽植姊妹花數枝為倚門賣笑計一日忽來一女子年僅十五六自稱失路無
歸媼派活命媼引之入內略加盥撟容光煥發細視之豐韻婥婷神情娬媚皓齒明眸神仙中人也不禁喜
出望外將倚之為錢樹子咸申中人不能公然設局欄適有祖識者來述其手帕姊妹在漢臯
青樓甚著名譽邃徃依之因延曲師教以唱歌曲彈琵琶女一見即能俱臻佳妙及出酬應豔名頓噪呼徃
侑觴者殆無虛夕因是身價願高有巨腹賈欲出重金為之梳攏女咸不願謂陸媼曰我所以願墜風塵者原
為覓嘉耦耳豈真願以一及青蓮花自葬於淤泥中哉即於身畔出白璧一雙曰有能以此信音爭來下聘者即從之
潔白方正淨無纖瑕無有出女之右者生時立即馳至出玉與比天然合璧於是女意遂定將生贈玉之不
媼一時聯失掌珠拏衣號哭定欲相從俱往女命生贈以三千金日此所以報也下半世喫著不盡矣既返武
林與生妻甚相得贈遺數十事慈珍異也女謂生曰妾已待君匪朝匪夕此以必入平康者亦以投時
好近日人情非此不能遠播即以妾觀莫謂閫中無奇女子生以六為月宮畫舫中人因名之曰月舫字之曰
香蓀女謂長髯者乃廣戚子白裕少年即王初平也

王蟾香

章志芸名初編字史雲太倉人寄籍金陵父母相繼沒依於叔氏以居遺田十餘項亦叔為之經理叔無所出愛之不啻掌上珍延名師課之讀生絕警慧年僅舞勺畢十三經遠近世家爭婚之生皆不願詢其故則曰非世上第一人不屑與之為伉儷也因共笑生為癡謂童子何知乃眼界如是之高耶同學有鄭生者佻達子也與章臺柳相稔新至一妓即其東鄰任氏女子媚蘭也繩其美於生前生感之爱誘生為狹斜遊生一見大悅張燈設讌遂留宿焉酒闌燭熒極盡繾綣媚蘭素知其鰥叔富於金繒生年稚而性駿不難以術取計致也生惟持夜合貲數十金揮霍易盡攜以畀媚蘭媚蘭曰此間不可居矣一朝叔氏追呼若出會叔母一項約略千金生胠篋墓取之盡以出一切衣服飲食悉仰給於媚蘭往來再年餘以林頭金盡告媚蘭漸鼻生從之竟肖遶日匿媚蘭所絕不外出侑觴漸至寄宿他所數夕不歸大為娣妹所白眼一日媚蘭結好期年尚未能徵蘭夢此出處有白衣大士菴祈嗣甚有靈應妾欲偕郎往禧之何如生喜許之乘興同行畚中皆優婆夷接待其周為設蔬筍庭焚香許願既畢女請先發郎可後至及生回室中闃無一人知者生知為所誑罵幾失聲顧旅橐中一錢進退維谷屋主以居人既去將加烏鐇驅生出戶日既暮枵腹獨行衢市間飢餒中燒無所為計自念至此不如一死了之急趨出西郭郊外其地多荒塚古墓松楸夾道榆柏參天但見鬼燐上下鴉聲鶴唳怵然殊可駭異生絕無所畏自解帶縊於叢樹下初覺頂出離身而立飄然若躋虛空天明忽別一世界忽身畔有老人嘆息聲曰何其悲少年人至此良可悟矣生轉身視之則見一老翁白髮蒼顏銀鬚飄拂仙風道骨丰度不凡因起與為禮翁曰草舍距此咫尺盍一柱臨以度令夕生但唯唯翁於是扶杖為前導曲折行半里許林薄中微漏燈光一溪橫亘渡以略

杓垂楊下板扉臨水翁叩之以杖影女子前來啟門翁肅生入草堂擇以客禮甫與山肴野蔌雜陳翁曰草具不足以供客遊入座食之有逾珍錯翁謂生曰至此遑窘陳意恐作歸計否生辭首不語突然後言旋否則何面目見江東父老境盡忠不難致也僕有甥女年甫及笄父母早孤與君等君如不棄當為伐柯翁曰於燈下作書翁曰子誠有志青雲不順道訪之為達郎姻事自譜結禰後望舂至都門一切自能為君籌也翁即於燈下作書城北君如入都可順道訪之為達郎姻事自譜結禰後望舂至都門一切自能為君籌也翁即於燈下作書并鑽以朱提十笏為濟介呼婢置具於堂北生蹊極倦即眠天明夢醒陵覺露涼侵肌風失砭骨啟眸四顧則身臥塚上起視界石乃嚴氏墓道也先是生蘊有好事者經其地時明月正中清光如畫見樹上赫然懸人尸急解之下灌救百端不甦乃移置墓上將於明日瘞其尸既甦乃述所遇甥女者何為在此因自承日此所過者即墓中鬼也因感其德拜禱不寘信憑慼然將返一夕因行道渴甚小飲酒家乞漿於當壚一媼一媼第四家探訪三日竟乏端倪方以為鬼媒不足憑歷然將返一夕因行道渴甚小飲酒家乞漿於當壚一媼囊取錢誤墮翁信於地而生不知其處余覓之巳三日矣媼曰無怪君之難尋也媼女已邊百福巷中新居頗通於我適所遺翁信授婢即傳女命往不百余武已至金漲浮釘宛然闋問者僅一男子既入內即出東燭下視生曰此生即我甥也鄯雍丰乃我通所遺翁信授婢即傳女命往不百余武已至金漲浮釘宛然闋問者僅一男子既入內即出東燭下視生曰此生即我甥也鄯雍丰觀也即命店中童子導往不百余武已至金漲浮釘宛然闋問者僅一男子既入內即出東燭下視生曰此生即我甥也鄯雍丰髦也生出書授婢須臾即傳女入內即出東廂奔走承奉者皆通姿玉映見相若冰清得嬌客如此珠目飛頗不謬也甥女嬰香者何為在此生因自承日此所過者即墓中鬼也因感其德拜禱不寘信憑慼然將返一夕因行道渴甚小飲酒家乞漿於當壚一媼一切陳設備極華麗至日笙歌嘹燈火輝煌交拜合巹一如江浙禮洞房既入乃揭紅巾生視新人儀態萬方秀麗罕匹擁衾共寢英神仙中人也生喜極欲狂幾疑為夢麻中由是相得甚歡如膠投漆生謂女曰令既得卿富還鄉里奉事叔氏少承膝下歡女曰妾巳為君納粟捐主事可北上應京兆試若得聯捷歸亦未晚生日飄泊巳來視文字香如隔世帖括之業久不復習阿卿奈何女笑曰無妨至時妾當代君入闈斷不倒棚蠻矮供君一笑乃選佳日夫婦拏車入恐居廉了孤負阿卿奈何女笑曰無妨至時妾當代君入闈斷不倒棚蠻矮供君一笑乃選佳日夫婦拏車入

都臧獲如雲行李烜赫試期伊邇女常服生衣冠效生裝束習生態度驟見者幾不能辨三場既畢女命生將文編呈諸名宿咸擊節嘆賞決其必售榜出襄然居前列明年會試捷南宮入詞苑見生文者疊疊譽以英俊不凡不知皆婦人為之也生遂乞假歸里偕女俱旋叔重見生如獲異寶初生獲儁報人疊至叔以生久亡去固疑為誤至是始知其非譟也生偶與女言及昔年得遇舅氏乃在嚴氏殯宮豈舅氏已登鬼籙耶女曰舅氏得授太陰煉形之術已成地仙近來游戲人間不日將臨視予君慎勿言其告事恐駭聽聞也生後以大考一等出為四川學政凡蜀中名勝之區無不為蠟屐所經一日於峨眉山下見一黃冠脩髯偉貌神宇清澈者出為之屬無不對道人袖出一書曰歸示吳生夫人自知成都以書授女始知即舅氏也而容貌已變矣旋由京察參勤所及不避權貴鯁直之聲震一時繼陳集楚北日適經余讞訊當以重刑覽之杖下女曰不可凡有仇怨皆前日之事安知非君過去生中曾負此釋幽滯即証枉所有應來疑獄一經鞫問無不立白民間幾有青天之稱比於宋之包拯其實皆內助之力居多也一夕偶與女閒一盜案乃大劫物寄贓於勾欄中為盜所擊者即住媚蘭也時已為房老矣家有四姬竝皆佳妙俱以蘭字命名一曰湘蘭二曰沅蘭三曰澧蘭四曰瀟蘭蘭最幼尢為絕色至是夫人自知長撰謂生曰貴人今日尚識老夫否生蹙然不知所對道人袖出一書曰歸示吳生夫人自知成都以書授散媚蘭年此徐孃半老風韻猶存此時帶雨梨花亦幾經權折矣生因指謂女曰此即誑余中所云千金中道棄余者也今日逋余讞訊當以重刑覽之杖下女曰不可凡有仇怨皆前日之事安知非君過去生中曾負此釋幽滯即証枉所有應來疑獄一經鞫問無不立白民間幾有青天之稱比於宋之包拯其實皆內助之力居女債故令為之償耶至歡喜緣成寬尊學障亦由前生注定今彼已報于此一重公案而君復報彼寬怨仇相報何時可了不如與君解釋此段因緣生許之逮媚蘭上堂一觀生面似曾相識輾轉思疑是生及私詢姓名果也歎曰孽我命盡於是生為反覆推鞫盡得盜黨証狀媚蘭實不知情立行提釋又陰使人贖以重金代贖四蘭并時周其窮媚蘭知皆出生德感深刻骨為立長生祿位朝夕焚香頂禮適生叔氏辛命喪回籍媚蘭亦卒四姬俱歸覲諸生家願奉侍生沒齒不貳四姬盡充下陳惓嫿歌曲工經管頗通書史以此生晚年頗享豔福焉或曰女亦地仙之流當生卒時年已耄耋而女貌猶如二十許歲人及葬而返女已不知所在

李韻蘭

李韻蘭平湖名秀才也歲科試甄居前茅秋試屢不售闈中文雖名下老宿無不服膺設絳帷於邑中凡列門牆者牽成名而去以此聲望重一時生一女曰韻蘭少即授以書史兼習帖括及長姿容秀逸丰致娉婷見者無不為之神移志奪遠近問名者踵至女父以求皆鬯宮中貲士不之允因是怏怏不就無何安女父母相繼逝女孤無所適乃依於姨氏姨鄭氏世家女少識字工刺繡無子祇生一女小於女僅三歲讀書作畫聽頴異常貌亦秀美小字娟娟愛女若掌珠待同己女竝無異視鄭有陸生者美丰姿年十六八邑庠工詩文推為邑中高材生己聘而天方將擇偶聞女名延媒妁往東馬女姨雅知風雅生亦瀟灑小康每至良辰美景風日晴和春花開時秋月朗夕輒開酒聯詩共唱和伉儷之歡為世俗所未有歲申閒多豔慕之訊度日竟不謀於女而許之擇吉成婚禮儀優渥既卻扇覩女貌者無不嘖嘖稱羨女既風雅生才且家道小康儘可知歡樂甫濃而禍事起矣先是生有密友孫月波去登徒子也生以女姨令女出見孫覬之不覺神為之奪目注魂搖眙而許之孫月波戒生曰此非端人也不可交歡生早與之絕生弗能從固在祁廉訪幕中專司刑名頗見信任是日自生舍回思欲得女輾轉無計孫忽遇盜劫巨紳一案恍然曰計在此矣夫人可得不患姻緣薄不為我意謂臨鞫時可誣攀陸生在內則汝罪可輕余當預為汝地及對簿訊盜具如孫旨立即飭差往拘於星火莫知其由繼詞知為鼻署拘人猶恃有孫在謂必能為力鞫時盜供職非生所矢口不移生會卒無以自辨於是情形益遂孫固在此矣人口不至為獄吏所苦終不得大力者為之昭雪汝家中人之賢立見其頴也後日媼說女曰郎君怯弱書生耳誰此重案追比嚴酷答撻交加久必斃於杖下汝將何以䴗口不如早自為計女咄之使去細為緝聽始知陷生者孫也時喧傳朝廷已另簡新臬使不日涖臨

李韻蘭

舊官將升任他省女閭之營營如有所作日夕弗違先數月邑中來一名妓曰瑞雲態姝冶豔中略有所蓄至是已厭倦鴇意將擇人而事所居僅與女隔一巷牆可通往來女時以饋遺厚貽之而與之訂為姊妹勤其自拔於火坑中瑞雲泫曰姊尚不知妹心中事也適來輕薄少年翻覆無信安能以身委之哉妹竊欲得誠謹者而事之因出生小像示之曰容貌如斯子能當妹意否瑞雲曰妹所言者也一日女延瑞雲入妹居妾勝之列終日操作辛勤苟不有人稍加憐恤則願斯慰矣女撫其背曰妹誠有志者也若閨門邊闌強捺瑞雲坐女長跪不起但曰一事求君肯應當相商瑞雲起曰妹如肯為所謂生死人而肉白骨者也再生之惠昌敢有忘當世以辦香奉視瑞雲紅暈於頰久之不語女曰妹一女流耳安能上達憲庭施此郎君手段哉女附耳言乃可成時紫華麗矩集案中人細加識問偽修飾容傳誦發逾月瑞雲歸女有愉色俄而新臬使至女攔輿呈詞即提刀辯論明暢情詞家楚見者皆極修飾容傳誦敢知女喜乃奔瑞雲告以事此郎君之恩人也將思何以圖報耶瑞雲乃為生縫一時以有女才子之稱主歸於其實條乃其事者咸稱快票詞女自提刀辦論明暢情詞家楚見者無不動容嘆賞盜盜悲吐寶雲既至漢臯改從水道瑞舟之以行或之先之或後之時露半面或現全身臬使驚視其艷陰令僕從訪之則曰金陵名妓瑞瑞舟情然不自至山珍海錯無不畢具以玉壺注酒異香常列異花不可無佳餚以藤金買一夕歡此啊深慮不得當實深漏永瑞雲情然自至山珍海錯無不畢具以玉壺注酒異香常列異花不可無佳酒惜日間末備少此咄嗟延何言也送有饌至瑞即捧觴曰蘇曰聊妙應對之間娓娓大悅昭之珠甚泊舟幽僻處一住十日瑞雲於臬使左右悉有贐遺約以明日將別去夜半瑞雲忽泣臬使以為不忍捨己也曲意慰藉之瑞雲乃言絲誣陷始終身無有大冤末白言之殊慘人懷語未畢鳴咽不成聲淚珠簌簌墮枕函臬使詢以何事瑞雲乃言

使聞之勃然曰此事若確孫尚得為人哉真人頷而畜鳴者矣三尺法豈能為彼曲恕哉倭余返任日但以一紙稟詞來當出汝夫於鉽矸耳剖寬雪柱固余分內事也惟汝歸勿再出所佩玉玦貽之日瞑期年生將從女汝升誌我過生遂納瑞雲為邁室逾半載女惠疾不起緜懗時囑生扶瑞雲為正室言訖目瞑期年生將從女言瑞雲執不可曰妾勾欄賤質微姿斷不可主饋祭祀姨妹幼娟年已逾笄德容拉檀書史俱從女不聘之為繼室生不可瑞雲強為之委禽焉幼娟既來歸與瑞雲尤相覺悅衣裳履舄皆與女拳拳不忘鄭巷有吳媼者常夫陰司每為人迷陰中章及因果報應時有驗生問以曾見女否若能通九泉消息當有重酬媼許之逾十餘日生住問媼媼曰以君夫人故特為多留三日生不得音耗聞已生天上不在陰間余有一妙死三十年矣生時得授太陰煉形之術現服役於地仙府第已訖其訪君夫人蹤跡當有以報命淡旬生又往媼日得之矣茲在芙蓉城中作司花尉班居第七初告郎君名若不省繼而述郎君訖曰記之矣須下履塵世矣相見之期乃始憶及前事淚然特於花帶上解玉觽一片以貽君且曰因此凡念一動又須下履塵世矣相見之期不遠也媼出玉授生視之乃昔日殉葬物也因悲不自勝俊生年至七十餘歲月明之夕二三良友清當不忘也因果報應時有驗生問以曾見女否若能通九泉消
興忽發相與扶箕以問休咎箕忽不動書降壇一絕句云家居近碧山西懶把人間舊事題下隔斷紅花甲降世重婚之說竟不復驗以為媼之譎言偶游滬上宿於北關外至小蓬萊箕壇月明之夕二三良友清故來相會陸郎無恙否陸生見之老淚淋浪下霧襟袖因問前許重降塵實全生再結因緣何以不踐此約豈鄭媼故作虛語乎箕即書曰芙蓉城主已許余降生特以余年二八幼娟妹富赴夜臺然後余得締此良姻心所不忍也遂纂珠仙子見余詩詞甚相契合遂令校理秘籍於今四十六年矣再臨塵世不久不作此綺想余告陸郎世間一切皆幻不獨富貴功名有如鏡花水月即夫婦兒女亦同泡影露電不久即滅欲求長生不死者只有修仙一著耳以郎慧質本自不凡惜為欲累牽纒令若矣亦當激悟記取摇翠軒書陸中有錦函秘笈俱講養氣煉形之法學之可成地仙郎其勿忘余去矣箕遂寂生不久即逝世不知能證正果否也

鞠媚秋

江浙為名勝區山水甲天下中多隱君子太湖汪洋三萬六千頃水潤連天樹低無岸瀕湖有村曰詩魚港樹色鬱然曲折通幽片石孤雲皆有逸致人家隨水比屋依山種籬太史蘭卿卜居於此瀟灑有出塵想子綌字畹君一字子九少穎慧及長負才不羈嘗曰區區之富貴功名乃為學業累乎作儒生者顧則銘勳金石功震當時隱則託跡林泉名傳後世是亦可耳生貧別無長物而室宇結構頗就棄茅作簷剖竹成屋石磴精深花木蕭疏旁設茗寮專命童子淪茗以供寒宵清話長夜讀書窗外種梅四五株冬來著花霏拂琴林書案間暇時招友小飲山色湖光豁人眉宇望雲樹之蒼茫觀峯巒之隱現每俯仰感慨作不平鳴曰世無知己者是卿矣讀文君紅拂傳則曰世尚有閨閣女子物色英豪具風塵之巨眼者乎張篠坡先生督學江南獨賞坡之曰此奇才也是歲入學急雨飄風幾竟日生曰蛟龍得雲雨池中物也生性放誕不合於時而生亦不求合於史畫倩頗狡黠善詞生意載酒譴遊必令挈壺以隨閒日則供埽地焚香種花煮茗之役一日紫陽書院甄別生入城赴課將歸途遇蕭雨鄉蘇笑卿秦夢琴以久不見生把臂歡然共飲黃壚雜坐於小蘭干側生曰波滑於油山遠若黛觀茲景不嫌矛盾看昔日黎聯之著為美譚吾輩今日妨效顰蘇曰蘭兄詩思捷何必探囊句有金谷之故例在秦曰君此詩情頗甚矣何必太速令請以半炷香成八义韻為不疾不徐間耳生曰然友朋小集良辰壯然刻燭以期則太緩擊鉢以催則太速非今日韻事乎千時古渡雲蒼亂流霞紫鴉點翻紅魚紋漾君曰不知誰探驪言近風流針陽話舊酒家樓雅近風流針陽話舊酒家樓珠塵倒元白生曰惜無阿襞來以續畫壁之佳話耳語未畢猛聽遠處嬌聲細簫管拉奏蘇曰撈笛當者耶聊催詩揭鼓耳生曰何處暗香沁入詩脾泰曰想是隔院家沈水甲煎故馨欲薰衣半清颶徐來鸚哥低喚風開來了二字諸人側耳聽甚微露紅樓半角亞字横排綺窗搦筆送餘詩偷度處祇一垂髫女子倚風凝佇怳惚有思半韻婷婷不可一世忽俯見隔河諸少年即避入猶掩久之窗關繡簾斜捲

碧紗幮中旁立小婢一人掩映窗前笑指天邊雁字曰此非傳書鴻耶項亦遠巡而下蕭曰無意間得遇樣頭美人想是詩意所催且可惜以催詩奏日只恐詩被美人催去耳時生方低徊盼若有所懷蘇曰環佩聲春矣何倚朱闌而神注耶生曰纔遣麗人不覺心折我見猶憐況使人之消魂也蓬山雖不遠宕逸自是身有仙骨豈止意消真箇魂銷蕭曰劉郎何恨逢山遠逢山直恐尺耳隔幾萬重耶蘇曰蓬山神宕不遠蘭兄望眼幾穿矣是妖燒兒致有半臂春山芙蓉如面柳如眉秋水為神玉為骨真謝家詠絮才也生曰此刻一番清話勝於拈韻撚藥者百倍若再狂吟鐵笛高唱銅琶恐文通有才盡乘夜歸太湖所笑眾人翹首仰見一天明月幾點疏星回顧樓邊燈光透隙馬微鳴悄無人語遂各別去生嘆唾殘飛燕香鎖脂粉想今天下乃思日間所遇如有所失慨然曰天下果尚有人乎吾始以為西子臂冷令德雛閨深閉人多矣未有如生者機旋熒迴紋之詩半逸良史上壚眉才人而不落深閨脂粉想今天下乃高有人乎吾誤矣既是念以往無意似為有意惜訂香查為相知雖宿矣雖然事出無意亦見一面未識姓氏徒於夢寐間依稀憑闌時也有洲鞠苑梅名儒宿旁也見生文異之曰此未易才也詢出何人手有答曰是子蘭生作也時有何限量金馬玉堂非異人住因問蘭生友者日生柰出名門譽齡秀發同學皆推為畏友然憤時嫉俗泥筆軒才人恒薄視時文為不屑學不知時文亦從古文出以君才取青紫如拾芥願無自棄所選課藝呈示生晃無意於功名矣蹉跎首久之項兼及里居答曰今小隱太湖之湄鞠渭然曰僕閒人多矣未有如先生者忍令其天假之日以青衿楚翼旦以君才欲建不朽功必以科名為先自來才人大士入室持白菊花一枝贈生并招致其家謂之曰士子欲建不朽功必以科名為先自來日此秘籙也僕生平得力於此不齒之論文雜無不僅一女其母姚氏賢觀音既長姿谷豔麗秀要寥傳敎以詩文有若鳳習兼及產異香馥郁從空際來因名之曰菊花女母珍愛若拱璧將為覓快壻苦不得當意者以是將近笄年猶未字人鞠若自見生文雅契重之恒於後堂竊會待之不啻父子

庭中牡丹盛開紅紫繽紛璀璨奪目特張盛筵招集及門諸子以賞之即席俱有詩篇生詩推為巨擘合座傳
觀艤而閨中亦有和章諸客遂為擱筆生見詩知出女手甚為愛慕然未知其貌若何也元旦賀歲生靖以通
家禮女亦隨母至後堂邊得一覩芳姿兩相觀即樓頭所見麗人也女見生秋波斜睇亦覺
似曾相識但不憶在何處遭逢耳嬌母曹氏甚愛生循世俗例以生為寄子得出入内廳女自此亦不甚避
生時於終惟執經問字或偶吟絕句亦出而就正於生間為之點竄一二女輒心許生偶女詩寫於屏
宵深夢醒依然見之於言外矣生前時曾譜旗亭在何處爲蒼香館迴廊小院
畫屏欲語無端又中止防他鸚鵡隔簾聽爲展芭蕉幾尺陰為人靜後一燈如豆坐
簾櫳澄簾濃綠灑於雲網鑪烟篆紋長日深閨無个事此中清味要君分駕鴛怕繡把針停開對青燈倚
風生友見之遂流傳於外今錄五章左連宵殘雨斜風零落殘花隔水紅何處人家絲柳下讀書燈護於屏
曲折通幽最宜消夏女恆招生共讀爲年雖近冠尚未定驚占女讀書處為蒼香館迴廊
吟唱和之際露胸臆女亦知其意每請艶經摽梅之章諷以宜遣媒妁介紹者自有月
老永人由氤氳使者為之主宰一物不具則不能行古者貞女大抵如是女於此有許之之心而無拒之之
意隱然見之寶告且當日樓畔相逢者神情態度猶可髣髴今思之疑也蓋乡耳女特無從探消息耳與女詠
生具以實告且當日樓畔相逢者神情態度猶可髣髴今思之疑也蓋鄉耳女特無從探消息耳與女詠
余媛母家與鷗娜小攜酒僅隔一河是時從余之婢為阿曼令猶識君謂君時著白裕衣獨凭闌干翹首而
風搆思甚苦是耶非耶生笑應之生祖父應以事奉命出京便道旋里與鞠老為同年
昔時詩社中執驪牛耳者也知生出鞠老門下甚喜詞生何以不婚生遽間為叔直陳顛末叔曰此亦何
害當為汝成厥事使往鞠無異說遂擇吉日納幣成禮以太湖有風波之險貲屋吳門為青廬為卻扇
之夕見者畫驚其美一對壁人稱為嘉耦儀生聯捷成進士終不出仕謂人曰對名花讀異書雖南面王
不易也何必浮沉於宦海哉聞者服生高見為不可及云

王蓮舫

姜麗裳字星嬌良家女子也少居蘇州封門外之甫里村父固名下士家赤貧女長容麗齒皓明眸獨冠一時傾其儕偶其舅唐鳴球精申韓之學為幕府上賓一見女甚賞之謂女父曰君僻處於茲蹄涔之水豈作波瀾欲擇佳壻亦難矣不如隨我至武昌當代為覓嘉耦父許之女遂依於舅家給氏無所刺繡裁衣無不悉心教導以是女紅精絕號為針神人皆疑是薛夜來再世女舅固為制府刑名正席兼主奏牘眷屬寄居督署之東偏有樓五楹珠寬敞花木蕭疏池石幽古庭中植梅杏桃李四株相傳為數百年物著花之時香徹遠近入其室窗明几淨心曠神怡有謂居者輒見狐仙所據居者不之信而居處已久竝無所覩時制軍夫人方欲繡佛幡適見女手製歎其工巧晩倫女舅東性耿直殊不頎慕即令製束之華逾於巨室手繡佛幡三十六幅都四萬餘字凡閱十有四月告竣點畫工細波折分明始勝筆書見者疑為鬼工上榻之日遶通畢集屬官之妻咸來賀喜傾城士女往觀為爭欲一覩女容皆嘖嘖歎為神仙中人貴閣巨神知製軍愛女間字秉妯娌者踵至制軍黎佛眉者大司寇之公子也性本佻達籍其父勢陡頓作遽闊女名必成期之以商之女舅為女問字婚約來期以必成爲辭女舅以此女非所樂然口不能言也一日女偶游佛寺見之而制軍父子亦頃之爲吾女矣言竟而受聘焉女閣之難非所樂然口不能言也一日女偶作詩四絕置於研底爲荷嬌所見漫吟一遍曰何愛來者如梭織一肩輿至淡妝素服不假修飾而風韻嫻婷似曾相識出輿瞽觀女流盼數四若詩訴言之而此女赤來相陪坐近因問姓氏女具告之而制軍父子為縣尉固應官聽之馬此女自述其姓王字蓮舫小字荷嬌父母俱在陸墓已隨叔氏至此需次楚北官為縣尉固應官聽詢早者頃之蘭若供伊蒲饌住持尼妙蓮馬女入別一室而此女亦赤來相陪坐近因問姓氏女具告之而制軍父子為縣尉固應官聽詢詩鼓者也女自見其吐屬風雅知必識字固能詩且嫻入法并吟其近作詩四絕訴女力挽留始允馬女自述其姓王字蓮舫小字荷嬌父母俱在陸墓已隨叔氏至此需次楚北官為縣尉固應官聽思之深也女詩云連朝小雨點霏微蕚地輕寒上袂衣睡起不知春已晚簷花簌簌逐人飛碧紗窗外月如鈎

小閣疎簾貯愁獨生無人心更怯黃昏雁響上空樓對鏡無端損姿傷春情緒怕題詩繡窗無眠朝臨帖
為誦金經夜睡遲自寬不緒更無端枕函晚起偏嫌冷卻宵來淚未乾荷嬌觀姊近日
柳似重有悲者豈以蓮戶勝於綺羅雖曰處深閨而無異因驚妹女曰非也妹之素性固
喜淡泊而不悅繁華今日雖處富貴而跬步輒有約束如行荊棘中是以鬱鬱耳荷嬌曰尚不止是以妹揣之
當別有在因附女耳言曰非為姻事歟女涙背赧然不作一語荷嬌曰若誠以此姊請勿慮妹可略施小術代
擇一眉目姣好者曰妓理鬢髮必此逝矣女請其術荷嬌曰但求於騰婢中多增一人臨時即能為力於諸驚中
桃僵姊亦可金蟬脫殼從此富貴使纖小授女以符籙咒語俾習隱形之術學之半
月始得閨奧偹視之宛然女也諱嚼之曰為之觀荷嬌喜曰術已成矣吉期既屆荷嬌導汝衙新人既
婢代為裝束視女行走於廣泉之前人多不之親荷嬌為新娘往迎女不盡慎女衣
登與荷嬌偕女曰盍臨妹家少住幾時然後旋歸晚也女從之偹行出門忽有雙衘來迎女以驢遊巡
卻立荷嬌乃命易以螺車迤邐數里許始至門第高閎宛如世族荷嬌入內室凡歷門閩數重錦
慢繡簾異常華麗處女於西樓以二婢供役一日露香一圑迎廊小榭曲折通幽霧閣雲
窗縹緲入畫中擅花木泉石之勝荷嬌瞥女日涉游覽題詩賣句闘酒藏弧糖以消遣此樂真無以復加
也女居數月姊家自娶後佗儻相得初不知其為贋鼎也女因益知荷嬌為非常人來傳長生久視之
訣荷嬌曰此非可以妄授也姊猶富貴於塵世之福妹欲傳姊以相人法以便他日自達高堂色笑已三閱寒暑
出柳莊相經數十葉贈女昕夕觀摩凡决五句學始就女欲辭歸省親乱曰自違高堂色笑已三閱寒暑
矣中心思慕急於言旋惟是事似涉怪異故里人何以教我荷嬌曰以妹卜之姊姻事當在北方
盡往山東暫借一鏡界晶瑩透澈光鑑毫髮面紋歴歴可數日以此相天下士當無遁形
乃婦其寶之女歸為父母備述頗為歎詫先是女男書來里中戚申知女已有所歸無何忽傳有會匪之警勢猖獗連
矣姊其急之女之姨母嫁於濟南上人亦閧閧世家因往依之居無何

滔數邑逼近城垣城中為之戒嚴募勇團丁力籌守禦居民邊徙一空女與姨氏亦倉皇出走中途忽相失於
時援兵驟至誤以為賊也羣寬山谷間女弱足伶仃艱於登涉攀藤附葛氣力殆盡忽一失手墜於崖下自分
必死幸葛藤糾纏由漸而墮及地落葉厚籍尺許得以無傷女駭極而悲蔚失聲痛哭忽聞背後有人云咿何啼
聲之悽也其音甚稔迴顧視之則蓮舫也彼此執手慰藉喜極滯零女何以在此豈夢中相逢耶蓮舫曰
早知姊有是難故來相救賊亂不久即平不足慮也顧此間非駐足地姊妹往別墅暫憩因攜女手同行峰回
路轉即覩茅屋四五家曲澗小橋聲跬旱四偏有門牓曰綺園蓮舫指謂女曰此即妹所居也入門細石如
砥幽花夾道翠柏蒼松景頗常住不復思歸矣道次顛頗園中秋室五椽竹屋紙窗綺簾木榻殊有山居風致女曰此夕女與蓮舫同衾曩書生也難布
人幾忘塵世但願常住不復思歸矣倏閒人聲喧雜俄聞釵聲又沸閨傳賊至逃難者甦員相屬扶老
挈夜不眠將近五更朦朧睡去耳畔聞人聲往來不絕距數十武有一亭中多石磴女往一少坐而不知已先有人在固翻翻一弱質書生也雖不
哀冠而丰神秀徹顧盼不凡女驚覤之餘靦覥其為非常人何在宣已散失乎女哭應曰君將奈何生曰賊鋒已逼不可不
視益正女見造次顛能以禮自持益為心許俄聞眾聲又沸閨房之益信生見女兩頰微酡詰生姓名生
泣不起甫而牛神秀徹前揮有矣不能行矣前撐女卿家中人何往曰君曾娶君未也女曰未字如能援鍾建員季
避余適乘驟來繫於此亭下請以代步何可乎女曰妾亦何生曰妾應曰君將奈何生曰賊鋒已逼不可不
自陳為濟南士族姓盧字雨人固明經也女女返於是兩家互遺媒約擇吉成禮是年生擢秋闈明歲進士第繼惟蓮
芊故姻好可從行否則甯絶命於此亭生曰敢不如命遂與女互拜於患難之間不敢不謹女亦不觀雖周旋於圓走城防解嚴生偕女歸暫止於歲串
蕢乘況卿細骨輕軀何嫌累贅惟是男女授受不親雖周旋於患難之間不敢不謹女亦不觀雖周旋於圓走城防解嚴生偕女歸暫止於歲串
百年姻好可從行否則甯絶命於此亭生曰敢不如命遂與女互拜於患難之間不敢不謹女亦不觀雖周旋於圓走城防解嚴生偕女歸暫止於歲串
家探知女家俱無恙使人往告立迎女登骎疾驟竟得出險旋開賊已潰圍走城防解嚴生偕女歸暫止於歲串
詞林不十載官至方面其為黎氏子者自父沒後即以博傾其家至無立錐地而以婢學夫人者亦早續惟蓮

胡姬媽雲小傳 友如圖

胡姬媽雲小傳

胡姬媽雲小字媚珠一日寶兒出自小家松郡亭林鎮人也父馥堂號勇絕倫充縣衙緝捕役境中宵小輩行鼠竊伎俩者率畏之如虎上官頗知其能因是遠居郡城時姬年纔十二齡喜服黑衣人戲呼之為黑阿寶或譽之為黑牡丹稍長容貌姣好態度娉婷善辭令工修飾益覺楚楚動人碧玉年華綠鬢豐韻見者幾疑為神仙中人比鄰有徐氏子者美姿容年甫弱冠尚未娶同學少年率稱為城北徐公恒成羣結隊徜作北里之游戲徵逐始無虛日顧問柳尋花眼中卒少所許可一日見姬豔之歎為秋水芙蓉非風塵中物繼訪知姬家世為所誘不能守室女箴鴆合狐綏鰥鰥倍至姬父佯為弗知也者不之禁也輕薄子弟闌其防閑之疎相授意遂拍手歡躍始無時相饋物於姬父遂相往來如戚串馬姬亦常出見不之避目挑眉語兩相授意前來與姬通殷勤姬亦時與目成姬父固有姻霞癖日需一金悉取資於姬時患不給適新邑令來甚譚訪盜賊獲即釋放不予賞錢坐是貧困久之囊橐益窘幾至斷炊一任姬作倚門買笑生活以售紫霞膏為名陰為招致漸至出而侑觴佐政為酒紋錄事馬章臺北里闖名噪一時黃蕃退雙風流廣大教主也管領鶯花平章美詞知為姬益歎名之非可以浪得者姬應對敏捷善伺人意叟特賞其慧黠私歎曰天奈何既產名花不自護惜而任使之落藩墮溷哉酒罷更闌斜月晶瑩射簾角叟客辭去姬特暗中臺裾留之更燒銀燭獨對紅妝淪苦茗陳佳果絮話家常問關有太息聲其意盖在余身哉必有所言願以敎我叟曰此時年已及笄不為幼矣趁茲春花秋月佳辰良景孟宜放開慧眼擇人而事恐一旦門前冷落老大自傷即欲從人亦不可得豈不悔之已晚慎毋以苦海中為安樂窩也姬甚韙其言零涕鳴咽不能成語自是姬邊物色人才將依附雅流為終焉之計會行郡試士子雲集姬門庭如市車馬喧闐有任公子者南邑巨富也以鹽

胡姬媽雲小傳

務起家積貲百萬亦以應試至郡中生貌既韶秀性又慷慨喜揮霍於花天酒地閒歷深矣視世之塗脂抹粉者曾不足以當一盼郡中蜂蝶使咸仰其富思從而衆街焉華之作欲邪游少所當意悒悒返寓急欲往訪一繩姬之美者曰胡寶兒箇中翹楚也何為遺之乃令以凡姿俗豔酒人目哉宜其抹然一切也偕生神志益見心傾立即開謔於紅梅閣下魍魎迎百般獻媚酒三巡歌三疊投魂與意專注生此時之生神志往一復顧倒幾不自由宵深燭炧送客留影曲意逢迎百般獻媚酒三巡歌三疊投魂與意專注生此時之生神志往一無不妒形於色喧傳於外幾徧一郡有白面孫二者劇賊也飛走騰捷於猿猱密結游勇中有贊力者十餘人約貴夜集於姬家左右開門納之入將囊括而廿心焉宵半拔關而廿心焉宵半拔關盡涌入姬從睡夢中驚醒勇已入房環立腰姬若畫露刃若霜姬恕不識胡家棒法耶拊拽木桿横掃披靡有退志孫二笑曰爾曹素以勇力自謝者令乃不能敵一弱女子明晨將何面目見人衆聞之復前姬持桿縱横揮擊急中賊要害有蹴而復起者有匍匐逃走者先是藏獲匿室暗令見姬勇能剌賊俱出而鳴呼巡丁閏聲畢集鄰人亦來相援賊乃奔姬從容畢永迎視住公子躁伏如蝟穀練之狀可擱姬曰公子受驚矣妾不能早為扞衛是妾之罪也雖有人垂首俯窺其童中有人垂首俯窺其童中其面何從而具此勇力哉姬曰是皆妾父之所授也妾能空手入白刃十數之衆其勢有人垂首俯窺其童中有人垂首俯窺其童中其面二笑曰此事於是郡中人皆知姬能從為生置酒壓驚生連浮三大白曰快事於是郡中人皆知姬能從為生置酒以報一夕撒女房屋頂瓦潛繼而下取油淹豆布牀前而令其尊大呼姬聞聲遍起蠟足踐豆滑甚僕孫二從上推巨石下中姬背觀童中有人垂首俯窺知為剌賊也舉臺上錫燈檠奮擲之通中其面姬亦躍登屋春舉首四顧而賊首已如鷹隼逝任公子於是不敢復宿姬家逾數日始絆知兩次行劫者皆孫二也是夕受傷胸間作隱痛伤疾亦自此伏矣旋赴滬上覓良醫得徐君古春治之小愈即發

藥由是食後輒咳繼以嘔吐病日增劇而姬不自知也乙酉二月遇渤海生於申浦第一樓鷺鴻顧影知舊相
識躊躇往來遂深投契因之月底盟心花間鴛鴦遂密訂白頭之約焉顧生庭訓甚嚴難以情告乃於暮春覓
西郊老屋數椽為藏嬌地載一舸以俱歸了三生之夙願人方慶姬之得時於藥鑪茗碗間翦燭聯吟擘牋覓
句或畫眉簾底或擁髻窗前藉以消憂起疾乃與妻謀同往滬上儗居城北寓廬時於藥鐘茗碗間翦燭聯吟擘牋覓
之大婦忽嬰蔡疾松郡頗鮮和緩乃與妻謀同往滬上儗居城北寓廬時於藥鑪茗碗間翦燭聯吟擘牋覓
返於雲間淐上勞瘵悲傷萃於一身因茲纏綿牀第之難幾成藥店之飛龍有類拱籠大婦又以
藥石無靈盧扁寡效竟至不起姬獨卧空房閒生哀痛聲不勝抑欝撫牀哀號一慟而毙距大之沒僅半日
耳年止二十有一云其一憶從識面暮春初舉止風流憊憊自如十九年華淪幻體兩三竿竹敗幽居紅顏福薄應憐
退叟縷談愁悒慨歎之聲與暮鴉啞啞之音相應和一時妻妾逑歡不欲生長夜寒燈濕枕角時與叟叟
於九幽之下其一云渤海生以華倫幻體兩三竿竹敗幽居紅顏福薄應憐
汝白首緣慳莫訴予畢竟名花同愛護縱踪笑指七香車其二云天生傲骨欠溫存誤爾良辰酒一樽草徧憐
遭沙叱利花奴難遇墨覺春含蕊從此枕把畫掩門驚鏡分飛緣底事頭教姹女暗消魂其三云
榴花如火避罷難罨翠袖楄襟怯影單白浪千層搖畫槳紅塵十里擁香鞍九霄回想喉音巧百尺樓頭眼界寬
綺態輕盈堪豔美清風淡蕩月團圞藥其四云揭來小病似纏綿鼓瑟東游跡杳然偶種芙蓉開利戟宣松柏
矢貞堅酒闌強欲饒清話夢醒方知藥緣多少黃金誤交契憑誰奏透野狐禪噫嘻姬之姿容靡曼情性風
流固已超人一等而姬自怨遇之艱年壽之促比之小玉小青諸姝似尤過之二十一年小謫紅塵正如石火電先
一剎那間耳或謂姬不淑香阿芙蓉膏而死則傳聞之說也閒姬已葬於松郡北郭外樹石碣曰胡
姬媽雲之墓埋香有塚瘞玉堪憐涇川琴溪子聞而惜之以濁酒清泉遙弔之梅花之下曰此亦千載傷心人
也

楊秋舫

陳心農名文田字亦秋古越名下士也少居會稽擅山水之勝家有園泉石奇古花木蕭疏樓臺亭榭曲折通幽其讀書處曰綠雲高无雅嶽高樓五櫺藏庋書籍牙籤玉軸秘帙函貯難勝數先世本擁鉅貲至生已少落然尤甲一郡生以應試赴杭州憩居環碧山莊園紳之別墅也林樹蔽虧頗堪夏生於六月間先至意蓋在避暑也既至屏絕交遊日夕諷讀所居距荷池僅數十武時正花開清風徐過芳逕微一夕月光如畫生浴罷納涼宵深未睡憑闌望月觸緒興思憶遠懷人頗涉遐想忽見池邊有人影亭亭徘徊往復睇視之高髻淡妝影髮絕妙女子也生思素日並無婦女從此況乎夤夜皓齒明豔若仙不覺神為之奪長揖謝罪曰驚避轉身向生適從何來冀相逼之甚也生於月下觀之秀睐皓齒明豔若仙不覺神為之奪長揖謝罪曰此是吾家庭院與卿素昧平生不虞卿之涉吾地也何故女曰妾屬君之西鄰當君未賃此屋之時恒來遊玩或賞月看花或登樓蕩槳惟任妾意之留連園主人顧有花不可無酒有月不可無詩觀卿吐屬必爛哈詠何不屈降齋中一洗潔適經亭外徒閒花香參鼻觀冒觀偷涉取諦於俗流也生笑曰卿的是雅人然何由稔吾俗誚請毋妄相唐突余住此問亦可半作主人願有花不可無酒有月不可無詩觀卿吐屬必爛哈詠何不屈降齋中一洗生俗氣哉女亦睇眸觀吐觀吐屬卿的是雅人然何由稔吾俗誚請毋妄相疑哉妾為句欄中人作酒斜女錄事來哉生日侍役盡可遣去園中門已下鍵又何慮他人來正堪道此良宵一樽之下看花或登樓亦效世俗兒女態哉女乃僭生對坐然容顏忸怩生以白玉杯滿注醇醪奉女女亦不辭乃杜少陵集也評隲悉中欵要笑曰適言誤矣君之不甘居女子也特相君求履處有繡袴習氣耳生呼僮以一吸邊盡三杯之後漸相歡諧言是西鄰敢開芳姓女自言姓楊字秋舫小字蓉寶父工刀筆為入幕賓所生母早已逝世今惟繼母在堂耳相待頗薄寒暖有無初不關意父有妾曰巧孃私相贈遺時加慰恤

言次溪背贊然生日後來但得一快壻何足應此哉女曰人以心事相告乃加衆落君真可謂做人矣卽起答
行生強搽之坐亟行謝過日是亦實語也於是洗盞更酌女量珠豪飮數爵生已玉山將頺而女絕無醉容因
因於生讀書林畔購生書籍見浣溪紗一闋云夜靜長廊月滿簷輕風搖曳繡簾開十年前事繫人懷客有傷
心應訴與香冷無形跡費疑精冷淸地夢中來女亟贊其佳問生日此爲何人而作生曰余於十年前夢遊一
處晝棟雕梁瑣臺貝闕有似王者所居中有一人霞珮雲裳丰神絕世視余爲笑旁有告生曰此君室人也
十年後必應斯兆矣以是人手中所持玉如意轉贈爲簾外忽有鸚哥嘖嘖喚茶來余遂遽然而覺常牢記
之不忘昨宵讀書偶倦暼觀一美人探首簾際之入媽然一笑而逝視其貌不一臨余日夢中所見者也
余故有感而作此詞令夕得逢卿來是亦先機之兆也余乃命往招之女亦欣然喜
啞不可脫手竟明夕彊其復臨而音信渺然徒增慨想越數日生赴友人之招讌醉而歸之女
珠方慮不可得境涂行蹩蹶見有雙燈前導者睇婷婷雅步乃前日所遇之女也避近獲逢月
暗星稀力處進茗供果趣走堂前女設席於玉就樓下須臾婢來報云席已具矣女導生入其室雖榘四五
出意外急詢何之女日自甥家茲將返舍前則婷眉疾趨而前則婢來報云席已具矣女導生入其室雖榘四五
啦肩入門攜手登堂儼然伉儷之雙雙以至也生視其屋稍狹而雅潔異常可稱精廬凡一臨我家生欣然喜
皆佳妙注酒盞妾請卽奉告時君豪裙相留時莫早已心許矣不下於傷筆刀之
自執壺注酒盞妾請卽奉告時君豪裙相留時莫早已心許矣不下於傷筆刀之
得入珠簾翠幕華焕奪目坐甫定肴饌已絡繹而至但味廿美莫名名其何品酒數巡生已微釀女起親
事君歸後父母互相勃谿父謂我母日許家青士固關關美少年也才調亦不下於傷筆刀之
捒私曾言引余日別室密謂余曰汝讀書識字旣具靈心相士亦當具慧眼汝令長宛轉任汝擇人而事我不
扣卻致令低昻不就蹉跎至令姻事未相勃谿父謂我母日許家青士固關關美少年也才調亦不下於傷筆刀之
也父妾曾言卽余日別室密謂余曰汝讀書識字旣具靈心相士亦當具慧眼汝令長宛轉任汝擇人而事我不
尤也妾引至別室密謂余曰汝讀書識字旣具靈心相士亦當具慧眼汝令長宛轉任汝擇人而事我不敢
君如有意當卽倩舅氏執柯若始亂之而終棄之則君固弗爲也苟欲望爲桑間濮上之行則妾之所不敢

出也生立聲一大白日善謹如尊命是夕生下榻於墨華盦淩晨女招男氏至為主婚禮舅氏廣頴豐領長髯
拂腹一見即生即器之曰此不凡材也翌女正法眼藏自當不謬遂擇吉期於翌日交拜合卺一如世俗禮旣卻
扇容光四射嬌豔如初日芙蓉曉霞舊生與女琴瑟之諧自不必言往朞月餘屈指試期已屆生將出應秋
闈女曰君非功名中人又何必多唶此三場冷飯送令屏棄帖括專力詩詞時與生聯吟覓句互相唱和鍵關
卻掃不問戶以外事生友有來訪者均謝絕之金風旣轉玉露將零女書知南海人不言旋
阿父固早有館翩之意恩母氏或有誚言甚非所以待嬌客也不如還君園彼離妾家相距非遐雲妾欲歸寧
入都將驚此園為行賞已與別家有成說女闔之勤生加價售之生概還僕取之家中女曰無需也生中園
有十萬金向為君援卜式例納貲入官已得監司之職特以瑣事未及告耳若欲售園貲固不乏也生曰
卿父固遠勝卓王孫矣女笑曰妾以不作文君之私奔故有此耳園旣屬生宏加修葺更買園左隙地以恢拓
之由是生徃來於杭石激流耕山釣水不復再圖進取女亦勤纺織室為嗣續計適有吳門
金媼攜女居湧金門外年甫及笄頗具姿首女工剌繡恒以十指餬口供母甘旨鄰里多以孝女稱之女聞之
謂生曰是可娶也生令媒媼徃問索五百金立昇之概遣僕取之女儐售之家中女曰無需也生中園
卿固遠言不置可否遂命侍寢金女善伺生意朝夕事無情容逾年金女舉一子啼聲甚雄女笑然謂生曰
此亦宗子也一日女家中人來迎女歸旬日便作此態向人因反覆慰藉之女淚珠簌簌沾襟袖間生曰郎
已有後善保玉體母以妾為念女同徃止之車遽展輪颷馳電邁頃刻已杳而踰所約期不見女返道人徃
省為拭面意大不忍卽欲偕女徃女家則無所謂楊姓者返報於生生大驚悒怏自徃道問
凡歷數日有老者曰此屋為楊駙馬舊宅久無人居且屢聞怪異想君所遇者妖狐兔魅耶生瞪目不能荅西
望躊躇策馬而歸

宵娘再世

周渭璜字璧臣號仲瑜金陵人固官族也逮生巳凌夷矣然猶以家世自誇意氣兀傲不輕讓人諸冠之亂金陵陷為賊窟洪逆據作偽都者殆十有三載生宅殊閣巨曾為偽天將第冠惠平官兵入而居之時生室家星散身遠至滇南越十餘年始返其宅空無人居久經鏖鬪生人皆惴惴為不安枕席生珠無怖畏一夕新顧室廣人稀每入夜燐飛下上魑魅啼於暗黑鴟鵑鳴於屋角家人皆懦懦為不安枕席生珠無怖畏一夕熟睡方醒忽覺有人以手入衾其冷若冰啟眸視之乃一赤脚醜婢咄之使去曰冷如鬼手聲強來捉入臀具此草範何尚不自量顏自退至房間小語曰當令渠高臥無所懼去須臾有塞簾入者曰誰家郎君嚇我癡婢生視之秀黛彎娥高鬟盤鳳蓋一十七八歲女郎也生冤衣將起女郎已近牀前止之即坐牀沿曰天寒如此不如倚枕擁衾相對作清談何生曰此時漏永宵深冰天雪窖卿何為冒寒至此耶女泣然曰因與姨母口角貢氣出外正慮貴夜假依何之見姨氏駐足通過門外駐足通過門外見窗隙猪漏燈光知君永眠故來相就生曰項來相就生曰項女本住維揚父母俱沒乃依姨氏以居姨氏里居女自述馮姓名香鄰也交頸而睡日高未醒女起推生把臂挽留遂止不為君述此豆蔻梢頭二月初也女香腮薄頰如不勝情生曰令夕無賴生日令夕無賴生日令夕無賴生日今小立出耳常生日此正豆蔻梢頭二月初也女香腮薄頰如不勝情生日令夕無賴生亦為腮薄頰如不勝情生日令夕無賴生日令夕無賴生日今小立異寂也遂代女解羅帶鬆金鈿并為脫履女抵攔不可生觀之不已竟挺足示以夜間再來生本未娶至此盛設筵席偏招戚串使女觀炫行自是女居生室無人不驚其艷麗歎為神仙中人居然如杭儷馬生本未娶至此盛設筵席偏招戚串使女觀炫前謦欬襄日之婢道經此間見余突然問訊謂姨氏尋覔已久已知余所在消息不日將來擒縶矣因此海眼出而謂見諸人無不驚其艷麗歎為神仙中人居然如杭儷馬生本未娶至此盛設筵席偏招戚串使女觀炫

訟庭也生曰何害聊無父母身由自主雖寄養於黃娘氏然非其所擕寧騎首前原之無言及妾言及娘氏家余已早為之地冰人有擕婚帖可憑娘氏即口有百舌亦難辦矣女曰雖然不如早遣之為妾言及娘氏心猶生悸況見其歪斷豈妾有舅氏居武昌盡徙往邊之生性喜遠遊從其裝遶發至蘇泊舟金閶門外皓魄初升蟾先皎潔黛影凝眺波痕上下一色須臾登舟相近曰風雨如此投剌來調者生視其剌題李重光深論初不相識何為至此方欲辭之而其人已昂然登入艙內女袅旋有避匿後艙可破寂寞遂命設延歡異鲜佳有咄嗟立辦偶話前朝興廢事口講指畫有如目擊於五代治亂源流甚詳其博辯辯燭既見狐衣飾華貴生知為非常人對坐傾談頗傾倒及論詩詞援古證今剖析得君薄臨可飲寞遂命呼歌者備觸謂生曰以風狂雨驟身不得行客見往答客曰三五輩皓明眸凹皆佳妙最後抱琵琶亦作激楚之音聽者俱慘堪裂帛摩雲關乃展軸撥絃獨彈琵琶抑揚宛轉哀感纏緜所歌亦為歡聲響過行客告生曰此念家山破曲也迴念曇騰愴惻生曰聞此曲乃南唐後主所作君之姬人何由習是客曰客不言奴於此即念黃阿嬌也從我北歲人間善消愁抑鬱指後歌者曰此保儀黃阿嬌也從我北從卒於大梁至今恩之猶為泫然指紫袖者曰此保儀也性最通慧最所屬愛指翠衫者曰此保儀黃阿嬌又指側坐問曰聞後主所寵尚有宵娘頗驚其美舉止風流容態事麗顏盼瞻笑無不妍姸洞燠也指側坐曰此何人客曰此宫人流珠也性注凝睇頗惋惜其生聆言令促頗不自安客笑曰江山尚不能保況宫人生也生問曰此人現隆魔世已屬於君以五百年前風流夙緣雖舊時姬侍未便招之來此生愆心生聆言令促頗不自安客曰客書生尚能珍借若此可愛哉珠也生問曰良辰美景因命流珠為生把盞流珠對生揮毫項刻盈幅出懷中玉印鈐之色澤煥千古之美人可得見乎一舉耳非常也君其善愛惜之勿虛此生千古之美人可得見乎一舉耳非常也君其善愛惜之勿虛此不識其書可得見乎用出素縑索書皆不選來勤酒生皆不辭生千古之美人可得見乎一舉耳非常也君其善愛惜之勿虛此然飲酒自午達酉微有醉意因懼失儀辭不能勝客乃命流珠歌以送行其聲嘹亮以長一字數轉既畢餘

音猶繞左右容曰此卽昭惠后所作邀醉舞恨來遲二破也非流珠牢記弗忘則此曲祇應天上有之不復傳於人間矣容遂與生執手作別曰自此幽明異路未知何時慎勿傳諸世俗耳目命人送生過舁隨以二縷金箱鑄寶娘且囑其善事郞君無以我為念箱中物雖非一世著猶不盡也流珠五人皆有贈遺殷殷致聲問候生甫廻舟舫遽發檣櫓如飛轉瞬已杳遂其具女茫然如喪生特造謝言妾肆唐突無言可以假託贈物則不可僞也啓箱觀之珍寶充物竝無能名於吳門穿珠巷中縫貨其一已獲千金旣抵漢臯適有內官竟巨珠求之瓊島新洲終不能得四嬛一口春桃字紅鸞二口夏蓮字滿分三口秋菊字慧英四口冬梅字寒香歲具絕色令曲師敎以聲歌晨夕入塾讀書以是頰嫻音律識字至是能涉詠吟可昇五萬金售之丢然所藏猶未盡也生旣扶重貨即儎於闊聞遂什一之利部署既定然後立武昌訪女男氏則已先數日往豫章匈當公事矣生自稟儒為賈所過輒利市三倍積蓄豐饒一切事用埠於與生互相唱和快然自足日今日始慰吾夙願矣夫豈初念所及科哉惟醫時亭榭不可不大加修葺以為王侯藏獲輩趨走盈前飲稜者再曰郞君乃吾甥壻前娶我甥女時何不謀遂見生猶相識向麗人附耳數語麗人逶詣生前歛衽曰此蓋吾家光近請先至吾家所當一臨存之生冤梁之築也可以歸老焉乃醉僕拏贊往金陵司土木事一日生游黃鶴樓行頗倦忽小憇石闌千側見有局促不能盡其辭麗人卽命喚肩輿至與生偕行且謂生曰此間距吾家光近請先至吾家所當一臨存之生來庶識門徑也約行半里許與人遶止生見門第崢嶸居然閩闔門內垂手侍立者四五人跌升堂與麗人相見生執卑幼禮甚恭麗人親呼秀姑來項之環珮鏘然廳闌香溢亭亭玉立於側卽二八許嬌娃也麗人謂生曰此我女也可以妹妹禮見之姿華絕代堪與香郞稱雙麗生微晗之容許嫣娃也隔坐相陪勸飲逆到口輒盡女秋波斜睨媚態橫生戲以纖指提生耳曰不欲則灌汝生神志益為顚倒人不覺沈醉隱几而臥昧爽始醒風寒砭骨但見霞覆滿地月影沉山屋宇人物都無所有乃臥於荒家上知為

媚黎小傳

媚黎小傳

媚黎英國美女子世所稱尤物者也生於倫敦京城固世家喬冑稍式微矣女父掌教書院頗有文名女兄考授律正衙署中公務必延其折衷女亦而警慧絕倫書過目即能成誦各國語言文字悉能通曉而尤擅長於算學時出新意難疇人家名宿無不推服蓺中同學有約翰者姜丰姿最於幾何代數與女同一師眼時各出疑義相與辨析女所思無不敝人生雖畧輸一著聰以授受同一淵源堪稱伯仲生與女兩相愛悅目成眉許誓為伉儷惟約翰為樂工子與女門閥非敵體故格於父母命不得行蓋泰西雖由男女相悅而婚嫁門第懸殊家世清濁彼異亦不能遽為撮合也願二人此時志比漆膠心堅鐵石難以驟離因閨姻事不諧兩情抑欝計不如先作此算之蝶鸚莫之能遠為分飛之勞燕距書聲半里許有一山峰蟠嶐重疊樹木扶疏山不甚高其上有故侯弟荒發已久尚留數椽為遊人憩息之所持其地深僻人罕至是生女相約於此以遂幽歡踏蹐方濃纏綿臻至如是一日幽期密約率以為常佛牆花影人無知者年及笄女父母諗為之議婚他族偶有粟姓名西門家擁厚資貌亦翩翩而女珠弗願於其富貴曲意承奉父母則必使女出見與之周旋女姿容秀麗風類如菡萏凌霞將放愈形其情深意厚謂偏國中年少而貌美家豪而職貴實世所罕儷酒闌客散諷新郎方擬入房忽有美少年來招之出外日將以密事奉告新郎旣得書至別室覽馬針行細字格妙簪花女手筆也其中所言皆顧尾西門署名則媚黎自知匆促邊去其人非他約翰也新郎方見其人初不相識訝甚其人即於懷中出一巨函授新郎啟閱之自知匆促邊去其人非他約翰也新郎方見其人初不相識訝甚其人即於懷中出一巨函授新郎啟閱之禮延牧師諷經以會堂為合巹是日實明集儀文之盛陳設之華一時罕儷酒闌客散新郎方擬入房忽有美少年來招之出外日將以密事奉告新郎旣得書至別室覽馬針行細字格妙簪花女手筆也其中所言皆顧尾西門署名則媚黎語引誓山河證盟日月沉至懷中出一對野鴛鴦何以私會花下輸情無不盡露歎上指抽壁間寶劍研案曰不毀此一對野鴛鴦為何以澆我胸中欝勳哉於匣中取出西門手鎗逕入新房女猶卻瞓未睡瞥觀生至起而相迎嫣然一笑遽與接吻焉

覺吹氣如蘭玉頰相偎之際氷肌滑膩無比一縷曲情如蘭自繾轉念天生麗質殺之不祥自無福消受耳默不一言仍返書齋濡墨淋漓急寫一札與女訣別以前函同作一繳呼婢搜支閣門德自擊毒鴉一聲休地殞命女得書知事已露急投之火中以滅跡焉噉泣竟夕顛轉難安明知生自殺閣家鼎沸爭來問女女泣弗知數日漸有竊竊議女前事女度大歸焉父母戒勿令出外久之約翰前來省女女命閽人絕之而弗以告女獨居無伴靜極思動念在己國中必無問名者不如作汗漫遊藉韜素閣中土繁華勝歐洲其人物之美麗服飾之燦爛山川之秀奇物產之富庶可屈一指馬請於父母母許之齋金錢萬鎰為行賚甫登舟見一華人自英旋歐容貌魁偉衣冠炬操船主謂女此中華貴官也客姓豐字玉田在中土尚未有室女思嫁之私以終赫英國方言女思學華語每得情客諄諄相視密詢知客姓豐字玉田在中土尚未有室女思嫁之私以終身約客謝曰貴國居家飲食異於華供養萬錢猶飲無下著處我竄人子耳令女子也閣至華後設絳帳教授女徒月以栖鸞鳳也女笑曰子謂余不能耐貧吾哉我西鄰有律麗者寶家女子也閣至華後設絳帳教授女徒月得百金可以自給念亦可做微其所行況余囊中攜有五萬金即存銀肆權子母亦可無凍餒愛子何必屑屑然多慮為哉客曰此炎墉不如居漢阜為南北通之地寒暖均無如上海由南而北舳艫相接每至一地盤桓晤月纔欲覘皇都之壯麗復自芝罘以紀限鏡儀測不能耐此炎墉不如居漢阜為南北通之地寒暖均無如上海由南而北舳艫相接每至一地盤桓晤月纔欲覘皇都之壯麗復自芝罘以紀限鏡儀測託足馬客曰善遂道驚江經歷潯陽沂漢臬每至一地盤桓晤月纔欲覘皇都之壯麗復自芝罘以紀限鏡儀測而至京師馬女謂天下之盛無如上海一麾於算法中尤善測量能令鏡礙中及遠無一虛發當海疆告警巨訓客曰卿乃不才我乃不如巾幗苟不能立靖海氛以甘膚巨訓客曰卿乃不才我乃不如巾幗託馬客曰善遂道驚江經歷潯陽沂漢臬每至一地盤桓晤月纔欲覘皇都之壯麗復自芝罘以紀限鏡儀測而至京師馬女謂天下之盛無如上海一麾於算法中尤善測量能令鏡礙中及遠無一虛發當海疆告警巨訓客曰卿乃不才我乃不如巾幗苟不能立靖海氛以甘膚巨訓客曰卿乃不才我乃不如巾幗貲此鬚眉矣我其從卿行也即附兵舶赴閩江途中見有盜身數艘方劫掠商船揚帆疾駛女以量遠近告駕駛者曰是可擊而沈也泵皆迂笑之女憤甚命客縈儲藥彈若干磺移置若干度三發而沈三身

東於是乃歎其神願卒不能見用於時落寞而歸約翰知女之游東土也以為已耳蓋至華則無
所約東而曩日之盟庶可踐矣急欲追踪而至而一時苦乏資斧盡貲其所有得金錢七百磅闋女橐中檔
有重費踴然喜曰但得見彼則縈縈者悉歸我揮霍耳及至女廬不值後稔女已嫁華人則念然曰彼其
之子抑何負心乃爾絮薄花浮於令為信我見必手刃之必訪女便男女雙殺卻庶快我意因未識客之面目恐
致誤殺特託人以重價購其小象朝夕諦視之恒伏伺要道欲得而甘心焉女重回滬上買屋虹口精廬三楹
舌初調隔室聽之幾不辦為西婦也從客薄游江浙易華敓作中國女子倍形斌媚惟態能盡費苗條客喜曰
小園五畝頗具蕭寂幽閑之致延女師教以文字居然能把筆學書旁通部言語操華音正如驚簧乍轉鸚
耳初下雙趺不耐迫履圓略乞憐於高底雖不偶一為之聊以解嘲若一日發雙珠覺
肯如是裝束即擕至家愿謂娶自南方者亦復雖能識破哉女笑曰謂一為之聊以解嘲若一日發雙珠覺
強人以所難廪也女俗阜虎陵乘畫舫蕩瀾縈往來於其處西子湖中見者皆驚其豔麗往游留園亦
招武迎迓金瑞卿諸校書前來佑觴品評花月均出其下且啦不知其為四方美人也一日女偶閱西字報
見有約翰名已附輪舟從西土至此不覺失驚既而念然曰此人以計殺我擕幾陷我於死地狡而狠豈復
有些子情意哉令日之來始為我也我令已得所歸豈復甘從汝歟其來當一言絕之設或不然顧拼
一命以絢彼誇以報我塔之雰庶可見我塔於九幽之下女意已決出外心擕小鎗自隨備不虞之設或不然顧拼
馬戲自新洲來往觀者賓馬車絡繹不絕客與女相攜偕去方當電邁飆馳約翰亦乘車而至駛至通
衢兩車相拉約翰摘帽作禮高呼問無恙女香腮薄暈若不相識約翰意不能捨其車或先之或後之容
喃問女住居何處女不答但揮約翰令去勿隨作怨客狀約翰饑菜馬疾馳而前文觀約翰之容暗霧殼
機知必不善輪僅百數十武而約翰停車在前且謂客曰我待汝於戲場當再乘車來母貽
役行也女徘徊良久始徐徐展手探懷中金表伴作遺物在家令客下車探伴狀見女獨至相待狀見女亦待鎗於手兩鎗同發班爐連容至則
而登女車女急推之下損其骯愁甚以鎗擬之一發不中方俟再繫女亦待鎗於手兩鎗同發班爐連容至則

秦倩孃

李章秋名翰思自號鑪鄉江西之南豐人工詩詞古文師法曾子固有名於時顧性迂謹趨尺步不敢少踰矩護喜售古畫客有以仇十洲仕女求鬻者高譽詞淡牧丰神容世生愛不忍釋詢其價索百金生還其半客以急需竟歸之生懸之書室日夕對之友至輒舉以誇示同學友繆仲耀佻達子也好諧謔稔生素誠為生話古畫通靈援引真真故事加以粉飾妙緒紛披生聞而歆羨之信以為然由是時於畫前焚香拜禱且祝曰如肯下降塵寰願為佳耦有渝斯盟明神殛之一日繆友偶至其家聞書室中喃喃私語一若男女相悅之詞心大疑潛從窗隙窺之則見生叩首之地有聲備諸醜態不覺失笑生知有人窺悵徨四顧繆友已闖然入矣曰癡哉君也宣真作畫中愛寵哉生正色曰勿發讜言唐突仙子自拜禱以來具有靈徵余夜宿眷中常聞恶索振家聲自愧虛心未至故不能邀其一顧耳繆友曰物有所憑靈響乃著斯畫雖佳尚無命名何不倩高手補綴綴景物錫以圖名命以古美人名姓而題詩以矜寵也則吾應諾否則思於何屬哉生味其言頗有理即求名畫家足成之戲名曰秦倩孃生自此日夕有倩孃在心中生居固未娶不如以夜合賞畢妓俾冒作倩孃往與之睡夕去晨歸以顛倒之何如衆皆曰繆之計洵妙矣生固在毓桂巷前素服治容一如畫中繆所屬者也預納妓於脈後至夕生娃香於鑪注酒於杯俯伏禮拜及拜起而女立於榻肅室應門之童生喜極欲狂連揮不已曰倩孃真為我降紅塵耶邏擁入幃代妓之亦不可知也亦不答嗚即去生堅欲挽留之女數夕生益視畫為寶而詫為代在天上作何職司倩孃但笑不答數夕生益視畫為寶而詫為平之奇逢輒以同儕日令而知神仙可以學得淌不虛也未幾覺下體奇癢爬搔不已漸而紅腫堅舉如搗藥之杵痛極遍告醫醫曰此風流孽瘡也君始有外遇乎抑狎妓否生日無他曾遇仙姬授以樂境或以此試吾心耳倩孃必不貽我竟不乞一刀圭蹯躝

而歸然病日劇呻吟牀蓐氣息奄然後有珊珊來前者手持藥碗熱氣蒸騰生曰可吸之畫疾卽痊矣
生飲之覺奇香沁鼻觀胸膈頓爽旋又持磁盆來盛水幾滿令生踞坐其上蹲刺膻消痛止生甚德之曰惟卿生
情孃所遣來者耶曰妾乃倩孃之婢青青也知君為人所戲弄故特來醫君耳生向畫像再拜曰殼之惟卿生
之亦惟卿令而後願常為粉侯沒齒無貳青青嗔曰是兒翹項竟致致斧不分只知代桃僵戴張冠耳
真迁李也是夕生睡甚酣其疾若失而精神益旺復克足凌晨而起卽於像前設旨酒供其果出八必告生視像
意必青婢復來急舉其手曰青兒毋恐作劇擁其纖指柔滑如春葱忽有自後掩其目者嘻嘻作笑聲生
秋波流灧然若笑真有喚之欲出之勢生每夜必讀南華經誦方酣忽見豔魂盈盈轉詢其名曰紅紅憨而嬌青兒
試精為誰來佳生曰心必是倩孃無他即此覓羅歸手已足以鎖魂蕩魄矣生乃以手指生肩曰試觀我與青
兒媚娃皆生啓眸注視則青兒亦立於旁矣細審二婢俱丰姿嫋約體態輕盈視其名曰紅紅憨而嬌青
而媚娃又殊妙生曰心必有不其趣逕之則一雛駣鬘碧紗燈為前導也生曰善烹飪乏真味耳
婢曰吾家姑子至矣盂趄之則一雛駣鬘碧紗燈為前導也生曰善烹飪乏真味耳
陽烏久匿皓兄絕明眄睞善盼生妾時已設座於紫葡萄架下邀女入坐與女相對二婢則左右侍女命烹雛出筐中
所攜具陳諸几上黃金鑄成水晶瑩澈女曰子真慧心人也此酒飲之者延年益壽是夕月光
皎潔女已薄醉以碟酢如初放桃花弱其媚女以玉如意扣銅盤作
歌曰雲斜宛捲兮如羅月當空兮流波令夕何夕兮蟬娟過擴皓腕兮揚素娥如花宛兮隔明河我不遇兮
奈何與子期兮山之阿嬌佗將以此為安樂窩千秋百歲兮良辰明景兮常娑娑其
音節瀏亮宛轉響徹行雲生為之擊節嘆賞柯轉家橫乃始罷席女入室卽作情容二婢為之卸妝脫服韋悼

一笑遽入帳中二婢張燈辭生行雖鬚宿於外室生與女同寢倍極溫存女曰丐君徐之漁郎初次問津幸勿
孟浪也自此生女同居儼如伉儷形影相隨弗離趂步女工詩詞日與生唱和或有所作女必為
之刪改生極服膺謂題作綠惟弟子一夕迷藏之戲奇詭百出女所伏匿處生必搜得最後女倏忽不見
生遍尋莫得疑立蹴礬觀壁間所懸畫軸有二女像其一酷似女容拈巾欲笑鈕犀微露生狂呼曰在是矣
女翩然而下謂生曰君眼力果不謬他日余與倩孃家即當返處女耳生曰余祖龍一炬則卿將安
歸女曰此乃倩孃遺一劫耳我何預君家事倩孃執美矣然畫像較之真像似不如也若
鄉言情孃與卿姑二人耶抑豈幻中有幻外有身耶女曰中覺魔我乃建迴顧姮娥則女又歎
矣不得已懸鏡床前日夕祝禱一鏡示生視鏡中女像在馬邊立百步之外若青紅二婢也生曰卿來甚
同而形貌彼異悶於懷中探一鏡示生視鏡中女貌亦甚戚者生思相處閒月女則女歎
好破我寂寞二婢詢女何往生曰情始仍欲下降紅塵未能忘情於燕婉也可使我家姑下臨徒哭何為
起掠雲鬟觀書獨坐因謂生曰之耳之聞言又復潸然出涕青兒姓妙也可使我家姑下臨徒哭何為
郎君但可於龍華會上見之耳之聞言又復潸然出涕青兒曰請授鄧君妙術立可第一睡百年永無醒時
乃囑生賣一小龜使其對鏡視形而以艾灼龜腹下以磁碗盛龜溺以溺塗鏡生如法試之已生哭何
命中尚有五丈夫子余當使青兒紅兒代之乃於已室後新築一樓分為左右房命生納二婢焉青兒紅兒皆
工内媚善於永奉若碗鑪香一切咸其所司理偶閒則夫婦對飲喚二婢撥琵琶歌以侑酒生左擁右抱自謂
南面王無此樂也數年間青兒產子二紅兒產子三乃一胎而孿生者也一日生路逢羽士修羼偉貌道氣盎
然見生訐曰觀子神采不凡當有異遇吾宮中失去坤元寶鏡卜之當在君處生辭以無羽士亦不復言悼臂
竟行夜忽失鏡所在女及二婢竝查

悼紅仙史

潘素五字媚蘭小字珠兒生自名門父煥卿讀書好善鄉里間稱為長者所居高甫里村固陸天隨所隱處也有鬬鴨沼遺址尚存里人多尚儉樓鮮華侈即偶有染吳門積習者亦不數覯女少即警慧每從諸姊後吟詩識字或調脂弄粉間作竹石小畫娟楚有致年甫八九歲已如成人父母鍾愛以家貧合書史而習文紅刺繡織組工巧絕倫鬻諸市楮冠亂作女父避居村落中竹籬茅舍頗有幽趣女以家貧合書史而習文紅刺繡織組工巧絕倫鬻諸市其價倍徙人咸以針神目之兄蔡生慷慨有大志練鄉兵拒賊前後殺賊無算黨至遂破賊女先期避去得免顧奔走流離備苦少以老病逝無何諸姊妹相繼謝世惟父獨存影隻寡悽形單形寂蔦狀女事之益摰承歡養志昕夕同懈里人咸稱之為孝女針箐餘閒輒握管鈔書密字細行異常端媚自選才調集八卷為枕中秘又薈萃歷年繡餘詠吟得五百首編為四卷名曰補紅吟草詩出見者盍為嘆服皆曰此不獨進士也由是遠近相傳才女之名噴噴人口巨家世族前來問字爭委禽焉煥卿無所許可獨貴吳門管君秋初此未易才也管君之友知之諷其遣媒徑定管君旣聚冼儷間甚相得也花晨月夕時賡語語驚鳳之和鳴雲路翡翠之游戲讀苦不曾過之矣管君好作近游時客名公卿幕府不能久占家食堂上甘旨奉皆勿久雖膝下然以貧士不能不作容於遠方也女始患目疾繼膺心痛藥鑪若碗不離左右病時猶強自起坐卒之先一日勸管君續娶為後嗣計管君鳴咽不能語女沒後管君悲悼臻至乞海內名流誄詠彙而列之曰悼紅吟痙悼之懷難瘳久而弗忘焉管君旋授書於滬瀆及門顧盛一日有梁生者招管君作天台雁蕩之游謂聊以一抒其抑鬱管君欣然從之東萊同發時剛十月山中楓葉正盛掩映於斜陽夕照間絢如紅錦珠可愛心悅目下榻於雲蘆道院院中主持吸霞煉師有奇術能知人已往未來之事所決吉凶休咎捷於影響管君與之一見如舊相識談至宵深益造元妙管君偶言及近賦悼亡歔欷不樂吸霞曰此前定數也君夫人本天上仙媛偶謫紅塵乃是短緣適合君之姻

緣已有他人戚戚何為哉明日當必有所見管唯蘇歸履室不解其所謂雙晨列伴遊西嶺無隱巖攀集龍潭赤城瀑布蠟屐而往路巷紆曲翠柏參霄蒼松夾道盤折而上頗平坦不覺費力行約十餘里得一小亭蘭芽作簀剖竹咸足珠幽靜乃入小憩同遊者皆散至各處曉覽管見亭之西壁有七絕數首絕似閩中手筆拂塵讀之欷歔媚蘭仙子方訝山荊近即之非他女也驚喜非常竟忘其已死趨出亭外執手歡息睇注視之欲署一絢約好女子行步娉婷神雅澹近之何得留題喬壁正躊躇間忽聞叢竹中有弓鞋細碎聲凝訴別後相思之苦兼問近居何處何以一去不還女遙指竹外箉廬四五椽炊煙絮起曰此里許卽卽是家也則能從我行乎管蹢躍三百曰願隨芳躅於是攜手僻行蓮步輕捷絕不似舊時之蹇澁約抵彼處至則斷橋平坻流水一灣澗泉漼溪喧聲聒耳過橋則柴扉雙掩繞堤楊柳數十株澗西巻植芙蓉時花正盛郎能掇我所書已作也此女笑不答導管入左廂明窗几筆硯精良潔淨無識塵管曰卿至此享淸福不念我矣乘隙以來憊何得此女笑曰君尚有三日聚首天南遯叟所書已作也此管入左廂明窗几筆硯精良潔淨開璀璨如錦屏女抽篋撥扉側活機砑然自開管隨之登堂陳設古雅寶鼎金鑪香非近代物堂右條幅四乃至則斷橋平坻流水一灣澗泉漼溪喧聲聒耳過橋則柴扉雙掩繞堤楊柳數十株澗西巻植芙蓉時花正盛袖中代爲抵淚曰君眞癡情人哉世間一切事有合必有散去生中與君有三日聚首緣若能節之則可十年一見豈不美與余日本欲應杜蘭香之招偕赴瑤池聽王母宣講不妨妙音經以化下界癡男怨女大凡女子之懷妒心者都從禽獸道中來妒則必淫淫則必悍若過去生中泣中備受諸煩惱復則死後當墮無間地獄管因今則有絕大才人沈淪醋海洋洋中備受諸煩惱冤攀纏身日久無如何可得脫離苦趣女笑曰此地爲散仙詞女居此幾時矣曰自離塵寰卽往滑此地爲散仙淸修之所無所拘束有道而復掘之永無滿時有勿答曰妾乃離恨天上悼紅閣中司花仙尉也膺此職者三十六人今逢於十洲三島與諸天仙故有愿劫班女曰余恨天上悼紅閣中司花仙尉也曆此職者三十六人今死然愛戀情深毫無所懼問女是何班女曰余乃離恨天上悼紅閣中司花仙尉也膺此職者三十六人今大半降生人世然多不永年曇花一現要幾時石火電光鏡花水月當作如是觀女謂管曰君旣來此不能

不作倉猝主人余姊妹行尚有十六人在此當惠招來與郎君一觀以擴眼界而資眼福何如第勿嫌呫囁延
乏珍錯也遂命婢女四出折簡相邀須臾諸姊嗣然而來羣芳畢集燕瘦環肥無不各臻佳妙所攜樂器形狀
奇古都不能名席設中庭葡萄架下異饌佳肴絡繹而至酒酣各操經緄按節而歌女先發聲首唱曰天穹穹
今無情地茫茫今無垠人生其間兮多歷辛勞何爲兮妍于春花有幾時兮月有缺時獨此
心兮閱萬古而不磨滅衆沓稱善各引一觴中有一垂鬟女子尤豔麗引喉高唱響可遏雲脆裂帛管注目
視之頗爲屬意女拍其肩曰此董雙成之妹字繡鸞靑芬在余等班中推爲翹楚君賞識頗不謬因令
管捧觴上壽女子羞澀態紅潮暈頰殊不勝情管於諸女送勸酬斟酢飲無算爵
管徽有醉意以不勝酒力告是夕即宿女置酒爲女賀女勸管更娶速續鴛膠管不可女曰不孝
有三無後爲大況高堂年邁溫淸省禮不可闕郎君後娶之婦容華能豔盈亦頗不俗君願一見之
乎管笑曰諾女乃命侍婢昇一大鏡出高可隱人先輝四射管覷鏡中忽現屋宇隔河一樓疏牕四敞有一女
子臨窗剌繡螓首蛾眉白如雪旣而停針全身圓姿花替月淘可人也女曰如
此好姿首我見猶憐想必合檀奴矣管花異渠亦吳門舊族歸可卽遣永人勿疑也幷於篋底出二方授管曰但以
此入世一生卹不盡矣管悵悵而一爲潘花輕雲飛冤徑尺可作淩波一爲龍
宮智慧九曰通神明潔臘腑另具心肝玲瓏七竅步步生金蓮方日今新月裏輕駒先已邁日可以行矣
留二日後來再見地何如卽呼興管見長髯奴四人昇一座仙家秘訣也女遽登有一
飛廻非由來時路頃刻已至雲麓道院吸霞練師出迓曰諸君相候已久君此行已隔仙凡一度矣管評其
知悟深欵欵曰法師眞神仙也管友問訊謂山中何處不尋我等俱料君循劉晨阮肇故事已覓得仙姬
鮑饗胡麻飯矣不然何以迷路也管詭辭對之笑曰安得有此奇遇哉管述天台山奇秀甲淛卽省眞靈之所窟
宅嘗游幽谿講堂極爲深邃山產泉樂多肥蕨黃精足供居者饌禮他年生子以奉承嘗枝策至此山尋
女之舊廬而作避隱計從此不與世按重歸仙緣亦一樂也

二七〇

姚雲纖

姚錦字雲纖一字仙裳平湖世家女以姊妹行序齒居七故皆呼曰七姑子幼不喜操女紅獨好弄絃緩唱歌曲一學便工隔鄰郎氏兄弟皆游冶子延曲師教習長夏無聊輒量聲度曲按拍依腔引商刻羽女鑿壁偷聽得其指授無人時轉喉學唱音韻抑揚不爽累黍諧善才聆之悉以為弗及也因是呼女為曲聖更從事於絲竹鏗鏘嘹喨益復可聽一日有窮措大攜書求售女父通他出女問何書曰此納書楷綴白裘也女覷旁行斜上之字知卽所填工尺欣喜如獲至寶立拔頭上釵質錢易之於是循音能通曉再讀詞忧如夙習女性旣慧貌又婷婷郎里戚串中諸女子自歎弗如父母愛之不啻掌上珍遠近聞名求字者幾於戶限穿而選擇甚苛罕無所就近郡有瑞蓮菴主持尼碧脩者羊韻嬌然莫知其所自來見其妙尼若舊識甚相契合每聞女歌心有所會曰此即奏諸音韻尚未流湯羹親為展撥自譜一曲悠揚宛轉瑒人曰觀子眉宇間有英爽氣可授以劍術然不可輕殺人以告天下方多事子即工此何用不能以劍擊賊也女再拜願學尼啟篋得紅白丸各一令齋戒沐浴然後吞之十日後天下有鷹隼過飛劍擲之下墜尼居半年別女去曰子術成矣繞梁也女極口讚歎請就弟子列尼曰此即尼裳羽衣曲也誠欲習之亦佳居三日盡得其妙尼私謂女曰觀子眉宇間有英爽氣可授以劍術然不可輕殺人以告天下方多事子即工此何用不能以琵琶擊賊也女

此地不可居恐罹其厄宜早自為計女以告父母笑其妄無何賊竄杭郡大警潰蘇常相繼陷閨境倉皇謀遠徙甫出城賊掩至女全家盡為賊裹脅不去獨女得脫女易男子妝束來門徑甚熟偽天王識其往來門徑甚熟偽天王誅於寒香亭四周多曠地植梅萬株時正花開女效宮妝靚服抱琵琶混入眾女中俱進導者令聯坐紅蘭干側依次奏樂及女女彈琵琶聲靈獨雄壯凄厲感入心脾偽王妃旁侍詩宮中無此人何得來此轉詰導者亦無以應命左右搜女身女知事不諧碎琵琶出匕首揮以逼揭女偽妃蒙氏粵西大足婦也膂力絕人急出六門手鑰獄女立者踵時偽宮中紛亂左右己以兵至舉刀攢刺女偽妃蒙氏粵西大足婦也膂力絕人急出六門手鑰獄女

麻忽聞簷際如飛鳥墮幢亦自啟之影幢立於牀畔起身視之乃尼也尼曰子舉事一何鹵莽乃爾下民遭此大劫乃天數也子欲推叉於巨首母乃逆天此間亦非善地宜速去子父母皆無恙必十年後乃可相見也遭中出符籙二道授女曰子後有急難焚之我立降否則勿輕用也言畢一躍出窗迅同隼逝女亦襪被遶行未十里許忤鑣閃霹靂聲火光燭霄漢蓋焚符以孤身獨行不便易敉而并徑由可渡人也女殿勤邀至其舍女辭仍不言去生因誘詞兼及家鄉姓名方知女亦浙人徐姓字鑣君已登賢之籍相近有火藥局以失愼致兆焚如女以孤身獨行不便易敉而并徑由漢鼻走蜀中解裝成都登山臨水日出眺覽偶遊浣花草堂瞻仰杜子美遺像見有一少年先在著白裕衣舉止嫻雅憑欄眺望似有所思見女至趨與為禮女答以長揖顧盼之際紅暈於頰詢姓名方知亦遂別望日生果來訪見女行李蕭然琴劍書籍之外特無所有生曰范叔一寒至此哉此君距此不遠何不遷往同居既忝鄉誼兼同屬吾輩中人姜必過於介特哉女笑曰天生孤僻不慣與人同處非敢見拒之深也由是生昕夕過從諸酒賞月看花率以為常女皓腕東升創光陸離與清輝相激航顧歛量甚豪從不見其有醉色每至夕陽斜墜以舞劍為樂當夫皓腕東升創光陸離與清輝相激射令人不能逼視舞畢擲劍空中有若長虹之亘半天盤旋良久始下生嘆為絕技何惜不見用於世耳則女曰何至北灑於我而南蹶於冦哉女笑曰月白風清如此良夜何可往日將至都門衷亦好此一夕女大伎曰餚殽既具工也生強其勤歌女笑不答生曰范親女几案問有曲譜林頭懸有簫笛琵琶因曰求余歌令夕何妨破戒遂彈琵琶抗聲而歌音激楚曰卽此以代驪歌送告别矣生急問何往日將至都門應京兆試生曰然則請何十日余亦束裝同行勾留乎有子帶何至都門竇女不許強之而後可曰然則宜先約法三章雖同寓不同室臥榻之側豈容他人鼾睡哉生曰諾謹如教矣

期趁發途中馳馬試劍備極作客之樂行近齊魯交界林木惡雜忽聞鳴鏑聲女曰綠林豪者來矣君請略避觀我立瑾此輩即繳馬前行一騎從林間躍出粉面細腰鸞韉窄袖亦女子也手挽流星鎚遠擲十數丈外女飛劍格之鏗然作金鐵聲女駭曰何得有碧僑家數特碧僑傳之女而不傳男君豈芬頭陀弟子耶請明告我否則三尺霜鋒下無些子情也女曰母逞強請下馬受縛方運劍與女子忽被束迴視生亦捆仰蝟伏面色若土毅鍊之狀可掬女陡憶尼言即以纖手探胸際所懸囊取出燃燦焚馬糞尼自雲端再冉下呼曰玉環何通人太甚耶女下馬伏地拱手曰此兩男子是師何人豈素相識有香火情耶尼指女曰汝同門妹也固以巾帕而冒鬚眉者也示之雙翹纖如削笋女子笑曰何不明言竟指呵之紅縧自洛請於尼師既來蓋偕臨茅舍以敍同門之誼女問師姊所用何衛尼曰即世所傳捆仙索也如應劍法高強不敢與敵即所謂先發以制人也至是生始知女之改妝日我固疑世間無此美男子觀卿舉止每於剛健中含婀娜一截疑国令始打破旣抵山莊室顏宏敬竹屋紙窗檽雞石壁而花卉蕭疏泉石清賊入之頓覺塵慮盡滌是夕殺鷄為黍佐以山有野蔌香美常席間生自陳琴經新斷正擬續膠洗尼為冰上人雖塵詞懇摯時女正入尼即命女仍作閒生乘間以告之故尼曰明晨黃道吉日即可在此完姻女不許豈能與月下老相顧倒哉須臨茅舍鼎彝帷幕無不畢備女欲生視之雅潔古樸遠勝衙署旣合巹盥靧即令婢媼收拾園左三椽為洞房燭淚清失機臆旺年嘗作保鐮往來燕閒女子得自不必言細詢女姓吳字鸞駕父曾官守備以髮逆窺臨流落於此不能歸耳生因勸女子業此殊非女子所為習飛鎚尼旣授女劍術另以符咒示以口訣雲紅縧十丈制鬼蹕仙敵強即發母為彼先女子原籍亦非山左人以父死流落於此吾師裏日謂子姻緣非在折津必在京偕師妹同歸浙杭我於西湖有別墅願奉此為姊何如女子笑謝之曰吾師襄日謂子姻緣非在折津必在京華當偕君同作北行可也生旣入都應試榜出獲雋殿居二甲登詞林者貌魁梧精舞梨
刀能敵萬人一夕過生舍女於簾下觀見之告女曰此真吾婿也令生訪之迨未有妻生乃覷吳女為林託

鮑琳娘

琳娘鮑姓揚州人父甲瘍醫也懸壺於市東治者戶外屨滿甲一一施刀圭貧者畀以藥不索其酬甲久斷絃家中供奔走司炊囊者惟一赤腳婢女在旁日見甲治病頗穩其術久之甲或出女代為之亦能奏效里中人羣以女華陀呼之然憚其譏弗欲炫學常檢藥餌罔略識字一日有鬻鰲貨者擔荷過其門前足蹩蹩弗良於行見女弛擔坐階石上向女乞藥石女俯視之將指生一庖其穴已潰乃為之敷治其人感甚擔中有醫書數冊渝弊已甚即舉以贈女曰以此聊作酬儀女展閱數葉不能卷解中一冊多待籤咒語字皆作蝌蚪形女意謂此必秘本也遂視為鴻寶日夕做敩讀廩春蚓秋蛇而縈繞歌斜頗得形似特未能知其用法逢里中有習黃術者必問之日此世間為醫者有以符水治病者乎或曰有之此辰州祝由科也惟近日精是術者甚罕女欲求明師指授時刻不能去懷偶至天寧寺以行路過多纖跂動視其心動疑難奇症女心動視其人蚯蚓虎領形貌非常因鐸而過者操異音背插小方旗標曰祝由科善治一切疑難奇症女心動視其人蚯蚓虎領形貌非常因伴問以常惠心痛作何治法曰必見其人然後可治我觀女菩薩固毫無病容也女出袖中所攜書問之曰此術由何得授耶女曰吾欲學之惜無導師末從入門曰此又何難女意即往訪焉果有其人告以女菩薩之意欣然命駕既至日兄頗有相人術昨觀女舉止必不至於此筆伍甲重掃女意不愜既至道西津提茶中覓本領女菩薩自至也言振鏗鏘然長揚而去女歸言之於父父正痛作何治法曰必見其人然後可治我觀女菩薩固毫無病容也女出袖中所攜書問之曰此因即由往延之甲曰此江湖醫術者流不可近也必不可近此由始有所授耶女曰吾欲學之惜無導師末從入門曰此又何難女東父自往延之甲曰此江湖醫術者流不可近也必不可近此由始有所授耶女曰吾欲學之惜無導師末從入門曰此又何難女菩薩家當離此不遠歸告堂上可於城西津提茶中覓本領女菩薩自至也言振鏗鏘然長揚而去女歸言之於父會有如夙習凡經三閱月而學成曰操此術以編行天下不患無酬師其人曰余昔當習學時曾自誓於神前自飲食外不敢妄受人一錢令教汝吾道傳人妄夢倔別女酬師其人曰余昔當習學時曾自誓於神前自飲食外不敢妄受人一錢令教汝吾道傳人妄夢倔別女員謇遂行女自此為人施符水治疾病應手輒愈遠近聞其名者爭來就診饋遺無算家日以裕其父反無問

鮑琳娘

名者珠寂寞也有西蜀貴公子自京師至邢江關竹西最多佳麗拼以十萬金錢買此二分明月顧夕在焉樓楚館中問柳尋花迄無當意高陸家巷裏有顧姬慊影國色也雖小家碧玉卻未墮平康其父雖吏胥家顧小廉不甘為人妾勝公子偶赴離商筵乘糞經此巷側狎見之驚豔絕風塵中無此麗品急遣人訊之方知是姬顧無計可以致之於其友馬藥軒固揚郡巨紳也笑曰其父識之色屬而內往不能以貨取可以勢脅也不如出楊媼倚公子掌上幣也即遣楊媼達公子意顧昏駭聞斯言愆甚吃之使出楊媼諗公子勢語顧不出旬日一顆明珠當在君掌上矣楊媼蹙公子其頗楊媼跟蹌遽去江訴之公子轉告藥軒答曰現縣中捕得劫盜二人案情頗重盡睹獄卒基盜誣攀陷於罪然後遣人關說必得此妖嬈兒乃許以我襲中也公子躍然喜曰善任君為之慊影自動失慊事父甚孝甫鉹戚求婚者踵至其父擇婿奇不堪彼不入我襲中也公子躍然喜曰善任君為之慊影自動失慊事父遇陷撻奸女痛哭不欲生思事必由己當是公子播耳其間將侯晦運而猝乘火父必釋矣因陸偵公子所在抽筆作訴牘情詞惨惻稚髻布裳約束雉素時公子方曬方驚旦雲仙亦北里之翹楚也雇巨舟泊河畔方擬同泛長江借作金焦之游縈縷欲解而姬號哭至奮身登舟浪湧板滑邊陷堤下顛躓鐵鐺貫頤家慊出玉碎花蔦亂已垂絕公子見之驚怛而視之驚怛急令人拯之牘墜起扶置艙中血如泉湧方評為何人或有識之者曰此顧家慊影也手中猶執一紙牢握不放擘而視之皆言不可數公子面如土始無人色連呼員昏曰是兒魂能活公子方握不放擘而視之皆言不可數公子面如土始無人色連呼員昏曰是兒魂己魂若能邀之至復何慊哉時問有鮑琳娘者神醫也襲中其靈丹起死人而肉白骨遊壇墓聞矣即使閽雞包老來亟何能為公子再三哀之許於千金之外再鑽白粲三百石時山東河決饑民之厄於水災者幾十餘邑辦賑損束手無策琳娘告衆曰余素來治病能不需阿堵物公子誠悔罪能出萬金以賑山東饑民妾當竭微力獻藝薄技否則敢告不敏公子曰但使慊影得生雖萬金何惜琳娘於是納

睛於眶出皮匧中白蠟一丸塞潰穴裹碗水戰指書符拨銀鬠微啟其齒灌之用巾滌去血痕然後覆以錦衾
戒人勿偸視經半時許啟衾曰活矣公子睍之則櫻唇欲啟星眼微錫頷上香汗浸淫藥軒使曰顧骨寬於邑
濕琳娘曰我能治其傷不能醫其心若使其父相見則彼始能言矣公子曰諾急浼藥軒使曰顧骨寬於邑
宰而請釋之憾影見父乃徹然哭失聲曰今已乃猶得相見耶此豈非人間世哉聞者悲之稱為孳女公子
乃命顧骨攜女歸家而遺冰人按踵繼至方謂姻訌出自公子之力因稱公子為大恩人願以女侍巾櫛
商之於女慘顧獨不可曰父以公子為何如人哉始以利誘終以威刼盜禍之興安知非由其所使此匪婚媾
直寇讐也我觀公子好憎無常此時見我美不惜多方羅致恐他年再有所屬意女則一見如舊識甚相愛悅日姊操何妙
辭之以絶其顧從之備述女意謂生長寒門甘居貧賤不願富貴也請以頸血避公子
之拯公子慚而不敢強焉影知已命為琳娘所救乘軒親往致謝一見鍾情愛悅曰姊操何妙
術竟能續斷嘘枯拯絕援危而至若是之神哉女曰此由阿妹福命所自致公子何功焉余不久即為富
外人與女性烈亦不敢強焉影知已命為琳娘所救乘軒親往致謝一見鍾情愛悅曰姊操何妙
貴場中人非真學此者也余有符一丸一他日賢侁儻有急難可吞服之自能無患乞佩於身牢記勿忘
再拜受之而別自憾影投江救父聲振遠近風茂才周勤蓮聞其美而賢特出重貲聘為繼室魚水和諧甚
相得也秋登賢書明春聯捷南宮出宰戩呂勘於政事剖幽摘伏稱為神明鄰境有游男聚黨作亂庫戰
官勢頗狙獗民間洶懼鶴唳風聲甚入其邑生親率壯丁出境禦之適與賊遘相搏戰生持大纛指揮
泉軍躍馬疾驅東首無不以一當十所向披靡賊不能支肇奔生省先逐之甫過橋望賊去已
遠正欲製馬而旋忽有賊從橋下突出自後斫生斷其頭之左偏頸將隕矣生猶能發鎗擊賊中之斃馬驚
向城逸走入城至縣衙始止搶地曰天乎何故至此陡憶女言焚符投符於水扶生頭使正而
親灌之以蔞圜庭亦覆以衾夜半聞呻吟聲慘影啟而觀之生已蹷然起曰余甚失憾視其頸尚有紅線環之
後生以卓異升監司琳娘未知其所終

返生草

沈白石字伯夔吳下人工填詞時有妙句嘗三押白字俱雋峭絕倫人因以三白秀才呼之娶妻陳氏亦世家女子字翠娥歸沈時年僅十六儇儷相得自不必言陳亦識字知書時與生互檀唱和題真稿曰雙聲合刻秘不示人生早失怙母氏尚存年逾五旬身弱多病生奉事其孝時覓參苓以治母疾時清明埽墓生祖塋本在鄧尉山中買棹獨往近塚左右多產黃精生自攜長鑱掘之頃刻盈筐生母喋而甘之遂月必往焉一日行稍遠風雨驟至雷電交作急避之大樹下繼而霹靂屢震似欲擊而未敢邊下者驚駭欲絕視枝幹扶疎間伏一大蜈蚣其長幾數尺電光閃爍之際蜈蚣口吐光芒若與之敵生方悟豐隆之下擊殆為此物也俟雷車怒發即舉長鑱斫之用力過猛香然遍仆耳畔聞有人聲曰誤矣奈何旋間呼阿香可持返生草來似有人以剗入鼻中者習習作癢運嚏不已欷眄四顧身臥樹旁誤沾濡天則已雲散雨收斜陽掛林抄編尋蜈蚣蹤跡已杳疑衣欲行有物從袖中墜地拾觀之細草一束光彩一新嗅之芳聲襲人是草瓣碧甚紅中有白花生知非凡品什襲於懷跎跎然歸病幾月無何生母舊疾復發諸醫皆言不治生哀痛迫切禱佛求神足無停趾秤藥量水徹夜不眠衣不解帶者已數夕矣補劑競進總不見效一夕伏案少憩朦朧中忽聞有人語之曰此真仙丹靈液也藏其餘仙草何不一試之耶生惊然寤搜之書篋草高在猶未萎也煎湯進母一服即愈生曰此懷中藏有仙草可以濟人也生之舅氏於楚北頗為上游所器既缺招生前往襄理劇務生既票白高堂又謀之於妻皆曰久於家食非計也盡往依蓮花幕下以自奮於功名前程正遠子其勉之生乃行時生之舅氏正署武昌太守衙中司筆札理案牘者皆其戚串悉與生相識或揆缺招生前往襄理劇務生既票白高堂又謀之於妻皆曰久於家食非計也盡往依蓮花幕下以自奮於功樽佛求神足無停趾秤藥量水徹夜不眠衣不解帶者已數夕矣補劑競進總不見效一夕伏案少憩朦朧中總角交公務餘閒聯轡結伴臨水登山倍極客中樂事武昌至漢皋僅一水隔半篙可杭生時與二三良友訪鑒探芳作北里游顧閴悶窮而絕少當意者因之鳳顴頻乘清與亦減偶爾赴讌招妓徇錫亦惟聊備故劔耳潘仙客貴公子也自號花縣外史跌湯於花天酒地有所春曰瓊麩竹西之鸚鵡潘過維揚大加賞識遂摯

之渡江將作子歛之迎桃葉樂天之戀楊枝謀以金屋貯之特尚未為之脫籍耳小住於董家橋畔仍與姊妹行往來一日大集臺花於豫戒園囝葉王廟東廂之別墅即葉王軒窗明鑪花扶疎刻鏡幽致是日也綃紈絲竹駢羅鬢影衣香真足以銷魂蕩魄一時來者皆名下女錄事也衆咸推瓊雛為冠羣誇潘公子眼力之不謬潘亦自謂為風月場中廣大教主曾經七度迷香洞題九迷詩於屏風矣因於泉中朗吟曾經滄海除卻巫山之句衆皆拍手和之而生獨無一言潘戲拍生肩曰瘦腰郎殆有所不滿意乎生曰非也此亦可謂雛難得君許可恐世間無其人窮措大驚鳳鴨沼之鴛鴦然漢南遊女如此者正多邂逅相遇非我思存者時亦在座為之解紛曰莫揳大擁一黃臉姿子自稱好色如君蒼顧只索求之池中萬荷花裏一葉扁舟劃破波瀲容與中坐一美人眉含春黛臉映曉霞丰韻妊婷真國色也後生一雛鬢娟娜多姿亦殊可人意既近舍舟登岸徑入亭中一角紅闌正在山半亭外石筍森列復多香草藤蘿紅塵也生急令僕從紅蘇之陳墓人少有豔名父母沒邊為匪人誘墮者亦衆疑為天仙化人偶降凡間游戲尾與醴茵鞭以白眼對之向遊客頗憚其難生而去求一覯文史工書法硯匣隨身筆牀在手時涉吟咏每遇紈袴醲茵之入以一紙自內出其題乃偶遊平康女頗嫺芳姿接清話必先試以一絶此外再纏綿錦佛餅五枚然後延來意項一紙自內出其題乃偶遊有客求一覯文史工書法硯匣隨身筆牀在手時涉吟咏每遇紈袴醲茵之入以一紙自內出其題乃偶遊躍然起曰余願為毛遂即以二十八字作詩媒也徑往叩扉內問誰何生通來意項乃偶遊豫園五字也生不假思索即口閉疊呼延生雛姬導生登樓撫生背曰君福不淺哉掀簾席進見女斜倚繡榻執卷微吟見生至笑而起曰項在園中數友來復開小識斜月既上晶瑩射簾角生飲甚豪醫爵生友曰君量柳何與談論歡洽生折簡招至此惟恐嬪娥遽歸天上欲見無從耳坐久之柄羽扇者非君也耶猶未散何至此生曰假得飛軿追踪到此

前迥異豈以小紅低唱邊能大白狂浮哉宵漏未沈生已玉山頹矣諸友各自散去夜半生口渴索茗女自起昇之生一吸立盡甘香沁齒舌頸覺肺腑通靈視女僅著羅襦曳紅裩下觀之益復斌媚因挽女拉同眼女日冷如鬼手聲強來捉人臂酒氣薰然珠不可耐生強嚙不已女乃和衣側臥而引衾自覆生抱之於懷覺一捫纖腰隨人宛轉是夕歡愛臻至而不及於亂女袒玉臂示生上有嫣紅一點日此守宮砂也妾雖墮風塵猶處子身必得如郎君者而事之願斯足矣然居妾謄列心所弗甘廿必因閨生娶未生日不敢再往三慰藉之日夭下是有人特賢而能詩必不至如醋娘子想索楊梅食者女闢言轉面向壁欷歔不已生反再打誑語中鐫已知有異啟讀之則其妻已赴瑤臺召矣不禁哭失聲淚墮汍瀾衫袖皆濕女從旁勸之日此亦人生無可如何之事短緣適合自有前因逝者不可復生者要宜自愛況上有高堂益孝養以慰之生日卿言珠玉也散不勉而企之惟昔日之約似可踐矣惟當此哀鉅痛深又何忍言無已請以一載為期女日當如君命邊楊柳不受東風巷裏桃花已依南國宣再為人所攀折哉生遂解所佩玉鵑為贈日鵑者偶也固佳讖也余明日即將歸省母矣立辭舅氏而行抵家母固無恙居匝月仍回武昌感串中有以姻事言者悲謝絕之謂母日舅氏已於往所許為執柯乃時太守女也生母亦聽之生返權後往訪玉人至則門巷依然而人面不知何處去矣細詢之惟被沙吒利所刦去生驚恫逾恒進人四出訪問方知女自生去後鍵戶獨居不接一客突有某軍門者自京師來聞女豔絕人寰急欲一見及至則以開門賣待之以重略畀不納某念甚斟集麾下數十人黃夜毀門入排闥直抵女臥所以錦衾裹之昇歸其寓女臨警號哭惟求速死某固吸片女乘間吞阿芙蓉膏邊殞某怒棄其尸於叢塚有來報生者生隨往睨之容色如生陡憶草可回生煎以灌女果甦遂為夫婦

月裏嫦娥 吳友如 加

月裏嫦娥

王蟾香吳門舊家女子也生長鴻城幼時肌膚白晰無此滑膩異常人因呼之為玉蟾蜍少長姿容秀麗媚態橫生幾若天仙中人又呼之為月裏嫦娥女父故業儒應試久不得售乃棄而學賈習航海銜走沂津芝罘貿邊有無歲以為常又喜至遼東販運油豆多獲奇贏女父固素工心計持籌握算每徵賤所億屢中因是家以稍裕女工刺繡所製閨中諸物多售之於北方得善價久之積數百金貯於篋中從不妄用一錢每值花晨月夕輒羅陳几案間顧之而笑女見之曰女父得掌珍乎每鋌綴以明珠一顆日間亦必藏於腰素防有肮髒製甚精緻因清明埽墓偶隨父母至洞庭東山甫抵半途風濤大作檣摧舟覆全家號哭神魂飛越女戰慄無人色自分必死須臾二蛟夾舟其去若飛舟子曰此龍君遣蛟前來索寶物也茍客不與恐貽性命憂項刻間富在艭窟中矣女父母曰舟中但有紙錢一伯祭寶一盂寶自何來女穀粒言曰懷裏之物可得為寶與採懷出示金氣珠光晶瑩射目髽首近接船窗浪珠濺衣袂急舉而投之雲時風靜波恬咸曰吡怪事龍君阿賭物耶女雖得脫險驚悸頓改常度回家睡矇矓中猝見一偉丈夫昂然排閽直入向女長揖曰日間有驚玉體深抱不安余非喜是箋箋著將以此為定情物令敦以珍珠百琲為下王鏡臺之聘袖出珠串一巨如菽豆圓綻光明自遠至近舉手受之再三稱謝方盈盈檢衽下拜而其人遽杳醒始知是夢然珠串固艷於腕上詫為奇事出以示人皆言此非世間所有珍常復許人家不敢藏也因此秘不復出未幾女年及笄遠近聞名乞字者踵至女父母以女已受龍宮聘禮不敢神秀澈又復艷度娉婷每出遊見者盡驚其豔有輕薄少年隨其後塵噴噴歎羨或稍涉游語輒嬲嫚狀雖皎

日晴空天無纖雲必飛霰或降雹電知為龍神作祟獝轊不敢犯雲間有雷生者豪俠士也生平膂力絕人能舉三百斤物作盤旋舞一夕黑夜中行信足所至偶觸一樹額破血下淋漓忿然曰何物大樹將軍竟敢橫戴雷生力拔之起擲於道旁明日見者咸為咋舌曰此真神勇也何止萬人敵哉生聞女事力斤其妄笑曰河伯娶婦此亞覬妄言耳豈真有是舉哉龍一鱗介之屬豈能與世人為偶使其果爾當是老魅作怪三尺法不之貸也請以飛劍斬其首里人聞其言壯之一日忽有赤章自天下上有篆字數行云八月十八日為娶婦之期速送女往太湖濱以待命是日風雨驟至迎女父不敢逆命乃雇巨舶以盛妝飾女為具音樂鼓吹如世俗禮繫纜於太湖濱以待女往龍宮享福獨生聞之毅然弗信思欲入水弄孽龍與之決一戰而天日開朗則女已失所在矣咸謂女往龍宮而未得其術偶應友人約登雯籠絕頂摩蕩不定坐磐石解衣盤礴瞥觀而箕踞坐磐石解衣盤礴瞥觀而東升但見天宇蒼涼下界虛閒生因拔劍起舞與酣擲劍空中有若流星擎電繼日出生眛爽已起一道者倚樹間科頭長嘯者然一聲山鳴谷應霄漢圓憒慢女事即倒身再拜曰弟子雖學劍有年而未通於俠間古前揮道者曰君殆非常人哉願聞何道者曰豪氣未除此身雖具仙骨離道高遠惟以子勇力授以劍術或可成俠生聞言即從道者往刺虎豹亦無所畏也明日子欲求鍊師之劍俠術近於仙雖入水剌蛟龍登山刺虎豹亦無所畏也明日子欲求鍊師教以不傳之秘願代天下不平之事區區之隱願也道者曰善余蓬廬在山之北麓門外有梅花五百樹者即樓息處也授生曰謹受教翌晨生齋沐而往背負雙劍雌雄各一出先世所藏玉玞數枚以贄儀道苦喜其意誠曰孺子高可教也惠心指示學三月而術成曰子操是以往可貫金石狗水火升天入地無所阻礙生長跽請益告以女事

月裏嫦娥

願往拯之道者巫稱善因摩挲其雙劍曰此朽鐵耳豈堪用哉我贈子以一劍百步之內櫻其鋒者首自落易如探囊取物耳往哉勉旃毋貽道門羞將行授以避水符籙曰此伍相國馱訣也又畀以弓矢各一曰此鏺
王射潮弩也生既返櫂竟抵太湖躍入太湖中兩旁水如壁立行十數里許捽見崇壤屹岉似一院落雙扉
本闔推之自開生掉臂竟入及庭則長鬣者數十環甲冠冑呵問誰何生不答但曰何處妄男子敢闖此間其耳疾趣
進前粉白黛綠者無數親生狂奔入內詳曰妖人至矣旅有偉丈夫出曰何生日欲一見耳笑曰汝主人欲一見耳戴頭
來者耶生曰汝即太湖䲡 龍耶王氏蟾香匿於何所可速還其父母不然三尺霜鋒將加汝頸矣偉丈夫笑曰
汝自貢死其勿怨余掣腰下刀斫之幾及生生飛劍歊之須臾金鼓大震長鬣者畢集鐵刃戈矛環攻夾擊生
揮霍縱橫富者恐殞偉丈夫知不能敵蹬身出門外倏現龍形長逾十丈波濤洶湧濺雪翻銀毬毬無所懼其
闗益勇挽弓射之中其目龍吼而逸生再入其室閴無一人凡歷門闔數重逢逸至後圜遙見八角亭上一女
子憑闌獨立丰采飄逸鬖髻若有所思生意謂此必蟾香也徑前詢問女子轉盼君自何來當非此間人妄生
隸揚姓陳字禪樨前月為尊龍篡取至此妾誓死不從故被幽亭上生因詰曾識王蟾香否今在何處女子
曰閭蟾香娶自金閶甚加寵愛惟背深妬在望者日此即蟾香也生畢促邊去既至叩門上金環即有
一親玉肌香娶自金閶三層魏然在望者所居處也生聽畢促邊去既至叩門上金環即有
垂髫雛婢出妾於來者曰此預知生之至者女下闔與生相見曰妾思歸久矣君誠義士
必能出妾於重淵之下世頂禮曷敢忘然慨然曰諾既攜女出復邀禪樨同行女指婢曰此亦人間人
也俱隨生登岸湖水邊適合女後適士人官至方面惟終身不敢乘舟襟懷龍惠也先是女在家日有黃冠來募
未及去斗中遺一鑌花針瑩滑異常女愛之不忍釋手以作女紅曲折如志因此什襲珍藏逮往龍宫亦以自
隨竟賴此以完璞保貞始知為神物然道士亦非常人哉其與生所遇者殆一人歟

沈荔香

沈荔香南海諸生工詩文而尤善擘窠大字容體清俊秀削時人有瘦腰郎之號父固官於京師由部曹游升諫議頗具風骨權貴憚之生頻年康了慶不得志於有司侘傺無聊時形歌詠于父招之入都應京兆試生因別歲申東裝說道閱吳鄒素稱繁華淵藪小作勾留冀有所遇所居為滄浪亭旁舍池館清華水木明瑟紙窗棐几不著纖塵生固好靜耽寂寡交游讀書課文之外了無一事茗碗香鑪最喜獨坐搆思一夕微雨廉纖春寒料峭思慕切偶作小詩正吟擬點竄數字忽有自後擥其筆者疑友人偶與之戲急迴首擥者長袖寬衫丰姿娟妙訝此間何得有此妙人是仙是鬼莫能測即起向女長揖詳詰姓名女亦斂衽道萬福曰直告郎君妾東鄰之小倩也前日見君停車牆畔折取妾家牆內桃花又摘辛夷一朵斜插帽簷我家荀令君敷牧擲君車中君忘之耶生曰當時見此方疑為由院人所貽不意乃出自卿婢耶卿真可謂多情者矣顧卿家雖相距咫尺但令夕更深琉璃滑泥蓮花燈光輝遠射製甚精雅懸諸簾鉤端有雨其後朗又從門外取入蓋一生視殿小不盈三十以檀末為之鑴鐫刻玉趾伶仃安能獨自夾此女曰妾攜有兩明婢代為拂拭歎曰親此令我葡萄消瑰矣引至鼻端嗅之笑曰君真無賴之尤者也生曰今夕何夕見此妙人既得相逢作何消遣女曰妾來不可阻君詩與請檢韻牌即景聯句何如生曰諾女抬得車花蕩泥代歡日擲果爭看七寶米汁佛禪苔行厨中藏有斗酒雙難天氣頗暖似可冷飲於是家三字邊操不律立成一絕云攔筆轉詢女能參的是解人然酒盡不可無繼雛婢雖愚可代君沽生曰善卿可謂第五家生曰自寫供狀足見慧心遂為攔牌苦乞桃花桃花那得如人面怒尺東鄰第五家生曰惜大令今日可稱窮奢極欲矣阮郎看開樽對酌女量甚豪一舉十觥因曰君的是豁達生好持以付婢女笑曰僭豪放風流自賞矣乃盡括室中所有篋青蚨五百頭

囊錢亦復一文不剩明晨酒醒時勿怨阿儂須臾酒有俱至探手從竹筐取出陳列几上熱氣蒸騰生嘗之其
味殊美訝附近食館無此烹飪妙手乃詰雛婢何處取來女曰措大誠不易歉一打誑語便爾駁詰試思此時
街鼓欲如店門早閉豈肯貪汝五百錢再著犢婢鼻禪重入厨下憂釜哉此乃取諸宮中聊應所需吾家厨嬺手
段固不劣也生曰如然則吾舌亦可謂能辦犢溜盞入座縱飲無忌女曰兩人對角酒軍頗寂寞旦
君量雖佳非我敵手勝之不武我家五姊七妹必尚未眠何不呼之來此與君一見三爵後君定作城下之盟
生曰一顰眉何懼三巾幗哉女令生起揮旗鼓高持杯杓以與之周旋婢去未幾窗外忽聞笑聲一已推扉邊入
坐一女繼至端重持女指謂生曰此我家五姊也能歌善彈琵琶也斟酒一巡五相酬酢生袖中突出繡履置
杯於中酙酒一吸涉盡曰昔楊鐵崖有鞋盃今令荔香有鞋盃仙也女笑拍生肩曰此物何時
被君竊去乃惡作劇至是哉生曰當傳觀閣座各飲一杯曼仙曰幾見以抹頭人物居為奇貨殷斟繾綣天明女悄然出
解穰飲至雞鳴二女引去項足方蕖人夜復來而數日間音間然適接都門雁字催行珠不可久留買權往申浦擬
余及生醒索之已香方案八夜復來而數日間音間然適接都門雁字催行珠不可久留買權往申浦擬
乘輪舶赴析津聊憩於北關外友人袁問梅約作軟斜遊誨於顧蘭舍固此中翹楚也袁為生作氷
上人曰此間有新至名下妓一日吳新卿而李小蒨一日生詞其何以名所先生閒名已疑及之及至果以行六人皆小語曰請勿言前事洩則禍不
麗也一世君當急繫花鈴曹然不能出一語生耳小語曰請勿言前事洩則禍不
小蒨也驟見生腮薄軍淚潸然不能出一語生耳小語曰請勿言前事洩則禍不
可一世君當急繫花鈴曹然不能出一語生耳小語曰請勿言前事洩則禍不
矣君可伴作不相識者邀友重謐於我家託故留宿爾時妾訴顛末生頷之女傍生肘下若飛燕之
依人袁曰此豈君之舊好耶不然何以交淺言深也生曰契洽皆氣通沆瀣斯潯逢而膠漆矣豈在相識於

先哉女持觴政生拇屢北黍女代飲罄無算嗣延既撤生邀至女家小樓三椽陳設頗雅湘簾棐几貌鼎鴨
鑪位置宜人額曰翦淞閣女所自題也坐客咸歎其妙曰不謂風塵中有此名媛於時華燈四照綺席重開所
呼來侑觴者皆一時之秀如陸月舫王蓮舫馬雙珠吕翠蘭張善員吳慧珍姒皆珠珠圓玉潤月姒花盖秋菊春
蘭各極其妙生曰何滬上之多才也遠勝金閶十倍矣袁曰此數人者乃拔其尤固鼙芳之冠冕勾欄之領袖
極南部之選而空北里之塵者矣夫豈能多覯乎哉今夕畢集此筵可為盛會君其珍重勿輕視之生曰誠如
君論然得小靜來則千古美人俱當壓倒恐此六姝不得為尹邢嫦旦環燕瓊駕齊驅而厠乎伯仲之間誠如
也小靜曰六妹皆我姊妹花我見猶憐歎當退避三舍君譽為月旦花林者所竊笑耳袁曰昨見
申江花榜殊不愜意甚者其貌見之欲嘔乃居然列於前茅此公真屬霧裏看花郎抑走馬章臺未及
諳視乎雙古曩主人特為補錄新卿月舫二美雖足為吐氣然滄海遺珠正復不知凡幾滬上誰為廣大教
主者當持出千金招集羣芳於味蒓園中重為釐定斯足以迷香洞中生色矣昔天南遯叟旅香海兩定花
榜第一次以月仙居首珊瑚漁父之所為也第二次以麗娥為冠即遯叟所屬也而人不汝為非榜出平
康中奉為定評以其公也更闌席散生偽作沉醉倒臥榻上女掩扉屏去婢媼代生解衣履投入生懷嚶嚶
喋泣生慰藉再三曰一宵之愛實訂終身何邊離至此間鶯諸鵝母僅三百金原契尚在妾所苟能代贖得脫
於老父前父甘心生曰行蘧祇有百金然諸之同鄉或能為力翌日告袁慨然脫贈五百金謂代贖得脫
火坑雖為妾勝亦所甘心生曰無妨也妾亦世族伯叔俱在京師躋顯要居奇不屑君門第所舉特
歸擬攜之都門恐為父所責女曰無妨也妾亦世族伯叔俱在京師躋顯要居奇不屑君門第所舉特
以試君心耳啟笥前金具在

葭蕠山莊

苣蔚山莊

陳碧秋涇縣人而寄居南昌蓋其父以名孝廉出宰豫章旣沒遂家焉然廉吏身後家無長物生了不介意惟以筆耕餬口素與吳子登太史相識以學問文章互相砥礪其萬言文字生獨不以為然曰集大成者不親細務古人之官能通重譯不過充奔走使令之役耳君能曉人家言何不由此加精於輿圖象緯刻鏤器格物之學專門名家著有成書以詔後世豈不名成而業就哉時子登已士化學以為窮流沂源探奇抉奧可以致富生稍得其指授而照像法迴出子登上一日適値上巳士女踏青城外西關有摩尼寺者相傳卽六朝時之祆廟中殿兩旁佛像莊嚴金碧輝煌居中一像丈六金身手捧日輪識者謂此卽摩醯首羅也後殿常鍵閉不許遊人入覽生與主持相慇必欲瞻仰主持乃道一小沙彌潛引之入則其中花樹繽紛珠光璀璨先怪陸離不可通視所塑男女諸像皓體呈一絲不掛或坐或立或臥或作交構狀諸態悉備殿角有日光斜射生卽以照像法印一圖攜歸展閱佛像本百卷裸無衣而中忽有一女子觀妝高擎皓齒明眸微轉秋波拈巾欲笑觀其媚態眞箇令人魂銷生訝當時殿中立無是人何得留此豔影輾轉思維終成疑竇甚愛女貌之美把玩不忍釋手另以大鏡專印女像放之使巨眉目明晰愈增嫵媚生意也必高懸皓齒明眸微轉秋波拈巾欲笑觀其媚態眞箇令人魂銷生訝當時殿中立無是人何得留此豔影輾轉
天仙化人遊戲紅塵覽之凡間斷無此麗品也由此懷思慕切漸患小病飲食銳減諸友勸生往遊蘇杭歷名勝槗豁抱各以遊賢相贈約得百餘金生曰亦足以豪矣東裝就道井擬北上京師觀光應試遂附輪舶自潯陽達金陵小憩秦淮水榭日往來於利涉橋左右徘徊眺望聊作消遣忽有舟子遽以紅東呈生曰苣蔚山莊主人特請赴讌刺舟來迎生視所延諸客無一識者而已名居然首列意欲卻之而舟子邀致情殷勤漫與登舟解纜卽發透迤曲折路若甚遠雲影波光荻花楓葉風景殊可人意久之從蘆葦中行甫過石橋卽有圓洞一上有橫額題曰苣蔚山莊方人卽有石峯如屏屹峙當其前峯迴路轉頓覺別有天地叢竹深林雜

花細草境地幽寂異常生不禁擊楫稱快行里許河面愈闊煙水蒼茫幾無涯際遙望有屋巍然輪奐華麗
河數轉已至門前有橋有亭境極開鷹甫登岸舟子持束即有長鬚奴出而相迓生至庭除拾級升階顧膽堂
上閴無一人因問主人安在則有兩女婢自屏後出曰主人命邀貴容入內相見凡歷門闈數重乃登一樓樓
之左偏膀曰白菡紅駕閣繡廉乍啟則見一女子斜倚胡牀正繡畫作此主人閨閣何敢生妄進
婢曰此正菡蔚莊主人特設盛筵招君小飲君其勿辭生入向女長揖女亦斂袵答拜生視女似曾相識恍若
久別重逢者特不憶從何處見之生詢女姓名女曰妾姓孫字蓉卿寶鹿城前歲始來白下以君
有夙緣故特招致妾在摩尼廟中相會乎生愕然及前事疑為神女肅然莊坐女笑曰君抑何前倨而
後恭也自六十名以下畫生偷視几上畫冊題曰百美圖以滬上十人似分左右兩班左班以
者也自六十名以下區為滬吳金楊四苹則略相識者惟滬上十人似分左右兩班左班以
陸月舫為冠其次則為呂翠蘭張善貞吳新卿吳慧珍右班以王連舫為首其次則為王佩蘭馬雙珠顧蘭諸
黃幼娟每人各綴以評語而女已即向生手奪去曰此中有秘密佛授勢喜緣
惟簡中人得雋旨趣不與他人見也因謂女曰一君以踨跡此間為妾別墅絕無外
人來君請居此非功名中人又何必入都徒勞僕僕哉一見以蹤跡此間為妾別墅絕無外
驄從可先發母致鄉閭懸望以妾願以終身相託雖在羇旅不至寂寞惟君所薄視
耳生驟聆斯語如膺九錫即解纜取明珠一顆贈之曰此珠能消墨跡凡入場書字或說摩之立去翰墨場中至
女白頭吟也女嫣然一笑探懷取明珠一顆贈之曰此珠能消墨跡凡入場書字或說摩之立去翰墨場中至
寶也君其什襲珍藏他日自有用處遂命席樓下水陸錯陳珍饌絡繹目所未觀口不能名酒光甘芳沁

肺腑女曰默飲不能盡歡可呼桃枝柳枝來同歌一曲聊以侑觴須臾兩雛鬟至姿容妍麗丰韻娉婷洵可人也各抱琵琶撥絃發聲脆如梨帛兩鬟間答之時口吻尤覺逼肖生丞贊其妙注目視之謂生曰即以贈君作媵何如酒闌漏永偕女歸房燕婉之樂有可知也女固識字工書尤善六法每至花晨月夕几淨窗明或覽句聯吟或展圖作畫生為之研螺調黛閨閨樂事固有甚於畫眉者如是者有年生與女日在園中游戲從未一履閫外即泛畫舸湯蘭槳采蓮花摘菱芰亦總不出方塘曲沼之間女亦絕無一姊妹往來問訊者生甚奇之兩雛鬟漸長神采煥發女為加笄令生納之為室左擁右抱甚相得也然當春秋易序風雨長宵每不覺鄉思縈懷心詣惡勞意欲暫別言旋擬商之女顧未出諸口而女已知之曰君欲回家此時矣特重見河魁不在房明晨為黃道吉日即送君行命廚娘整備錢筵勿咄嗟辨致味不適於口是宵情話纏綿竟夜弗寐女淚珠戢戢下墮枕函為濕早起有鴉鳴桑樹巔凡三鳴鼓翼向西去女焉袖占一課謂生曰君歸有大族女嫁君始和而終乘蓋南蠻躬舌之音其機已兆君此後入坦途生平凡事邊意獨此段姻緣不得不言缺陷雖然施之於前時受之於後日報復之於十倍須一忍字即是懺悔尚慎旃哉勿自貽戚俄婢來言已設席於綠蔭梅軒畔生視其陳設較初次尤豐生與女對坐兩妾旁侍仍擦琵琶歌前曲特其音凄戾驚絃促節感入心脾生為之泣數行下女以碧玉琹斟紅醴色若琥珀曰飲之可安抵故鄉矣生一舉已聲頦覺倦甚隱几而臥及醒已在齋中詢之家人離鄉已四載矣曾遇盜劫以智免或曰即隱形術也後以與妻屢占脫輻員氣入山不知所終

卷七終

海底奇境

聶瑞圖字碩士一曰祥生上元諸生也聶素稱金陵巨族至生尤豪富甲於田連阡陌生不工會計一切委之於人讀書作文之外了不問家人生產甚聽閽數十里外關關聲人因呼為三耳秀才生平喜講求經濟而尤留心於治河凡古今水利諸書閱之殆徧笑曰此皆非因時制宜之術也治河宜順其性導之北流又宜多濬支流以分殺其勢令北方井既廢溝洫不行水無所著坐令膏腴之壞置為曠土甚可惜也方令東省水發多成澤國民歎其魚當徒事賑恤而不知以工代賑之法與其築隄不若開河要使東北數省環繞瀠洄無非河之支流以漸復古昔溝洫之舊然後以次教以耕植俾北民足以自食其力今日既行海運勢甚便捷河運可不必復如虞後則莫如自築鐵路生之持論如此而人多笑之生胸襟曠遠時作汗漫遊時國家方重外交皇華之選絡繹於道有某星使持節出洋生以策往干之星使雖側席延見但以溫語遣之而已生日我所以見之者冀附驥以行耳彼徒以虛禮置而弗用我豈不能自往哉立登郵舶端挈囊資克裕行李烜赫見者疑為顯要所至各處無不倒屣逢迎後所攜舌人四一英一法一俄一日以是應對周旋毫無窒礙每遇地方官延往讌會輒以行觀饋殷所臨輒先一日刊諸日報往往闔境出觀道旁摘帽致敬者亘數里星使無其榮生性既風流貌尤倜儻遊歷幾周瑞國地雖叢爾水秀山明尤所心賞瑞書塾肄業女子曰蘭娜者美麗甲泰西膩也歐洲十數國遊應周瑞國地雖叢爾水女固素封所有中國之綺羅物玩無不備詢其由來乃法曆后內府之異常一見惆然如舊相識邀至其家女固素封所有中國之綺羅物玩無不備詢其由來乃法曆后內府之所藏也法后出奔多寄儲其舍慾以其價得之生見之倍加贊歎女擇其中尤寶貴者數種以貽生生謙不敢受曰此天上珍奇也偶爾相逢詎敢厚貺非分女曰非此之謂也以遇言言則萍逢異地以情言言則金玉同心區區微物又何足辱齒芬強納之於生袖女居浹旬別女登車擬乘巨舶從倫敦至紐約方渡太平洋忽爾風浪

徒作排山岳奔雷電不足以喻其險也生強登舵樓舉首一望則銀濤萬丈高湧船旁就若挾舟而飛意豐
隆犇過遶搜生入海中於晤舟師舵工施救援莫能為力惟有望洋驚愴而已生一時眩暈欲絕少甦
啟目視之山青水碧別一世界絕不知身在海中也方訝通在海船頃何至此豈出自夢幻哉舉足行三四里
但覺鳥語花香奇詭瑤草疑非塵境時腹中稍飢仰首見枝頭桃實纍纍紅暈欲滴摘食二三枚頗覺果然桃
味芳馨甘美沁人肺腑生平所未嘗也生偶見溪澗之旁有細草一叢嫩葉柔條綠色可愛舉手拔之即起嗅
之其芳參鼻觀扺有圓粒若蒜頭其外皮內白若雪食之珠甘項刻間陡覺精神煥發生知非凡草拔取
十餘株裹之以巾服束再前行遙望有茅屋數椽依潤而居極力趨就之倐忽已至徑渡略彴叩門門啟雙鬟
出應客俱作中華服束問生適從何來欲謁何人生喏喏無以應但之後堂西閣經此願求指引須臾有老媼
出白鬢眷顔龍鍾已甚導生登堂曰老身鐘漏並歇何處貴人辱臨敢地生告以將此扭約不知何故到此媼
曰是非老身所知也適有西方美人新至此間可自往問之命婢引生入後堂西閣其地石峯森立巨池約十
餘項白荷花萬柄搖曳風前芬芳徹閒四周皆欄杆蘯峙池之中心生遙觀一女子西閣獨立露
穀雲綃皓潔耀目鬢鬢霓裳羽衣來自天上近則之非他即瑞國女子蘭娜也彼此相見各懷疑訝評女曰自別
後心珠悃怏怏每欲余破寂寞惜往法京巴黎居未匝月逵暑於英之蘇格蘭余以過鄯華河失足墮水主
者憐余盛年頃於非命令至此間享受清福閣君欲往美邦何為來此始不在人間世耶言罷咽不勝生
曰余固未知矣固如果沒於洪濤獲此閒樂不思蜀矣况復日對麗人如卿者哉女曰余
企慕中華久矣顔語言文字素所不習未知何下手肯慈心相授曰此亦何難但願長相聚首則死
固脹於生也居久之偶步門旁驟聞波濤洶湧聲出門外咫尺則水若壁立無路可通急入告女曰此間始將
遺元冥一劫成一片汪洋境矣笑曰敬為君賀君自此可出海底而復至人間矣特我兩人別離在即不可

海底奇境

二

不設筵餞別以盡我心立呼廚孃作咂嗻酒半女捧觴至生前曰請盡此一杯當為君歌一曲以代驪歌數
年以來學習華音頗有所得若有感觸偶爾拈毫作一二小詞當亦不讓於人君可細聆正其訛舛作顧曲之
周郎何如言竟女即彈琴抗聲而歌曰日升於東夕生於西晝夜出沒而不相見兮情亘古而終迷人生
分道途之長域而悲夫壽命之不齊何幸雲萍之忽聚兮難得此數載之覊棲總覺長而會短兮不禁臨觴
以心悽識合離之有數兮勿往事之重提贈子兮畫槳送子兮前谿從茲相隔兮萬里徒悻此一點之靈犀歌
罷涕不能仰生慰藉再三女命婢異一小舠出置之門外令生其中旁疊四五襄悉諸珍寶謂生曰襄贈君
物尚在否生探之袖中女揀取一珠作黑色曰此龍宮辟水珠也又拈一黃色珠示生曰此兜率宮定風珠也
持此入海如履平地矣言訖浪聲大作舟亦上升女邊闔門入生不禁大號思歡載娛真如一場短夢小
舟浮沈海中杳無涯際奚啻一葉生視其囊皆皮箧具鑰卷一伸足觸處膩然有物取視之東鎞也
食之因得不飢歡女周至生為不可及經三晝夜抵一處燈火萬家異常熱鬧登岸詢之乍浦也呼人攜取
行囊舟泛泛自去生啟箧檢點金錢外悉珠寶鑽石生思上海為天下關闗之最必有售者乃取道滬瀆小
於覓開別墅僅信百分之一已得萬金時有碧眼賈胡知生懷寶而歸叩門請見生示以鑽石一巨若龍眼精
瑩璀璨不可逼視請價曰非四十萬金不可論價亦珠不昂願此惟法國方有之足下何從而得哉生曰中
華寶物流入外洋宣法王內廷之珍不能入於吾手哉賈胡又以減價請生曰方今山東待賑孔殷苟能以三
十萬拯此災黎者請以畀之賈胡曰諾筆金載寶去人咸高生風義為世所寡云

海外壯游 友如圖

海外壯游

錢思衍字仲緒浙之檇李人少讀書有大志師授以時文棄置一旁初不欲觀謂人曰此帖括章句之學殊不足法丈夫當如宗慤終軍乘長風破巨浪飛而食肉於數萬里外耳家本素封生父日望其成名籍以充大門閭生不得已下帷攻苦所作程文規摹時賢以求俯就有司繩尺未幾獲雋秋試遍登賢書一時賀者盈廷生輒避不欲見每讀己文汗常淡背曰此驢鳴牛吠耳何以見人一日有一道士求見曰我眉山來生出迓之疏鬢古貌飄然欲仙道士遽問曰聞君有遯世想是以來作導師生自思雖有是心竝未出之於口此言何從而來因疑室與之講求長生久視吐納燒煉之術道士曰君之所言距達內丹外丹雖分兩途而其入門之始則一也先宜寡欲養心清脩靜坐旣臻元妙而後旁及從未有三尸未斬五濁未除而一獲大丹立即飛昇仙界者也生曰如何始可坐脩曰上脩避世中脩避人下脩則仍混跡紅塵與世交接一旦道念不堅恐壞於外誘子不如隨我往游眉自有所遇生曰諾道士即以手中拂塵向空擲之化為龍鱗甲畢具下伏於地生驚懼欲走道士笑曰無妨也與生竝乘之龍邊起天矯凌空頃覺身入雲際頃化為龍鱗甲畢具下伏於地生驚懼欲走道士笑曰無妨也與生竝乘之龍邊起天矯凌空頃覺身入雲際俯視下方迷漫無所見平畦風濤聲大作生於時已置死生於度外開目凝神一任其所之項之寂然開道士曰至矣開眸四顧則身在地龍去已杳惟見萬山環合峙碧螢青異草奇葩芬芳撲鼻觀道士曰我眉山到矣道士遽迤行約許里抵一石洞雙扉鍵焉道士以拂塵柄擊之呀然自開旣入則鳥語花香別一世界突有巨石當其前晶瑩如鏡可鑑毫髮凡迎面而來者罔不自見所不到盡住麥吾師透一鏡中上有巨字曰文鑑心雖隔重衣數襲自見其心躍然欲動臟腑脉絡纖微呈露無異秦廷之照膽臺也生至此駭然絕駐足不前道士固尚可見也
最高處也為自古人跡所不到盡住麥吾師透一鏡中上有巨字曰文鑑心雖隔重衣數襲自見其心躍然欲動臟腑脉絡纖微呈露無異秦廷之照膽臺也生至此駭然絕駐足不前道士導之入歷階升堂闃無一人曲折更歷門闈數重庭中栽芭蕉數百本牓曰綠天峰迴路轉陡見一院落道士導之入歷階升堂闃無一人曲折更歷門闈數重庭中栽芭蕉數百本牓曰綠天

深處道士曰此吾師習靜所也每逢庚日必居是室方欲隔窗啟詞而一婢已搴廉而出曰紫瓊仙子命召君
道士令侯於外入良久始招生俱進參謁既畢起立於旁覘覩蓮座一十六七歲女郎也容華絕代儀態萬
方心猶絕愛之而不能言女問生從何處來亦願學道否生囁嚅不能對道士從旁為之代答女笑曰子來尚早
歷心猶未淨也髮令生前攜其手細觀掌紋羊摩挲其肩脅生思慕正殷而忽親芳澤觸其柔荑滑膩無比頓
爾心猿搖搖不能自主女於胸前取出小鏡令生自觀生內視己心突突然躍於繁華障中領悟清淨場亦一法也
當以冷水直澆其背距尚遠詎耐苦脩凡閒歷世趣俾於遠亦此演水師也
因挈生至中庭以怕一方布於地令生登之兩手拱起項間大地山河若環一周正當術觀下方忽聞
磺聲大震舶立懺海中熊後發磺擊之不勝歎異衆問從空下隆豈有異術乎生謬言失路至此項所見或係眼緣生
解衆中有曾至中華者曰德臣固其地之紳士也至操陸兵恐以新製神鎗一軍
日閱兵先以廢舶立懺海中熊後發磺擊之不勝歎異衆問家欹待豐隆敬如上客德臣有兩姊未嫁俱令出見翌日偕生往游埃
齋放有若萬道火龍生觀之不勝歎異衆問家欹待豐隆敬如上客德臣有兩姊未嫁俱令出見翌日偕生往游埃
花未可知也衆疑信參半德臣招致其家欹待豐隆敬如上客德臣有兩姊未嫁俱令出見翌日偕生往游埃
丁撲唎乃昔年蘇格蘭之京都也素以華麗著名所產女子娟秀絶倫是夕適有丹神盛集遠近畢至而生亦
預焉丹神者西國語男女相聚舞蹈之名或謂即苗俗跳月遺風海東日本諸國光為鉅觀先選幼男稚女百
餘人或多至二三百人皆係嬰年韶齒珠色妙容者少約十二三歲長或十五六歲各以年相若者為偶其舞
蹈之法以懺數而止臻純熟集時諸女盛妝而至男子亦皆飾貌修容
彼此爭妍競媚鬬勝誇奇其始也乍合乍離忽卻忽前始
女招男或男就女而女若避之或女近男而男若辭之其合也抱纖腰扶香肩成對分行布列四方蟠旋宛轉

行止疾徐無不各盡其妙諸女手中皆攜一花球紅白相間芬芳遠聞其衣盡以香羅輕絹懸袒上肩舞時霓
裳羽衣飄飄欲仙幾疑散花妙女自天上而來人間也舞法變幻莫測或如蟬聯或參差如雁行或
分歧如燕翦或錯落如行星經天或疎密如圍棋布局或為圓圓或為方陣或驟進若排牆或倏分若峙鼎至
於面背內外方向條忽不定時而男圍女圍則女圍各散從女圍中
出有時純用女子作胡旋舞左右各擊白絹一幅一長丈餘青紅如蝶之張翅翩翩有凌霄之意諸女足蹈
素屨時離地輕舉渾如千瓣白蓮花搖動池面更佐以樂音燈影光怪陸離不可逼視撫掌稱奇歎為觀
止郡中有名家女周西者國色也一見生如舊識邀生至其舍日則出游夕則張讌名勝之所涉歷幾徧選異
探幽覓勝襟抱生至是漸通方言可與友朋酬答因論倫敦為天下閶閭最盛之區不下一游好事多贈以
游賢遂與周西裝俱發先抵樂郡小憩逆旅郡介於蘇格蘭英倫交界之間有會堂一所極宏敞其中彈
琴唱詩者約士女百許人音節鏗鏘聲韻悠遠鈞天廣樂不足以比之也中有琴師曰媚黎女士姿容斌媚羊
致娉婷見生起與為禮導觀各處亦顧偕行媚黎謂生曰未也於是渡海過法街衢寬廣屋
迤日使賓從十餘人導生游覽所有博物院藏書室機器房製造局無不排日往觀而玻璃屋五花八門尤為
鉅觀廣大幾數百畝生固美姿首兩旁夾持以二美妹正如玉樹臨風壁人相對見者咸嘖嘖歎美於中設店
鬻物者皆女子瑤質瓊姿娅娅皆豔麗偶觀生來購物悉與之目挑眉語生詢及價值悉不計較多推與之或競
納其袖中以示鄰果羊車之意媚黎謂生曰君從中華來曾至巴黎乎生曰未也於是渡海過法街衢寬廣屋
宇壯麗似與英同時法王適以宮中女往調其國星使偕生游歷法宮始徧方亭臺園圃之勝方欲取道於普
鴰卵璀璨光耀誠希世之寶也由法至瑞士山明水秀林樹葱蘢花木繁綺多亭臺園圃之勝方欲取道於普
京伯靈途中忽逢前道士至以扇拍生肩曰歐洲之游樂乎可返轡矣仍擲拂塵幻作一龍乘之而去

申江十美

滬上寓公二愛仙人廣大教主管領南部之烟花平章北里之風月凡有章臺豔質幽院名娃一經其品評者聲價倍增幾於繞出墨池便登雪嶺風流久擅月旦堪憑姚家姊妹花本裁閩苑移植申江嘉譽甫加香名頓噪一時青樓佳麗齊拜下風因之遂長花叢屢屢魁蘂榜世之梨花問鼷以姚黃為香國中王馬然二愛仙人未嘗不望繼起之有人也乙酉八月月既圍國小病初劇朦朧中忽聞有遺異來送者詢之則曰石曼卿將登離恨天第一宮司人間男女離合之事也囚間向來城主所司何事曰總管天下豔芳即以其妍嫌蠢慧而分歌品第焉二愛仙人曰此固余之素願向承之而不得者也今遂初心亦復何憾伏枕遽逝於時逸聞天上有步虛聲仙樂眾音縹緲雲外蓋聞文人本自瑤臺玉關中來死則仍列仙班又復何疑湫北王鈇生與二愛仙人跂沒獨唱無和意興孤一夕欽酒蒲碎醢凡假寐旋見有人持柬入者曰主人在翠微花館召君小讌問有長髯奴為汝主人其曰至自知其剩入告生不俟相招漫步竟入主人曰芙蓉城主曰如或屬意必有篇章贈答二愛仙人為莫逆交每遊必偕殆無日不在花天酒地中綺筵既張雅歌斯作宋時石郎耶曰吾君之好友也從之行遂逃圍折鈎二里許所經慮繁花夾道沿堤芙蓉千百株紅紫爛漫迤逶徹既至一所勝曰綺園有長鬣叟四人為司關熱為汝主人與我曾相識否則曰芙蓉城主曰投著遲迎於門外執手勞若泣然曰君尚憶我香海内名流多裹鞅之詞何先生竟無雙字也生至是始知為二愛仙人曰天上當樂於人間耳卯視額曰此彩鸞寫唐韻處也即指一美人曰此即彩鸞為也生注目視之其容鬢鑒吳斯卿主人即命召至須臾眾仙軍集覽兕釉如班一美人曰即彩鶯異語人也生見主人座畔有畫本一部題其護曰申江衣態度翩躚生一一詞其名則為杜蘭甘許乘瓊綠蕚葵諧者所賞識者也首傑題詞四斗大申江檠華淵十美因請曰可得觀乎主人曰可試展之則皆歙勾欄中人素

申江十美

數彼美十人烟花魁首迓駕齊驅羣芳競秀菊媚蘭芬環肥燕瘦各擅所長何分先後選萃拔尤足稱領袖滄海珠遺珊瑚綱漏此外名花搜羅應有其一曰陸月舫行二琴川人香煙花姸涼肌映琴嗔疑喜若遠近一種溫存態度有足令人心醉者琵琶一曲餘韻銷魂之際尤在珠喉乍囀玉手初揮時也月影二分珠光四照芙蕖出水桃李無言庶幾似之後系二絕句云秋水為神玉為骨芙蓉如面柳如眉江州鳳頁青衫淚垂暮達卿未是遲瓊枝玉樹朝朝見碧海青天夜夜心別有綺懷消不得漫將影事託瑤琴其二曰王蓮舫本吳人而生長於滬纖穠合度其姿致之秀麗豐韻能令人其中者真箇銷魂足以雙鉤尤為纖削所居日冷若冰霜桷耳所居日白齒紅駕閣玉虬生所題也貌一時之選也其四曰王雪香滬城人生自良家以有所屬意遂隨平康姬妍娜倍有情尤物天生誰享受眠他一笑可傾城其四曰呂翠蘭籍本蘇臺久居滬曲年甫十四尚未梳櫳嬌黨麗雛鳳音清盡洗鉛華將來淘足以獨步教坊矣下繳二十八字云芳心一點春含豆蔲楠記得雙星渡河夕不辭涼露生深宵萬縷柔情釀愁陳設珠雅系詩兩絕云十眉頭嬌慫學呢喃語見含情花見羞其三曰王佩蘭來自甬江託名洨苑年猶鼎鴨鑪陳設珠雅系詩兩絕云十眉頭嬌慫學呢喃語見含情花見羞其三曰王佩蘭來自甬江託名洨苑年猶未葬貌已出羣體態輕盈丰姿綽約見人觍靦初不知作寒暄語而一笑嫣然雙渦微露自饒媚態後起之秀可頷城其四曰王雪香滬城中蠻聲播於遠近或贈以詩云陽春白雪誰能和國色天香淘足誇七字評卿知當否珍珠無價玉無瑕其五日呂翠蘭籍本蘇臺久居滬曲年甫十四尚未梳櫳樂籍而其母尚未之許也姬秀外慧中酬應靈變以是瞋之者倍深愛護玉既生贈以詩云積辣鷥鳳非可樓樊籠鸚鵡漫相羈獨具風流見者多休怨東風好自持其六曰胡月娥吳人年未破瓜身猶完璧玉骨冰肌自然清麗蘭姿蕙質能移人情後附詩譽其蓮鉤纖細小不盈握凌波微步雅韻珊珊其實姬之美不在此也工歌曲悠揚應節

云喜見嫦娥竝世錯呼明月是前身石榴新樣何須寬步步生妍迴出塵其七曰吳新卿攜李人近自當湖來名譽其著風流靡曼秀麗罕儔骨格婀娜腰肢輕亞當不讓飛燕掌中舞也歌喉宛轉響遏行雲一串牟尼當為伊解贈矣因事勾留滬上一見即春之特篇章以致繾綣雙聲寫出斷腸詞無限相思兩共知要乞彩筆畫眉深淺合時宜其八日張善員風華獨絕標格自持美治罕倫泉娜有致當其登場一曲聽者神移曼陀羅室仙史雅契之處招侑觴曾有詩云善不坊裏柳不待東風作架飛玉立婷婷誰得似丰姿如此世應稀其九日顧蘭蓀金閶人久居滬北為此中翹楚枕笆茖裏賓然如雲相識多顧宦纏頭一擲動至不貲姬琴琳身價冰雪肌膚皓齒明眸其秀在骨每作席斜持觴政具有條理酬應極工故座客竟體自芬不樂也關石道人會與之訂盟往來綦密玉鉽生亦時相過從贈以一絕云蘭蕙同心原綽約孫葊竟體無姬芳辭噌風度今猶在不惜當筵蟄一鵡其十日馬雙賦理靡顏光采煥發一對秋波尤為澂澈曾與卯公諸馬姬者生笑曰豈但此哉即姬之坤靈開闔扇亦屬君座客哄堂幾於頭沒杯案後亦有一絕句云雙眸子有嚙聲盟玉鉽生嘗小識其家時方酷暑公子手持牙柄雕翎扇誇於座客曰余此來一物未攜一扇亦假秋水碧波澄一轉銷魂得未曾計斟量珠原待聘盟詞猶記寫吳綾生視冊尾尚有殿勝者二人一曰張書玉一日吳慧珍朱有珍珠密字一行曰此芙蓉城中十二花神也當請之氤氳使者令其管領十二月名花蔗幾母忝厭職方欲再視主人曰此後多瘦詞隱語不可流傳世間貽為口實且其機亦不可預洩也因問月舫蓮舫佩蘭三姝皆無恙否可憶海天樓畔連環轟飲乎生笑曰惟傳君戰而履地一事為譚柄耳主人亦笑親捧鵾為生壽離席再拜曰君此地不可久留請從此別相見不遠年幸晶光采母隨前僭異日空山讀書記如付劇剔當以君序弁首勿忘生背蘧然而覺一燈熒熒壺中餘酒尚溫生曰異哉此一場綺夢也不可不誌蓋我精魂直與二愛仙人相接一度矣抽筆書之遂成此記

樂仲瞻

樂生仲瞻海甯人固世家子而中落者讀書之外好擊劍馳馬頁意氣尚豪俠有朱家郭解之風鄰婦有珠色見生過必注目視之甚厲意焉生偶為弗知焉者俯首捷趨經過俄而鄰氏子死婦新寡喪中不忘塗澤鄰近浮浪子弟附腥羶者日至其門優伶中有阿虎者頗佳且工內媚術每登場演劇小家女子北里蕩婦幾欲看殺鄰婦兌賣花鈿以重利招之往狐綏鴇合醜聲藉藉於閭巷間其姑戒之勿聽反肆詬罵生適經其門外聞而怒曰當有以懲之夜半排闥入其舍縛婦及伶裸而繫諸林柱俱塞其口翌午雙扉不敢其姑疑其有異呼鄰人入覘之大駭其事以敗有某尼菴不宗清淨戒以冶容惑過客墮其術中多致怯命憂生知之念然曰此釋迦氏之罪人也佛門廣大豈能容此一夕縱火焚之蕩為灰燼生所為多類此會海疆事起生請於當道顧斜集五百人拔戰自成一隊入海燄其艨艟當道方事羈縻之生由是慷慨感憤日沈湎於酒日盡驅其真吾良友哉日與之游但覺宇宙之廣日月之長而幾不知人世間有險阻艱難事也有中表昆弟需次蜀垣聞已補闕為葉縣令作吏咽抑若自鳴其寬苦生以待之久乞出自胠畔叱之遽止須臾又作音更悽咽有女子嚶嚶啜泣聲諦聽之秀才真吾良友哉即與之游訪之乘輪舶抵宜昌小憩逆旅宵漏已深隱聞有女子嚶嚶啜泣聲諦聽之出自鄰室令其寬苦生以待之久乞次日又將有敵之計劃我師船生請趙驅其人於境外以斷接濟更獻奇策牽制其師當道以和局將成婉辭之生由是慷慨感憤日沈湎於酒日
其聲由遠而近徑趨而前伏拜於地旋起背燈而立視之一十七八歲許絕妙女郎也自陳姓顧字佛奴早歲失母惟伊一媼棄讀居此室中父為湖北巡檢司罷官後貧不能歸流落此間箇賣翰墨大字為餬口奴早歲失母惟伊一媼棄讀書願好詩詞能作楷隸一時求書者戶外屨滿有狂生馮碩侯者豔奴之容屢以書階進妄緻風花月露之詞求寫繆素彼為援琴之挑奴作投梭之拒因攜蜚語以快其私妾父不察謂奴有玷閨篋陷於輕薄奴一時怨念畢命紅羅公君子人也秉正不阿鬼神欽矚必能辨妾冤誣表彰泉壤則雖死之日猶生之年

言竟趨前盈盈再拜生止之因命之坐諦觀之丰韻娉婷體態綽約長眉入鬢秀靨承顴固畫圖中人也生曰卿死後瘞玉埋香果在何處女曰即窆於君牀下夜閒君寢之聲達於戶外宵深轉側如在耳畔女見几上書籍蝦橫偶抽一冊觀之則王建宮詞也曰昔年兒已盡和之百首中多有意重詞複者當非一時所作也女曰卿舊日詩詞高憶得否女曰孤魂飄泊無所依憑偶憶前塵怳如夢寐生欲邀出素箋乞女作字女為書四幅結體遒媚鬢花筆格居然無愧生亞贊其妙曰歆當什襲珍藏傳為佳話俄閒窗外雨聲漸瀝生催女令去女以獨行瞻怯不前含睇生憐之瓯欲行瞻怯縮不前含睇生憐之命女寢焉自是女留不去日則拈弄筆研夕則偕生談笑生亦幾忘在羈旅中邅迴月餘女固無生不歡生亦莫樂然止談風月訂文字絶不涉一諧謔語生本獨處一室纔交游恒往蜀中以破寂寞試商之女欣然願從惟應關河有神留阻見之目言耳語他人均不及覺也生思挈女同往蜀中以破寂寞試商之女欣然願從惟應關河有神留阻延羽士以黃紙書符入至毛蝨生自恃剛正絶無所畏初三餐取諸外肆生願以為弗便女如履康衢及抵成都生友已罷職閒居聽鼓應官景況蕭索以生至假樓亭榭之勝而久無人居荒地異常蠮蛹胃屋多栽紅芍藥築雕闌以護之小樓三楹尚為幽敵此外雖有樓臺亭榭之勝而久無人居荒地異常蠮蛹胃屋角鵁鶄鳴庭隅一至夜間諸怪畢作為毛蝨生自恃剛正絶無所畏初三餐取諸外肆生願以為弗便女以自炊請曰素手調薑湯本所習慣烹飪之法固有家傳雖不逮易牙然溜溜能別當不讓拿厨食品也生曰此事何敢煩卿女勿聽陰購釜砥割鮮以進味女尚未醼也爰呼女為一日行抵峨眉山麓遇一黃冠神采異於叢衆酒可盡一斗有時與生對酌而女尚未醼也爰呼女為一日行抵峨眉山麓遇一黃冠神采異於叢衆秀萬狀罷唐灞滻波濤溝澗生固好遊臨水登山輒與女俱一日行抵峨眉山麓遇一黃冠神采異於叢衆中見生急前而長揖曰君近來亦有佳遇乎生曰無之日此亦風流文雅具有前緣幸勿終棄因即於所貿胡

蘆中傾藥三丸畀生曰歸與君所眷服之自成形體可證地仙子身具俠骨胸有仙心尚其勉之勿墮前業當
生與道士言時覓女條已不見女又在生左右生曰卿何避之巫也豈心有所畏哉女曰此即漢
赤松子張留侯曾從之游者也君令適相邀亦不淺哉生示以藥九金光璀璨女邊掬而納之口頓覺容
采煥發光豔豔倫顧行日中有影亭亭女向空頂禮曰謹謝大仙奴自此脫離鬼趣矣女由是不能隱形令生
託言購自成都北鄉將以備位小星幷買婢供驅使一切香匳中物悉為壽致既歸後見者盡驚為天人謂
樂生何脩一旦而驟獲此麗偶哉顧生難與女同衾未嘗及亂擬歸而見於祖廟然後行合卺禮焉女戲生
為吳兒未石腸一夕女夢中驚醒急蹴生起曰大難至矣何不速行生問故女曰君前焚此尼菴有之乎令此
尼訟君於地府將與君對質既至果以朱篆寫於黃紙字首作蚪蚪形不能辨識投諸神前巨鑪須臾有白
一行妄請偕往昧爽模被遞征旣侍一時有喜色謂生曰子事解矣幽冥主者以子能興義憤延壽一紀子其安
年八字來既書自繹霄飛下道者略閱一過有血氣之勇也戒之勿忘逾年生偕女同硤石鎭蓋自經賭冠之亂
鶴銜朱書自繹霄飛下徒恃一時血氣之勇也戒之勿忘逾年生偕女回硤石鎭蓋自經賭冠之亂
歸後宜平心息氣以底於道勿徒恃一時血氣之勇也戒之勿忘逾年生偕女回硤石鎭蓋自經賭冠之亂
是始歸故里閒蒼蕭條屋廬頹圮不復相識物是人非數類丁令威化鶴歸來景況生惻怛之餘悟道益深以
重值買牛眠地築墳葬其雙親又售田千畝為義莊爲他日祭祀之需盡散貲財以贍族人族中貧乏者
眠地築墳葬其雙親作汗漫游謂女曰余視人世浮榮如飄風之吹馬耳石火電光鏡花水月一切
皆幻余今夙願已償了無掛礙擬欲入深山密林晏前時道者當必有所遇焉卿其能從我乎女曰是我心也
奴自死復生真如一夢徧嘗世味有同嚼蠟斂歛形骸芥視富貴固已久矣豈待君一言而後決哉遂登峨眉
山不知所終

嚴蕚仙

錢聘俟蜀人少居吳會父母俱沒子然一身奇居歲串家為之司會計生本讀書雖未成名而所綴詩詞居然不失古人音節風度亦瀟灑自喜以是人多敬愛之生於文字外別無所好亦無所長終日靜坐室中不以世上繁華擾其心嘗偕友人游杭西湖縱步於六橋三竺間娛目騁懷頗諧襟抱逢遇一黃冠古貌疎髯形狀殊異生甚奇之曰君慕慈人也精進修持可以入道因招生至其蕃中授以吞吐煉氣之術生受而習之化為氣慾念竟絕年漸壯人有勸之娶者生笑曰此不應因我眉為天下名山之一思窮其勝辭於親友裹糧而往有為之言蜀道難者生毅然曰我故里也客行雖不一識家衒者哉東裝發由漢臯至宜昌小憩迨旅次霖雨積旬阻滞不行襟懷恣岁因小童沽酒獨酌醺然竟醉忽覺身後有一人掩入迴顧見之乃中表昆弟范叔子笑曰適從何來遽集於此范曰應命來當集仙緣自臨鏖櫪永息謂生曰積兩悶人何不一窺後園消遣旅情生曰此處何得有後園范曰君既偕行一觀自有妙處生隨之行歷閫數重即觀園扉中萬綠怒臺花齊放由迴廊曲折逐一軒日棠軒中植垂絲海棠數十本媽紅欲滴軒之西窗有二女郎相對弈棊其一拈子未下支頤疑生見之卻步曰不久為君惟海棠中人乎必避為生入二女郎皆起檢袵作禮年俱十六七明眸皓齒艷絕塵寰一作宫中裝束見生兩頰微酡盆增嫵媚生詢姓名一曰白麗娟明季宮人也闖賊入京嬪娥星散鄭監瑩之逹走後隨福王南渡教習歌舞初頗寵任後以諫王勤政愛民勿就逸樂奴至宜昌藏於民家旋以絕粒死遂瘞此園黎花樹下言訖欷歔流涕從余渡江中途相失傳聞為亂兵所戕一曰嚴蕚仙橋李人從宦至楚北遇亂不得歸偶至廟焚香欲祈他方以決疾生聞之亦為太息其一日白此死生之分也令世亂無主何不呑白丸以暫死借棺椰以藏身從違遇一羽士畀以藥九二一白一紅日

窀穸以避世庶免強暴所污死時殷紅丸於衣襟間他年自有救汝者奴再拜受之羽士倐已不見甫歸家聞梼寇已破岳州即日南下父倉皇遽徙行至宜昌鳳鶴盆警奴遂仰藥而死父遂薨奴於園之西偏芍藥臺畔奴自吞藥後不知之已死並無煩懣並無拘束正不知陰司在何處每遇風清月白精魂時出游覽若歸伏土中有如夢寐可累月經時而弗寤可以為夜臺之樂勝於仙鄉視人世膠擾驚惋別離悲苦相去奚啻天淵哉生聞之肅然起敬曰卿真達人也項有顯者餽余盛饌奎廚食品單竟不凡當可供君大嚼也即呼小僮攜至須臾肴酒雜陳臚列范邀生及二女郎入座各占一隅三女初猶作忸怩態三爵之後主客後主之情如此其心尚可問耶惟福王於妻則不認童妃而於母則尚認鄒太妃故追論其事者猶有所疑今聞流亞也生因詢白女明季宮中事白女言不少譚述福王淫昏沈湎有與正史相符者大抵東昏侯李後主之始縱生詢童妃果是福王嫡室否其來何以不納白女言當日宮中人曾竊見童妃姿容中等而言詞態度的係出自天家無可假託或謂福王微時與妃薄昔相遇遂訂同心曾許即位後冊為正妃即叔孫穆子所遇庚宗婦人之類也旋由羣臣推戴之後聘祁彪佳之女為妃及童妃來無可位置遂以為偽生曰福王於伉儷之情乃始恍然白女曰史之關矣言次天忽開霽纖雲四捲明月乍升照耀几榻於橡燭生曰此夜不可無詩范曰詩不如歌二卿雅調獨步一時祗應天上難得人間可否一齡妙音藉以鐵砭俗耳二女卿言乃始足補正范曰手生荊棘矣此事鄒太妃亦知之寓居山陰時曾為遺臣言其本末良夜不可無詩范曰詩不如歌二卿雅調獨步一時祗應天上難得人間可否一齡妙音藉以鐵砭俗耳二女郎竝曰久不彈此調雲生曰妙哉此歌也可為滿浮三大白歌既闋以次及蕚仙日對佳客歌舊曲未免唐突如裂帛響可過雲生曰妙哉此調雲生曰妙哉此歌也可為滿浮三大白歌既闋以次及蕚仙曰對佳客歌舊曲未免唐突奴近填酒泉子一闋請為正拍詞云夜色沈沈濕透晶簾秋露下鳳箏彈不成歡玉葱寒一枝銀燭已燒殘凄切亂蛩階下愁倚碧闌千月團圞詞既凄清聲亦纏綿跌宕有一波三折之致生喟然歎曰聽止矣

斯聲真足以感動人心矣卿真解人也哉范曰今夕良會不可虛度蘭語樓中東西兩房設有牀幃繡枕錦衾鋪陳雅麗何不少憩片時略抒情話況蕚卿返生在即將踐良緣麗卿亦將投生富貴家重履塵世子與麗卿相識已久今夕始一了五百年前風約也即攜白女同行而使生手挽蕚仙隨之二女皆紅潮暈頰覘覡態生平未近女色至此自笑曰余道而去吾師范曰君術亦淺矣鉛汞至道在此中木嬰姹女奚待外求生跂入房蘭燈對坐女謂生曰自經亂後花木盡萎臺榭全傾非復舊時光景此屋亦已三易主矣君但取園中碧桃花下所余痤玉埋香處也君可記乎亂時曾葬戚申於此令已事定將攜其骨歸藏先壟耳天甫昧爽范至叩門曰麓卿將別盡往一送其行顧女曰令已廢為棠圃然桃李媽猶留數情或有密語附耳數言而與人已再來催其去如風傯焉已旨生意惝怳若有所失女牽袂起曰異哉此夢也視窗日時猶未至也以扇擊生頭數下小童頭鼾睡於側欠伸遽起曰令已廢為棠圃然桃李媽猶留數紗已有曙色細思夢境危坐不寐盟漱既畢即召逆旅主人謂之曰余向時曾儲居此間小住數月今雖往處之骨爛未至也風景依稀猶堪鷔屋後有一圍令主人僕之入視圍中頗多陳迹初開繚約臨風丰姿獨絕上有小鳥綠毛紅距甚可愛見異常生信足所至繞圍繞編蓽觀碧桃一樹含蕊初開繚約臨風丰姿獨絕上有小鳥綠毛紅距甚可愛生宛轉嗚咽生意此處必係女葬所為主人語埃渥未三尺棺木已露審視尚無恙乃圓以外槨戴之俱歸不復作西行矣抵家置棺於壇屋深夜啟之顏色如生搜其襟畔果春艷之格格作響須臾體唐已暖又頃之星眸已啟謂生曰我欲少坐生扶之起細視之國色也女曰二十年真如一夢耳

橋北十七名花譜

日本東京府號繁華淵藪日本橋呼先著名橋南橋北皆名妓所居相距僅一衣帶水其間習尚迥爾不同橋北之妓總稱曰駿河坊妓以箱局在駿河坊而得名也其實分段聚處多在駿河品川兩替五坊左右鱗次櫛比望衢對宇向有三四十人今則寂寥無幾止剩名花一十有七日本招妓佾艤之地或在酒樓或在晝船酒樓以萬林為巨擘次之則勝五樓也萬林門戶狹小殆如不可入者一入洞靡仙境翕然令人有天台桃源之想新樓尤寬敞兩房連屬可布數十席三層樓高聳凌雲南樓迎風貽月涼爽宜人名流雅客咸於此小欽馬樓下別有靜室以便妓來易衣換帶此外別構農舍殊具離落風景宜於酒後園蔬品茗勝五樓亦稱伊豆屋結構雖小然幽靜雅潔實出萬林右故好事者流趨之如鶩呼畫舫游於墨川之上藉以迨暑迎涼者名曰船宿主其事者為住吉松葉三浦岡松四家彼此相競迭為盛衰住吉則房櫳深邃器具精良推為獨步松葉以慧制勝三浦以廉留客惟岡松則無所聞焉日本所謂箱局者乃主送迎妓女者也猶之妓館之外場奴故呼之曰箱奴駿河坊之箱局曰三芳屋蓄箱奴六人皆衣食於局就妓身價一枝給二錢若客賞奴以纏頭則為奴所得箱局壁懸小牌記妓名已受客招則反之有疾病事故不得應招者亦如是使之一目瞭然或妓與葉樓有前約則以白紙黏壁間防其忘也局有薄曰根薄曰雜帳曰記根薄日記妓所送之妓耳欲知所招之客均在焉雜帳分妓而記月日樓名畢載馬日記箱奴各自記錄其奴所記止葉奴所送之妓十七人者一呼之曰箱奴髣髴箱局日三日根薄日雜帳日記根薄日局薄日而記雜帳自記其奴所記止葉奴所送之妓十七人者一日河各豔品比梅花小竹亦北里之妓簪清濁莫如閒中高凧稱領袖才貌僅在中等之日芳名場中竹清品比梅花小竹亦北里之妓清濁莫如閒花濃揭籍已久著名於風月場中鳳稱領袖才貌僅在中等之日雖燕月潤花姸嬌鶯麗妓之者能不能掩其美也二日小竹清品比梅花小竹亦北里之矯姹者秀麗姸雅脫盡塵俗之氣工於酬應妙解火鼓箏擊主人顧愛之風晨月夕挑招之松藤住吉諸樓閒

酒聯詩留連歡飲或數日不歸戚串謀為之脫籍置之金屋纔一歲以議不諧中止某遂別娶遠室然出遊自若蓋
深情鍾駑固不能一日離也三日乃藏麗品此海棠駿坊之妓以容貌稱其過才藏心嘗倩觴於萬林隣席有二客亦呼妓持觴狎
客多至十餘人俱在面首之列暗中皆有藏否而能各得其歡心嘗倩觴於萬林隣席有二客亦呼妓持觴政
才藏因事過前瞥觀一客年二十許清臞美盼儀觀爽心不自禁託故逃席潛至隣樓自屏後窺客客知
為妓招之入席飲亦不辭既而杯盤狼藉燭炧酒闌才藏竊與客耳語曳客袖曳客袖去樓婢瞰其入空房後呼客客
窺之醜態畢露才乃蒙面逸武弁藤田素春才藏一日偕邱參領與小絲不至夜深各自就寢才間
藤睡入參領房慰其孤寂自萬枕席籧篨覺才不在側詰得其實大恚然以參領為其上官末敢呵之也嘗謂
所觀日絮薄花浮於今乃信特未有如是之甚也遂與之絶四日小絲禮品比牡丹小絲丰神端麗舉止靜雅
而穠粹豐碩不減大體雙也洄太史邱參領俱篤意馬時有所投尺牘及閱之色變因此恐出於讒手妞妾欲聞吾兩人歡
絲出書畀閱畢即挾大體雙之否絲初以為尋常住來尺牘及閱之色變因此恐出於讒手妞妾欲聞吾兩人歡
給脂粉錢參領助衣裝雨不知色一日太史鈞觀梅風雨未果因擔絲造住吉樓小飲入門參領亦至自覺曳
小絲袖日客誰日某妓客也一葉兩雄傅為笑柄屢以私事為參領所責甚至一日方陪客議於萬林適解雅書
小絲絕無怨言巧辯彌縫愛增深香參領為戲附郵筒送參領得此不疑數日絲
至草草閱異即挾大體雙之否絲初以為尋常住來尺牘及閱之色變因此恐出於讒手妞妾欲聞吾兩人歡
好耳幸察之後雖投其所好六日阿鬱蕩品比瑞香駒吉貌少亞而好技獨絕志尚耿介不荀合繼母
待之唐奪其衣裝逐之駒乃自營雖貧堅持清操或謂商有妙劃鉅投其所好六日阿鬱蕩品比瑞香駒吉貌少亞而好技獨絕志尚耿介不荀合繼母
而容愛之弗懲也阿鬱所眷守之數年東妓皆稱駒吉生硬
俊秀情性便娟客見之者無不色授魂與而亦妙解人意顧豔名靜岡居一年揭籍原處山協領淺草與某士人厚
士人解褐赴任橫濱漸疏遠及移雨替坊林縣丞購郁亦妙解人意顧豔名竹洛絲才之亞
後郁意厚於山而亦不薄於高高出重價納為小星久之與幕賓苤葉有私高不知也高產傾開閣道揚駱郁
之
橋北十七名花譜

乃與坂相攜而去賃廡以居又一年坂有事鄉居素貧不能攜妻孥送再抱琵琶重理舊業揭籍之月西南之賊始平山協領凱旋相見於某樓鳳盟甫償赤繩未繫協領邊有大津之行後又遇山公監稅曾居北關月餘七日小若雋品比木蘭小若丰容獨絕雪膚花貌一望殊妍然恨無媚態似古寺觀音塵埃不堁又恨少秀麗氣如伏水土偶都無活機洲基某顧寵之月給殆豐妍雖小樓為遊憩所因是客招雖少家計頗優以口過為眾妓所憎八日阿豔韻品比李花阿豔名副其實金協領愛之花晨雪夜必命駕往住吉樓此鹽之一知己也九日稚花稚美諸譎有趣揮霍筵中得此乃快前後眷之者有西北兩郎君稚美長於諧舞與阿豔雙演最解人頤少髮閱其名見其人無不驚而笑者旋改名千代十日阿圓嬌品比棣棠阿圓才貌皆中等才捷給多許姊妹行私事以是不為人所喜十一日小蝶韻品比水仙小蝶為小竹之妹年始三五嬌喉轉媚態姍姍惟恨痘神為崇略損風流然當其盛妝濃抹於燈下見之亦足以銷魂也十二日小鵑嬌品比茶蘼鵑固舊妓久脫出風塵而復沈尊海則珠可悲也顧大紲歌之貴不足曲中淡抹濃妝冶獨歡博席再籍枕韉頭亦倚市門之下者也十三日小松靜品比桐花小松亦舊妓七八年香名噪於曲中淡抹濃妝冶獨歡博車馬盈門賓從如雲凡鳥道人嘗從之買醉黃爐頗加青眼後移居兩換坊忽遇之於狹巷井衙之旁時黛眉作削髻已涅浣衣春米不知其經歌中人旋又逢於途則妝束又非舊姿問之仍揭籍於原處門前熱鬧一如舊時嗟不知誰為賊琵琶行者十四日阿珊粹品比山茶珊始名小金再攜攺今名好豪飲而瀺落自喜無機械心十五日小萬妍品比杏花小萬風流靡䬾豐贍識者顏多然欲畢其佳處不可得至於索癭摘疵亦不可得故容多憐之者十六日阿芋無色藝稍次惟而伴四客談者醬冷十七日福松凡品比菜花福曾與某生員邂逅客邸有鴛臂盟生平狎客更僕難數人謂善伺人意如飛燕依依附肘下宛轉隨人故容多譽稍次惟警行龔飲間菜花豆荌時有香來別具風趣或問色妓藝妓之別曰以火盆與三絃分之索居無俚聊作十七人小傳以見一斑

泰西諸戲劇類記

泰西諸戲劇類記

泰西向有緣繩之戲以一繩長逾數百丈繫其兩端於危樓高塔之間演者躍身其上若履坦途其技之神蓋有挾山超海不能喻其難臨淵履冰不能形其險者矣昔時輩推法人為獨步嘉慶二十二年秋日耳曼列國諸君集會於奧京維也納奧為盟主執牛耳馬適有法人欲獻是技約於其日出演國君預召一日耳曼人嫺習繩技者曰哥利德命與法人角技高下屆期簪履紛來冠裳畢集法人躍行繩上其捷如風猱升高塔之杪速於猿獲回時甫及半際適逢一人亦手繩而上潤值觀者雲集無不為之心寒股栗法人至是亦手足周措不知所出日耳曼人從容語之曰俯視法人如其言日耳曼人一躍過其背千人齊聲讚歎有若雷鳴法人大慚逸去由是哥利德以絕技聞於當時繼哥利德而起者有都比倫敦亦法人也都比生於道光四年其父嘗往觀技心竊羨焉歸而壹志學習務極其能初以其母曝衣繩繫於兩椅間試行之人重椅輕身仆於地繼取魚索試之亦斷旋得一巨纜於舟子喜曰是可置我足矣遂繫兩端於二樹間以杖撐地而行其上防其墜也旋以杖挾一蓋繼而并蓋去之空身往來絕無怖恐久之身輕足健視懸纜之駕空無異平橋之在望也業日精名日著歐洲之演是技者無敢與之頏頡哥利德之聲譽反因此而掩矣都比挾其所長周遊列國觀者爭輸金錢獲利無算同治甲子冬間航海至香港港人樂觀其技咸嘖嘖稱之都比向在美利堅演技一事尤為膽炙人口至今歐美兩洲之人尚述之不衰美利堅北境與英吉利屬地分界處有大江一日尼押格爾拉是江上流高於下流約一百六十尺廣約一千一百尺上流之水奔騰澎湃而下狀如瀑布聲聞百里轟雷掣電滾雪翻銀眩目駭心視為奇境江之下流兩岸石塘頗為高廣都比於對岸兩塘繫以長繩離水約二十餘丈特起逸望之如天末長虹倚據此而俯首下窺心膽為之震慄都比行於繩上手執一杖盤旋戲舞忽坐忽眠如在平地時有輪船一艘泊於江

中籤以防失足下墜之虞都比行既至此即於囊內取一繩垂至船主以酒一瓶繫於繩端都比收繩得
瓶既瓶飲酒酒罄擲瓶於江遷迤而去竟彼岸是日遠近來觀者如堵牆約二萬五千人莫不鼓掌稱奇逾
時復回此岸問岸上有人願至彼岸者否能員之而過三呼無應者然都比於此猶以為未酧所長也因員
木棉一捆於背而行離岸二百尺復繫一竿於繩而取一牌懸於竿上既抵彼岸復攜小車一乘而回是時觀
者莫不目注神凝屏聲息氣歎為得未曾有都比之名由是噪甚幾於婦孺皆知近令則有車利尼馬戲馬一
女子年十五六歲許皓齒明眸雪膚花貌短裙窄袖袒胸及肩衣服四周悉綴珠寶光怪陸離不可逼視始而
馬自馳行疾徐進退悉中音節臺上奏樂聲韻悠揚馬之步武無不咸合瞬一足為高羊舞或側身倒挂
尤為迅捷旋繼足露蹤跡飈飛電邁一片神行誠令觀者目不及瞬其所御之馬有時翹一足為高羊舞或側身倒挂
復有二女子橫臂以木欄馬連躍跨過馬背跳蹁躚坐臥起立一任其意有時翹一足為高羊舞或側身倒挂
女自馳也又橫當以木欄馬連躍徑過最後女從馬背下馳踏跳蹁躚坐臥起立一任其意有時翹一足為高羊舞或側身倒挂
下過環馬行能越十六圈而察女雙足一若未嘗須臾離繡鞦也斯枝也而進乎神矣又絡雙馬使並行
女子兩足分踏兩馬縱蹄疾駛馬蹄生風雙足一若馬背上樂盆繁促最後四馬聯行磐控縱送無不解西國方言者
則有錦衣花面狀如中國之小丑口講指畫朝笑諧諸或故為可驚可愕之事以博人軒渠不解西國方言者
亦隨泉唱絕而己更有兩馬不施羈勒入埠馳環場一周忽爾一馬前進一馬倒行其首旋轉俯仰其足腾
蹀疾徐一若妙合規度者久之兩馬互易如前狀一人突出揚鞭叱之乃搖尾帖耳踏踏然歸矣而馬又能舉
前足如人立有挽四輪車出者兩馬以前足踏車尾遙蹬仰首自得一若助人作推車狀說者謂泉馬竝能知
人意不僅通人語已也車利尼之馴養敎導可謂獨具一片苦心矣車利尼劇場中亦有女子能蜘蛛戲但不

以此為絕技也按繩戲在中國自古有之始行於戰國之季非特泰西為獨擅也漢代以為百戲之一張衡西京賦云走索上而相逢李善注索上長繩繫兩頭於梁舉其中央兩人各從一頭上交度所謂舞絙者也晉樂志云後漢天子受朝賀含利從西來戲於殿前以兩大繩繫兩柱頭相去數大兩倡女對舞行於繩上相逢切肩而不頗又唐睿宗時婆羅門國戲人能倒行以足舞太抵此戲起自印度流入中國即歐羅巴洲亦沿印度之風歟然近日西人戲術之優者若緣橦若登梯若吞刀吐火若搬演雜劇迴巧獻佞盡態極妍有鬼神不能測其幻者泰西著名之術師曰瓦納所演尤為擅場樂作簾開中懸八角圓徧列紙牌術人彈之以指如飛絮落花隨風飄墮乃取六葉置鎗中機動鎗發振地一磬牌仍在架又向客取銀券取金表卷則焚之以火表則貼以磁碟碟亦在馬尚缺一角術人寬地得之向盤遙擲碟完而不缺更取臺上畫燭擘之銀券諸表卷掛於圓盤中故無恙又借客之約掛手巾約指客閉置盒中堅持之手巾則中春以鐵椎擊之鎗發如震霆表卷掛於圖盤磁碟則失足碎表損約指客閉置盒中堅持之手巾則客高冠冠中空無所有術人手探之則取出雞鷄鳥無數飛走滿臺更有玻璃缸一金魚游泳荇藻交加水溢於外焉又取皮盒一其圓若毬盒中有紅白二幅各幂一圓須臾紅白互補形若滿月略之以指揮仍如故略無補綴痕約指候掛於臺上花枝最後取貫珠以鎗座客幾徧項之冠忽作爆裂聲烈鋏驟騰術人踏火使熄冠乃臺入鎗管鎗發作霹靂鳴冠懸於梁鎗再震而冠落譽以還客其最驚心動魄者則以匕首決人首也如都比如車利尼如瓦納皆以一技之長負盛名遨厚值而中國之具此能事者僅鯛其口殺死不瞻噫何相去懸殊哉

三二二

華胥生

華胥生鄭姓菩名別字達生其母方妊夢一丈夫美鬚鬘神采煥發直入房闥鄭母呵止之曰與君素不相識輕闖人家閨閫何無禮也其人手就菌為一枝作碧色撚髭微笑曰吾唐代李青蓮也以此為汝子當位極人臣富貴無比言擲花懷中驚而遂覺及生名之曰蓮生甫字之曰華胥字之曰達生既長豐姿秀徹玉樹瓊枝未足方喻讀書頴悟異常俱於歲串間誇示異兆摩以為此子將來必非凡品鄭氏有子矣惟性喜睡戌時卧之至辰秒始起一八黑甜鄉即不復醒有時書聲琅然出自帳中聽之則窅日間所讀之書如瓶瀉水不失一字翌晨問之淡然不語但曰夢中自有佳境勝於今日所處百倍久之嗒然若癡親戚故舊都不識認所言皆夢中事或喃喃似與人語諗聆之盡操中州方音與生判若兩人或謂其父母曰此趾離之神故作狡獪必當有以襸其間準提菴中新來一僧善為人圓夢人有作惡夢者謂為不祥僧能代之被除矣以重金聘之來僧甫入門一見生即懼然駭曰此華胥國賢臣也為太平宰相三十年勳業之隆莫之與京因謂生曰何不將夢中緣因筆示一二以曉世人用釋其疑生頷之曰唯僧乃稽首禮而去不受一錢由是生夜之所夢日必紀之於書事多者出外者轉相傳鈔遂行於世其書曰華胥實錄故生自號為華胥生生夢中所生之地曰槐安里在洛陽城北姓梁郡中巨族也父持國字聘臣嘗居卿貳致政歸田優游泉石以多嗣祈子於定光佛晩年遂得生產時有絳雲一片覆其屋上遂名曰絳字曰雲生十二歲八邑庠十六歲登賢書十八歲捷南宮授詞林一日而名動京師世家大族爭欲婚之生雖志切求鳳而欲自擇配婉辭卻馬一夕上萬幾之暇講筵各抒所見詮解其義生所解與聖意默相契合上大悅曰李嶠真才子也命撤御前金蓮燭送歸異數也上知生未婚時大學士董淇有一女慧美絕倫以才貌聞

遠近曾以消夏詞令諸閨人屬和而女作獨為擅場上親謂董曰佳人必配才子以卿女嫁梁生真一對佳耦也卿意以為何如董稽首曰謹如聖命董雖簪緌楚而近巳家居河內與生相距非遙因請於士亢假送女完婚上許之特書玉堂賜生二字賜生二時士論榮之生自登仕版屢主文柄大考又列一等首特予升衡慘為江蘇督學使者即日鳴驛就道其年猶未三十也生半裁峻整絕請託杜包苴一切干謁莫敢至其前鑒空衡平所拔多知名士孤寒而負才具者必厚飲以膏火以戒其學朝猶請託有缺資斧不能應單族寒門至呼梁生為慈父三年任滿官囊中儲有一萬八千金散請諸各學間令其造就人材之速如此秋闈者請開列姓名按數給子毋使一人或遺或有不足請益各學閭之歡聲雷動歸途小病偶慇然閭木潰有朱君昂青者精岐黃術即有重症刀圭所投無不立奏奇效本生故交至是柱道訪之相見歡然朱貧甚不能具午餐供粟飯以草具進食而甘之曰豆羹蔬食別有風味勝於膏梁十倍矣朱頻歲不得意子殤妻病常日過八磚猶未舉火生慨然曰誠不勝卻生出外望遠近諸山蒼翠旅業無多朱開日識知君介然此非盜泉也受之何害生乃呼從人發篋持五百金畀之曰旅業無多聊供辛歲需朱堅辭不受生曰若此非范叔何哉此非盜泉也受之何害生乃呼從人發篋持五百金畀之曰朱爽氣豁眉宇爰舍輿而步行不數百武風景愈佳不禁叫絶附近一村落茅舍環以竹籬中有瓦屋廿餘椽門對青山窗臨碧水溪聲漁漁渡以略彴景狀寂無異仙境繞屋梅花不下千五百株朱曰使君若於春初至此時對雪海中其為娛目賞心當必別饒致也生之來也屏車騎從鄰右皆不知其為貴人與朱言笑竟時雙扉忽呀然開有雛鬟偕一女郎沿溪微步體態嫋嫋豐姿娬媚神光離合不可一世生曰妙哉此妹當是天仙化人離閬苑而臨塵寰必非鄉里中所有也朱曰此女郎與寒舍略有瓜葛亦世家女閨氳氤使者尚未繫以赤繩不知誰家郎有福消受生聞之心動附朱耳言曰余娶婦十年末占一索本欲覓小星為嗣續計不知彼肯居遣室否請君代為謀之事苟可成即以萬鎰作聘金亦所弗吝朱曰容徐圖之我

家東鄰賣花媼可達消息女郎兄亦列庠序近為君所識拔或易簪也閒日朱報命曰諧矣特女郎須一見君
約於梅花嶼懺紅閣彼此覿面罷卽往徘徊閣中讀壁閒詩畫遲之久不至憑闌疑佇遙見女郎紈扇
羅衫翩然而至比昨日丰神尤為艷絕入閣斂衽卽坐於閑牕側視之俯首不作一語偶轉晴渝睨與生目
適相值媽然微笑卽起而去於是姻議遂成擇吉設青廬禮同伉儷旣歸京邸與大婦甚相得女亦識字工詩
或倚石裁箋巡簷覔句彼此唱和積有詩篇生為題其眉曰鸞鳳和鳴集名其詞曰雙聲合刻京師同寮中有
嫉生者疑以此事登白簡生曰與其為他人所先不如我發之乃上章自劾上閣之笑曰此特風流之小過
況學政非地方官比特置不問生岳父梁柄政已久多尚權術賄賂公行黜陟由己私人盡布要害朝野
多為之側目指之曰梁黨生顧不以梁所作為然常與其女言歔欷鳥喙女曰君旣知泰山為冰山何不早
言偽言而聽幸甚不然我心無俊是年通梁六秩壽辰先期家人小讌圍樂環坐酒酣生起捧觴為壽回
公令者聖眷優渥爵位崇隆已處人臣之極地中外儕屬忌嫉者多皆乘閒覘覦讒譖座特以君寵未衰
未敢竊發耳脫有岳父梁柄政已久多尚權術賄賂公行黜陟由己私人盡布要害朝野
用人皆屬望於公以冀回天公誠於此時造膝面陳以肺腑婉格之上未嘗不俯納也如允所請富貴且終其
身設使上意不可知自此乞骸骨歸田里直道更存天壤他時書之史冊必以公言為然則公所獲滋多吳梁
約之連夜促生具疏約略數千言明旦入朝泣涕陳詞上為之感悟更反復閣之疏詞當非出君手梁頓首
領之日誠如聖諭臣婿為之成於密室卽臣女亦不及知也梁甫退朝旨報可卽以生參贊樞密立蹟卿貳
至地曰誠如聖諭臣婿為之成於密室卽臣女亦不及知也梁甫退朝旨報可卽以生參贊樞密立蹟卿貳
此皆生所自述也後生別無他異辛以潦倒終呼幻由心造魔自境生於夢何尤哉

任香初

任香初粵之廉州人世家子也父以名孝廉出宰雲南之蒙自縣地界蠻徼荒寂無比縣以大山為屏蔽層巒疊巘高插雲表當生父攝篆時孤身獨往戒其家人曰此地非汝等所宜至方今西氛不靖羽檄交馳越境毘連危如累卵余以一身難設有緩急可以自解倫挈細弱適增余累耳生請從行亦不許僅與四僕偕行抵滇界二僕以病遣歸跋抵大理上謁大憲立請憑赴任所大憲頗以為能期年而境大治居報最列遇民教相涉事必衷公研鞠無所偏以戎德為旋以邊徼西人亦懾威而感德僉曰此皆廢民耳不用也僅擇二十八為親兵備前驅所謂土兵者乃生父躬臨校場親自簡閱笑曰此皆廢民耳不用也僅擇二駐保樂以為聲援大憲壯之欲助以營辛千人生父豁然自大憲報最列遇民教相涉事必衷公研鞠無所偏以戎德為旋以邊徼西人亦懾威而感德僉曰此皆廢民耳不用也僅擇二洞堅攝剛爭先恐後馳至越界適遇海盜聚集衆皆旋以戎事告警生父慨然白大憲督土兵出造其營門呼盜魁出與語謂之曰我捧大憲檄督兵駐此將奉與犯我境者決一戰也當以戰命取之乃單騎說傳生父殘於陣中生痛哭幾不欲生頓往之志願奉父書知已建營高平聞市無驚民相得隱然為滇外方之保障焉生友唐君聞之曰時方多事吾輩未可高枕而卧請兵民相得隱然為而反助敵耶盜曰我之來此固敵是將以出沒無常制敢命令與君約期夾擊毋使其進雷池一步生父諾曰此稽曲移營漸進距海日遠家中魚書雁札阻不得達生以父耗漸疎擬裹糧往尋宣南之役投筆從戎宣人任哉生平所學何事不乘此時有所建樹慨泣數行下卽日束裝灘別母而行抵蒙自邑已有代者小憩逆旅中生見邑令曰界外之路崎嘔不易行公子屏弱何以堪此難有導者矣益生堅欲去不可片刻留令日令請導者俱行令日必三至俟其來而同往庶不至速耳生從之越兩日營弁果至幷得邑報已知生戒途之日矣臨行令置酒錢生祖帳盛酒酣令

起持觴為生壽曰令尊天人也老謀深算東南疊吏中恐無此人願公子克繼家聲盎最光采生行數日皆在
萬山中危峰峻嶺跋涉為艱前至平地跨馬渡澗忽聞山畔有鳴角聲嗚嗚然自遠而近方疑訝間瞥見旗幟
繽紛鎗械森耀一女子戎裝乘馬馳驟而至時生從行者有土兵三四十人亦持械列陣以待一再相搏眾寡
不敵邊奔生適在後遂為所攄驅之至女子審之曰此中華文士也何得妄加束縛亟命去絛遂於
身畔皮匧中取琉璃杯傾葡萄酒授生曰聊以壓驚生視之色紅味甘而微辣生受之女自陳為蒙自邑
令之子此來省父於高平請即釋我母鵝行蹕女笑曰易耳君眾當盡父念女作書畀之曰一月後我自送之來
別哉生又言身陷於楚因相對作狀女令生作書畀之曰一月後我自送之來
須臾眾至見生皆作書去尚未遠顧日龍家土司也明季失國避居此間妾
騎而行謂生日君以妾為何人生日當逸中豪族耳女日非也舊日龍家土司也明季失國避居此間妾
家山中良田萬頃廣廈千間富可與王侯埒佃余田者約數千人皆以兵法部勒每歲春夏習耕秋冬講武農
租食稅足以自給弋飛射走足以自娛二百年來安居樂業越人不敢過而問有犒犒耳語者曰疇昔之夢
落村之南有巨宅一高凌霄漢彷彿王者居焉生登堂覩有才子入光門戶項之女起入內生聞庭除聞有兒嗚嗚耳語者曰疇昔之夢
世泉日任縣尊令之豪傑士也定有才子入光門戶項之女起入內生聞庭除聞有竊竊耳語者曰疇昔之夢
已應矣是固前緣亦由天定一對壁人洵稱佳耦旋有我冠畢帶似貴者狀肅生入南軒既設席水陸畢陳
令大事非余所能自主必吉諸高堂既獻其人離席告生曰知君未婚龍洞主願備君箕帚列君勿辭生曰
此大事非余所能自主必吉諸高堂酌生情文優渥三爵既獻其人離席告生曰知君未婚龍洞主願備君箕帚列君勿辭生曰
珍錯咸備酌生情文優渥三爵既獻其人離席告生曰知君未婚龍洞主願備君箕帚列君勿辭生曰
令之應矣固前緣亦由天定合卺禮耳歷三日前眾擁書至生視之固父手筆也書中言女既材武擊備有眾長且其麾下
紙書來即成合卺禮耳歷三日前眾擁書至生視之固父手筆也書中言女既材武擊備有眾長且其麾下
數千人足以拔戰自成一隊用之權勁首禦眾洵可收近效而著遠功當令用人之際附以婚姻亦一時權

宜之計也蓋前日當生畀書之時女歌泉於別帳仿生筆跡改易其詞故有此命也既成伉儷春戀臻至山中有園一區廣斥異常樓臺亭榭巖壑陵池曲折高下無不引人入勝女皆生日夕游山涉水攬異探幽幾莫窮其境有鳥語花香泉流月照生凄然輒鄉思女慰之曰如此風景亦何以異於江浙哉生欲詣父所女輒不可生詩益堅但日以夢卜之決不可行生詞其故則又亂以他詞女亦工詩詞願從不出以示生一日女偶赴鄰伴之招生搜其畫篋得數紙於亂籤叢綫之中則多作塞鵑離鸞語酸楚不堪卒讀因疑女必夫死而再嫁者然回憶洞房情景固完璧也俟女歸枕畔微吟女泣然流涕曰今日妾之肝腸盡為君所識矣三年之夢應於一旦欲不為君言不足以釋君之疑欲為君言亦不足令君信耳明日女置酒命浮綠軒軒四面皆池窗櫳暢達池中悉種碧菡萏與葉同色清風徐來香氣遠徹女斟酒盈桮請盡此者三然後與君述舊夢妾昔年夢在此軒中荷花盛開忽有白衣童子送酒至羅列滿前妾謂之曰初則舉桮長揖就坐邀妾同飲有酒無殽奈何童子曰主人行且至矣項之有客頑然朱中華衣冠形容俊與貌甚似不能對客乃起攀琵琶歌數儀一妾初拒之繼奈何入座也舉杯對酌一蠻致敬客問妾能歌乎妾以不能對客乃自攬琵琶歌一曲曾過行雲餘韻繞梁客遂起拱手謂妾曰三年後再見君於此軒甫出橋過驚覺因說卜人詢之曰是夢也吉凶在卜人既推卦旨遂呈諸鸞翔鳳翥雲路和鳴辮辮方朗偕老百歲永藏業林隕風雌失其雄復譽報憤血染沙紅占久觀象先吉後凶今日此夢已驗真半然則後事如何要宜慎也生不以為意一笑置之越數月邊事已遠議徵土兵勸令先歸為生父部署土兵鈴今先歸為生父相見生與女皆往共宿驛館行李輝煌輜重之車約百輛悉女匲贈賫也夜半忽聞馬蹄跡躒聲若風雨驟至生父欲出覘之女曰不可禦也及出則鑱聲發生父子同時倂命女單騎逸去蓋近處山賊偵知生攜重賫故來刼也女歸集家中甲士馳至半路邀擊之悉殲焉自此女守節終其身女龍姓鸞史其名

柳橋豔跡記

柳橋新橋在日本東京均風月之作坊烟花之淵藪也游冶子弟以柳橋尤為熱鬧橋以柳名竝無一柳前輩謂橋之東南故有垂柳一株臨風披拂橋得名以此或曰非也橋建於柳原之末造故云其地為神田川咽喉距兩國橋僅數十弓江都舟楫之利以此為通津遊舫飛舸往來如織南達芝浦北向墨陀東泝深川西通下谷凡游五街娼肆觀三場演劇與客之探花泛月納涼賞雪者無不取道於此釣蓬漁艇亦時出沒於烟波六月盛暑遊客麇至無殊鬧至灣馬東西兩岸酒樓茶肆壯麗異常連甍接棟香炙紛陳芬外溢江都歌妓踡多且佳當推斯地為冠芳原品川麴坊仲街僅及十之二三而已柳橋之妓妝飾淡雅意趣疎媚頗有閨閣風近歲日增月盛多至百三四十人遊客招妓侑觴多在酒樓船鋪一歲中以二三五六七月為最正四八次之聲擧頗喧者雖三冬寥寂之時亦不曠一日也船鋪凡分四區都三十有三戶惠難相援吉凶相問有逾親戚雖有貧富之異而家各有樓樓分內外船之大小不一其有取乎輕快畫槳劃浪衝波者則以小為宜船中酒殘茶罏無不具備呫囁立辦則或取之於外肆應接實客則船家之妻口齒伶俐世俗目之為女將軍其夫則日出唱雄呼盧逍遙於酛茗鑪香而已客之來船宿者凡數等或遊或飲或碁或博挾妓者則以貴客至船孃視其貧富愚為趣承之時亦不立陳邊盞使容怦怦心動焉客若有舊識即招之來不待首之肯也妓至先拜客次拜船孃就席必唱請恕二字擧杯必唱令夕奉謝四字於是有姿媚秀麗呈嬌玉手揮絃珠喉裂帛船孃在旁把妓柳揚鼓舞其妙不可言而客亦不覺神飛魄探懷出金若獻媚豪客則幷犒其從者醲頭所擲勞費不貲而後酒闌月落乃得擁妓而宿於船妓酬船孃金幣一方而得二銖船孃之所以攫利者在此不在彼也江都賣尚繁華十步一店百步一樓松江之鱸京江之酒可

立致也其著名者曰川長在橋北曰龜清橋南曰深川他若凡竹松亭指不勝僂其中芳饌珍蓋山堆城積惟
鮮魚則敢之於河岸客至先供茶果炙魚美繪以次而陳夏月必設浴室為客製浴衣霽涼體爽其飲自倍浴
室最佳則推柏屋風雪之夕可以融凍酕醄之候可以解醒將飲則必招妓惟燭妲更蘭但有送客而不能留
髡或使樓婢為媒則事須祕密焉凡客攜妓而來則為妓設饌就其家招者則不設妓在酒樓不敢招客而知己則
儀檢周旋於主婦輩婢間倍勞於接客否則譏朝百出非目以饕餮即諧以驕恣此後妓不敢再招雖有知己命
之來亦答以不在故妓往往請客稿婢以金賞如是則謝客而親妓矣昨議之而今譽之於主婦前則稱其
慧於客席上則繩其美皆一片金為之從中說話也妓有色藝兩種藝妓但能賞玩之於歌筵舞席間色妓則
可薦枕席柳橋皆藝妓也其有授窕妃之枕開鄂君之被皆私為之也私者似難而實易不過感之以情勤則
已矣妓有大小大妓彈三絃小妓則侑觴而已妓有定價大妓畫夜八錢小妓半之客於定價外有所賞謂
之花大小妓衣服之制亦有別大妓曳衣於地以左手扳而行袒衣之襟白小妓塞東之襟紅席間
大妓撥紅高唱小妓揄袖嚨鬟蹁躚而舞皆中音節其巧者能折腰作弓形口銜地上玉杯妓所居多在橋南
廣巷深衢鱗次櫛比熟者居裏冷者居表福內安火盆潔無纖塵鐵瓶銅箸常置於側雖貧富有差而
趣無大異妓倦即眠於側大抵妓皆驕惰成斷不肯為女紅調絃索塗脂粉之外了無一事獨至拜神祀
佛殊費心思作棚設位所奉有毘羅帝釋自稱為蓮宗妓家有父母十之一有夫者百之一皆母女二人相依
苦命熱客則為其家鴇見其來促呼酒有獻笑呈諛無所不至興酣酒竭邀客上樓妝臺具陳設雅麗客睡
則篤為之避去時雖有他客來招者慨辭以不在或曰就妓家宿勝於船家酒肆以貴為且知者眾也然妓貪
可忍鴇貪不可忍蓋真母愛俏假母愛鈔如妓與客情濃意密引之至家則當別論大妓年自十七八至三十

小妓自十二三至二十顧見客自稱其齡必減二三歲酒樓船鋪之招妓也非迎之於妓宅而以岡崎立花二屋為介二屋共養傭奴三十人為妓從価使之負三絃箱妓得一席價予以百五十錢奴之陪妓也將彈紅則為接莖懸線方更衣則為髪裳欲帶遇雨即歸取傘遲暮點燈妓有狎客則必識之嚆之七尺之軀千思之鬟甘為賤女子役結戲理展以媚其意僅利數百錢其摩何如哉妓於春夏盛時一月或有五六十席席價之玉記客數者呼之為玉簿妓等每相問必曰今月獲玉鏡誇其多以為榮矣於秋風一起鐡鎖戶謂之玉記客數者呼之為玉簿妓等每相問必曰今月獲玉鏡誇其多以為榮矣於秋風一起鐡鎖戶晦跡以去逮花笑柳眠之日復出而售技土人稱之為妓何物暖脱冷著此筆與之相反故云柳橋之妓春夏則百餘秋冬減其半蓋外被之流也此外有鶏鷦妓乃不揭名於籍者歲費浩繁不足逹多借貸妓更新衣出沒波間而食魚以彼亦廁於正妓間而謀利將毋同妓之揭名於籍者歲費浩繁不足逹多借貸妓更新衣有定期俗逢端午著單衣五月念八夜間例張烟火戲於二州橋南謂之開河是日始著鶏鷦衣飾之費妓之有狎客者任其事近多僭修逾制大家命婦所弗遑誚云妓有赤心則鳥有方卯此謂事之所無然妓之淫蕩者固多而淑良者或有之未可一概論也惟歌妓與坊娼當自有別柳橋之妓色藝兼擅者為阿金至駒吉始不下名聞自開府以來都下名妹姿容絶世識字知書足以馳名於北里標豔於鞴部者殊不乏人而尤以二州橋東之阿菊為超羣拔萃馬阿性豪邁喜揮霍自出巨貲營高樓於墨水之西榜曰水明樓四面有狎客者任其事近多僭修逾制大家命婦所弗遑誚云妓有赤心則鳥有方卯此謂事之所無然妓之淫蕩窗櫺軒爽宏敞墨川如帶宛在目前自建此樓其名頓播豪士冶郎無不入而買醉馬斯則妓中巨擘可為柳橋先矣天南遯叟於己卯年往遊江都小住四月柳橋新橋之間皆為游屐之所至馬新橋有妓曰角松柳橋有妓曰小鐵皆為遇叟之所眷暇則乘畫舫湯蘭槳容與泛漾乎中流聽其所之而休馬或載之於後車追風躡電頃刻數十里或艤於不忍之亭或燕於飛鳥之島聽泉流領香小鵠於綠叢中幾不知有盛暑時二姬皆從馬彈三絃琴鳴鳴然如怨如慕叟不知其所云也異方之樂祇令人悲耳但以碧筩杯滿浮大白稱之曰善此亦柳橋韻事不可不誌

駱蓉初

駱蓉初

裘仲良江西名下士也家素康裕與妻亦世族沈儷和諧唱隨珠樂兄伯年以甲榜出爲漢陽刺史將往訪之適有書來招束裝遂發既至居於署之西偏樓宇三楹結構頗雅生本寡交游自臨水登山外遊屐罕出署中諸人各有所事亦不時相往來一日上游篋一客至儀觀俊偉氣宇不凡生顏相契合時造生室劇談自稱燕人姓駱字蓉初生平讀書不成而學劍得師授遂工劍術生亦詣其廬中襆被囊琴之外了無一物生曰君自云能擊劍當必藏有寶物如千將莫邪之類可以一試否客曰予所鍊劍非世俗鋒刃比因自拍其項曰古人中如列子有御風之術羊權有縮地之方項刻千里往返無勞斯乃眞仙也客笑曰此仙家小術耳不足爲異君今欲往何處我可爲君效力袖出一帕授生曰君試履之駕空而行所至悉隨身覽則已在村西蹟帕卽已再冉上昇而遐步行歸家入室妻起迎生曰君歸何不先發一音昨則已在村西距已舍僅數十武而遍歷聲術視下界屋宇樹木委差可數須臾帕止身墜則直冲霄漢遠別乃令一夕相逢殊慰妄心自君別後腹中震動似徵蘭夢正處君宿何得君書作三年之不早言生妻卽此事何可形之筆墨報於啓齒以至於今是夕生同妻君不歸誰能顧妄者生曰此吉兆也鄉何晨生起見白鶴降於庭口衙一紙上云暑中有事請卽遄返生正拾視鶴遂撲人生膀下鼓翼而起翼可知也卿何生懼大呼妻方臨鏡捉髮走出則見生已在雲表倏謂之曰我去矣倦已沒入杳霭中生妻忧憎疑是夢幻啼而入則衣猶懸於几也閱半月接生書方知是衙士所爲其心始安生回客笑曰何久戀不返令人望眼穿矣此帕昨日已飛還令君留爲他日用由此生與客交日益密有疑窦難解之事悉以諸之剖析無滯百無一爽一日東方欲白鈴印忽失所在閤署倉皇沸騰竟夕終無所得客曰何不竭井彔之如其言果得衆咸以爲神上下敬之待以殊禮生見兄以職事奉上官檄進省署中一切大小公務悉委局員代理生反

得置身事外時與客出外遊覽偶入一蘭若小憩固漢暴著名巨剎也是日適有盛會士女雲集僧寮幾於無
接不暇見生為貴官介弟趣奉殷勤鐘樓旁有精廬數橡花木蕭疏池石幽靜迥然出塵埃之外顧而樂之應
留連不置項之有二三女子來皆高鬟淡妝疑是大家宅眷其中年幼者神韻尤絕驚鴻豔影秀拿人寰瞥覩
生驚而卻走不復入徑登鐘樓俄憑欄俯視光彩四射風吹衣袂疑若天際真人生目睐神搖頓倒獨
至謂客曰此真國色也吾見亦罕矣得無漢暴神女解珮而來者耶客曰君眼孔真小也今日逢高韻蘭
仙子特設冰桃會邀集摩仙作投壺彈碁諸戲君欲觀佳麗盍偕我往游乎然與君約但許觀而勿
迴顧作態勿流盼傳情也生曰諾客曰前帕尚在君懷乎可躡之而登客擲塵作一龍跨之凌空遽起生
從之俱行下方雲氣瀰漫並無所見行約一時忽有紅鸚鵡東方飛來役以容指子命予送與董雙成經玉
池彼求一浴籠甫啓已疾逝今乃在主人所耶鸚摇首鷩曰余不願入他家也若非略施救繪安能
脫此樊籠哉令龍耳客傳語娘子此禽頗慧可自書之驚曰善哉客呵一日可連歸勿多言雲行數十里
其家鸚見生曰此書癡也尚有俗骨主人何不以上清玉真膏藥之哉客曰可咦指東方一山曰此卽蓬萊也行漸
近覺樹木蒼翠蕙蓀菲撲人再近則樓臺亭宇憷在目前客乃偕生俱下從此幽花夾道清風徐來悉作異香先
觀其膦曰真靈樓息之圍迤邐行三四里許膝羅布柏參天幽客指一山曰五丈夫人習字所也余來此早羣仙猶未
詣其中一所曰真蘭仙其中虛無人几上筆牀研匣無不具備客曰此雲和夫人所藏書所也生
至壺先尋韻仙出閣轉而南有五巨石當前嵯峨函牙蠶玉軸堆列左右尚有名字穿石徑過路
極曲折扳一所曰浮眉樓四周疊峰登立環碧峙青樓凡十楹縹緲迤迴遠望日五丈夫人峰各有名字藏書所也
偶抽閱一二則皆言長生久視之衡樓正中有一琴客撫之作三弄操綠未已則見有乘鶴駕鸞隆贈而降於

庭者皆絕妙女子也年近十六七歲許月淨花妍殆無其匹一向客問訊雖觀生淡漠視之絕不為禮項之
雲鬢霓裳翩翩而至見客曰君來殊不易聞僑貴友辱臨當非凡士客令生行相見禮曰此即韻蘭仙子也談
次至者絡繹無非雪膚花貌玉骨冰肌體態輕盈丰姿綽約主人特設長莚於中樓肴仙列坐凡二十有二人
惟生及客為男子庭中歌者舞者二八為列咸彈箏琵操笙簧齒長袖翩利展苑轉成音翩翻中節以水晶盤
薦蟠桃人各一顆其大逾恒甘液瓊漿芬流齒頰生覺其涼震齒食畢懷其核舉仙盡稱善曰此桃三千年一
實令又邊二百載盆熟而美亦生值此盛會可謂有緣福亦不淺哉客曰我生於瑤池三食此桃矣顧終拘於禮
數未若今之極歡盡樂也韻蘭仙子真我生平一知己哉韻蘭因詢客曰瑤華娘子何不來臨客曰昨日二
愛仙人招往天關閣商訂花譜不日申江又有名花化身
但落淩禪其間不昧靈根終證慧業有幾人哉侍姬歌舞既畢余前捲簾上壽至生處一吸遽
盡持壺復進三爵生覺姬肘腋之間香襲肺腑視姬臂籠珊瑚珠串疑搗麝所成把臂脫姬了不之拒
宵闌漏永倍綢繆飄泊可憐其間不昧終證慧業……將明生不能成寐對月欲謂姬曰卿居天上余處人間一度之緣今生已畢世相
思其何能忍姬曰燃則余與卿有嚙臂之盟當有後緣他日相逢以何為信
肌膚滑膩盪魄銷魂客他顧而笑曰狂生情動矣姬紅潮暈頰就班行生視姬綠襦碧裳艷冶獨絕夕宿
生於竹軒姬來侍枕席問之乃客所命也姬名寶兒年僅十五自言最善琵琶歌舞既為生鼓琵琶湘江烟雨曲
因脫姬珊瑚釧而以玉鐲畀之曰以此為相見禮姬界姜勿忘也姬爽然曰此聞不可久留盡歸休乎是年生兄
因事鑄職客亦辭去遂謀歸計道經瀋陽忽聞自達之琵琶聲哀怨纏綿不可卒聽詰曰何絕似我寶姬
所彈調也移舟訪之得之於楓葉蘆花最深處招女過舟燈下視之果姬也擅袖而劇露姬一見生喜極而慟
思幾失聲舁尾一榲進日客命我送女來令院相會我事畢矣掉舟入烟波渺際爾不見戴女歸家與大婦
甚相得生妻己生一子貌絕類客生感客之恩命名懷駱字念蓉以誌勿諼

紅毛氈
後聊齋志異圖說
紅芸別墅
卷九

紅芸別墅

許仲遠浙之樵李人年甫弱冠即喜遠遊慕徐霞客之為人自號霞仙臨水登山腰腳殊健日能行三百里不知疲乏如天台雁蕩早已造其絕頂並無所異嘗登勞山第一峯絕壁萬仞攀躋而上既見有一池廣約十數頃池水清澈見底游鱗可數相傳下有孼龍伏焉勞山僧清遠者曾結茅其旁晨夕諷經龍為出聽久之龍忽有悟遂成正果證無上禪焉僧圓寂後置龕潭側有其像上留一偈曰來處去處石無言花解語爾我為地中泉木中火生摩氅觀之亦不能解僧像顏顏已而疑僧為己之前身欲下山而時已晚乃即宿於茅廬中正值月圓之夕皓魄上升纖雲四捲清輝所射朗朗無垠忽聽山谷中虎嘯猿吟樓鵲鶯飛聲礫然如欲搏人須臾異獸惡蟲相繼跳鄒於前不覺毛髮為戴幸近門闕即引去夜半一女子娉婷而至手持一羽扇揮之坎坎作辰滂方疑素昧平生促駕何由見即本欽遣輿迓因相距非遙請勞玉趾同行遙望虎豹熊羆逐隊而來生懼刀而雁行立者悉偉軀長鬣生毋畏以羽扇揮之里許有甲冑士迎面至見女子蕭立兩旁卻步女子笑曰此蹞踏門女子謂生曰此水府迎丁亦以迓君而來考導生從松林中行一轉顧殿宇在望狀若王者居門外持戟聽刀而雁行立者悉偉軀長鬣生局促不敢邃進女子曰此輩將來求為君執役而不可得者何必作書生態哉於是歷重門拾級升堂女子令生少坐以待須臾諸女婢擁一老媼出鶴髪雞皮狀若五六十歲人問生曰先生尚識老身否生曰何處得瞻語爾為爾我為地中泉木中火生摩洋觀之亦不能解僧像顏顏已而疑僧為己之前身欲下山而時已晚範令人殊難記憶媼曰事隔三生本多忘昧何先生懷中記珠亦隨塵劫而俱隱殊可惜也延先生束閫別事因小女喜閱道書求先生為之指導耳即令前女子引生入西廳陳設頗華四壁都張名人書畫生甫坐即有供茗果者女子阿姑即出歡陪勿嫌寂寞也久之環珮聲鏘麝蘭香溢前數婢捧簾後數婢簇擁而至生微睨之雪白花妍天人不曾也諸婢捺生上坐下鋪紅毺繡女盈盈下拜曰以師禮見也問答

之際始知女姓辰名煥字香藻而東帖名勃者乃其父也現奉帝命往東海征螢尤母係敦姓亦龍譜中巨族也厲室中設兩座生居中女婷侍焉頃之女婷捧書至玉笈琅函信為珍重生視之悉講吐納導引之法鏈火鉛汞之術生曰此神仙家言僕門外漢耳不敢妄對女曰內丹二者孰易孰難生曰內丹由脩鍊而來得之自然外丹專恃烹燒恐一旦成功亦必有厄之者未能操之左券也女曰兒意亦如是今得師言益明耳因命諸婢置酒設席於水亭四周皆荷花深處也紅白菡萏曳凌風軒窗四敞清颸徐來女命以碧筒為杯注酒其中其香沁齒生量圖豪一舉十觴女所問月餘盈瑟熟諸婢悉屬維齡立皆佳妙生尤以煉煉婷端端楚楚為巨擘曰則生講貫經史子集惟女所問月餘盈瑟熟諸婢恐屬維齡立皆佳妙生尤以煉煉婷端端楚楚為巨擘曰則必令生講貫經史子集惟女所問月餘盈瑟熟諸婢悉屬維齡立皆佳妙生尤以煉煉婷端端楚楚為巨擘日則必令生講貫經史子集惟女所問月餘盈瑟熟諸婢悉俟生睡後諸婢紛然入內使諸婢亦侍枕抱衾皆此輩也一夕諸婢為送藏之戲變釣不測燭之則婷婷也雙頰紅潮有如海棠春睡初足蓋初欲隱帳中解其皓體畢呈擁之而眠不覺酒力不勝遂入睡鄉也生觀其貌嬌媚不覺魂銷心醉遂為之代緩結襦胖解其皓體畢呈擁之而眠不覺酒力不勝遂入睡鄉也生觀其貌嬌媚不覺魂銷心醉遂為之代緩結襦胖解其皓體畢呈擁之而眠不覺酒力不勝遂入睡鄉既醒見生在側披衣急起跪曰昨夕吾何為在此諸姊妹何往哉吾今日復何顏見人淚殯殯袖生為之拭面且告之故曰我二人雖並枕同衾然絲毫未及於亂汝猶抱璞含貞生知不自乎婷婷術思反袂為之故曰我二人雖並枕同衾然絲毫未及於亂汝猶抱璞含貞生知不自乎婷婷術思反袂為之拭面且告之故曰我二人雖並枕同衾然絲毫未及於亂汝猶抱璞含貞生知不自乎婷婷術思君子也今而後請以箕帚奉先生其勿辭生曰羈旅之人志在學道求仙恐以燕婉分其思慮奈何女曰豈不聞淮南拔宅飛昇劉綱蕭史夫婦並仙神仙眷屬自古有之何害於事且籍此可破旅窗寂寞生再拜日謹如命由此渭吉為婷婷設青廬合卺行觴亦如世俗禮燈綵滿堂笙簫兩部頗形熱鬧紅巾既揭容態悟增嫵媚正如芍藥籠煙荷花垂露明潤鮮妍殆無其比生與婷婷繾綣之情有可女讀書頗悟異常時

有涉於疑義者生或不能剖析女必代為之解焦抽繭妙緒泉湧生為之吉播不下呼為女才子曰恐當日謝道韞步障解圍無此博辯也距女所居院宇三里許有紅芸館女之別墅也中具花木池石之勝樓臺亭榭多矗立凌空宜於延月迎風招涼這暑每至六月女輒於此消夏焉生亦隨往時正七夕特設乞巧筵雪糕調冰淨瓜沉李倍極其樂生女四婢圍坐一几曰今日雅集不可無韻事請各引乞夕寶籍以侑觴議以多少為實罰命侍兒取玉斗來約受四兩許曰此金谷酒數也少者罰此又命取文房物玩數十事至曰多者實醉不勝生飲興尚豪婢猶盡餘湛不留涓滴女多於生凡十四則生飲玉斗酒亦如數婢婷代飲其半已覺露此生數典已窮而女博引旁徵滔滔不竭計女笑曰百日伉儷耳何已左右有慙色婷婷起而言曰此章句記問之學不足以為人師應變無方出奇制勝斯乃為奇男子耳女曰百日伉儷耳何已婷婷婷婷意窘逃席去諸婢進曰昨得筆當釋甲凱旋耳尾釣以綠帛結成燈棚火樹銀花具常璀璨四周錦幔紅閨玲瓏有致中艙窗櫺盡啟冰脯盈盤瓊漿溢斝女入而列坐又復釀飲娘手撥琵琶河之際女謂生曰即當釋甲凱旋箭未絕忽聞岸上人聲鼎沸列炬若晝一人呼曰辰家女必在舟中勿令逸去呼聲未絕小艇三四已如激箭來追女視其旗幟作烈火形曰此螢先餘燼前來報怨也萬不可使其著手急躍身入水中生亦從之生固善泅水手挽女或沈或浮於菱花深處得一探菱小舫負女登焉視女嬌喘如絲星眸微啟枕腹於股而徧撫摩之吐水殆盡而女甦側耳細聆四野悄然乃潛登岸探之正值婢持燈覓女來相見驚喜告生曰幸軍士早來冠寶盡擒無一逸者生亦告以女所在自是女決意嫁生曰鍾建負我矣往事可援也越月女返為之主婚辛歸於生彌月後女父命生與女出山生不可曰願偕隱於此耳女父曰且享受人間豔福四十年然後再來

陶蘭石

陶蘭石名良錦字眉史吳縣知名士也父名孝廉筮仕山左少從父官游讀書衙齋執經問難之餘輒有志於古作者父奇之曰此我家千里駒也旣而父卒遂寄居濟南及長為人蘊藉風流能文章工詩詞尤精金石之學凡圖書尋彝之類一見立辨其真贋年甫弱冠遠近世族爭婚之生苛於擇偶怳怳昻昻少所可以是求鳳未就意無聊沽酒獨酌偶繙漢書讀之頗增興會至頗牧淋漓處輒拍案叫絕旣而笑自謂奇才而隱几假寐取之於腐史後久求助於女流不令千古文人笑之短氣哉因卽掩卷不觀時已薄醉微有倦容邊而隱几假麻忽也蒼髯老奴持帖相邀請生速發其帖細字兩行班昭檢祕請縈清話曰素不相識何為見招殆誤耶奴曰非誤也至自知耳遂隨之至門外則已有控馬以俟者生不疑以以登鞍自執絲韁入四蹄疾如奔電頃刻已抵一處院宇巍我瞪目碧社紅衡之館生至卽有關者導入歷門數重而闥者止擊廊下銅鉦者三卽有雙鬟攀簾出迓生進內小院迴廊路甚曲折最後至一室頗宏敞縹帙芸籖度書滿架仰視其額曰秋晚廬方欣偏觀四壁書畫閒佩聲鏘然已達於外雙鬟爭前白我家阿姑謂先生倦晩見先生舒晩之一女卽年僅十五六歲許秀麗罕儔嬝嬝世娉婷至前恕盈道萬福生亦擇以長揖旣坐女旁侍馬生曰項覩名刺疑為漢室名姝何得尚在人間今覘玉貌乃知天下姓氏固有偶爾相同者宣有所景慕而出於此賤女曰奴自有真姓名恐招先生不來故作此狡獪耳聞先生喜吟詩願附絳帷女弟子列何如生曰余暑諳鏡病於此道非三折肱不敢奉援基比也女曰先生母過謙大敎生乃備通詩學源流及歷朝名家可以學步者爲首屈因曰金詩煉鐵元詩小明代自詡復古翶謂優孟衣冠亦無足取生曰慧心不遠矣方欲起解女曰請暫坐招先生來自當以一觴爲壽遂命設席於水晶簾底水陸具陳珍錯畢備女亦侍坐於側雖雙鬟連環勤飲酒肯招日金詩煉纖元詩嫌小明代自詡復古顧謂優孟衣冠亦無足取生曰此兩婢俱能歌新調可出清聲以侑先生滿浮大白於是競撥
逾三爵生煇因醉失儀執杯告止女指雙鬟曼曰此兩婢俱能歌新調可出清聲以侑先生滿浮大白於是競撥

琵琶音發韻流一歌湘煙曲一唱眉嫵詞宛轉嫋綿真覺移情蕩志生丞稱善雙鬟注酒玉船捧呈生前生視之玉曾潔白無瑕離珠之二神工鬼爷所不能到船有十二帆泛酒既盈一一皆起飲罄則帆赤盡仰約寫酒兩斗許生辭以量窄不能勝女曰無妨盡此即送君玉船一具敬以為初禮請勿嫌其菲也生卬欲立罄再多飲後女曰先生歸途可取道於水當此送生至階前雙鬟仍導生由迴廊入小園烏語花香別一境界迴非來時路矣路盡得一大拜而後受女送生至階前雙鬟仍導生由迴廊入小園烏語花香別一境界迴非來時路矣路盡得一大池荷芰菱茨之屬無數一望煙波浩渺無際傍岸有船舟子已停篙以待雙鬟請生登舟并置玉船於中艙几上謂生曰從此一別迴隔人天不識何時相見但願先生毋忘令夕生亦篙泛解纜後生尚立船頭遙望有秋晼廬吟稿信手繙閱逡佳妙之不足生也久之不見生始入艙艙中陳設古雅筆林研匣潔無纖塵寶鴨鏽中炷香猶溫翠頭雙鬟猶癡立池邊未去也久之不見生始入艙艙中陳設古雅筆林研匣潔無纖塵寶鴨鏽中炷香猶溫翠葉頭有秋晼廬吟稿信手繙閱逡佳妙之作一秋雨秋風點客魂蕭蕭白下舊時門翠眉二
濃淡鬟煙影分明暈淚痕送上夕陽還樹樹社前黃葉自村村玉關征車去慈怨難為笛裏論其二鴛鴦瓦上逗微霜百里關河十里塘怨舊綠慈殺樊川杜枯葉近池塘細雨夢子敬王歌別傷雖無限意那堪重過碧雞坊三彈來香汁點徵衣如縷如煙也非蘚落亂蟬聲達近池塘細雨夢依稀荒荒古驛人俱寂淡淡寒鴉日暮飛瀟岸歸雲逵不斷自從雨心違其四腰肢瘦筋可人灃隔平溪一抹煙殘月唱來宜笵武昌歸錦臺遲暮空今日京兆風流凋昔年多恨未描不盡綠綠碗地小橋邊方曼吟一過而舟子已到家告舟方入門鮮於户覺則殘燭熒然一亭往夾岸蘆葦蕭疏滿目歡別傷雖無限意那堪重過碧雞坊三彈來香汁點徵衣如縷如煙也非蘚落亂蟬聲達
然在側頎頎之餘港尚流歲日異哉此夢也秘不告人一日邱生招飲歷下亭座客有瑞錦者字雲裳張姓漢軍年近五旬詞語開爽少閒羅酒漿陳蒨盛異饌佳肴絡繹而至飲酬張曰亭外秋柳觸人情諸座中皆唐代七子賦詩所也須臾已至諸君俟久來何遲生日遙望湖心亭然一亭往夾岸蘆葦蕭疏滿目碧芰紅蕖點綴其間行至深處芙蕖萬柄已半結實涼飆徐來清香逵望湖心亭然一亭往夾岸蘆葦蕭疏滿目

陶蘭石

佳士盡用新城原韻各賦四律以暢所懷詎非雅事咸曰善於是各覓筆札諸客未及脫稿生已援筆立就合座傳觀擊節嘆賞其詩曰惟有垂楊易斷魂秋風落葉到柴門鸚啼古渡消青靄霜減官橋凍夕痕幾處陰疎初露岸數行影瘦半邊村三眼三起悲前事欲挽長條仔細論其二晚涼天氣近新霜殘柳依依傍野塘尚有輕絲侵白屋猶留影護青箱風流態度懷緒銷瘦腰肢怨楚王記否江南烏夜月含情最是碧雞坊其三蕭條弱質不勝衣殘烟多恨望荒城古戍車依稀塔烟先頓改黃鶯染霜信初傳白雁飛短笛何須三弄曲章臺沾酒莫沾衣晚烟漢苑新愁脈脈往事恨綿綿徒餘蟬噪悲日無復鶯聲度少年莫向階堤送春回渭城邊張陶君之作麈倒元白矣先是張伯兄名瑞徵者字夢蘭為鹿邑令有女景昭字班卿少即聰慧長大秀美所著如古軒詩集傳誦一時傳鈔者幾於洛陽紙貴父母愛之不啻拱璧求婚者踵至女父母少所許可張後納粟為山左令臨行囑生曰我邱生作冰上人邱生大言此女才貌工言四德俱備幼成嘉耦真一對壁人也生母商之生生曰請少待時值重陽菊東籬芳獨賞夕生幽齋頗涉遐想挑燈檢書漏已三下偶作假寐夢中張復請歡愿下亭握手共話曰今夕月明如晝舍此言已匆促登舟遂去生亦畔入亭酣離座舟從上游來居座旁一婦約四十許側生一二八女郎呼張曰益來共飲乎張拜舞畢歷下亭瑞座憑欄逸見畫舫神仙中人不啻也方注間舟已至前邱呼張曰亟促登舟遂去生亦請生作冰上人邱遽張意且言此女才貌工言四德俱備幼成嘉耦真一對壁人也生母商之生生曰玉貌皓齒明眸下雙鉤纖若春筍神仙中人不啻也方注間舟已至前邱呼張曰亟促登舟遂去生亦邱生作冰上人邱遽張意且言此女才貌工言四德俱備幼成嘉耦真一對壁人也生母商之生生曰請少待時值重陽菊東籬芳獨賞夕生幽齋頗涉遐想挑燈檢書漏已三下偶作假寐夢中張復請歡愿下亭握手共話曰今夕月明如晝舍此同遊由大明湖經此言已匆促登舟遂去生亦畔入亭酣離座舟從上游來居座旁一婦約四十許側生一二八女郎呼張曰益來共飲乎張拜舞畢歷下亭瑞座憑欄逸見畫舫神仙中人不啻也方注間舟已至前邱呼張曰亟促登舟遂去生亦頓寤望日張來訪生遂言昨夢拉遇劉方平秋夜泛舟作詩云一水接天平湖夜放船波光分碎月山含諸烟秋色已如此客懷邃然故鄉何處是歸雁落雲邊生亦述已夢中所見三人同夢共歎為奇自是生始知女非妓妝請於母仍兗邱生軌柯逾年生往鹿邑行親迎禮卻扇之夕女儀態萬方玉潤花嫣秀麗無比枕畔論心生緣由前定故趾離子為兩人作撮合山也愛立夢神未主

臧畊餘為蘭石友人武錢筆君為余述之如此

梦遊地獄　子琳題

夢遊地獄

吳門南濠鏡智道人汪姓李景熹繼室也年二十六而寡發出世心受菩薩戒以佛法倡導鄉里男婦信從者眾嘗刺舌血寫經年三十八病痢一日起坐洗沐合掌念佛而逝後三年同里有何氏女病熱見已故叔父素體披髮自言在生作孽既死處黑暗中日喫惡鬼鐵棒經七八年近因觀世音降臨跪求慈拯忽得離暗而出適有道人自西方來在冥教化為冥王師家在萬年橋即上年念佛坐逝者也因與吾家有舊乞暫放還急為我作佛事俾得生人道其兒子性三為持佛名一萬堂中回向畢仍許延僧藩拔乃去其夕初更何氏女忽悶絕至三更而甦有一班男女執紅燈以大轎舁我去路過遠抵一巨廟即令出轎趨進殿上見青面王者坐中央左右小鬼各執鋼叉銅鎚王見我作色便取鏈欲打我驚慟之際忽見金童玉女各執旛幢自內殿出中擁一道人離地可丈許首戴青幘身搭條衣手握白拂姆便聲言止我下跪曰請如教李家姆家姆也往時嘗一宿其家采迎絕矣姆云從西方來李手援我引至內殿光明洞然几席整案閒多供佛經令左右設茶果飼我如蘋婆香甚烈畢引我慰觀地獄先見血河浩渺無涯有諸女人或劉漫河內或縈髮上指或横睡血流徧體復見刀山高樓雲霧百萬刃瓦相撐拄中有罪人蠢或刀上既死復活活而又死更令左右執燈照我入黑暗獄見鬼查盲頭大如斗或如拷栳頸細似管鼻液長尺許若醉若麻從黑獄出見旋磨中血肉下堕雞鴨啄食風吹餘肉復覺有人便令磨作粉化為蠅蟲蟻子一一散去我心酸淚下問李家姆因緣我言汝此阿彌陀佛吾當攜汝直往西方汝意云何我未及答王開言西方兼習經咒時至迎汝勉之勉之仍命輪送我蹶然而醒翼日汗出病良已中驚惶可速去持齋誦佛一意西方且住李家姆求生西方能一念阿彌陀佛吾當攜汝直往西方汝意云何我未及答王開言西方兼習經咒時至迎汝勉之勉之仍命輪送我蹶然而醒翼日汗出病良已

夢遊地獄

其娗性三為書大畧如此夫天堂地獄之説出於釋氏為儒者所不言然世俗人之盛稱之有自死復甦者輙為人津津述之轃若身親歷而目親親雖地獄之後東不骨信也吾以為一切幻境都由心造平日具有天堂地獄之説在其心中恐懼欣羨之念往來不定遘乎疾病暨亂由其良心自責於是乎刀山劍嶺鑊湯湖陀現於目前怳同身受無他仍其一心之所發現也豈真有天堂地獄也哉吳江有蒯蘭身士者平日好持齋念佛謂者已二十年其女幼蘭字素娟亦化之輙環璜誓不嫁人所奉白衣觀音呪甚虔薰爐香鴨中時妊檀辦入其室香篆繚繞雖幼蘭若中無此盛也蒯氏家中戒殺放生刀砧上從無腥血歲時致祭亦惟豆瓜蔬筍殼乳芥緑而已每逢佳節良辰臧獲輩均以折筆錢分之若取有饘於外肆見其醫東手達至殯入社中廚中蕭然若不舉火人有以緩急求者無不立應因是家日以落蒯積憂發憤成疾一旦登門而催租客登臺而索債米鹽凌鑠薦頭皆無此快念佛之心誠吉所未有乃佛不少加庇佑宣我佛無靈哉女聞言益憤哭幾不欲生諸戚串皆以折筆事前解之群毂久之玉骨盈把琳襪支命言愈衰益贊涕泗之無從也由是感心疾切惟飲水不復鈉食幾如留侯之辟穀久之玉骨盈把琳襪支雜藥店飛龍日益憔悴將親踣蓮也沐浴既畢跌跗坐视之已無氣息鼻中玉筯下垂須臾冥近我身盜櫂後謂真去冥路近矣一日忽自起坐呼婢具湯沐以木盆盥端坐视之已無氣息鼻中玉筯下垂須命敬欽目告衆曰我死可以龕盛我尸置之室中勿用棺槨循世俗禮七日後我將復活言竟遂瞑泉邊其言後敕欽目告衆曰我死可以龕盛我尸置之室中勿用棺槨循世俗禮七日後我將復活言竟遂瞑泉邊其言經七日尸竝不變而面色轉紅擁之體仍微暖夜半忽闔龕中有聲隱隱聽天空音樂悠揚衆共之欣龕則女已重甦合掌宣佛號曰善哉善哉佛不在西天只在寸心告汝衆生不可不信地獄報應如影隨形我自死後竝不見路但行黃沙迷漫中愈行愈暗我因默念妙法蓮華經忽覺大地光明有如白晝旋見旌節幡幢冉冉

自雲端下降離地有尺跂我於圓光閃爍中觀一丈六金身法容慈善知大士也即時俯伏求請援救得離苦海菩薩曰汝未應來此可即歸遂於淨瓶中以楊枝蘸水徧灑下界繞一匝身頓覺心地清涼大澈大悟因請於菩薩曰我父今在何處願得一見菩薩曰現在脩羅第二重天享受清福福升別天汝能脩成正果乃得相見否則人天阻隔永無會期我聞菩薩言便欲痛哭菩薩曰勿爾汝既來此可令旗檀侍者導汝遊諸地獄俾知世人造種種惡因彼作此受種種報前果後地獄旁侍者即爭擁可畏盡如世俗所繪狀侍者即從圓光中飛下偕我入陰司先調冥王冥王旁侍牛首馬面諸鬼爭獰可畏盡如世俗所繪狀侍者見冥王告之以菩薩命冥王起立肅然敬聽即呼鬼卒前為導引振管勸扉歷諸門閫每門中必有一二相識之人此信佛為歡息旋至一處見其寡孀兩足釘於板扉痛楚異常女因泣謂嬸曰何寬孽而受此苦鬼卒曰彼生前奇妬不許丈夫娶妾以致絕嗣又待婢僕極奇酷痛署毒毆無所不至女曰我知其戒食牛肉徧至佛寺燒香不可抹乎鬼卒曰小善不足以贖沒也後至奈何橋橋高數十丈而潤僅容足偶一下墮即為蛇蟲所刺螯備諸苦愴警見表兄某生亦在河中方訝前日猶來詢疾豈今日已登鬼籙耶泉中有識葉生者曰噫信昨以急疾殞女曰然則南門張氏嬸當以產難亡我見其媼一嬰兒浮沈血湖中我懇侍者舉其生前善行侍者授以蓮花一朵即登彼岸女歷數地獄諸變相衆聆之悚然駭異攀楷首大士前願改行為善女自甦後復活三十六年至今無恙

杞憂生

杞憂生

杞憂生者房其姓別字采流會稽諸生也十歲時夢人贈楹帖一聯云兒女情長英雄氣短君王恩重豪傑身輕時羅浮菴中有乩仙能言過去未來事告父因以質之得詩判千言大旨謂生前生鏡文才而麈武職道先時遇賊菴戰見村女被刦刃賊負女行復遇賊皆死之女非貞者賴此全節行復相遇了風因此子當以名節聞天下然恐因以為累神故以聯語戒之父因詔之曰祖宗來堅持不破色戒者已七世汝勿以荒淫斬先澤貽祖德蓋生應誓之城隍神前非妻妾不同牀第竭忠貞以報朝廷父惡其言易誠益切遺命猶以為言同治癸亥王師下會稽生從軍入城別舍有陳姑者名杞子年十四貌莊心慧解韻學父死母掠多方護以為相處三月日以唱酬為樂姑常詠枯枝牡丹云不護玉闌干甯同小草看誰知花富貴風雲不勝寒又詠梅聘海棠云夫壻前身尊綠華海棠只合嫁枯梅花心腸鐵梗渾相似桃李纖穠未足誇生頗意勤一日嫗謂生曰小姑未嫁郎君未娶者身為撮合山可乎生卻之曰余有聘妻小姑甯下人者當勸老母之耳翌日迎再於吳下至之夕開簾垂涕往曰濃為君效死當於十八年後再見矣蒼詰死狀謂姊掠於徐不已安之姊因三召矚外出然後往至則幷歸強留一室閉一室間投水死生泫然曰死矣旣復有相見期姊轉慰之曰面是人非面非人是猶之未死也詰朝往訪室廬已空開數日始得陳姑所寫艶命詞幷引云春風橓橒鐵助我凄涼冷月愁簾裏擬幽徽效崩城之哭淚瀟無名閨吟慷曾是美人薄命鐙案於千年故敎女工慈綺思分萬縷徽有生花之管難縈幽懷空存錬石之思終成缺憾回憶春閨繡罷秋夜琴仁滴露硏朱呼耶問字和烟韻墨倩姊聯吟欷愛日之方長臨風而寄興此樂何極大難驟臨方擬殺身成效岳家女子偏求死不得以吳下名賢猶幸桑梓敦舊巢暫託椿萱健在虎口偷安望雲竟者三年得天日之重觀方謂紅羊已盡黃鳥有歸詎知玉石俱焚家咸萍散更復烽烟相逼身類蓬飄愧無割鼻之明形容

自縊堂科喪身之計肘脓生奸狼子野心本無忌憚猴冠加額益肆咆哮弱骨自慚慚費娥之烈貞懷自矢
追隨伯妙之魂嗚呼地老天荒畢紅顏於此日風飄雨泣埋黃土兮無期書空而咄咄聊吟
短什以志悲懷紅羊刼運太離奇住是神仙也不知賊至不教同畢命傷心偏在太平時人生難撇是耶娘薄宦蹤
跡徧教兩㴞茫鞭深恩無可報留將清白慰高堂誰念姻戚重金張生小逵門只自傷好十五年清白家好自持敢
教門第也軒昂雨妒韶華不見慽天罡風又把花枝折享受光扇惜總感空人
因兒女纏情癡痼成不少知詩舍慈待晴有深閨碧玉姿事到雨難恨不窮漫將愁緒怨秋風揭來㛡扇惜總感空人
蕙心香祀放翁小論蒭䇿己十年靈根鳳慧未全捐師雄氣慨到梅花不羨仙烟雲總眼總感空人
世浮華一夢中好把塵心卻解脫敢將人事怨天公來時容易去時難心似江頭十八灘欲說醫齡時節事風
驚鶴喉轉心寒夜色蒼茫一望牧春風蕭瑟使人愁一水埋香骨莫向天河指斗牛生得詩不忍辛讀因
號杞憂生中年無子謀納選室若陳姑者不可得卜於神得莫嫌舞袖太郎當徹帶千金價自昂之勾欄搖
之勾欄中熟嫌鳳戒不入歲光蹉跎而隱歸寓有客設席小桃鬌陳氏別墅邀生往生奇其地復奇其事馳歸請
過市者陳姑也遠矚之入小桃鬌而隱歸寓有客設席小桃鬌陳氏別墅邀生往生奇其地復奇其事馳歸請
之終席無所見無何車中人扶病出則陳姑也叩之莫莫姓生遂決為陳姑女弟冒奚媤姓遂閒其事馳歸請
教終無所見無何車中人扶病出則陳姑也叩之姬莫姓生遂決為陳姑女弟冒奚媤姓遂閒其事馳歸請
於母井商之婦馳至甬將納之求容乃言曰世有一面綠無嚙臂盟遂託終身者乎生曰世俗
所為我不忍卿以且將以議之歲否決其性之貞洼也關者咸笑其迂久之生知絕望乃往別姬曰我無綠將去
然而不忍卿以一朵青蓮花終陷汙泥中卿所願託終身者何在請代輸千金聘姬曰浮華子弟齷齪市井庸夫
雖金張陶狃詎我思存有人不出閨巷言不重士夫才不能斡濟寧不足決疑品不知自年則亦一旦硎田逢忽歲將何以為餬
俗子耳不可恃也然家無數百畝田數十椽屋僅恃筆耕墨耒以奔走於衣食一旦硎田逢忽歲將何以為餬

口計則亦不可妄也至於翁姑暴戾大婦勃谿兒女讒閒臺姬傾軋又豈可容乎求我所欲難矣無已其家小
康人謹厚不作冶游者乎生奇其言因折之曰人既不作冶游鄉安所得而遇之哉令余至此豈非大奇或來
有數存其間乎姬意動生遂舉家世質直告之姬曰禮教未習也卅囪未嫻也驕奢性成豈合事君子君清門
德望母苦嗣虛天倫多樂前程遠大行恐累君造來生雙何如老死此中了前生債乎言已淚涔涔下復曰盟
山誓海謔語耳金盞纍空白眼冰霜此中人常態而今而後顧君善自守無受人惑是即所以答君者矣生樹
其背曰有是哉卿非杞子安能若是哉獨不憶十八年前舊約乎我何嘗卿不忍負杞子耳姬錯愕不知
所解生以實告姬俯首默然久之忽有會曰君固深於情者我志決矣遂涓吉納之卻扇之夕始知氏族
實非陳村女弟並非車中人是日姬卧病未出車中人乃鄰女貌相似姬素識可謂鑄六州鐵成一
理豈果村女後身一行之失三生磨折如斯耶抑情之所感離奇幻變曰杞憂生之於陳姑烈女子無再世墮烟花
氏之說亦窮於議吁異已生自納姬後遂不復名杞憂生天南邅叟曰杞憂生之事類皆記憶分明述之確鑿此獨迷離
大錯字者也一失竟成千古恨再來已是百年人凡說部所講前生之事類皆記憶分明述之確鑿此獨迷離
惝恍而不可憑始由杞憂生信先入之言一心之所幻歟

陳霞仙

霞仙姓陳名雯平湖良家女也幼失怙育於舅家舅固小康且為邑中名士所往來者多文人學士覓句聯吟習連詩酒視為常事女至六七齡亦熟讀書授以字義時有妙解誦唐詩琅琅上口舅固無所出愛若掌珠女少即慧美善伺人意旨客來以少小無所避客有所作時解與之聽顧有領會私告其母氏曰其於文則吾不敢知若五七言句亦易與耳舅如開詩社願亦預一席任敎元曰才人亦富壓倒於笑曰汝甫知四聲略嘵七字便出此大言不怕人笑倒耶轉述之於舅舅頗奇其言曰旣欲入社壇讓執一幟否舅視其題鐵曰蠟碧吟於妝臺畔取一小冊示舅曰此即螺女朝夕所開吟者也未知可登詞壇讓執一幟否舅視其題鐵曰蠟碧吟中有詠寒月云登樓人遠霜千里倚檻天高笛一聲寒鐘云霜警客船千里夢風清旅邸五更心寒燈云窗外先寒殘雪積夜闌人去落花涼鬢雲簾底風夫歌墮馬鏡中霜冷壓修蛾散之如積陰似作水雲響落葉疑聞風雨聲均有思致舅曰孃年僅十許齡而落筆便爾如此真我家不櫛進士也嗣後社中當屈一座矣於針黹組繡初不經意而所製精細勝人百倍咸謂女慧自天生不假人力詩文之外又旁涉風鑑子平等書精思妙悟迥出尋常與人略言咎休答百無一爽以是人多奇之遠近求婚者踵至於婉詢之女女不可舅以女年尚幼託辭卻之一日女作詞二闋膳寫正竟忽為風吹至南鄰乃顧正芬别墅也顧有池石亭臺之勝顧生冰心閨風雨聲均有思致舅曰孃年僅十許齡而落筆便爾如此真我家不櫛進士也嗣後社中當屈一座矣於春秋佳日讀書其中生素耳女能詩曾囑賣花媼闞其詩稿得之大喜以為蘇蕙左芬亦不過如是耳娶妻若此亦復何憾時新喪偶隱有下玉鏡臺意繼聞連卻諸家聘未敢輕舉特賄賣花媼揚其家世品望於舅姉之前而已舅姉以其為鐫經不甚注意是日生正在環碧亭邊巡欄閒步忽覩一緘箋從天飛下拾視之其上竝不署名然醫花字格娟妙異常不堪知出深閨手筆其一調寄點絳唇云非病非癡閑門鎮日無情緒畫長如許簾外瀟瀟雨挦不相思又聽相思語愁無據夜來好夢化作漫天絮其二調寄憶蘿月云相逢無語去也

陳霞仙

添愁賭卻怪夢魂攔不住夜夜枕邊來去秋期曾約新涼銀河咫尺相望又是一番風雨不知幾度思量生吟哦久之如獲琲璧璧疑為隔離陳女所作而語氣又稍不類正躊躇間見一雛鬟穿徑踏莎而至四顧瞻望若有所覓瞥觀生顧形瑟縮後見生手中所持遽前向生索曰何處不尋到不意乃入君手耶生問之曰汝從何處來此箋是誰所遺明告我當可畀汝婢即還亭外圓石磴曰汝但坐此余入即出寫項被風吹入亭良久將紅箋折付婢雛鬟匆匆返以箋呈女女接觀之則一笺急為兩紙一即已詞詞當遂還汝生入亭長歎又起將紅箋又付婢雛鬟匆匆遶以箋呈女女接觀之則一箋忽為兩紙一即已詞詞是而字非蓋生為之代書而留其真跡矣一則生所作也亦係詞二闋一調寄唱火令云濃綠連簾軟飛紅撲座香背入兀自費思量記得淡黃裙子幅幅繡鴛鴦玉笛憐歌短銀河怨路長小姑居處是江鄉記得門前一樹碧垂楊記得碧垂楊外一帶短花牆其二調寄臺城路云黃昏寂靜文甍閉春風暗吹花氣獸炭茶溫鴨鑪香爐怎奈夜長滋味新愁又起歡缺月重圓幾時有此碧漢銀牆都在夢痕裏佳人天末有幾悵明河咫尺誰送雙鯉貌無一言不慍亦不喜將箋攔於研底起往東軒窗前刺繡時近重陽雛角黃花爛熳開矣女家詩菊數閑之默無一言不慍亦不喜將箋攔於研底起往東軒窗前刺繡時近重陽雛角黃花爛熳開矣女家詩菊數齋中女舅特設盛筵招同人作賞菊會顧亦在列女舅曰今日之集實為僅事對此名花不可無佳作詩如不哇尤多異種中有墨菊尤奇品園丁自以我灌畢生從未觀此異種此以愛購古磁盆貯之籍供清玩凡得十盆盡置成自有金谷舊例在諸人咸曰善傳客觀皆噴嘖歎羨曰驪珠舉止似皆不如顧子誠可謂鶴集難樹駿空馬顧為擅場項中一紙飛出諸客傳觀皆噴嘖歎羨曰驪珠舉止似皆不如顧子誠可謂鶴集難樹駿空馬雖佳當讓一籌客散各擧箋濡墨仰首思維臾顧須臾所獨探矣吾輩所得誠鱗爪不如顧作羣者矣惟嫌清而不質恐非功名中人然兒自相口畔痕深額間色黯尚有寒氣三百篇未曾消受

與彼正相等耳矜會其意諷賣花媼違意於生欣然出望外丞遣冰人關說婚議遂定擇吉行親迎禮一時
儀幣之隆騶從之盛熀燿閭里生家本素封而以女故百物具備有劉盧偵知之謀乘夜劫其家於時賀客盈
門羣恚女美而才咸欲一覘女貌以為榮紅巾既揭儀態萬方正如柳細迎風荷嬌含露皆曰新郎豔福不淺
哉何脩而得此神仙中人更闌燭炧賓朋盡去掩扉入睡忽聞簷際一瓦墮地鏗然作響女袖占一課曰始矣
密謂伴媼曰令夕當必有警戒諸人勿眠令於中庭及堂移几椅縱橫相間先以箸排列方向又盡紙作
圖囑隨嫁婢紮驚指示藏獲按法布置旣畢命具緬索明燭嚴胺環坐以待設有警預自有制之之
法諸人弗解其意俱笑不信部署甫竟陡聽門外人聲鼎沸似以馬簫過門女傳語勿啟并戒勿妄動未幾已
斬關入矣則見羣盗十八人操北音皆持刀械形狀猙獰次爭先或由中庭諸人入內一一縛之撤去几椅則
狂奔曲踊距躍往來尋丈之間俱不得出久之力盡氣促或仆或蹲紮驚導諸人入內一一縛之撤去几椅趣
已曙色在窗服於官報之法女此時文問女曰此非術女曰即武侯八陳圖法但世人不得
其真傳耳逾數日有來報者生布屋數十椽在橋李熟鬧處是夕鄰居失火殺之將滅忽反風燧灰生屋焚其
半女聞之歡曰定數不可逃也生與女相得甚歡每逢月夕花晨輒過茗煑酒互相酬唱殊不以進取為意曰
人生如白駒過隙得佳婦猶與名花相對春秋佳日安可令其空過哉鄰淪笑其顧生自娶女後斌多逋
關輒事事不如意生怡然自得也以俗財易得美妻難求則遂墳境自在心中泹二行貢多折
如鄉者哉女患不育生行年四十猶無子嗣女力勸之納逵室生終不應曰百歲歡候能有幾何豈可使他人
閒之哉一日生起女上見生急避去生疑為鄒家碧玉及夕登牀燈忽驟滅暗中摸索微覺有異呼婢媼亦無應者倦甚
媚更出女上見生急避去生疑為鄒家碧玉及夕登牀燈忽驟滅暗中摸索微覺有異呼婢媼亦無應者倦甚
遽入睡鄉明晨乃知非女笑謂女曰胡再不謀女亦笑曰此風姨之作合也老奴幾生修到哉

倩雲

秦雨衫陝西人寄居於武昌固武世家也幼習拳勇得少林家法繼獲易筋經秘本又賴其師何鷟閣卷心指授具有真傳一時大江南北始無敵手然生韜晦殊甚不輕示人以所長至是日落乃為人保鑣往來京師所有燕齊間鳴鏑探丸者咸憚之不敢犯有一盜新自秦中來負其絕技不屑下人聞生能殊不信曰俟其來當與之一較優劣一日生道經盜所伏處茂樹叢陰翳敵日疑之躊躇不邊進曰此必有異發一矢著樹有聲聞林間弓絃鳴箭連珠迭至生急撥以弓箭盡則繼之以彈生一一接之無妄忽見巨彈若卵自空旋轉而下生中彈橫擊之彈破其中火星迸裂恐盜不止一人則隨其發中矣倏跳下馬馳避而盜已至前遂與之角久之無所勝負生思夕陽將落距市尚遠恐盜不歸其身面鬢髮皆燃步縋師所傳秘法有所謂囊錐脫穎者何不一試之方當兩馬盤旋時生躍馬出圍外擲劍撼盜卻中馬首隕馬仆而盜亦墜地方欲飛劍斬之無何生發一彈橫擊盜面鬢斜射生面接之以手凡九而止以為無妾矣君能勝之則為君婦否此吾妹倩雲也生欹曰吾妹勇力百倍於我若欲逸望馬塵盡可不必相從遂孤身往拱手曰思君物為質不言竟逸歸之日不入虎穴焉得虎子豈有三十歲老娘而倒繃嬰孩者因命僕從可投逆旅策馬獨行曠野中天色已暮星月微茫忽觀林薄中漏有燈光矣趨就則一巨宅也門外列樹千章粗俱敕燭燈交輝盜與女子據案對坐群婢環先叩門使之有備猱升樹杪俯瞰室中歷歷皆見西偏一堂窗櫺四侍容妍妖冶生念入而鬪必不能勝不如俟其睡而殺之乃自樹登牆復隱身於庭畔山石下項之閽女笑

曰吾固料其無膽必不敢來此且讓我高枕夜眠也遽見女東燭歸房侍女闔扉竟去須臾寂無聲息生念男子技乎不如女子能當先了之意詣女室俠劍撥窗窗呀然開妝臺上蘭釭猶明紅羅帳垂雙鳥貼地纔如蓮辮揭帳飛劍直入瞥見女子向內側卧香雲半縷粉頸一彎繡在枕上斫之如中敗革驚而遍視之則以錦衾裹一木偶也正徬徨間女子已自狀後取笑曰不過敢章我先已料定不然當鮑君三尺霜鋒矣向君作騎牆狀元時吾早見君矣男子漢不能作一語女曰君今意欲何為即使將余兄妹兩人殺卻亦徒貽恥笑耳生慙汗盈盈不能敵何況他哉真令我輩鬚眉腕扶俱不能擒子尚可撐而歸耳今而後我不敢輕相視詢家世則生與女固同出荆氏俱係中表親親方知叔稱親睦女敎以劍術能於數百步外取人首級不動聲色劍去而頭自隕地凡三閱月盡得其後倆女曰自此可為萬人授洪洞望族俱是長安道上人繼技相授生唯唯敵也君苟肯再拜余為師當以平生絕技相授生唯唯敵橫行天下矣再拜將辭去女微露願為洱上之人即折東招鄰右至須叟畢集男女雜坐戲謔微酗盍增娥媚即以西堂為就柯婁曰山中多長者當情生向女長曰山中無別物所盈二十歲姿容豔麗韻娉婷然娜娜願為俯首相對上有鬧夜飛觴推牛殺羊數十筵咄嗟一時鼓吹喧闔笙簫青廬最煥惟帳陳設華煥奚曰今夕便可成婚推牛殺羊數十延咄嗟一時鼓吹喧闔笙簫迨作綠燭高燃紅綃編貼女亦以巾蒙而生盈盈而俱拜也衆所饋禮物惷骨金銀珠玉白山中無別物所育惟此耳況世人非此不足以結歡彼呼阿堵為俗物者誠見宜囊中不以此相誇尚哉女顧生而笑低聲謂生曰晨時人山以性命相搏者非以此哉生笑復往生必與女偕作育異饋至不能名皆非纍常珍錯也每家俱有園亭池館之勝結構縛木相同花木繁蔚獸生往往笑怡謂生曰晨時人山以性命相搏者非以此哉生笑復往生必與女偕作育異饋至不能名皆非纍常珍錯也每家俱有園亭池館之勝結構縛木相同花木繁蔚

水石清華悲臻妙境生每至一處必撫掌叫絕生因此漸稔山中蹊徑幾疑為世外桃源窘詢女曰吾至此愈
久益不能測將謂為盜藪耶何以得此風雅絕俗清靜應將謂為仙窟耶則又矛戟森嚴習武備而工技擊
者無論男女察其行踪似非遵夫正軌此地殊不可久居我行乎女曰既已嫁君從夫者
理之正然妾有心事殊未了生曰我富助卿了之女曰此事殊難非君所能資指臂也一日睡初醒晨光熹
微忽聞山中金鼓大震鎗砲交轟幾於折坤軸裂地雖嶺巘搖撼川谷崩騰駭甚急擁女問其故則女不知何
時已去披衣出外升瞻臺而望之但見刀矛森列上際於天旌旗繽紛下蟠於地大轟一揮衆鎗齊發有如火
龍百道縈繞莫測如是者往復數四纔而萬馬騰踏各自散去生知為山中大閱數日勇敢如是生曰此誠足
以禦四夷萌敵而宣力於國家耳暋而若飛隼墜於前者視之則女也謂生曰男子壯士亦樂此否生曰此用
二人智力相同而成敗各異其所趨有邠正耳自古英雄一失足即成廢材者亦復何限卿何不早自悟
哉女曰諾不日將偕君歸隱矣一日盜泉大獲而歸井刼一少年至衣履翩然貌亦美秀而文令生與之接談
且女曰勿輕視之此保鑣壯士也雖不能與奚君抗亦一勤敏生周旋之間視其談吐豪而時露詩旋態耳際
君言也生曰家君也則以何氏字幼驚對生驚問曰然則江湖間所稱為鐵臂何驚閈者是
有微孔若曾穿鐶珥者異之詢其姓名則以何氏字幼驚對生驚問曰然則江湖間所稱為鐵臂何驚閈者是
然其始居子弟行耶其人作忸怩色請間入室長跪生前吿生君我即師女也包念師情脫予此厄生呼女
君曰人曰女子本欲離此今歸妾附耳私語見紅潮暈頰女攜女入房檻出則已女妝矣部署行
至吿以故女曰發生至里門弟宅煥然一新金碧輝煌不復可認室中應用之物無所不備蓋女數月前隱為位置
者也生為歎服女勸生納勁鷥以姊妹稱不分嫡庶生終老於家初未一試其技云
李乘夜即發生至里門第宅煥然一新金碧輝煌不復可認室中應用之物無所不備蓋女數月前隱為位置

黔陽苗妓紀聞

范史西南夷傳謂槃瓠高辛氏之畜狗也衡犬戎吳將軍頭獻闕下帝酬其功妻以少女紐負女入南山生六子六女自相夫婦此蠻苗鼻祖也其言誕漫不經珠不足據槃瓠古人類初祖莫不報本返始故祀之耳唐宋以前曰蠻曰獠而已前明就三苗地設府縣衡支派遂分花白青黧紅以色名宋茶以謝以姓名馬鐙狗耳鐲以飾名又有犿獷木老紫薑鄡惹八番九股六額予臾獠猺𤞚狑狑之屬種類雖夥而行圓峒錦於腰重疊百褶旁無縫積謂之桶裙僅及膝者為短裙苗端堂拖至地者為長裙苗婦人斂髮髮束為鬟大如斗緞於頂前上纏竹笠旁以五色藥珠為飾貧者以薏苡代之此係盛妝惟跳月時始用之風俗略同苗人每以令節男子吹笙擊鼓苗婦隨之婆婆進退疾徐可觀名曰跳堂女不願不識徒跳陽載洞苗之婦錦服短衫皆繫雙帶斜作十字形交於雙乳間背小錦一方負物則橫貫其中以為飾大如鉤下垂至肩積珠貝累累瓔珞狃女饗客以檳榔為上品咀之辛香滿口蓋水浸令軟馴嚼灰夜葉薰藏之雕者始出贈馬苗人凡漁獵所獲下至蛇嫁蝤蠐動之物咸糜於一鹽俟其臭羫如葅始告成名醯菜珍為異味愈久愈貴問其富則曰藏醯幾世矣苗人多以刺棃釀酒剌棃一名送春歸幹而哳刺作名日醋菜珍為異味愈久愈貴問其富則曰藏醯幾世矣苗人多以刺棃釀酒剌棃一名送春歸幹而哳刺極香謂然不耐飲夫人以鍢醫為醫味亦辛香而甚可口或取其葉裏檳榔食之亦可辟瘴呼為蔞黔粵山壁間三四月多黃花瀿吐頗明春梅花開始發城市作蝸子花或謂即藥草中之金石斛也根如蘭葉如柳蘽多節而叢生黔瘴毒降而息皆無瘴惟陰僻之區或數十年一發初起叢灌間熾爛如金光下墜如丸漸觀散若車輪虹非

霞五色滿野即所謂瘴母也其氣香烈觸之者始如病瘧旋成黃疸半載莫救矣甚或數十百里人民雖夫廩有子遺歸化營凡十三支而火乩支池氣最熱故瘴亦最酷近年燔之得少衰時或一發擊以火器亦即驚散黔人呼罌粟花為芙蓉故鴉片一名阿芙蓉自清鎮以西山谷間遙望皆是華種攢辦如芍藥惟夷種單辦故結實先大渾暮剖其外皮濃漿溢如膏收而熬之即鴉片不必配以他藥凡妓館中每以此烟媚客而苗妓獨否蓋其酒固能嚴禁也苗人造蠱每於端午聚視敗蠱者積久敏視留其一則為蠱取其誕矢以毒人奇病百出即數年後千里外無得免者凡遇夜閒見空際如此為趨避藥恒以此為蠱放即長者為蛇盤蠱圓者為蝦蟆蠱而以金蠶蠱為最毒蓄蠱之家潔淨無點塵投蠱者恒以此為趨避藥恒
兩三家也中其毒者為急病白蕎荷汁猪可解蠱荷葉如甘蕉根如薑芽喜陰木下生或曰剌蝟能擒蠱諸苗家用樂弩夜伏叢莽間獵鳥獸藥必得粵西所產独家凡三種一曰補籠一曰青仲一曰卞尤皆楚王馬殿自邕管連來者也治藥之術甚祕必得粵西诸独家之男女於野以擇偶名曰跳月跳月
苗俗大禮也歸化苗家恒以數場壩為月場其南有峻嶺名跳花坡自正月初三日至十三日皆跳月此
苗俗四五女聯臂圓之滿場男跳易之須互換也市場男女於野必有振臂得嫁否則趁歲穰游批
對跳於前女等帶從之叢箐間先為野合之名曰拉陽然必有振臂得嫁否則趁歲穰游批
蘆笙於前女等帶從之叢箐間先為野合之名曰拉陽然必有振臂得嫁否則趁歲穰游批
笛管連來者也笙必得粵西所產独家凡三種一曰補籠一曰青仲一曰卞尤皆楚王馬殿自
用藥弩夜伏叢莽間獵鳥獸藥必得粵西诸独家之男女於野以擇偶名曰跳月跳月
於牧矣苗俗不爛音律蘆笙之制六管如環長管冒短管置簧跳月時笙一胡蘆中
須時潤之跳月時取枕巾結為小圓球視歡者擲之名曰瓜球時時擁之被若木棉則僅有矣苗女亦裸有姿色惜其無卧具恒堀
以炙雖隆冬亦裸相枕也近歲間以蘆絮為被若木棉則僅有矣苗女亦裸有姿色惜其無卧具恒堀
掩鼻掩就之蕉箤湃溪澗苗女每三五歲摩櫛沐於清湍急流之上蓋性喜照水恒顧影以取媚歸化在萬山
中數百里無巨溪廣澗故遇水益低徊不忍去鹽州振歸化凡瀝龍場兔場狗場雞場諸墓遂日趨場數

百里間按十二辰為一週也苗女羣集其地固一穢墟也苗女在室蒸報旁通淫奔無忌卽跳月後許有家妾
京必結好數人名曰野老聘夫就之强相合而已有子始告知聘夫延師巫結花樓祀聖母者女媧氏也
親族男婦歌飲三四日名曰作星自是有犯姦者遂得以兵刃從事矣苗曲有妹相思姓同廣諸名粵淫奔私
昵之詞昔人謂郞之桑濮在黃綠驛以東歸化營風俗淫謔固不滅古所去也五月寅日戶伏處夫婦具
寐親族不相往來有犯者必遭虎厄六月六日為換帶之期羣女裸浴於溪磡中人或簿而之贈以裙帶則
兄喜孃或不得歸而父母以為恥野老亦以多為榮私一男則訾上蒙紅巾一方斜疊若市愈言喁喁旬得
有積至數十層者同伴咸嘖嘖稱羨云凡無子者親友於中秋夜飾豔婦抱瓜送於其門此黔俗也苗婦
效之跳月場男女雜選婷花場初開種花樹鬼竿十丈場頭招得羣苗百里間喜挈蘆笙結隊赴
蠢苗出游牡男女雜選婷花場初開種花樹鬼竿十丈場頭招得羣苗百里間喜挈蘆笙結隊赴
男襖長女裙短尚錦新裁春服暖男環雙銀鈎重壓催髻旁新正初三至十三女伴呼男聯臂
頓足到場上男情女態皆往懇兩男作對跳場內羣女四五圍場外千百圍作對羣男千百對男跳
遲羣女四圍都於持男跳速羣女四圍共笑逐是時蘆笙吹作駕鴦鳴泉應節譜其聲譽中自有月老在天
作之合憑一笙一笙聲催羣聲急徒焉急燥選曲不知何地大䔥雙雙滿山際四山雲雨皆為賦誰
女相就不相避親結其儔一巾鑿遠揚三匝牽而戲選曲不知何地大䔥雙雙滿山際四山雲雨皆為賦誰
家得佳婦誰家得快婿阿父阿母然後從旁議牛角觥作酒器滿塲持貿飲如沸糾一奪得男易早為通
媒納聘幣無令野合中道仍相棄旁有駿男戀女心自知笙聲豈必多差池竹獨跳罷塲外遺我為娟娟惜此
夛誰教粥粥隨羣雌

黔苗風俗紀上

黔苗風俗記上

黔中多苗民黔省東門外固臨大道羣苗男女往來如織有通曉漢語者道其俗尚土風沁聖母者女媧氏也

其種凡八十二種青苗在貴陽鎮寧黔西條文男女服飾皆尚青婦以青布一幅著頭上蒙諸名衆淫奔私

帶銀項圈富者至六七枚正月作跳年會男女咸集吹蘆笙歌舞三日近當城場凡數處雞一戶伏處夫婦具

有老鴉關其山斗峻正月一日少年男女皆出至山上鋪叢共坐女以粉團紅糖肉飯與男之贈以裙帶則

所愛男曰阿雅亦曰的羅男呼所愛女曰阿魯亦曰頓谷父母不之禁跳月時女縱慾愛男腰繫細頻

頻勤搖曰提羊七月男女羣聚跳月米花場男未娶聚跳月夫婦各宿不出戶八寨鎮遠清江古州女子

姓衣被皆用班絲喪事將死者衣裝像鼙鼓之曰調鼓每歲五月寅日夫婦各宿不出戶八寨鎮有牛者合關於

厄白苗在貴定龍里坑牛以祭主牛披白衣青套祭後戚族團坐劇飲高歌黑苗在銅仁府有吳龍石麻五

勝者吉卜日研牛以祭天地祖先曰喫牯臘又以豬雞羊犬骨雜飛禽連毛臘置堂中俟爺頭奧日

日耕作夜績每十三年畜牝牛祀天地祖先曰喫牯臘又以豬雞羊犬骨雜飛禽連毛臘置堂中俟爺頭奧日

醃菜食少鹽以葳灰代之清江黑苗男女好著錦袍未婚男子曰羅漢女曰老陪春晴日攜酒食山上聯歌迭

舞作夜奔以牛角遠奔生子乃有後人矣始肯耕作爺頭亦黑苗類婚嫁姑女定為男媳男無子必童

獻銀錢於舅日外甥錢無則終不得嫁或私名少年與合呼為阿妹男女苟合惟洞薹不敢通爺頭奧日

戶爺頭上戶洞薹與爺頭稱大寨洞薹稱小寨聽爺頭使令婚姻各分寨居洞薹舟樺八寨苗亦黑苗類近寨洞薹下

犯上大寨聚奪其資產有傷命者洞薹皆舟樺八寨苗亦黑苗類近寨置空舍男女未婚者羣聚唱歌其之

中情洽卽以牛行聘女嫁一二日卽歸女家仍向塔寨錢不得別嫁錢薹苗亦黑苗別種在平遠州

居依山菁不善耕惟種山糧以麻子為食衣皆用麻清江苗男以紅布束髮錢於上耳鑿大環男女皆跳足

喜種樹與漢人通商盡呼曰同年九股苗在施東凱里與偏頭黑苗同類服青性尤猛悍頭盔身鎧重三十餘斤又以鐵片裹骸左手牌右手鏢桿口銜大刀上山如飛挽強弩名曰偏架一人持之二人蹴張發無不貫故常喜為亂黑樓苗在清江八寨鄰寨共建一樓曰聚堂用大餘木空其中懸之曰長鼓有急即登樓擊之各寨聞之俱帶鏢弩至樓下聽寨長令欸以牛酒無故擊則罰牛一頭公黑山苗在台拱古州以藍布束髮深居重谷多出擄掠行旅能卜茅草卦知吉凶黑腳苗在清江永綏永大袴頭插白翎出入持刀鏢悍甚長鏢短劍常點黨夜訪富戶殺人以螺螄二枚置盆中觀其鬬以劫奪為生不事劫奪者女不嫁之凡作事以牛占卜吉凶每驗呼曰軍師黑生苗婚者於曠野月場男女歌聲清越諸苗上舊古州凡四十五寨苗在黎平古州以藍布為月場男女歌聲清越在諸苗上舊古州凡四十五寨苗在黎平古州名六百戶生苗洪州苗在黎平府男勤耕作女善績織與漢人無異葛布頗精有洪州葛布之名平伐苗在貴定縣祭鬼享客省段犬男子披草衣短裙婦人長裙鬢髻谷蘭州苗在定番州俗亦兇狠出入必持槍弩而婦織絕精有名譽云欲作汗衫褲須得谷蘭布九名九姓苗在獨山州性狡獪每偽造姓名變換不已常以種山為務俗嗜蠱毒苗喪婚宰牛聚飲關關用刀鎗納牛酒請和克孟岾牟苗在廣順州途徑紅居百仞豀柱有婚宰牛聚飲關關用刀鎗納牛酒請和克孟岾牟苗在廣順州途徑紅居百仞豀好鬬得仇人生咬其肉以冬月朝元日忌門不出犯者以為不祥二七而解平伐苗在貴定縣祭鬼享觀死不哭集會歌舞名曰鬧鬧明年聞子規聲乃號泣曰鳥猶歲至親乃來客延鬼師及親族之亡者苗布束首若淺藍衣無袖以中秋祭先祖及親族之亡者歌舞西苗在平越清平貴筑谷池尤多十月收穫後祭祀曰祭白號牲以壯男子檀戶豕隨童男女數十舞踏於後三日乃止尖頂苗在貴陽府男女皆私奔多婚姓相傳周後裔繞木葉為上服下著裙苗在陳蒙爛土天壩一名天家男女皆私奔多婚姓相傳周後裔繞木葉為上服下著裙女子

居野外男子吹竹笙誘之情稔則合謂之馬郎房羅漢苗在八寨丹江男子頭戴狐毛坎肩跣足後許有家矣
三月三日男女攜食物供佛歌舞三日不火食亦寒食之流風也陽洞羅漢苗在黎平婦聖母者女媧氏也
胸前刺繡一方短移長裙數月必浣米沃髮復於澗中洗之婚姻先外族後他族短裙跣足諸名牽淫奔私
花布一短幅橫捲及骽花苗在貴陽大定廣順黎平裳服先用蠟繪花於布後染蹟去亡夫諸處夫婦具
錦孟春男女跳月於月場男吹蘆笙女搖鈴隨之迎肩舞蹈終日暮則攜所好歸謔笑互歌之贈以裙帶則
六月為歲首以牛酒祭天病不用藥惟求鬼師雖貧必宰性以禱動作必卜或折萸葉熟視蹟卧以為應
人以馬髮雜人髮為髮以髻男子年少者縛楮皮於額背既婚乃去之楊保苗在遵義播陽喪盡哀用
媒妁有事推鄉老決之或告官使召飯拒不出櫺居苗在八寨丹江構樓以居樓下以處牲畜婦人
角死停喪二十年合葬以百棺同葬建祖祠曰鬼堂什器畏不敢犯也楊牡苗在天柱錦屏居必
近水擇平地種棉為業男子衣與漢人儒女子藍布帕花邊裙織洞帕頗精諸葛苗在定番薩
科等處性兇暴以劫掠為生不事耕作令俗變少醇矣鴉雀苗在貴陽界其語音似鴉雀故名婦人以白衣鑲
胸前及裙邊居山種山糧為食爭訟鄉老決之高坡苗多住板尺許鬌髻上
故又名頂板苗性勤紡織婚多野合在平遠黔西等處黑苗在威寧婦人產子必夫在房坐月不踰門戶
彌乃出產婦耕作為飲食供在荔波黔男女皆以藍布花帕蒙首未婚者稱長七月晦日為歲首十一月相聚歌舞
黃平等處鈴家苗在荔波縣男女皆以藍布花帕蒙首狘家苗在荔波縣男子四圍長衣以裙為袴女子短衣
所歡者約而奔及生子方歸母家曰回親始用媒聘狘家苗在威寧苗婦女以裙為袴女子短衣
花邊穿袖重裙無袴食惟糯飯以手摶之渴則飲水銅家苗在荔波縣亦在永豐蘿蘑解冊亨三處自粤西入辣黔省男雖髮衣製如漢人女
多種棉花善織不識文字剄木為記獲苗俗以上皆以苗稱此外則種類雖同而摭名各異矣
短衣長裙首蒙花布尚循苗俗以上皆以苗稱此外則種類雖同而摭名各異矣

黔苗風俗記下

後聊齋志異圖說

黔苗風俗記下

子琳畫

黔苗風俗記下

苗民之以苗稱者凡三十有三種此外則有猓玀獞獠犵獇狫犵猓狫犵獠猓犵獇獠犵獠狫犵猓玀亦猓猓本名盧鹿說為今在平遠大定黔西咸寧京曰烏蠻俗尙鬼故又曰羅羅用木剌尙盟誓凡有反側剌牛以喻領片肉食之即不敢背其人深目長身髡面白齒以青如角七官正妻曰耐德非耐德所生不得嗣立土官幼為土司忠所伏以銀絲花之贈以裙帶則裙凡三十六幅相傳蜀漢時有潛次者從諸葛相征盂獲以功封羅甸王自濟火獄十餘年世襲如故

十八部最貴者為更苴次為慕魁部長奢允等曰九扯兵強悍為諸蠻冠故諺曰水西羅鬼斷頭役四時撐飯為丸以匕躍入口作酒盅中插蘆管羣吸之疾病用巫號曰奚婆諸事皆決馬白羅鬼在永寕慕役及水西亦曰白羅羅與黑羅羅同種黑為上白為下姓飲食牀帳物均而食之人死蘿司於野居書爲阿和俗與白羅羅同男子以販鬻為業八番在定番州其俗男逸女勞婦人牛馬革襄尸焚於中塘坎時始取稻把入臼手舂之蠻會鬃聲長腰鼓以供笑樂打芋犵狫在平越黔耕且織剝其爲白堆欮女將嫁必折其二齒云恐妨害夫家也蔄頭

時搾椎采為曰作洒盃之時鬃肇長腰鼓以供笑樂打芋犵狫在平越黔耕且織剝為白堆欮時始取稻把入臼手舂之蠻會鬃聲長腰鼓以供笑樂打芋犵狫在平越黔犵狫夷氏在咸寕州男子編艸衣與羅羅同種婦以熱油塗足入山躋巘如猨犵狫在貴定都勻黔西犵狫俗燂添衛男女剪髮僅留寸許以幅布圍腰無袋積之水犵狫獠鬷獠鬷之水犵狫將嫁亦名儂家善捕魚能隆冬入水探取犵狫在前髦披後聲取養眉之意以幅布圍腰無袋積之水犵狫以餘慶亦名儂家善捕魚能隆冬入水探取犵狫

西婦人前髦披後聲取養眉之意以幅布圍腰無袋積樻樷之水犵狫在餘慶亦名儂家善捕魚能隆冬入水探取犵狫土犵狫在咸寕州男子編艸衣與羅羅同種婦以熱油塗足入山登巘如猨犵狫在貴定都勻如黔西性狡悍善製刀節祀鬼用五色旗鼓近神初娶婦至家令男女私合今土子後乃成禮同室馬鍋圓犵狫在平遠病延鬼師以五色絨飾虎頭置箕肉拜禱之性極嗜飮多釀剌梨之酒披袍犵狫在平遠施東清男子衣敞恣女子以綠紫髮緣以靑布袋上綴海肥衣長尸許外披方袍從頭罩下前短後長無袖猪屎犵狫

在石阡黎平古州女子在淸平者通漢語經年不洗所居穢惡與夷家同因起埋咋食如麱男子出入佩弓弩有仇必讎肯怯則以牛酒歃有力者賠歃死以牛償之紅花犵狫屋書地尺架木上以杉葉覆之曰羊

黔苗風俗紀下

樓死殮以棺而不葬置嚴穴間高者千尺不施蓋雲立木主識其處謂之親殿○花苗者為紅花猓猓兜衣黃平施秉鎮遠好居高嚴四時佩弓弩入山逐獵藥箭中毒水者立斃猓犵橦在荔波縣男者為紅犵猓犵橦在荔波縣○狆家苗首寨祭死不置棺以木板斂而停之側子死哭必出血守墓三日乃返擇善耕女工織窄衣短裙僅齊膝親死不置棺以木板斂而停之側子死哭必出血守墓三日乃返擇檀在荔波與狆狫猺狑同類歲首祭繁豚男女連袂入場歌舞相悅者負之去狆獵一日楊黃在都勻石阡施東龍泉提溪黎平等處萬山之中男女織眠則漁獵荆壁不置門戶局出則以泥封之忌三月朔日謂之把忌卡尤狆家在貴陽都勻鎮甯普安隨處皆有婦人多美好女日妻未娶日羅漢孟春跳月用踩布為之圓毬如瓜視所歡者擲之奔而不禁嫁後乃絕聘婦以姿色定資多者至牛五十頭花燭燕客男女必唱歌徹夜喪事屠牛召客以大甕貯酒執牛角偏飲又以牛馬雞骨和米糝作酷至酸臭以為佳又多畜蠱家每夜出飛蝦祭用魚葬墓上期年乃殺人否則反噬其主補籠狆家以歡多為喜廣順間青狆家不食肉惟家在古州舟江等處以織蓋首衣青衣善刺繡能奕棋拋毬呼為私奔日馬郎夜飲之酒父母知而不禁白狆家在荔波縣男子頭戴狐尾女多身小而慧美著藍色衣紅摺雲花裙紅繡履五色布袴每春擇平地以大竹一節空其中名日巴槽男女聚飲漢人能其語者亦呼為外郎女有正配酬外郎以苗數匹日斷郎禮乃絕柱來黑狆家在清江葉樹多殷富漢人貸其貲約券須以富保有折閱不可再貸遇奸欺負則掘保人祖骨痛經官捉白放黑保還所貸乃歸其骨清江狆○右古拱苗營多張劉人歸寨以長木架禁銅索贖身錢物經官賠償俗乃草馬鐙上以簪東之七月七日男女同上祖墳紅土黑土坡阿驢寨皆曾竹聚居處垂一尾甚長以豬油塗新衣藥以誇富大頭龍家在鎮甯普定男帶竹笠女著土色衣以牛酒相贈遺并自帶

如蓋故名大頭俗勤耕作狗耳龍家在廣順男善石工婦人辮髮上指狀如狗耳以五色𦆑
薏苡衣斑衣春時立木於野曰鬼竿男女聚旋舞以為樂各自擇配跣奔女家以牛馬
家在大定平遠男女入山采藥剖漆背負之鬻於市婚喪頗用漢禮好衣白宋家在貴知
俘楚此遂流為苗通漢語識文字勤耕織婚嫁男往迎女女家率親戚筆𣆶𣴧徐與解謂
傳楚俘或云即宋家之別也在貴筑清平威寕大定脩文清鎮男鑽衣婦壇耳
笙聚跳舞名曰作戛夫死將婦狗葬婦家奪去乃名所私挾泉簣去士人所在多有在廣順貴定者
與軍民通婚姻歲時禮節皆同九月祀五顯神吹飽笙連袂頓足歌舞歲首迎山魈為𩭝男子妝像擊鼓四
新添衛丹行二司性獷戾以丑戌為節祭鬼連醉奉佛男女皆冠片壇坵不沐浴以六月廿四日
歌所至家皆飲食之獞人在普安州與滇之獞獠同種性醇好奉佛男女皆冠片壇坵不沐浴以六月廿四日
為節祭天常持念珠誦梵呪獨人在貴定勤耕暇則採藥沿村行醫有書名曰榜薄珍為秘笈書皆圓印家
文峒人性多忌殺出入夫婦必偶挾鏢弩在石阡郎溪者多類漢人多以苗為姓在永從者常負自㕑在
洪州者地肥而憤於耕飲食忌鹽醫性耐冷冬採蘆花茅花實布中為絮被以禦寒蠻人徭龍苗之別在貴定
思南府沿河司喜漁獵男女來往鬼巖山桃竹溪等處得魚蝦以為美食六洞夷人在黎平府未婚男女翦衣
換帶則卜而嫁之鄭女數十各執藍布䄄送至壻家歡飲三日夜復擕新婦壻時往婦家宿生子方歸夫
家蠻物市肆多在河洲六額子在大定感甯親族祭墓發冢四棺取骨洗刷令白以布裹之復理
三年仍開洗如初三次乃已家人病則云祖骨不白所致赤名洗骨苗𠬢額子在七甯州男服飾如漢人女從苗俗
尖頂髻如螺螄女長衣無裙略同六額子病而巫禱而不洗骨白兒子在七子在清鎮大定黔西男多
出門貿易婦女白皙姣好著細耳草屨勤耕作里民女子工織羊毛為布二
多贅漢壻於家生子俊歸漢別嬰即不復來其子女有母無父故名曰兒子𠬢與漢人同此黔苗之大略
也

鵑紅女史

鵑紅女史姓程名淑蜀之成都人家在碧雞坊畔父以名進士蒞仕山左頗有政聲女隨□往家針線之餘涉歷書史閒作詩詞甚工人人爭羨之目為女學士同郡有褚生者字仙槎亦名下士也負才所凌折而遇出其上者輒倒如恐弗及初應試即冠其曹偶以是不作第二人想世家巨婚之生一不以屑意曰娶妻必當才色兼備有詠蕙左芬之才華亦必有碧一綠珠之風貌幾倡酬相得不負此生平耳緣此遲擇珠猶未娶一日以訪友湖西買舟而往道經女所□湖畔畫棟飛甍雕欄繡檻結搆甚麗生下露坐船頭翹首卻矙忽有片紙自樓頭飛下盤旋欲墜生接之以手展閱之乃七絕數首下署鵑紅女史繡餘所作詩句既佳而書法秀媚格妙覽花頓覺愛不忍釋邊見樓頭女一女子憑欄臨波凝睇鬒豐神艷世驚鴻艷影湖水皆香生不禁心折歎曰此處何珠洛浦邊見非偶可相識否舟子曰此即新狀頭求婚其家以齊大非偶之實則在選眞才不欲以榜上虛名進士第也當令女才子生聆言蓮騁欲至妙因萬酬佛願帚有尼卻之女之才貌往來於胸中發託青花堰探視其消息堰於先數日偵知女欲至妙因萬酬佛願甚有尼物色日以女之才貌託青花堰往來於胸中發託青花堰探視其消島堰於先數日偵知女欲至妙因萬酬佛願甚有尼淨蓮者固官家女夫未匝月遽以疾殞同窓而披雉入蓮清修粥魚版苦合牢所不計也淨蓮臺識字善畫梅蜜針枝頗鏡斌媚態與女為閨閫方外友女之八法京其所授□也禪生既得是耗興盥漱而往隨戲禪堂游歷幾遍旋有乘輿而至者煙熗前後簇擁生知為女佇立佛殿塔前以覬之觀面相違彌覺麗絕人寰女瞥見生秋波微注頻量紅潮俯首小坐亦不得久趨而出口今日乃得觀見雙文矣女微笑不言媼又曰今日得見豈天仙不知其歸去時如何夢魂顚倒矣是年秋試獲捷巍然居榜狂生戲女謂世上塗脂抹粉者無眞美人純率飾句者非眞才子也聞其文章為一郡巨璧然眼界太高

首適同年生為女之中表兄妹遂淪落上人并攜生詩稿以往曰此才亦以見一班矣女亦心許姻事邊
譜卜吉觀儀從珠盛明春登南宮入詞林聲稱藉藉生欲挈女至京劍朝道至山左省覲舅及境土
匪亂作生女倉皇走避各自分散女為賊首所得見其美將犯之女痛哭大罵奪劍欲自刎為旁人所勸阻女
之隨身婢媼請於叛首當婉言導之以冀其從母亟亟也叛首許之女佯延殘喘數日官軍驟至土匪勢
不能敵黨羽星散請於女以美姿為賊領所愛留於幕中必欲置之後房然真女未之言也伴許女遺人送之歸
索貿人瞻歸惟女以美姿首為賊領所愛留於幕中必欲置之後房然真女未之言也伴許女遺人送之歸
因詰女所居女備述之且言父親已悉女欲出城追賊陣亡曉領歲其毋與女言晨大帥近金陵而使
亦蜀人稔知女家世與女有荳莩親已悉女欲出城追賊陣亡曉領歲其毋與女言晨大帥近金陵而使
李伴女南行欲於途中百端開導徐勸其回意女見統倍作殷勤己擒其意數日事至此惟有拚一死
耳自此妄意少遲玉碎猶恐有以淚洗面而已跋涉數月抵郫州宿於逆旅夜闌漏永萬籟俱寂涼月
一凡掛於樹秒飲泣枕函常濕蓋此中日月惟有以淚洗面而已跋涉數月抵郫州宿於逆旅夜闌漏永萬籟俱寂涼月
鋒鏑之餘全家失所慈親信杳夫婿音訊命如何心澌矣姻親以很悒同鄉鄰於途攜至滸塘柳總是雜愁
門外枕杷都非鄉景望齋門而泣下思蜀女史鵑紅題於塢上并附序云妾生自劍嶺遠別衣江
南下妄意少遲玉碎猶恐有以淚洗面而已跋涉數月抵郫州宿於逆旅夜闌漏永萬籟俱寂涼月
雨番番看一路山眉掃不開深閨小命的如絲金鼓聲中怯幾時回漂泊軍里飄零卻衷青衣江
江南富是薄命人斷送庭也蜀女史鵑阿鵑生何如死扶病絕姻親於道途攜至滸塘柳總是雜愁
書隔故關兒身除有夢飛還年年手洒江邊錦妝窮途怕撿女兒箱兒時愛譜江南曲未到南二斷腸露髻風
鬼坡下住此生只合卜他生小婢嬌癡代理妝窮途怕撿女兒箱兒時愛譜江南曲未到南二斷腸露髻風
鬟一段魂喘絲扶住幾黃昏殘臺背寫傷心句界亂啼痕與粉痕題罷不勝嗚咽望日行斃之人見之咸為酸

鼻所親知女意在心死又聞楮翰林遇賊不得脫見賊首罵之不絕口首怒以紫上鐵如意擊其齒盡落楮奮
力斷所繫經前搏首噴血嘆其面賊左右掣之下首命割其舌以利刃搓其胸乃罄然一身猶立而不仆賊
中人以咋舌稱烈男子所親盡以實告女痛已極暈絕倒地久之始甦自是絕粒亡投金陵舟泊水
西門外以魚輪已織約明晨登岸女自知不免倘有東服相密為縫紝偕頤末纖之胸天未昧爽潮來
正盛女潛啟艙門躍身入水遠篙工驚覺女已隨流遠去覓之不得報於父領惋惜而已幾大帥渡江間
兵女尸浮沈其身側經數十里不離若相隨然大帥偶出見之命撈其外尸 襄陽尺之書
一冊咨大帥命備棺槨葬之莫愁湖畔立石墓上曰烈女子鶴紅女史之塚并其詩偉傳於世瀨湖居者有
隱君子謝芳脩風雅好事於女墓旁植梅花萬本手攜一亭圓以石欄中供女像翠羽明璫備極姣嫙妍
麗之致每值花時亭中香環繚繞間謝君於風和之際將勁統領懼諸彈章兢領賄以巨金得
杖獨游足力告乏小憩於臥榻間見一少年服儒衣冠長身玉立丰標清徹揮塵縱談一日攜
策入亭見謝向之長揖謝曰君非芳脩耶感惠多矣山妻在家方脩梅花譜盍君共往一訂之謝曰可
遂從之行曲折穿梅林數百武已抵其室既入則棐几紙窗異常明朗笙妹硯匣淨絕纖塵一女子徘徊戶外
笑入亭數許鬚齒明眸珠圓玉潤覺天人不啻也少年招之進與謝見謝先生所施厚矣豈僅題一
年僅十八九歲遂足以相報哉余在京師時曾獲一王印漢時物也當以相授是印烏何在侯辭設脩道時所製佩之可以
謝字遂足以相報哉余在京師時曾獲一王印漢時物也當以相授是印烏何在侯辭設脩道時所製佩之可以
袚除不祥所往吉無不利爰解以畀謝謝再拜而後受少年曰尚有一事相累余萬賊受害時賊中有人憐我
者藁葬於平陵東門外荒郊上其地有棗樹百七十株從左數之至第十七株乃余理骨處也上帝憫我孤
忠殉節使土地神守之故尸至今不腐若蒙君德往啟余塚偉得合葬於此意且不朽謝曰敢不命邊解而
出後至齊魯間訪之果如其說乃以柏棺盛尸載之南還啟女塚合葬焉自撰銘誌立碣記其事

蛇妖

褚嶼蘇之琴川人家虞山下固世家子而武微者也父上舍生平日以刀筆自負恃其任俠往往作橫鄉曲任意武斷閭巷小民無不畏之如虎豐順公撫蘇風裁峻厲務以除暴鋤姦為己任訪以母憂去官後符重加懲警既受刑繫之撻唔其芳跡於通衢未匝月守者納賄陰縱之去值豐順一以陰濟其惡事來者遂置不問褚父亦潛返里門初猶斂跡不敢肆久之而故態復萌特惕然前車陽假善狀以飾公事居址別於紳生三子皆讀書應試仲即蘭亭巳游庠序蜚譽鵲起褚父因曰蘭亭吾兒也頗穎地方公事側目世俊因矣心甚德之於時通觀察浙西遴招之至署重之倚為左右惟諷其借他事遣去得免吏議褚父既歸意氣自雄於祖墓褚有祖墓在崑城西門外河村歲時祭埽皆褚獨任同祖一支以貧轉從他處援畲有曰褚俊者顏其逸才殷筆從戎運籌幕府以功得保舉騤擢貴官歸訪同族與褚父序世系應呼為叔父先輩非褚力則將夷為平壤矣登白簡幸上憲素以能吏議之至署加優禮褚父怙勢作威苞苴狼藉氣燄所及衆咨側目世俊因是幾田三百畝即為義莊曰以瞻同族之貧者然惟以乾沒飽私囊名實不相副也褚父既歸意氣自雄於祖墓側置田三百畝即為義莊曰以瞻同族之貧者然惟以乾沒飽私囊名實不相副也廊一切賫出自墓道來蚖蜒奔赴死所斜結不去值清明上塚有蛇出自墓穴命噴懲毀杭之儀而三四蛇赤從墓中米盤不舉火者巳三日矣不得巳悵悵詣市屋以破衲青蚖百餘翼將買鹽致向褚乞則獨居丙舍賫中甚貧篠寢無所得食通城中富戶多藏穀欲寬糴舂者甲乃使妻挈二女往巳則斗精糧度朝夕憫焉不敢校恫然出而遺褚之李子怒呵之謂甲之窮詐也嬾操作即餓死飽其難助甲固守不惟不與反以老拳揚篠存而鎰巳作青蚖飛去詢之褚家臧獲咸云未見或有反唇譏之者甲家無所伸號哭出門歸家忍飢

蛇妖

僵臥加以風雨連朝因憊篤興地僻無左右鄰因有過而問之者而甲竟死矣甲死十日甲妻乃返叩門不啟
瑜窗入見甲斃於牀戶已朽霉霜極自縊一女青在裡裸一衾亦襪二齡許誠曰俱殞明春諸來祭塚呼之不
應排闥而進闥無一人惟牀上地下枯骶兩堆而已蠅猶懸於梁也諸但命舉而葬之諸之長女曰蕙仙次女曰蓀
緣是也固怨氣之所積也諸既殺如此變亦殊不以為意而蛇妖之闖名者求婚焉諸欲求世
仙竝有姝色姊年十七妹年十六瓜字初分盈盈秀媚文弁遠近闚名者爭求婚焉諸欲求世
俊作主擇人不特可得快婿兼有好門第以一薫仙自處中諸歸甫至中庭覺足下臘然有物
俯而捫之驟觸於手冷如積冰滑若凝脂懼而怪呼家人畢集舉火燭之長丈餘辟易而轉瞬已逝
女歸房神情恍惚傳喜聞諸諸有聲似從高墮下者俄而聞彈指叩扉聲懼不敢起顧扉已呼然
自閱一少年戴方巾著白裕衣非時下裝束丰采麗都且眉目娟秀徑詣牀前向女長揖女曰此人家閨間也不
慮君之涉吾地也何敢況當賓夜男尤宜避嫌妾與君素不相識從何乃遇處此一了之卿觀窗間皓
月圓國簾外明星皎潔如此良宵何可虛度女亦心動少年乃為女解衣髮帶繳身入余竟諧歡好及醒則
燈熒然少年早杳似夢非夢莫解其故女舉止乘常神致悒悒會京銳減父母覺其日漸
贏瘦詰之不言令妹為伴女又力拒之延醫診視皆莫測其病之由久之腹漸頂欲矣日乙男也醫人
密詢女母紅潮已六閱月不至矣女母因此於深夜潛硯女室闐唧作兒語破窗紙窺之則見一少年捧
茶甌至女唇邊矣余自證道以來將五百年未嘗遺種於世今卿為我建嗣一擾余亦當
有以報卿探懷出一紅丸畀女曰產後服之可袪百病余亦從此逝矣擬將潛蹤深山斐
計也女果知為妖異斛泉毀門入少年踪跡俱無紅丸猶在女手中女母奪之棄之窗外此毒物何可入口
越日女果腹痛呱然墮地蛇身而人首家人奔告諸諸入以足踐之竟衆咸稱咄咄怪事女呼曰可惜庭

中書熬震響一巨石自空而隕几案皆裂空中語曰汝殺我子我必殺汝子以報勿悔勿逃夜半女血湯氣皰時褚之季子曰藩盒方習舉子業為文操筆立就婚健多方舉重若輕人俱以遠大期之永逝之夜忽稱頭痛闐辟即見一少年立於前挾以鐵蕢呼號褰之聲慘不忍聞未一月遽死死之時疣點曲作蛇形膚現蛇鱗人方謂殺子之仇己報似可無事矣不料裕璵之死也兄奇裕璵素於擧昆中稱白眉府試俱列前茅人泮亦居榜首獲雋之文互相鈔錄傳誦一時是年應秋試盜母巨金而往金陵倭霸麗六朝金粉餘韻猶存丁字簾前人影者真欲令人心醉務親試溫柔鄉而後快既抵白門僑寓淮水閣與釣船卷數家相遂怨尺恰作流鶯比鄰走馬於奏樓楚館問問柳尋花始無虛日冀氏茶酒花館有新到一妓名曰隋珠國色也容華既盛聲價自高凡大腹賈欵袴子來遊狹斜者皆以叩門蓬待之或以白眼相加一見褚仲送極傾倒邊設席於綠天深處院中梧桐數十株芭蕉數本翠影森沈碧痕捲映之者疑非塵境四壁鄴懸名人字畫席中珍錯羅陳異鎛佳有不可名狀隋筵既撤銀燭事闌隋珠娟眼流波嬌態百出斜倚陳宓妃其去大有留戀送客之意仲亦春戀甚殷以指書一宿字於妓掌中隋珠首肯再遽展鄴君之敝資頭一見褚仲懷之不使枕成嘁聲盟焉歡情方熾好事易過無何試罷將歸驪歌欲唱仲與隋珠繾綣之懷殆不可堪前髮一鎚納諸袖視之水西門外雙桀遞分餞試者與仲同舟覺仲體微有腥臊見仲容貌憔悴神志索寞比來迎仲如此無怪君魂思而夢繞之為之顛倒而失志也又請觀贈變謂顧得美秀如仲曰不過頭上青絲鏡中紅粉耳发出小像與衆觀之驚鴻豔妖擬衆俱噴嘖稱贊咸曰親香澤猶握余雲仲探諸胸前爾不同知仲於勾欄顏有所眷疑為逆戀色所致困問仲曰閒君所歡同北里之翹楚也狎暱情濃別時當有所贈仲曰無他不過頭倒而已氣味甚惡閘之欲嘔家以錦帕珍重欲無所為髮也但蛇鱗數十片而泉盡駭默而仲亦神色頓變裏秀錦帕珠極珍重欲無所為髮也但蛇鱗數十片而泉盡駭默而仲亦神色頓變歸家數日病遽不起易實之夕褚仲親見隋舍笑入門曰余一家冤憤今乃得報矣未數年褚父亦以窮死天道報施可畏哉

錢蕙孫

錢蕙孫字蕙孫吳門大家女子也隨父旅居歙浦父固老明經曾為幕府上客刀筆之外頗工詩詞與觀察園舊日編紅交性生一女愛之若掌上珍少即教以文字學為韻語年十三四容華秀出丰嬝嬝人歲汎杜蘭香比之女旣以才名豔質傳播一時遠近求婚者踵至女父一不以屑意謂心由親試而後可於是俟進少年以詩文求賞鑒者幾於戶限為穿有時女父以為佳搏商之女女輒如庭話女父謂之深中其意因歎女論詩之嚴有梁日玉尺量才又何輸於上官婉兒耶女聞之有慍色女為中表兄妹行素工詩頗求詩體不少假借愛謂女曰使再娶為李氏貌美而性妒女父嚴憚之久之不肯謀置弗問惟得雙奴何脩而亨以豔福耶氏有二婢隨嫁妹他日巧珠一日海棠有姿色而海棠尤嬌令遲納之笑曰一簫得雙奴女弗也女父以筆一日求賞鑒自持絕無瑕隙可蹈歲审住家女家有言及女議婚者頗為抑鬱而弗知也女父以為嚴女以禮自持絕無瑕隙可蹈歲审住家女家有言及女議婚者頗為抑鬱而弗知也女父以筆不避嫌女以禮自持絕無瑕隙可蹈歲审住家女家有言及女議婚者頗為抑鬱而弗知也女父以筆耕之資買田歸耕遠全家頫守頭巾誠有來為女議婚者及女其謀沮生聞露其旨女亦許之兩相印合生父以名孝廉司鐸雲間頗戀神飛又復諾心引為同調笑談之際不避猜嫌生不知何幸得此誰料誚言人天腸一日以九迴神惝悅而若失溯自初見以來即復頃心願聯綿知己不謂閨中巨眼深鑒微悅出示新詩酒強逵詩往住違旦長宵聽雨頗覺無聊因於燈畔抽意作女詩詞唱和微露其旨女亦許之兩相印合生父起遂作離鸞曲絕無伴侶晨花夕月誰與為歡唯芳事之已非恨流光之甚速有不自命子刪盡繁詩寵色奪神飛又復諾心引為同調笑談之際不避猜嫌生不知何幸得此誰料誚言遽起遂作離鸞曲絕無伴侶晨花夕月誰與為歡唯芳事之已非恨流光之甚速有不自嗟怨云乎偕幸我賢妹風雅性剌繡之餘留心吟詠研朱弄墨聯以遣懷名花酬謝燕子初來幽恨方深庭之間有難以自處者今茲僻居鄉曲絕無伴侶晨花夕月誰與為歡唯芳事之已非恨流光之甚速有不

深慰渴思寶譜素願蒙眷注感雅意之殷拳髮投詩句更極清新知賢妹力研典籍志切廣嫻不慚詠絮名流洵是
墙眉才子永惠金錢一歃椒球一顆歃感蘩荀不敢示人球目當遍行佳識椒香不歇歷久彌芳球以椒珠五十九粒結
咸不音同心之結賢妹慧心妙想於此可見是以敬贈佩玉一方略麻紫沈玉質溫潤堅貞不改素節籟以比賢妹之德懸
諸下體如見于面是雖小物手澤存焉聚首未幾又復相離將為數日之留彌廑三秋之想是以鳳因諒非虛語十有八日
予卽東裝說道彈指異門風景依然而市廛冷落名園別墅頓作邱墟昔日繁華不堪回憶丁今歲化鶴歸來不過如是
耳命購象管頗以珠母窗前小名曾記棗花簾約未刪旣作於異地復相見於故鄉此中不可謂非緣也
然予之禍以更有進焉者願以質諸賢妹從未佳人才士曠古難并絕代名媛多茎不偶近如少變蓁吾賢妹廿枝螢
句競相唱和吾里中傳為美談而少變一壻僅識之無不足有彩鳳隨鴉之恨甚予居甫里妹佳笙村一水盈盈無由覿面知余今
思綺麗抽祕影一落筆便斐然而生小解愁情深無奈離多會少天涯之詀非予所敢放言亦因賢妹之才為賢妹之心予
之耳卽如吾兩人者雖為交淺情深而相往還悠悠此心未知能踐約否偶賢妹所居之地偪茅廬三椽釀林酒數斛以供嘯傲廉
日諸書海瀘他年若狡一第亦不復出山求仕當奉諸堂上購田十項鄰賢妹所居之地偪茅廬三椽釀林酒數斛以供嘯傲廉
己歲予他年苟猶一第亦不復出山求仕當奉諸堂上購田十項鄰賢妹所居之地偪茅廬三椽釀林酒數斛以供嘯傲廉
幾掛冠之後歸耕龍畝得與賢妹相往還悠悠此心未知能踐約否倘所願不遂則將入於幽谷苟兩人之心自
堅則三生之約可訂是否總現在熟梅天氣驟暖驟寒王體千萬珍重臨歧涕泣不知所云
盖生以姻事廳嚴斥絕有冰人至者輒撝辭謝之後又於所鎮零墨蓁鏡
各題一詩不與閒人鬭畫眉謝家書格雙眠細字挑燈弄筆度最香借
將王勃三升墨寫上鶯牋似淚痕鶯憾分外明迨離五色筆花生新詩倘有應須寄不要題詩寄

餘若憶鸞臺臨鏡時別後先消瘦某日憑不慣畫雙眉圍國月樣製偏工百種蛾眉畫不同惟願此生常在
鏡中女得書與詩感生之情深怨己之命薄啜泣竟夕計無所出念不如一死以報知己適有秦公子自攜李來李氏之
至咸也玉貌齠年才華煥發以十六歲登賢書名播遐邇穢知女美而才欲乞聯姻奏晉猶恃獄一覩女容疑婢嫗傳言未
足憑信因借探親爲名實則志在沛公也李氏處之於內室與女房僅隔薔薇花一架當陽烏已下的覺初升兩室燈光隱
約可見雖容華之相隔已瞥影之微通一日晨起水晶簾下女正梳頭一婢啓窗潑盆水驚鴻鑒影爲秦所覺兩秀炮塵裳
天人不啻也不禁為傾倒者久之遂以求婚之意達之李氏李氏以女貌郞才正天生一對壁人也夜閣枕叩卽與女
約言之女亦以生才名門第卷臻上流幾許以國士之目自謂得壻於他適哉矣亦復何憾遂不謀於女覓詒
姻盟遂定之曰女始微開焉歎曰催命符至矣此身已許於梁君竇彩伏門卽欲以畢命耳時梁生仍客海上文課之夜
深人靜盡焚其所作詩稿而密眇阿芙蓉膏一盒輿彩吞此消息曰他上生休記取明宵是妾斷送時也苟有一
散巾豫圜適舊友荆門告以女已字人不日將嫁矣生雙開此消息曰他上生休記取明宵是妾斷送時也苟有一
見女猶有如日相視默然不作一語女淚縱橫如此朝室門不敢破闖入視女臥於牀撫之
毫辜負君者有如白生女欲言之母己已至女潛過夕婢洁酒狂飲不眠過午車不敢破闖入視女臥於牀撫之
王體已冰女死不得或呼生房雙扉已鍵竊之由但灑清淚而己生房痛惨恒不欲生旁人觀此情狀莫明其故項之忽不見生拏以出
遊歡間逶莟竟生不得或叩生房雙扉已鍵竊之生己作步庐仙子矣生旁人觀此情狀莫明其故項之忽不見生拏以出
不及兩家父母推手出遊時得詩一冊題曰紅夔閣稿蓋女所手鈔者也曾和生辛卿來兩和生等卿來詩
見生女攜手出遊時得詩一冊題曰紅夔閣稿蓋女所手鈔者也曾和生辛卿來詩四絕附錄於此消愁
詩句幾時裁開識得才人情最重秋江風雨等卿來幽蘭空谷爲誰開獨理瑤琴調最哀見嫉遭鋤心不變
合慈敏怨等卿來池內蓮花迎帶開開識得才人情最重秋江風雨等卿來挺挺生雨樹東西屹立連理枝風清月白之夕
合慈敏怨等卿來池內蓮花迎帶開開識得才人情最重秋江風雨等卿來瑣窗筆硏總須排列燭聯吟詩
共裁莫道無情兩相棄夢魂夜夜等卿來

丁月卿校書小傳

丁月卿校書小傳

丁月卿字麓娥又號輪香通州人固小家女也綠珠風貌碧玉年華里巷中人俱嘖嘖稱其美有某公子者年少而才高父為津門顯官頗挾重貲見女豔之欲納為簉室以千金聘焉甫有成議以微疾須由是遠近聞者咸以女為不祥人貧無問名者俄而女父母俱逝往依男氏固聚自分櫳者也以色衰退為房老與女男素相識狡竟成夫婦所與往來者皆北里姊妹行也自女入門舉王屨賀有名妓雅仙者素稱為此中翹楚自負冶容莫與之匹一見女自歎弗如謂妗氏曰此福水也已殺某公子矣若於家必起風波不如瑩之入章臺千金可立致妗氏是之而未言會有盲師過令推女命未及半拍案大呼曰咄咄怪事此命極貴賤亦何始終互異如是家中人聞之咸驚駭請畢其說且問貴賤懸珠之故盲師曰他日當為一品夫人餘則我不敢言若不驗則我亦不索厚相依肘下子本與妗氏最相契合延以重金歎呼女為貴人花十姑新從吳門來欲覓錢狀不復言離十姑知其可動也隱以重金啗妗氏攜之至京師謂女曰京師為萬人海挾彈王孫鞶鞭公子豈少也哉在汝能自決擇耳一旦雜塵土而至雲霄不難也苟富貴母相忘女年尚幼且素居閨中未嘗出一跬步不知其以甘言相誘遽信為然久之達倚門生活一時香名頗噪豔幟獨張於秦樓楚館間稱巨擘焉五陵年少四姓小侯每遊狹邪者輒舉女為葦芳之冠以魁花榜燕臺評者目女為靜比以九畹之蘭題其所居曰椒房娛帳樽罍備極古雅而女之聲譽益重尋常廩詣其門竟有不得一見者山陰瘦腰生名下士也為某將軍重客吟風弄月跌宕自喜庚申春仲公車北上以事勾留因尋騎夢偶寄閒情乃與其友菊笙逸史偏訪各院問柳評花逌無當意獨見丁月卿一面為之心折私謂其友曰明秀婉麗娟娜儁爽兼而有之洵異才也友曰君眼力誠不謬此春榜頭丁月卿也君如有意何不招之侑觴送閒夜讌須臾女至顧致殷勤生固美丰姿少有玉樹臨風之目舉觴酬酢間女輒以眉目達意生本老於溫柔鄉吐詞

宛轉甚愜女意因是彼此俱恨相見晚女終席未嘗少離街鼓既欻如珍重別去生曰必一往纏頭之費弗計也女計生每至預儲珍果佳肴勸生下箸殷形昵色狎暱既久欲訂終身束絪為蓬室長侍巾櫛生意女身價甚高不能自主當姑以此為籠絡計耳因期閒後得捷當以百兩相迎罷鬱鬱不樂不復再過女屢使人傳語不至則悒之於寫門生不得已復訪問何久見疏曰失意懊懷無顏見卿耳女曰我誠負卿閨人多矣器宇未見如君者豈遂老死公車耶願自愛因問妾事如何生曰余行止尚未定無暇為卿圖也我誠負卿女泣然淚墮倚枕掩面久之曰恨妾命薄不足待妾自益之生知其意堅然自付囊中金僅數兩视之曰總以溫辭一夕謂生曰富然亦未貧矣因之曰吾家故徒四壁耳其後數數問訊鴻消鯉息欲量珠作聘則限於力矣戲金奩慎無多許不待妾命也果君其意勤鴻消鯉息幾三至生總以不富然亦未貧不必如之曰吾家故徒四壁耳妾對卿解語花終難饗飢柰何卿勿自誤女曰視君舉止固非妾語人生長卿必得賣賦金始能聘茂陵女子也妾年來厭塵繁華夢醒世俗輕薄子雖富有金玉誓不相託人生但得一有情者相從沒世誰謂荊布不勝綺羅女本嗜阿芙蓉膏問生曰若從君寶當戒否生曰卿既嗜何由復戒女曰不然一行作妾抱衾與裯分甯得爾爾當以明日為始屏去之日生知其意誠欻遽應之然則十年若有何生曰卿畫寢細微君不可得矣生始次晨屏去之日乃卿既嗜何寂無至者女每晴必過視穪藥量水受護倍至加衣勸食應至細微不敢答者也不敢獻私告之日君持去勿令煴事成之日妾持去勿令煴生知事成防視暴密不可得矣生日十年若非妾語因為歎息出金珠飲劍隠納生袖私告之曰君持去勿令煴生知事成防視暴密不可得矣生日十年若非妾語因為歎息出金珠長吾實不任受之而不得已收置我於何所卿曰蓄受卿託耶至君之意真情重早篡謝曰事無不能自主近兵革滿天下尚不知答者位置何所而敢受卿託耶至君之意真情重早篡疑矣實何事不能謀也請待三年生搖首不敢諾者位置何所而敢受卿託耶至君之意真情重早篡由他日天付機緣自當成事此時猶未也力辭不往月餘煴道生強擧衣去日妾終待君死生不相負生曰非若長聚恐心中也見女生小閣中支頤斜倚隱橐怡有所思生含笑起逆生責煴妾曰此使招君耳妾知君絶意終誤卿耳笱戀戀請從此絶遂不住月餘遇生曰妾終待君死生不相負生曰非若長聚恐從之往見女生小閣中支頤斜倚隱橐怡有所思生含笑起逆生責煴妾曰此使招君耳妾知君絶意來今已他有所適三日後當行求與君一別耳因日君愛妾深而範妾之不得奉命也夫然待妾如君意已深感肺腑矣願君以妾為忘恩負義人勿復相念言訖哽咽不能成聲遂相持哭復起者君如不忘妾者

語未竟暴厥而仆少項甦而哭曰君如不忘妾者明年三月望日西頂行香冀一見也生於時淚眼已枯青衫
濕透不復能答因力辭去女曰靚面尚有兩訣矣又曰死如有知魂魄當依君左右也生跟蹌遽
出意豬悵惘不辨道路遇友人掖之歸是生一月不至女已拚一死一夕西風乍起紙窗淅瀝倚
壁孤燈欹不成寐女強起檢點畫篋得一縷帶生所贈也日此即奴畢命處也方擬環顇結怨爾眩眩仆地
朦朧中覺有人蹴之起曰汝之烟緣不屬於生明日有布袍席帽手持鐵如意自外來者真汝快壻也燕頷虎頭
飛而食肉此大貴相也汝其謹誌勿忘女其冷若冰女遂驚覺忽一夢然固繫於狀柱也翼日客
至女留心物色之向午果有偉丈夫來裝束樸素若營官入門即問女名女卽出見其人遽歡息曰此秋水
芙蕖非風塵中物也女因昨夢待之良殷設席於椒秋閣中珍錯畢陳客飲甚豪一舉十觥酒竟探囊出百餘
贈女曰聊以助妝女慨然受之不復辭自是日必一至惟淪茗焚香談兵說劍而不及於亂一日客之友來
作冰上人曰客尚未有正室今願以媮禮聘惠親後十日卽將從軍出關其願之乎女曰上馬殺賊下馬草
檄此正男兒建功立業之時以宣力於國家妾可以兒女子私情廢公事哉遂為女脫樂籍設青廬於城南
行親迎禮彩仗香輿儀從頗盛女既歸客歡愛臻至顧余暇啟憐梱外青樓中人大會於城南別
有功轉戰數省勳業烜焃補授提督軍門女果得一品夫人封歸玉京師招集舊時青樓中人大會於城南別
墅一時靚妝服炫服照耀街衢寶馬香車塡溢闐荅酒半女舉杯徧醻諸姐妹亦俱咸歎羨女
之福儻不尋余固耳熟掌故天下事意氣不可一世偶及是事猶為歎威不置當其時生非力不能致之廬請塵
否蓬萊生曾作惜春花詩傳於世蓋悼生與女之始合而終睽也天南遯叟瘦腰生善詩詞工篆隸長玉
立倜儻不羣余固耳熟掌天下事意氣不可一世偶及是事猶為歎威不置當其時生非力不能致之廬請塵
於黃壚酒酣耳熱抵掌談天下事意氣不可一世偶及是事猶為歎威不置當其時生非力不能致之廬請塵
卻甘作負情儂其故當別有在嗚呼庚申之際此何時哉滄海橫流烽烟徧地豪傑之士方思以馬革裹尸死
於疆塲豈復有心弱情婉孌意志煙花此生之所以掉首而不顧也

清韻鏡孃小傳

清谿鏡孃小傳

鏡孃者睦州清谿人先世本方雅族父明體圍塲屋年四十無子禱於邑之水月菴其母夢神授古鏡一枚詫視中覘麗人影曼睩黏花微笑斂睇注視翩然欲下因生鏡孃字影娥六歲喪母父撫之且敎之讀鏡孃有風慧授以詞賦上口卽成誦遂解吟詠審聲律旁涉藝事無不通曉年十四父卒依其舅昊又歿從世淸白不甘居家貧其於固邯鄲倡家女愛誦義奇貨鏡孃懼失身泣請曰婼不幸至此命也然家世淸白不甘爲駔儈婦如遇才人能託白頭者雖妾腰無所恨否則甯死不能從命其於故憐之不相强到蘭陵吳生家菴有雋才抱負不凡爲諸侯上客以事羈旅淸谿每値花晨月夕輒作綺游顧到眼差可者卒無一人偶見鏡孃不覺傾倒歎其具林下風度謂無論秀質慧心爲章臺中所無卽求之近今閒閭宣可得哉是慈悅甚至鏡孃亦雅聞悔菴文學贊以詩不其相廋唱多悽婉之作流傳於外有評其語涉音疑非吉徵鏡先如水瓢自度一曲泠泠然有出世之想夏月生湖上納涼著白紵衫提紈扇波光月影皎若一色每夜明淸光如水瓢手擘之以待悔菴徑從龍踔到春時雜花盛開鏡孃曉妝畢扶小鬟覓名具至曲亭中憑欄吟眺先喜讀悔菴小詞能以曼聲歌之髣吹笙到每良夜不答悔菴雅惲之故始終不及亂悔菴以試事歸江南議聘鏡孃而苦乏鉅貲山陰葉君悔菴之忘形交也慨然貯蓮稯纖手擘之以待悔菴相對淸談娓娓忘悔菴意得流波舍歸盼動人而偶涉戲語卽正色罵遠喜又不善治生家固中貲至某生已中落好作狹斜遊見鏡孃終屬意悔菴事旣不成鏡知不可諱還江南可憐梗有某生者少習夾美丰姿然才不如悔菴出之風麾中以價素志自此邊與某生已中落好作狹斜遊見鏡孃終屬意悔菴事旣不成鏡知不可諱還江南日看花秋宵玩月麾景都成愁緖此中日月殆惟有以淚洗面而已某生因請於其於啗以重賂謂顧得女主中饋居正室與其子人媵昌若爲人妻其於本以爲吳生妾侍故靳之聞葉生言深惬其意於是送歸葉生然

清韻鏡孃小傳

終非鏡孃所願日憔悴聞為詩歌益哀怨不自勝積數年某生家益貧因乃以醫術遊於澂谿攜鏡孃往達家馬經歲某生忽遘疾時貽悔書記後事且請納鏡孃曰資不能守無令再失所未幾某生卒鏡孃書夜泣禱欲絕瀕於死者屢矣賴隨媼護持始免病垂愈而族之禍又起先是某生貧其族人某錢已償之矣某生死族某合無賴欲嫁之於欲賈書券逼署名鏡孃詞所之乃出偽貼索所貸錢鏡孃辭而怛怯不能鳴諸官憤不免自斷其髮擲於泉前曰此生再有所他適者有如此因出家於澂之大雲山妙蓮菴為安道士未逾月族某無賴數筆詣菴索逼且欲伺便劫鏡孃菴中人皆危懼精稍償之而鏡孃熱不可曰若輩欲無厭如其來者難於繼矣且此身已一誤宣可再辱償之而不滿所欲必至於訟遂首至公堂他日何觀見光人耶人世落窔無所繫戀不如死乃還乾銅釧贈鄰媼曰為我賣以所產四歲女為質自焚其所作詩詞為書訣悔菴曰吳兒木石人生既棄毀後無復地勿令魂魄無所歸也三更後起嚴裝藏一鏡於懷訣悔菴勒衣裳使不可解遂相柩段族某為不得其主名當是時悔菴客江南之駝沙閘長夜旅應獨坐更聞卿藥卒因諸無賴盡逸竟不作詩詞一百八首斷腸曲一百韻以悼之卒明年始為改葬的曰圜國室主人乘車已駕矣既月黑寒雨微零傷甚隱几假寐忽見有內官榮衆持東來招曰圜國室主人見召君其速往乘車已駕矣出門僕夫控轡以待甫登即發躋電追項刻已至但見殿宇崇隆槳棟牡麗門外環列者數十人狀若甲士內官有垂醫者俾數人趨前問訊悔菴述被召之由內一婢領之曰曼陀花天宮內官止步不前廊下有銅鉦擊之鏗然清越即有一圜屋顥曰圜國明鏡之室室中左欄右几欄旁多堆書籍几上寶鼎香濃煙紫繚微象東西列架數十踩袂湘函牙籤玉軸玲可連屋一麗人道裝素眼正研朱握斲方事警校一小鬟執洞籥侍為審視之則鏡孃也導至一圜屋顥曰圜國明鏡之室室中左欄右几欄旁多堆書籍几上寶鼎香濃煙紫繚微象東西列架數十踩悔菴徑前執鏡孃手鳴咽不勝曰此豈尚是人間耶余今與卿相逢其在夢中耶鏡孃曰妾勘破世情已難塵

境特召君來一訣耳從此人海茫茫永無見期前程方遠君其勉之勿使兒女情長英雄氣短尤宜慎者筆墨之間勿著綺情泥犂之警要非虛語毋以法秀所呼為妾也悔蕃於此方知鏡孃已死烹痛切心涕不能仰鏡孃出袖中羅帕為悔蕃拭淚曰請止哭勿過悲人誰不死此世界人一切漸滅君何不達之甚哉悔蕃方欲詢鏡孃家中事鏡孃白此間為掌理天上秘籍處凡人不得輕到到君前生係玉皇香案吏故得一窺瓊笈耳然亦不可久留也即命小鬟送之出宮外生視小鬟髻雲鬢髻東鄉徐氏女子琰姑甫踰閫若有物鮮於足邊覺耳而鏡孃之訃音至矣鄰女徐琰姑從鏡孃掌洞簫清響過雲吾同享清福孃終日不散舉棺輕若無物遠望以為奇鏡孃葺在漵城北正對橫山嚴出其右衢江出其左二水如夾明鏡悔蕃為立碣題曰清谿鏡孃不書姓諱之也會稽任公子自謂為風流教主數從悔蕃過一日欹壙異香終日不散舉棺輕若無物遠望以為奇鏡孃葺在漵城北正對橫山嚴出其右衢江出
乞與真孃作秋楓慘澹月黃昏菊寒泉薦一樽擗踊定知香不滅含魚還冀玉能溫有幽教留玉枕
無驗青煙賣其明慧及卒深為之悲哀其始終不過而貴志以殁也曾紀其崖略為之傳悔蕃之悼鏡孃也過時而哀作銀河吹笙圖曼陀花校書圖以寄意曾有重客漵城弔鏡孃詩今錄歔律為篇舊事思量益惘然
鏡孃家甚貧其明慧及卒深為之悲哀其始終不過而貴志以殁也曾紀其崖略為之傳悔蕃之悼鏡孃也過
柱教紫玉竟成煙荒原有客尋苦節冷尋無人掛紙錢五色仙裙飛壞蝶三更怨魄託啼鵑棠梨萬樹花如雪
授鏡孃十餘日琰姑嬰疾不起臨死告其家見鏡孃絲帔素色裙如仙人裝擁琴至曼陀花天宮日同
吏故得一窺瓊笈耳然亦不可久留也即命小鬟送之出宮外生視小鬟髻雲鬢髻東鄉徐氏女子琰姑甫踰閫若
享清福孃終日不散舉棺輕若無物遠望以為奇鏡孃葺在漵城北正對橫山嚴出其右衢江出
更無密約證金釵翠衾似水知誰潑成灰恨自理已字蘭千部拍編斷魂飄泊在天涯蓋遲重尋淚不乾
無驗青煙賣其明慧及卒深為之悲哀其始終不過而貴志以殁也曾紀其崖略為之傳悔蕃之悼鏡孃也過
時而哀作銀河吹笙圖曼陀花校書圖以寄意曾有重客漵城弔鏡孃詩今錄歔律為篇舊事思量益惘然
尚餘斷素共零紈徐孃待檢瑤箋寄老嫗峯持遺易爐萬錢衣薄著猶錢漫許營聲莫
預撰青詞便離壇倚醉歸來不見卓文君淚看襟上痕獝觚詩賸囊中橘行焚千古蛾眉皆慟哭
一時鵑翼傳西泠佳句今成讖擢酒長澆蘇小墳丙戌仲冬悔蕃以事來滬上過余淞北寄廬為述鏡孃顛末欷歔不置余援筆而記之如此

二十四花史上

二十四花史上

髮鬟居士當今名流之傑出者也以雲霞之逸趣為風月之主盟跌宕花天酒地固已閱歷深矣三十年來為其所眷者殊不乏人類皆於曲里張豔幟於句欄在此中推為翹楚雖佳者不止於是而即此已可見一斑遠乎境過情遷裏來歡繁華之轉穀悲踪跡之飄蓬追憶曩居士春申感舊之詩所由作也鳴呼袞袞墨昏明月照人黃歌浦邊寒潮春既由衷以紀盛亦撫昔而念今舉平所知凡二十有四人人各系以一詩其間亦有前後之殊蓋一在同治壬戌以降一在光緒丙戌以上也其詩十二首

慈無極緣飄泊寄興琴樽歲月寢深音塵若夢炙拈短詠略志前遊自近二十年中鑒一時各十二首其非相知不在此數情匪同於懺綺意終於聊託以抽絲向酒旗歌板以流連涼寶劍感吟寥落金閶望河

狂前十二八中首小桂珠崇節義也聊阿招見何地無才也嗟乎罕傳河清一笑屬名流最慷慨鄂中年後

山而已溯諒佳人之難得聊援筆以擴懷一日小桂代佳人世罕傳河清一笑屬河清非真文人不能得其情盼也歸閭

小闒殘鐙課阿侯小桂珠吳人同治初海上麗人第一性捐潔俗如譬非真文人不能得其情盼也歸閭

中葉庶常納之盖以豪故家中落桂珠荊布自約躬任操作泊然不與羣姬爭夕時人以

為難生數子而庶常殞食貧撫孤無怨節時年甫三十年迨可謂鐵中之錚錚者凡百眉史尚其慕之一日

王桂卿翠袖生寒自不知風前猶誦唐詩桃花人面今何在空費崔郎廿載思王桂卿揚州人歲丁卯後於

海上貌文弱手爪長五寸許性極婉順惟誤觸其爪則怒不可過必再三謝兩挨乃已喜讀唐人詩尤好崔護

桃花一首時時諷之蓋自傷其纖也後一日李巧仙嚙臂盟寒不自由六州聚鐵鑄雞慈如何商婦吟成

先鵠初又有王桂卿寔人居趙四寶家初不甚著丁卯春護花仙史以婦病盂歸歸海上極愛憐之朋酒招邀逗日

後又抱琵琶過別舟李巧仙亦感仙史委身馬鞁而仙史故重伉儷情

則夕數月後舉遂大噪巧仙亦感仙史特及惟空鏡破俄而悲離憾逝萬念俱灰於是巧仙遂別適賈人子某仙史居

當婦病沈惙時既不忍棄其新特

情哈吟以善讀曲媚婦諸此生之大情也所巧仙嫁後十六年年將四旬一旦怨與葉乘興他往君子於
是有感於文信國之言曰夫人於是少商姿矣一日金二寶圓姿替月鬢疑香端麗真宜七寶妝一自洛陽移
種後名園徵此少花三金二寶吳人貌富蓋有大家風度善謳工為酒然能使主客盡歡性頗端靜其嚴妝獨
坐時神情意態不啻顧氏閨房之秀也葉方伯甚賦之將置之金屋而方伯段二寶後亦別嫁蓋自是而嚴妝
平康之典型微矣一日張秀寶小㜑玉體小㜑腰眉展春山頰暈湖爭說盈盈年十五有人俊骨為鄉鎖張秀
寶吳人隸張二房爲養女丁卯夏六月見之延上年甫十五梳雙丫角著輕綠衫不假雕飾而意度
予言豬淚泠泠隨襟袖間一曰褚金福思家紅淚落瑰瑰不枉人呼薛夜來最是難忘鳳雨夕背鐙擁髮
臺褚金福吳人吳郡褚氏號平康世家當其盛時予甞偕客往訪聽談吳門
護寇亂後流寓滬瀆四方冶游之子苟非大夫勢望尤籍甚一時予甞偕客往訪聽談吳門
士特眷之姬藏有玉船一長徑尺有五廣半五鐫刻精細始類鬼工或謂是天府奇珍流落人間者姬居華侈
於此可見矣一日嚴月琴學得神仙內視方尤工酬酢道勝常美人聲價中人貌絕似金陵馬四孃嚴月琴居
昔日尚仁里二街貌不甚豔而酬酢極工戶外之屨恆滿歲入纏頭餘金陵妓馬行真貌僅中人而豔名
北里雄說者謂其脩素女房中之道符散沈德符敝帚齋餘談言金陵妓金私覯之禮尚不可數計以是爲
遠播然則古今來聲譽標榜類如此彌一日李巧玲曾見垂髫度曲丹青難盡嬌癡心嫁與黃鬚輕薄漢
水終教怨別離李巧玲吳人色藝俱優豪談善飲予見其十六七歲時鮮妍朗潤正如初日芙蓉孃娜輕盈久
似三眠楊柳盛名既久一旦厭豪貴不事而託體於黃伶山稱夫婦者十餘年今復爲黃所棄玉悴花媽竟

不識於何證果佛家有所謂自造之因者其指此耶天南遯叟曰余海陬冶游錄中曾記巧玲事大抵相同當
其盛時剛齊主人曾以千金定花榜姬為之冠乃不轉瞬間散花天女竟作鳴蜃陀狀談花月者當作如是
觀一日邊金寶柔婆娟娜冠羣芳絕色由來是禍映怪殺吳剛儕月手百齡儂忽付寒簧邊金寶本姓劉氏以
隸邊釋心家故咸稱為邊金寶云韶情慧麗儀態萬方戊辰已巳間艷名噪喜葉觀察以巨金購之未及五綸
而觀察遽以疾逝盛年凋謝老矣一日胡桂芳一日三秋意太濃幾回花下滯行踪詞人柱自
吟紅豆畢竟芳心戀芷濃胡桂芳海上彈詞女也貌不逾中人而善自塗澤葉徵君極羡之西笑長安期為廛
易然桂芳性蕩佚頗以微君為歉時有京優張芷儂者脫籍南游為葉太守主田租出納少年偉麗桂芳
樂從之戲不責買笑之資徵君雖心甚之而無可如何也一日小阿招一日小阿招籍其登場小阿招花冠璀璨翹翹周
郎顧曲溫侯戰道是英雄卻是嬌小阿招者帽兒戲中之小生也當同治戊辰己巳間滬上猶盛行此戲新北
門外多有之地頻淄雛姬二三人笈束登場演諸雜劇大抵以能歌曲為最上小阿招則其尤著稱者也
緒齡僅十五六顧盼多姿歌喉如鶯囀谷鵑而出其夢寫致處若古之人而與之周旋上下故觀者
恆搖動精魄不能自己又善主觴政歡場中送無不以得小阿招為樂者乃相去僅十餘年而其人已杳
不可即咀苔之繼輸布座今上海矣田昌勝嘵哉天南遯叟曰當庚申辛
酉間江浙淪陷凡士女之自遠近至者薈萃於滬瀆一隅重開香國再闢花叢其在城中者亦復令彼而遯
由南而徙北樓臺幾同蜃蛤寒空世界盡是琉璃嗟吁其盛矣余於其時雖
亦談北里之風月訪南部之煙花逐隊隨行異芳買笑然而開情徒寄緒憶難平方且欲飽溫嶠之裾者祖遯
之鞭擊渡江之楫揮回日之戈投筆從戎上馬殺賊所志未遂彌懷欝伊此所以散彌天之花雨如坐摩登
編地之筵歌如參梵唱猶浮雲之過太虛無痕可蹟若止水之印明月澈底皆澄文字之障概從屏棄已在昔
蛾眉讒謗同是傷心而今齒為馬齡回首五千里外老友書來重香百回縹具再拜展讀未終不覺悲從
中來歔欷弗置即此一編之體誌足備虎丘嶽之讀辭矣

二十四花史下

韻髓居士即向所稱花影詞人也工詩善詞所作古又辦香廬陵蓋於桐城望溪間參一席焉於經尤精小學每談文字禪必高躅最上乘或謂奪戴憑席折朱雲角湔無多讓焉以是名聞遠近大江南北無與抗手當軸知其才必多方羅致之延為幕府上客遊屐所至虛左以待偶有不合拂袖去人於是咸高其品余之識居士蓋在壬午癸未兩年訂車笠之交結苔岑之契多追逐於酒旗歌版間余於同治壬戌浮海至粵先緒巳卯言旋滬上金榭檀板重入歡場席帽楼鞋復尋故跡從此述香洞中遂有王郎題壁詩矣余之相識大丰為居士所知事首李湘蘭者以其端操似桂珠而福過之詔前美風媛也然以李琴書一顧之恩同於一飯以是為以來事首李湘蘭者以其端操似桂珠而福過之詔前美風媛也然以李琴書一顧之恩同於一飯以是為有榛苓之思焉嗟乎鷓山鰈海十年悵不字之貞象管鶯賤千古作傷心之語歌云紅粉可託知音欲浣青衫恐多古淚吟來春恨適符花信之風話到秋思定化葦邊之兩日李湘蘭小樓風雨話酸辛青眼曾憐失意人卻扇詩成儂願慰慇勤不賦洛妃神李湘蘭本姓施氏小字三寶一名沅南通州人幼為常熟李錫亭養女遂從其父日佩蘭習彈詞業有聲湘蘭繼之性尤靜婉工寫蘭善奕生本良家故自守至嚴峻難以卻姓李先有之女日佩蘭討下第南還意顧憩踆因時從清話慇其始末甚詳知必不以風塵終老今果有廬客怒不悔也予於癸未歲下第南還意顧憩踆因時從清話慇其始末甚詳知必不以風塵終老今果與古古俱得所歸正未可限量矣一日朱逸卿本姓張氏名蓀珍嘉與人生於吳郡八歲喪母其父以浮盪傾其家逐鬻女於入訓扇先後俱得所歸正未可限量矣一日朱逸卿本姓張氏名蓀珍嘉與人生於吳郡八歲喪母其父以浮盪傾其家逐鬻女於鵲偶學彈詞藝長而豐艷明慧聲譽甚噪恒以纏頭所入供其父飲資逸父歿及笄因百計脫籍探地以葬其二親慨然有從良之志人乘忤靈匠猶未葬愴宵長恨永正如李後主所云此中日夕以淚洗面者時人遂以海棠怨女目之予嘗有句云我親猶未葬愴對卿時待欲將伯還愁未可知癸未南還又贈以聯云人中麟鳳難終逸湖上駕鴦或是卿盖亦不自知卿之何以深焉一日陳筱寶閔把新詩課小鸞華年逝水去犀屨此兒隱恨知難遣路見愁痕上遠山陳筱寶名筠字韻隱揚州人本姓孔氏名巧雲豐

容盦鬱善畫知書時有玉胡蜨之目性愛開靜卧樓三楹極雅潔庋書畫圖籍甚富筆林硯匣位置咸宜常兀
坐觀書以消永晝女奴輩各手一編咿唔之聲達於戶外予嘗譎之曰女先生勤讀如此將應秀才試耶顧
年已逾笄雖處境甚豐而眉目間若時有黯淡之色蓋家庭之際正自有不能明言者在也一曰姚婉卿
鍾來氣獨清翻誚六載誤座名梅魂淡冶蘭香媚更有何人肖婉卿姚婉卿齊名號琴川二姚明
慧知書於高才之士尤酬接不倦顧情卿性徽而享名最盛正如天丰朱霞雲中白鶴可望而不可即婉卿溫
詞應物雅意懪才其名貴庭固不易到世之浮慕與生爐之見皆不知婉卿者也此如文中
高格非息心靜氣烏能領其旨趣哉一曰周素娥泥人存想不僻卉亦奈何悶愁朱閣裏薔臨漆
開看野駕多屢說州人或云甯波小名銀寶貌姸情逸秋波一顧尤艷冶動人後卒歸吳興某
氏閣防制頗嚴丢一曰孫露青共我無情似有情嘻馬車聲生憎鶴鳥吟游終未必閉說屬朱秀卿
青無錫人端正嬌好頗自矜貴予屢從友人座間遇之其後問相過從或同游覽間矣一曰朱秀卿
薄及為葉總戎所授銷聲匿跡從此鷩鴻小影徒得諸想像而逼視有英氣者胡寶玉也柔姿婉窕而瑩然不
來照座中人溫柔恰稱嬌娃體豪俠蟣螁女身華妝綵鬘鴛復有胡寶玉顧蘭孫劍氣能開海國春珠先
目胡珠先擬顧蘭孫從此頗蕩邀為世所譏議顧亦新袂疑似之毀然吾友東甌李公書以劍角
吊夢歌離事可傷理舊時妝酒邊聽曲觸慈青衫淚數行朱秀卿常熟人本海上彈詞魁楚名
有先者顧蘭蓀也胡已中年顧頗酬酢頗蕩逸為世所識諸新袵疑似之毀然吾友東甌李公書以知言也一曰朱秀卿
在公之故二十四書品十年前曾一見之後嫁其鄉人某氏相依八載後以貧故墮落歲乙酉重晤海上高能
略記往事而時移勢易無甚渾陽商婦之悲矣一曰金如意三五玉嗣隨華嚴編識諸
天女合什瑞應禮此仙吳新卿平湖之蕾年綺貌秀外慧中論者以為一時無兩予謂近十年中海上風氣爭
尚佻蕩前輩姊妹之度存者甚稀新卿色既韶令性尤靜雅正宜勉紹前徽擄此東南金粉乙耳一曰金如意
生鹽跡綺年多花月夜敏隱影過姊妹勸諧塵世偶末知塵世更如何金如意吳人康寰之間豔名甚著今

二十四花史下
十四
卷十
四〇一

年二十餘矣憔悴風塵猶未能捐棄故業蓋遭際若斯之難也 一曰陳菊卿韓娥歌韻勳梁塵小極真懶豆蔻身莫倚新聲羞側媚世間識曲本無人年十五善歌娟秀靜逸大方吳門板局之風於茲未墜性頗傲恒以細故失客子歡子謂古來名流之不偶何以異是一日李琴書似曾相識共軒渠飛鳥依人態有餘令日琴書感飄泊更教人憶李琴書也年十六貌秀而和曾於海天寥潤竟送客時辭見之後數月過於申園相視而笑意殊習熟其慧性彊記頗留意風塵仕也令者海天寥潤竟不能不有感於斯人矣天南遷叟曰此卷中諸姬自周素娥孫露青陳菊卿外皆與之往還按拍徵歌飛觴侑酒謬許審音之渭子錯呼顧曲之周郎有時追憶影塵深悲風絮與之評紅品綠懷古慨今如談開元天寶遺事令人歔欷絕湘蘭余始遇之於文讓希席上道希以承恩邀寵不在乎貌為言大佛居士之意平心論之靜穆自好儻然可以一埽俗氣耳逸卿明麗秀媚兼有其勝初見之時蜿蜒頸上微有紅痕詢之以患瘊核對愈後達覺其美真如西廂記所云出落得別樣風流也現居尚仁里枇杷門巷賓從如雲於以臺中尚屈一指云筱寶秀靨生渦圓姿替月哉以其豐容粹質特舉薛寶釵比之所卷多名流顧也曾為月積霆動至盈筍姊妹行輒艷羨之婉卿以身價自高一時所賞識者皆達官貴人市鄽齪齟子不屑顧也曾為翰頭卿之者輒造蜚語然卵妒如婉卿亦略識字性喜文人然必以翰妹為高其猶未離俗溪子所厄一指云筱寶秀靨生渦圓姿替月哉以其豐容粹質特舉薛寶釵比之所卷多名流顧也曾為月積霆見畹胡寶玉遇雅遲暮性尚風流服御之華照耀北里或謂其佳舍先氣宇自異三分豐韻高堪樹幟句欄去歲遇粵東棄孝廉特賞識之傾囊以博其歡姬兩渡珠江得饜所欲蓋手段不在十稟丁孃下也顧蘭蓀丰神娟秀清麗居宗花模樣玉精神莲堪比擬曾為關石道人所眄余屢過訪書贈楹聯云蘭蕙同心原緯韻蓀荃竟體自芬芳吳新卿細腰纖趾秀韻珊珊綽約身材輕盈如燕余屢呼之謂其有似李香君也與陸月舫為手帕姊妹甚親睞惜紅生久與之狎贈詩殊野李琴書如玉丰姿破瓜年紀婷婷婀娜其媚在骨本姓張小住金閶詢其母不謀於父私挈之來滬遂隨平康其父尋踪而至欲控之官賄以三百金乃免醴泉無源芝草無根洵哉辛拼於風塵自願之歟卿為母所逼歟

雀媒

鶴媒

曹繡雲名錦小字天孫祖籍蜀之成都從父官於吳中遂家焉父本名諧生繡冠之亂投筆從戎以軍功得保舉縣丞曾攝蒙鄧尉有政聲凡民間鼠牙雀角之訟當時即為判決案牘無留滯者捕治盜賊綦嚴宵小皆為斂跡性殊耿介有致苴者概行屏絕以是得江南廉吏之稱上游頗重之擬補邑令而遽以勞勩卒於官身後官橐蕭然幾無以險幸同僚周賻頗豐得供全家鍾粥需生少即敏慧讀書日數行下九歲畢十三經時人皆以神童目之神俊不凡甚家貧從師乏脩贄開門誦讀罕出戶庭一日正在吟哦之際忽有一鶴自雲端降地毛羽脩潔俊不凡冉冉入雲際俯視下方屋宇樹木隱約可辨再高但見白雲瀰然平鋪若海足下氤氳繞之丈生驚而呼則已冉入雲際俯視下方屋宇樹木隱約可辨再高但見白雲瀰然平鋪若海足下氤氳繞之了無所見懼甚喋不能聲俄而止一山峰巒環繞澗水爭流鳥語花香信足而至峰回路轉忽見一帶粉牆高矗霄漢牆外佳木千章綠陰垂地其東雙扉洞闢疑為巨宅別墅生至此亦無所畏竟入焉始進一自飛去神志既定環顧山谷中瓦屋參差始不下數百家循徑行觀玩踰時覺別有一天生既及地鶴二里山石犖确顧不易行漸入則細草如茵叢花夾道幽境也自堂達室妙境環生其中金石書畫惟鼎彝無不具備顧閴然無一人最後抵一軒几置一琴斷紋斑駁色澤珠古鑪烟尚篆杯茗猶溫四周潔無纖塵似日夕有人居處者生疑訝不定見琴遽觸所好整襟危坐撫絃操縵為鼓一曲聲讜揚揚悠餘音闋背後有珮聲贊曰妙哉此曲也非所謂瀟湘三弄耶生何來曰此間非塵世人所能至也君緣福不淺哉生具遽顧末倩治生邊長揮為禮女亦斂衽作答囚詰生何來曰此間非塵世人所能至也君緣福不淺哉生具遽顧末女曰此鶴湘雛之所奉也遺以迎君當別有意生曰彼居月窟中與余東西相對距此不遠當導君一往見之令且小住作清談以敘之可作呷嗟延籍畫主賓之誼雙鬟去未幾臺蟬畢來設席布座有核遽陳生正坐而佳客辱臨不可無以欸之

鬟及階史文字生應對尤乖一婢耳語曰與秀才家能諧一字者處士紉鸞應聲真雙鬟曰
聞之不自安辭欲行女曰湘難待君久矣即命雙鬟偕生至月窟室中几榻器皿無非圓者生見
所懸匾曰小廣寒宮湘難即居於是閨生來即出與相見皓齒明眸姿容絕世前執生手倍致慇懃恍若舊重
逢既離後合生見女亦宛若舊相識但不憶何處曾經觀面早因之兩相注視觀異常女啟口謂生曰郎君
既至此間何以遷延未調我宣為雲中君所留滯耶郎君與雲窩二者就佳掌理三十六宮蕊香仙子
早有定評其言曰雲窩安樂不如月窟優游令偕君偏覽一周始知簡中之妙境於是攜生出行步踏綠莎其輕
若歸沿渚芙蓉煥發絢爛若錦屏一水盈盈有橋可渡富君偏覽一周始知簡中之妙境於是攜生出行步踏綠莎其輕
聽河畔繫一小舟女與生同登容與中流竟達彼岸女曰此即所謂月中畫舫也旋見蘆花楓葉閒有垂髫女
子三四人盪槳來迎容迎妖冶唱作歌曰昔日送君登陟乎高岡今日迎君兮邂近乎芳塘記與君別兮
日引而月長恨與君隔兮水碧而山蒼雖不能見其聲入耳淒惋若素與相稔者近前引手
招生生意欲乘之曰女女不言久之曰女乘彼將何之君以此必以終且欲登極樂世界非此不可遽偕生
登岸即有魚軒來迎旁立長鬣奴控馬待生於是女乘軒生騎馬而從遭迤數十里儵竹翠梧碧蔭交可加項生
抵一河香繞波濤迆目無除欲渡無舟正深企盼見有飛櫂來者即女之前舟也生視之身上泣無一人而
帆槳具不覺稱異女謂生曰此特為君行威禮也東南隅殿宇崢嶸霄漢有
蕭須叟風順蒲帆十二幅葉葉參差有若城垣女指謂生曰此寒碧城綠
華之所居裛令下降塵寰令我兼司其職迎君來此一游將來遄返世間不至觀面而失此良緣也既入城
見衝衢整潔廛市殷闐門外皆設香案似迎大官狀女曰此游甫定趨承問安者絡繹因命設讌前軒皃相酬
似王者居騰曰蒞珠宮擔無數侍立兩行坐甫定承問安者絡繹因命設讌前軒皃相酬
倍極其樂旋至房中左壁懸一女像娟媚秀麗不可一世女曰此即君夫人也可諳認之他日相逢乃可於
泉中識別是夕女偕生宿絪繆臻至勾留三閱月歡愛倍於尋常真覺閨中之樂有甚於畫眉者一日生散步

中庭見前之白鶴方對石鏡翩翩而舞生曰此冰人也不可不厚酬之鶴聞言竟前俯伏生足下負生而起
如前時片刻已下室也欲眸四顧乃已室也鶴則沖霄香矣家人見生大驚謂失生已三歲何處不尋覓今乃自
至耶生縷述所過歲不信或謂既已遇仙必有仙術即不然亦當有體香形換之異臨別亦必有寶物贈遺攜
示下方作證而生竝無之身上所衣即去時服也因疑託故謬言生亦不自明但自是作詩文益敏捷下筆如
神不假思索是春入邑庠明年應秋闈即登賢書世家巨族爭婚之生俱辭焉曰吾妻乃綠萼華也我已下玉
鏡臺之聘矣因緣自有前定仙人豈欺我哉及春公車北上道經齊魯間車覆傷肱宿他室以讓之而難於啟齒
有歇門求宿者乃官家眷屬也人數頗多主人所閒即召寓主曰此事其細已甚耶不可行豈謂我不能容物耶立命僕樸破他宿
因私與生僕婉商之為生所閒即召寓主曰此事其細已甚耶不可行豈謂我不能容物耶立命僕樸破他宿
顧所遽室僅隔一院翌晨官家婢偶出外閒遇生於庭疑睞之甚敬驚異生之即前時月富河濱蕩樂女
娃也午後鄰寺觀稽散問懷怱逢一羽流黃冠素驚蒲灑不覺拱手向生曰新太史有何不足而作此快快態哉
潔贊曰世閒何來此美女子哉生亦疑甚私詢官家姓氏方知為孫姓父官御史鹿城望族也時生臂已疼急
治行李束裝隨發南宮旣捷詢悉遣址竟遺媒妁為求馬生初以為所願必遂不意當中以爲卜許許為
辭生之東情憤惱神志乖喪睡日看花暖風張帝辛一無戲語同年招赴鶴鋟率不往或有知生心事者
邀生閒遊寺觀稽散閒懷忽逢一羽流黃冠素驚蒲灑不覺拱手向生曰新太史有何不足而作此快快態哉
記在蕊珠宮裏霓裳霞裱立風前湘離消息何須問試讀楞嚴第一篇即脫所佩玉觿授道士并詩繫
來歷必能圓此君因指庭畔一白鶴曰遣彼為媒當無不就生心動知道士非凡人長揖問計曰錬師具知
欲諧姻好當倩此君因指庭畔一白鶴曰遣彼為媒當無不就生心動知道士非凡人長揖問計曰錬師具知
珠珠宮裏霓裳霞袚立風前湘離消息何須問試讀楞嚴第一篇即脫所佩玉觿授道士并詩繫
鶴頸謂鶴曰好為吾託鶴引吭長鳴振翮凌風扶搖竟上諸人翹首仰瞻視其翩然入雲際盧沒須臾
竟返則所繫已失鶴足別有錦帕一裹解觀之則鈿盒金釵也啟盒得同心結解誥得十六字云再遣月老定
慇雲情月窟見圓雲烏不老衆目觀之無不歎異竟冰人往婚議遂定人因謂之鶴媒御史女名湘月字紡仙

十二花神

田英作圖

十二花神

淞北玉魫生前在芙蓉城中偷觀慧榜於是臺仙名字遂傳世間或謂其下降塵寰即為申江十美者始寓言也繼窺視第二葉瞥觀吳慧珍張書玉二姝名意謂此亦申江詞史也顧其標名曰十二花神意珠未解正躊躇間而二愛仙人已自內出叙叙數語邊令送歸則鑪鴨香溫蓮漏正催三下也於是默識于心不以告人居無何秋風驟起舊疾復發日惟偃息在牀重簾暗幙中祗經卷藥鑪消遣晨夕一夕忽有持剌來招曰大羅天仙子相召生即隨之行但覺舉足飄忽如步虛空未數里抵一處殿宇巍我鬟髻王者居騎日涵碧宫中設司香尉二人一曰春妍一曰秋媚見生至即出相迓二女姿容姹皆佳妙竟裳霞帶披拂臨風導生坐於宫左斗室中則已先有一人在據坐觀書引杯獨酌即曼陀羅花之天壤柿曳也因問君何來此曰昨宵夢體仙偶爾不愜甫就枕不意一伸足邊忽如夢覺主者命余司曼陀羅花不日赴任已遣魚軒往逆韻蓮韻荷二姬特此間甚樂不復思家君如歸煩為寄語勿苦相憶也未竟而惟閒鐶珮馨俄而殿上懸十二明珠先輝四射織纏卷畢露主者相見生由陛升殿殿上翠帷四垂隱隱聞環珮馨俄而帷閒鐶珮璫現殿上懸十二明珠先輝四射織纏卷畢露主者授生曰即在此間閒之勿洩於外也生展冊細閱默誦潛諗須臾而畢即起還册於仙子下階欲辭失足邊醒後記其大略如左一曰除醽香夢主人則張書玉也本蘇鄉小家女子秀外慧中丰神獨艷初入章臺以坐圍圖大鏡中慧相臨空皓齒明眸天人也生至此不覺向上長揖自稱實萠主者笑命賜坐於旁曰君來非為別事因欲以十二花神名傳於此輩生於茂苑而終遺負跎歷塵却返幻體乃得重駐瑤京若其陷溺已深者則不復其位姬聽者無不色授魂與與客周旋尤能先意承旨鐵花仙史一歌曲著珠喉一串渾如鶯簧乍囀鸚舌初調入座聽者無不色授魂與與客周旋尤能先意承旨鐵花仙史一見心賞之所傾擲纏頭無數兩相愛悦暗嚙臂為盟辛以小事乖忤姬少時有張家三美人如玉猶待價也姬亦能先其貌花妍肌雪韻不愧其人如玉惜背微高輕薄者朝其似鶴形然無損其美也性喜明珠所藏獨多一曰降姹瑤池仙子則吳慧珍也人佳姑蘇臺畔家歸清貧中蟲母來嬈一歧紅蠶貫笑春年覽十三斜而春色

桃千朵應是懼郎去後哉姬見之付之一笑亦不憾也醫家治癰斑之法以白苧研粉傅之自滅正不必如吳宮美人要覓蠟體方耳一日素馨冰盒詞仙則周侶琴也幼虞金閣長居泥漬玉骨冰肌清極無比初令與姬擁而姬弗顧也曰其人自頂至踵無稚骨見之欲嘔黃金雖多宣能此心哉鵁鶄無如之何旋有卵金公子者竹西名下士也與姬雅相契也姬逡巡委身焉姬性静而婉淡妝素服蕭然獨坐與客談無疑言邊色絕不作狎暱態靜言對此氣自遠風塵中如姬者吾見京兆一日玉簪素饕應其實非也姬舉止文雅尚有當年板局之風故優遊者居尚七里以門前冷落仍返吳門或謂姬位置自高或謂姬酬應簡叔其更年雖六十有餘餘趙風流自喜時跳跟開所招牽名流韻士金樽檀板之間白髮紅顏相對更覧來滬漬必往訪焉遇更年雖六十有餘態風流自喜時跳跟開所招牽名流韻士金樽檀板之間白髮紅顏相對更覧
矣一口繡綠香雪居侍史則玉翠芬也翠芬生長雜揚居此以振音復工飲短長適中纖穠合度玉潤花妍獨秀一時南溪舊隱見而春擬為脫樂藉居謇金屋居馬旋以折閱盡耗其貲不能作重珠之聘東勞西燕從此分飛仍為倚門生活粤中小鑒居士公車北上過滬見之送諸纏頭禮每游中園必挾之俱往實香車招搖過市翠芬亦青樓也一日水仙寒香亭仙子則李琴書所以冠群花後隨其笑氏子避居城中別墅有黟然有舉心事名迥異尋常天南遯叟贈以楹聯云翠黛尚知憐骨瘦原是冠群花後隨某氏子避居城中別墅有舉女背夫為娼控於官有為之調停者畀以三百金始編頸歡覽去琴書於是重立門戶性高充視客之源倒瘋駁駕者蒼如之工南曲每一發聲響過行雲至姬姿首在勾闌中京推翹楚居姬織小腰肢猶三分姿色或尚堪驅驅
青樓也一日水仙寒香亭仙子則李琴書所以冠群花後隨某氏子避居城中別墅有舉女背夫為娼控於官有為之調停者畀以三百金始編頸歡覽去琴書於是重立門戶性高充視客之源倒瘋駁駕者蒼如之工
某本官家子揮霍已慣翠芬所以擲致涉訟原不得已仍揮翠黛耋徐蝶老風韻猶鐘三分姿色或尚堪驅驅
倾心事之即張始居本姓吳父嗜博無立錐地自蘇詣滬寬得琴書將以其妻女云一日玫瑰懺紅室侍史則王蘭香是也王氏妹妹花溫盈競秀而姬先著者年前破瓜而人思倚玉惟軒主人以一笑之緣送玉席特寳識之自後繼集必招佔側閒之聲響頻喚姬頗身纖趾態度嬝嬝婷婷雖一笑一顰別開風韻庠中陳設雅豪四壁詩聯多梳攏者瓢婉辭以謝之以是嫩尊猶寒芳盪自韞稹菩固無恙也有桃花潭居士自選詩稿苦海而渡舊航云一日玫瑰懺紅室侍史則王蘭香是也王氏妹妹花溫盈競秀而姬先著者年前破瓜而人思倚玉惟軒主人以一笑之緣送玉

名士題詠其妹曰素琴靜婉宜人曰菊香嬌憨可愛易取人憐後起之雋當屈一指曰瑞香碧雯樹詞人則姚雪鴻也雪鴻一字惜紅曾學琵琶於朱月仙玉貌珠喉韓可聽玉溪後人盃質之比以許飛瓊謂從天上謫來定非凡品或贈以楹聯云皎如積雪翻若驚鴻姬年僅十四秀眉豐頰炯然若秋水媚先在此性和婉妙解人意纏綿仙史特加青眼每赴綺筵令持觴政一日錦帶鴛鴦鈿閣主人則徐葱珍也姬固姿覃月潤臉羞花儼孅孅項短身頎願乏泉娜之致人比之李香君謂髻鬟香扇墜去年十六艷名顧芳或見其小像作男子裝愛之願以三千金為之脫籍然行未果姬風度端雅無纖佻恃習申浦瘦鄰春之將有成的忽為妻菲者所阻蛾眉誚誶自古為然性愛小犬其種出自東洋大戰若鯉項繫金鈴白者毛片如雪常抱之乘車遊申園眠食與共不以為嫌也一日玉蘭素豔樓內史則王雅卿也姬難谷僅中人而自命甚高歌韻婉拒弗納甚或以閉門莫待之貌珠谷峭挺少媽然一笑秋聲館主人屢開讌其家招集者多一時文士樽邊燭畔廣艿新詩其凰好風雅如此可謂名寳相副矣主人意將列之畫屏以有皖江之行未果也雪謂天南遊隻日姬貌淡而情深外珠而中密較世之侔睍而神不屬者相去幾何歲亦出其上頗擧止大方性情頭真脫盡章臺積習矣同時有拉名雅卿者年較幼貌亦出其上願肇止大方性情則朱筱卿也筱卿名霞琴川人唱南詞獨擅喜與文士談詩論字賓奇晰駛娓不倦若見俗客雖為擎眉嚅嚅不能口吐一雅秀眉目間時露英爽氣服神韻超喜與文士唱酬亦甚加激賞侍者即席口占二十八字云酒龍詩虎關寒霄花雨珠塵一詞蓋外雖謝人惠詩一絕云謝家江花畫逸才琳瑯貽贈妝臺自愜質同蒲柳深感春風入座名之珊珊其婚月姬瀟灑出羣洵名下無虛譽也甚加激賞侍者即席口占二十八字云酒龍詩虎關寒霄花雨珠塵一氣終能掩廬山舊面其美於憔悴侍者時有花雨珠塵錄之刻以小紅冠一軍戁琴室主盃欲一見為快飛箋冊招解唱清平高格調令人真箇要魂銷侍者同時所春有王桂讓亦推為此申特出者生見仙子窓旁尚有一冊錦函玉鎰題曰歌浦芳叢志惜未索觀故不傳於世

合記珠琴事

香珠四明人傳者失其姓氏其父困作自墮生涯者以鄉里不易居望家東土仍操舊業時珠年已十四五明眸善睞媚態百出即粗服亂頭而一種風韻自覺動人工刺繡花鳥人物栩栩如生婦女雖竭力傚終弗能及輩以針神目之每女紅罷常隨其母當墟少年集飲其中者無虛席輝媚閣主人時容山左學幕亦耳其名有友來輝其美者偕往訪焉女方右操不律左撫盤珠閣簾撥對目不睪及生因笑謂其父曰女當壚固寫纂長手其美略識之無聊足記數而已女閒之微晛步出謂友人曰此行也雖不勝情生出謂友人曰此行也雖幾回之後當不若沅步兵高臥壚邊飽看鄰女亦幾如衙洗馬所云未免有情誰能遣此矣惜生不能久羈於此不然相見幾回之後當不若沅步兵高臥壚邊飽看鄰女亦幾如衙時顧官也聲勢烜赫手可熱山左當道皆其相識與往來某公故稱素封家席豊履厚坐擁多貲生平頗好色雖閱名姝萄當其意必思多方羅致憚閒處房佳麗尚虛有一二姬侍亦莫敢當夕閨齏魯間者在乎天生賦性不假脩飾偶有小家女子神先離合出於自然纖穠協度適中增之一分則太長減之未也嫗曰老身亦聞人多安如貴人言惟天仙化人始足以當之耳此間恐無此麗質也某曰不然吾所言一分則太赤施朱則太白此乃所謂真美也較世之嬌揉造作者蓋有霄壤之別矣嫗曰阿香者國色也淡妝素服而神韻自絕初見已驚其麗則貴人意中所屬之人要亦不難致耳南城酒家女曰阿香者國色也淡妝素服而神韻自絕初見已驚其麗久視益覺其媚臨風獨立已若不可一世人乎眾美之中莫能出其右其父母視若掌上明珠故年及笄猶未字人也倫貴人青睞往覘之堯當為先覩為快意卿可為謀合必其必許文求閒其美以

姿足娛心目吾見亦罕矣撫之以秋水芙蕖春芍藥不是過也遣媼往說願以千金為聘置之金釵之列初以為其父必懽悅從仰說之弗遣軹知其父聞言掜首不顧曰現有歲申家不曰下玉鏡臺妾不願違婚偉揙下也擲曰汝以一小家女嫁作貴人婦一生喫著不盡而猶不願抑何駁也其父怒曰我雖寠然生女當求匹耦不篤罵作譫蚳相憐豈肯以野鶩飛入鸞隊中歲世間醜醜者流籍小兒女作錢樹子吾甚恥之汝宜拑口勿復言嫗慚而去於是公遣媒氏琴斌琴斌者金陵曲中女生之名地出自小家早失怙恃無所依倚往日勾欄中翹楚也見女憐之攜至其家為之櫛髻鬟鬙足脩容飾貌及長嬌冶異常騂如春曉之新鶯曲師自欽弗如十五已名馨字知書工文小腹賈願出千金為梳攏假母弗許也於是聲譽益著俠邪遊者爭求一見以為榮女略識字知書工里有大腹賈願出千金為梳攏假母弗許也於是聲譽益著俠邪遊者爭求一見以為榮女略識字從事於筆硯苦之暇惠家詩皆其所口授女自願嫁弗輒有不解者輒問孫楚折書之所孝廉孟欽為可見鴛瑟瑟善眂之勿使所諱媚家諸家詩皆其所口授女自願嫁弗輒有不解者輒問孫楚折書之所居也築几明窗幽靜樓中彝鼎圖書設頗雅大其室者令人頻墒俗氣席問李廉素稱為畏友得偶隨之樂事寶平廉中李廉卽女結文字緣也生謂斌琴秀曼不如香珠而瞉艷過之盖真蘭秋葡實眞一時也酒半特柶琵琶為之展撥調弦歌懷儂一曲宛轉悠揚過雲縹繞梁盈数刻猶有餘響生為擊節歎實不置稱為向所未聞許為女立小傳以張之女矞感激捧觴曲從為生壽生醉家別時女送至樓哼歸生再來秋波盈盈似欲流淚出不覺為之惘然箕公說不得當於張之女矞感激捧觴曲之所歡也時從秋瑟善視善愛珠耳以及二千金幷琴瑟善得秋瑟稱善延之其利且愔其名許之計女為許許生活未及兩年而所得纒頭已盈筴笥勿略夏屋為青廬親三千金瑟分其半昇女曰他日卽出不別立門户後豐衣食亦不特賈夏屋為青廬親迎之日彩伎陪從甚盛道旁觀者不知其為納小星也咸嘖嘖歎美卽院中諸姊妹皆欽羨卽曲意媚之而惟恐其不至玉郎當擁專房之寵琴於是亦自幸得所卒其公始得琴瑟如複異寶量珠翡繡凡琴所欲者俱以銀釭影裏低貨惟良辰佳節月夕花朝置酒與女對飲或度曲吹簫或聯吟射覆往往角彩爭歡經錦徹署方謂塵世仇儻之娛閨幃團聚

之樂無以適此志怡情可長相保琴亦深感某公知遇之恩事之曲盡婦道詬詈樂事往來臧獲筆偶淺其事於夫婦前
細加盤詰惡知顧末某公婦雖宦家女而悍鷙流布遠近素有母虎名某公之至山左託言覓友逃婦難也至此竟決
裂拼與婦絕然催歸待至情頗婉孿各無忤謂可攜之歸當為君高無嗣娶婦分毋自當姬姑同心毋作尹邢選
面即使在外豈能久乎并以新衣數襲珍飾十種貽琴意喜某之於某公亦意其言度婦當無妨偹不相容可再出也商之琴
琴亦以不歸為非策返櫂遂泱初見無一言漸以琴之短處譖之於某公忌諱日此新姬之所娶也某公
先有二妾一旦紅情一回綠意戇不遽琴遠婦陰構之俊與女隙反脣相譏輒罵女為煙花賤質女之俊則又故使女
聞一夕雖間上下交惡一旦忽謂女曰汝來已久而蒲柳未徵主一望子切矣此聞幸崇仁寺中供定光佛祈嗣極靈驗汝
盍往求之女不知是謀欣然遽行及去洋覓女不見報於某公田斯姬代人逸矣遣騎四出盡括其房中所有歸之己室女
返則謂辜早訪舉乃得珠還耳於是斥居別屋俾與婢子同臥起不使見某公一面琴至是始知一切媒孽皆由大婦究無
所伸痛不欲生此中日月始以淚洗而某公始猶鴉鴒跕跕習聽諸人之譖憩亦膜視之因而晨夕怨啼而為玉碎可消
矣嗟乎影憐春水命薄秋雲始知馮氏小青非作為寓言也始於山左啟行時甫欲登車而西寺尼園與琴母棄相
以薄具將舉而叢諸義壕同輩力阻乃屨於僧寺焉先是琴病而醫藥皆缺思亦一見某公與之訣別亦不可得及卒險
總向日出外雲遊至令始歸知琴從人消息特來一別謂琴曰暌隔七八年長成如許居然圖晝中人矣顧眉棱隱隱有晦
紋此回不當跳入火炕裏去汝宜慎之然孿緯已無可挽回若視髮空門或可免後日遇不得意時言我思袖出金
體一卷授琴曰汝攜至閨中朝夕諷誦或可解厄消災俟十年後吾待汝於龍華會上也言已軫然歡事亦以不
為意至是始驗琴事於歡媚閨主人曰余讀霽小玉傳涙李十郎是附為天秉也香珠之來階是附為里人婦亦跪抱子
北來為余知罪令負心男子正如一轍而又戴珠之遇人不淑者相去何如然則始而笑其父之駿者不丘轉而稱其父之智乎哉丙戌冬秒主
室家歡好雍睦無間以視琴之遇人不淑者相去何如然則始而笑其父之駿者不丘轉而稱其父之智乎哉丙戌冬秒主
人自中州回剪燭圍爐為余顛述如此

田荔裳

田荔裳字補雲洛下名孝廉家擁厚貲田園廣斥喜時牡丹多異種魏紫姚黃不足多也春時常招友朋賞玩一夕宴罷宿蝶未來銀蟾猶皎花下微聞歎息之聲衆咸駭異妻纖雲女史出自名族識字知書能持大體因為生言興亡盛衰之微盈虛消息之理須先戒懼修省默彈不祥亦然之是秋中庭桂樹忽薨生妻感病旋頸奉情神傷安仁抱痛在內閣中觸物生悲淒然不能成麻乃遍於內室屏人獨宿時當九節邂逅冷雨淒風益形蕭寂挑燈夜坐哀思縈懷正欲拂衾展簟忽聞窗外有吟詠聲細如女子心疑馬啟戶覘之見一女郎高譬淡妝獨步迴廊來蹀躞知雙扉已啟乃迎就生於燈下得覩玉顏容華絶代天人不啻也不禁驚喜卻立女已入內向生敛衽作禮生亦答拜因詢風雨如此又逢深夜何閒閤嬌姿不憚行遠涉耶女欷笑不言生問姓字自言姓孫字韻史一號蓮僊距君家只數武而遠君自不識耳女坐案頭翻弄書籍見生悼亡諸作固詰之乃言今地府綿也女令人在地下甚歡樂恐不復以君為諸才女初不答固詰之曰抑何哀怨之纏有女才子之選君夫人名列第一本備內宮教讀及見君夫人容曰卿何以知之女曰王妃不日戒禮生聞之不勝鳴咽繼謂女曰與吾妻為伉儷雖僅三年然深知其性情東潔貞死而有知必不肯再嫁也卿既知生之亡為我一探確耗自當圖報女諾之乃時窗外雨聲淅瀝盆攪愁心生戲謂女曰今夕卿不可歸矣盍留宿此女曰生平不憤與人同襯必欲余留請君處下林生曰可遂分衾褥之半獨枕一枕女見曰上有缺也生曳履下林徑就女枕問之乃地府姓之言今地孫也此亦可用生睡藤牀頗覺安適閒女轉側反側久而不眠問之曰膽怯也生強曳為妾急以雙手日我來伴卿何如微近女側覺郁繼以手探其衾則密裹無隙可入生即出妻平日所用粉匳脂供女晨妝朝持之生偶觸玉臂滑膩如脂吹氣如蘭異常韻郁繼盝遂留不去生即出妻平日所用粉匳脂供女晨妝朝起視之生婦蛾眉愈曩愛基深幾於跬步弗離月生覺精神倍增胎爽袂間芳馥襲人因疑女為神仙中人如黃姑織女之偷降凡間也因戒家人毋得妄傳於外有詢女之來由者託言迎自西城謝家將以為續娶地友朋中有以執柯進言者悉婉卻之邇年懷姙女即不食朝夕所飲惟蕉漿菩酪而已身亦倍於往日及產

舉一肉遞片片若花房之含苞拆而觀之中一男也啼聲甚雄闔家相慶彌月設湯餅筵賀者盈庭霽請女出見女盛服立屏角向衆盈盈下拜三神絕代儀態萬方見者駭驚以為人世無此麗姝也不識生修到於是外間衆議沸騰猜疑日至一日女欲歸甯省父母請於生遣藏獲備舟車生曰卿前言家在鄭近今何兩歧耶女曰前日寄居咸申處故云然今將歸吾故里一水迢遙非舟莫渡伊川之束銜廬在焉君何不同往耶女去三月始返攜一妹至字韻秋號蓉仙年僅十四五清曠倩盼姿態娉婷與生初覿面紅暈於頰問答之間不能措一詞生見其甥伊可憐亦不復與其語欲以西院處之使婢紅于相伴速晚蓉仙不肯往居必欲與姊同宿而妹蓉仙生夜半酒每夕姊妹同牀而眠擯生於外一夕生歸頗欲知耶蓉仙之不動得已夾牀而睡生遣卒不從醒暗中摸索不辨何人但覺豐若有餘柔如無骨相頗醉倒女林搖之不醒強暴耶生力自敲急香夢方甜乃吃驚擁之於懷天明起泣謂姊曰今日必歸去豈能堪此其妹蓉仙也舍夜剖白但親香澤未涉於亂牀自覺推生而起泣謂姊曰今日必歸去豈能堪此其妹蓉仙也舍夜外房仍令紅于作伴睡於別榻與姊繡閣僅隔一牆小郎所探事何以至今無一言宣爾時故能歡欺於此辯慧女子也他日青紗步障可為生前室三週年延高僧作佛事銳鈸鐘磬喧聒不作謂梁皇懺四十九日生迴憶前塵法然流涕因謂女曰前日託卿所探事何以至今無一言宣爾時故夫人怒擲物於地曰宮中教讀之任所不敢辭耳以非禮相干雖死非所命且凡間燕雀寧能匹天上鸑鷟如敬息夢方甜乃吃驚擁之於懷天明起泣謂姊曰今日必歸去豈能堪此其妹蓉仙也舍夜不獲已鉃坑血湖刀山劍嶺吾我單命所以一任處置何足懼哉九王子聞言怒甚令裸體置之寒冰獄中日嘗風如煉我玉骨耳復令投之洪鑪日鐵心石腸歷劫難銷之鐵九王子見其不屈氣為之奪然猶未肯遽止也旋為閻摩主者所知為嘉君夫人守節弗渝戒曰當自知記取十三年後有五羊使者來此其時矣生因謹誌於冊正言陰關人悲為喜突生問在金關何緣至當官言必欲面見主人生視其名刺初不相識姑出與談則其人珠魁梧俊偉入稟有自南海至者與從烜赫狀似顯官

談吐生風自言新卻增城縣任茲將入都引見余戚孫笠舫艤舟現亦需次粵垣與君有設幃拏親有書達其女韻史
余為作寄書郵袖中出一函致生亟促遽別生持函入內言阿秋年已長成當為擇配如意中無可選
之人即歸田生效娥英故事亦無不可青鳥使來即汝從姊之壻不妨出也女商之生初佇為不可笑曰恐醋
娘子想喫楊梅將從何處覓倉葽耶女曰檀奴抑何狡獪哉欲取姑舍姑搶姑縱已如見其肺肝儂無妒意何煩
療哉越一年蓉仙年已十七元宵賞燈後即令諏吉完婚一時禮儀之盛器物之華服飾之麗遠近來觀者無不嘖
嘖歡美賓客濟蹌冠裳畢集尚納女達不能及人皆稱女之賢生擬赴春闈公車北上二女聲勸止之曰君今日
天壤間一大快事哉聞范神仙亦無此樂趣也何必于役道途再作春明之夢即使入詞林登玉堂亦不過世上
浮榮耳何足為重輕如君必欲行真身有盎酌的怡然共樂君唱於前妾和於後詎非
左對尹邢右擁施旦室藏佳麗園有名花每值良辰美景月夕花朝置酒擬春闌之晚矣乃止
一日庭中牡丹大放花朵皆巨如盆活色嬌香絢爛奪目生方與二女舉觴酬勸忽報時城縣令復來生即
出見自言已為廣州太守茲已超擢道員因晉都門迂道過此耳翌日生設盛筵招之同貴牡丹客贊譽不絕口而
盛稱一黃一紫為群花之冠厲乞異種將攜之歸生難固拒不得已分植於盆贈焉自以為拱璧之貽不是過也不
意客去後入視二女同時抱病月慘花憔悴呻吟之聲不絕於耳欄前抱花蔫間內人亡生哀痛欲絕盡以金
玉珠寶為殉及葬舉其櫬輕若無物生自此不欲居家出游江浙聊解愁懷偶經金閶城畔小住寓齋同人遂往留
園泛舟偕去畫船欄比士女如雲生特賞識沈金蘭以為可獨步蘇臺於園中見一女子舉止態度髣髴似織雲不
禁注目視之恍若以曾相識訝其久膽轉睇一笑珊珊行遠託人訪之知係巨室党媒聘焉卜宅於吳
門偶與話織雲舊事女茫然不能對

吳也仙

吳也仙錢唐世家女也父為江蘇某邑令頗有政聲既罷任遂寄家吳中居鄔滄浪亭頗有泉石花木之勝女於春秋佳日月夕花晨輒往遊覽時游人不來景尤清絕女時倚竹哦松聊自消遣臨流顧影輒寄遐思家有可吟樓者女之所居也小樓三楹陳設頗雅明窗棐几不著纖塵鼎彝圖畫位置得宜入其室者疑非凡境鄰有三徑生者亦官家子字伯詡號遂年未弱冠而詩古文詞巳卓然異人與女本有葭莩親恒以戚誼時相往來女亦出見無所避生至每執經問字賞奇析疑習以為常家人亦不之異也女與生有密誓此生不得成伉儷終身勿復嫁願生家貲亦充裕父母均在堂姻事勢不得自由女知其難惟素志已堅此心不改事之成否一聽之天而已四月十四日相傳為神仙誕日閶門有呂仙祠士女傾城往觀女亦約生買舟偕行既登岸小步廊廡間游人路繹甚囂塵上不堪駐足轉至後殿見男女析籤者往來如梭織女心動亦俯伏跪而祈焉持筒未搖即已有一籤跳出執籤就兩壁閒覽之旁立一羽士疎鬚古貌神采特異即舉籤訣示焉句云落盡殘紅茵苔秋荻花楓葉足勾留湖山畢竟家鄉好一片烟波莫愁沈吟默誦弗解其意羽士曰此了卿五百年前緣分時也女悚然異馬方欲語詢其由而羽士轉瞬已杳然不見話其狀并棐生解生欷然不悅曰此非佳讖也以籤語未句結局當在水雲鄉裹然而不顧從無如之明白昭示者也且待他日當有奇驗女父之離任也以催科不力蠛獄失入至是以呈誤罷官宦橐蕭然無所斡旋得已東裝作歸計因即浙女得此耗涕泣不食者累日告生曰事急矣計何所出生欲棄生解救不獻然不悅曰此非佳讖也以籤語末句結局當在水雲鄉裹然而不顧從無如之明白昭示者也且待他日當有奇驗女父之離任也以催科不力蠛獄失入至是以呈誤罷官宦橐蕭然無所斡旋得已東裝作歸計因即浙女得此耗涕泣不食者累日告生曰事急矣計何所出生欲棄
示者也且待他日當有奇驗女父之離任也以催科不力蠛獄失入至是以呈誤罷官宦橐蕭然無所斡旋得已東裝作歸計因即浙女得此耗涕泣不食者累日告生曰事急矣計何所出生欲棄
灼往來先裝母歸計以才女稱母意欲為生娶已與族姊妹有成說至是閨生言遂謀之父擬造媒
女歸生忽忽如有所失相約此詩筒互相郵寄故形跡雖暌隔而消息常通作兩地之聯姻而生不知也
京爛喧詠閒閒以及斜明眸善睞冶豔絕世兼通書史
雙扉臨水湖光山色日夕相對剌繡之暇拈弄筆研新詩既就寫於蠻牋遠近傳觀稱為艷調文艷既斷麗才

致也女父以其鄙斥絕之無何女父以感寒疾卒女益無所依父喪中諸費悉資之戚事日落賈人子復伸前說女母竟許焉蓋女非其所出也於吳又之死決矣時在丙辰秋八月也生閒女父死請於父母將往弔唁止之不果行旋又知女縮姻賈人子歡日此必其志也彼必有以報我生也俄而日矣女曰即死於義亦當從容畢命勿使離觀男子絕我潔體責之默計生情深若此不負我人言未可信也而無日矣女曰即死於義亦當從容畢命勿使離觀男子絕我潔體責夜起結束密緘以未淡妝素服一如平時深作絕命詞兩首畫一函託鄰家姊妹寄與吳中而自投西子河以死嗚呼知也仙者固女子之藏於情者也其詩曰家住西湖斷橋北綠楊深處有柴扉繞花洛盡春歸去只恐詩狂斷魂欲洗心一片慈斷橋風雨冷孤樓看潔吸盡西湖水水不流時淚自流時淚自流書云姑蘇臺畔遼唱驪歌愁西子湖邊徒深路望淚雙流欲洗心難制膓一日以空迴既勞錦纏綿之難繪猶此時歲月永恨時不再命也知今日一別之後迴隔人天空有此心曠難復而不謂世事難知人之巨測靜中叔至暗篝魔生一家諮詠空閨團圓怕見窗西半夜月下諭文射覆鐙紅藏釣酒線既已東懷心之縫線錦韻之纏綿綿此時歲月永恨時不再命也何如酒憶曩者花間聯句下諭文射覆鐙紅藏鈎酒叱欲下鏡臺已千悲萬恨之難清乃五角六張之齋至忽爾日光不照梅逢礟痛欲已身報麋體所以苟延日月者冀欲謂世事難知人之巨測靜中叔至暗篝魔生一家諮詠空閨團圓怕見窗西半夜月下諭文射覆鐙紅藏鈎酒一見郎君剖明心跡乃五角六張之齋至忽爾日光不照梅逢礟推痛欲已身報麋體所以苟延日月者冀欲波百尺難洗余愁錦浪千重任埋我骨生前已了身後何知昔日仙詞今成讖語堂不哀或嘆乎郎君形跡雖睽精誠無閒殘魄幾淪於土壤癡魂飛越乎關山了千里外之相思完五百年前之風願在斯時妾勿謂生離死別終屬渺渺從茲夜來也女生間長相依傍嘆哉郎如念妾一杯濁酒莫於黃花之下妄得其遺詩而之作序云昔魯連鄭素前所作日可吟樓詩存凡若干卷肝腸裂矣郎如念妾一杯濁酒莫於黃花之下妾得其遺詩為之作序云昔魯連鄭素甯甘蹈海鮑焦絕而作日可吟樓詩存凡若干卷肝腸裂矣郎如念妾一杯濁酒莫於黃花之下妾得其遺詩為之作序云昔魯連鄭素若城江之畫瀦妝濃抹擬以若耶之姹惟靈秀所獨鐘乃婉孌而是萃靈胥潮鼓或水仙本是前生恨海曾過將少女因而入夢而沉之畫瀦妝濃抹擬以若耶之姹惟靈秀所獨鐘乃婉孌而是萃靈胥潮鼓或水仙本是前生恨海曾過將少女因而入夢而沉仙亦難乎哉也則如仙女史自沉一事也可逃矣仙女史自沉一事也可逃矣仙女史自沉一事也可逃矣

絳仙家世蘇小卿親賦茗誦花生有風慧薰香摘鹽小便工愁以掃眉之才人作不櫛之進士祇宜織女留配黃姑詎非陳
歡求逸女手方其隨宦鴻城寄家鶴市有某生者以溢陽之淸系爲吳下之雋才溫太眞與有舊姻元微之邊留保護然而守
身如玉卭阡有砂雖贈錯而報瓊實發情而觀宋鄭女幸無夫而臺上逢羅便君早已有婦也既而一朝賦歸
兩地曠隔郵筒往復錦素瞞聯靑不忘蔣翊之涇楊容華歇中之散和灰可吞催雙文別後之詩因卭而瘞懸恚
鳴而腸斷望雁雖結習未除亦鍾情特摯矣而乃乞靈於鏡撤廿棠之陰破失大樁之庇間後堂慫竹筒本異生指春風夫
桃蘺偏誤施熔媒蟫諜罵諸非張東齊者之駑駘屈才人於驥養此郎小家碧玉猶且羞嫁汝南別以上曹儀而肯終隨流
羿乎於是痛心百結愁賜九回不惜蛾眉痛辭魚閖非貞鴻有毛何重事誠十年息嫗終難節婦射雞一哂貢妻影
者誥彼輕生責相愼能一笑邸鄭道死約瑤宮此臨濟以有衕竟之石而或
石之心矢死者雍他之節故書留粉壁雖嚴命而可遺覽書詞粉壁雖嚴命而可遺覽書詞
之死亦其有以致之矣向使畫屛選擇之明慎有孽輿之美則長安眉嫵或如京兆風流王氏鏡臺得
朋勸導百端終不可解因急謀完婚諧許其悲歡生謬謂父母曰事已至此哀亦何益惟欲聊畫區區之情至於孤山之麓親往弔孽哭幾
則我願已畢我事亦不可勿解因急謀完婚諱可至此哀亦何益惟欲聊畫區區之情至於孤山之麓親往弔孽哭幾
配醜夫駔儈下材桑楡蕃恕優幾失所誰不傷心今者遘編猶在傳編金閨跑命堪入空習
玉屑請歌一闋示聊寓招魂之篇偽轉三生再作有情之物生既得詩與書知女以身殉已痛不欲生生父母知之使女史
失聲淚盡而繼之以血老僕振之始歎日我不歸矣為念哉死當與合葬一躍入湖明日得其尸於孤山之北距女壙不過百
身及中流急謂老僕曰我不歸矣為念哉死當與合葬一躍入湖明日得其尸於孤山之北距女壙不過百
許步請於女母而合塟焉淸風明月之夜時見生與女徘徊梅花樹下髮鬓生時

東記雛伶 千琳繪

東部雛伶

濟南多女樂土人名為擋子班所演雜劇足與葡部諸名優相抗衡至其觀妝砡舞妙歌則有過之無不及也以故總之者如驚乙百夏大史嚴諭禁止諸伶無大小悉拘歸官署且定令人二十不得適聽鼓人員與臺華慕客於是鑷髭鰈鬖髭蠡牛兒以及走斯氈養晢髲婁人瞻秋一唯乎以桑榆慕景而配駔儈下材李清照且慨乎言之況兹皆妙齡弱質戲夫人毎囘眸一顧令人魂消所演能蕙生旦而尤工崑曲卸甲探營水闋琴桃之屬皆所擅長班中姊妹行十餘人時爲之冠又有小喜者面如皎月聽慧善解人意毎東旦而尤工崑曲卸甲探營水闋琴桃之屬皆所擅長班中姊妹行十餘人時爲之冠又有小喜者面如皎月聽慧善解人意毎嘉客至侍傍肘下有如飛燕之狼年僅十二年故末甚籍籍懷珠山人道偶爲之屬至粹賢姿目長而眉可謂煮鶴焚琴鋤蘭刈主擇莫透交曲蒼閂門時相過從一見道照即春歎之瑕輒與友道訪其家道欵甚殷然其擧止之間若當有羞澀可憐之態蓋天性然也未幾山人困公赴東郡與道話別彼此黯然即色罹報且曰歸時當延驗以見涙痕之誰多也山人過往平見壁閒有王子夢湘題憶春娥一闋頗饒鳳韻因步其韻以寄道曰歸心急銀河咫尺人猶隔夢中敷笑醒時悱惻橋情難垂楊碧䂖魂一片桃花色重逢人面再折一月旣設讌其選色微欵極一時之盛歷下亭夸者也山人乃折蘭透當大會諸名士於中或簪蕚或襟詩明湖一水浮空鶯峰翠四面偏裁芙蕖杜浣花詩所謂海右此亭古者也山人乃折蘭透當大會諸名士於中或簪蕚或襟詩致作畫或寫泥金團扇則啓詰伶所弓也蓮與諸姊妹乘一葉扁舟辦綠分紅而至見諸人之吐吉也爲之研隙塵展赫磯隨物位置愁能如人意指晓則繾綣一展歌吹四流戳疑霓裳一曲祇應天上人閒那得獻囘閒矣幾乎曾幾何時而已盡風流當時或以他韻思之能無順雇閒九字王撰東昌聊城人隷石道人曾歷下記游巳詳載之色蔚爲諸部之冠九之登場也宜幷而不宜叙方其角巾襲衣丰姿玉映顧影翩翩濁佳公子之態至演小喬夫婿則又英姿颯爽如見其將風流當時或以他韻許之者猶皮相紫是陁羅館主爲之廣大敎士也爲花月之平章作風雅之領袖䇿至其家或呼之俏酒持觴政爲喜其擧止落落大方豔豔無脂粉習氣峠同游中所謂渡濕羅帕者即玉選事也京可謂鍾於情者矣後擇配令下通一份子頗快快紅顔遺恨千古同唉黑妮兒不知其眞姓名沂州人補福喜班面亦頗潔白非名副其實者其演劇也生旦淨丑文武雜齣昚優爲之

先尊誡閒其科譚者無不頗為之解眉為之軒故能於諸郡中別樹一幟門外車馬喧闐賣客常盈座後適人去紫曼陀羅館之以近未一至其家為讖事云巧玉者直隸灤州人錢吉陞班豔名久著令睢徐孃年老而亡一種楚楚可憐之狀尚足動人能唱正生其演進瑩詩審刺客諸劇某繪情形惟妙惟肖其調高響遠處無能鐃畫梁而過行雲蓋古之韓娥顏也至其登場面目隨演更換演一體雪代成則忠義憤發動勃若有生氣玉代戲時能涙涌珠下觀者京不覺線珠之殷渥吐屬之風雅他他姬昏不能及誠龙物也巧玉已有所主然不免在二十之列云潘玉兒小宇天仙大梁人年十三齡即隸喜慶初為正生最情況韻聲即席高歌聽者為之不覺座之菊也旋必至偶見䌽卿裝束登場撟嬈風流心癘慕之潛自揣摹其形狀久之悉檀其所長柔情媚態更出其上過䌽卿為一伶最敬受教而不為伴而以樂為我然格於例至年齒遲暮所不計也姬琵琶為慕府上客當道甚器重之年亦六十餘矣因顧曲周郎玉兒每闖玉言演劇雖遠必至輒聽徹為之正冷卿奏下場見之必招令一席侑觴告以曲折有誤必令按腔改唱我閒人自為伶弊我然然起於倒至年齒遲暮所不計也
下淒然曰竇也才子竟不願為俗人婦也曲折有誤必令按腔改唱自謂此鄴命烏不可強也決拿彩花歌諸事情扑贈地於鈞突泉夢埋其骨馬事既畢即往投入空閒殆無依據玉兒盡出其釵釧衣裙墅市供喪弁睎雜北轍揮筐已憒溍夢削髮入空閒殆無依據玉兒盡出其釵釧衣裙墅扇之閒緣而為茶飯日之生活遣性潛貼荷之姬中人久何不可立地成佛歲娟兒一字悉珠東昌人陳福慶班年僅十四明眸善睞色態動人而一車珠喉有若幽鶯雛鳳故選名徽聲漫漫唱動唱分風情半解粵語眼波銷魂真蓋善此居遼室曲房无多聚歆海棠片石籤北別繞雅趣之其室者幾忘姬近於市塵其罵塵上工小曲頗記近事出諸語誐妙解人頗顰非與客相稔者不輕發聲至若粉墨臨場則又慷懷淋漓哀感頑豔傾其一座蒼東銃歡而更諸溫存別有一種清啟矣時有山左王君者碩腹寶也資其明豔擬出千金為之梳攏然娟兒弗願也嬈饌御馬王蜜愚素遣所贈物煩諸出已費入閒閒僅物如客所贈者凡三四今玉自撰王勷而去娟卒隨一質士伉儷甚相得初入門見已平日所彈琵琶懸於壁閒遐起

東部雜伶

擲之階下裂為賓客盡愕莫解娟曰今為良家婦豈復需此不能斷髮手故假樂器以明志耳乃盡歡服娟之能自立亦可見矣
宜其出於泥而不染也鳳兒小字王鏞武定人進高升班時年止十五歌喉超拔已稱絕藝演天水關二進宮等劇音調高逸擊情激
越聽者盡怡有客於紅氍毹上見之疑其志慮風雲詞感康鑼眉宇間棱棱有邊氣追亭歌衫既卸妍態畢呈頃別頰若兩人領香檞
主曾與之訂歡往來莫逆纏頭躍騎之屬饋贈盈篋筥無所吝也鳳亦先意承志曲盡繾綣一日以有事將去屆下風特選諸姊妹盛
設袒悵餞錢行於蔚藍軒有饌既闌事竟重復入席洗盞更酌諸妓女以羅帕特贈客為別
後相思之微泉謂數十年來無此風流韻事矣錦兒字寶琴夏人以家貧隨落平康為鞠部雛伶非其志也年十五猶梳雙鬟一
切音高吳門結束東工粲善笑謔自喜女中之東方曼倩也態度瀟灑止蘊藉既扮小生輕衫小扇流出姿居然翩翩顧影美少
年也隸四喜推為翹楚眉黛時有隱憂客或有詰之者俯首不答闢之則曰其中自有不可言之隱在也或有代為之謀者則又含
涕以謝耕烟鵑客往來會垣所至以主賀用出納衣服漸瀅一切皆錦兒所司錦兒亦願嫁之託以贖身後客別有所舂選與
錦兒馳因是大為姊妹行所白眼蓋錦兒倚門賣笑而乾沒此中不可以處一日自劇場歸手調紫
霞膏以自畢命焉嗚呼客非人也負錦兒多矣珠兒小字如意常隨友往訪之珠兒知其名為上歆待周旋光為傀儡時道人將回江左友
脫堤裂帛其錯落若不復珠之一字頑石道人嘗情文住訪之珠兒知其名為上歆待周旋光為傀儡時道人將回江左友
柳陽閒三閒柔情纏綣讚致總總婦珠令人之意也消其餘姍烟詞曲甚多而此為獨步每演是齣座客滿珠兒以歌喉韻可繞梁
人即於珠兒妝閣中酒半抗聲高歌響震金石歌鶴為生喜日兒不願久於風塵意將擇人而事特意中尚不知有誰何筆墨
精閒敷匀作一小傳以表彰之而未果明春忽思時癒彌恆吐血兒此始於何許可傷已天南遞里日齎續女樂見於
春秋意者京管歡仲文閒三百之遺風輿雛揚謂之琵兒戲不始於何許可傷已天南遞里日齎續女樂見於
歌衣舞扇粉墨登場繼則檀板金箏簫南酒院之翻新謌邁之別調也余友頑石道人著有愿下海記閒之聊當臥遊業曼陀
羅舘主之至也後於道人京復繳其近閒出以示余難不得至心向往之筆之以代耳食

東瀛才女

小華生居日本之神戶固小家女子也東性穎悟秀外而慧中涉書史解吟詠書法亦秀逸在家無所事見藝妓之撥琵琶侑觴者得金錢獨夥心竊慕之乃改習三絃諸技棄學歌曲按節發聲響徹雲霄老妓師自歎弗如鄰家之姊妹咸曰藝成矣可出而應客矣第恥在鄉里作此生活乃航海至滬時四馬路最為熱鬧賃樓三楹小懸行裝東瀛女子多來滬北設屋賣茶特其品甚賤無不倚樓所不屑至女初至見之心竊鄙焉因此聲價自高凡過俗賈市儈輒不酬接意或加以白眼於是名亦不甚著有倚雯樓主者風流倜儻人也道過中江停踪旅館素知滬上高烟花淵藪思來一擴眼界粉者多不當意偏訪數家輒未許可忽聞人言有東洋茶樓者即妓館也愛笑謂其友曰食指動矣他日我如此必當異味時已薄暮令友導往凡歷數家皆呼咄嗟意為之洗塵酒掃見不違所聞耶至小華生所一見如舊相識情話娓娓良久不去友人知其意之所屬特呼咄嗟意為之洗塵酒掃燈紅歌聲於悠揚宛轉今人之意也鎖於是情益密送留宿焉生臨別索姬畫像以去九月中以句當公事復過滬上偷閒訪之其家小華喜甚生出姬像示之拈花微笑雖妙維肖生日必一往鴻爪雪泥為之句妓館也愛笑謂其友曰食指動矣他日我如此必當異味時已薄暮令友導往凡歷數家皆呼咄嗟意為之洗塵酒掃者殆淡二旬時生方有朝鮮之行捧檄遠征未遑鷄鴨語別而已小華持吟四絕句以送其行云問從此後愁多少一幅生鮹替寫真可惜丹青徒弄手不傳曲恨只傳神今人之意也鎖於是情益密送留宿焉生臨別索姬畫像以去九月中以句年來成底事匆匆已過畫眉生鬃城名士渼山河記從一識蕭郎而重唱人間得寶歌別已敘敘見更難漫搵清淚當珠彈一痕鴻雪留君袖顧把新詩重看題雲倚雪樓主重過滬江寓樓歡然而道蓋別已三月矣袖中出小冊以示乃儂寫照似耶非耶惟主人自六月東歸重陽風雨又將命自題詞以存爪印竊念異域鶴身竟得文章知已宜佛家所謂緣耶勉成四絕不可為詩一片至情當君北去明治十九年十月十日大日本女子小華生自題慧如此即中華女子高門罕見況日本乎哉生詩其罕見於友人花影靈巢果均有題詞亦錄國謚兩解人去也夢又關珊燈又地猛顧雜情誌別生鮹儂皆寫深翠眉誰畫過時曲恨慈鴻雪一痕留下與郎思索者人去也顧影驚鴻蹦然不辨是詩非畫痕和淚鴻東望海雲樓謝相思無真借問說翠深亞蘭儂猶未嫁七絃四首云長裾高髻自生妍綠悴紅愁亦可憐豔舶江郎一枝筆皆偉曲怨

東瀛才女

補情天無言獨立只凝眸萬種傷心萬種愁一把淚絲收不住可能流到海東頭漫羚標格聳芳小豔疏香易斷腸一種櫻花好顏色救濃潤悵憶姚崎夢年年感不禁鬢帶潸難尋無端一幅生綃影酒冷燈香慈深小華曾往京口旋即返權以其地多碩腹賈不解文字飲莫有知其才者故旋日本領事禁妓之令下倚市門者騫然返國小華當亦在逢中天南邀叟於壬午癸未閒自粤旋吳蓉逢議會留招小華為席斟主腸政相契數載初不知其能詩也亦可謂交臂失之矣時有阿超阿玉者皆初在西京學歌舞隸於年僅十五姿容妍麗體貌顏色如桃花紅豔將散酒又如曉露將泫多有戈厚利回者皆申曰綺王者也阿中人樂籍時應客招第所獲金錢不多適鄘家姊妹來滬為之會香亭一日華嚴外史集諸同人於酒樓欲擴飛箋召之故介嘯雲生也錦衣繡襪時與諸華妓紛紛錯列坐菊秀蘭芳亞極其妙粉白黛綠各復關妍阿中自恃其美意在炫售遂與阿中倨來居於寶善街者殊不乏人阿超神人瘦而不清眼視者以阿超為環阿復流波注目視而不轉瞬俱若自負其容之美者阿中眉目位置端好所徼不足者十指不能纖耳至於污下西雙鉤可勿計也阿此聲譽招之侍酒者無不云何也其意莫妙如慕不知其云何也生中華妓俱偷視阿中阿中亦鄘為燕俚佳紗阿阿中自本小家女曾於學校中習女紅讀書史旋以廢學為女師所融乃日趨於污下西有阿朵者年始十四五已解為倚門生活己卯春天南邀叟航海作東瀛之遊道經神戶與琴溪子遊渉山林行歌互答偶登訪山浴温泉歸途遇二女子而髻之時更為託友莞爾人翌日有鷹爪者即所遇之一也小名阿朵攜之編遊浪華縱觀博覽會留九日別去秋閒滬上相良特設盛饌招集東瀛女子十許人賴不皓齒明眸纖穠入盡訪之則皆西人之外室也月旦金餅數十枚故阿朵近狀即於行篋中出阿朵遷叟致意細憶之卯前時與阿朵偕行者也問來此幾時阿朵以憚夫蒸蒸亦飛舞相良指首座中有一姝淡妝素服依曾相識者曰此即邇叟與華人殊不適於口能作草書螢蛇蚓勢亦甚指首座設若肆有相識引致者始許入室善熹調然口唱唐詩琅琅上口惟阿朵致邇叟自粵還吳阿超尚在容華焕發更勝前時旋以母病回國臨別按其字句詳其格調殆弗類也壬午癸未兩年邇叟

出小象贈叟并系一詩云雲萍吹合大瀛中兩地因緣兩度逢君自勾留憶自去後孫然各西東阿玉東京藝妓也日東多以玉名女猶粵東之以珠稱孃也少小即解音律歌无宛轉悠揚銷魂盪魄泰西有賣官藨至遺擇女子五十人習舞以備讌會一時新橋柳橋之藝妓陡空其摯玉亦在選中長袖翻雲絲裙霞鳳開合前後進退疾徐無不中節觀者擘掌稱善名由是噪浙人陳鳳箕賣於日東與女佳來最密有嚙臂盟誓後以五百金異母嫁叟一舸鴂夷載之俱西無何陳死玉無所依流落滬上重抱琵琶餓屋四馬路與小菊同居菊年稚而美不速客來彼此酬應統無猜妒小菊作學篆大字左右鄰門上桃符皆其筆出自日本女子也玉能畫山水人物畫成小菊為之題字顧蹟地踠上往來名皆俗客賤賈自調笑褻押外無有過而問之者碧霞君一日此兩妹皆光物也畫主風雅士也以招妓侑觴數見不鮮遂欲別翻新調應訪三日乃得玉菊告於天南遯叟曰此叟日吾然當為小妮子成此美事克至淪落天涯歡失所也碧霞家敵齒每見碧霞諸地見其意曰吾然當為小妮子成此美事克至淪落天涯歡失所也碧霞家欲致筆墨以醐口閒冶君名東瀛江湖諸皆以此為贈後見此妾也叟遠東去天南遯叟賓籍相沚以此中畫有佳者君殆皮相耶固邊紿去歸至於容色花妍肌理雪白顔可人意各擁其一圍爐對酌酒觀之遯叟以此中招妓侑觴數見不鮮欲別翻新調應訪三日乃得玉菊告於天南遯叟使其調黛研朱拂箋捧牢一歌一舞為容與翻潮懼備極其樂遯叟為醬無箕諸碧霞筦生耳前倨而後恭也與大嚷碧霞固能六法乃數玉以鈎勒梁諸注甫丰月已得其神似玉自此賣畫自給不復作倚門生活兵意欲嫁碧霞而報主欽齒每見碧霞來遯叟必搴囑招碧霞家此美事克至淪落天涯歡失所也碧霞家欲致筆墨以醐口閒冶君名東瀛江湖諸皆以此為贈後見此妾也叟遠東去天南遯叟使其調黛研朱拂箋捧於是三人結伴偕行布帆遂往發是日姊妹送行者以十數摯鮮烹肥置酒為壽豪絲脆竹與會淋漓酣玉起丰邁遯叟前解胸前所佩玉一方為贈以見此姻緣簿所顒此如此為贈人如傳舍無所動於中數年聚首臨別絕無依戀色問其有來今以重續鴛膠勝居作儀倔列故不費一錢竟得阿嬌藏諸金屋謂小菊亦已擇人而事於是三人結伴偕行布帆遂情續繚韻致纏綿如膠漆之固結而不可解者乎無有也至於男女同浴堂共羅帳裸體相對毫不避墜子嫌抑何了無遮凝達觀洞澈若是哉中國男女之事乡以情感情之所至有賣金石動人天感鬼神而不自知者始然其為人客妻亦有足取者付以蠹筍畀之管鑰而絕無巧偷豪筆之弊此則中國薄於情也在不知貴重其身始然其為人客妻亦有足取者付以蠹筍畀之管鑰而絕無巧偷豪筆之弊此則中國平康由院中人浙不及也嗚呼風俗遵古歟

妙器

子琳畫

後聊齋志異圖說

妙香

七

卷十一

妙香

吳孟村太倉州人素性好游凡吳郡諸山閱歷殆徧竹杖芒鞋探幽選勝登涉之勞所不憚也聞泰山之勝思往游焉適有歲申在奉安縣署司筆札躍然起日行計決矣挈裝而往重陽前一日同人相約登高遂造峻峰出郭門即坐籃輿籃輿者竹兜子也二人异之中圓而窪樸被其中坐臥皆適四偶建竹竿圍以布幃有風則垂香則春甚輕而便异之者以皮帶挂諸肩備坡而上其高也以十數有斗母宮馬游人入之者頗野吳素聞其名謀先覩異觀快為觀為異排闥竟入是宮緣山起飛閣參差如雁翅仰而視之伏窗而覩之皆少豔但曲房雲窓盤閣雲窗備極幽雅庭中花木蕭疏泉石清幽入之者疑非塵境既入衆尼咸來問訊類皆容色妖冶紫束珠妙言詞輕倩宛轉動人詢其法號則年最長者為妙塵最稚者為妙香容尤秀美略與酬應笑不可止皷以巾掩其口妙塵目生客登陟勞頓盍少駐此小飲衆皆日善乃導入內堂頓覺庭宇軒敞欄檻玲瓏別一世界庭畔一池廣白蘋紅蓼點綴其間濱池多植芙蓉時已開花紅白爛熳若錦屏妙香坐石闌旁命老嫗持釣竿至理綸垂釣神致悠遠吳生側立觀之須臾一魚香餌而起金色鱗鬣偏體其重釣竿幾不能勝投之桶中猶吒撥跳躍不已頃刻間連獲兩尾不禁狂喜笑謂生日佳客來例當烹鮮因命廚孃作餔供下酒惟時堂中有核已備即請入席妙香持釣竿欲避去生日遠來特為卿耳盡一擧清話妙香留一紅持釣竿至席前特設巨觥泉皆日此妙香少君者不飲恐孤雅意生日潮暈頰益增嬌娟席間互相酬酢至唇邊妙香不飲日請為吳君歌以侑此觴泉皆日善乃為折柳陽關一闋聲調凄逸咸擧節稱賞東灾生而坐者為妙嚴妙貌玅音態意態流逸雅麗皓齒明眸意態流逸酒量甚宏飲無算爵即注酒觥中轉餉妙香捧至唇邊妙香以口灌酒日此皮杯見妙香發聲亦繫箸而歌裂帛遏雲無此高抗回顧妙香則已逸去曹生方擁末座一尼以口灌酒

也尼不肯遽嚥南座一尼以纖指削其臉削盖勢唯然傾吐狼籍滿地生曰此亦愆作劇袖出羅巾代為拂拭
詢其字曰妙華視其容斌媚具常顧然漳量有若朝霞將散擕其手軟若兜羅綿纖縫生因
令合兩掌注酒曰此白玉蓮花杯於皮雅於中有李生者稍與北座尼正肩聯坐兩人默然
不吐一詞生曰如此殊殺風景曷不拇戰多寡詢知是尼為妙道娉婷婀娜含睇宜笑淘可人也酒丰妙塵呼
媼促妙華來曰貴客來自遠方不可輕慢頃之妙華至手持象筒中貯牙籌數十枝謂生曰飲酒不無
清遣筍徒作長鯨之吸百川是牛飲也因舉生為席對主籌政曰有犯者罰無赦君他日為鐵面御史席幾
無愧斯職諸人俯環擎籌周而復始之衆皆酢酊擬各歸房吳生屬意妙華挽起
曹生欲就妙華而妙塵掉首他顧意似未可李生中立無所爭衆皆於籌依次擊之曹生得妙塵登伽禪雖是今世事亦
由風世縁盡以籌決之庶無所爭妙塵曰善因寫衆尼名於籌擲之始造其房閽妙塵妬生屬意妙華而吳生竟
得妙香威呼咄咄怪事妙香䫻然卻立瑟縮不肯前衆或推之或挽之始入房閽妙塵姑宿分也生呼小鬟淪茗既
受一枝白梨花猶未經風雨也盖妙香年僅十五平日不輕見容今生獨不深匿妙香令生坐呼小鬟淪茗既
帳鼎彝無不雅潔圖籍書畫充物左右明窗棐几絕無纖塵不覺胸為之頓爽妙香曰可以解醒生曰各房寂然吾
進盛以白磁盞而味醇妙香曰此碧蘿春也另傾琉璃瓶中香露授生曰此露可以解醒生曰各房寂然吾
役使何獨鄉以小鬟妙香曰自吾家擕來者也妙塵字生屬志以老媼供
一切淫情盡以冰澌雪化因問妙香曰卿今日亦欲求渡離慾艤然政直如冷水澆背彼岸情未遇
尼也而實妓焉幸住持者憐余志初不相遇不然有死而已言訖淚隨進門妙香亦豪傑士也必能拯妾脫離此厄生曰余歲在泰安縣署鳳負文名與當
道多相識盡觀君意氣慨慨君子人也亦詢生婚未生曰娶已四年昨歲悼亡孤琴不彈么絃獨張正坐無才容迎
其人耳今試與之商當能為力妙香詢生婚未生曰娶已四年昨歲悼亡孤琴不彈么絃獨張正坐無才容迎

擅如卿者耳妙香曰苟不鄙陋姿許侍巾櫛實三生之幸如蒙不棄當以終身為託生曰是所願也不敢請耳即於妙香所供白衣大士前炷香燃燭行交拜禮曰百年姻眷實始於此他日當更遣媒妁以堅此盟妙香於此自幸身有所託頓覺萬斛閒愁消釋何所時已街鼓欸如吳生促返曰夜深矣即眠且既為伉儷何終外人情妙香曰不然此白壁之貴以待青廬之夢苟少不自慎與淫奔亦復何異耶妾與君泣談心和衣達旦可也生以其言正遂不敢強妙香自言當父沒時所有遺稿手自檢點親加封識寄與君氏所他日歸鄴君當取之來若妾之梁棄以傳不朽則妾願畢矣尚何憶哉生問妙香亦能詩文否曰所作有香釋集因於枕上為生吟一二三節韻細音嬌真使人之意也消生屢情動輒引手撫摩之然漸至佳處妙香拒不許俄而難鳴喔喔久俄而窗日已紅旋小鬟亦起烹茶供餅餌妙香臨鏡理妝略匕盥洗自取盒中白粉調水供曰常服可以卻疾延年生遺小鬟探諸人已至窗外見妙香晨妝已竟咸訝曰何早也此時一刻千金奈何孤負春色耶生與妙香但相視媽然一笑亦不復與之辨詰人乃辭衆尼登山直詣峰宿焉翌日下山竟回衙齊與咸申商妙香曾作函與舅氏逸俗裝嫁一士人咸葉見之曰此一書可作佐證遂招其舅氏來謂若朝進稟枕即夕出矣然後至斗母宮偕君場女歸必無異說執柯者一為咸申一即舅氏之夫一切婚事男左近擇屋一廛涓吉行親迎禮夫婦相得甚歡不覺驚風狎褻潛自宮觀中與妙蓮容華明麗亦當伯仲一言偶涉狎褻潛自其一生即於縣署相左近擇屋一廛涓吉行親迎禮夫婦相得甚歡不覺驚風狎褻潛自避匿以此深藏固拒十七歲猶處女也嘗與妙香私誓將來同嫁一夫必不廿以女冠子老故妙香既得所妙蓮夕哭泣削髮裙下雙蓮釣尤為艷削進香女見而不知其為尼也妙香謂生曰覺誓欲相從俱去妙香登與時附耳密語乃如平日速生南旋日偵知宮中女尼皆也生遣魚軒迎之待於東郭外至則登車竝發二女和婉無間言妙香觀
驗矣

留妙蓮守門應客得雙魚其兆不已

卅六鴛鴦譜

毀齬軒主文壇中之飛將軍也以應聘衡文偏寫嶺南雖波路迢遙山川間阻而河魚天雁消息時通去歲從郵筒中寄余琴夢盦珠語所列二十四花史皆青樓中女子與余素相識面者今又寄三十三天雨花詩凡得三十六人人各繫以一詩而余為之注名曰卅六鴛鴦譜以篇幅太長區為上中下三篇其一曰鄭桂卿仙學珊珊如瑤清女侍塵偶日日塢迎晨灘青臺隱暮霞誰憐神女賦不及小姑家甲帳霜寒嶽愁未有涯按桂卿籍隸江右初來滬上僦居西普芳里其姊日月香菊香竝擅盛名嘗張豔幟桂卿行四以聲價自高不屑一往也旋移住公陽里桃花門蒼凡鳥誰題楊柳樓繼聽常繁有一貴官頗賞識桂卿書設謝招二愛仙人淞北玉魷生小飲其室中生一見桂卿錯愕如舊識憶之乃見夢中初生夢至一處有二姝在焉先鑑動人所懸楹聯有日月輝三界外香一輪中有曰菊秀蘭芳宜賽客溫茶熟靜無言生謂猶是尋常語二姝頗有愠色請生題贈時有雙鴛雛在旁捧研者即桂卿也因為貴官話前夢曰此香一見亦可謂續夢中緣矣二日顧蘭蓀蘭蓀夢回星在戶香爐月移樓祇合酬騰憶何因問寒悽蘭蓀吳人王骨冰肌得此溫柔匹似春之出重貨為之梳攏姬善於詞令酬應極工間出一語廣座為之解頤每偽殷勤清麗罕匹草軒主人尤許輕如顧能無念莫愁回雖多要非豪貴所能墓取貴官貴詩云似花似玉種酒席上客覿為畫醜雖量窄蕉葉亦雅不欲辭年冠花榜評者謂其明鼉睬其秀在骨兩戌夏間忽爾徒居僻巷閉門謝客垂簾獨坐婦地枝者或謂其必別有所屬意者失丁亥正月蹙屋北里仍作舊生活三分媚韻一段嬌姿尚堪為平康領袖也毀齬軒主於感舊詩中已曾及蘭蓀顧彼因創氣珠先之語而竝詠之此則專為蘭蓀發也三曰謝寶韻寶韻如天女散花時時拂袂詩云簾內一重紗春人影似花風懷隨泛轉詞

四三六

令最聽華追袜憐腰素回波覷臉霞笙歌良夜月多半屬兒家寶韻籍隸蘇臺家居尚仁里其母曰三孃爲房
老中之巨擘迨袜首破爲芳譽遠播客以紅箋招致者一夕無虛十數飮興頗豪伐客酬酢迨得其歡舉止瀟
灑詞鋒靈警當選令飛觴之際一擧十觥無不辟易病葉狂花威意退避三舍醉顏微酡之候目光外露灼灼視
人盆覺其媚余友鴻印雪畦特加青睞四日王雅卿雅卿態濃意遠如畫家高格非佳士不應其求詩云連壁
先千尺焉知炫賈胡一從樓俗久翻覺賞音淺恨吟紅豆遙情寄碧梧漫從塞衛磨鏡宣凡夫雅卿劬生
淮北長住淞南王桂卿假母見其嫻靜有致遂女蓄之因冒姓王桂卿聲名籍甚姬亦爲後起之秀廛頤承頤
長眉入鬢固一時翹楚惟故作不輕啓齒人以笑此河淸擬之以是頗損其媚秋馨館主廛乞詩於玉魷
生意將列之畫屏旋以驅車皖南卒不果五日徐雅仙如宓妃此姬詩云豆蔻梢頭一見知鏡
綺羅叢裏居萱芳桃花底下久漸已嚴笙歌青眼當誰是紅顏余爾何似聞貼玉珮頗亦思情多雅仙姑蘇良家女本姓朱
至滬後學琵琶詞曲於徐寶玉遂從其姓姬眉含鶯影泛霞光渾如風和楊柳雨潤桃花雙睞炯然淸如秋
水慨居東薈芳桃底貧從如雲余稻香村農亞譽之頗加繾綣懺情侍者曾與之一夕緣贈以楹聯
思詩云姬歌大雅歌小雅底成天仙欲成地仙別鏡總舊慈駕牒冷殘夢蝶醒花落枝猶戀瑟琴孤亭未停江關蕭瑟意爲爾感一日
零滬上有兩書玉此所詠別與張書玉同時者也其擅名爲姬性飽慧警識字知書晨牧甫罷卽一
卷不釋余曾贈以野叟曝言聞內有淫褻語卽不欲觀余笑曰鶯語出冰中時花映日紅斯人最嬌小
從此入王佩雪膚花貌綺旋風流態有餘妍雅韻眞覺章臺中不可多遘現避署趨寂新築三椽人踪罕至
云七日王佩蘭佩蘭如寶兒含笑出自天眞婉媚者有別詩云鶯語出秧中時花映日紅斯人最嬌小
鎭日倚春風暖愛心香都圖知年性聰但酬兒女顧何苦學英雄佩蘭產自甬江來居歇浦鴉鬢初梳聲名噪

甚門外停車訪豔者流水游龍轍宵不絕有貴公子航海遠來一見驚其明豔公子丰姿朗澈固如玉樹臨風
兩情交映繾綣臻至纏頭所擲數日間已至千金一時勾欄中傳為嘉話姬近日玉軀漸長頗覺苗條其妹日
瑞卿亦可人也八日吳慧珍如初日芙蓉韶秀可愛詩云絳仙才調好欲學女相如日慧珍能持鑑心靈更
乞書蘭雲圖聲後蘿月照窗虛閒說占鞋心能無盼鈿車余初見慧珍僅十二齡許身軀嬌小真如飛燕依依
肘下宛轉隨人酬答之間善伺人意詞令妙品可以無愧姬性靈警南詞北曲無所不工或疑其流麗有之端
莊未也則又當別論矣九日陸月舫月舫於青翠欲滴令人愛玩不置詩云春思滿瑤京春理玉
肌花貌豔絕一時淞北王鯢生雅受之提唱纏頭之外贈以詩詞朝出夕列徧傳曲里幾於紙貴洛
陽因之名譽鵲起爭以識面為榮姬靚妝端坐落落有大家風絕無查臺中輕佻積習是謂其外靜內動恐未
必然惟年逾破瓜而自守如玉有與之相眤者戲問何時可以梳攏一致纏鎭則曰待閏正月問者為之喪
氣十日沈筱寶筱寶如幽蘭初開和風相送詩云孃孃婷婷態濃濃淡淡妝臺情飛玉掌嬌語臭銀簀衣袂分
韓椽鞋弓學窨孃柔情兼皓貿自合一城狂姬產自良家忽操賤業故眉黛間時含隱恨能作青白眼富商俗
賈苟不合其意輒以閉門羹待之余曾於友人席上見之玉顏照座先豔動人後凝往訪辛未果十一日呂翠
蘭翠蘭如閨娃閨草慧心勝致頗思求異於人詩云幽人違世久媚服亦何為空谷知音少寒閨引夢逼有香
存滄雅無語託嬌癡予亦孤吟者因君寄豔思姬年僅十四言詞雋妙能得人歡嬌容素面不屑乞憐於脂粉
然蛾眉淡埽犀齒微嫣自今見盡貽其母雖屬徐娘猶饒豐韻猶能固宜出此明珠十二日周葆珍葆珍如
小家碧玉神情意態宛轉可憐詩云廿四橋邊月偏照異鄉韶齡花稊弱夢影絮淒涼悅俗羞吳語懷清覺
楚香明珠三十斛誰與築金堂葆珍湖北人余初未相識未敢妄注

卅六 処典誑中
于林繪

卅六鴛鴦譜中

三十三天雨花區為上中下三界散花女史亦分三等上界天女中界仙女下界神女各管其所轄之界每界凡十有二人此為中界一曰徐潤玉潤玉如經雨海棠鮮妍中有嬌弱不勝之態詩云昔種垂楊樹依依在漢南今看飛絮影落落滿江潭逝水年難轉飄茵志豈廿料遺簫史至吹風引鸞姬本姓張出徐寶玉門下為高足弟子媚骨輕軀細腰纖趾泂一時之秀也工南詞每歌一関珠喉宛轉聽者神移所具有探花郎來自榕垣偶一見姬屬意焉立呼房老為之梳攏由此聲價頓高鸞醜主人親見其影齟之年故詩中具有深感二曰張惠貞惠貞如嬌娃就乳依依搞意狀動人詩云十三嬌齠鬢十四弄箏琵十五嚴楼裏亭亭豔若花芳情猪夢兩昵語媚流霞還恐鳩來時路莫差姬產自虞山本姓朱字素芬既來滬上與善貞同居年小善貞一歲兩好無猜極為和婉斜川隱客花國平章也一日偕友往訪鸞為豔絕顧謂其友曰一枝差強人意卻定情馬關鋋昵飲曲盡纏綿由此必一至三日王雯玉雯如女俠靚妝眉宇間尚帶精悍之色詩云一曲玲瓏玉當筵按拍遲曾因爾題詩鴻爪三年隔娥眉萬口知何時檀板側重與賦芳姿余見玉雯僅十許齡容貌看花客招來侑觴依依肘下珠可人意後來芳譽日隆而人亦漸見其長但修不足而廣有餘似邈苗條態度然面呈圓月艙韓妍競媚亦屬當行未可以鼉同扁墜肩避山峰而少之也姬後定香業於鼎豐里歲晚偕霧裏看花客往訪姬知余有歌浦芳叢之作特請附名其間余謂霧裏客以風流之教主擢花月之定評一時當為紙貴何必乞言於天南一叟哉然姬花史中之巨擘即不請尚當取魅慈榜宜有明珠四經哀白日渚綱哉四日李韻蘭韻蘭如文姬逢士須拏美人回韻墜風塵者飛絮落花飄藩墜澗亦珠可惜己侯晤聲靉主人當詢其詳五曰張善貞善貞如南枝報春冷香外數溫

意內舊詩云瘦影自溫存知心月一痕韶華窅久駐幽怨共誰論志潔譜媚情多役夢魂前逐芳草綠應永
念玉孫善貞琴川人工南詞解書史身材娟領丰韻娉婷惟領下嘗覺超前似損其妍然神情態度有目者
已覺我見猶憐固曲院之妙人也擅長琵琶趣領環中音流經外宛轉鑼錦能令聽者神移志奪余廬於酒座
中見之未嘗一詣其家羅浮山人曾賣識之姬高自位置意若不屑也曾遊申園天陰釀雪來者絕少惟姬先
在因與清談淪茗絮話家常竟忘客始別六日吳少琴如名士逃禪岑叔之中未忍偃寒詩云素女秦瑤瑟
不知秋夜涼卷簾惟淡月入戶有殘妝靜極還生感愁來未是狂西鄰工巧笑早已嫁王昌少琴亦琴川人初
住公興隨轂秀工度曲雖年華已過而遺態餘姿猶覺天然惜紅生頗加青眼稱為妙
人嘗於廣場聽其度曲抑揚宛轉韻欲仙舉座無不擊節歎賞惜紅生贈以二十八字云玉肌梅映燭光餘
琴纖軀細骨能作掌上舞容華娟妙靜氣迎人入其室者頗覺於平踸澹茗清談可以對生竟日河陽花尹
促柱危絃寄慨初渾在廣寒宮裏住水晶簾底泛觀書七日周侶琴侶似秋俚幽花雖遇賞心時愁風露詩
云草華條脫重付羊欋月仍相照蝸閒蠟學家鐙暗鼠驚綹誰識姬姜意溫存但酒邊餘
列畫屏擬出二千金為量珠之聘後卒不果八日朱豔卿神情散朗如謝家道韞有林下風詩云
嫩寒修竹裏徒倚恐難勝世事如雲薄年華似水增香痕溫鏡檻幽夢就窗蘊縕真珠俗相知悔未曾豔卿
久於平康渾如詞壇老宿所作文字按部就班與人酬應謔浪笑傲無所不至余以道蘊有自北來南一見
豔卿極加賞識傲歌俳酒招之無虛者其春有己後絕色也一詩善畫
墨梅倡答詩詞已如束筍始所謂滄海者矣然見豔卿亦為心折則豔卿之足以動人處不徒在區區之
容色也可知矣想見玉環當日被呼肥婢罵宠之夢年已三十有八然寵愛萃於一身後宮佳麗三千明皇直

以土苴視之自古承恩初不在貌誠然哉九日胡薇卿薇卿細膩風光如觀管夫人墨楷詩云姚冶編歌綺莊姝度已微素心輕側豔閒俗任天機清淺銀河夢繞開玉女扉即論娟逸態也合世間希薇卿為胡六孃養女一時豔名噪甚遠出其姊杏卿上月貌呈妍星眸奩媚或有以紅樓夢中薛寶釵稱之比擬充當風雅士春之者有柳隱詞人聽濤軒主皆有贈言清辭糊璧錢滿有一粵中貴官顧加青眼纏頭所擲動盈篋同姊妹花皆豔之而姬珠不以惑其心無何貴官以墨敗人皆服其有先見十日張秀玲如龍女參禪顧善財而微笑詩云鑽骨蓮花面人天此化身慧能傳目語嫣每出顏噴綺席飛觴政香車碾塵低個陳跡在殘夢繞春申秀玲未知其出處然舉一軼事亦珠足以解頤者姬頗識字好掉文袋嘗以韓冬郎香匳集中有暗中微覺繡鞋香句謂鞋保下體褻物不穢足矣何至遠香襲人以此問客客亦俗流珠不能答或告之曰近日閗妹鞋底有抽屜中寶靨塵行步霏霏若印香屑由此秀玲輒仿為之然其足實六寸膚圓者恆乞靈於木底人偉以為笑十一日馮蘭初蘭初如茅屋幽姿自憐顧影詩云蘸屋骨調繆飄零又幾秋生涯原是夢身世別含愁杳香占烏鵲遞遲望女牛浮蹤須有定莫恨水西流蘭初吳人始居墦里香名遠播閫外車馬如織級秋主人名下士也方從南楚言旋薄滬上間柳荺花迨無當意一見蘭初極為傾慕遂結芳盟繼欲之脫樂籍以事阻風緣前定豈虛語哉江左浪仙亦與之締好贈以二絕云水肌玉骨雪丰神笑伴嗔總可人眉月初三花第一芳名占盡滬江春但有愁堪埋絕地更無石可補情天揚州薏醒知何日載酒江湖己十年十二日王蓮舫蓮舫如任女題箋為情牽惹詩云琪樹生塵世天然色可餐如何草枕畔偏畏一人寒漢悵頻來鳳妹樓不是鸚可能於異卉重疊築彫闌蓮舫為申江十美之一多所紀述茲不復贅間出水登陸後已一索得男云

卅六鴛鴦譜下

下界神女在雖恨天外忉利天下所管十二女子亦海上一時之名姝也一曰徐順卿順卿如元日屠蘇飲之卻疾詩云李家香廝璧何日復貽君嬌小分眉月溫馨鬢鬟開雲工芍諱軟語就蘭薰應有夷門客桃花繁妙文順卿金閶人桃花河畔以船為家輕軀鴻翔嬌小身材真覺不盈一束至滬香名頗噪姬工於酬答雅俗兼宜每出一語四座為之罄客容能豐神雅與相埒李己飛上枝頭姫仍隨風飄泊亦可悲已二曰林佩玉如新婦見客華姸掩映時露慵佩玉豐碩修整秀韻天然不知者此之顧大錦帳隱芙蓉温厚真憐汝情懷定慎儂杏花消息在身世莫愁慵佩王盛鬢餘韻下逢文林巢翡翠肉屏風則未識其美者也小築三椽雕窗畫檻備極幽雅入其室飣鼎鴨鑪錦衾綉褥雖無此風亦珠有豪貴氣與客周旋勤倍於忘形以新舊而間故客亦與之往還三日胡秀林秀林如天魔舞女媚態橫生詩云無奈低鬢笑藥魂見欲誚青銅窺返影碧玉情間腰淡臨眉間雨微添頰上潮芳年剛二九天與此嬌嬈秀林為胡寶玉之養女以客謀脱籍別營事業高張豔幟易姓名曰姜小玉門前車馬仍復如故余友魯璠春之愉久而愈不能償姬待之無忤色而甲反以唔嚶之婢烟復侵侵姬愼不能如故徒子也亦與姬警急救之則一縷香已去其丰甲乃邅巡去屠者固不足齒而濁為姫惜耳松北玉魷生纍馨仙史皆犬至期績遇不能償姫持之無作色而甲反以污詞詬蠻之婢烟復侵姬僨不能如故徒子也亦與姬加寶識常哗咭鶂主酒政其後蹤跡稍疎四日陳金玉金玉如薔薇滿枝但供目玩不容手觸詩云紙醉金迷地誰憐長嘆完未邀詞客貴獨得老親歡蛾眉肥同太真短若香君頗識字通書史室中圖書彝鼎位置珠史之妹即所謂陳小寳者也豐容月滿媚眼姣妍肥同太真短若香君頗識字通書史室中圖書彝鼎位置珠雅風雨臨窗暗時糟筆墨以自遣工崑曲宛轉悠揚令人意遠伊園主人新自汴州回句留滬上著意尋芳苦無一當邃在廣場閒姫獨唱南詞響可過雲心焉實之暮皆玉魷生走訪其家極道摹姬亦深知己之感姫素

耳統生知為名下士伊闈主人戲語姬曰王郎詩名不如懼內之名更著姬笑曰生曰君盍改從我姓生詢其由姬曰吾家陳季常非君之前輩乎合座粲然姬詞令箋鈔大率類此王曰李星娥如翰苑楷書圓熟之中偏多姿媚詩云飄泊豈無哀濃思於楚姥俊又為蘇人所得改操吳音一棵錢樹子已數更主珍護持其少高庭有樓臺星娥產自淮甸幼時鬻於楚家故鄉淮水曲香夢楚雲隈吳自移根活花宜稱喜開休言明月甲申春闈姬年始十五盈盈競秀自異群芳古月山人特招淞北王統生二愛方病足將指幾落姬持令脫韈韈觀之攢眉逼視以為笑二愛謂星娥暌我顏色婁仙人謙於其家時每開緒疑必令招姬二愛沒遂止蓋見姬即悲逝者之不可作也六日顧香雲香雲風流倜儻高士詩云雲楚解莫辭勞仙娥出漢皐傳琴心幽女操妙手轢琵琶緩疾抑揚真如大小珠之錯落玉盤也見高官貴客北人丰神態度靡曼寡儔亢自喜善彈琵琶緩疾抑揚真如大小珠之錯落玉盤也見高官貴客不肯作齦齦趨奉態姊妹行中有巘巘者反傲睨之每發一言令人解頤思之具有深意誠辯慧女子也莫辭勞中珠不可多得七日楊香寶香寶詩云幻作男兒態還憐影未雙我曾瞻畫本未免怨恩偏寵質終難棄芳華近盛傳知塵世事顯晦總由天香寶詩云幻作男兒態還憐影未雙我曾瞻畫本同人之貌密而情疏亢八日徐蕙珍如越女舞劍靈警逼人詩云晦作客終日默坐而親睡不似他人皆以楊櫻桃呼之裙下雙鉤尤為纖小不屑乞靈於高底性靜婉對客終日默坐而親睡不似卿自戀玟窗緣金閨思紅牙水調腔歌誰得見多分屬銀缸蕙珍曾以西法照一小像作男子妝束雖寬衫襦袖莊重中自饒婚媚姬來自四明寄居漁上無所依倚遂陸風塵既累樂籍費價自高能於姊妹花中別樹一幟莫退叟曾贈以一絕句云耐尋春綠蕙紅薇好此鄶多謝檀郎珍重意不妨情作畫眉人九日周翠娥翠娥如大婦持家未鹽語諫詩亦是韓娥侶相逢莫問年已過花十八猶集廬三十結習仍脂粉知音繁管絃酒闌燈炧候好登美人禪翠娥姿容蜡約體態翩翾一段風情尤在不言之際雖瓜年已過花

信正催而杙杷苍底實從如雲更闌漏永燈火樓頭仍復管經如沸萸莽退叟每從雲間來轍過其室嘗口占
二十八字貼之云微渦巧笑善周旋倚翠輕盈劇可憐一曲秦娥簫引鳳綠窗小坐對神仙十日張小寶小寶
如乘楊作花豔想迷漫在疑幻疑真之際詩云卓文君未嫁偏愛是彈琴側耳來鳳曲驚心打鴨吟諧談花欲
笑遺態醉難禁應悟宮商內移情有雅音小寶假母人稱為馬太太鴇中之朱家郭解也馬氏有二張小寶其
一最知名適人後旋即香消玉碎此稍晚出而蘂其名亦彼中之隨例也姬跌宕風流與客酬應談諧間作慧
心麗實冠絕一時尋登花檻俱列前茅寓客之好事者趙之如堵鶯聘去以行程
匆促不果姬前日曾改作滿妝榘雲長衣委地觀者如堵俱驚其豔十一日張
蕙仙蕙仙西洋女子桂遊申國高警盤殘醒春晚猶似夢凄非無壞安流
亦有溪百年容易過燕子高懷蕙仙即豪所謂阿懷者也琴溪子自負為一世豪而一見蕙仙遂為所束縛
想其顛倒人者別有在也姬僅中人姿而情態齋飭宛轉隨人正如蘭絲自纏亦縛人十二日左紅玉紅玉
如故家紈袴久譽膏梁難安粗攔詩云閨道舒棋在窗忘繡黱之校書工粵誤急瑉繁馨徽好事每
暢豔懷鸞駕三十六死便逐情理紅玉以珠江之眉史作歌浦之校書工粵誤急瑉繁馨徽好事每
喜招之按拍徵歌藉以賞心悅耳以是聲名鵲起頻屢進出不安其居弗為上樹之花甘為隨渡之絮仍為
琵琶作倚門生活年華雖邁猶饒貼贈蠹頭動盈鑰囊中容覷遠出上者自歎希如此真關乎
如疋與歏謂海上僑家之才盡於是也然而人才隨時運變出紅腔音耍玉相思南浦綠波多讓柄遵此
命矣奐奐退叟贈以詩云儂家嶺表白雲多江左懷人唱粵歌唱出紅腔音耍玉相思南浦綠波多讓柄遵此
所列三十六人或以色選或以德升或以藝進皆就聞見達之篇章申以小言紛其品藻實後來之譚柄遵此
日之離憂歌觸緒成吟即小喻大過而存之亦庶幾西崑之別派若夫操花間之月旦詫名士之風流世尚有人則
未暇也鏝𧾭軒主既撰自韓江遂寄來滬瀆天南遁叟謹就所知妄為之注聊以語新歎去標異如以此為南
部煙花之志北里風月之編則吾豈敢

名優類誌

戲院之閱麗優伶之美備徵名邃馨多材善藝莫如上海他省恆弗及馬客有自汴州返權者遠及汴中向有兩天之諡一為酒館天景園一為伶人天鳳也天景園烹飪得宜頗具江浙間風味人多樂就之天鳳隸福慶班為豫省第一名旦諸曲皆工而色尤冶豔鳳年未及冠貌女當裝束登場一種秀逸之態媚之情真足盪魂攝魄曾在北帝廟演劇有小家女見之大愛慕注良敞歸而眠貪廢其母苦注詢則曰此生不嫁則已嫁非某伶不可其母不許女涕泣求死不得已遣人往詢天鳳而鳳室固有妻在還告女女曰得嫁某伶雖居妾勝之列亦所願也宵征抱裯迢無所悔鳳閱而深感焉亦遺冰人往束許以納聘禮竟嫁為小星婉孌相依極稱淑鳳妻貌遠出女下見女曰此福水也將傾我家矣妬女甚百端虐待女順受無怨言且屈意事婦終不得其歡心未半年鳳病遽逝女竟吞阿芙蓉膏以殉鳳妻未釋眼已從怨少吞嗟手如簧有珠返生無藥如生者亦足悲矣聞其班中人言女貌與鳳相埒武清梁念庭大客習知近事悉鳳事甚詳

嚴君紫緩有記余故得總其顛末小梅者亦著名之優旦也豫省有三部曰榮陞曰慶福曰福喜其為優伶者多本省子弟裝腿涂音節侏儷幾然以索然厭聽味同嚼蠟小梅隸榮陞班庸中佼佼獨能冠其儕輩也家本黃州生平足跡已半天下一日見卜梅演思凡一齣心大嘉賞自此聞小梅登場必往觀之同幕諸君俱習見京中名優成不以為真至於蠢院之間一二花馬則珍而視之矣今小梅在日別樓無類是皆笑而領之曰然由是小梅名盆噪而於匡君頗有知已之感云滬上昔日崑曲大章大稚鴻福集秀尤為著名鴻福班中之榮桂集秀班中之三多俱稱領袖一登艙罹神情態度迴爾不同三多材纖小行步娟娜其嗓纖徐以取妍姚者也榮桂績年玉貌洵如尤物足以移人每演跳牆著慕紫閣樓會四齣觀者率皆傾耳注目擊節歎賞不止榮桂容尤嬌豔兩頰微紅渾如初放桃紅

益增其媚時滬上刪紫琴菉子鄉輩方以清客串戲創名集賢班會演於西園一時來觀者翠裙紅袖樓臺殿
滿玉子根又招演於其家余忝首座特榮桂隅坐執壺殷勤相勸於是滬城之妓前來侑觴者幾空其北之
羣可謂極花月之大觀盡笙歌之盛事今不復見此矣榮桂後畜厚貲自為領班近日盛行京腔弋陽腔徽
班次之至寬曲則幾如廣陵散矣然吳人高能為此調余所心賞者得二人焉一曰鳳林一曰桂林鳳林字桐
菉工書尤善鐘鼎文字能作小詞執贄申左夢畹生門下為詩弟子生平事母極孝出入必告以絃歌之賢奉
甘旨外購田宅於吳門為退步計客有日暮途窮者桐菉解囊佽助之其人得不困憊慨好義士大夫旦難況
得之黎園中人哉足以風矣夢畹著粉墨叢談以桐菉冠一軍良有以也申中之秋桐菉病腳於滬仙園一時
貴官畢集既夕登場諸技呈無不盡態極妍座咸稱善翌日金栗巷腳與桐菉彈琴於沇水臺茗園
桐菉出奇制勝圍桐菉所演劇臺贊贊龍門聲價益高在滬桐樓鳳幾生倆仙俠骨非凡品信是梨園第
情和平薀籍絕無時下優伶積習洵有足者意琴室主謂桐菉能詩而又任俠較近日之自命為詩人自負
張爔於拙政園桐菉所演諸劇臺蒙贊賞龍門聲價益高在滬桐棲鳳幾生倆仙俠骨非凡品信是梨園第
為俠客者亦遠甚矣以同時亦有桂林故加小字以別之來滬僅數月在三雅戲院年止十九齡先以桐菉為師
一流桂林字蟾香以同時亦加小字以別之來滬僅數月在三雅戲院年止十九齡先以桐菉為師
意韻娓婉情致曲折別有心授每演折柳絮閣兩齣意態逼真聽者為之神移桂林不能飲酒量幾不勝蕉葉
又不習戲填有好事者持加品題為區甲乙操京師素重優伶色藝甲天下近得此中翹楚十八九亦塔春九柳
七詞頗有所悟蘭嬖端坐席上人與之言則作覥覥色若處女而姓名斛之花榜每人均
比以一花而贄以一贊一日蘭卿春桂芬芳幽潔有似蘭花贊云宛宛幽谷實依嘗蘭仙人采之遊戲雲
端順風翔步進止閒安俸俜鮮櫻眼暈微瀾魏女罷縑楚妃懇歎媽愁展笑為泉賞蘭卿丰格娉婷腰肢輕
亞逸韻閒情自然有致比以王者之香夫何媿焉二曰珊瑚隸永和班豔冶嬌憨有似杏花贊云珊瑚明秀產

於燕野昭雪映臉暈霞賭轉喉清妙應絃高下賓從絡繹賢愚同治亦不違俗諧雅杏花晴日以擬縈者珊珊斂朝霞眸凝秋水圓姿秀麗別具風流比以杏花之綽約似嬌庶幾似之三日三順隸榮慶班清淨娟妙有似蓮花贊云靜女其姝豐容愉愉處嚞若寂含慧如愚謫言則笑聽言則俞竇媻高張佩悅安徐天然之實無假模我言匪諛如道出汗三順親似六郎面如滿月凌風出水搖曳多姿擬以荷花映日鏡過之寶無假模魅班窈窕冶媚有似桃花贊曰娟如意由房儔言清辨四座莫當四日如意隸德魅班窈窕冶媚有似桃花贊曰娟娟灼灼流光吹管調絲招我由房儔言清辨四座莫當羅衣綺裯左右回翔善詣匪虐不薰而香桃花猶之劉阮神傷如意善於詞令齒頰流芳艷麗自天生桃花流水掩映夕陽亦足以傳神阿堵矣五日湘雲隸班紅豔生嬌有似海棠贊云頳顏湘雲北里之美明月照雪先四起十指削蔥雙瞳水宜笑嬌於欹綺高名在口不矜以喜敢借春陰護茲瓊蕊湘雲綽麗比以木芙蓉贊云玉池采蓮素芬遠出含芳佩華皎若圖月娟娟彌魏容鎮潤秀頎微笑無聲言徐發薄采秋花倫擬素質清怨未歇笑英笑梅佩鑲之後歸於平淡擬以木芙蓉蓋清言徐發薄笑梅隸山泉班贊長身玉立有如玉樹臨風自然名貴擬之露冱海棠別鏡潤澤六日頖頖雲北里之美玉鐔寶麗龘練似芳藥贊云馬鬃花下列屋重重小翠飲芻意濃豔當月流波泛風華八日小翠隸寶樹班色麗容嬌似玫瑰贊云英英笑梅佩鑲風流端莊麗康而有故以芍藥擬美娥焉酒未終香脢告煠與竇融融柔資玫瑰攸同小翠具柔媚之姿以矜持目可得而玩手不可得而觸有似玟瑰九日翠雲隸蘭韻贊曰繡球非第九美之芳擬之繡球恰如其分擬以繡球如玉潤濃若玫瑰香肩承頤長鬢輔維具靜逸無損娟媚如真珠蘭贊云翠雲晚出亦為晩繡之比言其貿也十日小卿隸竇樹班香遠質麗似玟瑰翠雲玉潤珠圓別鏡丰致繡珠之此言其實也十日小卿隸竇樹班香遠質麗似真珠蘭贊曰太璞渾良質溫溫南有小卿亦以色珍外逸中慧迹疎情觀難居囂塵慎於語言孤芳自馨靜志不喧敢援珠蘭竊比玉人諸伶皆產自北小卿獨束自南別饒丰韻自具芬馥比以珠蘭洵無不宜

徐笠雲

濼陽徐笠雲武世家也父為固原提督戰功彪炳有聞於時笠雲少即從軍挽弓射日躍馬蕭雲意氣豪放不可一世嘗從父獵於深山臂鷹臺犬縱其所如忽有一兔起於馬前夫逐之不得生發一矢中其背兔帶箭而逸不能捨策馬往追之入山漸深兔俊不見徘徊四顧蒼色蒼然欲出山迷其路徑勉行數百武覺雖舊程漸達正傍徨間遙見一老扶杖而來鶴髮童顏類有道者既近生撐問何處可出山老者笑曰君從何處入即從何處出笑問為生見其語涉機鋒必非凡品拱立道旁態態詢山中可有駐足處得以少息行踪否老者曰敝廬距此頗不遠若弗嫌輙藝請降玉趾因攜杖為生前導山後從容生竭力接老者肅後幾莫能及行二三里許急得一境清谿曲架以略約茅屋三椽雙扉臨水老者偕生過橋以武追隨恐後幾莫能及行二三里許忽得一境清谿屈曲架以略約茅屋三椽雙扉臨水老者偕生過橋以杖叩門內有嗷聲以應者音清脆如鶯囀幽林門啟見一十五六歲女子素服淡妝豔麗若仙生疑老者為隱士詞卑謹莊須臾肴饌雞陳山肴野筱撲鼻者來老者謂生曰此山中多泰漢鼎彝斑剝陸離殊有古致生首一笑逑自入取酒婢以三壺進曰雲暮矣腹中得毋飢乎聊飲一杯以禦地主禮命婢老者曰沈老夫之弱息也生長山中不知禮數以早失慈陰不免嬌愛過甚耳女子見生術首一笑逑自入能延齡長妻盆智養神生曰皆願飲之俾盡驩老者笑曰諾乃偏饌之生量固豪終席無醉容無失儀冷一日花朝乃百花釀所成味清而冽一日天露於山頂以玉盤承空中之露法製為醪味淡而醇飲之能延齡長妻益智養神生曰皆願飲之俾盡驩老者笑曰諾乃偏饌之生量固豪終席無醉容無失儀是夕即宿於草堂晨起老者猶未出散步庭自山石下穿而過忽得一圓洞探身徑入則見樓臺亭樹露閨雲窅別有一天胸次頓為開豁方繞回廊而行猝聞草除悉索聲一兔突起如前狀諦視之箭猶在背急覓生步逐之兔入一亭徑投女子足下女子曰此吾家園中所蓄兔胡為被人流矢所傷抱兔拔矢立敕以

徐笠雲

藥蓋女但知顧兔而未見生也既而罷兔於地回首見生不覺紅潮暈頰歛衽作禮生亦進撐并索舊矢女曰此君物耶生示以贏上所鏹已名為逋昨日此兔引君入勝殆有前緣繼自知失詞俯首不語薄倖羞益增其媚生至此妙境形神俱喪然不能久留女而出回至草堂老者已在詢何往以游圖對老者曰此小女消遣之別墅也曾觀其舞劍否生曰未也豈女公子亦好武事乎老者曰小女別無所好獨喜劍術幼時居泰來一海外異人授以一劍俾鈍鋼鍊成術成後人劍俱然欲用時彈指即現君若不棄當盡其所長授君世方多事他日即不得志於國家亦可恃以防身誠此術出入於刀槊叢中無恐也生再拜而謝曰此誠生平所願求之而不得者也女至老者代述生願學意生起即就弟子禮女謙不敢當曰此非一時所能驟幾平日盤旋即當如宜燎女乍飲女劍孺子可教女也子今授以舞劍諸法乃授以吐納呼吸剛柔變化之妙劍先之又三年遞速隱現悉隨其意一旦忽失劍之所在異之叩當束內功乃并陳思父情殷歸娘念切急欲言旋以奉廿旨籍以上慰高堂之屬望否則學成亦復何用情詞慕女質與淚俱女曰此固人子當盡之職也安敢阻君歸程以絕孝思明日稟祖筵於後園扉未亭其地水木明瑟風景宜聲言與贈君惟他日如方外無論緇流黃冠可輕用也翌晨張祖筵於後園扉未亭其地水木明瑟風景宜人酒半女子出捧觴為生壽生飲立盡洗盞更酌即席屈膝半跪以奉女子亦不辭女欲言中止者再送生至圍扉外遽入老者偕生乘騫驢出山至前自射兔處揮手告別曰君可從此逝矣自此一去無相見期如或觀我不禁喜極悲生涕胸臆日當年不見汝復騎四出覓汝何處不偏意謂汝已飽對虎矣不料猶在人念可於今歲中秋至長安西門外十里松林下自有所遇言記加鞭絕塵馳去生歸正在束裝驟至圍生暑追所遣泉共歎異有日此竑劍仙嬷子習是術雖不得仙亦近於俠生父恐駭物聽囑生祕之生以

間耶生暑追所遣泉共歎異有日此竑劍仙嬷子習是術雖不得仙亦近於俠生父恐駭物聽囑生祕之生以

老者約非無因於中秋前數日躞蹀西郊冀得一見老者顏色中秋日適值狂風驟雨松林中不能駐足乃乘
輿往來其間日將暮清息杳然倦將返矣忽見虬髯健僕駕一車至繡幰下垂僕人停車四顧若有所俟見生
猝問曰此間有徐笠雲君識之乎生曰僕即是也何事相覓曰有一書奉投專送小娘子至僕即向車前東白
女子褰簾授書略睨之皓齒明眸夫人也生讀其書知為山中老者所寄中言本欲以弱息奉箕帚永侍君子
惟因劍術已成將登仙籍不願再履塵世今特送純香來以了前緣純香老夫之姪女也識字知書深明大體
必能內主中饋外相夫子克興其家室世無用君者君術勿輕試三湘七澤之間多異人或可居也學道有成
四十年後可一會於我眉山上幸最前修君其勉旃末署贊翁呂端奉書於是生始識老者姓名迎女至寓僕
即辭去告之堂上然後合卺焉生旋登萃科以選用知縣出宰湖北時有幼婦與僧通謀殺其親夫者僧已
逸去無從緝獲提婦研鞫婦堅不承婦容貌妖冶言詞宛轉堂上下聽者羣言其寃撰之如擊敗革初無懍容
生之姑命幽之圄圄夜方治文書倦隱几假寐忽覺窗陳颭颭作聲燈畔旋風起盤繞不定生異馬投
以案上硯一人植立於側殼首而寬袖僧也目灼灼如鬼狀生詫問來此將何為曰特來刺君不知何以不能
即上手此玠天數也請我即婦之所歡手刃其夫者也婦實不預謀士君子斷獄毋柱亦
隱形難以下手此玠天數也請我即婦之所歡手刃其夫者也婦實不預謀士君子斷獄毋柱亦
逸去無從緝獲提婦研鞫婦堅不承婦容貌妖冶言詞宛轉堂上下聽者羣言其寃撰之如擊敗革初無懍容
生疑之姑命幽之圄圄夜方治文書倦隱几假寐忽覺窗陳颭颭作聲燈畔旋風起盤繞不定生異馬投
母縱君其識之辛按律上詳棄市之日婦與僧色揚揚自若雖隕地身猶僵立不仆腔中
絕無滴血纍見有小人二自腔中出髠髮僧與婦狀冉冉上升生亦目觀念然曰宣有修成劍術而為此壞法亂
紀之事手擲劍向空二小人隨身異處倏忽入地而沒旋即戶仆血流生歸有女緇道其故女歎曰
君作事亦太孟浪胡再不謀此乃師伯伽勒之及門師伯以異類證正果所授弟子往往鍊魔入道以鳴奇幻
今君殺之彼必報復竊恐君非其敵也吾將乘之姊氏解君之危言訖聳身入雲不知所往生後亦無他異

三怪　琳子

三怪

山東陸錕字虎臣劾習於少林以拳勇名天下走齊魯燕薊間啟篋夜行無敢犯者自謂生平從未逢敵手惟逢官聘力除三怪至今思之猶悸其一為濟南李大業負販捷足善走自南詣北往往不藉舟車一日為衙役代遞文移貪程忘往宿處地僻日暮無可棲止不得已宿一古廟中廳檻毀壞佛像剝落佛龕中帷幕亦無四顧蹰躇無所為計忽見壁間懸一巨鼓敗革半存中空僅可容身思借此暫作棲息當無不可爰即攀援而上枕衣包以寢焉奔走既倦遽入睡鄉及醒聞佛殿中人聲喧雜奇善探首出視則見庭內月明如水蹲聚諸人鬅髮皆見物分十餘堆如其人數俄聞上坐一人曰剖分各物可公且均乎衆咸稱善旋即鳴角出令約某日集葉處某母得期不至者罰無赦衆咸曰諾紛然各為獸散李俟之既久萬籟盡寂正思欲下見階間臥二人其一斬聲出焉其一驟起拔刀珠其首禋物徑去李觀之心悸急欲脫身走急殿後旋風粹來一物似人非人跳躍而至綠毛徧身雙睛閃閃激射見階下尸拍掌大笑聲砥磔如豕鳴舉兩手撕而食之作屠門之大嚼嚙骨脆然有聲李至膽幾欲裂陰從中下陸幸怪已果腹竟入一網中猶不承冒寒踏月連行天明遁不敢駐足時巨室被盗偵騎四出見李形跡疑之拘之至縣署縣官閱獲盗立坐堂皇搜其身呼得文移遂夜間見官戒勿宣布密道幹役隱伺之十餘人盡入一網中盗初猶不承出李證之乃無辭是歳充賜不雨農田龜坼祈禱無靈官固讀書明理人急李所得所者去早魅也墓有能捕之者異以重賞陸適至衆舉之以應聘陸周視殿後無跡可尋因亦效李宿鼓中以覘之如夜未半陸聞呼嘯聲甫欲起而怪已至前手攬鼓裂作數十片陸亦地陸急隱身佛龕後怪怒揝佛像裂之方欲再剖不意佛腹蟠有巨蛇繞截陸環顧殿中無一物可以禦怪者急張兩手如箕作攬擊狀陸急躍出拾地上斷刀攘其頭嚙吮血不意佛腹蟠有巨蛇繞怪頸三匝怪不能脫但張兩手如箕作攬擊狀

刀者尺有咫噭然一聲怪始倒地俄不見蓋怪徧體皆堅惟腹下三寸可制其死命陸適中乃要害也昧爽家集見怪無不歎異咸稱陸之膽巨而力猛初不知其邀神助也異日須臾甘霖大沛田野霑足官旋以卓異升任去其一爲衞揮府陳仲良以上舍生納貲得縣尉需次汴垣一日由汴至衞中途投宿逆旅仲良獨居内房外則一僕一廚人竝一室黄昏一婦登惟而入布裳椎髻容色不俗鬢邊插一紅花不類鳳婦北地妝飾也僕與廚人方高踞胡牀調片芥婦忸怩陳詞姝有欲笑色僕戲與廚人呵之去青及開而身遍仆地仲良聞聲始知僕蹶覆仆適擊斫者過見一人浴血徧體有身而無首方作刋天之舞别有二人橫臥於側衆乃大譁帚杖竝發尸身倒爱帚杖托手招僕僕託於事呵僕令廚人呵之舞僕始入棺臺置可接屋梁最下一棺停棺無數或有變異事未可知衆信其言噤而往枢之所深遠不見天日束炬始擬羅出棺外陸揮刀直剌其心乃不能起衆因成疑案焉適陸經衞揮聞其往觀之衆見陸威事曰事濟矣告以前後陸屢仆始首徧見弗得送嗚於官成疑案焉適陸經衞揮聞其往觀之衆見陸威事曰事濟矣告以前後陸曰我觀此物亦陸血淋灕被面腥臭異常嘗攜有手銃擊之不鳴怒懼貼泉笑謂陸不走婦以人首擲易制也項得義經一卷於木桿横捷之當可勝也請宥於此二人前後送擊之婦屢起屢仆始入棺蓋自啓中一人徐徐起坐則婦也泉悲驚懼狂奔而出陸恃其勇獨不走婦以人首擲施荼毒陰風颯然棺蓋自啓中一人徐徐起坐則婦也泉悲驚懼狂奔而出陸恃其勇獨不走婦以人首擲日距此半里許有一蕭寺停棺無數或有變異事未可知衆信其言噤而往枢之所深遠不見天日束炬始
一爲太原潘駿雖鄉居而讀書習擧業已入邑庠娶鄰村梁氏女爲繼室伉儷甚篤一日送其妻歸甯行至半婦偏出棺外陸揮刀直剌其心乃不能起衆因成疑案焉適陸經衞揮聞其往觀之衆見陸威事曰事濟矣告以前後陸曰我觀此物亦
途下駱少駐潘牽騾往水濱略作盤桓及返不見其妻四周徧跡影杳俱失
冀其妻之自返也至則竝未言歸於是兩家互嗚於官官詢其地有一巨石方廣盈數丈妻坐石上回時已失

乃命人夫百十舁去此石石洞現其深無底蓑有能入者當畀重賞村人許福短小精悍而有膽智應募而
入初進路徑甚狹傴僂而行覺漸寬轉始猶捫壁繼堪揮臂陡覺一線天光引人入勝推扉四顧豁然開朗別
一世界其中石几石榻石鑪石竈無一非石鑒成精瑩光潔不著纖塵石室三楹頗極幽敞東西兩楹似皆有
人居惟帳中微聞有呻吟聲中楹有一僧肥胖異常腹包如五石甀盤膝危坐蒲團鼾睡未醒福前撼之亦
不動忽東室西室帷帳自啟內有裸體女子六七人身無寸縷見福稱異福視其衣皆冒於椸上因擲與之仍不敢
著也須臾西室女子自內出亦如此狀階下白骨纍纍堆積幾滿福出以狀白官命幹役偕福入凡有婦女
悉取之出潛駿婦亦在其中尚無恙也命牽僧來則百十人呼之不聞搖之不寤不得已以石椅舁之出官視
其容渾如寺中所塑彌勒即命置之囚車舁入城中甫及閶閭僧忽醒眼微視大笑不止忽爾張口四噓狂
颷驟發塵沙飛揚眾皆辟易目盡眯風止目開而僧去已遠官怒曰先天化日之下乃有此種妖魅宣淫婦女
余固天子命吏也苟不除此妖何面目於此土哉于是乃作檄文告於城隍神且下令曰有能捕治妖僧者立
千金眾共樂陸鋐陸曰余能鬭力不能鬭法宿城隍廟中祈求神佑夜夢神謂之曰妖僧
法術精深汝非其敵今彼罪惡貫盈上天特假汝手以斬之用警於眾予畀汝三符一吞服一佩身一角拳著
急時焚之及醒汝今彼果然與之角拳著僧腹
如著效絮微而拳陷入僧腹不得出窘甚忽地中出大急舉所藏符焚之閃電捷過霹靂下擊僧已斃於霹靂
之下

終

月仙小傳

月仙一字月纖姓劉氏家住吳江城南垂虹釣雪之間素為松陵望族父芳列膠庠有負郭田數項歲收二百斛納太平租稅外頗足自贍生丈夫子四而女惟月纖一人父母特鍾愛之將誕之夕母夢桂子自月中落舉袖承之旦遂分娩時仲秋之三日也以故名以桂娥而字以月纖云髫齔時聽慧過人諸兄弟自塾中歸篝燈傍父讀月纖從旁靜聽即能了了學作小詩呈父前父使就師是正師大稱賞有詠綠萼梅句云小謫猶居處士家羅浮夢醒月痕斜碧蕣自愛銖衣薄浪被人稱綠萼華詩格超妙當是瑤臺仙子暫謫人間者宜其年之不永也既長姿色妍麗穠纖得中修短合度或夜手一編曼吟微諷而已里有顧某者其父顧性格幽嫻舉常不施脂粉淡妝粗服惟拈弱腺刺繡紋鈿兄自愛慕悅人作蹇修月聞月纖母聞其富且曾為邑宰歿於任某擁賢歸欲求良匹一日於戚家瞥見月纖心大愛慕悅人作蹇修月聞其母聞顧氏子年已逾冠尚不能通一經不欲遂許之而父顧曰吾聞顧氏子年已逾冠尚不能通一經不欲遂許之而父顧曰吾聞顧其人固翩翩佳公子也欲遂許之而父顧曰吾聞顧奚足取遂謝絕媒即此因走告月纖且繩顧之美月纖雙頰薄賴而微應之曰婚嫁大事惟父母主之姑何與馬姑曰小妮子亦作頭中語耶我不能強作合然悞錯此好姻緣將來轉怨乃翁也月纖不答左顧婢作他語姑乃遂迎去明年粵逆竄蘇臺楓江相繼淪陷劉父挈家避湖右時月纖已十七齡矣鳴同之鳳未聞造吉業畢之燕旋復驚飛蓋賊於據城後游騎四出劫掠所過村落躪靡遺劉所居村亦粹遭冠禍家人各鳥獸散月纖以足弱不能及遠踪跡中伏苗根以自匿賊既退村泉漸集其兄尋至陌頭姑得見而奚足馬獸散月纖以足弱不能及遠踪跡中伏苗根以自匿賊既退村泉漸集其兄尋至陌頭姑得見而挈歸方月纖展頻翅若為覆翼也者夜宿見美女子靚衣元裳笑而言曰汝知今日得免之故乎予與汝皆瑤宮舊侍汝以微譴被謫今日之苗莖真能為馴身之葉發醒而異之因以絹繡其像朝夕辦香供奉歷時閱歲既因其地不可居復遷富土富土者東南一大

月仙小傳

鎮也明初沈萬三曾居之故有是稱後為高皇所籍沒鎮亦改名同里特郡邑大夫僑寓於此眷屬泉有莊生名奮鵬字志霄者隨父母居於此竕而頴敏十四歲畢十三經尤喜讀周秦諸子及漢唐史書下筆千言洋洋灑灑當時老宿咸指為後起之英是年小試玉峯未即售歸而旋遺冠難流難之中惟以杜子美李義山兩集相隨故發為歌吟抑塞磊落感慨蒼涼與草堂翁沆瀣一氣間作小品則纏綿沈摯又有玉谿之風焉時劉父方急於名下固無虛挽槁稔者索其詩文得詠史感懷諸作儁雋快才溢於辭人悉姓之即遺人與莊父言願以名女奉生其頗垂青眼以為此少年者難且得登成婚伉儷蘩篤侍奉二老咸氏則歎曰耳聞不如目見也莊父耳劉名亦顧蝾絲一諾遂定成婚伉儷蘩篤侍奉二老咸得歡心生設帳於外間歸舍或篝燈夜讀月纖必相對咿唔始謂有倡隨之樂哉生笑領之逾年賊平生入邑庠旋以高等貢成均癸百秋試赴白門場事既竣夢至一山尋級而上及嚴腰有精舍笑曰間然而入指耶月理舉妾赴自有女紅篁必相對咿唔始謂有倡隨之樂哉生笑領之逾年賊平生入邑庠旋以廊宇清幽花木叢茂復前進至一書室湘簾半捲中有女郎手執綠梅花倚几微吟不怕敲斷春梁耶生曰媽也生事近而呼其女若不聞也者忽旁舍一嫗出視曰何處狂男子直入人家閨閣豈汝夫俗骨所得妄覬哉不以事此吾妻所居而何阻吾也嫗怒曰誰是汝妻此瑤宮第七女近新卜居於是汝夫近得石上坐道者黃冠羽衣神志蕭灑生速走嵫烏龍乍汝脛未已即聞隔牆黃如豹生懼而出見石上道者黃冠羽衣神志蕭灑生向之長揖遂與竝坐因語之故道者曰此非汝妻塵緣已盡緣盡如香銷燭滅即再燃亦不復臨風佇立戀戀為因舉手左指曰汝妻在是試自詣審勿謂相逢在夢中也生回顧別有一女嬌娜娟秀臨風佇立近而且吾妻所居而何阻吾也嫗怒曰誰是汝妻此瑤宮第七女近新卜居於是汝夫近得欲仙雖絕不類月宛思不辭涼露立多時今宵怪底羅衫冷親試秋風上鬢絲下署碧樓仙館侍史方欲持以還云曲折闌干宛轉而容華亦堪伯仲生因趨近其前女郎急轉入亭中遺一帕地生拾視之上有一詩珊瑚戀為因舉手左指曰汝妻在是試自詣審勿謂相逢在夢中也生回顧別有一女嬌娜娟秀臨風佇立

女郎而不知已往何處心大恍惚欲再問道者則俊已不見聞山上巨聲驟發如虎嘯林木震撼一驚邊醒以為其兆匪禎即買舟歸月纖已病旬餘矣見生至似有千愁萬緒欲吐於懷而氣喘如絲終未達一言而殞生大哀慟比荀奉倩之神傷尤有加焉所作悼亡詩悲感纏綿不忍卒讀後生游幕中州偶至伊陽閒伊園之勝往涉焉亭臺池沼結構幽雅而山石尤奇秀鼇拔峰回路轉急得一亭曰木末亭風景髣髴當年夢中所見異之亭之左偏有鷗香榭紅稠花開清芬遠激生至其中小憩足甫及閾見已有一女子在斜坐石闌拂琴欲彈遽不敢入廊下適有石磴靜生細聆之聲韻泠泠颯然有仙意忽一經中絶戞然遠止女子回顧見窗外有人影推琴邊起扶婢過橋徑入亭中生再見須臾閒有數婢至謂已遣肩輿來迎女子遂去生入視彈琴處見壇臺遺有金扇一柄知即女子物也署爲碧榭三姊生驚爲天緣詢之園丁知女係吳中人隨父官遊至此其姓則朱也父新罷官僑居於此生遂倩冰人往說女家本仰生便荷允音結褵之夕生出扇還女并話前因女呈篋中詩本前詩宛在乃歎此段因緣實趾離子爲之合也

十鹿九回頭記

十鹿九回頭記

雲間為人文淵藪以功名顯者代不乏人蓋九峰三泖山水清淑靈秀所鍾人才間出國初王以兄弟同朝二張以伯侄繼起嘻盛矣至咸同年間多起而隱去者或曰此十六九回頭之驗也識語相傳蓋已久矣按華亭縣志十鹿九回頭碑在普照寺橋側刻十鹿於上陽紋隆起頭角崢嶸其一順向峰顛松人以作事不前謂之十鹿九回頭也曰否不然鹿之通祿也鳴其跡類是以余所知者凡有九人例得連類而書之佐證姚光發字衡堂由拔貢任高郵州訓導廉勤服勞水災髮賑米毫不狥私同寅某廣文造飢民冊多侵蝕君恠諷之不聽某意受暑疾暴辛既成進士適卧病次年改庶吉士散館觀政戶部太夫人高多疾陳情歸養時諸寇南竄君與郡紳籌軍餉辨團練多奇績城鄉擾安堵親事單年已六旬不復出山當路延君主講雲間求忠景賢三書院時士子遺風之後學殖多荒落賴君欲迪人重修縣府志君為總纂三年而書成董事并然有條靈龍云年八十有九張雲望字椒嚴婁縣人其先明萬歷中以張家父瑯嬛裔主事姚君狥節甲寅咸進士授刑部主事君狷介見後乙酉選拔明年戊子將重赴鹿鳴耳聰目明醬猶未翁咸推為省靈龍云年八十有九張雲望字椒嚴婁縣人其先明萬歷中以張家父瑯嬛裔主事姚君狥節甲寅咸進士授刑部主事君狷介見後乙酉選拔明年戊子將重赴鹿鳴耳聰目明醬猶未翁咸推為省靈龍云年八十有九張雲望字椒嚴婁縣人其先明萬歷中以張家父瑯嬛裔主事姚君狥節甲寅咸進士授刑部主事君狷介見後乙酉選拔明年登專榜王君丙以誠起家司籍甚廷對第一迄今三百餘年科甲鼎娛已十五世矣文珽歲貢司鐸如皋年八十登專榜王君丙以翰林起家文名籍甚廷對第一迄今三百餘年科甲鼎娛已十五世矣文珽歲貢司鐸如皋年八十登專榜王君丙以翰林起家文名籍甚廷對第一迄今三百餘年科甲鼎娛已十五世矣文珽歲貢司鐸如皋年八十登專榜王君丙以翰林起家文名籍甚廷對第一迄今三百餘年科甲鼎娛已十五世矣文珽歲貢司鐸如皋年八十登專榜王君丙以翰林起家文名籍甚廷對第一迄今三百餘年科甲鼎娛已十五世矣文珽歲貢司鐸如皋年八十登專榜王君丙以翰林起家文名籍甚廷對第一迄今三百餘年科甲鼎娛已十五世矣文珽歲貢司鐸如皋年八十登專榜王君丙

以居適王君竹鷗亦旋里相與倚徉山水間或酒館延賓或歌場顧曲中外士庶望之若神仙中人年七十有七王承基字竹侯上海人自拔貢受官刑部轉員外郎楷寇北寔君隨大將軍鄉賊於天津致功擢廣西平樂府涖井陝西按察使斷獄明允整譽隆赫旋權潘司篆未匝月回匪犯順圍困與外郡縣文報阻隔後絕糧阻危城中炎炎不可以終日君晝夜籌防心力交瘁久之以病乞骸骨解組歸嗣晉大旱至鬻子女人朝食大吏以上海物殷繁閭富巨賈所萃徽君籌撥備賑君督以千數百萬活人無算人咸頌其精功垂裕非虛語也君善音律喜臨池筆法宗王大令參以董尚書持鍾盈於戶年七十胡永頤字松㒳青浦人原籍休寕先世東驛青浦葢室以居至洛靖公寶琨由孝廉位至高書顏請入籍君其六世孫也譽業菜族大紫滋君少習學業書法勁遒遊幕北方恆鬱鬱不得志年近服官始奮君剒筆書平反寬緻糧署政
此鳥合之泉易處乎請出城馨之刺史集壯丁豎乃餒屋鄉之四郊未幾偶以詩塘泥中人言籍君胃然
曰此非樂土也亟遷居蘇閫捻匪克斥謀者告曰寇負城遂則望見旗織矣食肉者束手無策謀
歸田後袖清風猶是書生本色青浦祖居熾於兵燹壯丁餒以萬計去矣聞賊數以萬計去矣
訓導舉於鄉時徐君海闐捻匪竄克老馬年七十易生子易以詩旌墹縣之西郊其由原貢任海州
諸君徐言曰此為合之泉易處乎刺史集壯丁豎乃餒屋鄉之四郊未幾偶以詩塘泥中人言籍君胃然
王教官也來送死耶君曰我胡畏死特闇汝筆省族滅矣以順逆利鈍賊羅拜柵佛爺項刻散去危城獲全潸
帥將上其功君固辭反以此受籠官歸不名一錢丁父憂諸弟相繼組謝蓁婦
貢保藥拔貢壬午保衝省試疾歸卒君西河慟切病愈腳頓不能行六十有九仇炳台字竹屏秦人所居優
孤兒撫君試得疾歸教習除邑令不就成立君年已近花甲遂隱居笏溪不復仕進每逾春秋佳日則偕良友四五人泛一葉扁舟
邇祥于峰屏湖鏡之間紅樹青山綠梅黃菊散生身中酌酒分韻至夕陽西墜而歸主講金山縣柘湖大觀兩書院
近笏水號笏東老人始以拔貢弟入詞楮聊資靑雲而直上俄丁父憂諸弟相繼組謝蓁婦
所作時文律詩最利場屋就贄問業者益衆旅府志為總纂書法宗魯公得其尺幅若拱璧君狀貌清癯食素少
十鹿九回頭記

長子渡過時而哀肺疾時發精氣漸衰年六十有八耿蒼齡字思泉華亭人晚號萸菴退叟父省修承先人志置義田以贍族官至河南衛輝府君幼負雋才習舉業屢試不售通佾郡紳辦民團由同知謁選知湖北德安府德安屢遭寇蹂書院寳興諸田久為豪勢侵佔君亟清理盡復舊業西郊白兆寺為李青蓮讀書處遊詠之餘捐置胺田以奉香火旣歸辦金節堂創建內堂號含留養貞發戌辰修金山觜土石海塘君董其事暮親事畢杜門課子不復出仕長子徐清拔貢授官戶部君眈吟詠而不解塡詞好賓朋而不能飲酒東性直而外貌圓融以故少長交游罕有相忤者年六十有二顧蓮宇香蓮華亭人父燮以名翰林出宰山西靈石縣年五十始生君幼失怙賴寡嫂撫育稍長聰慧絕倫強仕之年成進士入館選改四川梁山縣人怡然曰此吾家舊青氈也始權隆昌年餘履梁山新任川民故健訟每放告期案牘以百計擔君知其情一一惡婦盡法懲治民乃相誡曰母輕涉公門致梗我賢侯禁令也由是爭端泯刀風息草滿庭前頌聲載道君優於才國政家事無不親自主裁未及三年鬢髮皆白乃以海防升員外郎解組回里蓋以進為退也廖乎馬屏有未嘗五十已歸田之句可以遺贈年四十七之九人者或優游泉石或嘯傲山林芥視軒冕展脫名利卓然高路識不可及也

花蹊女史小傳

花蹊女史姓跡見名瀧攝津國西成郡人其父重敬列於士族通書史詞章有聲於時女史性明慧生三歲已不與羣兒嬉戲惟好書畫偶執管揮灑便有法度書作枯木寒鴉圖神畢肯奇之特擇名師授以八法女史偶書紈扇字跡娟秀為父友所見曰此衞夫人簪花格也精進不已當以書名當代女史闇之潛心力學斯夕不倦其詣益造乎極遠近閨秀詒無與抗衡者居西京有年名聞筆硯羣以不櫛之士目之咸曰班姫蔡女復見於今矣明治五年壬申春始來東京以書畫法授弟子於是習書畫者始知有點畫波磔鉤勒渲染諸法當時翕然稱之請業者戶外屨滿幾於門限為之穿乙亥冬新築女學校於中猿樂坊大興女教生徒列於絳帷者常數百人裙釵爭以識字為榮一時風尚所趨俗為之化西洋女子亦益入學執經問難彬彬有禮所教為和漢書籍及書畫歷算其所來受教者容儀員靜咸庸然具大家風範焉女史芳齡三十德言工容四者具備既美外儀無謹雖日周旋乎絲竹之場壼觴之會終之妙莫或過之余亦好敢故徒以才稱女史失之矣西洋人仰其名以重金求畫女史為繪四季花卉自題其端曰趙昌好畫四季花卉以夸嬋蹿寒葩山茶或梅花黃葵芙蓉紙上古來寫生之妙莫或過之我宜於此而出乎諸品上也此雖小品亦可覘所見之卓異焉今以櫻花牡丹紫藤薔薇葉山茶珠覺其芳姘之明治十六年冬女畫四季花卉在我邦不得不以櫻花爲五大洲中所仰所仰重詩文詞賦迎姚君子重珍異為余曾徵為訓導女史上表力辭宮內省亦屢徵見恩賜綢疊時人榮之史大闊成蹼館甄別其門下女徒一時就試者數百人先期女史貼書招簡招蒲生君子開為介姚君少負雋才為東國名流所仰重往觀而折簡招蒲生君子偉人傳尤膾炙人口是日女史明妝炬服席於館之西窗下東面高坐女生徒數十人羣穿緋袴侍坐於右其

他席於東壁西面而坐者若人人席於南軒北面而坐者若人人項之一少女自北房出徐步而前布白盬於
席又一少女隨之揮桃茢蓋行襪事也既畢揭神位於北壁攜白木長几置神位前女徒歲起持果蔬魚鳥常
帛輾轉遞行至前凡數十傳而後進之神位前几上然後朗誦祭文誦畢二幼女就几側披講漢書吐音清亮
辨字明晰一日西村信子年甫九歲一日丸山姓年甫十歲洵神童也繼鋪紅氍毹於地生徒數百人更迭而
進濡染大筆作擘窠書字或大於人龍跳虎卧神彩飛動其最幼而工者曰三條富子年八歲曰岩崎富子年
七歲曰三條智惠子年十一日三條淺子年八歲曰松野鐵代年十一日松平丙子年十歲中一女子作淡竹
數竿風姿灑然神韻獨絕姚君文字也
意馬異而詢其名則曰桃子也獻技竟徹其儀如初館創於明治八年至今又八年矣設於寨中契至於姚君
今日得躬逢其盛豈非其言之克應哉論者謂女史目中無餘子而獨心折於姚君證文字於寨中契於岑
閨女史主講東京女學及門桃李之盛始無與比時與使署人員往來唱和而於何張二公使尤密亟欲一見
女史故有戚誼翰墨往來彰之甚力以是四方女史夙有成諠翰墨往來彰之甚力以是四方
於海外斯亦奇矣子閨與女史故有戚誼翰墨往來彰之甚力以是四方
都知其名天南遯叟於己卯春簿游東瀛道經長崎詣余元眉中翰署齋見壁間懸有女史畫心識之繼而抵神
戶小飲廖樞仙廣文樓中獲見女史書畫詩詞堪稱三絶知女史為日東之矯然特出者迨至東京旅居最久
貼書蒲生子閨日閨傳粉何郎畫眉張敞元眉更乞得其畫鄙人不敢歲步後塵閨即
閨女史既訂期相見已有成約遯叟同人有晃山之行客裝已具不果始信一見之緣亦有數存乎其間也
遯叟轉違至日光山麓宿於峙青環碧之樓壺酒獨酌九月穿梧飲既薄醉隱几假寐忽見一女子珊珊來前蟬

鬟畫衣非時世妝東手持名片一紙上署雲隱詢何人答曰日光山神也特召君邂逅為之肅然改容出則駕車以待須臾已抵一處壯麗髣髴似王宮歷闈數重至大文閣謁見雲隱君則一十七八歲麗人也起延邂逅入行主賓禮女曰此山之神南北東西主者凡四忝居其一君為中原文士幸履敬邦特冒幽明之嫌一見芝宇歆慕風雅願乞詩詞遂邂逅亦不辭慨然援筆書二十八字云一騎匆匆去海東自慚無地著英雄窮途落魄誰相識反出裹釵冷眼中女連稱佳作闌東有趣出同觀者丰韻淡遠不可一世女指謂邂逅曰此即君所欲見之蹟見花蹊也邂逅爰離座長揖修士相禮須臾以玉筝斟酒邂逅作琥珀色女曰此桃花驢也所釀凡人不得飲特嫌易醉耳邂逅數酰侍婢又進胡麻飯甘香盈齒頰邂逅方欲起謝蓬然而覺則身固在旅樓也晃游歸途內渡僅見女史於夢中耳與花蹊同時而立負才名者曰文鳳曰晴湖文鳳子閩已為立傳可長不朽晴湖姓奧原性狐罕與流俗人往還故無所稱於時花蹊聲氣廣通既常出入宮中且當代貴介女公子無不羅致門牆車盈綺羅接席磬華籍甚職此之由蹇之者亦復不少東京日報忽錄有訃詞傳其已死者吊者廬集而花蹊固無恙也乃自登報告之不知何人為之惡作劇此更異於東坡海外之訛傳矣諷子曰天下之廣四海之大鬚眉男子畢生無聞者亦復何限而女史以一巾幗名達天闕華族貴人咸執弟子禮西洋數萬里外之人亦知愛重其筆墨今女學焉豈不盛哉如女史者可不謂曠世之奇女子乎哉

林士樾

林士樾閩之古田人客遊燕京寓居城外蕭寺中寺係六朝時所建蘭若紺宇琳宮規模宏敞惜半荒落矣生所處為佛殿後數楹距僧寮尚遠出入必鍵戶對面有東西兩廂房尚無人居聽其所操口音則秦人也初見一揮之外不再欷曲昕夕相遇但領首而已一夜月光如水頃觸鄉思沽酒獨酌醺然徑醉隱几假寐竟入睡鄉及醒則良夜將闌蟾輝漸匿忽聞窗側有笑語聲耳細聆之清銳類女子音許謂禪利中何得有此啟扉出視見西廂燈燭朗耀如畫窻前鄉之則秦客面南中坐兩傍坐四女子年約十六七皓齒明眸異常冶麗對生者獨作聲呀伏窗之外方擊鼓飛花舉杯相屬秦客手執梅花一枝遞於東座生疑今非冬令梅自何來須臾鼓聲忽止梅正在北座美人手中聞美人云素不解律書問棻閣近人詩有細嚼梅花當點心句此語何如眾皆曰善例當東座者飲顧東座者已欠伸作倦態引其立起向秦客曰夜深矣歸休乎推窗欲出生恐為其見乃隱身於庭前雙桂樹下女行經生側者徑詣東廂扉而入生亦歸臥翌日早起伺秦客他出自開室中行箏蕭然帷帳衾枕之外了無長物几上置鐵匣一舉之重不能勝生異焉仍為之闔扉而去旣夕秦客自外返甫入連稱昨日夜預知他人之入室也者時天氣漸炎熱階前隙地頗廣涼風颯然至秦客露生見其儀於燈下作呷呷怪事若因呼生出曰君昨夕曾硯余僕手耶生笑曰聊溫故業耳功名之心久已如死灰矣談次問生曰君有所不利生慚然色變久之日扉而入室也顧僕無所長恐於君有所不利生慚然色變久之日吾觀君始異人也顧僕無所長恥從余飲以破寂寞手把聲入室則已煥然改觀轉瞬間二女婢立於前探筐出肴鐉熱氣蒸騰若新煮於釜者陳列几上玷滿生方處有無酒則秦客已啟鐵匣四女子自匣中躍出各執一壺問瓊漿何以不來答曰方赴瑤池偕洛姊拉

至耳須臾二女自空而降神韻婷婷不可一世秦客曰洛孃亦憶陳思乎五百年一度當於紅塵小聚藉償鳳
情至於綠之脩短亦視其人之福分耳爰命生與洛孃並坐居賓位面南己居主位面北四女子仍
東西旁侍焉生詢四女子姓氏則長眉豐頰者為細孃纖腰玉肌者為端娘媚容流盼者為葸孃娟娜臨風者
為雪孃生量頗豪秦客亦罄無算爵六女子每飲必引滿而壺中不見其竭席間生故設僻令秦客與瓊孃連
沃數十觥繼行射覆秦客亦窮罰雖倍沃不勝告歸寢秦客笑曰狂乎情急矣乃命婢導生與洛孃初
昔而已遂疑所為涉於夢幻向秦客曰我豈歆子哉今夕仍請顧我生諾馬
由是夜聚朝散夕醉晨醒習以為常一載有餘生忽告別曰余將有遠行南極乎金馬
不欲行四女子亦來就燈卻妝一笑一悼速手東方既白宿醒開眸審視一無所有故帳塵棲敝食綠仍始
置之於林女亦窮梧竹永訣在茲相逢無日子亦可從此逝矣生聞言涕不能仰何抑何雖別之
碧而歡娛之彼當自至但有所囑慎勿涉於浦也言訖握手俓去悠忽已香生自是徧歷四方所至不交一客
長而西窮乎蒼梧斑竹夜剪一室夜靜無
人焚香祝之乙室香溫花平所未見者也後生揚歌聲如沸而從未見其招妓俾
鴻也因是竊竊疑之而猶未敢發也生有內戚蕭穆齋者生妻遣之來以促生歸與生同寓而異室夕聞生
室中笑語聲喧雜訝寫主人亦告以所異因留心覘之見一女子容華艷冶天人不曾也吹竹彈徽歌獻按
曲無所不工斗轉參橫其聲始寂明旦以所詢之生始猶諱曰無有也證以目見乃具宣揚於外
出林頭所誌一編示蕭曰此即余日記也蕭見其標題曰奇緣自然則所謂洛孃者竟蓋天下慚之陳思洛神賦殆有託而言後世稱為感甄賦荒唐之詞也今君所記
閏甄后美而貞靜遂譏而頗天下惜之陳思洛神賦殆有託而言後世稱為感甄賦荒唐之詞也今君所記

無乃污衊古賢后乎生笑曰阿瞞奸雄曹丕纂賊以天道論之宵有貞操苦節以彰其家聲者哉世但知宓妃
乃污衊古賢后乎生笑曰阿瞞奸雄曹丕纂賊以天道論之宵有貞操苦節以彰其家聲者哉世但知宓妃
搜枕盜嫂貽羞而不知其家庭中已先有聚麀之讙當時阿瞞破城甄后出操見其媚波嬌露冶色蓋花歡
為真吾兒婦遂驅丕出事實有不可言者記中言甄后體有異香每出汗著衣作桃花色浣之不去其香經月
不滅后一目重瞳其光倍明能於黑夜暗室中拾針芥后纖腰細頸窈窕多姿亦能效飛燕作舞一
日著碧綃之衣曳輕縠之裙翩翩起立回翔久之幾欲乘風飛去一時殿上下觀者無不歡賞但后不屑為耳
后精於女紅繡物寫真栩栩欲活嘗作白蝶圖懸之內廷慧當雪衣娘為雪衣娘之所愛也見必撲之
窕地蓋以其似真也后能作小詩誦稱為雋一日生正在室中聞鳴鉦者過亟出視之則作猴戲者也猴巨
似人生悲憫欲泣當時傳誦清新不拾牙慧寄閨中女伴云紅蘭之泣露對啼眼兮娟娟陽窈
君眶妾故一洩厥忿耳後生捷南宮筮仕於汴與伊園主人素相識特遣急足以迎之至伊陽戒途方始是夕
女側焉以悲而泣然曰與君緣盡矣自此一別遙隔千秋君其善自珍重勿以妾為念生不解但慰藉之不
越數日過洛水正欲登舟急思泰客言紆道而行至寓覓銅盒則已羽化帳惘欲絕生自是入戴眉山修道不
知所終

燕劍秋

燕劍秋山西靈石人少有膂力喜習武事能挽強躍駿馳騁原野弋飛射走割鮮下酒習以為常嘗逐一猛獸入深山中數日不出人疑其已死矣及歸則頹改前行折節讀書閉戶靜坐抱膝長吟有造門訪者弗見易氏為杭州太守馳書招之生素聞西湖名勝思往一游束裝就道路經漢臯逆旅中遇一羽流神志瀟灑狀頗不凡生揖而與語言多元妙異之詢何往謂將有蘇杭之行生曰然則與子同途何也因問上人氏為誰羽答之什也因問鏡師道號曰余固蜀人也少在峨眉山上從師習煉鉛汞之術其成外丹及長知其不足學遂往勞山住持上清宮之翰飛即我師也賜號靜修授以符籙觀子玉骨珊珊身有道氣儻可結方外交惟酒生酣卧偶之側不容他人軒睡請同寓異室何如生日諾謹如命是日則聯鑣共話夜則同席倾談靜修固嗜酒生亦豪於飲對酌酣飛零露猪漲鮮虹可愛一若新摘於樹者擘而食之其味俱備生因服靜修符項刻取至則枝頭校露往往達旦一日生偶話南海鮮荔美異常今久不領略此異味矣靜修笑曰此亦何難飛符以過游戲小技耳何足尚繼而至南徐經北固登金焦兩山流連匝月生因繪焦山夢隱圖徵題詠靜修日我向有同學世妹隱於此間今求之不得詒已移居梁溪畫與君東之慧泉山畔庶或遇焉生之山麓有淮提菴者為女冠清修之所潄霞仙史琴川世家女子父固名秀才有聲庠序閨璹名族將嫁而夫亡悲怨盈懷誓隨壞戚甹婉勸導遂入空門第末祝髮耳仙史心慧妍頎解文字具具潔辟而又多病三人皆有豔名長日薫仙次日蘭仙三日芸仙梁溪人為之語曰少者尤妍生有鉢池山人者素才名既有盛志趣盆高以致兩爐風歇不見容於流俗因而閉門謝客習靜養疴時人罕覩其面其下有女弟子識潄霞往來最密曾贈以七律二章用誌鴻雪因緣其一云少年豔說武陵春今日纖身始問津難大懶迎塵世客桃花偏媚避秦人未參禪悦修清果得賭優曇證夙因何物與鄉堪比潔在山泉水淨無塵其二曰維摩

善病性疎慵舍笑拈花示色空大白滿浮醉山色小紅傳唱過春風從來知己心能印況復多情佛本同賴有神通龍象力居然到藍珠宮於時鉢池山人以勻當公事亦來梁溪適與生相值生既聞其名而羨之即乞鉢池爲介一櫂蓉湖同往訪過藍蕙二仙詣鄭寺惟芸仙在出而應客生一見傾心神爲之奪贈以素鷴四端日本珍品也漱霞特設盛筵於彌羅閣中酒半芸仙託故醉去匿不復出生興索然遂別歸以告靜修翌述其神情態度靜修曰此必余世妹也漱霞當代作褰脩何如生雖然起日誠余所顧不敢請也望日之隨後深入空山靜證不復見履塵世矣靜修笑曰汝何時來此吾師現任青霞山修道時有書來謂有塵緣未了須待六十年方能坐隱因指生曰此即其人也蕙仙日君將左抱浮邱袖右拍洪入蘭蕙二仙留之日少坐亦何妨事靜修附耳語之可䑛形斂跡入木石水火並無所害妹將擇庚申日禮斗罄遂餔靜修徑叩禪關三女冠並相迓芸仙一見釵稱謝作寒暄何容易非數百年苦功不能臻此境界汝可掌心可戲拍其肩彼即爲情絆矣其言芸仙嫣然一笑珠不足怨客蕙仙曰此蜀山中猴采百內丹已成不日冲舉特以丹砂一粒賜言服之意生木火坵毗無所害坵卽將呈堂來我書一符於崖肩乎正言漱霞已設讌歆生兩實四主履烏交錯杯中酒作紺碧色味甘而冽漱霞曰此果實米穀以往果釀成閱十二年始飲每達歲舍猴於山麓瀕水處陳列數十罋近山鄉人掉扁舟載果實米穀以往視變數若干亦積作若堆然後攜罋以去售販遠方頗得重值猴伺人去搬運歲恒如此所謂之猴市酒謂之釀飲之延壽世多寶矣此酒質釅而性遲醉必作三日睡不減於中山十日酒也生頗弗信項之肌膚怦然欲剚翩然卻若君恐不能歸矣酒非佳客不出也以鍊生贅歓不絶口鏧無算漱霞目生而笑日今夕玉山漸倒靜修親挽之至芸仙房芸仙曰師兄何悲作劇靜修曰前緣已定不可違也子善待之吾行矣芸仙篋中故藏有醒酒丸取以納生口中食卒間誤取丹砂入口須臾酒氣盡清面上先彩頓爾發越生邃欠伸作

倦態曰美哉睡乎忽觀芸仙秉燭立於旁肅然起立曰余醉累卿不眠何以為情芸仙微笑不語生自覺體中有異骨節通靈能兩手高舉蹠空而行能穿牆壁了無窒碍在因歎曰此殆數也乃謂生曰子今服靈藥可冀長生余頻年擇壻磨鏡者流而事之子既身有仙骨正可為余嘉耦不意也一粒丹砂竟作君姻緣薄中之如意珠事之難以預料也如此歲芸仙既歸生即偕靜修泛身金闐虎阜排日清游時拙政園半已荒廢怡園規模雖日漸開拓黃冠旁觀者凡見芸仙無不驚其豔冶遠而為境頗廣畫船燈舫士女如雲芸仙已改作時牧靜修尚服偏冠楚楚頗加賞識生曰何不招來侑觴幾疑閬苑神仙挾飛瓊而下降紅塵也節修閱船家姝以沈金蘭為翹致之既夕新月已上微波不興泊適左玉從歌浦來能粵謳堪裂帛一時東舫西船悄然傾舟方其臺舠集發聲初唱咽韻悠揚少項琯繁歌脆響可過雲咸演戲劇曲無不擅長歌喉急管徵可聽無一譁者蓋吳人閒粵妓歌謳自此始故以為奇生至西泠則舅氏已改官豫省入都引見薄游四日靜修別去謂生曰可以離世網矣恐障礙愈深難脫屐於名利場也後芸仙與生偕隱於天台不知所終

消夏灣

穆仲仙南昌人世讀書至生移居潯陽棄儒習賈偶乘輪舶至漢皋激浪衝波其去若駛心竊樂之人謂之曰此特觀於江耳若至大海其奔騰澎湃之勢直可移山而撼嶽也生於是興乘桴浮海之志每遇海客輒詢海外風景有乘槎上人者曰東高僧也談瀛洲蓬島員嶠方壺之勝如指諸掌更聞之揖首伸信曰按之東西兩半球縱橫九萬里有八類各君其國各子其民舟楫之所往來商賈之所管箪颺輪四達計日可至安有奇境仙區如君所言者哉即如美洲在我足下太平洋海汪洋無際別有大地山河以足佛經四大洲之數乃三百年來未聞覓得一島探得一地則他可知矣上人一笑置之弗與辨也生雖習貿邊術而學問淵博吐屬風雅視居然列於士林者皆所弗逮少學率更書法挺秀異常貴僧無垢酷愛之延至其國寫經願以巨金贈一日薄遊橫濱散步海濱觀一輪舶甚巨巍峨峙天際聞之曰此為郵船在美洲猶居次所謂乘興遊發束裝遽行有阻之者笑弗答也既登舟三日颶颶忽來狂颶掀天怒濤捲地生殊不懼日此真所謂乘長風破萬里浪矣蓑踞舵樓翹首遠望自若西人咸曰壯矣經二十七日抵嘉那其地多華民居數月鸞鸞不樂偶登樓遠眺見一舶更大於前舟船有烟筒七突烟微起已蔽半空詢之乃往英京倫敦者興曰我正欲環地球一周耳即擕行李登身行程未半生偶步船旁大風驟起人海中此時欲行拯救法然興日工舟子但望洋驚歎而已生於此不自知其陸海浮沈波浪所厄泛鷗驚半夜飄至一灘始醒自捫衣服沾濡殆盡仰視星月猶有微光念不如攀援而上再至海濤所近岸皆嵯巉怪石巨皆生旋久之始得至岸喘息甫定天已微明俄聞嗌呃聲自遠而近衝激石岸勢極洶湧錢塘八月之潮無此震撼也自幸早登彼岸得慶更生轉念子然一身遠離家室於數萬里之外今罹此難雖不至葬於蛟宮鼉窟中終恐不免為異域孤魂珠方餞鬼言之可涕因是生平豪氣為之頓除天明環視島中曠邈綿邈杳不能見

其所至附近絕無屋廬惟見松柏參天柳榆夾道入其中青翠欲滴衣袂皆作碧色時當夏天氣清和林鳥啁啾山花芬馥樹頭果實纍纍紅紫可愛類皆摘之可食風景清幽真覺別有天地生行數里見一石室几榻畢備乃入而憩脫身上濕衣冒林梢曝之不一時俱爍室前有一樹柬實離離生膆覺饑撲得數十枚彤長而巨其味甘香沁齒趣就之見有茅屋數十椽溪澗回環泉聲喧貼略約橫施此門臨水生徑過橋方欲叩門雞畔一犬突出向之而吠一老者扶杖而來詢生何方至語音詰曲了不可辨生所答老者亦笑而不解爰招生入室縷有炊煙起趨生遺種往前復行十許里不見一人苦無問訊日已近午遙望東山林除縷

室中亦無凡案皆席地坐有古風焉老者抽架上書示生問識字否可作筆談之字蚪蚪瞠目莫辨老者授生竹簡漆筆命生作字生寫令體書示之老者莞然似有一二字能識遽設席生所坐則有瓷盂二器老者但拘食一七若以此為肉之佐者生竟盡一器席撤陳皆鼎俎所供皆刀七肉食之外則有瓷盂二器老者但拘食一二七若以此為肉之佐者生竟盡一器席撤即有小僮進盤匜盥漱項之老者折簡招鄰翁來須臾鼓帶者數人至咸與生為禮揖讓周旋皆與世異生所語皆不能通老者翹首疑思久之若有所會令聲奴控衛迎西山隱士翺然卻至難與者奴竹簡諸人肅然起俟指生與觀生具意雖此來會令聲奴控衛迎西山隱士翺然卻至難與古衣冠而裝束稍異諸人肅然起俟指生與觀生具意幕下參謀兵敗被執以計脫去實見間粵閩崖山之役舟覆入海飄流一畫夜得至此間若有神助老者數人皆避洪水之難而至此承其指授由漸晚古人言簡而意該不可及也余居西山之麓小有園亭當暑隱於此不相通承其指授由漸晚古人言簡而意該不可及也余居西山之麓小有園亭當暑君盡往偕同住有中華船舶經此可載君運也生欣然從之乃辭老者而行居兩月餘盛夏日長驕陽當空如張火繖隱者意不可耐謂生日天氣炎焗君盍偕余避暑消夏灣何如權

行在山垍中約實十許項須拾級下觀石盆嶸露踐之心怵四周石崖數十所鑱刻精巧石几石榻先滑異常布一葉扁舟沿溪行路甚曲折溪盡得一大湖乃象泉滙流處自上注下作瀑布百餘丈灘雪跳珠喧陷數里瀑

有一石樓特高迥引瀑布從頂上過散作數萬道飛泉自簷際下垂有若珠簾古稱之為水簾洞數千年前山主憩息之所也今為隱士所入其中雖六月須御木棉幾於不寒而慄隱士謂生曰中國典籍所稱逭暑之臺招涼之館有若是之天造地設者乎怨昏以人力為之者也生為之贊歎不絕口居未浹旬生患喘疾蓋由感寒而然隱士曰此間過涼不宜君體過此有竹院荷亭亦足供消遣盍再偕住生從之既至則池塘寬廣約數千畝其中植芙蕖紅白相間風送香來可察鼻觀皆精絕其蠢鼎皆三代以上物也隱士藏有百花釀日以碧筒亭之式各異中陳設赤俱不同苕人香爐迤皆精絕其蠢鼎皆三代以上物也隱士藏有百花釀日以碧筒杯飲之醉則以鐵如意叩銅槃作歌猶不忘宋之亡也居十日又徒竹院陰森數里院特高峯其下可建十丈之旗其寬廣可聯生千人甫入院門即有水晶宮一座中蓄金魚數頭行藻交加觀其泳游恍若置身濠畔所鋪之磚悉以銀濤鏤空其中堆置茉莉芝蘭香氣拂拂從足下出四圍牆壁亦俱嵌空玲瓏生花活蕊幾充院後置有水車風櫃觸撥機挨自能運動雾時間細雨如塵灑於半空微風生涼充乎四座雖赤帝炎炎駛亦當為之退避兩月髮去秋來乃與隱士乘舟返謂隱士曰此二所者真可謂人巧極而天工錯者也君得居而有之清福豈有涯哉生固體肥憚暑而視世之趣炎附熱者茫如也自此不願再履人間遂逍遙於海外以終老云

白玉樓

楊蘭士太倉人少聰穎讀書目數行下咸以神童目之及長出應小試無不冠其儕偶十一歲已入邑庠督學使者甚賞其文曰此楊家千里駒也旋以拔萃貢成均秋闈幾成元此時自謂取金紫如拾芥金馬玉堂非異人任也顧五上春官竟不得第輒輒京華頗無聊賴菜羹獨遊西山緩轡徐行惟意所適經叢木鬱處爽翠撲人眉宇遙見觀閣參差縹緲雲外鐘磬冷然音達下方生擊塞於樹竟入寺門仰視其榜曰香山寺殿五重崇廣恢宏中方珠致登軒一覽山色盡收入目中其扁題曰來青為一寺最勝處庭多長松謖謖風來塵襟盡滌生供茗清芬觸鼻觀味之甘冽異常生異馬有頂命香積廚供膳素筍脯蔬美之外有酒一壺生曰山中別無所有惟一茗一酒稱佳品此尤禪寺僧之酒味微似玫瑰露香韻中略參藥氣盡三爵醺然有醉意生曰酒少飲則醉多飲反醒居士如下信與杯一色寺僧謂生曰山中別無所有惟一茗一酒稱佳品此尤最上乘禪寺僧之酒味微似玫瑰露香韻中略參藥氣盡三爵醺然有醉意生曰酒力誠不淺哉寺僧曰此酒少飲則醉多飲反醒居士如下信不待其舒也所烹之水為金章宗夢感泉澄激作碧色或曰下有碧玉玦或然也居士來遊當在杏花爛熳時即請試之十二杯之後骨節通靈異常酌適如其言果然因詢釀法寺僧曰山中所產杏林成而以琥珀杯配馬注酒杯中丹井故其色赤釀成名曰赤霞仙膏藏窖十年始可飲久飲益壽延齡不減人池功德水也生又詢茗有何異寺僧曰若採自香爐峰後為人跡所不到每歲先遣矯健者從樹際懸艇下垂竟童子探升而上芽茁即摘不即舒也
小白長紅十里一色遊人無他矣如入象國中得未曾有生聞之不禁汝等占盡與我平分樸被求宿寺僧因塵裏烏知神仙福地在此恕只愛笑謂寺僧曰天壤間靈境多被留軒左一室為生眠憩所有木榻其前流泉潺繞其後一枕初甜萬念俱息夜半忽聞有以馬策搗門者聲甚厲生起隔牖聽之中一人曰初不知楊蘭士下榻此間反至城中編覓殊令人奔波幾站口操北音初不

白玉樓

相識姑啟門肅入見其人作衙署中裝東院問生姓名即長跪請安曰奉主人命迎君至蓬閬第一天因白玉樓新搆落成求君作序也乘輿已在門外請即發生不能辭易衣登車其行肯肯如駛激雷追風如蹴空際俯視下界皆黑莫辨星斗光芒閃爍右可捫須臾已至宮闕巍煥氣象似王者居閽人傳呼容臨即有逆者二人出導生入殿旁小室中坐霧閣雲窗精絕罕比旋具湯沐易新衣冰綃雲縠非人間所有也俄闢殿上樂作主人出矢命生以賓禮見生入降塔相迎分東西坐左右奔走者皆美女子也捧茗侍生側一縶姿容尤豔生整襟危坐不敢作劉楨之平視主人儀觀甚偉髭鬚踈秀廣額豐頤目光如炬詢生諸美人導生應答如響剖析疑義毫無滯機主人肅然起敬曰此真博學才人也許乘瓊所薦為不虛矣爰命諸美人導生觀覽各處然後至綠天深處小讌殿後左右廊廡長可數百丈四時各有一所以備遊憩春曰沁香夏曰環碧秋曰懺素冬曰自怡時方長夏正苦炎熱其中暑氣全消可著單袷水晶盤中雪藕冰桃沉李涼堪震齒沁入心脾庭中激水漱雪跳珠風生習習庭之南有荷沼廣數十畝翠葉紅花清芬徹骨以石導美人曰請假此室以銷何如美人不答他顧而笑諸導者曰辛巳冬間香海印局失火橋橋上悉冒以諸藥莫絲然成橋曲折登一層多藏書籍縹緗快軼離炫目視其中亦有近今人著述而天南遯叟撰書亦在高奇而詢諸導者曰遯叟雙瞳如豆烏足以知之哉生沒後不至遣丁甲前往攝取特為裝潢貽仙侶以世間書不即乞遯叟為之大抵高閣落成之時即遯叟生天之日閱言書曷往忉利第三重天文士陸沉塵寰故此一重天茲聞主者特為築夢華閣以處之也其期亦不遠矣君固此何得漫話捉刀哉正言間已抵白玉樓遠望之巍巍如積雪高峯天半棟樑牆壁窗牖闌檻無非白玉築成刻琢雕鏤之功非神工鬼斧不能辦也生

曰古稱瑤臺璇室玉宇瓊樓安能及此恐非竭一日之長弗克成此巨製請給筆札獨處一室勿限以時然後繕寫呈上忽有二雛鬟至促生赴讌曰主人待君久矣旣達綠天深處則所植梧桐榆柳佐以翠竹千竿綠蕉萬本點綴其間入室中纂影森沈衣袂皆碧主人遙起相迎設者核盡陳麟脯鳳髓奇味莫名主人曰僕藏有瓊液乃千年白玉所化第非酒量佳者不能飲恐致沈醉也乃以碧篔杯連沃數觥生已玉山頹矣西舍固有藤榻篔簟俱備扶生入眠速醒眸四顧仍在來青軒左斗室中連呼咄咄怪事曰豈此一夢巳至天上一回乎若使趾離有準則長吉玉樓之召不久矣因生曰是絕志進取明春適値南宮射策之期生亦弗往友朋有勸駕者時向之述其異一夕忽夢有鬼使至出牌示生曰奉森羅天子命特召君行生隨之往見一官服本朝衣冠據案判事鬼使匍上稟微睨生曰汝來亦甚佳命吏檢生祿籍中四君籍中俱無生搜之良久弗得吏窘甚屈指距卒時僅二十五日也吏揮生急返上座者遽起送生及階首注生當以布衣終其分得明經孝廉者則減其壽數使之速離塵世早列仙班不至於沈溺也生下注某年月日視之更墮入一重障礙適足以為辱耳故減其壽以為榮自天上生卒於某所吏以示生閱之毛髮為戴蓋屈指距卒時僅二十五日也吏揮生急返上座者遽起送生及階而止旁有牛頭吏探首戴生頂生驚而覺翌日卽於宣武門外酒樓大設祖帳辭別京華諸友立乘輪舶南歸

蓟青烁

蓟青秋

十五 卷十二

薊素秋

薊素秋素居吳江之梨花里父固名秀才家亦素封女生八月而母亡祖母撫育之少即慧警善永色笑父奇愛之不音掌上珍敢之識字敏捷異常年十二三已嫻吟詠女父偶以閏七夕命女立口占一絕云塡橋靈鵲駕長虹兩度團圞一歲中前月涼風今月雨想應灑淚話重逢女父笑曰詩雖未佳尚有思致自此日課作詩居然成集日浮黛小鶯後塵安富家巨族有問名者輒否其選以永其志桃之田屋悲歸嗣子必以粹病死身後無子嗣孀猶步葉曰懺碧曰叙蘭皆女自命名刺繡餘工更習塡詞見者無不稱妙曰詩詞清覽可為返生香之繼聲而虛宗中有觀其賢產者為立遠房延女以永其祀於是田屋悲歸嗣子女所有惟内閨箱籠一咸不以介意出父生時眼玩惡陳於庭而至去未三日忽一老媼擁扁身而來謂將女赴蘇言女祖母驟惠中風口不能語僅往一永訣耳此時心甚碎惟知痛哭不及詳詢急促束裝即隨之行兩日猶未至女急問媼偽託舟子言以阻風對顧舟行甚駛所經之處岸上人聲漸作浙音女知為所始持不知何人設此坑併文固點不露聲色靜以待之既抵杭郡喚異輿女登岸女詢輿人此為何處曰杭州松太場也女哭曰我以首祖母疾至蘇州故遣汝來迎今何為而至此在舟椎胸大號涙珠下隨襟袖盡濕東船半為進香天竺者聞聲畢集有李媼者亦蘇娘人與女家略有瓜葛親誼女引為之意將女驚諸女斕中也泉謂嗣子當必女後無一人所能潤為呼衆縛媼而解於官媼自訴謀非己出乃嗣子賄為之意將女顛詈女曰渠實不在此閒但託族人代謀之耳泉住媼早已出乃李家謀之意將女顛末女日渠實不在此閒但託族人代謀之耳泉住媼早已脫身去李媼如畜實然盼顧至此女忽問李媼何不在女家早己外間既戚李媼謂女曰余住同里與汝居僅隔一夜帶水茲不過酬願我同詣咸州暫作盤桓然後送汝歸沒意何如女主幸得李媼逾骨肉遂應之諾媼戲屋瀨湖塘一葦可抗雖竹離茅舍而蕭寂清幽如隔絶紅十大女心甚喜之媼晨出晚歸往往獨在女時或徙倚門前偶一日在離畔采花術見玉簪一叢顏色鮮異不覺心有所觸手拈粉朶且嗅且吟驟擧首瞥觀一人昂然立於離外離高僅及其肩虬髯閟顏形貌雄

奇目注女不轉瞬并歎曰可兒可兒天涯何處無芳草誠然哉女若不聞也者亦趨而入即闔其扉時女已寄信至家女祖母約飛權來迎矣是夕忽有秉炬排闥入者索女甚急女於燈下已辨盜容即日間雛角偷覘人也女知專為己來毅練家搶攘終夜翌晨徧視室蠍伏竟無可避匿所搜得貢女若干飛看盜從之此來真啞啞怪事方歎詫而女之祖母已自金閨來得耗痛萬端哭亦無可如何惟日涉縣庭求官捕緝久之捕役方獻消息終者越數月女忽偕一少年官人回里車馬喧闐行李囧赫縛而載之後車者一嫗三舟子八門見氣潛自亡去女祖母見女歸來悲喜交集女覷述前後情事咸稱天佑先是女被盜刼行未數里即置之一葉小舟蕩乎中流女欲躍身入水則兩手如繫柳縛不得兩足峭如菱角固女紆兩女盜交口勸女曰請姊緩須臾勿死當代姊謀出此陷坑我兩人為盜設計羅致今日被其驅迫心非得已惟妹立法甚嚴姊若死我輩亦不能生耳正言間舟已傍岸兩人扶女同登逕指數十武外茅屋中隱隱有燈火曰此即盜居也今夜酒肉明日又不知在何處矣嗣人當始終伴姊間即偕姊入其門女告女曰卿志可嘉我已知我為探盜數來此今已盡得其底蘊滅之珠易易惟好諦觀之耳籠玉釧雨足峭如菱角固女紆兩女盜擧為紆兩女盜交口勸女曰請姊緩須臾勿死當代姊
之一葉小舟蕩乎中流女欲躍身入水則兩手如繫柳縛
好諦觀之耳籠玉釧兩足峭如菱角固女紆兩女盜
謀出此陷坑我兩人為盜設計羅致今日被其驅迫心
已傍岸兩人扶女同登逕指數十武外茅屋中隱隱有燈火
人當始終伴姊間即偕姊入其門女告女曰此即盜居也
革耳修尾狀殊雄偉兩女慶逾兩女方臨鏡理
則珠馴擾耳女入室少憇忽傳盜首已住錢唐江圖刼官舶需三四日可歸也兩女共慶逾兩女方臨鏡理
妝粹有一人闖然入女喜笑謂女曰我觀卿非小家碧玉者流何不速自裁決必
坐待污辱恐此時生死俱難矣女初見可温色及闖斯語惕然改容即向生敛袵再拜曰當如君教即
抜林頭鴛鴦剡引頸自刎生急止之曰卿已盡得其底蘊滅之珠易易惟
守戶巨斃實難當臺數余特製肉包數百顆於此犬既狎而兩女子朝夕撫弄此犬既狎而兩女子朝夕撫弄
乃可悲蠟也如其言果驗犬共三十六頭數之猶缺其一不知何時迯去生謂女盜首往刼官舶至今未歸必
違勤散無疑矣余閒閨中鄭軍門獻不日沂江而下今之官舶得毋是興軍門前為葉大師麾下健兒稱好身手

雖非盜首匹然遇之亦必受創余欲往招官軍未即乘此隙除之計亦良得特慮置卿而去盜歸卿必不免欲偕卿行盜黨年目甚衆恐難脫身余力能踏壁凌空超越層簷如履平地即欲效鍾建之負季芊懼爲卿所弗許無已以夜遁何如苟拘小嫌而妨大節當非智慧女子之所出也女曰君誠能拔余火坑此所謂生死人而肉白骨也敢不惟命是聽惟余與兩女子聚處已久燦其素志不並挺之出生一刻已抵村落生寄女於相識者家曰搶盜後之皆萬人敵也及夕生兒一艇至令女危其中自爲槳戢若製電不迎卿也時城中方喧傳官船被刼軍門遣騎四出未得端緒生自詣大憲所在但選壯士百人皆被游率之同往擒盜可立致大憲即遣葉泰戒備生行年甫近岸而盜船亦還船中揖戴票鶚皆軍門物也立發鎗擬盜首餘亦捨身登賊舟轟然兩墜盜首以刀撥之怨隨水中生躍登盜舟出袖中鐵椎擊盜首腦丸如雨墜盜首以刀撥之怨隨水中生躍登盜舟出袖中鐵椎碎盜首立殞臺盜衆戒備生行甫近岸而盜船亦還船中揖戴票鶚皆軍門物也立發鎗擬盜首餘亦捨身登賊舟轟然兩墜盜首以刀撥之怨隨水中生躍登盜舟出袖中鐵椎
選壯士百人皆參戎率之同往擒盜可立致大憲即遣葉泰戒備生行甫近岸而盜船亦還船中揖戴票鶚皆軍門物也立發鎗擬盜首餘亦捨身登賊舟轟然兩墜盜首以刀撥之怨隨水中生躍登盜舟出袖中鐵椎碎盜首立殞其側突見頸血直衝注兩女子面殆滿生伺陳樣進兩鐵相擊舉火元首飛擲之中其目乃就搶是役也壯士死者適半其存者亦折足即斷手非刵耳刲鼻無一完人盜崖中金銀貨物山積以船運之猶不能盡乃火其廬還報大憲大憲實以官不受歸告堂上以禮聘女成偁儷爲兩女亦備妾勝列媛及舟子樵諸中途至是以迎養祖母故返里焉

玉兒小傳

玉兒逸其姓北方小家女其母亦具有姿色出入京師貴人邸中與某貴人尤暱姓及期夢貴人來手授一玉孩潔白無瑕真其懷冷若冰雪驚而寤越日而產女也字之曰玉兒及長眉目如畫雙頰若晨霞顧身嬌捷同飛燕母固繩妓以絕技鳴北方玉兒送繼其業技特工更出母上然非其心之所好也性好書史頗識字以坊間唱本令曲師按譜教之因是解填詞偶作小令音調淒婉出口天籟汪太史冶秋嘗一日偶觀玉兒演諸技畢侍立於側舉字義詢依出肘下柔聱堪憐太史歎曰此秋水芙蕖豈風塵中物哉其母善視之早為之所當 宣廟中京師人物輻輳百貨充物都盧撞之技闌集衢市時玉兒年已十四五益嫵媚遠近稱色藝雙絕者無出玉兒右每當綺陌春暖廣場草平雨竿對植竿首各有孔貫綵索十餘大橫亙如虹高出簷除玉兒斂手而登凌波微步且卻且前極娜欹側之態少焉往來騰踔若履平地驚鴻游龍莫可方喻俄而躍空顛墜則以雙鉤勾索擲身倒懸復翹一足體擺蕩如流蘇久之纖腰反折擾其頸昂首出胯下如環無端蓦翻身則仍一足立索上合掌效南海童子膜拜已乃翩然下竟及舞刀杖角觗諸戲靡不精妙竟神色自若低鬟軃媄然一嬌女子弱不勝衣柔如無骨臨風綽約如在畫圖觀者駢肩累趾駭目醉心公孫之舞劍器除其人無以過由是名噪一時公卿燕會爭招致之雖纏袴登場靚妝料酒自矜重不屑與醒酯羣婢伍慕色者或有為之獻歡曲意者雖時招其登堂演藝人座侑觴相戒弗敢犯某相國第六公子誕其端莊顧瑩饌雖以重金不顧也因此京師諸貴人咸知玉兒貌美而性烈欲汚技污行器談謔之人無以過由是名噪一時公卿燕會爭招致之游語以游語入以游語入以近面頳引避以玉兒之落落難合也愈欲得之凡珠玉統綺之屬可以博玉兒歡者畀鉅萬計顧稍稍狎近輒面頳引避以玉兒之落落難合也愈欲得之乃使左右諷其家人許往出諸姬上且為置田宅若姻婭往還不禁父母既動於利復怵相國勢乘間商瑩瑩承睫旁觀咸訝其父母固極鍾愛珍之若掌珠貌寢性尤暴戾以

玉兒小傳

之女覩然曰耶孃不欲兒活耶反覆諭以利害掉頭不答終夜目盡腫公子知之亦無如何然或演技招之即赴未嘗梗觀轉喉車子之歌反腰靜婉者報爲之瑰失也吳門徐孝廉蓮士汪太史高足弟子也美丰姿風度翩翩素有玉界尺之譽時以應南宮試客京師屢從太史後觀玉兒搬演諸戲劇擊節歎賞又以玉兒纖腰細趾弱質伶伶而顧屢蹈奇險情惜之心形於顏色玉兒於傳人廣衆中獨注徐孝廉久之亦新稔孝廉新賦悼亡緇衣素帶是日爲太史生辰易服玉兒前捧觴爲太史壽併爲太史命生還飲之酒玉兒亦不辭引杯盡盞太史戲謂玉兒曰子固余絳帷中女弟子也與徐孝廉允稱雙絕盈盈競秀玉樹瓊枝羌堪髣髴孝廉尚作待闕之駕鴛今歲官何捷余當爲執柯以雲軺迎致作一對璧人何如玉兒紅潮上頰不作一語置杯去此雖一時戲語而孝廉與玉兒固已目成心許之矣公子微有所聞大不懌有之公子謀曰非巧取豪奪之計恐爲他人先公子乃徑呼其父母來盛氣謂之曰咦若靳此錢子何爲也若女不嫁則已嫁則非玉兒不可父母不得已乃潛謀醉以酒俾遂公子意府奏技酒半庭中累九曲珠備極諸險諸伴若不知舉止從容如平日翌晨公子大張筵召賓客玉兒隨父母入蜿蜒升降如蟻穿九曲珠寬聽得之顧伴若承小梯梯高幾及椽女弛服著紅窄袖襖搴捷緣梯上兒忽蹠梯大聲曰此賣身爲養親計耳公子非兒耦徒倚勢凌逼人當喝罵貴人幸聽兒一言所以從珠恥習此賤役爲養親計耳公子非兒耦徒倚勢凌逼人若生我者忍狗奸謀強卻兒身託涕頤墮自脫簪珥纏臂金鏗然擲階前物一至兒也突袖出匕首刺喉躍空倒塋泉號奔救則已橫屍庭除血污狼籍面如生目炯炯猶視玉碎香銷千百輩也突袖出匕首刺喉口唾罵其父母逐之出都都人士聞玉兒死狀莫不歎且惜徐蓮士孝廉爲賦殞項刻間耳衆齊太息泣下交

玉行竟不赴春闈束裝遄返公子噠焉喪魄數月不敢出門初公子有妹與玉兒稔玉兒至必詣閨闥倚幌翦燈憑闌望月時時自訴心曲無所諱匿嘗戒其兄曰玉兒豔如桃李潔若雪霜妹私叩其志堅不可奪兄見顧欲風塵畜之失奇矣弗聽至是自屏後出撫屍哭之慟幾不起玉兒有女弟曰金兒亦後起之秀也貌雖亞於其姊而藝相埒驚技於江浙間豔幟既張香名頗噪所贏金錢足自給旋值楮冠之亂為土著所却素無餘貲轉徙流離於吳鄉不得已仍理舊業籍餬口一日適遇徐進士孝廉過而見之驚為玉兒復生詢之得其實乃以重金置為篷室曰吾以續舊緣而彌鳳憾也寵之專房暇則課以詩詞琅琅上口頗有慧心一夕盜至排闥直入闔室驚惶咸避匿李廉蝟伏林下女謂孝廉曰勿懼觀兒剚刀此輩使無噍類應聲出見是女有閒人者斫之夢奔金兒縱橫揮霍突屬無前項之或傷或頸暇顛蹶盜數十人無一存者明晨報官請驗子意頗輕金兒好身手當至此決鬪勿匿暗算人金兒笑指庭中石曰度此當有數官以其殺盜頗多亞請金兒出見及見乃一綺旋風流女子也意殊弗信金兒操刀隱身門後百斤兒請舉之何如揎袖撅起隨隨落如宜僚之弄丸觀者皆駭歎為神力於是始知金兒之能固不讓其姊玉兒也
逸史氏曰妾是庶人不樂宋王列女傳載韓節婦詩也玉兒一弱女子託業卑且賤使稍依違則見金大不有躬矣乃志潔行芳皭然不淄守貞矢死靡他謂非汙泥中一朶青葱花哉昔歐陽公撰五代史以王凝妻斷臂旅舍與馮道傳相綴屬眉之不巾幗若而納袴公子亦遜閨閤之能觀人於微宣真天地靈秀之氣獨鍾於婦人手至玉兒已為婦人女子中所罕見而復有同母所生之金兒與之爭奇競美語云醴泉無源芝草無根余於此益信為不謬也嗚呼玉兒傳矣

甘姬小傳

甘姬才媛而亦貞烈女子也辰命不猶位列小星寡鵠既賦矢志懷貞為匪人所逼遂至不能茹茶歠蘗以終賦詩絕命從容就義嗚呼其志操瑣然蓋有裕乎此閨閣女子之所難況姬固出自小家哉體泉無源芝草無根洵哉然姬雖不幸而姬足傳已姬居蘇之冶長涇父為米家備懒怪出販鄰境竟升斗需母素為媒妁作撮合山與鄰媼沈氏結手帕姊妹亦同業中人見女豔之曰此一顆掌上明珠也愛惜過於其母時攜之至家為之裹足警并令入鄰塾讀書女時唐宋諸詩琅琅上口暮年略涉文史能通大義遂命女拜沈氏為假母未幾時疫作女父母並亡女遂依沈氏以活并承其姓姚氏子者出自舊家見女美甚無時鑽以筆墨箋紙女卻不受必至其母所承母命而後敢納嗣女不至塾中遂不得見旋姚氏子入邑庠美時拈弄研習偷咏吟姿作時妝女妍麗再加修飾嬝嬝媚年僅十三四已著豔名女母謂沈氏曰汝教導勝我十倍即為女作大家閨秀本妍麗再加修飾嬝嬝媚年僅十三尚未議婚請於堂上曰必如同塾葉女子者然後可生平也沈氏養女鄙之曰鷄何足匹鳳驚生日安知鳳驚不棲於枳棘中哉鄰母遺冰人往求之母以受子故姑不敢即命女父姑沈氏代為汝媳何此余家錢樹子也玉蕙枝未足方喻非以千金來聘不可但下溫家玉鏡臺未敢聞命媼問曰此於出妻妾也沈氏曰返時甘君應槐作宰來吳偶以公事過女所居女從倚門前丰神獨絕既覿驚鴻之豔影遂觸求鳳之初心曰素耳金閶產麗姝侯有當意者將以重價納之後房至是遇女以為天緣遂逸媒氏往諷沈媼沈索三千金將以難之也嗣竟以千五百金署券許以作婚姬往還既入門相得甚歡稔女識字知書能持大體益珍愛之官事稍閒輒相唱和每值明月入簾疏花當牖擁髻吟哦時有所作一篇出必求點定女詩多悲感之旨淒

四九六

慌之音甘曰此豈愁音易耶再閱數年何憂不作女少陵哉逾年生一女繡襦錦襼玉雪可念時諸冠下軍事孔亞王壯愍公由蘇藩升任浙撫應槐與公同鄉素加賞識倚為左右乃奏調甘君以行倉皇說道俄而冠警益逼軍書旁午告者絡繹於道甘君知事不可為乃遣姬隨大婦歸里姬宛轉態啼玉容無主與甘君訣別既絕復甦未幾杭垣陷壯愍死之應槐聞耗悲懷抑鬱屏絕鉛華日夕惟以淚洗面而已既得靈耗搶地呼天誓死不欲生夫婦力勸以生相倚以死咻咻者在盍少延夫君飄泊一生竟無所青雖女也亦家一塊肉又長嫁一官人亦可相倚以生姬於是矢志守節足不踰閫明年冠平江浙底定假母逼姬返足紿之曰汝夫之柩已歸葬至蘇今停蕭寺中盍往迎姬信之遂同回蘇臺既至知為所誑姬至是身不自由已被篋中書笈之賦十歎詞共絕句二十首歎書至夫婦所悉不達蓋隱有阻之者也天南地北雁香魚沈時有武弁某者聲勢烜赫方謀妾腰籍以自娛問柳尋花始無虛日有繩女之美者覘之果信日此殆神仙中人也雖非完璧然一死靡憾之姬不從書至夫婦所悉不達蓋隱有阻之者也姬偵得之知事不可挽哭泣竟夕目盡腫枕函咸濕發汝夫之柩已簡袖即以五百金畁沈媼已有繩姬始無虛日有繩女之美者覘之果信日此殆神仙中人也雖非完璧然一死一死屢欲之姬不從書至夫婦所悉不達蓋隱有阻之者也姬偵得之知事不可挽哭泣竟夕目盡腫枕函咸濕發五時同治五年十月姬亦烈矣越十有四載今長洲潘麟生博士訪悉其事致書閫中俥得歸櫬焉求其絕命時所作詩家譁云朱見早毀棄矣盡姬之節烈湮沒而不彰而無一字得傳於世殆命也夫西昆山人春君膚雨為作甘姬曲今錄於左
詩云碧梧枝上雛鳳泣破巢風雨鴛入獨宿難教
守故雄恨他鴛鳥為媒急沈家養女住鹽窖推對鏡自憐釵鳳騂簪花人愛鬢鴉堆澗零偏痛椿萱早謂他人母悲生小色誰憐解語花託根原是寄生草宛此青鴛蔣氏姑玉為肌骨雪為膚姿容就
千嬌態聲價須量一斛珠甘君標格原風雅韋絲作宰來吳下久思當夕置亭妻耳得豔名爭肯捨香囊綮
定情宵花月鼻橋品玉簫畫船打槳迎桃葉金屋催妝貯阿嬌承恩美說專房久妾自多情郎意厚綢繆夜

抱衾裯侍奉朝朝執箕帚小蠻腰細最輕盈嫁得香山願已成天上每愁圓月缺人間偏讓小星明郎負壯懷
才欲試請纓久切終軍志誅兵虎帳去從戎移節之江隨大吏自折性命寄將眷屬運西子湖頭
蠻鼓動危城四面已烽烟泣別石壕同運塞孤帆烟水扁舟返浴鴛鴦邊骨肉分釣龍臺畔關邊山送蓬窗
慘不青二十里路急登程艱難山險來閩嶠旋里隨大婦行雞桃源安故土與嫡相依守門戶返篩空勞
賤妾期枕戈常念征人苦忽地傳來惡耗耗鸞冠狂已陷武林城橫刀躍馬猶酣戰未埋碧血腥麻衣如雪淚流春風已冷
隔郎面此生何得重相見何紙招魂賦重鸞翦利占懷險原存魚忌心肆山欲遂狼貪念逼使分飛
駕鴛褥夜雨孤眠燕子樓假母聞之心久蠱重鸞還思將利占懷險原盼愁麻麻如雪淚流春風已冷
返故林此來早已蓄謀深欲施嫁杏千般計不識松一片心無端變起添離緒膝下忍教拋女重向吳門
兩載居停脈脈無語翠臂盟寒舊日無毀敗十眉圖心含茶蘗為貞婦豈來蘩燕忘故夫羅衣已卸
才出臺已遺天忌悔文半生慧怨胸積一炬芸編付火笑十歡吟成廿首新詩調連絕一回吟罷
家山隔斷閩南一角天有客傾囊買歌舞彼利多金早相許恨海休還認鋒河星期已訂何能拒詠絮難者
鉛華屏柱勸笋妍關妝靚誰失凰愁誤疑肯陷阱難離妾身安得冀生旋相思嶺者
一心傷字字行行盡成血郎思豈忍一朝孤仰藥終全白璧軀那有綠珠肯墜樓甘為石齊奴負土一杯
當埋玉月黑荒村寒翠燭精靈不散現芳魂往天陰閣鬼哭一樹野棠紅可憐誰嫁妾淚麥飯薦荒阡九君今始
為佳傳此事沈埋十四年發潛幸有潘郎老致書報與甘家曉桐棺一具塟鄉歸妾死泉臺妾心表愁烏錯認
悔因依不解鳳孀鵠寡悲豈有林間同命鳥離羣再肯作雙飛閱九君鐵卿曾為作傳余未之見

卷十二終

畫船紀豔

錢江畫舫風著豔名自杭州之江干溯流而上若義橋若富陽若嚴州若蘭溪若金華若龍游若衢州至常山而止計程六百里之遙每處多則數十艘少或數艘身中女校書三四人或一二人畫船之盛衰視地方之增減視時之豐嗇處如魚貫如雁序粉白黛綠列身而居每當水面天心月朗杯盤狼籍絲竹駢羅泂足結山水之勝緣消旅居之客感筒中翹楚首推觀鳳校書碧玉年華綠珠聲價容盛鬋光采照人頎立亭亭有玉樹臨風之概工度曲尤精崑琵每一發聲四座傾聽性嫻雅無章喜與一二素心人煮茗清談姬姬不倦西江二卯山人隨宜來盈川平章花月眼界頗高獨處綢繆觀鳳之美於倚玉生生不喜作狹邪游姑蘇之似未深信中秋之夕卯山招諸名流讌集江船強拉生往秋水澄鮮月明如畫姬素妝淡服秀媚天然生一見傾心兩情彌洽華筵既改華花紛來燕瘦環肥立皆佳妙飯顆山樵時亦在座擇其尤麗者各贈一聯以贈觀鳳玩水風流雙槳鳳管鶯
笙月一艋蓮棣云蓮子圓樂徵吉兆棣花翩反寄相思鄰君山下貌秀麗冠一村鄰家姊妹
俱以西施相目親沒遂隨鳳慶非其素志也贈檀香云檀板金尊得少佳趣茶熟别有會心檀香居富詞
之小隱山下亦小家女子娟娟婷婷别饒媚態年止十六梳欄鬢下小名阿鳳幼時膚白如雪人戲以白鳳皇呼之及長好著綠衣因名翠鳳釵贈鳳沈香
簪花翠鳳本錢塘人住蓮花蕩下乃富春江畔漁家女子少長能度苗條眉目如畫秀曼風流迎傳類
云沈魚落雁傾城貌香霧清輝憶昔詞沈香乃一月耳暗翠鳳云袖天寒商倚竹鳳釵春暖替
以見一斑重香霧護雲鬟揚柳腰支擬小蠻記得秋江明月夜一樽同賞六朝山一溪新派綠於油檀板金樽
乃使之彈箏搗鈷品竹調絲一學便成妙合音節曲師自歎帝女戲以自長態度沒如畫傳類
客愁記得日高春睡起泥人娇坐看梳頭蘭陵癡夢生翻濁世佳公子也慕桐江嚴陵之勝買棹來游編歷花叢
滿無不各當其意以去一時畫舫中傳為佳話詠花與觀鳳交尤膩曾作本事計二下平三十絕贈之茲錄二首
珠少許可偶遇姬於棚柯山下奇賞之謂其秀色可餐寶光外溢真得山川靈淑之氣者流連匝月纒頭錦費六百
蟠生雖豪侈而姬之美麗亦從可知矣嶺梅香裹新船落成開綻讌客然闊異常幾於燈火連宵笙歌徹夜曾經滄

海客贈以一聯云儂遇詠花人不妨載酒劇憐浣紗終須泛湖蓋中寓婉惜之意情亦深矣同時有蓬棣者與觀
鳳年相若相婥素面生嬌自饒譽達性靜穆寡言笑如幽閨處女不求人憐而人自憐之客或入一游語面發頻
不能答邊窗多暇刺繡自娛詠花卷愛无深芳情密締綺語送多所作蓮溪行一篇爲時傳誦其詩云玉宇淳如
洗星影銷欖槍涉江攬秋色花陰羅畫艖青溪有小妹泛宅波中央一笑生百媚俗羅禱襟閒對各無語薄傳如
幽香羊燈明綺夕鸞釵寶新妝勤忙催酒殷勤續珠喉急綠波生微涼終
月隨水汀雁飛歲成行蓮棣得詩甚喜置之側時時吟誦亦可深者矣他如官妹之俊爽不羣風流
自喜鳳玉之豐神誚旅意態溫柔蘭仙之嬌小玲瓏動人憐惜喜獸之面圓面方竹英則十五盈盈聽明
絕世雲栖則華妝綷縩婉娈宜人高鳳天成不假妝飾香媚則宛轉周旋曲盡其能人意皆靜畫船後起之秀也尤丁
不禁叫絕既至飯於方丈蔬筍絕佳方偕同人散步寺前暫見魚軒絡繹而來有二女裝束豔冶姑不顧良家珊
亥四月初旬天南邂逅作西泠之游泛舟於六橋三竺間縈紅行碧點綴生新諸同人邀飲於三潭印月剛值浴佛
日士女雲集至幾於袂雲汗雨俞樓座邐迎畫船之上乃往靈隱與今日不顧妹之面落落大方竹英之俊爽不羣風
詣詠大殿禮邐視其一豐神澹遠態度嬋婷入鬢其一眉長秀麗天生自饒柔媚雙瞳點點水兩煩泛
霞鬥媚爭妍堪稱雙絕同人中有相識者曰一爲倩珠一爲淑玉畫船中姉妹花也君既讚賞今日何不即往錢塘
城外一游遄歸逡以明晨返棹辭之二女游戲既畢遂出輿登舟遄逡出輿邊簾時不禁向邐逅嫣然一笑
同人謂邐叟曰君豔福幾生修到哉當他人仁韓竟以消魂矣翌日邐解啓夕泊臨平孤村一代代
眠一燈如豆擁衾小坐頗有俗意忽見僕人持東來選視之則程姚兩君招往畫船小飲也并雲日間二美人已早
致之矣羸然而至竟乘飛軿而行霎時程姚兩君迎於船頭一望果倩珠淑玉也韻芬項嘆曰二美人
姝果在詢其姓字一曰繡雲一曰韻芬立邐雙笑顧觀君之面似曾
相識不知從何處見來韻芬日日閒見之於佛殿中者非耶繡雲忙然拍掌稱奇韻芬曰項邐迓於寺中兹笑言於
江上詎非前因二妹皆睡就叟韻芬屬意尤深叟擁置之膝韻亦不拒柔情婉孌有如飛燕之依人因欣然謂韻芬

日今夕姑將償目間一笑之緣乎爰絮問家世乃知韻芬出自良家頗嫻書史早入章臺非其所好也叟曰卿既能詩何不袖出稿示我一覲韻曰稿存兒所宿船上非自往取不能得也請避人共往船頭伴作玩月吟與君聽何如許之韻曰曼聲吟哦自諧音律消夏三絶云水晶簾外曉涼時嬾把牙梳理鬢絲準擬檀郎花俊約織書欲報怕人知何處風來苒苒香一番雨過一番涼午餘繡罷渾無事起看庭花影半牆晴陰簷蔔手曾栽瓶裏雙頭茉麗開隔檻風過竹梢動偏疑人為採花來初秋二絶云秋花石畔故開遲新月窺人恰半規自有茶瓜供消遣當風枕簟未眠時嘉聲咽共窗前月影潛移牆上花殘露無聲人籟寂當天開看玉繩斜叟曰是小詩頗有思致語非甫能而繡雲自艙內出轉詢可作詩詞否繡雲曰兒是俗人不解掉文袋若共收作絳帷女弟子授以秘傳作詩亦非難恐今之都事輩不足數也叟見其性情慧警教以作詩之旨繡雲傾聽甚頗有所悟而程姚兩君來催入席惜環歡飲酒罄無算爵叟拇戰輒負繡韻曰此時不易也卽吟日向面王不一席散更闌更不得歸乃新凉絡緯鳴猶憶夜深渾未睡一燈繡韻曰昨夕夢中亦得一詩不知可否叟令用之卽吟云豆花香細月微明小窓醒柳何恐作劇哉以手擊叟頭叟蘧然而覺則此身仍在臨平船中也嘻嘻錢塘江一畫船風景誠不數珠海燈痕秦淮月色也